Z. ALLORA

Verschlungene Träume:
Die komplette Serie

SCHLOSS UND SCHLÜSSEL

Für meine Liebe.

DANKSAGUNG

AN MEINE Hübschen: Danke, dass ihr euch jeden Tag mit mir teilt.

Ich möchte meinen Kritikpartnern und meinen Betas dafür danken, dass sie mir durch die vielen Versionen dieses Werks geholfen haben: Eden, Doug, Danny, Carla, Val, Laura, Andrew, Becky und einigen anderen, die mitgeholfen haben, mein „Z-Kauderwelsch" zu entwirren.

Dreamspinner: Ich bin stolz darauf, zu Dreamspinner Press zu gehören. Danke, dass ihr meiner Story den letzten Schliff gegeben habt. (Lynn West: Das beste Nein aller Zeiten! Ich stehe in deiner Schuld.)

1

Mɪᴛ ᴅᴇɴ Schatten zu verschmelzen und sich zu verstecken, war Zack Davis' zweite Natur. Niemand nahm je Notiz von ihm. Sein älterer Bruder spielte Schlagzeug in einer äußerst populären Rockband, und sein jüngerer Bruder war ein begabter, extrovertierter Künstler. Zwischen den beiden war Zack leicht zu übersehen.

Was vielleicht ganz gut war. Schließlich war er nichts weiter als ein perverser Spinner. Unsichtbarkeit war sein selbst gewählter Schutzschild, seine einzige Möglichkeit, zu verbergen, wie sehr er ... nirgendwo dazugehörte.

Jetzt hatte er wenigstens einen Job, der sich seine Tarnkünste zunutze machte. Er arbeitete als Roadie für die Rockband seines Bruders, die Dark Angels, und bei diesem Job kam es vor allem darauf an, Dinge gebacken zu kriegen, ohne Aufmerksamkeit zu erregen.

Laut seinem Boss bestanden seine Pflichten heute Nachmittag während des Soundchecks darin, sich für etwaige Bedürfnisse der Band bereit zu halten und im Übrigen außer Sicht zu bleiben. Zack stand wohlbehalten hinter dem Vorhang versteckt, während die Band das Equipment checkte. Er konzentrierte sich auf seine Aufgabe, wartend herumzustehen und die Bühne nicht aus den Augen zu lassen, oder versuchte es wenigstens.

Wer ist das?

Begehren durchfuhr Zack wie ein Schlag. Er bemühte sich zum millionsten Mal, den Mann in Leder nicht anzustarren, der mit gedämpfter Stimme in ein Handy sprach und dabei auf und ab ging. An sich ein ganz normales Backstage-Szenario. Aber die Art, wie das Leder sich anschmiegte, fesselte Zacks Aufmerksamkeit.

Er hatte den Anblick und den Geruch von Leder schon immer sexy gefunden. Bilder von der letzten BDSM-Website, bei der er sich angemeldet hatte, schwirrten ihm durch den Kopf. Der Drang, seine dunklen Begierden zu erforschen, war unbezähmbar; nichts hatte ihn davon abbringen können, nicht einmal die Tatsache, dass seine Mutter ihn für seine „Perversität" zuhause rausgeworfen hatte.

Verdammt, warum drehte Mr. Sex-in-Leder sich nicht um? Dass er ihm den Rücken zukehrte, machte es Zack zu einfach, diesen perfekten, in hautenges schwarzes Leder gehüllten Hintern anzuschmachten. Wow, seine Jacke musste maßgeschneidert sein, so wie sie um diese breiten Schultern und schmalen Hüften saß.

Zack speicherte das verlockende Bild zur späteren Verwendung in seinem Gedächtnis ab.

Bei der Arbeit einen Ständer zu kriegen, verletzte wahrscheinlich seinen Arbeitsvertrag, also wandte er seine Aufmerksamkeit wieder dem Soundcheck zu.

Alles schien gut zu laufen, aber was wusste er schon? Dieses Konzert war sein erstes als Roadie.

Dusty beendete sein Schlagzeugsolo. Durch das Soundsystem hatte seine Stimme einen leichten Hall, als er sagte: „Ihr seid dran, Josh und Dare."

Der Leadgitarrist und der Bassist testeten ihr Equipment, indem sie ihre Instrumente in einem Zupfduell gegeneinander antreten ließen. Josh, der Bassist, wechselte mitten im Song die Instrumente, um auch seine Gitarre zu checken. Verdammt, das sollten sie während des Konzerts machen. Das Publikum würde es lieben.

„Charlie, ich verstehe einfach nicht …" Der Ledermann war genervt, das war nicht zu überhören.

Zack drehte sich um und erhaschte einen Blick auf das edle Filmstarprofil des Mannes, verunziert durch ein Stirnrunzeln.

Der Typ fuhr sich mit den Fingern durch die dunkelbraunen Haare und fragte ins Handy: „Was soll das heißen, du kannst nicht kommen?"

Zack wollte ihn nicht belauschen, also zog er sein eigenes Handy aus der Tasche. Er hatte eine SMS von Jordon, seinem jüngeren Bruder. *Komme später*, stand da, gefolgt von einem kleinen Künstler-Emoji.

Zack tippte hastig eine Antwort: *Warum? Justin noch bei dir?*

Verkehr. Ja.

Zack stieß den Atem aus, den er angehalten hatte. *OK*, schrieb er zurück. Sein kleiner Bruder brachte ihn eines Tages noch ins Grab.

Sein Handy summte erneut. *Keine Sorge. Alles gut.*

Er hatte keinen Grund, sich Sorgen zu machen. Bei Justin, dem Freund ihres älteren Bruders Dusty, war Jordon gut aufgehoben. Aber manche Gewohnheiten waren eben schwer abzulegen.

Eine weitere SMS folgte. *Bin in 20 min da.*

Er hatte das Handy gerade wieder eingesteckt, als die Visagistin an ihm vorbeischoss und dann direkt auf ihn zustürmte. „Zack, Schätzchen, hast du Augusto gesehen?"

„Äh, wen?" Er versuchte, sich an ihren Namen zu erinnern. Carla? Cindy? Celia? Casey? Irgendwas mit C.

Ihr Seufzer hatte einen Hauch von „ich erwürg' dich gleich". „Ach ja, richtig, du bist neu. Den Friseur. Der Mistkerl ist mal wieder zu spät."

Wie würde sich das auf die Show auswirken? „Oh, Augusto. Nein, den hab' ich nicht gesehen. Tut mir leid."

„Falls du ihn siehst, sag dem Wichser, er soll seinen Arsch in die Garderobe schaffen. Pronto", rief sie über die Schulter, während sie in die entgegengesetzte Richtung davontrabte.

Sollte Zack nach ihm suchen? Er warf einen Blick in den Gang, den sie entlanggelaufen war. Nein, der Bühnenmanager hatte ihm befohlen, hierzubleiben und beim Soundcheck zu helfen. Das würde er auch tun. Außerdem würde

Zack den besagten Friseur sowieso nicht erkennen und wenn er direkt an ihm vorbeiging.

Zack warf einen weiteren Blick auf den sexy Mann mit dem Handy am Ohr. In angespanntem Ton fragte Mr. Sex-in-Leder: „Du gehst zu *wessen* Party? Aber ich dachte – nein, ich zwinge dich zu gar nichts … Okay, also d…" Er nahm das Handy vom Ohr und starrte es an. Kopfschüttelnd sagte er: „Also dann, bis später."

Mit einer fließenden Bewegung steckte Mr. Sex-in-Leder sein Handy wieder in die Jackentasche. Wie konnte eine so simple Bewegung so verführerisch sein? Wie war er wohl im Dunkeln? Oder noch besser, im Hellen, damit Zack sehen konnte, wie sich seine Erregung in Befriedigung verwandelte.

Verloren in Lust starrte er eine Sekunde zu lang.

Mist! Jetzt hatte ihn der Typ beim Gaffen erwischt.

Zack wandte sich hastig wieder den Vorgängen auf der Bühne zu. Er schob sich tiefer zwischen die Vorhänge, in der Hoffnung, sich unsichtbar zu machen.

Auf der Bühne testete Angel Luv, der Leadsänger der Dark Angels, sein Mikrofon, indem er Kinderlieder sang. Zack hatte *Die drei kleinen Schweinchen* nie als Ménage-a-trois gesehen, aber mit ein paar Wortänderungen klang die Geschichte ganz danach.

Ein tiefes, sonores Lachen aus dem Hintergrund wärmte Zack innerlich.

Aus Neugier warf er einen Blick über die Schulter. Die hypnotisierenden blauen Augen des Ledermanns starrten ihn aus weniger als einem Meter Entfernung an.

In Zacks Kopf war plötzlich nichts mehr. Weder Blut, noch Sinn und Verstand.

Knien. Dienen. Ihm gehören.

„Äh … Hi." Zacks Stimme suchte sich den ungünstigsten Zeitpunkt zum Brechen aus.

Lahm. Lahm. Lahm.

Der atemberaubendste Mann, den er je gesehen hatte, und alles, was Zack einfiel, war „Äh, hi." Er hätte aufs College gehen sollen; er hätte einen erstklassigen Sprachwissenschaftler abgegeben.

„Ich bin Andrew Nikeman."

Knien. Dienen. Moment mal!

„Nikeman?" Er wiederholte den Namen, als schmeckte er komisch. *Nikeman.* Na, das war ja wohl das Allerletzte! Die neuesten Bilder in seinem Wichsvorlagen-Katalog waren von – „Justins Bruder?"

„Ja. Oh, warte mal, bist du einer von Dustys Brüdern?"

„Zack Davis. Äh, unsere Brüder gehen miteinander, na ja, ähm, sie leben wohl zusammen."

Fuckety fuck fuck.

„Na so was." Andrew warf ihm ein Megawatt-Lächeln zu, bei dem Zack am liebsten sofort auf die Knie gefallen wäre.

Er schaffte es, auf den Füßen zu bleiben, wenn auch mit trockenem Mund, feuchten Händen und halbsteifem Schwanz. Zack betete, dass als nächstes etwas halbwegs Intelligentes aus seinem Mund kommen würde.

Andrews leuchtend blaues T-Shirt passte zu seinen Augen, aber das war wohl kaum ein Aufhänger für ein Gespräch. Die Götter der Lust hatten eindeutig Besseres zu tun, als Zack einen Gefallen zu tun.

Warum mussten ihre Brüder auch zusammen sein? Zack konnte ... rein gar nichts tun. Dieser Mann war mehr als nur eine Nummer zu groß für ihn. Blieben nur Fantasien und Träume, aber selbst das war schon grenzwertig.

Eine Stimme von der Bühne her brach den Bann. „Zack Davis? Zack Davis. Bitte melde dich auf der Bühne mit einem frischen Paar Trommelstöcke. Dein bescheuerter Bruder hat es geschafft, seine kaputtzuhauen. Au! Schmeiß gefälligst nicht mit den kaputten Stöcken nach mir!" Angel klopfte aufs Mikrofon und ließ damit alle zusammenzucken. „Ist das Ding an? Oh Zackery? Za-hack?"

„Oh, ich muss ..." Er gestikulierte in Richtung Bühne, obwohl er nicht gehen wollte. „Ich, äh, also dann, bis später."

Stolz, dass er Worte zustande gebracht hatte, lächelte Zack, machte auf dem Absatz kehrt und rannte voll gegen die Wand hinter dem Vorhang.

Autsch!

Er prallte zurück.

Starke Arme fingen ihn auf und bewahrten ihn davor, auf dem Hintern zu landen.

Oh Gott! Mmmm, oh Gott ... Er wäre am liebsten für immer in Andrews Umarmung geblieben. Verdammt, der Körper, an dem er lehnte, war unter dem Leder so hart, wie er aussah. Der Duft nach Leder und Mann und ...

Sein Retter brachte ihn in die Senkrechte und trat zurück. Vielleicht war es deutlich geworden, dass Zack keinen Versuch machte, auf eigenen Füßen zu stehen.

„Bist du okay?"

Betäubt murmelte Zack: „Ja, danke."

Er schnappte sich mehrere Paar Reservestöcke vom Tisch. Dann schob er den Vorhang beiseite, der ihn verraten hatte und tastete dahinter nach der beweglichen Wand, ehe er auf die Bühne flüchtete.

Angel kicherte. „Zack, hast du die etwa erst schnitzen müssen?"

„Nein, tut mir leid, ich ..." *hab' mich hinter der Bühne zum Narren gemacht.*

Zack überreichte seinem Bruder die Trommelstöcke. Dann huschte er zu Angel und pflückte dem Sänger ein Stück Holz von den zerbrochenen Stöcken aus den Haaren.

Irgendwo anders auf der Bühne ließ Josh seine Gitarre singen und tauschte sie dann gegen den Bass aus.

Dusty rief dem Bassisten spöttisch zu: „Du kannst Melodie spielen so viel du willst, Josh. Nur denk' dran, die Doors sind ganz ohne Bassist ausgekommen, also … wie relevant bist du?"

Josh zwinkerte Zack zu und verbarg sein Grinsen, als er sich dem Drummer zuwandte. Er wackelte mit den Fingern. „Weißt du, was das ist, Dust?"

Zack verbiss sich ein Lächeln und machte sich daran, die Holzstücke einzusammeln, die überall auf der Bühne verstreut rumlagen.

„Du suchst die Töne auf deinem Bass?" Dusty musterte ihn mit verwirrtem Gesicht.

„Nein. Zehn von denen hier", sagte Josh und zeigte ihm mit beiden Händen den Mittelfinger.

Keiner würde je vermuten, dass diese ungezogenen Halbstarken in Wirklichkeit berühmte Rockstars waren. Wobei die wahren Delinquenten die beiden waren, die die Band gegründet hatten: sein Bruder Dusty und dessen bester Freund, Angel Luv. Angel hätte eigentlich unter Aufsicht eines Erwachsenen gehört, und Dusty hatte zwar Zack und seinen jüngeren Bruder Jordon großgezogen, aber Angel schien immer seine unreife Seite hervorzulocken.

Zack unterdrückte ein Kichern und huschte von der Bühne, die jetzt vom Lachen der Band widerhallte. Er beneidete die Band. Nicht weil sie Rockstars waren, sondern um ihre Kameraderie. Ein Nachteil seiner Unsichtbarkeit war, dass er nicht viele Freunde hatte.

Wo war – oh.

Andrew lehnte an der Rückwand wie ein Model beim Fotoshooting, Smartphone in der Hand. Er blickte auf und lächelte Zack an. „Krise abgewendet?"

„Ja." Jemand hatte offenbar den Kleiderständer mit den Kostümen für die Show hereingerollt und Zack rückte angelegentlich die Kleiderbügel grade. Er schob die Stange in eine diagonale Position, was ihm erlaubte, Andrew unauffällig zu beobachten.

Andrew musterte ihn. „Als Bruder des Drummers bist du wahrscheinlich oft Backstage."

„Ja, schon." Nicht im letzten Jahr allerdings. Seine Mutter hatte entschieden, dass die Konzerte der Dark Angels sündhaft waren, also hatten er und Jordon nicht hingehen dürfen. In ihrer göttlichen Weisheit hatte sie vor ein paar Monaten sogar versucht, sie ganz von Dusty fernzuhalten. Doch das hatte den gegenteiligen Effekt gehabt, weil sie jetzt beide bei Dusty wohnten … na ja, mit ihm auf Tournee waren.

Die Visagistin kam erneut hereingestürmt. „Kein Augusto, oder?"

„Nein, tut mir leid." Zack hörte auf, an den Kostümen rumzufummeln.

„Himmel, Arsch und Zwirn! Dieses Arschloch!", schallte es durch den Backstagebereich. Gleich darauf kam Megan, die Managerin der Gruppe, hereingestapft und fuchtelte mit ihrem Handy herum. „Blöder Schwanzlutscher!"

11

Sie blickte auf und stellte fest, dass sie nicht allein war. „Oh, sorry. War nicht böse gemeint. Ich lutsche auch gern Schwänze."

Bezog sich ihre Bemerkung auf Zack? Falls ja, dann hatte sie ihn eben geoutet. Na toll. *Moment mal!* Hatte sich das auf ihn *und* auf Andrew bezogen? War Andrew etwa schwul?

Er wagte einen verstohlenen Blick zu Andrew und verfing sich in seinem verträumten Blick.

Andrew nickte ihm leicht zu.

War das Nicken eine Bestätigung? Ein Zeichen der Solidarität von einem Mitglied der Gemeinschaft der Schwanzlutscher, der er erst noch beitreten musste, zum andern? Was bedeutete das Nicken? Wollte er seinen Schwanz gelutscht haben? Wollte er selbst einen Schwanz lutschen? Denn Zack war für beides zu haben! Er nickte Megan zu.

Megan gab ihr Handy an die Visagistin weiter. „Hier, Cindy. Lies das."

Cindy schaute hin, gab das Handy zurück und rang die Hände. „Und was jetzt?"

Megan hob die Hände. „Ich muss rumtelefonieren. Nur Mut."

Zack flüsterte Cindy zu: „Was ist passiert?"

„Augusto wurde verhaftet – Alkohol am Steuer und Drogenbesitz ... wieder mal. Ich hoffe, er kommt diesmal in den Knast." Sie schüttelte den Kopf. „Die Band hat ihn schon zweimal zur Reha geschickt."

Die Bandmitglieder strömten in den Backstagebereich.

Dusty und Josh kamen durch den Vorhang getänzelt; sie rauften spielerisch miteinander und versuchten, sich gegenseitig Kopfnüsse zu verpassen.

Darius und Robin tuschelten miteinander.

Angel schlenderte als letzter herein und nippte dabei an einer Tasse.

Dusty nahm Josh in den Schwitzkasten. Josh machte eine rasche Drehung, die irgendwie damit endete, dass er Dusty im Polizeigriff hatte.

Verdammt! Das war gut! Josh musste Zack unbedingt beibringen, wie das ging.

Dusty mahnte: „Muss heute Abend Schlagzeug spielen."

Josh ließ ihn los, gab ihm einen Klaps auf den Hinterkopf und duckte sich rasch, um Dustys Revanche zu entgehen.

Angel hörte auf zu trinken. Er blickte sich um, legte den Kopf schief und sah Cindy mit zusammengekniffenen Augen an.

Sie flüchtete den Flur entlang und rief ihm zu: „Frag Megan."

Statt Megan zu fragen, nahm der Sänger Zack ins Visier. „Raus mit der Sprache."

Es kam ihm nicht zu, etwas zu sagen, aber Megan war offensichtlich vollauf damit beschäftigt, ins Telefon zu fluchen. „Äh, na ja, Augusto ... ich glaube, er kann heute nicht kommen."

„Meine Haare!", jammerte Robin, der Keyboarder mit den blauen und grünen Haaren. Er schaute drein, als wäre die Pest ausgebrochen.

„Du siehst gut aus", sagte Josh zu ihm.

„Sie sind ganz platt!" Robin zupfte an seiner Löwenmähne herum und versuchte sie aufzuplustern. Er hatte immer schreckliches Lampenfieber und konnte nur hinter seiner eindrucksvollen Frisur versteckt auftreten. Sie war sein Schutzschild im Rampenlicht. „Ich habe nicht mal eine Mütze!"

Allmählich trudelten die anderen Roadies, die draußen in der Raucherecke oder bei den Tour-Bussen gewesen waren, wieder ein. Die Nachricht von Augustos Verhaftung verbreitete sich wie ein Lauffeuer. Sie dichteten sich die Details dazu und füllten gegebenenfalls die Lücken.

Bald waren so viele Leute im Backstage-Bereich, dass Zack Andrew nicht mehr sehen konnte. Nicht, dass er nach ihm geschaut hätte. Der Mann hielt Zack wahrscheinlich für einen Volltrottel.

Ein Roadie, dessen Name Zack sich nicht merken wollte, weil er ein Arschloch war, fragte: „Gehen die trotzdem da raus, wenn sie sich die Haare nicht aufhübschen können? Klingt die Musik dann noch genauso gut?"

Dusty trat dem Kerl entgegen. „Problem?"

Alle schienen immer zu vergessen, dass Dusty groß war und vom stundenlangen Schlagzeugspielen anständig Kraft in den Armen hatte. Dust war nicht so leicht aus der Ruhe zu bringen, aber mit Justin, Dustys Brüdern oder der Band legte sich keiner an, schon gar nicht so kurz vor einem Konzert. Es sei denn in selbstmörderischer Absicht.

„Äh ... nein." Der Typ machte einen Rückzieher.

Angel klatschte in die Hände, um sich bemerkbar zu machen. „Okay, meine Hübschen! Gehen wir alle auf Gefechtsstation und machen wir uns bereit für die Show."

Zack warf seinem Boss einen fragenden Blick zu, doch der hob zur Antwort nur den Zeigefinger und bedeutete ihm, zu warten.

Angel tänzelte auf Megan zu, als wäre alles in bester Ordnung. „Also, Megan – Lösungen?"

Sie beendete ihr Telefonat mit einem lauten „Leck mich!" und setzte ein breites Lächeln auf. „Wie wär's, wenn ihr euch mal selber die Haare machen würdet?" Ihr trällernder Tonfall sollte wohl andeuten, dass sie sich über diese Gelegenheit doch freuen müssten.

Robin stöhnte auf wie von einer Kugel getroffen.

Dusty zuckte mit den Schultern. Er fuhr sich mit den Fingern durch sein langes Haar und sagte: „Fertig."

Angel hob die Hände, ließ sie aber gleich wieder sinken. „Warum an der Vollkommenheit von Angel Luv rumpfuschen?"

Darius schnaubte.

Andrew trat vor und räusperte sich. „Ich stelle mich liebend gern zur Verfügung."

Angel machte einen Schritt zurück und schüttelte den Kopf. „Nein, danke. Du siehst zwar gut aus und alles, aber ich bin vergeben. Darius ist der einzige, der an mir rumfummeln darf."

Darius zog ihm eins über.

„Pass auf, dass du nicht was kaputt machst, was du später noch brauchst."

Darius schaute ihn böse an.

Alle lachten, außer Angel.

Andrew hob die Hände und erklärte: „Ähm, nein. Ich habe einen Friseursalon, und da ihr hier anscheinend einen Styling-Notfall habt, würde ich gern aushelfen."

Dusty trat vor und sagte: „Andrew, dich hatte ich ja gar nicht gesehen. Darf ich dich meiner Idiotenbande vorstellen? Das hier ist Angel Luv. Er denkt, jeder will ihm einen blasen."

Angel zuckte mit den Schultern. „Ist doch auch so!"

Dusty ignorierte den Sänger und fuhr fort: „Das ist Darius, alias Dare Stone. Keiner weiß, wie er es mit Angel aushält. Und das hier sind Josh und Robin Strider ... Leute, das ist Justins Bruder, Andrew Nikeman."

Andrew nickte den Bandmitgliedern zu. „Freut mich, euch kennenzulernen. Ich mag eure Musik. Dusty, schön, dich wiederzusehen, Mann."

„Gleichfalls", sagte Dusty, gab ihm einen Klaps auf die Schulter und umarmte ihn brüderlich, und Zack war überhaupt nicht eifersüchtig, oh nein. „Oh, hey, und das ist Zack. Kennt ihr euch schon?"

Zacks Tarnkünste reichten nicht, um ihn im Boden versinken zu lassen.

Andrews Blick schien an ihm zu kleben. Vor diesem Mann konnte er sich nicht verstecken. Andrew *sah* Zack.

Knien. Dienen ...

„Ja, deinen kleinen Bruder habe ich bereits kennengelernt", bekannte Andrew mit einem Lächeln.

Was?

„Betonung auf *klein*", knurrte Dusty.

„Ich bin achtzehn", fauchte Zack. Er hasste es, klein genannt zu werden. Mit achtzehn war man volljährig. Okay, er durfte keinen Alkohol kaufen, aber sonst durfte er vom Gesetz her alles, was ihm im Moment wirklich wichtig war.

Andrew hob die Hand. „Entschuldige, ich hatte dich wohl mit, ähm ... Jordon verwechselt, deinem jüngeren Bruder."

Das besänftigte Zack zwar etwas, aber er fand eine Klarstellung trotzdem angebracht. „Jordon ist erst sechzehn. Ich bin achtzehn."

„Tut mir leid, Mann." Andrew klang aufrichtig, betrachtete ihn aber wahrscheinlich trotzdem noch als Teenager. Schließlich besaß der Mann einen Friseursalon und war Mitte Zwanzig. Was hatte Zack geleistet? Seine größte

14

Errungenschaft bisher war sein Highschool-Abschluss letzten Monat, und dass er seinen ersten Job ergattert hatte.

Andrew räusperte sich und wandte sich den Bandmitgliedern zu. „Falls ich euch mit euren Frisuren helfen kann, tu' ich das gern."

Dusty winkte ab. „Nicht nötig. Ich bin sicher, wir kriegen das alleine hin."

Robin drängte sich vor, wobei er Dusty und Angel beiseite schubste. „Oh, 'tschuldigung, Jungs. Aber nein, ich krieg das ganz bestimmt nicht alleine hin. Andrew, bitte! Guck mich nur an. So kann ich doch nicht auftreten!"

Andrew nahm seine Tasche von einem Regal. „Ich hab' ein neues Wachs, das wird dir gefallen."

Robin quiekte begeistert auf und zerrte ihn in Richtung Garderobe.

Josh stolperte seinem Lover hinterher, gefolgt vom Rest der Band.

Zack, der auf eine neue Aufgabe hoffte, schaute zum Bühnenmanager.

Der andere Roadie – das Arschloch – packte ihn am Arm. „Mir egal, wer dein Scheiß-Bruder ist, *du* hältst als Roadie nicht lang durch."

Scheiß drauf! Zack riss sich los. „Da würde ich nicht drauf wetten."

Der Bühnenmanager drehte sich um und tat so, als hätte er die Drohung nicht gehört.

Zack baute sich vor seinem wenig hilfreichen Boss auf und fragte: „Was kann ich machen?"

„Steh' *uns* einfach nicht im Weg rum." Der inkompetente Mann winkte ihn weg.

Das konnte er zwar tun, aber er hatte nicht vor, sich ungleich behandeln zu lassen. „Joe, ich bin einer von *euch*. Sag mir, was getan werden muss."

„Okay, okay, na schön. Du kannst die Bühne fegen, die Busse sauber machen und die Mülleimer leeren."

„Ja, Sir." Der Bühnenmanager zog ein Gesicht, als hätte er Verstopfung und Zack hatte seine helle Freude dran. Sein Boss musste schon sehr viel Schlimmeres austeilen, wenn er Zack zum Nachgeben oder Aufgeben bringen wollte.

DIE VORBAND kam auf die Bühne. Zack hatte die Busse sauber gemacht, die Mülleimer geleert und die Bühne und die Raucherecke gefegt.

Seinem Boss waren anscheinend die Idiotenjobs ausgegangen, denn er grummelte: „Kannst jetzt Pause machen."

Zack stahl sich in die überfüllte Garderobe der Band, um nach Jordon zu sehen.

Die Bandmitglieder drängten sich in einer Ecke des Raums um ihre Managerin.

In der anderen Ecke hielt sein kleiner Bruder Hof, zusammen mit Dustys Freund Justin und … Andrew. Jordon fuchtelte mit den Armen, während er die Ausstellung beschrieb, die er und Justin im Museum besucht hatten.

Andrew schien sich beim Thema Kunst ganz heimisch zu fühlen. Zack musste ihm Punkte geben, weil er sich wirklich am Gespräch beteiligte und im Gegensatz zu vielen anderen Leuten nicht herablassend zu Jordon war.

„Zack!", rief Jordon ihn aus den Schatten. Manchmal wünschte er sich die extrovertierte Persönlichkeit seines kleinen Bruders. „Du kennst doch Andrew, Justins Bruder, oder?", fragte Jordon.

Zack nickte, ohne auch nur in die Richtung des Mannes zu schauen.

„Gut. Also, ich hab' Andrew eben von der Ausstellung erzählt, bei der Justin und ich waren. Hier sind die Bilder." Er drückte Zack sein Smartphone in die Hand. „Wie läuft dein erster Tag denn so?"

„Gut." Zack ließ den Kopf unten und konzentrierte sich ganz auf die Bilder statt auf den Mann in Leder. Er scrollte rascher durch die moderne Kunst, als Jordon vermutlich lieb war, und wurde erst bei den Impressionisten langsamer. „Das hier gefällt mir."

Jordon nickte eifrig. „Aah, ja. Das Licht ist voll geil. Erinnerst du dich an das hier, Justin?" Er schnappte Zack das Handy weg und hielt es Justin unter die Nase.

Justin schaute kurz hin. „Ja, eins von meinen Lieblingsbildern. Ich mag Renoir."

Jordon schubste Zack mit der Schulter an und fragte: „Und, wie ist es so, Roadie zu sein?"

„Traumhaft." Zack bekam die Reaktion, auf die er gehofft hatte, als Jordon in Gelächter ausbrach. Als Andrews tiefes, leises Lachen mit einstimmte, sagte Zack: „Ich … geh' dann mal besser wieder."

„Was? Du bist doch eben erst gekommen", protestierte Jordon.

„Ich arbeite." Zack wusste nicht, wie lange er es schaffen würde, Andrew so nahe zu sein, ohne irgendwas Idiotisches zu sagen.

„Nur noch fünf Minuten. Du fehlst mir", bettelte sein kleiner Bruder und schaute ihn mit Dackelblick an.

Zack war machtlos. Für Jordon würde er noch weit Schlimmeres auf sich nehmen als die Strapaze, hier nicht ins Fettnäpfchen zu treten.

Andrew räusperte sich. „Justin sagt, dass der Job als Roadie dein erster Job ist, Zack?"

Er nickte. Mist, das machte er ziemlich oft, also schob er ein kurzes Wort nach. „Ja." Aber er konnte Andrew nicht in die Augen sehen, obwohl er sich von diesem brennenden Blick durchbohrt fühlte.

Jordon beugte sich vor, als wollte er der Gruppe ein Geheimnis verraten. „Das liegt daran, weil er mich immer aus Schwierigkeiten raushalten musste. Anscheinend hat man mit mir alle Hände voll zu tun." Sein kleiner Bruder kicherte und prustete. „Das sagt *er* jedenfalls."

Zack lachte leise. „Das Zitat wird nie alt, was?"

16

Justin und Jordon stießen die Fäuste aneinander, dann spreizte Justin die Finger und machte „puff." Er wandte sich an Zack. „Ich hab' Andrew überredet, nach der Show mit uns abzuhängen. Kommst du auch?"

„Ich weiß nicht, wie lange der Abbau dauern wird." Zack sagte das, als würde er nicht liebend gern mehr Zeit mit Andrew verbringen. Er erlaubte seinem Blick, dem von Andrew zu begegnen.

Knien. Dienen. Ihm gehören.

Justin flüsterte Andrew laut ins Ohr: „Ist es schlimm, wenn ich froh bin, dass Charlie nicht kommt?"

„Wer ist Charlie?" Die Frage war Zack bereits herausgerutscht, ehe er sich überlegt hatte, ob er die Antwort überhaupt hören wollte.

Justin verdrehte die Augen und grinste.

„Mein Freund", sagte Andrew.

Natürlich! Charlie war sein Freund. Jemand wie Andrew war bestimmt nicht ungebunden. Brauchte Zack erst ein Neonschild mit der Aufschrift „Blöde Idee" über Andrews Kopf, um es zu kapieren?

Aus *„Knien, Dienen, ihm gehören"* würde in diesem Leben nichts werden. Selbst wenn er die Tatsache, dass ihre Brüder zusammen waren, und das ganze „eine-Nummer-zu-groß-für-mich-Konzept" umschiffen konnte, ein fester Freund torpedierte jede Hoffnung.

„Mal sehen, wie spät es ist, wenn ich fertig bin. Falls nicht, sehen wir uns ja morgen vor dem Losfahren." Zack zögerte. Da ihm keine brillante Bemerkung einfiel, beließ er es bei: „Hat mich gefreut, Andrew."

Er war dankbar, dass er diesmal nicht gegen eine versteckte Wand rennen konnte, als er wieder ging.

2

ZACK WISCHTE sich die Hände an der Hose ab und stieg aus seinem Auto.

Verdammt! Die Winter hier im nördlichen Teil des Bundesstaats New York waren echt beschissen. Die eisige Kälte traf ihn wie ein Schlag ins Gesicht und ein Windstoß riss ihm die Luft aus den Lungen.

Er zog den Reißverschluss seiner Lederjacke zu und eilte zum Eingang des Clubs.

Erst als er die Tür hinter sich zugedrückt hatte – er musste sich mit der Schulter dagegenstemmen – merkte er, dass er Publikum hatte.

Die Frau auf dem Barhocker betrachtete ihn mit einem amüsierten Lächeln. Sie trug schenkelhohe lila Lacklederstiefel, einen schwarzen Minirock und ein prallvolles lilafarbenes Lederkorsett. Nachdem sie ihn einmal von Kopf bis Fuß gemustert hatte, sagte sie: „Willkommen im Entwined.“

„Ähm, danke.“ Er machte seinen Jackenreißverschluss auf, fuhr sich glättend durch die Haare und versuchte, durch die Milchglasscheibe der Tür, vor der er stand, einen Blick in den Club zu erhaschen.

Sie presste ihre vor Lipgloss glänzenden Lippen zusammen und fragte dann: „Du weißt aber schon, dass wir ein BDSM-Club sind, oder?“

„Ja.“ Sah er so aus, als wüsste er das nicht? Er hatte ausgiebig recherchiert. Entwined war ein Netzwerk von Luxus-BDSM- Clubs mit Standorten in ganz Nordamerika.

Ihr Blick wurde noch eindringlicher. „Kommst du zum Kurs?“

Zack nickte.

Sie schob ihre lila Brille auf die Nasenspitze und schaute ihn über den Rand hinweg an. „Bist du Mitglied?“

Entwined war auf ein BDSM-Publikum ausgerichtet, das sich die exorbitanten Mitgliedsbeiträge leisten konnte. Zack hatte fast das gesamte Geld gespart, das er auf der Tournee verdient hatte; jetzt hatte er genug für eine Anfangsmitgliedschaft. „Ähm, noch nicht.“

„Schauen wir uns mal deinen Ausweis an.“ Ihre langen lilafarbenen Nägel klickten gegen seinen Führerschein. „Okay. Den behalte ich hier und du kannst ihn dir abholen, wenn du wieder gehst. Hier sind ein paar Formulare zum Durchlesen. Wenn du Fragen hast, frag, und dann unterschreibst du oder gehst wieder. Der Eintritt kostet zwanzig Dollar.“

Zack nickte. Er setzte sich auf das Sofa, auf das sie deutete und ging den Papierkram durch.

Die erste Seite bestand aus einer langen Liste von Regeln, an die Clubbesucher sich zu halten hatten. Da stand alles, vom Zugang zu den Hinterzimmern – nur in Begleitung eines Senior-Mitglieds gestattet – bis zum Umgang mit Körperflüssigkeiten im Hauptraum.

Zwei Männer betraten den Club. Einer von ihnen blieb stehen, um der lila Lady seinen Mitgliedsausweis zu zeigen.

Sie lächelte und quiekte: „Willkommen, Master Mark!"

„Alles gut in deiner Welt, Audrey?" Der Sprecher legte dem Mann neben sich eine Leine an.

„Immer", zirpte sie.

Zack senkte den Kopf und starrte auf die Papiere. *Scheiße!* Das war echt. Er war hier. Aber wenn er sich jetzt nicht konzentrierte, würde er es nie in den Club schaffen.

Er las sich die zweite Seite durch, eine Beschreibung des Clubs und der kleinen Gruppe von Doms und Subs, die ihn betrieben. Zweck des Clubs war es, BDSM-Anhängern einen sicheren Ort zum Treffen und Spielen sowie zur Ausübung und zum Erlernen von BDSM-Praktiken zur Verfügung zu stellen. Die Regeln waren detailliert, und ein Warnhinweis besagte, dass jeder Verstoß gegen den strengen Verhaltenskodex mit Ausschluss geahndet werden würde. Es gab eine kleine Notiz zu der gründlichen Überprüfung, der jedes potenzielle Mitglied sich unterziehen musste, bevor die Mitgliedschaft gewährt wurde. Die dritte Seite enthielt eine formelle Verschwiegenheitserklärung.

Auf der letzten Seite standen eine Menge Statistiken zur Übertragung von Geschlechtskrankheiten und der Verbreitung von HIV. Auf Drängen ihres großen Bruders hin hatten Zack und Jordon sich mit diesem Thema bereits eingehend beschäftigt und wussten Bescheid über Geschlechtskrankheiten, und dass selbst Oralverkehr ein mögliches Risiko darstellte. Er fragte sich, wie die neuen Prophylaktika, die er einnahm, diese Zahlen wohl beeinflussen würden. Außerdem musste man sich per Unterschrift mit vierteljährlichen Bluttests einverstanden erklären und sich verpflichten, Spielpartner vor einem möglichen Austausch von Körperflüssigkeiten über medizinische Probleme zu informieren, einschließlich seines HIV-Status.

Zack ging wieder zu der Frau in Lila und fragte: „Hast du was zum Schreiben?"

Sie musterte ihn. „Keine Fragen?"

„Nein. Alles ziemlich unkompliziert." Das meiste davon stand genauso auf der Website des Clubs.

Sie zog einen lila Kuli aus ihrem Korsett und zwirbelte ihn zwischen den Fingern, ehe sie ihn an ihn weitergab. „Bitteschön."

19

„Danke." Er unterschrieb die Formulare und überreichte ihr den ganzen Packen zusammen mit ihrem Stift und zwanzig Dollar.

Sie deutete auf eine Nische. „Da drüben sind die Schließfächer für persönliche Gegenstände, die du nicht mit in den Club nehmen willst. Falls dein Handy eine Kamera hat, lass es auf jeden Fall hier – wenn du es mit reinnimmst, wird man dich gemäß der Verschwiegenheitserklärung, die du eben unterschrieben hast, zum Verlassen des Clubs auffordern. Die Demonstration fängt in ein paar Minuten an. Falls du was brauchst, mein Name ist Audrey."

„Danke." Er legte sein Handy in ein Schließfach und steckte den Schlüssel in die Tasche.

Verdammt! Das hier geschah wirklich. Er konnte endlich diese Seite an sich erkunden, die nicht zum Schweigen zu bringen war. Seine Hand zitterte ganz leicht, als er die Tür zu dem aufstieß, was ihm wie der Beginn seines Lebens vorkam.

Entwined war wie das Paradies zu betreten.

Jeder einzelne hier stand auf BDSM oder erkundete zumindest den Lebensstil. Hier brauchte er seine Neigungen und Interessen nicht zu verbergen.

Zwei nackte Männer knieten auf einem Handtuch neben einer Frau, die ihnen die Köpfe streichelte und ihnen etwas zuflüsterte. Ein kleiner Mann, der nur einen Stringtanga trug, hastete zu einer Wand voller Paddles, nahm eins und eilte zurück zu einem anderen Mann weiter hinten im Hauptraum. Die Kleidung, soweit vorhanden, bestand vorwiegend aus Leder. Einige trugen Halsband und Leine, andere Handschellen und Peitschen, und alle gingen mit einer zwanglosen Selbstsicherheit ihren jeweiligen Beschäftigungen nach, die Zack schier um den Verstand brachte.

Zack versuchte, das opulente Dekor des im Renaissance-Stil eingerichteten Clubs gebührend zu würdigen, aber vergeblich. Die Kunstwerke, die vergoldeten Tischchen, gepolsterten Stühle und Kanapees trugen zum Ambiente bei, doch er konnte mit all dem nichts anfangen.

Er schlängelte sich durch die Tische, um den Terminplan des Clubs zu studieren, der in einem vergoldeten Rahmen an der Wand aushing. Montags und donnerstags war Männerabend. Dienstage und Sonntage waren für Frauen reserviert. Mittwochs, freitags und samstags war für alle geöffnet. Ganz unten gab es eine Anleitung für das Reservieren von Räumen.

Erneut wurde ihm schlagartig bewusst, dass er in einem *echten* BDSM-Club war. Er pirschte hier nicht durchs Internet auf der Suche nach BDSM-Foren und Blogs oder Fetischsex-Websites. Das Entwined würde ihm erlauben, seine Interessen in der Realität zu erkunden.

Er holte tief Luft.

Leder, Schweiß und Pheromone stürmten auf seine Sinne ein.

Mist, er musste sich einen Sitzplatz suchen, bevor er vor lauter Aufregung ohnmächtig wurde. Er glitt auf einen Stuhl in der letzten Reihe.

Der Samtvorhang vor der Bühne war offen. In der Mitte stand eine schlichte, gepolsterte Bank mit schwarzen Hand- und Fußfesseln. Auf dem Tisch daneben lagen ein Paddle, eine Reitgerte und ein Handschuh aus Plüsch bereit, daneben standen eine Kerze und ein Eiskübel.

Ein glatzköpfiger Mann mit nacktem Oberkörper, der einen Brustharnisch aus überkreuzten schwarzen Lederriemen trug, sprang auf die Bühne. Er streckte einem jüngeren, ebenfalls barbrüstigen Mann mit taillenlangem Haar die Hand entgegen, um ihm auf die Bühne zu helfen.

Eine Frau, die ein wenig Abseits stand und eine Reitgerte zwischen den Fingern zwirbelte, rief: „Viel Spaß, Orion!"

Der langhaarige Mann warf einen Blick in ihre Richtung und nickte eifrig, ein breites Lächeln auf den Lippen.

Das Publikum kicherte.

„Ich bin Jason und dieser reizende Mann hier ist Orion. Er wird mich bei meiner Einführung in die Grundlagen von BDSM unterstützen." Der Raum war so groß, dass beide Männer Mikros trugen.

Zack applaudierte gemeinsam mit den anderen.

„BDSM steht für Bondage und Disziplin, Dominanz und Submission, Sadismus und Masochismus. Für manche ist es ein Tabu, aber die meisten haben bereits irgendwann mit BDSM-Elementen experimentiert. Eine Augenbinde beim Sex, ein Lehrer/Schüler-Rollenspiel, ein bisschen spielerisches Kitzeln – das sind alles Facetten von BDSM."

Jason ging auf der Bühne auf und ab. „Ich sehe viele neue Gesichter im Publikum. Ihr alle seid aus unterschiedlichen Gründen hier. Einige von euch wollen erkunden, was Machtaustausch bedeutet. Vielleicht hat euch eure bessere Hälfte hierher mitgeschleift. Möglicherweise seid ihr gekommen, um BDSM-Praktiken zu lernen. Oder vielleicht seid ihr einfach aus Neugier hier. Ganz gleich, warum, wir freuen uns, dass ihr gekommen seid."

Jason schlenderte zur anderen Seite der Bühne. „Wer kann mir die Grundprinzipien nennen?"

Die heilige Dreieinigkeit. Zack sprach die Worte im Kopf mit, die jemand in der ersten Reihe rief: „Sicher, vernünftig und einvernehmlich."

„Korrekt. Sicher, vernünftig und einvernehmlich – safe, sane and consensual – macht den Unterschied zwischen Misshandlung und BDSM aus. Aber im Entwined gehen wir gern ein bisschen weiter. Daher möchte ich jetzt auch mal die RACK-Philosophie ansprechen."

Orion sah zu Jason auf, als wartete er genauso gespannt wie der Rest des Publikums auf den Fortgang der Lektion.

„RACK steht für risk-awareness und consensual kink – persönliche Risikobereitschaft und einvernehmliches Spiel. Normalerweise gilt das für subjektiv riskantere Spiele wie … hat jemand eine Idee?"

„Grenzspiele", rief der Mann, den Zack vorhin im Vorraum gesehen hatte.

Jason lachte leise. „Ja, Master Mark. Grenzspiele." Er wandte sich wieder ans Publikum und verkündete: „Master Mark ist einer der Mitbegründer von Entwined."

Alle applaudierten.

Master Mark stand auf und mahnte mit erhobenen Händen zur Ruhe. „Bildung ist wichtig. Ich freue mich, dass ihr heute so zahlreich erschienen seid. Entwined ist um euer Wohlergehen besorgt. Bildung ist der beste Weg, um innerhalb der Szene zu wachsen oder auch nur mehr Pep ins Schlafzimmer zu bringen."

„Danke, Master Mark", sagte Jason, und der andere Mann setzte sich wieder und streichelte seinen Sub.

Orion winkte dem Gründungsmitglied zu.

Jason fuhr fort: „Da dies hier nur der erste Teil von ‚BDSM 101' ist, werden wir das Thema RACK nicht zu sehr vertiefen. Aber die grundlegende Philosophie dahinter ist das Bewusstsein, dass alles, was wir tun, Risiken beinhaltet und daher nie etwas hundertprozentig ungefährlich sein kann. Jedoch können wir vieles ein bisschen sicherer machen, und das streben wir an. Wir tun das, indem wir verständnisvoll und aufmerksam an eine geplante Session rangehen und uns überlegen, was wir tun können, um unsere Praktiken so sicher wie möglich zu machen. Ja, ja, ich weiß – manche Leute glauben, dass man nicht hardcore genug ist, wenn einem nach einer Session nicht mindestens ein Körperteil fehlt."

Das Publikum kicherte.

Jason lächelte und wartete, bis alle wieder still waren. „BDSM ist kein Wettstreit. Jeder hat seine eigenen Wünsche, Ziele und Vorstellungen. Daher erweisen wir uns allen einen schlechten Dienst, wenn wir Maßstäbe anlegen, die vielleicht gar nicht zutreffen oder nicht umsetzbar sind. Schränken wir uns gegenseitig nicht zu sehr ein. Okay, jetzt aber Schluss mit den Volksreden."

Er führte Orion zu der Bank und fragte ins Publikum: „Welchen Grund könnte ein Sub haben, ein Halsband zu tragen? Kann mir das jemand sagen?"

Jemand rief: „Weil er oder sie gebunden ist."

Jason nickte. „Korrekt. Als Symbol der Verbindung zwischen einem Dom oder Master und seinem Sub, Bottom oder Sklaven. Oder manchmal bedeutet das Halsband auch, dass der Sub in Betracht kommt, diese Ebene einer BDSM-Beziehung zu betreten. Weitere mögliche Gründe?"

Das Publikum wurde still.

Zack wünschte, er hätte den Mumm gehabt, die Hand zu heben. Er hätte alle auflisten können. Stattdessen wartete er, bis Jason seine Frage selbst beantwortete.

„Das Umlegen eines Halsbands kann ein Teil des Rituals sein, das den Beginn der Session anzeigt. Ein Halsband zu tragen kann eine Möglichkeit sein, sich als Sub auszuweisen und zu zeigen, dass man auf der Suche nach einem Dom oder Master ist. Oder es kann darauf hinweisen, dass der Betreffende unter jemandes Schutz steht. Manchmal wird ein Halsband auch bei Tierrollenspielen getragen oder einfach aus Modegründen."

Orion berührte sein Halsband und flüsterte Jason etwas zu. Jason nickte, und Orion ergriff das Wort. „Ich wollte noch was ergänzen. Wenn jemand ein Halsband trägt und bereits einen Partner hat, ist es hier im Entwined Vorschrift, dass ihr immer erst den Master, Dom oder Besitzer fragt, ob ihr mit dem Sub reden dürft. Wenn ihr neu seid, will der Master euch vielleicht erst besser kennenlernen, ehe er oder sie euch den Umgang mit dem Sub gestattet."

Jason lächelte. „Seid einfach respektvoll. Falls ihr das Protokoll verletzt, helfen euch die Leute hier gern auf die Sprünge, solange ihr nicht in böser Absicht gehandelt habt."

Jason tuschelte mit Orion.

Orion nickte und ergänzte: „Und übrigens, ich trage ein Halsband, um mich als Sub zu kennzeichnen."

Eine Stimme rief aus dem Publikum: „Und er ist noch zu haben!"

Nachdem das Gekicher und Gelächter wieder erstorben war, fuhr Jason fort. „Wie ihr sehen könnt, sind wir hier ziemlich entspannt. Trotzdem haben Orion und ich vorab besprochen, was wir heute Abend tun wollen. Wir haben gemeinsam unsere Erwartungen an diese Session ausgearbeitet. Er hat mir seine Limits anvertraut und ich ihm meine."

Ein Murmeln ging durch die Menge.

Jason grinste. „Ah. Ihr glaubt also nicht, dass man Limits haben und die dem Sub auch erklären sollte, wenn man die dominante Rolle einnimmt?"

Keiner sagte etwas.

„Orion?"

Orion zuckte mit den Schultern und sagte: „Master Jason möchte mich nicht so hart schlagen, wie ich es mir gewünscht hätte. Er hat mir seine Grenzen gesagt, und die muss ich entweder respektieren oder mir einen neuen Spielpartner suchen."

Zack konnte dieses nackte, zwingende Verlangen nachvollziehen.

Jason nickte. „Kein Partner sollte zu etwas gedrängt werden, bei dem ihm nicht wohl ist. Ich will damit nicht sagen, dass Grenzen nicht verschoben und Limits nicht angepasst werden dürfen, aber dafür gibt es ein Verfahren ... darüber wird verhandelt."

Orion runzelte die Stirn, sagte aber nichts weiter.

Jason wandte sich dem Publikum zu. „Was brauche ich noch, bevor wir anfangen?"

In der dritten Reihe hob jemand die Hand und sagte, nachdem Jason genickt hatte: „Ein Safeword."

„Genau. Tausend Worte können eine Misshandlung nicht stoppen, aber beim BDSM genügt dafür ein einziges Wort. Ich rate euch dringend, ein Safeword zu haben. Ohne Safeword zu spielen, vor allem mit einem neuen Partner, ist keine Sache der Ehre, sondern eine möglicherweise gefährliche Situation." Jason wandte sich an Orion und fragte: „Würdest du uns deins sagen?"

„Krebs." Er starrte herausfordernd ins Publikum, doch niemand gab einen Kommentar dazu ab.

Jason sagte mahnend: „Es muss ein Wort sein, das man normalerweise während einer Session nicht aussprechen würde, und es macht allem sofort ein Ende."

Er bedeutete Orion, sich mit dem Gesicht nach unten auf die Bank zu legen. „Aus unserem Vorgespräch weiß ich, dass Orion keine körperlichen Einschränkungen hat, die ihn daran hindern würden, eine von mir gewünschte Position einzunehmen. Vergesst nicht, als Sub ist es eure Pflicht, eurem Dom Bescheid zu geben, wenn ihr die falsche Art von Schmerzen habt." Jason kniete sich vor Orion auf den Boden und nahm seine Hand. „Ich werde seine Hände und Füße an der Bank festmachen. Fesseln sollten die Durchblutung nicht abschnüren. Bei gepolsterten Fesseln wie diesen und bei dieser Art von Spiel achte ich darauf, dass ich noch einen Finger drunter kriege."

Jason fesselte Orions Hände, dann seine Füße. Er berührte ihn am Rücken und fragte: „Alles okay, Orion?"

Orion blickte mit einem verträumten Lächeln auf und sagte: „Ja, Master Jason."

Eifersucht durchströmte Zack. Gefesselt und unter jemandes Kontrolle zu sein war seine Lieblingsfantasie. Ah, wenn Andrew je …

„Beim BDSM geht es um intensives Empfinden." Jason fuhr ohne Vorwarnung mit einem Eiswürfel an Orions Rückgrat entlang.

Orion wich der Kälte aus, so gut es die Bondage erlaubte, und keuchte: „Ohhhh!"

Jason zeichnete bedächtig ein Muster aus kalten Spuren auf den Rücken des Subs und Zack erschauerte und bekam einen Ständer.

„Empfindungs-Spiele." Er nahm ein Handtuch, trocknete Orion ab und streifte sich dann den Pelzhandschuh über. Damit rieb er Orion den Rücken und den jeansbekleideten Hintern.

„Mmm." Orion drängte sich der behandschuhten Hand entgegen, die ihn massierte.

„Ihr könnt den Sub auch mit anderen Dingen dazu bringen, sich ganz aufs Fühlen zu konzentrieren. Mit Vampirhandschuhen, Gummibändern, Igelbällen, Violettstäben, Nadelrädern, Federn und vielen anderen Dingen, die alle im Internet oder im Zubehörshop von Entwined zu finden sind."

Jason löste Orions Fesseln. „Orion, dreh dich um und leg dich auf den Rücken."

„Ja, Sir." Orion gehorchte, unterstützt von Jasons helfender Hand.

Der Dom nahm die Kerze und zündete sie an. „Das hier ist eine schlichte Paraffinwachs-Kerze. Ihr solltet keine Bienenwachskerzen verwenden, weil die viel heißer brennen. Wenn ihr vorher noch nicht mit der Kerze gearbeitet habt, testet sie." Jason träufelte sich etwas von dem schwarzen Wachs aufs Handgelenk.

Orion hob den Kopf und schielte nach Jason.

„Kopf runter, Orion", befahl Jason, schälte sich das Wachs von der Haut und legte es beiseite. „Wenn ihr den Sub dort berührt, wo der Wachstropfen auftreffen wird, kann er sich besser auf die Stelle konzentrieren. Variiert euer Tempo, je nachdem, was ihr erreichen wollt. Langsam erlaubt den meisten Subs, sich in einen fast meditativen Zustand oder in den Subspace zu versetzen, aber andere mögen es lieber schnell. Subspace ist für jeden Sub anders. Es ist ein Zustand vollkommener Verbundenheit ...“

„Nirwana", hauchte Orion in sein Mikro.

Jason berührte Orion am Bauch und ließ einen Wachstropfen auf dieselbe Stelle fallen. Ein willkürliches Muster bildete sich heraus.

Tap, tropf, tap, tropf.

Zack konnte sich nur mit Mühe davon abhalten, nach Luft zu schnappen. Er hätte schwören können, dass das Wachs auf seine eigene Haut tropfte. Er stellte sich die Berührung vor, gefolgt von den verführerisch brennenden Tropfen. Er rutschte auf dem Stuhl herum und versuchte, eine Haltung zu finden, die ihm mehr Platz in der Hose bot.

„Ohhh, mehr", stöhnte Orion.

Tap, tropf, tap, tropf.

Jason sagte: „Wir könnten stundenlang so weitermachen. Die Berührungen können wegfallen, wenn euer Sub allmählich in den Subspace driftet."

Tropf, tropf, tropf.

Jason blickte auf, als wäre ihm gerade erst wieder eingefallen, dass er Zuschauer hatte. „Variiert die Höhe, aus der ihr die Wachstropfen fallen lasst. Dann treffen sie die Haut mit verschiedenen Temperaturen. Wenn ihr die Kerze höher haltet, kühlt das Wachs mehr ab." Er demonstrierte diesen Punkt, indem er den Tropfen einmal aus neunzig und einmal aus fünfzehn Zentimetern Höhe fallen ließ.

Orion wölbte sich dem sengend heißen Wachs entgegen.

„Wenn ihr verschiedenfarbige Kerzen benutzt, denkt daran, dass sie unterschiedlich heiß brennen. Falls euer Sub zufällig stark behaart ist, solltet ihr ihn vielleicht in Plastikfolie einwickeln, bevor ihr das Wachs benutzt." Jason schaute nicht ins Publikum. Sein Blick hing an Orion.

Tropf, tropf, tropf.

Orion keuchte auf – vor Lust, wie es sich anhörte. Sein Gesichtsausdruck sagte so deutlich „auf Wolke sieben", dass Zack ganz eifersüchtig wurde.

„Unsere Zeit reicht nicht, um die Verwendung von Votivkerzen zu besprechen. Ich werde euch auch nicht zeigen, wie man das Wachs mit Messern oder Peitschen entfernen kann. Es gibt das ganze Jahr über Kurse und Vorführungen zum Thema Kerzen, Wachs und Feuerspiele, falls ihr mehr wissen wollt."

Jason fischte einen Eiswürfel aus dem Kübel und ließ kaltes Wasser auf Orions Haut tropfen.

Das rüttelte den Sub soweit wach, dass er wimmerte.

Jason kniete sich neben Orion und flüsterte ihm etwas zu. Er pulte das Wachs Tropfen für Tropfen mit den Fingernägeln ab. Dabei sagte er in sein Mikro: „Orion macht das sehr gut, und jetzt wird er sich umdrehen."

Orion bewegte sich und blickte sich auf der Bühne um. Mit Jasons Hilfe drehte er sich erneut auf den Bauch. Sein langes, blondes Haar hing herab wie ein Vorhang, der sein Gesicht verbarg.

„Jetzt werden wir euch Schlagspiele zeigen", sagte Jason und schnallte Orion wieder an der Bank fest.

Zack versuchte, seine Atmung unter Kontrolle zu behalten, als sich die Fesseln um Orions Arme und Beine schlossen, ihn fixierten. Oh, an seiner Stelle zu sein –

„Man kann viele verschiedene Dinge benutzen. Ich empfehle jedem angehenden Master oder Dom, alle Schlagwerkzeuge erst mal an sich selbst auszuprobieren, bevor er oder sie einen Sub auch nur anfasst. Ihr müsst planen, an welchen Körperstellen Schläge mit welchen Dingen sowohl euch als auch dem Sub am besten zugutekommen. Verstehen, wie sich jedes Hilfsmittel, das ihr einsetzt, auf euren Sub auswirkt." Er nahm eine Reitgerte zur Hand und wirbelte sie herum. „Diese Schlagutensilien gehören zufällig mir, daher weiß ich sehr genau, wie sich jedes einzelne von ihnen anfühlt."

Er ließ eine Hand über Orions Hintern gleiten. „Schläge sind etwas Körperliches."

Whap!

Zack biss sich auf die Lippen und holte tief Luft.

„Mmm." Orion drückte das Kreuz durch.

„Schlagspiele können auch etwas sehr Mentales sein. Wenn ich ihn die Jeans runterziehen lassen oder ihn übers Knie legen würde, sähe die Sache gleich ganz anders aus, oder?"

„Ja, Sir", stöhnte der liegende Mann.

Zack unterdrückte mühsam ein Wimmern bei dieser Andeutung.

„Eine Aufwärmphase ist hilfreich, um die Haut und den Sub auf härteres Spiel vorzubereiten." Jason fing an, Orion mit der flachen Hand den Hintern zu versohlen. Das machte er ungefähr eine Minute lang.

Jeder klare, feste Klaps grub sich in Zacks Verstand und förderte verborgene Fantasien zutage. Ein Bild tauchte ungebeten vor seinem geistigen Auge auf: Andrews Hand klatschte auf seinen Hintern, und Zack war begeistert. Wieder und wieder schlug sein Master ihn.

Das Klatschen von Schlägen auf nackter Haut riss Zack aus seinem Tagtraum. Orions Jeans hing jetzt um seine Knöchel. Er trug eine raffinierte, pofreie Unterhose. Seine Hinterbacken waren hellrosa, und die Gerte küsste sie wieder und wieder, ließ keine Stelle aus.

„Reitgerten gibt es in unterschiedlichen Längen von sechzehn bis achtundzwanzig Zoll. Ein kürzerer Schaft bietet mehr Kontrolle." Jason hieb auf Orions Hintern ein. „Leichte Schläge wirken sehr stimulierend, stimmt's, Orion?" Orion stöhnte und drückte die Hüften nach oben.

Zack schlug die Beine andersrum übereinander und versuchte, tief durchzuatmen.

„Je schmaler die Lasche, desto schmerzhafter der Schlag. Denkt dran, wenn das Leder weich ist, schlingt es sich um die Haut und gibt mehr Biss." Jason versetzte Orion einen weiteren Schlag, um das zu demonstrieren und um seine Worte zu unterstreichen.

Jason streichelte Orions malträtierte Haut mit dem Schaft der Gerte.

Orion stöhnte, und seine Beinmuskeln spannten sich an.

„Die Reitgerte ist großartig wegen ihrer Vielseitigkeit. Außerdem kann man den Schaftteil als Rohrstock nutzen." Jason hielt die Gerte an beiden Enden fest und bog sie zusammen. „Für Anfänger würde ich eine weniger elastische Gerte empfehlen, die bessere Kontrolle ermöglicht."

Ein Schnippen von Jasons Handgelenk; Orion ächzte, und ein roter Strich bildete sich. „Die Reitgerte kann überall am Körper eingesetzt werden. Bevor ihr allerdings selber eine benutzt, solltet ihr an den entsprechenden Seminaren teilnehmen. Die Gerte ist ein fantastisches Instrument, kann aber auch viel unerwarteten Schaden anrichten. Anfängern rate ich, sich ans Hinterteil zu halten. Und jetzt, Orion – bist du bereit?"

Orion wimmerte und sagte: „Ja, Sir."

Jason gab ihm vier weitere Schläge, alle mit erstaunlicher Präzision. Die einzelnen Striemen verliefen exakt parallel zueinander und wirkten wie mit dem Lineal gezogen.

Jason liebkoste die erhitzten Hinterbacken mit der Hand und tauschte die Reitgerte gegen ein Paddle mit Löchern. Er ließ es durch die Luft wirbeln, dann rieb er das Holz über Orions Hintern, hob das Gerät an und versetzte ihm einen leichten Schlag.

„Mehr, Sir", verlangte Orion.

„Ah, so verlockend es auch sein mag, dieser Bitte nachzugeben – lasst nie euren Sub die Session kontrollieren. Der Dom oder Master muss immer Herr des Geschehens sein. Ich will damit nicht sagen, dass ein Dom sich in seinem Verhalten nicht von den Reaktionen des Subs leiten lassen sollte, aber er darf sich nie die Kontrolle entreißen lassen. Euer Sub gibt euch die Macht über sich. Er ist nicht in der geistigen Verfassung, irgendwas zu entscheiden. Außer, ob er sein Safeword einsetzt, um die Szene zu beenden."

„Bitte, Master Jason." Orions Flehen berührte Zack.

Jason schüttelte den Kopf und machte mit den leichten Schlägen weiter. Als Orion aufhörte zu betteln, gab Jason ihm rasch hintereinander drei kräftige Hiebe, die auf seinem bereits von Striemen gezeichneten, geröteten Arsch klar umrissene Rechtecke von dunklerem Rot hinterließen.

Zack rutschte auf seinem Stuhl herum, genau wie ein Großteil des Publikums. Orion blieb still bis auf ein gelegentliches Luftschnappen nach einem besonders harten Schlag.

„Natürlich könnt ihr den Sub auch die Schläge mitzählen lassen oder ihm befehlen, euch nach jedem Schlag zu danken und um den nächsten zu bitten." Jason hieb so heftig auf Orions dargebotenen Hintern ein, dass die Zuschauer zusammenzuckten.

Orion stöhnte und wölbte den Rücken.

Jason rieb die malträtierte Haut mit dem Paddle und sagte: „Das sind jetzt die letzten fünf, Orion. Bist du bereit?"

„Ja, Master Jason", stieß Orion atemlos hervor.

Jason ließ sich Zeit und verabreichte ihm fünf Schläge im Verlauf einer Minute. Danach war Zack genauso außer Atem wie Orion.

Nach dem letzten Schlag stöhnte Orion hinaus: „Danke, Master Jason."

Jason massierte Orions Hinterteil. „Untersucht immer den betroffenen Bereich, um sicherzugehen, dass es nicht zu unerwarteten Verletzungen gekommen ist. Ah, Orion ist bis morgen wieder auf dem Damm. Allerdings wird er zum Sitzen wahrscheinlich ein Kissen brauchen." Er gab Orion mit der flachen Hand einen letzten Klaps auf das rote Hinterteil.

Jason schnallte Orion los und umarmte ihn. Eine Frau reichte ihm eine Decke, und jemand anders hatte einen großen Sessel auf die Bühne gestellt.

Orion strampelte sich von seinen Jeans frei und ließ sich von Jason in die Decke hüllen.

Jason nahm ihn auf den Schoß und murmelte ihm etwas zu, dann wandte er sich wieder ans Publikum. „Nachsorge ist extrem wichtig. Sie holt den Sub wieder in die Realität zurück und erlaubt dem Dom, von dem High runterzukommen, das einem das Geschenk der Unterwerfung bescheren kann. Vergesst nicht, dass jeder Sub anders reagiert. Einige wollen nicht berührt werden. Andere wollen Sex. Manchmal ist Nachsorge eine weitere Session. Ich kenne Orion von früheren Sessions, und er braucht Nähe und Körperkontakt. Redet mit dem Sub und schaut, was gebraucht wird. Denkt dran, dass der Sub auskühlen kann. Deshalb ist es gut, eine Decke bei der Hand zu haben, und Wasser."

Jemand reichte ihm eine frische Flasche Wasser, und Jason öffnete sie. Er hielt sie Orion an die Lippen und ließ ihn trinken. Jason streichelte ihn. „Nachsorge hängt ganz von euch und von den Bedürfnissen eures Partners ab."

Jason kuschelte mit Orion, bis er sich zu regen begann. „Geht's dir gut?"

Orion lächelte und küsste ihn auf die Wange. „Ja, danke, Master Jason. Ich bin wieder auf dem Damm, wie du gesagt hast." Er wandte sich ans Publikum und grinste. „Und vielleicht kann mir das ja nachher mal einer übersetzen."

Jason kicherte. „Der Racker ist wieder da."

Jemand holte die Hose, die Orion abgestreift hatte, als er sich auf Jasons Schoß zusammengerollt hatte, und gab sie ihm. Er schlängelte sich unter der Decke wieder hinein.

Jason half ihm beim Aufstehen. „Wenn die Session sehr intensiv war, ist es auch immer eine gute Idee, sich ein paar Tage später zu melden und zu schauen, ob sich was ergeben hat, was verarbeitet werden muss. Denkt dran, BDSM beinhaltet einen Machtaustausch und Vertrauen. Peitschen, Seile, Spielsachen und Leder – das sind alles Wege, um diesen transzendentalen Zustand zu erreichen, in dem nichts anderes mehr zählt. Viele mögen das Ritual oder brauchen es, um diesen Zustand zu erreichen. Andere nicht. Findet raus, was für euch und eure Partner das Beste ist. Erlaubt euch, zu wachsen und euch zu verändern, bis ihr euren eigenen Weg gefunden habt."

Jason führte Orion zur Mitte der Bühne. „Also dann, wir haben kaum an der Oberfläche gekratzt. Es gibt noch jede Menge andere Themen – Suspension, Bondage, Messerspiele, Peitschen, Fetisch, Rollenspiele und so weiter – über die ich nicht gesprochen habe und die ihr euch auch mal anschauen könnt. Eine Kursliste findet ihr auf der Website von Entwined oder draußen bei Aubrey. Ich glaube, der zweite Teil von BDSM 101 findet nächste Woche um diese Zeit statt. Spielt immer so sicher wie möglich. Danke."

Applaus brandete durch den Raum.

Zack konnte sich nicht bewegen.

Scheiße! Es war zu viel und doch nicht genug. Sein Körper fühlte sich überempfindlich an, als hätte er mehr getan als nur zuzuschauen.

Die Menge verschlang Jason und Orion. Schließlich jedoch zerstreuten sich die bewundernden Fans. Der devote Mann umarmte Jason und schloss sich dann einigen Leuten an, die ihn zu sich winkten. Sie johlten, als er sich zu ihnen setzte.

Rund um Zack wurden Stühle gerückt und wieder an ihre ursprünglichen Plätze gestellt. Er sprang auf und schob seinen Stuhl unter den nächstbesten Tisch.

Was jetzt? Er schlängelte sich zur Saftbar durch, nahm Platz und bestellte eine Cranberry-Schorle. Jason saß direkt neben ihm.

„Ähm, das war … äh, gut, Jason." Worte waren nie Zacks Freunde.

„Danke. Hoffentlich haben alle ein bisschen was gelernt."

„Ich bin Zack. Ja, das haben sie mit Sicherheit. Ich meine … ich hab' was gelernt."

Jason fragte mit einem warmen Lächeln: „Erstes Mal?"

Eine Lüge wollte Zack nicht über die Lippen, also nickte er.

„Ist ganz was anderes als das, was man normalerweise im Internet sieht." Jason trank einen Schluck von dem, was der Barkeeper ihm hingestellt hatte. Was auch immer es war.

„Pornos." Hardcore-Szenen schwirrten Zack durch den Kopf.

„Da wird typischerweise immer viel Wert auf eine klar definierte Welt gelegt, Sub/Dom oder Top/Bottom. Und vielen Leuten ist es so auch am liebsten. Aber meiner bescheidenen Meinung nach haben einige von uns die Fähigkeit, irgendwo innerhalb des Spektrums zu sein, und das kann sich mit der Zeit ändern. Siehst du die beiden da drüben?"

Zack folgte der Richtung von Jasons Blick und nickte.

„Der mit dem Halsband war mal der Top, aber im Lauf der Jahre haben sie als Paar die Rollen getauscht."

„Switches?" Zack senkte die Stimme. In einigen Kreisen wurden Switches als unschlüssig angesehen, von Schamgefühlen wegen ihrer devoten Veranlagung geplagt oder als unfähig, ihre eigene Dominanz in den Griff zu kriegen.

„Schon okay, du brauchst nicht zu flüstern. Bei Entwined akzeptiert dich jeder so, wie du bist. Einige müssen auf beiden Seiten der Peitsche sein, und das ist okay. Andere brauchen das nicht."

Zack schüttelte den Kopf. „Ich war in ein paar BDSM-Foren, wo sie Switches rausgeschmissen haben."

„Das ist bedauernswert und einschränkend. Ich finde das, was zwischen den definierten Linien und an den Rändern ist, viel faszinierender –"

Ein hochgewachsener Mann mit grau melierten Haaren zog Jason in einen leidenschaftlichen Kuss, aus dem beide Männer lachend und außer Atem wieder auftauchten.

„Also, was findest du so faszinierend, mein Liebster?", fragte der Küsser.

Jason strahlte den Mann an, als wäre er die fleischgewordene Antwort auf alle je gestellten Fragen. „Zack, das ist mein Herz, Gene."

Zack schüttelte dem Mann die Hand.

„Freut mich, dich kennenzulernen, Zack. Hat dir die Demonstration gefallen?"

„Aufschlussreich." Zu seiner Zufriedenheit klang Zack ganz normal.

„Jason ist ein wunderbarer Lehrer", sagte Gene.

Jason stupste Gene mit dem Ellbogen an. „Hey, legst du's mir wieder an?"

„Natürlich." Gene zog ein Lederhalsband aus seinem Hosenbund und schnallte es Jason um.

Der Dom von der Bühne verschwand, und der Mann mit dem Halsband seufzte: „Danke, Master."

Zack versuchte, nicht zu reagieren. Aber, heilige Scheiße, das hatte er nicht kommen sehen.

„Du bist überrascht", sagte Jason. Es war mehr eine Feststellung als eine Frage.

„Äh, ja. Ich glaube schon. Ich meine, es ist ja nichts Schlimmes dran, wenn … aber, äh, auf der Bühne …"

„Auf der Bühne war ich ein Dom für einen wunderbaren Sub, und jetzt …" Gene berührte Jasons Gesicht und sagte: „Jetzt bist du *mein* wunderbarer Sub."

Jason neigte sich der Berührung entgegen, als wollte er die ganze Liebe in sich aufnehmen, die der Mann ihm zeigte.

Quälendes Verlangen durchströmte Zack. Er sehnte sich nach einer solchen Verbundenheit.

„Jeder geht immer davon aus, dass Submissive zerbrechlich, irgendwie geschädigt oder schwach sind." Jason sprach mit Vehemenz. „Das ist nicht der Fall. Es kommt wirklich immer auf den Einzelnen an."

„Mein Partner und ich sind seit sechsundzwanzig Jahren zusammen. Er ist der stärkste Mensch, den ich kenne." Gene strahlte vor Stolz. Er wandte sich an Zack. „Bist du nur neugierig, oder bist du ein angehender Sub oder Master?"

„Oder beides", fügte Jason hinzu.

„Ich … ich bin mir nicht sicher." Was nicht ganz der Wahrheit entsprach, aber genauer wollte Zack sich im Moment nicht festlegen.

„Wenn du mit nach hinten kommen möchtest, könnten wir das zusammen mit dir ergründen …" Das Angebot kam von Gene, und Jason nickte begeistert Zustimmung.

Zack kratzte sich am Kopf. Sie waren auf einen Dreier aus? Oder? Wie sollte das –

Eine Gestalt am anderen Ende des Raums fiel ihm ins Auge. War das etwa …?

Scheiße! Was machte *der* denn hier?

Andrew kam aus dem hinteren Teil des Clubs geschlendert. Ein weiterer Mann trippelte neben ihm her und plapperte auf ihn ein.

Heilige Scheiße! Er war im Hinterzimmer des Clubs gewesen … und hatte mit einem Sub gespielt? War selbst ein Sub? Nein, wenn Andrew in der Szene war, dann mit Sicherheit als Dom. Andrew stand auf BDSM?

Knien. Dienen. Ihm gehören.

„Oh? Oh, tut mir leid. Ich muss gehen. Ich komme wieder."

„Berühmte letzte Worte." Gene lächelte, und er und Jason winkten, als Jason durch die Tür nach draußen flüchtete.

3

ANDREW STAND alleine auf seinem Balkon und trank den schäumenden Champagner in kleinen Schlucken. Sein iPhone spielte „Auld Lang Syne", den traditionellen Silvester-Song.

Er starrte in die Sterne und grübelte über die Frage nach, die der Song stellte. „Should auld acquaintance be forgot?" – *Sollten alte Bekanntschaften vergessen werden?*

Was für eine interessante Frage.

Andrew hatte ein Jahr des Umbruchs und der Veränderung hinter sich. Alles, was zu Beginn dieses Jahres noch eine Gewissheit gewesen war ... gab es jetzt nicht mehr.

Entfernte Jubelrufe brachten ihn dazu, einen Blick auf die Uhr zu werfen. Es war merkwürdig, Charlie keinen Neujahrskuss zu geben. Obwohl, wenn er ehrlich war – Charlie war in letzter Zeit nicht oft zum Küssen bei ihm gewesen ... oder überhaupt jemals?

Andrew hegte den Verdacht, dass sein Partner – mit dem er sich bis vor kurzem diese Wohnung geteilt hatte und mit dem er seit der Highschool zusammen war – schon seit Jahren immer wieder mit irgendwelchen anderen Männern schlief. Andrew hatte sogar das Thema „offene Beziehung" zur Sprache gebracht. Verdammt, wenn es das war, was Charlie brauchte, hätte Andrew sich schon irgendwie damit arrangiert. Aber sein Lover hatte sich geweigert, es auch nur in Betracht zu ziehen.

Charlie hatte seine Affären geleugnet, bis Andrew den Beweis dafür in Gestalt eines schlafenden Mannes in seinem Bett gefunden hatte. Die anderen Männer hatten Andrew nicht wirklich gestört, aber die Lügen schon. Sex war schließlich nur Sex. Leider hatte der Mann, mit dem er die Ewigkeit zu verbringen gedachte, nicht für Team Andrew/Charlie gespielt, sondern für sein eigenes.

Gott, Andrew war so *dumm* gewesen.

Er hätte gern vergessen, wie die Beziehung geendet hatte. Doch er hatte so das Gefühl, dass ihm der Tag nach der Entdeckung auf ewig im Gedächtnis bleiben würde. Charlie hatte mit gepackten Koffern auf dem unbequemen Sofa gesessen, das sie nur gekauft hatten, weil er es unbedingt haben wollte. Es hatte keine Diskussion gegeben, keinen Streit, nur einen flüchtigen Kuss auf die Wange, und dann war der Mann, der ein Jahrzehnt lang Andrews Lover gewesen war, zur Tür hinausmarschiert. Die Leere und die Verwirrung, die auf Andrew eingestürmt waren, hatten sein Herz verschlungen.

Er schenkte sich ein bisschen Pierre-Jouët Belle Époque nach. Die Flasche hatte er zur Feier ihres Jahrestags besorgt.

Keine Jahrestage mehr.

Andrew hob seine Champagnerflöte und prostete den Sternen zu.

Sein Handy summte. Schon wieder eine SMS von Megan. Die treibende Kraft hinter dem Erfolg der Dark Angels mahnte: *Es ist Neujahr. Du schuldest mir ein Ja!*

Was für ein Jahr!

Er hatte nicht vorgehabt, mit einer Rockband als deren Stylist auf Tournee zu gehen. Aber nach kurzem Hin- und Herjonglieren mit seinem Salon war das Personal ohne ihn zurechtgekommen. Und jetzt bedrängte Megan ihn hartnäckig, den Job permanent zu übernehmen.

Er hatte einen Weg gefunden, seinen Salon am Laufen zu halten, während er auf Tour war, und das würde er noch mal hinkriegen. Er schrieb ihr zurück: *Ja.*

Sie antwortete: *Gut. Ich schick dir morgen den Zeitplan für die Zeitschriften-Interviews.*

Er schlürfte den kühlen Schampus, von dem er allmählich einen warmen Schwips bekam.

Entwined sollte in diesem Jahr nicht vergessen werden. Nach Charlies Weggang hatte ihn nichts und niemand mehr daran gehindert, diese Seite an sich zu erkunden. Kein Begraben seiner Lüste mehr, weil sein Lover nicht experimentieren wollte. Es gab jede Menge Männer, die dazu bereit waren. Er lernte allmählich, sein Bedürfnis nach Ordnung und Kontrolle sinnvoll einzusetzen.

Sein Handy vibrierte. Er schaute auf das Display und fand dort ein Bild seines Bruders, der ihm die Zunge herausstreckte.

Er drückte auf Lautsprecher und meldete sich: „Hey, Justin."

Justin brüllte: „Prosit Neujahr!" und schnarrte mit einer Ratsche. Seine Stimme kam kaum gegen das Gejohle und Gebrüll im Hintergrund an.

Andrew lächelte. „Hört sich an, als wäre deine Party ein voller Erfolg."

„Ich wünschte, du wärst hier. Komm doch rüber", bat Justin.

Mit einem Blick auf die Flasche, die er zur Hälfte geleert hatte, schüttelte Andrew den Kopf. „Heute nicht. Aber viel Spaß."

„Jordon, runter von deinem Bruder!" Justin prustete vor Lachen. Er klang leicht angeschickert. „Der Kleine ist seinem Bruder grade buchstäblich den Buckel raufgeklettert. Und Angel ist genauso schlimm und feuert ihn auch noch an!"

„Geh' Dusty retten." Andrew kicherte, als er sich Justins Freund mit dem ungestümen Teenager huckepack auf dem Rücken vorstellte.

„Nein, er hat sich Zack geschnappt."

Na ja, und damit hatte Andrew gleich ein ganz anderes Bild vor Augen, und in dem kam Jordon nirgendwo vor. Zack über die nächstbeste waagerechte Oberfläche gebeugt und er –

„Frohes neues Jahr, Justin. Wir sehen uns morgen Nachmittag gegen zwei." Er beendete den Anruf.

Immer dann, wenn man irgendwas auf keinen Fall essen durfte, bekam man Heißhunger darauf. Andrew war sich sicher, dass sein Interesse an Zack nichts weiter sein konnte als das. Schließlich trennten sie fast sieben Jahre. Was konnten sie schon gemeinsam haben?

Die Nacht war eisig geworden.

Er trat in seine Wohnung und schob die Balkontür hinter sich zu.

„ICH GEH' schon", schrie Jordon, begleitet von lautem Getrampel. Die Tür wurde aufgerissen.

„Frohes neues Jahr", rief Andrew dem grinsenden Teenager entgegen.

„Gleichfalls. Komm rein." Jordon zerrte ihn in den Flur und schnappte ihm die Jacke weg. „Die anderen sind alle in der Küche."

Andrews Herz schlug ein bisschen schneller. *Alle?* Das hieß ja dann einschließlich Zack.

Er ließ sich von Jordon mitziehen, der lebhaft vorausrannte.

„Andrew!" Justin umarmte ihn herzlich. „Eben hab' ich mit Mom telefoniert. Sie sagt, dass sie heute Morgen in den Hafen eingelaufen sind und dass sie schon mit dir geredet hat."

„Ja, wie sich's anhört, hat sie Spaß auf der Kreuzfahrt." Andrew blickte sich suchend um.

Wo war – oh … Zack stand zwischen Küche und Frühstücksraum. Eine Pflanze half ihm bei seinem Versuch, sich unsichtbar zu machen.

„Hey, Dusty. Frohes neues Jahr." Andrew umarmte ihn brüderlich und klopfte ihm auf den Rücken.

„Das wird ein tolles Jahr." Dustin drückte ihm die Schulter und machte sich dann wieder ans Rumklappern mit den Töpfen auf dem Herd.

Jordon verdrehte die Augen. „Das sagt er jedes Jahr."

Andrew schlängelte sich allmählich bis dorthin durch, wo Zack an den Blättern der Pflanze herumfingerte. „Hey, Zack. Frohes neues Jahr."

Zack hörte auf, die Zimmerpflanze zu streicheln, und linste dahinter hervor. „Frohes neues Jahr. Äh, schön dich zu sehen."

Andrew war auf Smalltalk eingerichtet. Das sollte Zack die Befangenheit nehmen. „Also, ich …"

„Ich schau mal lieber nach, ob der Tisch schon gedeckt ist." Zack huschte ins Esszimmer.

Jordon zog ein Gesicht und rief ihm nach: „Das haben wir doch grade erst vor zehn Minuten gemacht!"

Zack erschien im Türrahmen. „Ich wollte bloß noch mal nachgucken."

„Kann ich mich irgendwie nützlich machen?", wandte Andrew sich an Justin, der gerade den Braten aus dem Ofen holte.

„Du kannst den Kartoffelbrei machen."

Andrew salutierte und kramte auf der Suche nach der Butter im Kühlschrank herum.

Zack kam ihm zur Hilfe und fand das Päckchen. „Ich versuche immer, da drin Ordnung zu halten, aber keiner stellt die Sachen an ihren Platz zurück." Den zweiten Teil des Satzes sagte er mit erhobener Stimme, um die Schuldigen ins Gespräch mit einzubeziehen.

Justin entschuldigte sich. „Hast ja recht. Es ist meine Schuld. Ich schmeiß' da immer nur alles rein. Du solltest mal Andrews Kühlschrank sehen."

Andrew lächelte. „Ordnung ist immer gut."

Zack schielte durch die Zotteln seiner schauderhaften Frisur und nickte eifrig. Seine Wangen färbten sich verführerisch rosa und er schaute weg.

Dieses einfache Grinsen hätte eigentlich nicht dazu führen dürfen, dass Andrew im Stillen die Inhaltsstoffe seiner meistgebrauchten Shampoos aufzählen musste, um einer Erektion zu entgehen. Verdammt, Zack war einfach süß … und jung. *Denk' dran, er ist erst achtzehn.*

Andrew stampfte die Kartoffeln und half, das gewaltige Festmahl zu Tisch zu bringen. „Ähm, Justin, für wieviele Leute hast du eigentlich gekocht?"

„Nur für uns." Justin blieb stehen und musterte die enormen Mengen an Essen. „Eh, Reste sind immer gut."

Jordon stürmte herein und runzelte die Stirn. „Hast du die Platzkarten angefasst, Zack?"

Justin fragte: „Platzkarten?" Er starrte Jordon an. „Wir haben Platzkarten?"

„Ja, Andrew ist ein Gast, daher verlangt die japanische Etikette, dass er mit dem Rücken zum besten Blick in den Raum sitzt."

„Wir sind keine Japaner", verwies Zack. „Ist das überhaupt die richtige Sitte? Ich dachte …"

„Wenn wir ihn hier hinsetzen, können wir ihn anschauen und zugleich mein Gemälde direkt hinter ihm bewundern." Der jüngste Davis schnappte sich ein kunstvoll bemaltes Kärtchen, auf dem Andrews Name stand. Es hatte direkt neben Zacks Platz gelegen, aber jetzt saßen sie sich gegenüber.

Zack hastete an Andrew vorbei und setzte sich auf den Platz, den sein Bruder ihm zugewiesen hatte.

Alle setzten sich. Schweinebraten, Kartoffelbrei und drei Sorten Gemüse wurden herumgereicht. Gesprochen wurde kaum, bis auf gelegentliche Kommentare zum Essen.

Als alle beim zweiten Teller waren, nahm die Unterhaltung einen angespannten Ton an.

Dusty trommelte mit den Fingern auf den Tischsets herum. „Zack, ich glaube, du solltest einfach *mich* mit Joe reden lassen. Wir müssen deine Ratschläge umsetzen. Sonst wird das nie was."

„Nein! Dusty, nein. Das fehlte gerade noch, dass mein großer Bruder den Bühnenmanager zwingt, auf meine Ideen zu hören."

Dusty hörte auf zu trommeln und konzentrierte sich auf Zack. „Joe macht seinen Job nicht. Das musstest du mir nicht erst sagen. Jeder sieht doch, was es für ein Chaos zwischen den Bühnenarbeitern vor Ort und unseren Leuten gibt. Verdammt, bei den letzten paar Shows habt ihr es kaum auf die Reihe gekriegt, und der Soundcheck hat auch mehr als einmal zu spät angefangen."

Zack stöhnte. „Lass mich das machen. Ich hab' die meisten von unseren Leuten inzwischen dazu gekriegt, sich in Gruppen aufzuteilen und als Teamleiter zu arbeiten, sodass die Jungs vor Ort wenigstens eine Ahnung haben, was wir von ihnen wollen. Ich schaff' das schon."

Justin neigte sich zu Andrew und erklärte: „Zack hat diese Tabellen und Ablaufpläne erstellt. Gantt-Diagramme nennt er die, glaube ich. Er hat einen Prozess entwickelt, um die Zeit für den Auf– und Abbau der Bühne für die Shows zu verkürzen."

„Beeindruckend." Andrew hatte versucht, ein Ablaufdiagramm für seinen Salon zu erstellen, aber das hatte nie so recht funktioniert.

Zack wurde rot. „Eigentlich nicht. Ich habe ein Gantt-Diagramm erstellt und alles auf eine Zeitachse gebracht. Einen Prozess daraus zu entwickeln war dann ein Kinderspiel. Denselben Vorschlag wie ich hätte jeder machen können."

Dusty schüttelte den Kopf und trommelte mit seinem Besteck. „Hat aber keiner."

„Sieh mal, ich hab' bloß ein paar Bücher gelesen. Was weiß ich schon?"

„Die Definition von Wahnsinn ist, immer wieder das Gleiche zu tun und jedes Mal ein anderes Ergebnis zu erwarten", sagte Dusty. Sein Getrommel wurde immer lauter.

Justin legte eine Hand über Dustys, und das Ratta-tatta-tat hörte auf.

Andrew fragte: „Was für Bücher?"

Zack schüttelte den Kopf. „Bloß *Lean Thinking* von James Womack. So was eben."

„Ich sag' dir eins, Zack, kein Junge in deinem Alter liest solche Bücher zum Spaß und stellt dann einen Prozess zusammen." Dusty stieß so heftig den Atem aus, dass die Flammen der Wachskerzen in der Tischmitte flackerten.

„Ich bin kein *Kind* mehr!", fauchte Zack, und sein Blick schweifte dabei in Andrews Richtung.

„Hört sich beileibe nicht nach einem Kinderbuch an." Andrew wollte ihn unterstützen, ohne Dusty zu unterminieren.

„Ich wünschte, du würdest dir das mit dem College noch mal überlegen." Dustys Tonfall machte deutlich, dass sich die Brüder darüber schon oft gestritten hatten.

Justin räusperte sich. „Zack kann sich immer noch bewerben, aber im Moment klingt es eher danach, als könnte er für die Road-Crew der Dark Angels was bewirken."

Zack nickte. „Stimmt. Siehst du? Justin hat's kapiert."

Jordon machte eine wegwerfende Handbewegung in Dustys Richtung. „Ja, bleiben wir lieber mit euch auf Tournee. Ich meine, mal echt jetzt, wie lange wird es die Dark Angels noch geben?"

„Was?" Dusty wirbelte herum und starrte Jordon mit offenem Mund an. „Wir haben doch kein Verfallsdatum!"

Der kleine Deserteur fragte: „Bist du dir da sicher?"

„Die Rolling Stones sind seit über fünfzig Jahren zusammen!"

Justin fragte: „Möchtest du noch ein Brötchen, Dusty?"

Dusty schüttelte den Kopf. „Lieber nicht. Ich weiß nicht, ob ich es mir leisten kann, meine Zeit mit Essen zu vertrödeln. Immerhin hat die Band nur noch ein paar Jahre!"

Jordon schnaubte. „Paar Jahre ... das ist aber optimistisch von dir."

Andrew lachte. Er konnte nicht anders. Jordon war ein Marionettenspieler erster Güte. „Ich hätte gern noch ein Brötchen, Justin. Danke."

Zack sprang von seinem Stuhl auf. Er nahm Justin den Brotkorb ab, eilte und den Tisch herum und bot ihn Andrew an.

„Ähm, danke, Zack." Andrew nahm sich ein Brötchen und ein Stück von der Butter, die Zack ihm ebenfalls reichte. „Was für ein Service."

Zack machte den Mund auf, aber es kam nichts raus. Er schlüpfte wieder zurück auf seinen Stuhl, wobei er Andrew weiter unverwandt in die Augen sah.

Jordon starrte Andrew an, dann Zack und dann wieder Andrew; wahrscheinlich überlegte er gerade, ob das, was zwischen ihnen ablief, das Tischtuch in Brand stecken würde.

Das jüngste Mitglied der Tischgesellschaft legte den Kopf schief und sagte: „Zack, reichst du mir mal die Brötchen rüber?"

Ohne den Blickkontakt mit Andrew zu unterbrechen, klaubte Zack ein Brötchen aus dem Korb und warf es in Jordons Richtung.

Das knackfrische Backwerk prallte von Jordons Stirn ab und landete auf seinem Teller in der Soße. Jordon nahm das Brötchen, sagte: „Danke" und aß es, ohne zu zögern.

Zack blinzelte und blickte auf seinen immer noch halb vollen Teller hinab. Der Bann war gebrochen.

In Andrew machte sich ebenso viel Erleichterung wie Enttäuschung breit. *Zu jung,* hallte es durch den rationalen Teil seines Verstands, während eine konkurrierende Stimme trällerte: *Er ist köstlich.*

Justin erwähnte eine neue Museumsausstellung, und von da an beherrschte Jordon die Unterhaltung, was Andrew erlaubte, Zack zu studieren.

Abgesehen von dem grässlichen Haarschnitt, den ihm offenbar ein ahnungsloser Stümper verpasst hatte, war Zack hinreißend. Goldblonde Locken, peridotgrüne Augen, ein Körperbau, der von harter Arbeit zeugte und ein hübsches Gesicht machten ihn anziehend. Jedoch waren es seine verborgenen Tiefen, die für Andrew geradezu danach schrien, weiter erforscht zu werden.

Zack redete nicht viel, aber wenn er etwas sagte, war es zutreffend und andere, Dusty miteingeschlossen, hörten auf ihn. Er war klug, und er kam mit jedermann gut aus.

Doch so erwachsen Zack auch wirken mochte, Andrew durfte nicht vergessen, dass er *trotzdem* noch fast ein Kind war. Vielleicht war ja gerade das der Reiz: jung, neu und unerfahren. Ha, wenn er sich nur einreden könnte, dass Zacks Anziehungskraft allein darin lag, hätte es ihm keinen Ständer beschert, ihm einfach nur beim Nicht-Essen zuzuschauen.

Nachdem der Tisch abgeräumt und die Küche wieder in einen einigermaßen passablen Zustand gebracht worden war, hielt Zack sich wieder mehr abseits.

Andrew bemerkte: „Weißt du, ich habe mal versucht, ein Ablaufdiagramm für den Salon zu erstellen."

„Wirklich?" Zack trat näher.

„Es hat überhaupt nicht funktioniert", bekannte Andrew.

„Warum nicht?" Zack setzte sich zu Andrew und Justin an den kleinen Tisch, von dem aus sie die Vögel draußen beobachteten.

Andrew zuckte die Schultern. „Keine Ahnung."

Justin schnippte mit den Fingern. „Hey, vielleicht könntest du vor der nächsten Tournee mal bei ihm im Salon vorbeigehen und schauen, was du tun kannst."

Noch nie hatte eine dumme Idee so verlockend geklungen. Andrew brachte sein Gewissen zum Schweigen und sagte: „Ich bezahl' dich gern in Haarschnitten."

Justin schnaubte. „Nur damit du vorgewarnt bist: Der will bloß deine Haare unter die Schere kriegen."

Als Zack sich mit der Hand durch die zotteligen blonden Locken fuhr, juckte es Andrew in den Fingern. Er konnte es nicht leugnen.

„Ich weiß nicht, ob ich eine große Hilfe wäre. Ich kann gerne mal einen Blick drauf werfen, meine Meinung dazu sagen und ein paar Vorschläge machen. Aber denk' dran, so gut kenne ich mich da nicht aus."

„Großartig." Was hatte Andrew getan?

Dusty steckte den Kopf aus der Küche. Obwohl er kein Wort sagte, stand ihm „Großer Bruder in Alarmbereitschaft" deutlich ins Gesicht geschrieben.

Justin spazierte aus dem Zimmer und schaute dabei auf sein Handy. Dusty folgte ihm, und Jordon war nirgendwo zu sehen.

Jetzt war er mit Zack und den Topfpflanzen allein. Draußen ging die Sonne unter, und Vögel hüpften von Futterhäuschen zu Futterhäuschen. Vielleicht sollte er –

„Schau, ein Kardinal." Zack deutete auf den leuchtendroten Vogel.

„Wunderschön." Andrew riss seinen Blick von Zacks begeistertem Gesicht los und schaute hinaus. Der Vogel pickte Körner und wippte mit dem Schwanz, dann flog er wieder fort.

„Die Kolibris kommen Anfang Mai zurück." Zack drehte den Kopf, immer noch mit diesem breiten, herzerweichenden Lächeln auf dem Gesicht. Er sah Andrew an, und seine Wangen färbten sich rosa.

Das war *nicht* sexy. Es war ein Erröten. Andrew fand Zacks Unschuld *nicht* verführerisch. Er sollte –

„Also, äh, kennst du zufällig ein paar gute Clubs hier in der Gegend?" Zack starrte ihn an.

Keine, in denen du sein solltest! Andrew sprang auf und ging zum Kühlschrank, doch die Bilder von Zack in Fesseln kamen einfach mit. „Ich bin kein großer Clubgänger."

„Oh." Die Enttäuschung in Zacks Stimme weckte in Andrew den Wunsch, etwas dagegen zu tun. Weckte in ihm den Wunsch, Zack in einen Club mitzunehmen ... nicht ins Entwined, sondern in einen normalen Club. Stattdessen konzentrierte er sich darauf, die Reste anständig zu stapeln, sodass sein Bruder gegebenenfalls das Wichtigste finden würde.

Ein Stuhl scharrte über den Fußboden, und Zack schlurfte zum Waschbecken, schnappte sich ein Geschirrtuch und wischte damit über die Arbeitsfläche. Er räusperte sich mehrmals. „Also, äh, Drew, was machst du so, wenn du Spaß haben willst?"

Moment mal ... „Du hast mich Drew genannt."

Diese grünen Augen wurden noch größer. „Oh, tut mir leid, ich wollte nicht ..."

„Nein, ist schon okay. Gefällt mir irgendwie." Niemand hatte ihn je so genannt.

Zack lächelte ihn an. Es war nur ein winziges, kaum wahrnehmbares Lächeln, aber es brachte Andrew dazu, Dinge zu wollen, die er nicht wollen sollte ... und schon gar nicht vom Bruder von Justins Freund.

4

DAS HIER war ein Fehler! Was hatte Andrew sich letzte Woche beim Neujahrsessen bloß dabei gedacht?

Die Hände in den Taschen seiner Lederjacke vergraben stand Zack vor dem Friseursalon, bereit, sein Versprechen einzulösen und Andrew zu helfen. Er trat von einem Fuß auf den anderen, während das Duo Infernale – Phillip und Monique, angehende Haarstylisten – mit ihm plauderte.

Besitzgier ergriff Andrew; er hatte kein Recht, so zu empfinden und er hasste sich dafür, als er nach vorn eilte. Er öffnete die Tür und brachte Zack mit einem Wink vor dem Blowjob in Sicherheit, den Philip ihm aller Voraussicht nach gleich anbieten würde.

„Zack, danke, dass du gekommen bist. Komm rein ins Warme."

„Oh. Äh … ja." Er nickte Philip und Monique zu und trottete nach drinnen.

Andrew wandte sich in geübtem Aufseherton an seine beiden Mitarbeiter: „Seid ihr zwei schon fertig mit Inventur machen?"

„Fast." Phillip log wie gedruckt, sofern Moniques großäugigem, verblüfftem Gesichtsausdruck zu glauben war.

„Ich habe erst ab heute Nachmittag Termine. Wenn ihr zwei die Inventur fertig machen würdet, könnte ich vorher noch eine Bestellung aufgeben." Andrew überließ sie wieder dem Fensterputzen.

Zack starrte die Haarpflegeprodukte neben der Tür an, als hätte er noch nie welche gesehen.

Andrew biss sich auf die Zunge, um nicht auf der Stelle mehrere Mittelchen anzubieten, die bei Zacks Haaren Wunder wirken würden. „Gehen wir in mein Büro."

„Andrew! Andrew!" Mrs. Harris, die an Patricks Arbeitsstation Platz genommen hatte, winkte ihn zu sich.

„Hallo, Mrs. Harris. Sie sehen gut aus."

„Es geht mir auch gut. Ich bin letzte Woche sechsundachtzig geworden, und ich habe die Karte vom Salon bekommen. Dankeschön."

Er konnte nur hoffen, in ihrem Alter wenigstens noch halb so rüstig zu sein. „Wunderbar. Dann nutzen Sie ja heute hoffentlich Ihren Geburtstags-Rabatt."

„Natürlich, mein lieber Junge. In meinem Alter hebt man sich nichts mehr für morgen auf. Da kann jeden Tag buchstäblich Schlussverkauf sein."

Andrew lachte leise in sich hinein und leitete das Gespräch in eine andere Richtung, um weiteren morbiden Sprüchen zu entgehen. „Wollen Sie sich von Patrick eine Farbsträhne machen lassen?"

„Oh ja. Ich gehe nämlich meine Nichte in New Mexico besuchen. Wir hatten uns eine blaugrüne Strähne überlegt."

„Und wo? An der üblichen Stelle?"

„Wir dachten an hier oder hier und hier." Patrick deutete mit den Händen erst einen einseitigen Verlauf in ihrem Haar an, dann beidseitig.

Andrew zögerte, aber wenn überhaupt jemand diese Farbe tragen konnte, dann Mrs. Harris. „Wenn Sie mich fragen ... wenn Sie Mut zeigen wollen ... ziehen Sie's durch. Das volle Programm."

„Absolut richtig, mein Lieber. Patrick, machen Sie mich zum Streifenhörnchen. Gehen wir in die Vollen." Ihre Augen funkelten.

„Gute Wahl." Andrew tätschelte ihr die Schulter.

Er blieb noch zweimal stehen, um weitere Kunden zu begrüßen, ehe er Zack endlich in seinem Büro hatte.

Allein.

Andrew steuerte bewusst nicht auf das bequeme zweisitzige Ledersofa zu. Die bildliche Vorstellung von Zack, zurückgelehnt auf dem Lederpolster, verhöhnte ihn mit Ideen, die nicht im Bereich des Möglichen lagen. Er nahm hinter seinem schwarzlackierten Schreibtisch Platz, zwang sich, eine Trennwand zwischen ihnen zu errichten.

Zack glitt in einen der beiden Lehnsessel vor dem Schreibtisch und schaute sich um. „Schönes Büro."

„Danke." Erst nachdem Andrew die Tür geschlossen hatte, wurde ihm bewusst, wie abgeschieden sein Büro war.

In einer Wand des Büros gab es ein großes Panoramafenster mit Ausblick auf einen kleinen Garten, der jetzt unter dreißig Zentimetern Schnee vergraben lag.

„Moment mal. Du sammelst Friseur-Kunst?" Zack starrte auf die deckenhohen schwarzlackierten Regale an der anderen Wand.

Andrew achtete sehr darauf, sein Personal nicht alle horizontalen Flächen mit Kram zustellen zu lassen. Einige Weidenkörbe enthielten Schnickschnack, den er weder irgendwo einordnen noch wegwerfen konnte, aber die wahre Gefahr ging nicht von seinem Personal aus.

„Ja, meine Mom und mein Stiefvater lassen es sich nicht nehmen, mir von jeder Kunstmesse, die sie besuchen, eins von diesen Wunderwerken mitzubringen." Er zuckte mit den Schultern. „Was würde Jordon denken?"

Zacks Lachen war wie Musik, eine, an der Andrew sich vermutlich nie satthören würde. Er schüttelte den Kopf, dass seine schlecht geschnittenen Locken tanzten, und sagte: „Ich werde Jordon nichts davon verraten."

Brüder. Ihre Brüder waren zusammen. Justin war endlich glücklich. Andrew würde keine Zwietracht säen. Er würde sich auf den Grund konzentrieren, warum Zack hier war, und nicht darauf, wie umwerfend er aussehen würde, wenn er sich anstrengte, zum Höhepunkt zu kommen ... oder gegen den Orgasmus ankämpfte.

„Also, wo fangen wir bei diesem Straffungsprozess an?"

41

„Warum gehst du nicht erst mal mit mir die verschiedenen Dinge durch, die du so im Salon machst. Wir können Notizen machen, und dann können wir anfangen, nach Wegen zu suchen, das alles effizienter zu gestalten. Fangen wir mit was Einfachem an. Haarschnitte. Welche Arbeitsschritte beinhaltet ein Haarschnitt im Einzelnen?" Zack reichte ihm einen Spiralblock und einen Stift.

„Haare waschen und schneiden", sagte er und schrieb es zugleich auf.

Zack schüttelte den Kopf. „Das steht nicht am Anfang des Prozesses."

„Nicht?"

„Nein. Erst wird der Kunde vorne begrüßt."

„Okay, dann brauchst du es also von dem Moment an, wo der Kunde reinkommt, bis er wieder geht." Andrew begann zu begreifen, warum sein erster Versuch nicht funktioniert hatte.

„Jau. Wenn du eine Liste für Haarschnitte erstellst, kannst du Teile davon sicher auch für … sagen wir mal Haarefärben gebrauchen."

„Stimmt. Jedes Mal wird der Kunde begrüßt, kriegt den Mantel abgenommen, wird in den Warteraum oder an den Arbeitsplatz des jeweiligen Friseurs geführt, bekommt ein Cape um, wird shampooniert … wow, das sind ja jede Menge Dinge, die der Stylist an sich nicht selbst zu erledigen braucht", wurde Andrew klar. Aber etwas zu wissen war keineswegs dasselbe, wie ein Konzept zu verinnerlichen.

„Genau. Wer am Empfang arbeitet, braucht nicht dieselben Fähigkeiten wie ein Stylist. Megan nennt das ‚Talent einsparen‘."

Andrew lachte in sich hinein. „Das darf ich Phillip aber nicht sagen."

„Eine klare Zuteilung zu den einzelnen Jobs hilft dabei, die gesamte Aufgabe schneller und präziser zu erledigen und erlaubt dem Talent – ich meine, dem Stylisten – sich aufs … äh … Stylen zu konzentrieren." Zack linste auf seine eigentümliche, liebenswert unsichere Art zu Andrew auf und sah ihn mit großen Augen an.

Gott, wenn doch nur …

Eine Minute verstrich, und Zack räusperte sich. „Drew, äh, also, wenn du bitte alles einzeln auflisten könntest, was ein Haarschnitt so beinhaltet, das wäre hilfreich."

Andrew schaffte es, sich soweit zusammenzureißen, dass er nicken und alles aufschreiben konnte, was er machte und was er von den anderen Stylisten erwartete. Er reichte Zack die lange Liste.

„Danke." Zack sah die Liste durch. „Hast du nachher jemanden zum Haare schneiden? Falls ja, könnte ich dir zuschauen und die Liste hier mit dem tatsächlichen Ablauf vergleichen."

„Warum warten? Ich habe dir Bezahlung in Haarschnitten versprochen. Lass mich dir die Haare schneiden." *Was zum Teufel …?* War er so sehr darauf versessen, den Jungen in die Finger zu kriegen?

„Oh, äh … ja. Okay, das macht Sinn." Zack fuhr sich mit den Händen über die jeansbekleideten Oberschenkel und fixierte Andrew mit starrem Blick.

Die Leidenschaft, die aus seinen peridotgrünen Augen blitzte, erinnerte Andrew daran, dass Zack vielleicht schüchtern und manchmal ein klein bisschen unbeholfen war, aber eben *kein* Kind mehr.

„Wir können die Begrüßung überspringen und einfach zu deinem Stuhl gehen."

Andrew lotste Zack zu seinem Stuhl, legte ihm ein Cape um und dann hatte er endlich diese goldene Fülle zwischen den Fingern. „Was für eine Farbe!"

Zack errötete.

Andrew warf einen Blick in den Spiegel. Gut, er sabberte nicht und ging vielleicht als Profi durch und nicht als Trichophiler. Obwohl Zacks Haare anzufassen ihm einen Grund geben könnte, zum Haarfetischisten zu werden.

Zacks lange Wimpern ruhten auf seinen Wangen, und seine Lippen waren zusammengepresst.

Andrew hätte nur zu gern seinen Mund. „Also, was meinst du?"

Zack öffnete blinzelnd die Augen. „Äh …", sagte er mit leiser Stimme.

„Deine Haare?" Andrew fand es tröstlich, dass er anscheinend nicht allein in diesem Whirlpool aus „will ich" und „geht nicht" war.

„Oh, Drew, was immer du denkst. Nur nicht zu kurz."

Zack hatte sich nur Drews Fachwissen unterworfen, aber es fühlte sich an wie so viel mehr.

Andrew ließ Zacks schulterlanges Haar fallen und legte ihm die Hände auf die Schultern. „Natürlich nicht. Du musst es im Nacken zusammenbinden können, wenn du arbeitest. Ich werde ein bisschen Struktur reinbringen und die Spitzen in Form schneiden."

Zack biss sich auf die Lippe, und das Vertrauen, das Andrew in seinen Augen fand, hätte ihn eigentlich nicht so berühren sollen … es war schließlich nur ein Haarschnitt.

„Na komm, ich wasch' dir erst mal die Haare." Andrew führte einen fügsamen Zack zum Waschbecken. Er setzte ihn davor und kippte den Sessel nach hinten, sodass Zacks Kopf über dem Rand lag. Nachdem er die Wassertemperatur eingestellt hatte, fragte er: „Ist es gut so?"

„Mmm." Zack erstarrte auf dem Sessel. „Ich meine, ja, das passt schon."

Andrew machte Zacks Haare nass, dann pumpte er sich reichlich Lavendelshampoo in die Hand und verteilte es in Zacks Haar. Er massierte Zacks Kopfhaut mit bedächtigen, kreisenden Bewegungen.

Zack wand sich ein bisschen auf dem Sessel.

Vielleicht war Andrew Sadist, denn er quälte sie beide, indem er Zack länger als nötig shampoonierte. Er spülte aus und wiederholte das Ganze, bis Zack beinahe keuchte.

„Pflegespülung." Das war ja seine Dom-Stimme. Wo kam die jetzt plötzlich her?

Zack antwortete mit einem gezischten: „Ja, bitte, Drew" auf eine Frage, die Andrew nicht gestellt hatte.

Konzentration!

Andrew verteilte die Spülung, indem er mit den Fingern vom Ansatz bis zu den Spitzen durch die Haare fuhr und Zacks Kopfhaut stimulierte. Das wiederholte er solange, bis jede Strähne von der nährenden Creme überzogen war und dann gönnte er ihm und sich eine weitere wohlige Kopfhautmassage.

Er spülte aus und geleitete einen völlig erledigten Zack zurück an seinen Frisierplatz. Er kämmte, stutzte und rasierte mit dem Langhaarschneider Form und Fasson in den prachtvollen Haarschopf, den er vor sich hatte. Dann nur noch einen Hauch Festiger und ein bisschen föhnen, und Zack sah umwerfend aus.

Zacks Blick traf seinen und hielt ihn fest. In der Tiefe von Zacks Augen lauerte eine flehende Herausforderung, die in Andrew das dringende Bedürfnis weckte, sich ihr zu stellen.

„Ich ..."

Monique räusperte sich. „Andrew, dein Zwei-Uhr-Termin ist da."

Andrew sah sie an. Wie war das möglich? „Danke, Monique. Ich komme sofort."

Sie starrte ihn ein paar Sekunden lang an, dann trippelte sie wieder nach vorn.

Andrew hätte nicht enttäuscht sein sollen. „Ich fürchte, die restlichen Punkte auf der Liste schaffen wir nicht mehr."

„Ist schon okay. Ich kann ja erst mal an dem arbeiten, was wir haben, und in ein paar Tagen noch mal kommen."

Ja. Nein. „Du musst nicht."

Zack sprang aus dem Sessel und sagte: „Nein, das ist gut. So hab' ich wenigstens was zu tun bis die nächste Tournee anfängt."

„Du HATTEST recht. Die Soße vom Chinese Gardens ist wirklich besser als die vom Hunan Palace." Andrew aß das letzte Stück von dem Rindfleisch mit Brokkoli, das Zack zum Mittagessen mitgebracht hatte. Seit einigen Wochen verglichen sie jetzt schon das Essen ihrer Lieblings-Chinarestaurants, da sie sich bereits einig waren, dass es das beste Thailändisch im Bangkok Bistro gab.

„Für die meisten Dienstleistungen, die du im Salon anbietest, haben wir jetzt die Standard-Abläufe festgelegt. Jetzt musst du bestimmen, wie lange die einzelnen Arbeitsschritte dauern sollen, damit ich alles in ein Gantt-Diagramm eintragen kann." Zack sammelte die leeren Pappbehälter, Styroporschalen und Essstäbchen ein und warf alles in den Müll.

Andrew sprühte seinen Schreibtisch mit Reinigungsmittel ein und wischte ihn ab. Er fuhr mit dem Papiertuch über den einzigen anderen Gegenstand auf seinem Tisch, seinen Computer.

„Bist du sicher, dass es nicht zu viele Umstände macht?" In den letzten paar Monaten hatten sie mehrere Tage pro Woche miteinander verbracht. Außer mit Justin hatte er sich noch nie mit jemandem so wohlgefühlt wie mit Zack ... als Freund.

„Überhaupt keine, Drew", antwortete Zack, wieder mit diesem verträumten Blick, den er manchmal draufhatte.

Andrew brauchte dringend mal wieder einen Besuch im Entwined oder vielleicht einfach bloß einen Fick, um nicht jedesmal dahinzuschmelzen, wenn diese aparten grünen Augen einen Blick in seine Richtung warfen.

„Patrick macht gerade eine Färbung. Du kannst ihm zugucken und die Aufgabenliste gegenprüfen, und ich trage ein, wie lange die einzelnen Schritte dauern."

Zacks Gesichtsausdruck sprang innerhalb von Sekunden von sehnsüchtiger Lust zu geschäftsmäßig um. „Geht klar", sagte er und schlüpfte zur Tür hinaus.

Andrew ließ sich in seinen Sessel plumpsen. Er drehte sich zum Fenster und schaute hinaus. Der Frühling versuchte gerade, den Frost zu besiegen und obwohl der Schnee geschmolzen war, war es immer noch kalt.

Er drehte den Stuhl wieder zum Schreibtisch, öffnete die Aufgabenliste auf dem Computer und ging sie durch, fügte bei jedem Arbeitsschritt eine Zeitangabe hinzu.

Dazu brauchte er länger als erwartet. War Zack überhaupt noch da?

Als Andrew aus seinem Büro stürmte, fand er Phillip vor, der auf einem Besen lehnte und Zack anbaggerte.

Was sich da in ihm breit machte, war keine Eifersucht. Nein, ganz bestimmt nicht. Es war seine Pflicht, den Bruder von Justins Freund zu beschützen ...

„Ah, wenn man vom Teufel spricht, erscheint er gleich persönlich. Hey, Boss", grinste Phillip, zu Andrew gewandt.

„Ach ja?" Andrew wahrte einen professionellen Ton.

„Ja, ich hab' grade gesagt, wie süß ihr zwei zusammen seid." Phillip holte tief Luft, als würde er Andrew gleich etwas sagen, was er noch nicht wusste. „Und er hat gesagt, ihr seid *nicht* zusammen."

Zack blickte weiter starr geradeaus zu Phillip. Nur das verräterische Rosa seiner Wangen zeigte, wie verlegen er war.

„Unsere Brüder gehen miteinander. Wir sind nur Freunde." Andrew war zufrieden mit seinem gemessenen Tonfall.

„Schon klar. Er will ja vermutlich auch niemanden in *deinem* Alter." Phillip klimperte mit den Wimpern, und das mit einer Unschuld, die er wahrscheinlich schon mit elf verloren hatte.

Andrew machte den Mund auf, um zu widersprechen – *so* alt war er schließlich auch wieder nicht – aber das brachte nichts. Man brauchte sich nicht auf jeden Streit einzulassen, den jemand mit einem anfangen wollte.

Zack warf Andrew einen kurzen Blick zu. „Sechsundzwanzig ist nicht alt."

Phillip fragte: „Ja, aber du bist … was? Siebzehn?"

Ärger huschte über Zacks Gesicht. „Ich bin fast zwanzig."

In dreizehn Monaten oder so, aber Andrew sparte sich die Ergänzung. Sie würden in ein paar Wochen seinen neunzehnten Geburtstag feiern.

Phillip schaltete schnell. „Super, dann können wir ja mal zusammen durch die Clubs ziehen."

„Nee, Dance Clubs sind nicht so mein Ding."

Andrew stockte der Atem bei der Vorstellung, was Phillip alles mit Zack anstellen würde, und tanzen gehörte da nicht dazu. Er atmete bewusst aus.

Sichtlich verblüfft über Zacks Zurückweisung schlug Phillip vor: „Dann könnten wir doch mal ins Kino gehen."

„Ins Kino gehe ich meistens mit meinem kleinen Bruder."

„Ach so." Phillip schaute zwischen Andrew und Zack hin und her. „Na schön, wenn du's dir anders überlegst, würde ich gern mal mit dir ausgehen." Er setzte den Besen in Bewegung und fegte wahrhaftig die Haare vom letzten Haarschnitt zusammen.

MONIQUE KLOPFTE an die Tür, dann steckte sie den Kopf herein und sah sich in Andrews Büro um. „Mittagessen."

„Danke, Monique."

Zack sprang auf und nahm ihr die Tüte ab. „Danke."

Sie warf Andrew einen letzten scheelen Blick zu und verschwand wieder.

Andrew sagte: „Komm, lass uns draußen essen. Ich glaube, es ist warm genug." Er öffnete die Tür zu dem kleinen Privatgarten hinter seinem Büro.

„Cool. War mir noch gar nicht aufgefallen, dass es hier draußen Tisch und Stühle gibt."

„Die hab' ich auch erst dieses Wochenende gekauft. Ich dachte mir, wir – ich esse oft im Salon, und das wäre doch nett."

Zack setzte sich, ein strahlendes Lächeln auf dem Gesicht. „Das ist echt toll. Ich find's schön hier draußen."

Der Garten war von einer Betonmauer umgeben, und zwitschernde Vögel hüpften zwischen den überhängenden Zweigen eines Baumes herum.

Sie teilten sich das Essen und aßen.

Andrew betrachtete die Freifläche. „Jedes Jahr nehme ich mir fest vor, was im Garten zu machen, aber ich komme nie dazu."

„Falls du Hilfe brauchst, könnte ich gerne mal das Unkraut von den zugewachsenen Büschen wegmachen. Grade gestern bin ich vor dem Morgenzimmer bei Justin und Dusty fertig geworden."

„Nein! Dieser Garten wäre viel zuviel Arbeit."

„Nee …" Zack stand auf und stapfte durch das Meer von Unkräutern, von denen keiner behaupten konnte, dass es Wildblumen waren. Er schritt die dreizehnmal-achtzehn-Meter-Parzelle ab. „Okay, ein bisschen Arbeit wäre es schon, aber das Haus gehört doch dir, oder?"

„Fast." Andrew hatte geschuftet wie ein Tier, um die Hypothek auf das Gebäude vorauszubezahlen. In nicht ganz einem Jahr würde es vollständig ihm gehören.

„Nach der Mittagspause gehe ich zuhause Werkzeug holen und komme wieder", sagte Zack.

„Oh."

„Ich würde das Unkraut jäten und die Büsche trimmen. Möchtest du sie rund oder eckig haben?"

„Eckig."

Zack nickte zustimmend. „Den da wirst du vielleicht verlieren, aber er dürfte nicht zu teuer zu ersetzen sein. Und dann können wir – ich meine, dann kannst du sehen, was noch übrig ist."

„Okay." Andrew schloss die Augen und genoss den Sonnenschein auf seinem Gesicht. Als er die Augen wieder aufmachte, erwischte er den Grund für seine Zufriedenheit dabei, ihn anzustarren.

Zack begann, ihre Abfälle vom Mittagessen einzusammeln.

„Lass nur, das mach' ich schon. Ich habe heute Termine bis halb sieben, also werde ich dir hier draußen nicht helfen können."

„Kein Problem. Ich schaff' das schon." Zack nahm den Abfall und ging.

Innerhalb einer Stunde flitzte Zack mit Schaufeln, Rechen, Heckenschere und einigen anderen Gartengeräten durch den Salon.

Andrew hatte fünfzehn Minuten Pause zwischen zwei Kunden. Er ging in sein Büro, um … E-Mails zu checken.

Was – Ein Blick aus dem Fenster, und er blieb wie angewurzelt stehen.

Zack hatte sein Hemd ausgezogen, und eine leichte Sonnenbräune überzog seinen Körper mit einem rosigen Schimmer. Die Haut über seinen straffen Muskeln glitzerte vor Schweiß, als er die Harke durch das Unkraut zog. Flecken von Sonnenlicht unter den Bäumen brachte sein goldenes Haar zum Leuchten. Andrew sollte *Sexy Gardeners Monthly* anrufen und Bescheid sagen, dass eins ihrer Pin-ups abgehauen war.

„Lecker!" Phillips Stimme schreckte Andrew auf.

Andrew warf ihm einen zornigen Blick zu. Der Mann schaute Zack an wie eine Süßigkeit, und Andrew wünschte, er würde das lassen. „Phillip, sind die Geburtstagskarten fertig?"

„Ja, und sei nicht gleich so gereizt, Boss", sagte Phillip zuckersüß.

„Ich bin nicht gereizt", knurrte Andrew.

Sein Mitarbeiter und mitunter auch Freund sagte: „Der Junge da ist reif zum Pflücken. Worauf wartest du denn bloß?"

„Er ist zu jung." Andrew sprach nur aus, was offensichtlich war. Zack war so schön, dass es wehtat.

47

„Quatsch", sagte Phillip.

Andrew schüttelte den Kopf. Er wusste nicht genau, warum er sich wünschte, dass jemand Verständnis für seine Haltung zeigte. „Unsere Brüder leben zusammen."

„Na und?"

„Ich kann nicht. Justins Freund würde mich umbringen. Ich will meinem Bruder keinen Stress machen. Du weißt doch, er hat eine schwere Zeit hinter sich, und er muss sich schon mit genug eigenen Problemen rumschlagen. Jetzt, wo er endlich glücklich ist, kann ich's nicht riskieren, das irgendwie aufs Spiel zu setzen."

„Wow."

„Was?"

Phillip kicherte. „Du redest daher, als würdest du diesen ganzen Scheiß wirklich glauben."

„Es stimmt aber." Seit seiner brutalen Vergewaltigung damals hatte Justin keine echte Beziehung mehr gehabt. Jetzt, wo er mit Dusty glücklich war, würde Andrew nichts tun, um seinem Bruder das zu versauen.

„Justin würde nicht wollen, dass du für ihn dein eigenes Leben auf Eis legst", verwies Phillip.

„Du verstehst das nicht." Wie konnte irgendjemand es verstehen? Andrew wünschte sich nichts sehnlicher, als zu sehen, wohin die Funken zwischen ihm und Zack –

„Nein. Was stimmt, ist dass diese kleine Schlampe Charlie dir wehgetan hat. Und dass der Boss so einen Scheiß nicht noch mal durchmachen will. Also hältst du dich eben fern von dem, was du willst."

„Ich habe eine Kundin." Andrew bückte sich und nahm eine Flasche Wasser aus seinem Minikühlschrank.

Phillip grinste und streckte die Hand aus. „Oh, ist die für Zack? Ich bring' sie ihm. Geh du zu deiner Kundin."

„Mach' sauber. Irgendwas hat's bestimmt nötig", empfahl Andrew und ging hinaus in den Garten.

Zack hielt mitten in der Bewegung inne und lehnte sich auf die Harke. „Hey, Drew."

Wie Zacks Zunge seinen Namen liebkoste ... Sein Herz krampfte sich zusammen, doch er ignorierte es und sagte: „Erstaunlich, wieviel du schon geschafft hast. So langsam sieht das hier wirklich nach einem Garten aus."

Zack strahlte, nahm das Wasser und sagte: „Danke."

Seine Halsmuskeln arbeiteten, als er das Wasser auf einen Zug austrank. Andrew schaute weg. „Du hast doch Sonnencreme benutzt, oder?"

„Jau. Faktor hundert", sagte Zack mit einem Wink zu der Spraydose auf dem Bistrotisch.

Andrew steckte seine Enttäuschung darüber weg, nicht den Beginn vieler Pornofantasien nachspielen zu können, indem er den attraktiven jungen Mann mit Sonnencreme einschmierte. Was war bloß los mit ihm?

Monique rief von der Tür her: „Deine nächste Kundin ist da."

Er winkte, aber sie blieb stehen, wo sie war. Ob sie wohl fand, dass er noch einen Anstandswauwau brauchte?

„Also dann, bis nachher." Andrew stapfte zur Tür zurück. Phillips Grinsen entging ihm genauso wenig wie Moniques fragender Blick.

ANDREW STARRTE hinaus in den Garten. Er und Zack hatten dieses Wochenende die Grünfläche fertig gemacht. Die Betonmauer war von halbhohen Büschen gesäumt. In ein paar Sommern würden sie bis zur Kante hochgewachsen sein und eine grüne Wand bilden.

An einem der unteren Zweige, die über die Mauer hereinhingen, hatte Zack eine Futterstelle für Kolibris aufgehängt. Zwei Kolibris tranken sich satt und schwirrten dann wieder davon.

Der Bronzetisch und die Stühle standen jetzt weiter rechts und verstellten ihm nicht mehr den Blick, wenn er am Schreibtisch saß. Zacks Vorschläge sprachen von derselben Liebe zum Detail, von der auch Andrews Welt geprägt war.

Sie redeten davon, einen japanischen Ahorn zu pflanzen und vielleicht einen kleinen Teich anzulegen.

Wieso war Zack auf einmal so eng mit Andrews Leben verknüpft? Wann war das passiert? Er sollte nicht ständig an ihn denken müssen, und an den Tagen, an denen sie sich nicht sahen, sollte er ihn ganz bestimmt nicht vermissen. Sie waren nicht zusammen.

Die Rationalisierungsmaßnahmen, die sie in Vorbereitung auf die nächste Tournee mit den Dark Angels für Andrews Salon erarbeitet hatten, waren abgeschlossen. Was war schon dabei, wenn sie zusammen rumhingen und sich einen Spaß daraus machten, exotische Gerichte zu vergleichen? Essen musste jeder. Und es war kein Verbrechen, dass Andrew, der Gartenarbeit verabscheute, liebend gern mit Zack im Garten werkelte. Sie waren gute Freunde, und es war schön, draußen zu sein.

Er hatte ja nicht ahnen können, dass Zack zu frisieren an erotisches Edging grenzen würde.

Sein Handy gab einen Summton von sich. Es war eine SMS von Zack. *Drew?*

Dieses freudige Glücksgefühl, das er jedesmal empfand, wenn Zack ihn „Drew" nannte, hätte eine Warnglocke sein sollen. Eine, die er nicht so lange hätte ignorieren dürfen.

Er schrieb zurück: *Zack?*

Japanisch ok oder gibst du schon zu, dass das von Tokio Road am besten ist?

Andrew konnte wirklich nicht so weitermachen. Wo sollte das hinführen? Eine bessere Frage war, wo wollte er, dass das hinführte? Eine Atempause. Er brauchte eine, also schrieb er zurück: *Sorry. Kann heute nicht. Alles ok?*

Bestens, tippte Andrew, löschte es aber wieder. *Bauchweh*, schrieb er. Ihm war tatsächlich übel, also war das wenigstens keine glatte Lüge.

Sofort summte sein Handy erneut. *Kann ich dir was bringen?*

Andrew schloss die Augen. Zu viel von dem, was er gewollt hätte, würde er in diesem Leben niemals haben können. *Nein. Danke.*

Er machte sein Handy aus, schnappte sich seine Schlüssel und verließ sein Büro. Nach einem Blick ins Terminbuch sagte er zu Monique: „Kannst du bitte Ms. Shuber einen neuen Termin für morgen geben?"

Die Hände in die Hüften gestemmt fragte sie: „Warum?"

„Ich muss weg. Morgen bin ich wieder da", beteuerte er und flüchtete dann.

Er fuhr ein bisschen herum, das Radio voll aufgedreht. An einer roten Ampel starrte ein Mann in einem verbeulten SUV mit Kindern auf dem Rücksitz ihn wütend an.

Andrew drehte den melancholischen Beat leiser und fuhr nach Hause.

Er rückte den Fußabtreter gerade, zog seinen Toaster fünf Zentimeter weiter von der Wand weg und schob die Kaffeemaschine eine Spur weiter nach rechts. Der Reinigungsdienst war heute dagewesen. Wenigstens war alles staubfrei.

Die Türglocke unterbrach ihn beim Zurechtrücken seiner Sachen. Hoffentlich war das UPS und nicht irgendwelche Mitglieder der Kirche ein Stück die Straße runter, die ihn rekrutieren wollten.

Er machte die Tür auf, und da stand das, was ihn aus seinem Salon vertrieben hatte.

Zack hielt eine Plastiktüte hoch. „Drew, ich hab' dir Wonton-Suppe mitgebracht, die wird dir gut tun. Miso ist da nicht immer das Richtige."

Während der ganzen Zeit seiner Beziehung mit Charlie hatte sein egozentrischer Ex nie auch nur versucht, Andrew etwas Gutes zu tun. Er musste seine Emotionen in den Griff kriegen. Es war keine große Sache. Zack handelte nur wie ein guter Freund.

Andrew lachte leise und sagte: „Das sagst du bloß, weil du Tofu nicht magst." Er sollte Zack nicht hereinbitten. Falls er es doch tat … nein. „Ich würde dich ja reinbitten, aber ich will nicht, dass du auch krank wirst."

„Oh … äh, ja, klar. Ich wollte dir das bloß vorbeibringen." Zack überreichte ihm die Suppe, dann winkte er und sprang die Stufen vor der Haustür hinunter.

Andrew machte die Tür zu und schob den Riegel vor.

Entwined. Heute Abend musste er unbedingt da hin.

5

DIE ZEIT rann dahin. Es war bereits Ende Juni. Heute Abend war es soweit. Zack wollte sich nicht noch eine Gelegenheit durch die Lappen gehen lassen. Carpe Diem und der ganze Scheiß.

Endlich würde er sich holen, was er wollte ... Andrew Nikeman.

Zack war bereit. In den letzten sechs Monaten hatte er an sämtlichen BDSM-Kursen teilgenommen, die im Entwined angeboten wurden. Er hatte halb darauf gehofft, Drew im Club einmal zufällig zu begegnen, aber das war nicht passiert. Vielleicht hätte ihn das ja aus der Kumpelzone gebracht.

Er hatte Andrew seit Mitte Mai nicht oft gesehen. Den Salon für seine Abwesenheit bereit zu machen nahm wahrscheinlich seine ganze Zeit in Anspruch.

Zack vermisste das Zusammensein mit ihm, aber er hatte sich auf seinen eigenen Job konzentriert. Für die Tournee der Dark Angels war eine Menge vorzubereiten gewesen. Er hatte seinen neuen Prozess für den Auf- und Abbau vorgestellt. Anfangs hatte es Widerstand vom Bühnenmanager und ein paar Schwachköpfen gegeben, aber die waren überstimmt worden. Die große Mehrheit der Crew wollte einen guten Job machen, und das ohne das ganze Chaos. Am Ende war sein Prozess akzeptiert und umgesetzt worden. Die Teams und die neuen Abläufe verkürzten den Aufbau um eine Stunde und den Abbau um gut fünfundvierzig Minuten. Er hatte an Glaubwürdigkeit gewonnen. Zack hatte sich als Teil der Road-Crew bewährt, ganz unabhängig davon, wer der Drummer der Band war.

Jetzt waren sie auf Tournee und inzwischen hatte sich die Routine eingespielt. Es war an der Zeit, die Funken zu erkunden, die fast jedesmal flogen, wenn Andrews eindringliche blaue Augen in seine Richtung blickten. Zacks devote Seite sehnte sich danach, vor Drew zu knien und ihm zu dienen. Er war bereit, zu lernen, Drews perfekter Sub zu sein. Jede Zelle seines Körpers verlangte von ihm, nach diesem einen Ziel zu streben. Er sehnte sich danach, Drew jeden Wunsch zu erfüllen, brauchte es dringender als die Luft zum Atmen.

Die Tatsache, dass ihre Brüder zusammen waren, war ihm bei der Erfüllung seiner Wünsche bislang dazwischengekommen. Zacks Erfahrungen beschränkten sich zwar bisher auf ein paar kurze Hinterzimmer-Affären, doch es war unverkennbar, dass Andrew ihn begehrte. So weitab vom Schuss konnte er da gar nicht sein.

Zack konnte es nicht riskieren, noch länger zu warten. Die Dark Angels hatten wieder mal eine großartige Show abgeliefert. Selbst er als kleiner, unbedeutender Roadie schwebte im siebten Himmel des Erfolgs. Wie üblich hatte es backstage ziemlich gehakt, aber heute hatte davon niemand was gemerkt, weil er alle Katastrophen rechtzeitig erkannt und abgewendet hatte.

Er war gerade auf der After-Show-Party mit seinen Brüdern am Feiern, als er Andrew am anderen Ende des Raums erspähte. Er nahm kaum jemals an diesen Zusammenkünften teil. Es war, als hätte er Zack seither gemieden.

Die Euphorie hatte wohl Zacks Selbstbewusstsein gesteigert. Denn als sein feuchter Traum von dem Tisch aufstand, an dem er gesessen hatte, beschloss Zack, sich diese Chance nicht entgehen zu lassen und mit Andrew zu reden. Er versuchte, den Unbeteiligten zu spielen, obwohl ihm das Herz bis zur Kehle schlug, und folgte ihm erst nach vollen zehn Sekunden.

Zack schlenderte in die Richtung, in die Andrews Pfad ihn geführt hatte. Während er sich im Zickzack weiter nach hinten bewegte, nickte er den anderen Roadies und seinen Freunden zu.

Shit! Er musste sich am Bühnenmanager vorbeischleichen. Der Typ war ein Schwätzer und wirkte noch betrunkener als üblich. Verdammt, er hatte es nicht geschafft. Warum musste der Kerl ausgerechnet jetzt wachsam sein?

Sein inkompetenter Boss winkte ihn zu sich. „Zack, Zack, mein guter Kumpel. Komm hier rüber."

„Hey." Zack versuchte, die Herrentoilette im Auge zu behalten, ohne unhöflich zu sein.

Joe stand auf. Er schwankte, als er Zack die Hand schüttelte. „Ich muss dir unbedingt einen ausgeben, Mann. Du hast mir heute echt den Arsch gerettet. Danke."

Zugegeben – ein Bühnenmanager, der bis zum Ende der Show nüchtern blieb, hätte die meisten Probleme beseitigen können, die sich im Verlaufe des Abends ergaben. Aber Zack sagte einfach: „Gern geschehen."

„Also, ab jetzt bist du mein Assistent. Ich hab' im Lohnbüro angerufen, und du kriegst eine Gehaltserhöhung. Ist nicht viel, aber immerhin etwas."

Wow, eine Beförderung zum Assistenten des Bühnenmanagers.

„Hast du dir verdient." Joe lallte ein bisschen.

Zack fand das auch, aber er sagte: „Ich werde dich nicht enttäuschen."

„Was ist jetzt mit dem Drink?" Der Typ stolperte, als er Zack in Richtung Bar zu ziehen versuchte.

„Ich bin noch nicht einundzwanzig. Aber trotzdem danke." Zack entkam.

Das Glück schien auf seiner Seite zu sein; Andrew war noch nicht wieder aus dem WC gekommen. Zacks Unbesiegbarkeit gewährte ihm das zusätzliche Selbstvertrauen, das er brauchte, um vor den Toiletten auf Andrew zu warten.

Mit einem tiefen Durchatmen nahm Zack allen Mut zusammen und machte sich bereit, sein Herz zu offenbaren. Der Moment war gekommen.

Zack begehrte Andrew, seit er ihn zum ersten Mal gesehen hatte. Sein älterer Bruder und seine Freunde gingen davon aus, dass er einfach nur in ihn verschossen war. Doch nachdem er Drew erst mal kennengelernt hatte, blieb kein

Zweifel mehr: diese Gefühle waren etwas Einmaliges. Er mochte zwar jünger sein und weniger erfahren, aber er war nicht dumm genug, das wegzuwerfen, was sie haben konnten.

Er tigerte in der kleinen Nische vor den Toiletten herum und wischte sich die schweißigen Hände an der Jeans ab. Endlich ging die Tür auf und Zacks Herz setzte einen Schlag aus.

Andrew blieb wie angewurzelt stehen und sah ihn mit großen Augen an. Er fuhr sich mit einer Hand durch die langen, üppigen dunkelbraunen Locken, die sofort wieder an ihren Platz zurückfielen. Als ob sein Haar es niemals wagen würde, verwuschelt auszusehen.

„Hey, Zack."

Atme. Rede. Sag's ihm.

„Ähm, hi, Drew." Zack erstarrte und gaffte einfach nur. Hatten sie hier im Club die Heizung hochgedreht? Andrews Aufmerksamkeit auf sich konzentriert zu finden ließ seine Temperatur in die Höhe schnellen und bescherte ihm einen Schweißausbruch am ganzen Körper.

„Gute Show heute", sagte Andrew mit einem zurückhaltenden Lächeln.

Scheiß auf den Smalltalk! Zack holte tief Luft, hielt den Atem an und versuchte, das Gewimmel der Schlangen in seinem Magen zu bezwingen. Was hatte ihre Freundschaft wieder in etwas Unbehagliches verwandelt?

Zack nickte, als ihm klar wurde, dass er etwas sagen sollte. „Ja, stimmt." Verdammt, seine Stimme hatte sich überschlagen.

Irgendwie war sein innerer Monolog in der Zeit, in der sie einander nicht gesehen hatten, immer lauter geworden, was es schwer machte, an etwas anderes zu denken.

Knien. Dienen. Ihm gehören. Knien. Dienen. Ihm gehören.

Die inneren Forderungen machten Zack ein bisschen verrückt. „Also, äh, bist du momentan mit jemandem zusammen?"

Andrew wich sofort zurück. Er befeuchtete sich die Unterlippe, dann antwortete er mit seiner tiefen Stimme: „Nein. Du weißt, wie es ist … ich bin noch nicht wieder bereit für irgendwas." Er drehte den Kopf nach rechts, dann nach links, als suchte er nach einem Fluchtweg.

Zack ignorierte Andrews deutliche Botschaft und preschte weiter voran.

Knien. Dienen. Ihm gehören.

Er hatte ganze Tage in Andrews Salon verbracht und nie den Mut aufgebracht, ihn um ein Date zu bitten, und er hasste sich dafür. Zack musste das jetzt tun. Jetzt sofort.

Andrew unternahm einen Versuch, um ihn herumzugehen.

Zack beugte sich vor, und ihre Körper berührten sich leicht. Er machte einen Schritt zur Seite, um Andrew den Rückzug zu verstellen.

Andrews Körperwärme trug zu dem Inferno bei, das Zack verbrannte. Sein berauschendes Rasierwasser mischte sich mit dem Geruch von Leder.

Der aufregende Duft presste die Worte aus ihm heraus. „Drew, könntest du dir vorstellen, mal mit mir essen zu gehen?"

„Natürlich ... wir haben die Frage der japanischen Küche nie vollständig geklärt." Andrew trat wieder zurück und prallte gegen eine Wand.

Zack trat vor und blickte prüfend zu dem anderen Mann auf, der ungefähr einen Kopf größer war. „Nein, nicht nur als Freunde ... möglicherweise als mehr." Freunde lagen ihrem Master nicht zu Füßen und warteten auf die Erlaubnis, sich zu bewegen.

Knien. Dienen. Ihm gehören.

Andrew hielt ihn mit einer Hand auf der Schulter davon ab, noch näher zu kommen. „Zack, das ist unmöglich."

Das Wort „Unmöglich" prasselte auf ihn ein wie eine kalte Dusche und machte seine Hoffnungen und Träume zunichte. Er musste die richtigen Worte finden und sich Drew begreiflich machen.

„Ich mag dich *wirklich* gern, Drew." Zack war es egal, ob er bettelte. Vielleicht würde es einen Unterschied machen, wenn Andrew verstand, *wie* gern er ihn mochte.

Knien. Dienen. Ihm gehören.

„Zack, du bist zu jung, um zu wissen, was du magst", sagte Andrew freundlich, aber bestimmt.

Andrew fuhr ihm mit geschickten Fingern durch die Haare und brachte seine Frisur in Ordnung. Die Berührung hätte nicht so erotisch sein dürfen, aber er war bereits so eingestellt.

Nein! Er durfte sich nicht von Drew zurückweisen lassen. So sollte das eigentlich nicht laufen. Drew musste sich wenigstens zu einem Date bereit erklären!

„Aber ich weiß, was *du* magst, Drew. Ich hab' dich gesehen. Ich gehe auch ins Entwined. Ich will das auch. Ich *bin* das. Bitte." Verzweiflung durchströmte ihn und endete als Feuchtigkeit, die sich in seinen Augen sammelte. Wenn Andrew doch nur begreifen würde, dass Zack seine Bedürfnisse nicht nur erfüllen, sondern sie vollkommen befriedigen konnte. Er würde alles sein, was Andrew wollte, und noch viel mehr.

Knien. Dienen. Ihm gehören.

„Du bist zu jung, um in solche Clubs zu gehen." Andrew bekräftigte seine irrige Meinung mit einem Kopfschütteln.

Zack war nicht zu jung. „Ich bin Mitglied."

Andrew zeichnete mit den Fingern sanft die Konturen von Zacks Gesicht nach. „Du bist süß, aber wir können nicht. Nicht etwa, weil ich dich nicht schön finde."

Knien. Dienen. Ihm gehören.

Das einzige, was Zack sich je wirklich gewünscht hatte, wurde ihm hier gerade entrissen.

Nein! Nein! Nein!

Sein Herz zersprang.

Keine Worte mehr. Er ließ seinen Körper sprechen, da sein Mund nicht dazu imstande war. Er drängte vor und drückte Andrew gegen die Wand. Der Mann, der ihn abwies, hatte auch einen Harten. Reichte das nicht als Beweis, dass sie zusammen sein oder zumindest miteinander ausgehen sollten? Andrews Zurückweisung ergab keinen Sinn.

Knien. Dienen. Ihm gehören.

Andrew schluckte und räusperte sich. Er verengte die Augen und fixierte Zack. „Du solltest dich austoben. Du bist jung. Geh Erfahrungen sammeln. Erkunde die Welt."

„Es ist doch nur ein Date." Zack griff nach Strohhalmen.

Knien. Dienen. Ihm gehören.

Andrew starrte ihn an. „Ich will nicht, dass du später was zu bereuen hast."

„Drew, ich bin nicht Charlie. Ich rede von *einem* Date." Zack log wie gedruckt. Er wollte nicht nur ein Date … er wollte alles.

Andrew schüttelte den Kopf auf dieselbe Art wie der Dozent, der BDSM und Ko-Abhängigkeit unterrichtete. Der Kurs forderte von den devot veranlagten Teilnehmern, ihren Wunsch nach Machtaustausch kritisch zu hinterfragen. Zack hatte das getan. Was als schlichte perverse Lust auf den ersten Blick begonnen hatte, war inzwischen zu dem dringenden Wunsch geworden, alles, was er war, mit Drew zu teilen.

Zack konnte sich vor Andrew nicht verstecken, und das wollte er nicht mal versuchen. „Ich will mich nicht austoben."

„Das sagst du jetzt." Andrew ging diesmal nicht so weit, sich auf sein Alter zu beziehen, aber Zack hörte die Andeutung heraus.

„Ich werde dich immer wollen, Drew." Zack versuchte den Mann zum Umdenken zu bewegen, indem er seinen Unterleib an ihm rieb, sich durch ihre Kleidung hindurch an Andrews Schwanz presste.

Andrew bewegte sich nicht. Sein Mund öffnete sich leicht.

Zack bettelte: „Ich wäre ein echt guter Sub für dich. Wirklich. Ich würde alles tun, was du mir befiehlst. Alles. Egal was."

Knien. Dienen. Ihm gehören.

Andrew atmete mühsam aus und fixierte Zack für einen Moment mit starrem Blick. Um einzuschätzen, ob er die Wahrheit sagte, vielleicht?

Bitte!

Andrews Entschlossenheit wankte. In den letzten paar Monaten hatte Zack sich all diese kurzen Momente der Energie und Verbundenheit zwischen ihnen nicht nur eingebildet. Sie war da.

Er drückte sich noch fester an Andrews Unterleib, sorgte dafür, dass sich ihre Schwänze aneinander rieben. Zu spüren, wie hart Andrew war, entfachte sprühende Funken der Lust und trieb Zack weiter voran und in einen stürmischen Kuss.

Er presste seine Lippen auf Andrews. Sein Herz sang vor Freude. *Endlich.*
Er küsste den Mann seiner Träume mit der ganzen Liebe und Leidenschaft, die er im Herzen trug. Zack strich mit beiden Händen über kräftige Bauchmuskeln, ließ sie genießerisch über Andrews Brust und weiter nach oben gleiten bis zu den breiten Schultern, wo sie zur Ruhe kamen. Hoffnung wuchs, als Andrews Lippen sich teilten.

Knien. Dienen. IHM gehören!

Drew hielt Zack am Genick fest. Er ließ seine Zunge in Zacks Mund gleiten. Ein Hauch von Pfefferminz kitzelte seine Geschmacksknospen, als Drew ihn innig küsste.

Sein Körper schmiegte sich so perfekt an Drew, als wären sie aus demselben Stück Holz geschnitzt. Er drückte Andrews Schultern, um sich auf mittlerweile wackligen Beinen aufrecht zu halten und rieb weiter ihre unteren Körperhälften aneinander.

Knien. Dienen. Ihm gehören.

JA! JA! IHM!

Andrew beendete den Kuss und schob Zack sanft von sich. Er schüttelte den Kopf.

NEIN! Knien. Dienen.

„Wir können nicht", hauchte Andrew.

Ihm gehören. Ihm. Ihm!

„Bitte, Drew. Ich weiß, dass du mich willst." Er konnte ihr geteiltes Verlangen fühlen, sehen und schmecken.

„Das steht außer Frage", bestätigte Andrew.

„Bitte."

Andrew atmete hörbar aus. „Es wäre nicht richtig. Unsere Brüder sind zusammen, und du bist noch nicht mal zwanzig, Zack. Außerdem, stell dir doch bloß mal vor, wie gruslig die Familienfeiern wären, wenn es zwischen uns wieder aus ist."

NEIN! NEIN! NEIN! NEIN! NEIN!

„Es muss ja nicht zu Ende gehen."

Andrews bitteres Lachen schmerzte.

Niemand brauchte Zack erst zu sagen, dass man die Liebe seines Lebens normalerweise nicht schon mit achtzehn fand. Er hatte auch nie an Märchen geglaubt, jedenfalls bisher nicht ... bis Drew.

Andrew schüttelte den Kopf.

Zacks Herz machte einen Satz. „Es ist mir egal. Bitte." Stumme Schreie hallten durch seinen Verstand. Er war völlig am Boden zerstört, flehte aber dennoch ein letztes Mal. „Ich würde alles für dich tun. Ich will dich."

Er hätte Andrews Zurückweisung einfach akzeptieren sollen. Schon ein klein wenig Selbstachtung wäre hilfreich gewesen, um nachher seinen Schmerz zu lindern. Doch Stolz war nichts ohne den Mann, den er ... liebte. „Bitte!"

Knien. Dienen. Ihm gehören.

Andrew sackte zusammen und schlug sich die Hände vors Gesicht, doch seine Zurückweisung war ein vernichtendes: „Nein." Dieses eine, kurze Wort widerhallte vor kristallklarer Deutlichkeit.

Nein verbot jede Fehlinterpretation. *Nein!* Das Wort war die sprichwörtliche rote Linie, die nicht überschritten werden konnte. *Nein* bedeutete das Ende. *Nein* bedeutete, dass Zack nie bekommen würde, was er brauchte.

Nein. Nein. Nein. Nein. Nein.

Dieses eine, schlichte Wort zerschlug Zacks sämtliche Träume, machte jede Hoffnung auf ein Happy End zunichte. Warum war er so erschüttert darüber, alles zu verlieren, was er nie gehabt hatte?

Knien. Dienen. Ihm gehören.

Nein. Nein. Nein. Nein. Nein.

Niemals.

Zack musste verdammt noch mal hier raus. Seine Träume starben gerade einen qualvollen Tod. Er drängte sich zum Seiteneingang des Clubs durch, um zu verschwinden.

Beschämung und überwältigende Traurigkeit begleiteten ihn durch die Schatten der dunklen Straßen. Das Navigationssystem seines Handys führte ihn zum hiesigen Untergrund-BDSM-Club oder vielleicht war es auch ein Lederclub. Es spielte keine Rolle.

Wenn er Andrew nicht haben konnte, würde er eben auf physische Empfindungen zurückgreifen müssen, um die Hoffnungslosigkeit zu betäuben. Der Club gehörte nicht zum Entwined-Netzwerk, aber das war ihm jetzt so was von scheißegal. Alles war besser als nichts.

Und im Moment war „*Nein*" alles, was er hatte.

Zack zögerte am Eingang des Clubs. Sein Alter gewährte ihm Zugang, wenn er auch nicht alt genug war, um Alkohol zu trinken … oder für Andrew.

Er schlenderte zur Bar und wurde gleich innerhalb der ersten dreißig Sekunden zweimal angesprochen. Den ersten Versuch machte ein älterer Mann, der ihm nicht ganz geheuer war. Er wich ihm mit einem kurzen Lächeln aus und stieß mit einem attraktiven, ganz in Leder gekleideten Mann mittleren Alters zusammen.

„Sieh an, was haben wir denn da. Hallo, Süßer." Der Mann hatte ein routiniertes Lächeln auf den Lippen und sein Tonfall war überfreundlich.

Im Zweifel für den Angeklagten, dachte Zack. Vielleicht hatte der Typ gar nicht beabsichtigt, dass seine Begrüßung wie eine schleimige Anmache klang. „Hi."

„Zum ersten Mal in unserem kleinen Club?" Die Stimme des Mannes triefte vor lüsterner Verheißung.

Zack schoss die Hitze ins Gesicht, und er nickte widerstrebend.

Der Mann in Leder gurrte: „Du bist ja ein ganz Hübscher, was?"

Männer fanden Zack attraktiv. Er war oft genug angebaggert worden, um an sein Aussehen zu glauben. Dieser Typ war so groß wie Andrew und hatte dieselbe Haar- und Augenfarbe.

Zack erschauerte. War er dazu verdammt, ständig diesen Vergleich zu ziehen? Er sehnte sich danach, Andrew aus seinem Herzen und die sinnlosen Gefühle und den Schmerz der Zurückweisung aus seinem Gedächtnis zu streichen.

Eine Ablenkung. Die hatte Zack jetzt nötig. Er lächelte den Mann zaghaft an. Der Typ schien keine weitere Ermutigung zu brauchen. „Mmmm, Süßer. Ich bin Master Louis. Komm, ich spendier' dir einen Drink, und dann mache ich deine kühnsten Träume wahr."

EINS FÜHRTE zum anderen, und Zack fand sich in einem schäbigen, halböffentlichen Hinterzimmer wieder, von Master Louis über eine klebrige Werkbank gebeugt.

Der Typ prügelte ihm mit seiner Gürtelschnalle schlicht und einfach die Scheiße aus dem Leib. Nach einer Misshandlung, die nicht das Geringste mit BDSM zu tun hatte, streifte er sich ein befeuchtetes Kondom über – worauf Zack bestanden hatte – und rammte ihm seinen Schwanz in den Hintern. Der Drecksack bumste Zack durch, als wäre er eine Gummipuppe.

Dieses Erlebnis war alles andere als der versprochene sexy Machtaustausch, über den sie während ihrer kurzen Unterhaltung vorher gesprochen hatten. Nichts daran war auch nur im Entferntesten so, wie er es im Entwined gelernt hatte. Hier ging es einfach nur darum, dass diesem Wichser einer abging.

Zack presste die Lippen zusammen und versuchte, sich auf seine schmuddelige Umgebung zu konzentrieren. Trotzdem entfuhr ihm ein gequältes Ächzen.

„Hör auf zu heulen, Kleiner. Ich besorg's dir hier so, wie du's haben willst." Der Mistkerl nagelte ihn noch härter. Jeder Stoß brannte wie Feuer. Gott sei Dank war Louis nicht sonderlich gut bestückt, also war es nicht so schlimm, wie es hätte sein können. „Nimm's wie ein Mann."

Das Stöhnen eines weiteren Paares brachte Zack dazu, sich selbst zurechtzuweisen. Das Arschloch sagte nur, was Zack seiner Meinung nach hören wollte. Auch wenn er dieser schmerzhaften Attacke nur aus reiner Verzweiflung und um seiner Realität zu entkommen zugestimmt hatte.

Zack hielt still. Er ließ den Kerl tun, was immer er wollte und betete darum, dass es bald vorbei war. Er hatte gewusst, wie riskant es war, sich mit einem völlig Fremden auf eine Session ohne Safeword einzulassen. Vielleicht war ihm bewusst gewesen, dass er außerhalb der gründlich überprüften Mitgliedschaft von Entwined buchstäblich mit dem Feuer spielte, aber das hatte ihn nicht davon abgehalten.

Die ganze Session hier war ein Riesenfehler.

Zack hoffte, dass dieser Wichser ihn nicht aus reiner Unachtsamkeit in Stücke riss.

Das jämmerliche Erlebnis hatte ihm nicht mal eine Erektion verschafft, was das Arschloch prompt fehlinterpretierte. „Oh, du bist ein braver kleiner Bottom. Brauchst nicht mal einen Ständer, um Spaß an meinem Schwanz zu haben." Der Wichser stieß fester zu, um seine Ansicht zu unterstreichen. „So ist's recht. Sei brav. Du brauchst keine Erektion, um mir Vergnügen zu bereiten."

Zack bekam Gänsehaut. Er kotzte nicht, wenn er auch kurz davor war.

Argh. Dreckig. Widerlich.

Wann würde das endlich aufhören? Er versuchte, stoisch zu bleiben. Das Gleitgel auf dem Kondom reichte nicht, und Zack fühlte sich allmählich wie mit einem heißen Schürhaken gebumst. Der Typ hatte sich nicht mal die Zeit genommen, ihn vorher zu dehnen.

Nie wieder. Niemals.

Schließlich gab das Arschloch, das hier den Master spielte, ein Grunzen von sich. Seine Finger gruben sich schmerzhaft in Zacks Hüften. Noch mehr blaue Flecke.

Der Typ zog seinen Schwanz heraus. Er schmiss das volle Kondom in eine Zimmerecke, machte seinen Hosenschlitz zu, gab Zack einen Klaps auf den Hintern und ging.

Das Paar am anderen Ende des Raums kam lautstark zum Höhepunkt.

Zack brach völlig benommen über dem Tisch zusammen. Er schwärmte nicht mehr von Drew. Verdammt, er konnte an nichts anderes denken, als so schnell wie möglich aus diesem Dreckloch zu verschwinden. Auf der Stelle.

Nie wieder. Niemals.

Scheiße! Blutete er womöglich? Er war sich nicht sicher. Er griff nach seiner Jeans, die zusammengeknüllt um seine Knie gegangen hatte, und zerrte sie hoch.

Sein Hinterteil war ein einziger Schmerz. Jede Bewegung tat weh. Der Wichser hatte seinen Gürtel ziemlich gedankenlos eingesetzt. Seine Haut war in blutunterlaufenen Fetzen gerissen.

Er stolperte durch die Bar. Auf der Suche nach dem Ausgang hinkte er an Master Louis vorbei, der bei einer Gruppe von Männern stand. Das Arschloch deutete auf ihn und alle seine Freunde hoben die Gläser und prosteten ihm spöttisch damit zu.

Zack starb innerlich noch ein bisschen mehr. Ihr Gelächter trieb ihn noch eiliger hinaus.

Nie wieder. Niemals.

Er weigerte sich, zu humpeln, aber er schlurfte eindeutig. Zack war auf der Straße, ehe er die Feuchtigkeit auf seinen Wangen zur Kenntnis nahm. Er wischte sich die Tränen ab.

Nie wieder. Niemals.

Was war er doch für ein Idiot! Er hatte darum gebeten … nein, hatte er nicht, aber er hatte auch nicht versucht, es zu stoppen, als alles falsch gelaufen war. War er etwa so ein selbstzerstörerisches Arschloch geworden? Wie hatte er sich nur so benutzen lassen können?

Er brachte so viel Abstand zwischen sich und die Bar, wie er nur konnte. Wie hatte er nur so dumm sein können? Er versuchte, alles zu vergessen, während er sich mühsam in Richtung des Hotels dahinschleppte.

„Zack." Eine Stimme drang durch seine selbstquälerische Grübelei.

Knien. Dienen. Ihm gehören.

Ihm rutschte das Herz in die Hose. Er drehte sich nicht nach der vertrauten Stimme um.

Nein! Heilige Scheiße! Womit hatte er das verdient? Hatte er in einem früheren Leben was so Schlimmes getan?

„Zack, steig ein." Das rote Auto rollte langsam neben ihm her. Der Befehl driftete aus dem Beifahrerfenster. „Steig ins Auto. Sofort."

Knien. Dienen. Nie ihm gehören. Niemals.

Fuck! Zack stieg in Andrews Mietwagen. Verdammt, sitzen tat weh. Da er seinen Trotz nicht anders zeigen konnte, knallte er die Tür zu, so fest er nur konnte. Er hätte nicht gedacht, dass dieser Abend noch schlimmer werden könnte. Von der Liebe seines Lebens einen Korb zu kriegen und sich dann aus reiner Dummheit von einem Fremden benutzen zu lassen – mehr ging doch eigentlich gar nicht.

Falsch! Die Schicksalsgöttinnen setzten unbarmherzig noch eins drauf, indem sie Andrew die Folgen seiner Schmach mitansehen ließen.

Andrew betrachtete ihn voll Mitgefühl, was alles noch hundertmal schlimmer machte.

Zack wagte nicht, von seinen kalten Füßen aufzublicken, dankbar für die Wärme aus der Heizung des Autos.

Fahr, bitte. Fahr.

Schließlich berührte Andrew seine Hand. Zack zuckte zusammen und versuchte, der Berührung zu entkommen, wobei er gegen die Beifahrertür stieß. Der Realität auszuweichen war nicht möglich. Er stöhnte auf.

„Bist du okay?" Es lag zuviel Besorgnis in Andrews Stimme. Vor allem, nachdem er gezeigt hatte, wie wenig ihm ihre Beziehung bedeutete.

Niemals ihm gehören.

Stille. Zack brachte die Kraft für eine Lüge nicht auf. Stattdessen verschwieg er aus purem, zähem Willen die Wahrheit.

„Zack, antworte mir. Bist du okay?" Andrew sprach langsam, ließ aber keinen Raum für Missverständnisse. Er erwartete eine Antwort.

Zack schluckte. Er öffnete schon den Mund, um zu gehorchen, doch da schnitt ihm die Erinnerung an die Zurückweisung erneut ins Herz. *Scheiß auf ihn!* „Seit heute hast du kein Recht mehr, mich irgendwas zu fragen."

„Ich habe jedes Recht dazu." Andrew atmete ein und wieder aus. „Du gehörst ... zur Familie."

Zack erschrak selbst über den Zorn, der ihn packte. Der heutige Abend hatte ihm all die albernen Fantasien geraubt, die er sich über Drew zusammengesponnen hatte.

Und jetzt hatte Andrew den Nerv, ihn vor einem langen, schmerzhaften Fußmarsch zu ihrem Hotel zu bewahren und ihm zu sagen, dass er zur Familie gehörte. *Familie! Nie wieder! Niemals ihm gehören.*

Schmerz und Gehässigkeit mischten sich in Zacks Stimme, sodass sie ihm ganz fremd in den Ohren klang. „Du hast heute Abend alle Rechte aufgegeben." Zack drehte den Kopf und warf dem dominanten Mann, den er liebte, einen schrägen Blick zu. „Aber trotzdem danke fürs Mitnehmen."

Andrew fragte mit viel zuviel Zärtlichkeit: „Bist du verletzt?"

Unfähig, sich die Verbitterung nicht anmerken zu lassen, schnarrte Zack: „Und noch mal, das geht dich einen Scheißdreck an."

Würde dieser Abend denn nie enden?

„Du weißt …" Andrew beendete den Satz nicht und das würde er auch nicht tun. Näher würde Zack einem Bekenntnis, dass da tatsächlich etwas zwischen ihnen war, vermutlich nie kommen. Andrew blieb hartnäckig und wiederholte: „Bist du verletzt?"

„Was willst du von mir hören?" Zack schnaubte. Wie hatte er nur so blöd sein können, den Verlust seiner Bestrebungen für die Zukunft mit einem demütigenden Fick zu feiern?

„Wie wär's mit der Wahrheit?", entgegnete Andrew bissig.

Niemals ihm gehören.

Wieso interessierte ihn das überhaupt? „Du willst die Wahrheit hören, *Andrew?*"

Das Lederlenkrad knarrte, als Andrew es fester packte. „Ja, Zack. Ich will die Wahrheit hören."

Zack spürte, dass er einen kleinen Sieg errungen hatte. Vielleicht war jede Emotion besser als gar keine.

Andrew fragte mit verhaltener Stimme: „Musst du ins Krankenhaus?"

„Nein", krächzte Zack, was möglicherweise gelogen war.

„Du musst mir sagen, ob du okay bist." Andrew hielt an einem Stoppschild, wandte ihm das Gesicht zu und betrachtete ihn prüfend.

Zack lachte auf. Machte er Witze? „Mir geht's bestens, verdammte Scheiße."

„Nicht in diesem Ton", tadelte Andrew und fuhr weiter.

Das Auto kam an einer roten Ampel erneut zum Stehen.

„Wie wär's dann damit? Leck mich", flüsterte Zack laut genug, um gehört zu werden und riss am Türgriff. Doch der rührte sich nicht. Er versuchte es noch mal. Kein Glück. „Lass mich raus."

Himmel, Arsch und Zwirn! So viel zu seinem dramatischen Abgang.

Andrew lächelte nur leicht. Wichser. Die Ampel wurde grün und er fuhr weiter die leeren Straßen entlang, als hätte Zack nicht eben versucht, sich zu verdünnisieren wie ein verhinderter Houdini.

Geh auf! Zack zerrte wieder und wieder am Türgriff. Es war ihm egal, ob er aus dem fahrenden Auto auf die Straße fiel. Er wollte raus, aber das Arschloch hatte offenbar die Kindersicherung drin. Wer machte das bei einem Mietwagen? Er versuchte weiter, die Tür zu öffnen, bis ihm bewusst wurde, dass er sich selbst zum Arschloch machte.

Scheiß drauf! Er gab auf und ließ sich wieder in den Sitz zurückplumpsen. Autsch.

„Fertig mit Ausflippen?" Andrews leise Stimme klang kein bisschen amüsiert.

Niemals ihm gehören. Nie.

Stille. Was sollte er schon sagen? Zack hatte mit seinem kindischen Verhalten genau die Unreife bestätigt, die Andrew ihm vorhin stillschweigend unterstellt hatte. Er drehte den Kopf und starrte Andrew an, während sein Träume-Brecher sich auf die Straße konzentrierte.

Zack nahm dieses Filmstargesicht in sich auf, bis ihm das Herz wehtat vor Sehnsucht nach Dingen, die er nie haben würde.

„Was ist mit deiner Hand passiert?", fragte er mit mehr Fürsorge, als er eigentlich preisgeben wollte.

Andrew warf einen flüchtigen Blick auf seine aufgeschürften, blutigen Fingerknöchel. Er hob die rechte Hand und untersuchte die Schrammen genauer, als hätte er sie vorher gar nicht bemerkt.

Dann zuckte er mit den Schultern und blickte wieder starr nach vorn durch die Windschutzscheibe. „Hab' sie benutzt."

Er hatte sie *benutzt*. Für einen Moment funkelte Zack ihn wütend an. Was zum Teufel sollte das heißen? Er fasste nach Andrews Hand, hob sie vom Lenkrad und inspizierte den Schaden. Nur mühsam widerstand er dem Drang, die Verletzungen zu küssen. Er wollte mit seinen Lippen die Wunden heilen und den Schmerz wegnehmen.

„Sieht nicht gebrochen aus, aber du solltest Eis drauftun, wenn du wieder im Hotel bist." Zack begutachtete weiter Andrews Hand, nutzte die Untersuchung als Rechtfertigung, ihn länger zu berühren. Andrews Hand zu halten brachte einen Frieden mit sich, der nicht für ihn bestimmt war.

Knien. Dienen. NEIN! Niemals ihm gehören.

Zack ließ Andrews Hand los.

„Mach' ich." Andrew legte die Hand wieder ans Lenkrad.

Neugier war schon immer Zacks Verderben gewesen. „Also, wie hast du dir denn nun die Hand verletzt?"

Andrew runzelte die Stirn, und seine Wangenmuskeln spannten sich an, als er um ein geparktes Fahrzeug herum manövrierte. „Wie gesagt, ich hab' sie benutzt."

„Wie? Hast du wem die Fresse poliert?" Zack hörte sich so sarkastisch an, dass er selbst zusammenzuckte. Doch Andrew zog die Augenbrauen hoch, und seine Mundwinkel bogen sich leicht nach oben. War das ein Eingeständnis? Mr. Kontrolle persönlich hatte sich geprügelt? „Du hast wirklich jemandem einen Kinnhaken verpasst?"

Das Auto kam an einer weiteren roten Ampel zum Halten. Andrew drehte sich um und heftete den Blick auf ihn. Er nickte einmal und musterte Zack weiter. Warum versuchte er, hinter die Fassade zu blicken, auf die er sich doch eigentlich konzentrieren sollte?

„Warum?", platzte Zack verwirrt heraus.

Er hatte Andrew noch nie die Stimme im Zorn erheben sehen, geschweige denn die Fäuste. Er war immer vollkommen beherrscht bei allem, was er tat.

Andrew schloss für einen Moment die Augen und schluckte. Mit sehr leiser Stimme sagte er: „Er hat dir wehgetan."

Das Gefühl der Scham und Erniedrigung von vorhin in der Bar überschwemmte Zack erneut. Andrew hatte nicht nur erraten, was passiert war, er hatte die Nachwirkungen mit angesehen und versucht, ihn zu rächen. Als wäre diese Nacht nicht schon beschissen genug gewesen. Diese Wende der Ereignisse machte den ganzen tragischen Abend noch tausendmal schlimmer.

Zack schlug die Hände vors Gesicht, um sich Andrews prüfendem Blick zu entziehen. Er flehte um das einzige, was Andrew ihm vielleicht zu geben bereit war. „Sag Dusty nichts davon."

Ein ungeduldiges Hupen brachte ihn dazu, die Hände sinken zu lassen und lenkte Andrews Aufmerksamkeit wieder auf die Straße. Das leuchtend grüne Licht der Ampel forderte den Wagen auf, sich zu bewegen. Andrew fuhr langsam über die Kreuzung und bog in ein Wohngebiet ein, durch das sie zum Hotel zurückkommen würden. Er hielt am Straßenrand und schaltete auf Leerlauf.

„Ich werde nichts sagen." In seiner Stimme lag eine Sanftheit, die Zack noch nie zuvor gehört hatte. „Sag mir, dass er ein Kondom benutzt hat."

Die Forderung nach einer Bestätigung dafür, dass Zack nicht völlig verblödet war, traf ihn wie ein Messer ins Herz.

„So dumm bin ich auch wieder nicht!"

Er schrie den Protest fast heraus, was seine Kopfschmerzen nur noch schlimmer machte. Angesichts des bisherigen Verlaufs dieses Abends war Andrews Frage vielleicht sogar verständlich. Womöglich sollte Zacks Intelligenz *wirklich* in Zweifel gezogen werden.

„Du bist überhaupt nicht dumm. Es hätte nie passieren dürfen", sagte Andrew mit ruhiger Stimme.

Nie wieder. Niemals ihm gehören.

„Was geht dich das an?" In diesem Moment war es Zack scheißegal, ob er sich anhörte wie ein beleidigtes Kind.

Andrew wandte ihm das Gesicht zu und sah ihm in die Augen. Obwohl Andrew die Beziehung zwischen ihnen zu verdrängen versuchte, war sie immer noch da und konnte nicht durch Zurückweisung einfach fortgespült werden.

Nein! Nein! Nein! Nein! Nein! Aber niemals ... ihm gehören.

„Bitte." Andrew zögerte kurz. Dann sagte er: „Ich möchte einfach, dass du vorsichtig bist."

6

Fast zwei Jahre später

ZACK FAND einen Parkplatz auf dem fast vollen Parkdeck des Entwined und schaute auf sein Handy. Verdammt, drei SMS von Megan. Glaubte sie etwa, ihn an die Besprechung am Montagmorgen erinnern zu müssen? Zur Hölle noch mal, er hatte schließlich selbst auf ein Meeting gedrängt! Dass er ein paar Monate lang zuhause gesessen hatte, hieß noch lange nicht, dass er es nicht kaum erwarten konnte, wieder auf Tour zu gehen. Und auch nicht, dass sie ihn nicht beschäftigt gehalten hätte.

Was glaubte sie eigentlich, wer dafür gesorgt hatte, dass die Fernsehauftritte der Band zu Weihnachten und Neujahr reibungslos über die Bühne gegangen waren? Ganz zu schweigen von den Wohltätigkeitskonzerten im November und März.

Aber seine freien Stunden verbrachte er alle hier im Entwined. Seinem zweiten Zuhause.

Er stieg aus dem Auto und verzog das Gesicht. *Jesus!* Erst Mai, und schon eine Affenhitze. Das verhieß nichts Gutes für den nächsten Sommer. Er eilte hinein.

Audrey lächelte ihn an. „Wieder da, Sir Zack?"

„Wo sollte ich sonst sein?" Zack legte seinen Mitgliedsausweis vor, auf dem in erhabenen Buchstaben das Wort MASTER prangte. Und nein, er fühlte sich nicht wie ein Hochstapler. Nicht sehr, jedenfalls. Mit genügend Unterricht konnte so mancher seine wahre Natur umgehen. Herrgott, er bewies das an jedem Abend, den er hier verbrachte.

Sie reichte ihm den Ausweis zurück. „Irgendwelche Pläne für nächstes Wochenende?"

Er legte den Kopf schief. „Nächstes Wochenende? Ach ja, richtig, da ist ja Memorial Day. Ich werde hier sein. Und du?"

„Mein Master will mit mir an den Strand und mir das Surfen beibringen. Danke, dass du uns miteinander bekannt gemacht hast. Er ist einfach perfekt!" Audrey zupfte ihre lila Strümpfe zurecht. „Oh, und nur damit du Bescheid weißt – wie ich gehört habe, sind einige Subs heute Abend nur deshalb hier, weil sie hoffen, mit dir spielen zu können. Also viel Spaß!"

Es war schön, sie so glücklich zu sehen. Als ob sie mit einen Master wie Jerome überhaupt etwas anderes sein könnte. Da hatte sein fantastisches Partnervermittlungsgeschick wieder mal einen Volltreffer gelandet. „Hmm, okay. Dir auch!" Zack lächelte und schlenderte hinein.

Die Entwined-Clubs in St. Louis, Los Angeles und Baton Rouge waren toll, aber diesen hier mochte er immer noch am liebsten. Vielleicht weil es sein allererster Club gewesen war, oder weil er hier die meisten Kurse besucht hatte und die meisten Leute kannte. Jedes Mal, wenn ihm der Duft nach Leder und Wollust entgegenschlug, war es wie eine Heimkehr. Seine Entwined-„Familie" verstand ihn, stellte seine Bedürfnisse nicht in Frage und akzeptierte ihn einfach.

Er verdrängte die Vorstellung, zu Andrews Füßen zu knien, und konzentrierte sich auf den Abend, der vor ihm lag. Wessen devote Träume würde er heute wahrmachen? Wenn er nicht haben konnte, wonach er sich sehnte, würde er dieses Geschenk jemand anderem geben.

Sein Blick fiel auf Xander und Orion, die winkten und auf ihn zugeeilt kamen. „Wie schön, dass du da bist!" Xander lotste Zack zu seinem üblichen Sessel, während Orion davonhuschte, als hätte er eine Mission.

„Also …" Xander sah sich um. Zack folgte seinem Blick zu Orion, der Subs um sich sammelte.

Keine Minute später half ein Dom Orion auf die Bühne. Orion schnappte sich das Mikro. „Darf ich um eure Aufmerksamkeit bitten?"

Jeder ließ alles stehen und liegen – bis auf die Subs mit Halsband, die nur auf die Anweisungen ihrer Master reagierten – und blickte zur Bühne auf. Derselbe Dom half einer ganzen Reihe von weiteren Subs auf die Bühne.

„Sir Zack war zu so vielen von uns großzügig. Daher wollten ein paar von den Subs ihm eine Geburtstagsfeier schenken."

Was? Richtig, seit letzten Mittwoch war er einundzwanzig. Seine Brüder hatten ihm eine Party aufs Auge gedrückt, also hatte er das verdrängt.

Mehrere Clubmitglieder, mit denen er inzwischen befreundet war, zerrten ihn aus seinem Sessel und schubsten ihn in Richtung Bühne.

„Rede! Rede! Rede!"

Fuck! Er hob die Hände. „Ich möchte allen hier danken. Ihr habt mir erlaubt, eine Seite an mir zu erkunden, die ich immer verborgen gehalten hatte. Ihr habt mir einen Ort gegeben, wo ich hingehöre. Ich bin euch allen zu Dank verpflichtet. Also, vielen Dank."

Na bitte, das sollte ja wohl reichen. Er lächelte die Subs an und hoffte, sich in Luft aufzulösen.

Heiliger Strohsack! Das war ja eine ganze Mannschaft, ein Who is Who der Subs, mit denen er seit seinem Beitritt Sessions gehalten hatte. Bilder aus den letzten paar Monaten schossen Zack durch den Kopf.

Xander, Orions bester Freund, schnappte sich grinsend das Mikrofon und begann „Happy Birthday" zu singen.

Alles stimmte mit ein.

Als der Song zu Ende war, schrie jemand in der Menge: „Zeit fürs Geburtstags-Spanking!"

Orion nahm das Paddle, das Tony – unbemerkt von Zack – bereitgehalten hatte, und reichte es Zack mit dem Griff voraus. Er trat wieder in die Reihe, drehte sich um und ließ die Hose runter.

Fuck! Einundzwanzig der niedlichsten Popos, die Zack je gesehen hatte, standen hosenlos nebeneinander aufgereiht und wackelten für ihn.

Die Menge applaudierte, und jemand brüllte: „Los geht's!"

Ein Sub nach dem anderen grinste ihn über die Schulter hinweg an.

Orion sagte: „Gib jedem von uns zwei zu deinem Geburtstag, Sir", als wäre das keine fadenscheinige Ausrede dafür, hier eine Schau abzuziehen.

Fuck! Zack betete darum, nicht zu stolpern und auf der Bühne auf die Fresse zu fallen. Er konzentrierte sich lieber auf die gut aussehenden, großzügigen Subs als darauf, dass er im Mittelpunkt der Aufmerksamkeit stand. Er strich jedem Sub mit der Hand über das dargebotene Hinterteil. Weiche Haut, verschiedene Hauttöne, unterschiedliche Größen … es war ein wahres Buffet von versohlbaren Ärschen.

Als er am Ende der Reihe war, drückte der gebückt stehende Mann das Kreuz richtig durch, um Zack ein perfektes Ziel zu bieten und sagte mit einem spitzbübischen Grinsen: „Alles Gute zum Geburtstag, Sir."

Zack schwang das Paddle und haute ihm die glatte Oberfläche auf den gerundeten Hintern. Der Schlag vibrierte durch den Griff.

„Noch einen, Sir", bettelte der Sub mit einem einladenden Zucken seiner Gesäßmuskeln.

Zack holte aus und traf.

„Uff! Danke, Sir!" Der erste Sub fuhr hoch und rieb sich mit beiden Händen den Steiß.

Wow! Zack starrte an der Reihe von Männern entlang, die sich über die ganze Bühne erstreckte und staunte, dass sie sich alle für ihn gebückt hatten. *Konzentrier' dich!* Er trat mit einem Ausfallschritt zum nächsten Sub und beantwortete das „Alles Gute zum Geburtstag, Sir" mit einem schönen, kräftigen Schlag, gefolgt von einem zweiten.

„Danke, Sir!"

Der dritte Sub wandte ihm große blaue Augen zu und biss sich auf die Unterlippe. Ah, Roberto stand eigentlich gar nicht auf Schmerz und mochte nur spielerische Klapse. Dass er trotzdem an dieser Feier teilnahm, brachte Zacks Herz zum Schmelzen.

„Alles Gute zum Geburtstag, Sir." Seine Stimme brach.

Aus Respekt für seine Tapferkeit klopfte Zack ihm zweimal leicht auf den Po. Roberto formte lautlos ein „Danke" mit den Lippen.

Der nächste Sub mochte es hart. Folglich haute Zack mit dem Paddle so kräftig auf die makellosen Hinterbacken, dass zwei rote Rechtecke blieben.

„Mmmm, danke, Sir."

Zack schob sich weiter die Reihe entlang und teilte Schläge mit dem Paddle aus, immer so, wie es den Bedürfnissen des jeweiligen Sub entsprach. Bei manchen nahm er einen Schritt Anlauf und drosch mit extra viel Schmackes drauf, bei anderen berührte er mit dem Holz kaum die Haut.

Das Surreale des Ganzen wurde ihm erst so richtig bewusst, als er sich einmal flüchtig nach den Subs umblickte, an denen er schon vorbei war. Manche rieben sich ihre vier Buchstaben, einige ließen sich von anderen Subs den Arsch reiben, und wieder andere hatten die Hosen hochgezogen und schauten mit verschränkten Armen der Liveshow zu.

Tony sprang auf und quiekte: „Danke, Sir!" Der große Mann liebte das nachhallende, angenehme Brennen, aber nicht den Schlag, der nötig war, um es ihm zu verschaffen.

Zack schaute nicht ins Publikum, aber er fragte sich trotzdem ständig, ob Andrew auftauchen würde. Sie sahen sich nicht oft im Club, was sein bescheuertes Herz allerdings nicht davon abhielt, wie verrückt zu pochen, wann immer er einen Blick auf ihn erhaschte. Ihn auch nicht vor der unangebrachten Eifersucht bewahrte, die ihm jedesmal einen Stich in die Magengrube versetzte, wenn Andrew in eins der Hinterzimmer ging oder aus einem herauskam.

Er schritt weiter die Reihe ab und versohlte Hinterteile.

Xander zwinkerte ihm zu. „Alles Gute zum Geburtstag, Sir." Er wandte das Gesicht wieder nach vorn und wackelte mit dem Hintern, als wäre sein Arsch nicht ohnehin schon verführerisch genug.

Zack pfefferte einen gediegenen Klaps auf das scharwenzelnde Hinterteil.

„Noch mal, Sir!"

Nachdem er ausgeholt hatte, ließ Zack das Paddle mit lautem Klatschen niedersausen.

Xander schoss hoch wie ein Stehaufmännchen und rieb sich den Steiß. „Au! Danke, Sir."

Orion war zufällig der letzte in der Reihe.

Zack bezweifelte, dass er Orion je das geben würde, was er brauchte, aber er würde sein Möglichstes versuchen. Er hob das Paddle über die Schulter.

„Alles Gute zum Geburtstag, Sir. Hart, bitte." Orion ächzte unter der Wucht des Schlags. „Mmmm, danke Sir."

Zack rieb den roten Paddle-Abdruck auf Orions Kehrseite. Verdammt, das war sicher schmerzhaft.

Der Mann schob den Haarvorhang vor seinem Gesicht beiseite und fragte: „Krieg' ich noch einen als Glücksbringer, Sir?"

Das Publikum lachte.

Zack zuckte mit den Schultern und gab Orion, worum er gebeten hatte, indem er sein Gewicht hinter den Schlag legte. Das Klatschen des Paddles hallte durch den Raum. „Und einen als Glücksbringer."

Alles applaudierte.

Zack musterte die Subs. Keiner wirkte sonderlich lädiert von den Küssen des Paddles.

Na also. Erledigt. Zack winkte und rief laut: „Vielen Dank euch allen!" Er sprang von der Bühne.

Das Glück war noch nie auf Zacks Seite gewesen. Er landete direkt vor Andrew.

Fuck!

„Du hast das echt gut gemacht da oben. Freut mich, zu sehen, dass du deinen Geburtstag *richtig* feierst." Andrews Stimme sollte nicht wie eine Einladung klingen.

Knien. Dienen. Niemals ihm gehören.

Zack fand seine eigene Stimme. „Danke."

Er streckte die Hand aus, als Andrew gerade zu einer brüderlichen Umarmung ansetzte. Peinlich. Als bräuchten sie noch mehr Unbehagen im Umgang miteinander.

„Anscheinend mögen sie dich." Andrew deutete mit dem Kopf in Richtung Bühne.

Sie sprachen nie darüber, dass Zack Andrew angebettelt hatte, ihm dienen zu dürfen. Die Emotionen zu unterdrücken, die darauf gefolgt waren, wurde allmählich zum Ritual. Manchmal fragte sich Zack, ob es je wirklich passiert war.

Zack warf einen Blick zurück zu den Subs. Jeder einzelne von ihnen war süß, intelligent und nett. Warum konnte er niemanden finden, um die Sehnsucht zu stillen, die ihn immer noch verzehrte?

„Also, äh …"

Andrew sprach gleichzeitig. „Oh, es …"

„Entschuldige. Du zuerst", sagte Zack, erleichtert, dass Drew – Andrew – etwas zu sagen hatte.

Andrew deutete zur Bühne und sagte: „Sieht aus, als würden sie das Paddle für dich signieren."

Zack sah zu, wie ein Sub schwungvoll unterschrieb und dann das Holz küsste.

Ein Sub, den Zack viel zu rechthaberisch und vorlaut fand, um mit ihm zu spielen, jammerte: „Andrew, ich war geduldig. Ich hab' mir das Geburtstags-Spanking angeguckt. Können *wir* jetzt nach hinten gehen?"

Ein ekelerregendes Gefühl des Verlusts stieg in ihm hoch, doch Zack setzte ein Lächeln auf. „Lasst euch von mir nicht aufhalten."

Nicht ihm gehören. Nie und nimmer.

„Sieht so aus, als hätte deine Fangemeinde noch nicht genug davon, dich anzuhimmeln." Ein Stirnrunzeln verunstaltete das Gesicht, das Zack nicht immer noch so anziehend finden sollte.

Die Subs hatten sich versammelt und winkten Zack, ihnen zu folgen.

Belanglos oder nicht, es war ein schönes Gefühl, geschätzt zu werden. Und nicht auf die Art, wie Drew – Andrew – vorhatte, ihn zu achten. Andrew wollte ihn nicht. Also würde Zack den Weg einschlagen, der ihm offenstand. Auf dem er hoffentlich irgendwann irgendwo ankommen würde, wo es ihm gefiel. Bis dahin würde er sich an seinen Reisebegleitern erfreuen.

Xander rief ihm zu: „Zack, wir sind noch nicht fertig mit Feiern!"

„Wir sehen uns am Sonntag beim Abendessen", erinnerte Andrew ihn.

„Ja, also bis dann." Zack sah Andrew nicht in die Augen, doch wenigstens blieb seine Würde gewahrt, als zwei Subs ihn zu den Hinterzimmern zogen.

Xander grinste. „Wir haben Pläne für dich."

Zack würde einfach das Gefühl ignorieren, dass Andrews starrer Blick ihm ein Loch in die Stelle brannte, wo früher sein Herz gewesen war.

Orion und Xander öffneten die Tür zum größten Hinterzimmer des Entwined. Sie führten Zack zu einem Sessel. Die Männer von der Bühne waren vollzählig im Zimmer versammelt, alle mehr oder weniger nackt.

Orion und Zander fassten ihn an den Schultern und drückten ihn in den Sessel.

„Jetzt, wo du uns zum Geburtstag mit dem Paddle verhauen hast, dachten wir, du würdest dir vielleicht gerne zum Geburtstag einen blasen lassen", verkündete Orion.

Zack war froh, dass er saß. „Was?"

„Sir, wir möchten dir alle zum Geburtstag einen blasen", verdeutlichte Tony. Er beugte sich vor und flüsterte: „Keiner von uns erwartet, dass du jedesmal abspritzt, Sir."

Welcher vernünftig denkende Mensch sagte schon „nein" zu einundzwanzig Mündern?

Xander fiel auf die Knie und klimperte mit den Wimpern. „Du hast hier ein paar von den oralfixiertesten Männern vor dir, die du kennst. Zu denen wirst du doch nicht nein sagen?" Er befeuchtete seine vollen Lippen mit der Zunge.

Fuck. „Na ja, wenn ihr drauf besteht." Fadenscheinige Ausrede hin oder her, Zack rutschte vor bis an die Sesselkante und knöpfte seine Hose auf. Er trug einen Jockstrap, der den Hintern bedeckte und den Penis mit dehnbarem Stoff umschloss, sodass sein Schwanz daraus hervorragte, als er die Lederjeans aus dem Weg schob.

„Mmm, sieht aus wie ein Cockring aus Stoff." Orion warf ein flaches Kissen auf den Boden und ließ sich als erster zwischen Zacks Knien nieder. Er griff in Zacks Hose und holte seine Eier heraus, machte sie zugänglich für die Reihe von eifrigen Subs.

Orion leckte mit seiner langen Zunge an Zacks Glied entlang.

Zack stöhnte.

Orion ging tiefer und schnippte mit der Zunge gegen Zacks Hodensack, überzog ihn mit Speichel. „Zur Feier des Tages, und um die Sache interessant zu machen" –

Wie bitte? Zack musste einfach fragen. „Noch interessanter als von einundzwanzig *hinreißenden* Subs einen geblasen zu kriegen?"

Die Subs kicherten.

„Das macht jeder von uns eine Minute lang", sagte Orion und leckte dazwischen immer wieder an ihm. „Und in diesen sechzig Sekunden kriegt immer der nächste Sub …" Und dann kam nichts mehr, weil Orion den Mund um Zacks Schwanz schloss und ihn einsaugte.

Xander schüttelte den Kopf und nahm das Paddle von Tony entgegen. „Der Sub, der als nächster dran ist, versohlt dem Schwanzlutscher mit dem Paddle den Hintern."

Klatsch! Patsch! Batz!

Orion streckte den Po weiter raus.

Xander gab ihm noch ein paar hintendrauf und sagte: „Einundzwanzig Schläge pro Nase als Ansporn für uns, unsere Sache gut zu machen."

„Fuck", keuchte Zack. Die Subs stellten sich in einer Reihe auf.

Jemand fragte: „Wer stoppt die Zeit?"

Die glorreiche Blase-Mannschaft einigte sich auf einen Zeitnehmer, während Zack dasaß wie ein Sultan. Das ganze Geschehen hatte etwas entschieden Surreales an sich.

Sie wandten ihre Aufmerksamkeit wieder Zack zu.

Xander schlug weiter auf Orions Hintern ein.

Orion lächelte ihn an und sagte: „Okay, Xander, jetzt kannst du anfangen zu zählen." Er klimperte mit den Wimpern und umschloss Zack erneut mit den Lippen. Er stieß mit dem Mund auf ihn herab und streckte seinen bereits geröteten Arsch noch weiter raus.

Zack schluckte. „Und das einundzwanzig Mal?" Vielleicht sollte er weniger wichtige Geburtstage künftig auch feiern?

Orion lutschte und Xander vermöbelte ihn und zählte die Schläge laut mit.

Schmatz. Klatsch. Schlürf. Patsch.

Der geile Sog vertrieb ganz schnell die letzten leisen Zweifel, die Zack noch gehegt hatte, ob er das hier tun sollte oder nicht.

Von einem Typen gelutscht zu werden, der für dieses Privileg verdroschen wurde, war ein echter Psychotrip. Es war geil, obszön und ein Wahnsinns-Geburtstagsgeschenk. Für so eine Erfahrung würde jedes Clubmitglied jederzeit mit Freuden die Mitgliedsbeiträge abdrücken.

Er versuchte, die Fassung zu wahren, indem er sich auf die unterschiedlichen Blastechniken konzentrierte. Aber um die fünfzehnte Minute herum wurde es schwierig, die Eigenschaften der heißen, saugenden Münder zu bestimmen – außer, dass sie alle fantastisch waren.

Flapp! Klatsch! Patsch!

Das Klatschen von Holz auf nackter Haut heizte die erotische Atmosphäre der Feier weiter an.

Zack fand seine Dom-Stimme. „Wartet", befahl er. In Wahrheit war es eher ein Flehen um Gnade, aber die Subs respektierten seine Anordnung.

Bei einem Blick durch den Raum sah er, dass die Subs einen Halbkreis gebildet hatten. Die meisten von ihnen schmusten mit ihrem Nebenmann. Einige, die bereits mit Blasen drangewesen waren, ließen sich von anderen Subs die geröteten Ärsche streicheln. Mmmm, ein paar von ihnen küssten sich sogar.

„Okay." Zack erlaubte Schwanzlutscher Nummer sechzehn, weiter zu machen.

Patsch! Flapp! Klatsch!

Als sich der einundzwanzigste Mund auf ihn herabsenkte, bezweifelte Zack bereits, dass er unter diesen Umständen noch lange durchhalten würde.

Schmatz! Whapp! Schlürf! Patsch!

Vielleicht war es Zeit für ihn, die Kontrolle über diese Party zu übernehmen, ehe er seine verlor.

Er stoppte Nummer einundzwanzig mitten im Lutschen, während der Paddle-Schwinger voller Übereifer weiter auf den Schwanzlutscher eindrosch. Eine hochgezogene Augenbraue reichte jedoch, um die Geburtstags-Klapse zu unterbinden.

Zack sagte: „Hätte hier jemand was dagegen, für mich zum Geburtstag eine kleine Show abzuziehen?"

Tony fragte: „Was können wir für dich tun, Sir?"

„Ich möchte, dass ihr euch jeder mit einem anderen Sub zusammentut und euch gegenseitig einen blast." Zack setzte seine tiefe Stimme ein.

Ein Raunen freudiger Erwartung ging durch den Raum.

Er warf einen Blick in die Runde, um den allgemeinen Wohlfühlfaktor abzuschätzen. „Sagt jemand sein Safeword?"

Alle schüttelten die Köpfe.

Xander kicherte. „Safeword oder Blowjob ... Hmmm. Schwere Entscheidung."

Die Pause erlaubte Zack, seine Erregung unter Kontrolle zu kriegen. Obwohl seine Erektion ihn nachdrücklich aufforderte, die Party weitergehen zu lassen – den Orgasmus hinauszuzögern machte mindestens genau so viel Spaß.

„Paarweise in 69er-Stellung", befahl Zack und hoffte, dabei wie der Herr der Lage zu klingen.

Die Subs fanden sich zu zweit zusammen und sanken zu Boden. Der Typ mit dem Paddle schaute sich um, fand einen Partner. Das Paddle fiel vergessen zu Boden.

Orion und Xander blieben als einzige übrig. Sie zuckten mit den Schultern, grinsten, küssten sich und gingen in Stellung.

Als sämtliche Münder über Schwänzen schwebten, sagte Zack: „Auf die Plätze ... fertig ... blasen."

Ersticktes Stöhnen widerhallte von den Wänden.

Scheiße! Er dirigierte hier eine verdammte Geburtstags-Orgie.

Fuck! Der Mann, der vor Zack kniete, blickte mit großen, blauen Augen zu ihm auf und sagte: „Gib mir was zu lutschen, Sir."

Zack stöhnte auf.

Er grub die Finger in die kurzen Haare des Mannes, der ihm mit aller Kraft den Schwanz zu lutschen begann. Zack packte fester zu und bedeutete ihm, ein bisschen schneller zu machen.

Der Sub nahm ihn tief in sich auf. Vage Erinnerungen daran, wie gern dieser Mann sich in den Hals ficken ließ, brachten Zack zum Zustoßen.

Der Mann gab die köstlichsten Laute von sich, als Zacks Schwanz in seiner Kehle steckte.

Er hielt ihn ein paar Sekunden lang fest und ließ ihn dann los. Sobald der Mann Luft geschöpft hatte, stieß Zack erneut zu.

Der Sub krallte Zack die Finger in die Oberschenkel und starrte ihn an wie einen Gott. Zack rammte sich ganz tief rein, löste den Würgereflex des Subs aus und stöhnte, als die Kehle des Mannes flatterte. Tränen strömten dem Sub über die Wangen und Zack zog sich wieder zurück.

„Schluckst du für mich?"

Der Sub nickte und tauchte ab. Seine Kehle schloss sich um Zack.

Männer krümmten und wanden sich. Köpfe gingen auf und ab. Feuchtes Schlürfen mischte sich mit Stöhnen.

Orion wimmerte. „Sir, darf ich kommen?"

Fuck! Richtig! Sollte er ihnen die Erlaubnis verweigern? Das würde einen Aufstand auslösen, also sagte er stattdessen: „Kommt, wann ihr wollt." Damit hoffte er allen weiteren Bitten um Erlaubnis zu entgehen.

Rote Ärsche zuckten und hüpften schneller. Jeder schien seinem eigenen flüchtigen Stückchen Himmel nachzujagen.

Gemurmel und Stöhnen rauschten durch den Raum.

Zack konnte nicht mehr.

Seine Augen schlossen sich fest und er ächzte. Lust entströmte seinem Innersten und breitete sich in ihm aus. Er zitterte, als er sich in den hitzigen Sog ergoss, der seinen Schwanz aussaugte. Sein Orgasmus brach über ihn herein.

Der Sub schluckte und leckte ihn brav sauber. Als er fertig war, blickte er vorsichtig zu Zack auf.

„So gut." Zack brachte die Worte kaum heraus.

Der Sub lächelte ihn strahlend an.

Mist! Keiner hatte sich um den Mann gekümmert. Bevor Zack in Aktion treten konnte, zerrten Xander und Orion den Burschen runter, sodass er auf dem Rücken landete.

„Sir hat gesagt, wir dürfen kommen, wann wir wollen", erinnerte Orion den Schwanzlutscher.

Xander und Orion nahmen die pochende Erektion von beiden Seiten zwischen die Lippen und glitten daran auf und ab. Sie küssten sich über der Eichel.

Orion nahm den Schwanz in den Mund und lutschte kurz daran, dann steckte Xander ihn sich in den Rachen. Orion leckte dem Mann die Eier.

Der Sub schrie „Ja!" und stieß nach oben in Xanders Mund.

Der Raum war still. Entspannt. Zack knöpfte sich die Hose zu, so wie auch die meisten der Subs. Einige blieben jedoch nackt, andere ließen den Oberkörper frei.

Zack blickte sich um. Alle Subs lächelten, lachten oder unterhielten sich miteinander. Er blieb außen vor, obwohl er im Mittelpunkt der Aufmerksamkeit stand.

Tony machte den Kühlschrank auf und holte einen Blechkuchen heraus. Jemand zündete die Kerzen an. Alle fielen auf die Knie und hauchten „Happy Birthday", dass Marilyn Monroe vor Neid erblasst wäre.

Teller und Plastikgabeln kamen zum Vorschein, dazu Flaschen mit schäumendem Apfelwein. Die Subs prosteten ihm zu und wünschten ihm alles Gute zum Geburtstag.

Doch es gab nur eins, was er sich gewünscht hatte, und das würde leider nie wahr werden.

JEDEN MOMENT würde die Türglocke den Beginn eines weiteren sonntäglichen Abendessens mit der Familie einläuten. Zack würde so tun müssen, als hätte Andrew ihn nicht auf der Bühne einundzwanzig Subs mit dem Paddle verhauen sehen.

Ding dong.

Knien. Dienen. Verdammt.

„Ich geh' schon." Jordons Ruf drang bis in Zacks Zimmer.

Zack stemmte sich vom Bett hoch und ging runter.

Andrew wuselte mit Justin und Dusty in der Küche herum, füllte Servierschüsseln wie ein Profikoch.

Jordon rief: „Vergesst den Pfeffer nicht."

Zack trug das Hühnchen ins Esszimmer und murmelte Andrew im Vorbeigehen ein „Hi" zu.

Als alles auf dem Tisch stand, setzten sie sich und reichten Hühnchen, Gemüse und Jasminreis herum. Die Stille war ein Segen.

Zack schaute nicht in Andrews Richtung. Er konzentrierte sich einfach aufs Essen.

„Also, ich hab' eine Riesen-Idee." Dusty stützte sich auf den Esstisch.

Oh Gott! Was jetzt? Was für einen Einfall hat Dusty jetzt?

Justin sah Dusty mit so viel Liebe und Bewunderung an, dass Zack das Herz wehtat. Warum hatte er das nicht? Musste Andrew ihn so anstarren?

„Wer möchte alles auf Safari gehen?"

„In Afrika? Hast du eine Ahnung, wieviele Impfungen man da braucht?" Jordon verzog das Gesicht und starrte Dusty mit offenem Mund an, dann warf er Zack einen fragenden Blick zu.

„Nein, in Kalifornien. Da gibt's ein Reservat mit Tieren, und man schläft in Zelthütten."

„Du meinst draußen schlafen. Also so was wie Camping?" Jordons Gesichtsausdruck allein sagte allen, was er von dem Abenteuer hielt.

Zack verdrehte die Augen, schubste seinen kleinen Bruder mit der Schulter an und verlieh ihm seinen rechtmäßigen Titel: „Diva."

Jordon zuckte mit den Schultern. „Worauf willst du hinaus?"

Dusty ignorierte ihn. „Justin und ich haben uns gedacht, dass wir dieses Jahr doch mal als Familie was unternehmen könnten, wenn die Band über die Weihnachtsfeiertage Tourneepause macht."

„Camping mit Tieren?" Jordon hatte anscheinend immer noch Schwierigkeiten, sich mit der Idee anzufreunden.

„Wolltest du dir nicht die Spezialkurse an dieser schicken Kunstschule in San Francisco angucken?", drückte Justin auf Jordons „Ja"-Knopf.

Jordon funkelte ihn wütend an, dann nickte er. „Ja, und dort gibt's auch ein paar tolle Museen."

Andrew räusperte sich und fragte: „Wo in Kalifornien ist die Safari?"

Zog er etwa in Betracht, mitzugehen?

Euphorie und Schmerz fegten durch Zack. Zweiundzwanzig Monate und zehn Tage waren vergangen, seit Andrew „Nein" zu ihm gesagt hatte – aber wer zählte schon? Zack hatte sein Leben weitergelebt. Oder das jedenfalls versucht. Wenn diese Tourneesaison zu Ende war, würde er seine Gefühle für den Mann, den er niemals haben konnte, hoffentlich unter den Teppich gekehrt haben.

Dusty sagte: „Im Weinbaugebiet. Wir dachten, wir könnten uns dort alle zusammen als Familie ein paar schöne Tage machen."

Andrew sah Zack an und sagte. „Klingt toll. Ich bin dabei."

Knien –

Fuck! Er würde dran arbeiten. Zacks Magen schlug einen dreifachen Rückwärtssalto mit Herzverkrampfung.

Drei Monate später.

DIE TOURNEE der Dark Angels war in vollem Gange. Es erforderte keine große Mühe, ein Zusammentreffen mit Andrew zu vermeiden. Zack sah ihn allenfalls von weitem und fand immer einen Grund, ihm aus dem Weg zu gehen. Die Distanz verleitete Zack zu dem trügerischen Glauben, er würde nicht auf die Knie fallen, wenn Andrew mit den Fingern schnippte.

Die Band spielte diesmal zwei Abende hintereinander in derselben Stadt. Kein Abbau nötig und kein Aufbau morgen, also hatte er ein paar Stunden frei. Das Glück war auf seiner Seite; es gab hier ein Entwined.

Er wies sich am Eingang als Mitglied aus, verstaute seinen Kram und betrat den Club.

Einatmen. Ausatmen. Entspannen.

Zum ersten Mal seit Wochen konnte er wieder durchatmen. Er brauchte das hier. Zur Hölle, selbst wenn er keine Session hielt – einfach nur mit Gleichgesinnten zusammen zu sein ließ das Engegefühl in seiner Brust verschwinden.

Er schlenderte zur Bar und bestellte Cranberry-Saft. Dann schwang er sich auf einen Barhocker und blickte sich um. Die Einrichtung dieses Clubs hatte ein mittelalterliches Verlies zum Thema. Wandteppiche mit Einhörnern und Drachen schmückten die Wände. Üppige rote Samtsofas waren überall im Raum verteilt. In einer Ecke stand eine Eiserne Jungfrau, und an der längsten Wand hingen schwere Eisenfesseln.

Der Goldvorhang vor der Bühne war zugezogen.

Er wandte sich an den Barkeeper und fragte: „Findet heute Abend eine Demo statt?"

„Ja. Ein Master von der Ostküste."

Nein. Es konnte nicht sein.

Der Vorhang ging auf.

Natürlich! Wer sollte es sonst sein? In Zacks Leben ging inzwischen sowieso alles drunter und drüber, also warum sollte da nicht ausgerechnet der Mann, an den er *nicht* denken wollte, im Mittelpunkt der Aufmerksamkeit stehen?

Und warum musste er da oben auf der Bühne so verdammt gut aussehen in seiner schwarzen Lederkluft?

Zack musste verdammt noch mal hier raus, und er musste sich ein für alle Mal von diesem Mann befreien.

7

„Und, gehst du an Thanksgiving zu Ma?" Andrew nippte an seinem Tee und wartete. Hoffentlich würde die Frage Justin von dem Verhör ablenken, für das er sich offensichtlich gerade bereitmachte.

„Ja, du nicht?"

Andrew schüttelte den Kopf. Er blieb lieber fern.

Justin seufzte. „Ich will ja nicht neugierig sein …"

„Dann frag' nicht." Andrew zuckte mit den Schultern. War doch ganz einfach.

Die Augen seines Bruders verengten sich. „Sieh mal, es ist bloß so, dass das Verhältnis zwischen dir und Zack immer gespannter wird. Du sagst, es wäre nichts passiert …"

„Und es wird auch nie was passieren." Andrew achtete darauf, sich seine Enttäuschung nicht anmerken zu lassen. Die letzte Tournee schien den Abstand zwischen ihm und Zack vergrößert zu haben. Zack konnte es offenbar kaum ertragen, mit ihm im selben Zimmer zu sein.

„Ich weiß bloß immer noch nicht, wieso. Ich meine, er ist ein toller Typ … klug, fleißig, attraktiv, vielleicht ein bisschen still. Wobei, nach deinem Ex sollte man doch meinen, das wäre eine willkommene Abwechslung."

Niemand brauchte Andrew Zacks Eigenschaften vorzubeten. Er listete sie sich tagtäglich selbst auf, aber das änderte nichts an der einen schlichten Tatsache. „Du bist mit Dusty zusammen."

„Stimmt. Ich bin mit Zacks älterem Bruder zusammen … na und?"

Stellte Justin sich absichtlich dumm? Musste Andrew es ihm erst buchstabieren?

Nach der Vergewaltigung war Justin überhaupt nicht mehr ausgegangen. Er hatte sogar versucht, sich das Leben zu nehmen und so seinem Elend zu entkommen. Andrew würde nie und nimmer etwas tun, was Justins Leben ruinieren könnte und sei es auch auf Kosten seines eigenen Glücks. „Ich will dir das nicht versauen."

Justin blinzelte mehrmals à la Mr. Magoo. „Wie bitte?"

Zeit, einen Rückzieher zu machen. „Na ja, ich meine …"

„Du denkst, Dusty würde mich verlassen, falls es zwischen dir und Zack nicht klappt?"

Allerdings! Sorgsam nach Worten suchend fing Andrew an: „Na ja, ich meine …"

Justin lachte. Kein leises Glucksen, sondern ein lautes, schadenfrohes Gackern, das Andrew galt. „Die Mühe kann ich dir ersparen. Eine Beziehung zwischen dir und Zack könnte in sich zusammenkrachen wie eine Supernova und Dusty würde trotzdem noch mir gehören. Falls du's noch nicht bemerkt hast, das mit uns ist was Dauerhaftes. Drama wird es immer geben, aber wir würden nie wegen irgendwas Schluss machen, was unsere Brüder getan haben. Dafür haben wir beide schon zu viel durchgemacht. Und jetzt, wo wir uns gefunden haben, bringt uns nichts und niemand wieder auseinander."

Andrew stieß hervor: „Ich kann einfach nicht ..."

„Hör' auf, *mich* als Ausrede zu benutzen! Was glaubst du, wie ich mich dabei fühle?"

„Aber das mach' ich doch –"

Justin schnitt ihm mit finsterem Gesicht das Wort ab: „Oh doch, das tust du, und es gibt mir das Gefühl, als wär' ich irgendwie beschädigt."

„Das will ich dir niemals antun." *Gott, nein.*

„Na, dann hör gefälligst auf, dich wie ein Idiot zu benehmen."

Andrew versuchte, das zu verarbeiten und zuckte mit den Schultern. „Leichter gesagt als getan."

„Und du fährst mit auf Safari, also komm mit der Realität klar."

Herrje, seit wann war sein kleiner Bruder so rechthaberisch?

AUF DER Fahrt zum Safaripark gab Andrew sich selbst ein Versprechen. Er würde sich was einfallen lassen, um Zack alleine zu erwischen, sodass sie sich mal richtig aussprechen konnten. Unabhängig von allem anderen vermisste er Zack als Freund.

Er hatte es gehasst, dass Zack ihn während der ganzen Tourneesaison entschlossen zu meiden schien. Wenn sie sich mal zufällig in einem Club über den Weg liefen, hatte immer ein bewundernder Sub an Zack geklebt. Er hatte sich um die sonntäglichen Familientreffen gedrückt, wann immer er konnte, und sogar eine Advents-Party mit der Band geschwänzt. Hatte Andrew seine Chance verspielt?

Gleich nach der Ankunft im Tierreservat Safari West holte er die Packwürfel aus seinem Koffer. Jeder große Mesh-Beutel enthielt ein komplettes Outfit, einschließlich Socken und Unterwäsche. Wenn er die Sachen ordentlich zusammenlegte oder –rollte, je nachdem, war hinterher nichts zerknittert. Er packte seine Turnschuhe aus, seine Stiefel und das eine Paar Abendschuhe, das er dabeihatte, falls Zack bereit wäre, mit ihm essen zu gehen. Seine Hygieneartikel verstaute er im Badezimmer.

Ein Schrei erschütterte seine Zelthütte. *Wer war das?* Wieder jaulte jemand auf. War das Jordon?

Andrew rannte zu der Hütte neben seiner, um Jordon vor dem zu retten, was ihn schreien ließ wie am Spieß – was immer es auch war. Er sprang die Treppe zur Hütte rauf, immer drei Stufen auf einmal. *Was zum Teufel ...?*

Zack und Jordon rollten in einem Ringkampf auf dem Boden herum. Offensichtlich ging es dabei um … ein Sexspielzeug? Warum balgten sie sich um einen neonpinken Rude-Boy?

Andrew räusperte sich, da keiner der beiden zu merken schien, dass er da stand. „Ähm, tut mir leid. Ich, na ja, ich hab' das Zelt nebenan, und ich hab' Jordon schreien hören …"

„Mir geht's gut", knurrte Jordon mit zusammengebissenen Zähnen. Der Junge konnte ihn umso weniger leiden, je mehr Zack auf Distanz ging.

„Wie ich sehe, ist alles okay, und Zack ist ja bei dir, also …" Andrew verstummte, doch seine Füße bewegten sich nicht.

Es war Wochen her, seit er Zack zum letzten Mal nicht nur flüchtig gesehen hatte, und er sah gut aus, selbst auf dem Fußboden beim Raufen mit seinem Bruder.

Das einzige Geräusch war Löwengebrüll in der Ferne und … was zum Teufel? Das Surren des Sexspielzeugs, dessen Batterien langsam leer wurden? Die allgemeine Aufmerksamkeit wandte sich dem leisen Brummen auf dem Boden zu. Der Rude-Boy drehte sich weiter vibrierend im Kreis.

Jordon sagte: „Na los, komm schon rein. Steh nicht bloß da wie ein Rollkragenpulli mit Ohren."

Er war sich nicht ganz, aber doch einigermaßen sicher, dass Jordon ihn eben ein Arschloch genannt hatte.

Zack sprang auf und reichte Jordon die Hand, um ihm ebenfalls aufzuhelfen.

Andrew öffnete die Tür und schob damit den Rude-Boy weiter ins Zimmer.

Zack und er bückten sich gleichzeitig nach dem Spielzeug. Sie richteten sich auf, jeder mit einem Ende des vibrierenden Rude-Boy in der Hand.

So nahe war Andrew Zack seit Monaten nicht mehr gekommen, daher würde er auf keinen Fall loslassen oder zurücktreten. Er wäre am liebsten gleich weiter auf ihn eingedrungen, aber er musste in vernünftigem Tempo vorgehen.

Zacks lange Wimpern senkten sich flatternd über seine atemberaubenden grünen Augen. Wie hinreißend es doch war, dass Zack schwarze Wimpern hatte, aber die Spitzen wirkten wie in Gold getaucht.

Sie standen da wie gelähmt und hielten sich beide an einem Sexspielzeug fest. Merkwürdigerweise bekräftigte das erneut, dass eine Verbindung zwischen ihnen bestand.

Zack sah auf, und Andrew war wie gebannt von seinem feurigen Blick. Wären sie zusammen im Bett gelandet, wenn Jordon nicht da gewesen wäre?

„Ihr wisst aber schon, dass das Ding da in meinem Arsch war", bemerkte Jordon boshaft. Zacks kleiner Bruder drückte den Ausschaltknopf und riss ihnen das Spielzeug aus den Händen.

Andrew musste unwillkürlich lächeln. Ohne den Blick von Zack zu nehmen sagte er: „Nun, ich hoffe, du hast es sauber gemacht …"

„Mit einem guten Spezialreiniger", ergänzte Zack und starrte Andrew dabei durch seine langen Wimpern hindurch an. „*Classic Erotica Before and After* eignet sich gut dafür."

„Richtig ...", stimmte Andrew ziemlich atemlos zu. Was auch immer zwischen ihnen war musste unbedingt passieren.

„Sucht euch ein Zimmer, wenn ihr ficken wollt, ihr zwei. Aber nicht das hier", höhnte Jordon. Er steckte das Gerät in seinen Koffer und ließ den Verschluss zuschnappen. „Halt dich aus meinem Scheiß raus, Zack. Wenn du willst, dass ich mich aus deinem raushalte ..." Jordon riss die Augen auf und deutete mit dem Kopf auf Andrew.

Zack nickte einmal.

In Andrew machte sich so viel Optimismus breit, dass er es wagte, Zack zuzuzwinkern. Dann lächelte er Jordon an.

Anscheinend war der jüngere Davis nicht in Stimmung. „Halt' die Klappe, Andrew. Robin und Josh haben mir jede Menge Sexspielzeug zum Geburtstag geschenkt."

„War nicht so gemeint, Jordon." Andrew hielt abwehrend die Hände hoch. Er würde nie jemanden für die Erkundung seiner Sexualität kritisieren.

Jordon stapfte zur Tür und hielt das Fliegengitter auf. „Justin und Dusty warten auf uns."

Andrew hätte schwören können, dass er Jordon brummen hörte: „Beeilt euch, ihr Wurstmönche", aber ganz sicher war er sich da nicht.

Tatsächlich standen Dusty und Justin bereits neben einem großen grünen Jeep, auf dessen Seiten das Safari West-Logo prangte, und unterhielten sich mit dem Guide.

Jordon rief: „Beifahrer!" und sprang auf den Vordersitz. Er drehte sich um, formte unhörbar mit den Lippen „Heißer Typ!" und deutete dabei mit dem Daumen auf den Fahrer.

Besser hätte es gar nicht laufen können. Dusty und Justin setzten sich auf den mittleren Sitz, wahrscheinlich, um den jüngsten Davis an der kurzen Leine zu halten.

Andrew sprang auf den erhöhten Rücksitz und streckte die Hand aus, um Zack in den Jeep zu helfen.

Zack starrte auf Andrews Hand, dann ergriff er sie.

Sieg! Er zog Zack auf den Sitz und so nah wie möglich an sich heran, ohne ihn gleich auf den Schoß zu nehmen.

Zack hielt Andrews Hand, bis Justin sich umdrehte und sie scharf anschaute.

Obwohl Zack seine Hand losgelassen hatte, erlaubte Andrew seiner Hoffnung, zu wachsen. Ja, Zack konnte immer noch ihm gehören. Er musste ihn nur dazu kriegen, das zuzugeben. Dann würden sie schon eine Lösung für ihre Probleme finden.

Der Rücksitz war ein bisschen schmaler als die anderen beiden, daher saßen er und Zack eng aneinandergedrängt. Zacks warmer Oberschenkel presste sich an seinen.

Andrew spreizte die Beine weiter. Es war ein blöder Zug von ihm, aber er lechzte förmlich nach mehr Körperkontakt mit Zack.

Die Trasse war uneben, und Zack wurde immer wieder gegen ihn geworfen. Jedes Mal murmelte er „'tschuldigung" und rutschte wieder auf seine Seite.

Der Jeep rauschte durch ein Schlagloch, und Zack wurde hochgeschleudert und landete fast auf Andrews Schoß.

Unter dem Vorwand, ihn festzuhalten, warf Andrew einen Arm um ihn, und dann schwelgte er in dem Gefühl, Zack in den Armen zu halten. Herrgott, sehr viel näher würde er dem Himmel vermutlich nie kommen.

Obwohl der Großteil seiner Aufmerksamkeit auf Zack gerichtet blieb, hörte Andrew Bruchstücke der Informationen über Tiere und der übrigen Gespräche im Jeep.

Jordon flirtete heftig mit dem attraktiven dunkelhäutigen Fahrer, wenn der nicht gerade über die Tiere, ihre Lebensräume oder Paarungsrituale sprach. Dusty hatte eindeutig was gegen die Anmachversuche seines jüngsten Bruders, da der Guide mindestens fünfzehn Jahre älter sein musste als er.

Von den Tieren bekam Andrew nicht viel mit, aber er fand es herrlich, wie begeistert Zack auf jedes einzelne von ihnen reagierte.

Zack knipste Fotos, als ein mutiger Strauß sich dem Jeep näherte.

Der Guide sagte: „Das ist Norman. Er wurde als Küken gerettet und zu uns gebracht. Leider frisst er nur, wenn er mit der Hand gefüttert wird. Er schnappt manchmal, also haltet eure Finger von seinem Schnabel fern."

Norman streckte den Kopf in den Jeep.

Der Fahrer rief ihn zu sich. „Bitteschön, mein Freund."

Der Vogel pflückte dem Fahrer ein Salatblatt aus den Fingern und fraß es, während er sich schon nach dem nächsten Leckerbissen umschaute.

Als Zack an der Reihe war, Norman ein Salatblatt anzubieten, sagte Andrew: „Schau mal hierher."

Zack gehorchte, und Andrew schoss ein wunderschönes Foto von ihm, voll freudiger Erregung und ein ganz klein bisschen ängstlich. Zack quiekte, als Norman nach dem Salat schnappte.

„Tolles Bild. Hier, nimm mein Salatblatt."

„Wirklich?", fragte Zack.

Andrew würde ihm bereitwillig alles überlassen, was ihn glücklich machte. Diesmal erfasste er Zack im Profil, wie er Norman direkt in die Augen sah.

Nach gut einer Stunde Fahrt begann der Fahrer, Jordons witzige Kommentare mit Flirten zu erwidern. Dann versuchte er Jordon zu umgarnen, indem er sich auf einen Felsen stellte und in einer afrikanischen Sprache sang.

Die Sonne versank langsam hinter den Hügeln, die in der Abenddämmerung Schatten warfen. Der kräftige Bariton, begleitet von einem Chor von Tierstimmen im Hintergrund, mit Zack dicht bei ihm, machte den Moment nahezu perfekt.

Zack lehnte sich entspannt an ihn, während der Guide etwas vortrug, was sich nach einem Liebeslied anhörte. Justin wandte sich um, als wollte er was sagen, doch dann klappte sein Unterkiefer runter und er drehte sich ruckartig wieder nach vorn.

Nach dem Song brachte der Fahrer sie noch in ein paar andere Teile des Reservats. Sie besuchten die Wiesen, auf denen die Giraffen umherstreiften und rasten an den dornigen Akazien vorbei.

„Guck mal!" Zack deutete auf einige Nashörner, die am Zaun entlangtrotteten. Mit glühenden Wangen fotografierte er Zebras und Bongos, die durch das offene Grasland galoppierten.

„Und so sind wir wieder da, wo wir losgefahren sind", sagte der Fahrer.

„Danke." Dusty versuchte ihm ein Trinkgeld zu geben, doch der Guide lehnte ab.

„War mir ein Vergnügen." Er wandte sich an Jordon und fragte: „Möchtest du mit mir was essen gehen?"

Nach anderthalb Stunden lupenreinen Flirtens schreckte der Kleine zurück, als wäre die Offerte eine Einladung zu seiner eigenen Exekution.

Dustys Knurren unterband jeden weiteren Versuch des Fahrers, auf das Date zu drängen, und ließ ihn hastig das Weite suchen.

Jordon stapfte davon, und Zack sprang aus dem Jeep, um ihn aufzuhalten. Er bedeutete Dusty mit einem Wink, sich fernzuhalten. Die beiden jüngsten Davis-Brüder wechselten ein paar rasche Worte, aber so leise, dass niemand mitbekam, was gesprochen wurde.

Andrew ließ Zack nicht aus den Augen. Er war umwerfend, wenn er so lebhaft war.

Jordon machte einen verstörten Eindruck, bis Zack ihn umarmte. Sie kamen zu den anderen zurückgeschlendert. Zack warf Dusty einen „Halt' bloß die Klappe"-Blick zu, der sich als überraschend wirksam erwies.

Justin beendete das Schweigen. „Also, diese Tour hat Spaß gemacht."

„Ja", stimmten Andrew und Zack zu, während Dusty und Jordon sich gegenseitig mit Blicken durchbohrten.

„Ich will malen gehen", verkündete Jordon, als befürchtete er, jemand könnte ihn davon abhalten wollen.

Dusty seufzte. Er warf Zack einen Blick zu und sagte: „Also, wenn bei euch alles klar ist – wir müssen zurück. Wir erwarten einen Anruf."

„Einen Anruf?" Na bitte, das zeigte doch, dass Andrew nicht *nur* an Zack interessiert war.

„Ja, äh, die Band wollte anrufen." Justin wandte sich mit großen Augen an Dusty. „Komm, gehen wir."

Dafür, dass es nur um einen Anruf ging, wirkte Dustys Grinsen ein bisschen zu breit, aber das ging Andrew nichts an. Justin hüpfte vor Glück, also was auch immer die beiden mit der Band zusammen anstellen würden – Andrew war damit einverstanden.

Andrew fragte Zack und Jordon: „Wollt ihr zwei euch das Nashorn angucken?"

Jordon blickte zweimal zwischen ihm und Zack hin und her. Der Junge war scharfsinnig genug, um mitzukriegen, was da bei ihnen gerade ablief. „Nee, ich will ein paar von den Tukanen vorne bei der Lobby zeichnen." Ohne eine Antwort abzuwarten, verschwand er in die genau entgegengesetzte Richtung von der, in die der Fahrer gegangen war.

Als Jordon weg war, fragte Andrew: „Alles okay mit ihm?"

Zack stöhnte auf. „Ja, er muss grade mit was fertig werden, aber er ist okay. Trotzdem, der Junge bringt mich noch ins Grab."

„Oh, das will ich doch nicht hoffen." Andrew flirtete schamlos und fuhr mit den Fingern durch Zacks goldene Strähnen unter dem Vorwand, seine Frisur in Ordnung zu bringen. Er hatte wirklich einen besseren Haarschnitt verdient.

Zack schnaubte. „Wirklich? Und wieso das?"

„Ich würde dich schrecklich vermissen." Andrew machte seine Stimme tief, als die Worte ihm von der Zunge tanzten. Er fing Zacks Blick ein und sah ihm fest in die Augen.

Zack blinzelte zuerst. Er schniefte, dann wandte er sich ab. „Gehen wir das Nashorn angucken? Es heißt Bender, wie ich gehört habe."

Als sie sich dem Gehege näherten, bemerkte Zack: „Ich seh' schon, woher er seinen Namen hat." Anscheinend war der Nashornbulle nach seiner Lieblingsbeschäftigung benannt worden: Sachen verunstalten.

Eine Parkwärterin legte ihr Buch weg und begrüßte sie: „Kommen Sie das Nashorn besuchen?" Auf ihr Nicken hin hielt sie ihnen einen Vortrag über ihre eigene Sicherheit und die des Nashorns, dann überreichte sie jedem eine Drahtbürste. „Er liebt es, gebürstet zu werden."

Eine Gebrauchsanweisung brauchten sie nicht; das kleinwagengroße Tier bewegte den Kopf, um ihnen zu zeigen, wo es mit den Borsten gekratzt werden wollte.

Zacks Kichern klang durch den Stall. „Ich wette, dem ist es völlig egal, dass du ein weltberühmter Hairstylist bist."

Andrew lachte leise. Oh ja, ein stichelnder Zack war gleichzusetzen mit einem unbeschwerten Zack. Andrew betete, dass das auch bald wieder für ihren Umgang miteinander galt.

Er flüsterte, sodass die Wärterin es nicht hörte: „Was Haare betrifft, ist Bender wahrscheinlich noch nuttiger als Robin."

Zack prustete. „Und das will schon was heißen!"

Andrew rubbelte mit der Bürste über Benders muskulöse Schultern. Das Tier schob sein Hinterteil herum, vielleicht, damit die Bürste besser an eine besonders schwer erreichbare Juckstelle herankam.

„Er ist ein braver Junge", schnurrte Andrew, und er hatte nicht vergessen, wie Zack diesen Satz aus seinem Mund möglicherweise auffassen würde.

Zacks Augen blitzten feurig auf. „Ein ganz braver Junge."

Mmm. Zack forderte ihn heraus. Das gefiel Andrew.

Alles nötigte Andrew dazu, Zack mit hinter den Stall zu nehmen und ihm zu zeigen, was genau Sache war, aber er konnte nicht. Sie hatten vorher noch einiges zu klären.

Nachdem sie das sanftmütige Riesenvieh ein paar Minuten lang gebürstet hatten, fuhr Zack plötzlich ruckartig hoch und wandte sich ab. „*Hatschi!* Hatschi! Hatschi!" Er wischte sich die Augen.

Andrew reichte ihm ein Stofftaschentuch, und Zack sagte: „Danke." Doch nachdem er es benutzt hatte, starrte er es für einen Moment an und musterte dann Andrew. „Du hast Stofftaschentücher bei dir? Was bist du? Ein pensionierter Engländer?"

Zack konnte sich über Andrew lustig machen, so viel er wollte, solange er nur weiter mit dieser Ungezwungenheit mit ihm sprach, die er früher so an ihm gemocht hatte.

Andrew hielt ihm eine Pillendose hin, die er aus seiner Umhängetasche geholt hatte.

„Was ist das?" Zack kippte die Dose und studierte das Etikett. „Woher hast du das gewusst?" Er zog die Nase kraus und kniff die Augen zusammen, was ihn ausgesprochen liebenswert aussehen ließ.

„Dass du Allergien hast oder dass du deine Medikamente vergessen würdest?" Andrew war stolz auf sein umfassendes Wissen in Sachen Zack.

„Danke." Nach einem weiteren Nieser steckte Zack sich eine Pille in den Mund und hätte sie trocken geschluckt, hätte Andrew ihm nicht eine Flasche Wasser gegeben.

Die Wärterin huschte herbei. „Ah, gut gemacht, Jungs. Bender ist durchgebürstet und zufrieden. Ich kann hier fertig machen, falls ihr die Giraffen füttern wollt. Sie lieben Akazien." Sie drückte ihnen einen Korb voller Blätter in die Hand.

„Achtet nur darauf, dass der Bulle mit dem herzförmigen Fleck auf dem Hals was frisst. Falls nicht, sagt mir Bescheid."

„Klar. Okay." Zack nahm den Korb entgegen. Ein ausgewaschener Pfad führte den Hügel hinauf zu der weiten, eingezäunten Wiese, auf der die Giraffen herumstreiften. Er warf Andrew über die Schulter hinweg ein flüchtiges, verführerisches Lächeln zu. „Kommst du?"

„Fast." Er zwinkerte Zack zu, der knallrosa Wangen hatte. Es war Zeit.

Als sie an dem weißen Holzzaun ankamen, galoppierten sämtliche Giraffen durch das hohe Gras auf sie zu. Die Blätter waren offenbar eine besondere Delikatesse.

Zack hielt ein Akazienblatt hoch und quiekte, als eine schwarze Zunge es ihm aus den Fingern wischte.

Andrew schaffte es – wenn auch nur knapp – ein höchst unmännliches Kreischen zu unterdrücken, als einer ihrer langhalsigen Freunde ihm die Hand leckte. Er packte seine Kamera aus und schoss einige spektakuläre Bilder von Zack beim Giraffenfüttern.

„Schau mal." Andrew deutete auf einen Giraffenbullen, der am Hinterteil einer anderen Giraffe herumschnüffelte und -leckte. „Das ist das Flehmen."

Zack lachte. „Sagst du jetzt schmutzige Sachen zu mir?"

Andrew schüttelte den Kopf. „Kann ich machen, wenn du willst. Aber so untersucht er ihren Urin, um zu sehen, ob sie paarungsbereit ist."

„Ihren ... igitt, hat sie gepinkelt?", fragte Zack.

„Jau. Anders könnte er ja ihren Hormonlevel nicht überprüfen", antwortete er, froh, dass er die Tiere hier im Reservat vorher gegoogelt hatte.

Zack nickte ihm zu. „Oh, benutzt er das als Ausrede? Ich will dir nur mal eben die Zunge reinstecken und deinen Level checken, Baby."

„Die Zunge reinzustecken ist um einiges direkter als irgendwelche Anmachsprüche."

Zack kicherte und gab den Giraffen die restlichen Blätter. Als der Korb leer war, drückte Andrew Zack gegen den Zaun.

Zack atmete zischend ein. Er war wunderschön im Zwielicht.

„Magst du's direkt?"

Zack blickte durch seine langen Wimpern zu ihm auf, und Andrews Herz pochte wie wild.

„Oh ja."

Der Korb fiel zu Boden. Zack stemmte sich Andrew entgegen.

Visionen von ihm, über den Zaun gebeugt, verpufften vor der hellen Stimme der Parkwärterin. „Oh, ihr zwei seid so niedlich. Seid ihr schon lange zusammen?"

Verdammt! Andrew trat zurück. „Nicht annähernd lange genug."

Zacks Augen weiteten sich, als Andrew ihn an sich zog und in die Arme nahm.

Sie lächelte auf diese verträumte, beifällige Art, die manche Frauen bekamen, wenn sie zwei Männer zusammen sahen. Er weigerte sich, Zack loszulassen, und nach dem ersten vergeblichen Versuch schmiegte Zack sich an seine Seite, als gehörte er dorthin.

Die Sonne war untergegangen und das Zwielicht wich der Abenddämmerung. Sie schlenderten schweigend zusammen den unbefestigten Pfad hinunter und blieben gelegentlich stehen, um die Sterne zu bewundern. Ohne die Lichtverschmutzung der Stadt sprenkelten Millionen funkelnder Lichter den Himmel.

Andrew hielt den Arm weiter um Zack geschlungen, und nichts hatte sich je so perfekt angefühlt. Er schien sich nicht davon abhalten zu können, über das Klären ihrer Probleme hinaus zu planen. Womit sie anfangen würden, sobald Zack zugestimmt hatte, mit in seine Hütte zu kommen.

Zack zögerte an Andrews Tür.

Das Warten war vorbei. Andrew musste es anpacken.

Zack fragte: „Also, äh, hast du mal wieder was von Charlie gehört?"

„Charlie?" Der Name seines Ex klang völlig fremd. „Ich hab' ihn Anfang des Jahres gesehen. Kurz nach Valentinstag, glaube ich."

„Du hast ihn *gesehen*?" Zacks Tonfall deutete an, dass er genau wusste, was Andrew mit „gesehen" meinte.

„Ja …" Andrew hatte das beklemmende Gefühl, dass das hier nicht gut lief, aber er würde nicht lügen.

„Also ist Charlie *rein zufällig* bei dir vorbeigekommen?"

Wie wird aus jedem Ex-Lover ganz schnell eine dumme Idee? „Er hat mich besucht."

Zack trat zurück, brachte Abstand zwischen sich und Andrew. Er musterte ihn; anscheinend versuchte er, die Puzzlestücke auf irgendeine andere Weise zusammenzufügen. „Dann hast du also mit ihm geschlafen?" Zorn schwang in seinen Worten mit.

Andrew trat vor und legte ihm die Hände auf die Schultern, doch Zack schüttelte sie ab.

„Es hatte nichts zu bedeuten." Verdammt, das Eingeständnis kam ihm vor, als hätte er gerade seinen eigenen Sarg zugenagelt.

„Hatte nichts zu bedeuten? Hatte nichts zu bedeuten?" Dass Zack Andrews Worte wiederholte, war kein gutes Zeichen. „Wie konntest du nur zu ihm zurückgehen, nach allem, was er dir angetan hat?" In seiner Stimme lag Schmerz.

Sowohl er als auch Zack waren im Entwined mit einer Anzahl von Leuten zusammengewesen. Warum sollte es von Bedeutung sein, dass er mit seinem Ex geschlafen hatte? „Wie konnte *ich* nur? Wie konntest *du* nur?"

Der ganze Frust darüber, das Richtige tun zu wollen, sich anhören zu müssen, wie Subs von Zacks Können schwärmten, mitansehen zu müssen, wie Zack als einer der beliebtesten Doms in *seinem* Club herumstolzierte, all das strömte aus ihm heraus. Die Gespräche hatten ihn fast zum Wahnsinn getrieben.

Zack gab sich entrüstet, und das sehr überzeugend. „Wie konnte ich nur was? Nicht dahinwelken und sterben, weil du mich nicht wolltest?"

Wie konnte Zack das glauben? Andrew zwang sich, ruhig zu bleiben und seine Mitte zu finden. Er wappnete sich. Alles, worauf er gehofft hatte, brach gerade in sich zusammen. „Du weißt, dass das nicht wahr ist."

„Nicht wahr, hm? Mit wem warst du zusammen? Mit mir nämlich todsicher nicht!"

Andrew zügelte seine Stimme. „Nein, du weißt, dass das nicht mal ansatzweise der Realität entspricht."

„Viel Glück mit Charlie. Vielleicht nimmt er dich ja zurück."

„Charlie heiratet demnächst." Es stimmte zwar, aber so kam es ganz falsch rüber. So hatte er das überhaupt nicht gemeint.

Zacks Gesicht verzerrte sich für einen Moment, doch dann setzte er gleich wieder diese Maske der Gleichgültigkeit auf, die er so gut und viel zu oft trug. „Oh, wie ich sehe, sind die Gerüchte wahr. Ist das der Grund, warum du endlich beschlossen hast, es mal mit mir zu versuchen?"

Andrew griff nach ihm.

Zack trat außer Reichweite. „Nicht ... niemals." Er stapfte geradewegs an all den Plänen vorbei, die Andrew für sie gehabt hatte, und verschwand in seiner eigenen Hütte nebenan. Sie hätte genauso gut eine halbe Welt weit weg sein können. Den Abstand zwischen ihnen überspannte keine Brücke.

Andrew musste hier raus. Gleich morgen früh würde er abreisen, sodass Zack die Zeit mit seinen Brüdern genießen konnte ...

ANDREW VERLIEß Safari West vor dem Morgengrauen. Er schrieb Justin von unterwegs eine SMS.

Robin hatte in seinem privaten Twitter-Account einen Club erwähnt, den er heute Abend mit Josh besuchen wollte. Andrew hatte den Tweet gesehen, und nach ein paar SMS lenkte er seinen Mietwagen nach San Francisco, um mit ihnen abzuhängen.

Andrew war in seinem neuen Zimmer gerade fertig mit Auspacken, als es an der Tür klopfte.

Als er aufmachte, umarmte Robin ihn ungestüm. „Hey!"

Andrew erwiderte die Umarmung und führte den freundlichen Mann in sein Zimmer. „Was soll denn die Mütze?"

„Meine Frisur ist im Arsch", grummelte Robin.

Andrew pellte einen resoluten Finger nach dem anderen von der Wollmütze und enthüllte Robins Problem. *Ach du Schande!* Das sonst so schöne blaugrüne Haar war platt und flog in alle Richtungen. „Das liegt an dem weichen Wasser von San Francisco. Keine Sorge. Ich habe eine Extra-Flasche Volumenshampoo dabei, das gibt deinem Haar die Spannkraft zurück. Und mit ein bisschen Haarpflegeöl wird es wieder geschmeidig."

Robin runzelte die Stirn. „Aber ich habe mein eigenes Shampoo benutzt."

„Das Wasser hier enthält weniger Kalzium, deshalb strapaziert dein normales Shampoo das Haar zu sehr und macht es spröde."

„Sieht mein Haar deswegen immer so schlimm aus, wenn ich meinen Onkel Leo besuche?"

Andrew ging an seine Tasche voller Tricks. Es zahlte sich aus, vorbereitet zu sein. Er holte seine Zaubermittelchen heraus. „Dein Haar sieht niemals schlimm aus, Robin. Aber der Wechsel zwischen hartem und weichem Wasser kann Chaos verursachen, wenn du auf Tournee bist. Deshalb benutze ich ein Mittel, das das wieder ausgleicht."

Innerhalb von fünf Minuten seufzte Robin zufrieden, als Andrew sein Haar in Ordnung brachte.

„Also, warum bist du vorzeitig aus Safari West weg?"

Andrew hätte am liebsten so getan, als hätte er ihn nicht gehört.

Robin machte ein Auge auf und fragte: „Zack?"

War er so leicht zu durchschauen? „Ich wollte ihre gemeinsame Zeit nicht ruinieren." Rückzug schien die klügste Alternative zu sein. Zack war zu wütend gewesen, um ihm zuzuhören.

„Was ist passiert?"

Andrew hätte am liebsten so getan, als hätte er keine Ahnung, aber er wusste es. „Er hat was missverstanden, was ich gesagt habe."

„Und was?"

„Zack dachte, ich will mit ihm ins Bett, weil mein Ex heiratet."

„Ah." Robin nickte.

„Und er war sauer, dass ich damals vor Monaten noch mal mit Charlie geschlafen habe." Andrew atmete tief durch. Diese Nacht war ein Fehler gewesen. Er hatte sich darauf eingelassen, nachdem sie gemeinsam die zweite Flasche Wein geleert hatten, in Erinnerung an die guten alten Zeiten … Reue war zu erwarten. Der One-Night-Stand hatte aus einer Runde selbstsüchtigem Blümchensex bestanden. „Das Ganze hat mich nur noch mal an sämtliche Gründe erinnert, warum wir nicht mehr zusammen sind."

„Ein Abschluss-Fick?"

„Robin!" Andrew hasste vulgäre Ausdrücke; sie deuteten seiner Meinung nach auf einen Mangel an Kreativität.

Sein Freund verdrehte die Augen. „Was? War doch einer, oder?"

„Ja." Dieser Abend war definitiv der Schlusspunkt ihrer stürmischen Beziehung gewesen. Andrew konnte die Jahre mit Charlie nicht betrauern – denn diese Erfahrung hatte ihn zu dem Menschen gemacht, der er heute war – aber er hatte nie zu seinem Ex und den ganzen Lügen zurückgewollt.

„Gut." Robin nickte erneut.

„Zack und ich, wir haben beide im Entwined mit zig verschiedenen Subs gespielt. Zack hatte kein Recht, deswegen beleidigt zu sein. Wir waren nie zusammen."

Robin sah Andrew mit zusammengekniffenen Augen an. „Genau. Charlie hatte, was Zack nie gekriegt hat, und du hast noch eine zweite Runde mit ihm gedreht."

„Vielleicht", stimmte Andrew zu, während er Robins Frisur mit dem Glätteisen bearbeitete.

„Also, was hast du jetzt vor?"

„Zack noch etwas Zeit zu geben. Sonst ist mir bisher nicht viel eingefallen."

Robin drehte sich um und sah ihn an. „Okay, also, wenn du schon mal hier bist, vielleicht könntest du mir ja bei einem Projekt helfen."

„Klar." Andrew war dabei. Er drehte Robin wieder um, sodass er nach vorn schaute.

„Du kennst doch Jack?"

Das war der Mann, der bei Robins und Joshs Onkel lebte. Er hatte wegen Drogen eine schwere Zeit durchgemacht, aber jetzt war er clean. „Natürlich. Ich habe ihn vor ein paar Tagen bei der Weihnachtsfeier gesehen."

„Und du weißt, dass er Sean mag?"

„Den Sohn von deinem Onkel Leo, den Arzt? Ja, das war bei der Party ziemlich offensichtlich." Peinlich wäre vielleicht das bessere Wort.

„Ich möchte, dass du mir dabei hilfst, Jack ein Umstyling zu verpassen."

„Klar. Wann?" Andrew sprühte sein Meisterwerk mit Haarspray ein.

Robin schaute auf sein Smartphone. „Ähm, jetzt."

Andrew lachte leise in sich hinein. „Klar. Wenn man sich nicht selber helfen kann, sollte man jemand anderem helfen."

Robin warf einen prüfenden Blick in den Spiegel. „Danke. Du bist ein Genie."

„Das hier solltest du an der Westküste benutzen." Andrew gab ihm ein Shampoo aus seiner Tasche und kritzelte eine Notiz mit weiteren nützlichen Produkten.

„Toll, die kann ich mir gleich besorgen, wenn ich für Jack Klamotten kaufen gehe."

„Und was soll ich machen?"

„Sorg' dafür, dass er den Termin im Kosmetikstudio einhält, den ich für ihn vereinbart habe, und dass er sich anzieht."

„ROBIN KANN doch nicht ernsthaft wollen, dass ich das anziehe, oder?" Andrew konnte Jacks Stirnrunzeln durch die geschlossene Badezimmertür hören.

„Lass mal sehen", befahl Andrew.

Jack machte zögernd die Tür auf und spähte durch den Spalt.

„Komm hinter der Tür vor." Andrew hoffte, dass ein sanfterer Tonfall Jack eher dazu bewegen würde, an der großen Enthüllung teilzunehmen.

Jack gehorchte, wenn auch sehr schleppend.

Andrew pfiff. „Du siehst ja noch schärfer aus als ich dachte!"

„Was? Nein." Jack zupfte an seinem hautengen T-Shirt.

„Ich hab' keinen Grund, mir für dich irgendwelche Märchen auszudenken. Du bist wunderschön." Leider glaubte der Mann das nicht. Andrew fummelte ein bisschen an Jacks Frisur herum. „Die Art, wie er dich immer anstarrt, wird sich nicht ändern. Aber das hier wird ihm hoffentlich Feuer unterm Hintern machen."

„Wem?"

„Bitte! Denkst du etwa, ich bin blind? Dr. Perfekt will dich unbedingt, und dieses kleine Umstyling wird ihn umhauen."

„Sean ist das bestimmt egal."

Andrew schleifte Jack vor den größten Spiegel im Zimmer. „Siehst du denn nicht, wie sexy du bist? Du bist fantastisch. Innerlich und äußerlich." Andrew wühlte die Finger in Jacks Haar. Vielleicht ...

Er zog Jack in einen Kuss.

Mannomann! Es war toll, aber ... Andrew löste sich seufzend von Jack. „Wenn wir nicht beide schon rettungslos in jemand anderen verliebt wären, würde das hier aber so was von passieren."

Jack blinzelte. „In wen bist du verliebt?"

Kopfschüttelnd sagte Andrew: „Spielt keine Rolle."

„Aber er will dich", stellte Jack fest.

Andrew fuhr sich mit den Fingern durch seine Locken. Das hatte er geglaubt, aber jetzt ... „Ich weiß nicht."

„Warte! Es ist doch nicht etwa ..."

„Nicht", warnte Andrew.

„Okay."

Andrew wirbelte Jack herum und wechselte das Thema. „Dr. Perfekt wird Bauklötze staunen, wenn er dich sieht."

Jack errötete und biss sich auf die Unterlippe. „Glaubst du, er bemerkt es überhaupt?"

„Unterlippen-Biss. Sexy! Wenn der Mistkerl nicht blind ist, bemerkt er das bestimmt", versicherte Andrew. „Jetzt noch die Doppel-Leck-Lippenpresse."

„Die Doppel... was?", lachte Jack.

„Schau her." Andrew streckte die Zungenspitze leicht zwischen die Lippen hervor. Dann rollte er die Lippen ein und zog die Zunge wieder zurück. Zum Abschluss presste er die Lippen aufeinander, wie um Lippenstift zu verteilen. „Versuch's mal."

Jack gehorchte, begann aber mittendrin zu lachen. „Tut mir leid." Er versuchte es noch mal.

„Noch mal."

Er machte das Ganze noch zweimal.

„Jetzt hast du's drauf", verkündete Andrew.

Jack sah ihn stirnrunzelnd an und schüttelte den Kopf.

„Ernsthaft, Jack. Du bist ein Traum. Geh' auch so. Benimm dich entsprechend. Steh dazu. Falls er es nicht erkennen kann, werden andere das tun, das darfst du mir glauben. Komm, gehen wir." Andrew begleitete ihn hinunter in die Lobby.

Wie von Andrew vorhergesagt, bemerkte Sean es sehr wohl. Es war ein filmreifer Moment wie aus dem Bilderbuch. Sean hob den Kopf, ihm fiel der Unterkiefer runter und er starrte Jack an.

Andrew war stolz darauf, mit dazu beigetragen zu haben, dass Sean Jack endlich gebührend würdigte.

Seans Blick wanderte zweimal an Jack auf und ab, und er krächzte: „Du siehst ... gut aus."

Andrew goss noch ein bisschen Öl ins Feuer. „Oh, das ist untertrieben. Jack sieht fantastisch aus. Er ist ein verdammt heißer Typ. Ich fürchte, ich werde ihm die Kerle scharenweise vom Leib halten müssen."

Sean sagte nichts; er starrte Jack nur weiter an.

Andrew klopfte beiden auf die Schultern. „Wir sollten langsam los. Der Wagen ist da."

ANDREW SAß neben Josh im VIP-Bereich des Clubs.

„Du siehst umwerfend aus! Tanz' mit mir, Jack", überschrie Robin die Musik.

„Ich kann das nicht so gut", sagte Jack und trank einen Schluck Sprudelwasser.

Andrew ermutigte ihn: „Oh, ich wette, du kannst das *sehr* gut."

Er sah zu, wie sein neuestes Werk zusammen mit Robin zwischen Schwaden von Trockeneis-Nebel herumwirbelte. Zufriedenheit erfüllte eine kleine Ecke seines leeren Herzens.

Was wohl Zack gerade machte? Fühlte er sich wohl, jetzt, wo Andrew weg war? Warum konnte Andrew den Mann nicht haben, den er wollte?

Josh unterbrach seine Gedanken. „Das mit Jack hast du gut gemacht. Er hat's verdient. Der Mann hatte ein hartes Leben."

Seans Schnauben klang ziemlich ungläubig. Andrew war schlecht drauf und hätte Dr. Perfekt am liebsten eine geklebt.

„Was hast du für ein Problem?", blaffte Josh. „Der Typ hat seinem Leben mit Hilfe deines Vaters eine neue Richtung gegeben."

Sean hatte den Anstand, wegzuschauen, aber er murmelte: „Ich warte nur darauf, dass er Scheiße baut und meinem Vater das Herz bricht ... wie schon mal."

Josh schüttelte den Kopf und sagte: „Der Einzige, der Onkel Leo hier das Herz bricht, bist du. Merkst du das denn nicht? Vielleicht würdest du's verstehen, wenn du mal lange genug da wärst."

Sean fuhr sich mit den Fingern durch sein widerspenstiges Haar und schloss für einen Moment die Augen. Bei genauerem Hinsehen konnte Andrew erkennen, was Jack an ihm so attraktiv fand. Der Doc war klassisch gut aussehend, wenn er nicht gerade daherredete wie ein Blödmann. Er war klug, und er konnte – laut

Robin – irrsinnig komisch sein. Mit einem guten Conditioner und einer anderen Einstellung hatte er möglicherweise seinen Reiz.

Sean räusperte sich und wandte sich wieder an Josh. „Du hast recht."

„Hä?" Josh wirkte verblüfft über das Eingeständnis.

„Ich bleibe künftig in der Nähe. Mein Dad wird nicht jünger, und na ja, zuhause gibt's einiges zu tun …" Er schaute sehnsüchtig zur Tanzfläche.

Vielleicht war er gar kein so großes Arschloch. Andrew stellte die einfache Frage, die Dr. Perfekt auf den richtigen Weg bringen würde: „Warum forderst du ihn nicht zum Tanzen auf?"

„Ich tanze nicht."

Und schon war er wieder ein Arschloch. Andrew verdrehte die Augen und sagte: „Beim Tanzen wiegt man sich nur hin und her und hält sich dabei an jemand anderem fest."

Jack und Robin waren die Hauptattraktion, umgeben von Männern und Frauen, die alle bei ihnen zu landen versuchten.

Josh zwinkerte Andrew zu und stand auf. „Also, wenn ihr mich bitte entschuldigen wollt – mein Schatz muss gerettet werden." Er schwenkte Robin herum und nahm ihn in die Arme, wodurch Jack den Wölfen zum Fraß überlassen blieb.

Komm schon, sei ein Mann, Sean. „Das ist deine Chance, zu kriegen, was du willst. Jack ist hier, er ist wunderschön, und er gehört dir."

Keine Bewegung.

„Du willst wirklich nicht hingehen und deine Ansprüche anmelden?", drängte Andrew. Männer begannen sich an Jack zu reiben, und die Menge begrub ihn allmählich unter sich.

Sean starrte auf die Tischplatte und sagte: „Er würde sowieso nicht mit mir tanzen. Er hasst mich."

„Wow." Andrew stand auf. „Dein Vater sagt, du hättest ein fotografisches Gedächtnis. Aber auf deiner verdammten Linse ist die Schutzkappe festgeklebt."

„Hä?"

„Nicht zu fassen. Wie kann einer, der Medizin praktiziert, nicht sehen, was er direkt vor der Nase hat? Diagnostiziert jemand anders deine Patienten für dich?" Andrew war fertig mit diesem Idioten und marschierte auf die Tanzfläche.

Er stürzte sich in die Flut von Körpern und packte Jack am Handgelenk. Jack entspannte sich, als er sah, wer ihn eingefangen hatte. Sobald sie sich nahe genug waren, schlüpfte er in Andrews Arme und blieb dort. Sie tanzten mehrere Songs lang.

Nach etlichen sehnsüchtigen Blickwechseln sahen sie sich stirnrunzelnd an. Verdammt noch mal! Andrew sprach aus, was sie beide bereits wussten: „Wirklich schade, dass wir immer nur Freunde sein werden."

Jack begann zu lachen. „Ich weiß. Ich weiß." Als nächstes kam ein Song mit einem schnellen Beat, und Andrew wirbelte ihn herum. Wenigstens konnten sie ein bisschen Spaß miteinander haben.

Aus dem Augenwinkel sah Andrew, wie Sean sich auf seinem Sitz hin und her wiegte. Der Wichser kapierte es einfach nicht. Er zerrte Jack zum DJ-Pult, überreichte der Frau einen Fünfziger und schrie ihr als allerletzten Versuch einen Musikwunsch ins Ohr.

Innerhalb weniger Minuten verwandelte sich die Musik in einen stampfenden Hintergrundbeat und ein schrilles Jaulen von E-Gitarren. Kaum hatte Jack den Hit aus den späten Siebzigern erkannt, verfinsterte sich sein gut aussehendes Gesicht.

„Das kann doch wohl nicht dein Ernst sein."

„Du kannst nicht abstreiten, dass du schwer in den Doktor verknallt bist." Andrew wandte seine Aufmerksamkeit Sean zu, als könnte er ihn mit reiner Willenskraft dazu bewegen, den Arsch hochzukriegen und sich zu nehmen, was er wollte.

Er ignorierte bewusst die Ironie, die darin lag, dass er andere zu etwas ermutigte, was er selbst nicht getan hatte. Was er selbst tun sollte.

Jack hatte anscheinend beschlossen, sich das alles am Arsch vorbeigehen zu lassen. Er tanzte weiter und fing an, den Text mitzusprechen – unhörbar, aber mit Gefühl. Er stieß ein paarmal mit Andrew zusammen, weil er voll darauf konzentriert war, Sean anzustarren.

Es dauerte nicht lange, und Jack schrie den Songtext laut mit. Oh ja, er deutete sogar auf Sean, während er von einer Liebe sang, von der ihn keine Pillen heilen konnten.

Andrew bewunderte ihn. Jack legte hier sein ganzes Herz bloß. Den hatte es wirklich schlimm erwischt.

Leider verstand Andrew, wie das lief.

Jack schwang sich um Andrew herum, benutzte ihn als menschliche Stripper-Stange. Der Shimmy-Twist endete damit, dass Jack den Hintern rausstreckte. Er wackelte damit, eine trotzige Herausforderung an Sean, sich zu nehmen, was er ihm anbot. Schließlich machte er die Doppel-Leck-Lippenpresse, und das war es dann.

Sean sprang auf die Füße und walzte alles nieder, was ihm im Weg war, um zu Jack zu kommen. Er riss Jack mit einer schnellen Drehung von Andrew weg und in seine Arme. Sie rieben sich so heftig aneinander, dass Andrew sich fragte, ob sie sich gleich auf den Boden schmeißen und es mitten auf der Tanzfläche miteinander treiben würden.

Robin kam auf sie zugetanzt. Er überreichte Jack eine Schlüsselkarte und schrie so laut, dass sie es hören konnten: „Josh und ich haben für jeden ein Zimmer im Hotel nebenan gebucht. Wir dachten, ihr habt wahrscheinlich keine Lust, bis zum anderen Hotel zurückzufahren."

Das andere Hotel war zwar auch nicht weit weg, aber vielleicht gerade weit genug, um jemanden eine Entscheidung noch mal überdenken zu lassen. Verdammt, Robin war anscheinend ganz schön manipulativ, wenn er sich was in den Kopf gesetzt hatte.

Andrew respektierte einen Strippenzieher, solange es einem guten Zweck diente und es nicht seine Strippen waren, die gezogen wurden.

Er verdrängte das Bild von Zack aus seinem Kopf.

Jack schüttelte den Kopf, aber Robin küsste ihn auf die Wange und glitt wieder in Joshs Arme. „Viel Spaß."

Sean starrte die Schlüsselkarte an, als würde sie gleich in Flammen aufgehen.

Jack warf Andrew wie ratsuchend einen Seitenblick zu.

Andrew formte stumm „Nichts wie ran!" mit den Lippen und tanzte zu Robin und Josh. Er behielt den kurzen Wortwechsel zwischen Sean und Jack im Auge. Sean packte Jack an der Hand und führte ihn aus dem Club.

Robin drehte eine Pirouette, lächelte Josh strahlend an und wechselte einen Fauststoß mit Andrew. „Endlich kriegen die zwei ihr Happy End."

Andrew bezweifelte das. „Das ist die Ruhe vor dem Sturm."

Robin seufzte. „Du hast wahrscheinlich recht."

Da er in philosophischer Stimmung war, fragte er: „Was ist überhaupt ein Happy End?"

Josh rieb mit einer Hand über Robins Hintern. „Das, was am Ende dabei rauskommt, wenn man ganz viele kleine glückliche Momente zusammenzählt."

Andrew tanzte noch eine Weile mit ihnen, dann sagte er: „Ich mach' Schluss für heute."

Fernab vom chaotischen Lärm der Tanzfläche versuchte er, nicht über all die Entscheidungen nachzudenken, mit denen er sich um glückliche Momente gebracht hatte.

Nur eine Entscheidung bereute er wirklich. Er rief auf seinem Smartphone ein Foto von Zack auf.

8

ZACK HATTE es schon immer gehasst, wie deprimierend grau der Schnee gleich nach Weihnachten zu werden schien. Er wünschte, sie wären über Neujahr in Kalifornien geblieben, aber Dusty wollte das neue Jahr zuhause beginnen.

Er schnappte sich die an ihn adressierte Post und ging in sein Zimmer. *Mist!* Es war eiskalt. Er stolperte zum Thermostat und überprüfte die Temperatur. *Verdammt!* Da hatte bestimmt wieder Jordon dran rumgemurkst. Er stellte die Heizung auf 21 Grad.

Er rieb sich die Hände warm. Sobald er wieder Gefühl in den Fingern hatte, riss er den wattierten Umschlag aus seinem Stapel von Briefen auf. Eine goldene Schachtel und ein zusammengefaltetes pinkfarbenes Blatt Papier fielen auf seinen Schreibtisch.

Nachdem er das Schreiben auseinandergefaltet hatte, las er es zweimal durch und legte es dann beiseite, den Blick immer noch fest auf die Mitteilung geheftet. Im Entwined fand eine Benefizveranstaltung statt. Dem Flyer zufolge lautete das diesjährige Motto: „Bist du Dom genug, um sub zu sein?"

Er machte die Schachtel auf und klappte den Deckel sofort wieder zu. Scheiße! Wer würde ihm so was schicken?

Sein Herz pochte so heftig, als wollte es ihm gleich aus der Brust springen. Er atmete ein paarmal tief durch, ehe er die Schachtel wieder öffnete.

Sanft fuhr er mit den Fingern das lederne Band und die silberne Schnalle nach.

Dieses Jahr war er zu der Veranstaltung hier in der Stadt. Könnte er sich freiwillig für ein Wochenende als Sklave an den Höchstbietenden versteigern lassen?

Ein Wochenende als Sklave ... ein ganzes Wochenende!

Zack ließ seine Finger ehrfürchtig über das Lederhalsband gleiten.

Knien. Dienen. Ihm gehören. Nein! Niemals ihm ...

Er riss seine Hand weg.

Seufzend schob er die Schachtel von sich.

Er musterte den Umschlag. Die Handschrift sah aus wie die von Robin Strider. Der Keyboarder hatte mehr als einmal auf sein Verständnis für Zacks BDSM-Tendenzen angespielt. Doch Zack hatte sich nur vage zu seiner Mitgliedschaft im Entwined bekannt.

Zack konnte einfach nicht anders. Er schnappte sich die Schachtel, stolperte in sein Badezimmer und schob den Riegel vor. Dann starrte er die Schachtel an. Sollte er das Halsband nicht wenigstens anprobieren?

Er zog sein T-Shirt aus und schmiss es in Richtung Wäschekorb. Mit zitternden Händen klappte er die Schachtel auf. Er hielt sich das Leder an die Nase und atmete den köstlichen Duft ein, von dem er unfehlbar immer einen Ständer bekam. Dann schloss er die Augen, schlang sich das Band um den Hals und schnallte es zu.

Zack öffnete die Augen. „Fuck", flüsterte er, den Blick starr auf sein Spiegelbild gerichtet. „Das ... das bin ich."

Vielleicht sollte er ja doch teilnehmen ... es war schließlich für einen guten Zweck.

„FROHES NEUES Jahr, Tony." Zack freute sich, ihn am Telefon zu haben. Er hatte den Mann in den letzten paar Monaten nicht oft zu Gesicht gekriegt; Tony war praktisch aus dem Entwined verschwunden. Wahrscheinlich verbrachte er den Großteil seiner Zeit glücklich zuhause eingeigelt mit seinem neuen Master.

„Frohe neues Jahr!" rief Tony. „Ich freu' mich, von dir zu hören."

„Ich wollte dich fragen, ob du Lust hättest, zu mir und meiner Familie zum Essen zu kommen." Laut der SMS, die Tonys neuer Master ihm geschickt hatte, war der arme Kerl allein zuhause, und seine Familie lebte in einem anderen Bundesstaat.

„Oh, das ist schon okay. Ich dachte, dann geh' ich eben in die Werkstatt und erledige noch ein bisschen was."

„Heute ist ein Feiertag. Ich weiß, dass dein Doc zu einem Notfalleinsatz musste."

„Ich will eure Familienfeier nicht stören." Tony machte sich immer Sorgen.

„Tony, dein Master möchte nicht, dass du alleine bist." Falls nötig, würde Zack die Master-Karte ausspielen.

„Na ja, nein. Mein Master möchte, dass ich glücklich bin", stellte Tony fest.

„Dann komm rüber", sagte Zack ermunternd. Er gab ihm die Adresse und die Uhrzeit.

TONY ZUM Abendessen einzuladen brachte Konsequenzen mit sich, mit denen Zack nicht ganz gerechnet hatte. Er hatte nicht gewollt, dass ein guter Freund an einem Feiertag alleine war, aber seine Familie und womöglich auch Andrew dachten, dass zwischen ihm und Tony mehr war.

Vielleicht hätte Zack deutlich machen sollen, dass er und Tony wirklich nur Freunde waren – vor allem, nachdem er Tony mit einem Master zusammengebracht hatte, der perfekt für ihn war. Ob es wohl passiv-aggressiv war, das nicht klarzustellen? *Scheiß drauf!* Er hasste die traurigen Blicke, die seine Brüder oder die Bandmitglieder ihm immer zuwarfen, wenn Andrew zufällig in der Nähe war.

Zack hatte es satt, in die Rolle des kläglichen, liebeskranken Hündchens gedrängt zu werden. Schluss damit. Es war ein neues Jahr.

Manche Dinge änderten sich allerdings nie. Sie standen alle um den Tisch herum und warteten darauf, dass Jordon ihnen sagte, wo sie sich hinsetzen sollten.

„Tut mir leid, ich hatte dieses Jahr keine Zeit, Tischkarten zu malen", sagte Jordon. Er begutachtete den Tisch. „Dusty, du sitzt am Kopfende und Justin rechts von dir."

Dusty tat Jordon den Gefallen und zog Justins Stuhl heraus.

„Tony, du bist der Ehrengast, also sitzt du hier", brummelte Jordon. „Hoffentlich verwandelst du dich nicht in einen Trottel, so wie unser letzter Ehrengast."

Andrew verschränkte die Arme und räusperte sich. Vielleicht wollte er Jordon daran erinnern, dass er direkt hinter ihm stand.

„Ach ja. Du ... du kannst dich da gegenüber hinsetzen." Jordon runzelte die Stirn und winkte Andrew weg.

Andrew lächelte und nahm seinen Platz ein. „Danke, Jordon."

Jordon funkelte ihn zornig an. „Kein Problem. *Dir* sag' ich doch immer gern, wo du hingehen kannst."

Zack schnappte nach Luft. „Jordon!" *Verdammt!* Der Junge musste seine Abscheu etwas mäßigen.

Sein kleiner Bruder riss die Augen auf, wie um den Eindruck völliger Unschuld zu übermitteln und fragte: „Was? Ich sag' auch *dir* sehr gern, wo *du* hingehen sollst."

Zack starrte ihn wütend an.

Jordon deutete auf den freien Platz. „Du sitzt zwischen Dusty und deinem *sexy* Freund."

Fuck, das war nicht die beste Idee.

Dusty begann das Essen herumzureichen. „Ich hab' den Schweinebraten nach dem Rezept von Justins Mutter gemacht. Sie hätte ihn bestimmt besser hingekriegt, aber ..."

Justin gab die grünen Bohnen mit Knoblauch weiter und warf ein: „Mit Sicherheit nicht. Tony, meine Mutter und mein Stiefvater sind über die Feiertage auf Kreuzfahrt, aber Dusty hat um vier Uhr morgens mit ihr geskyped und sich alles Schritt für Schritt erklären lassen."

Zack blendete das tiefe, sonore Lachen aus, das aus Andrews Richtung kam. „Ich bin sicher, dass Mom *ihn* angerufen hat, um dafür zu sorgen, dass er auch alles richtig macht."

„Es riecht lecker", sagte Tony lächelnd und füllte seinen Teller.

Jordon schien der Ansicht zu sein, dass Schweigen bei keinem Treffen erlaubt sein sollte. Daher fragte er: „Tony, woher kennst du Zack?"

Verdammt. Typisch Jordon, genau das ins Gespräch zu bringen, was am besten außen vor bleiben sollte.

Abgesehen von dunklem Haar und olivfarbener Haut deutete nichts an Tony auf seine italienische Herkunft hin. Vor allem hatte er keinerlei machohafte Tendenzen. Nicht einmal die Muskeln, an denen er ständig arbeitete, vermittelten etwas anderes als rehäugige Sanftmut. Die dunklen Augen des niedlichen Sub huschten erschrocken von Zack zu Andrew. Er senkte rasch den Blick auf seinen Teller und wartete auf Rettung.

Zack unterdrückte einen Seufzer. „Ich hab' Tony in einem Club kennengelernt." Er tätschelte ihm beschwichtigend das Bein, und Tonys Haltung entspannte sich ein bisschen.

„In welchem?", fragte sein älterer Bruder.

Was sollte das werden? Ein Kreuzverhör? Wollte Dusty ein unterschriebenes Geständnis? Diese Technik hatte vielleicht funktioniert, als Zack zehn war und Dusty die Wahrheit aus ihm herausgeholt hatte, nämlich dass er Jordon dazu angestiftet hatte, alle Schokoladenostereier auf einmal zu essen. Ha! Jordon war stundenlang buchstäblich die Wände hochgegangen und dann mitten im Rumhüpfen eingeschlafen. Doch Zack war nicht mehr zehn.

Tony schrak bei der Frage zusammen und schob sich rasch einen kleinen Bissen Essen in den Mund, um nicht antworten zu müssen.

Zack zuckte lächelnd mit den Schultern. „In einem Club eben."

Zum Teil fragte Zack sich schon, was sein ältester Bruder denken würde, wenn er wüsste, dass Zack und Tony sich im Entwined kennengelernt hatte. Zack war nicht so provokativ wie sein jüngerer Bruder, der heute ein T-Shirt anhatte, das in knallpinken Lettern „*I LOVE Boys*" verkündete. Zack war schon immer zurückhaltender gewesen; er trug keine T-Shirts mit der Aufschrift „*Pervers und stolz drauf*".

„Wie lange kennt ihr euch schon?", fragte Dusty, auf Tony konzentriert, ehe er seine Aufmerksamkeit wieder Zack zuwandte.

Zack drehte sich zu Tony um und lächelte. „Ich weiß nicht genau. Ein paar Jahre, glaube ich. Stimmt's, Schatz?"

Warum hatte er das Kosewort angefügt?

Andrew rutschte auf seinem Stuhl hin und her und fuhr sich mit einer Hand durch seine perfekt gestylte Frisur. So kindisch und engherzig es auch sein mochte, aber ein klein wenig freute Zack sich doch über die Erkenntnis, dass Andrew sich offenbar über seine vermeintliche Beziehung mit Tony ärgerte.

„Ja, Sir", platzte Tony heraus und wurde rot wie eine Tomate. „Ich meine, ja, Zack", korrigierte er sich und machte damit alles noch hundertmal schlimmer.

Begreifen blitzte in Dustys Augen auf, und er fragte nicht weiter. Vor ein paar Jahren hatte Zack eine selbstzerstörerische Anstrengung unternommen, seinen älteren Bruder wegzustoßen, und ihm sein Interesse an BDSM gestanden. Doch anders als seine Mutter hatte Dusty ihn umarmt. Er hatte ihn wissen lassen, dass Zack immer eine Bleibe haben und geliebt werden würde. BDSM war etwas, worüber Zack mit keinem außerhalb der Szene sprach. Er hatte immer sofort dichtgemacht, wenn Dusty ihm ein Gespräch über „sicher, vernünftig und einvernehmlich" aufzudrücken versuchte.

Jordon fiel der Unterkiefer runter, und er riss erstaunt die Augen auf, als das Drama seinen Lauf nahm. Es war wie eine dieser Reality-Shows im Fernsehen. *Sehen Sie jetzt „Zu Gast bei Familie Davis". In den Hauptrollen die Gebrüder Davis sowie der Kerl, der Zack das Herz gebrochen hat und sein wundervoller Bruder Justin. Der Gast des heutigen Abends ist Tony, der Sub. Tony lässt sich gern fesseln und den Hintern versohlen, bis er kommt.*

„Tony hat eine eigene Karosseriewerkstatt", warf Zack aufs Geratewohl in die Runde, in der Hoffnung, dass jemand das Thema aufgreifen würde.

Typisch Jordon, ausgerechnet *das* amüsant zu finden. Sein kleiner Bruder brach in Gelächter aus. Zugegeben, Tony war nicht einmal mittelgroß, aber dafür gebaut wie ein Panzerschrank. Er hatte Muskeln über Muskeln, obwohl er durch und durch devot war.

Tonys Grinsen deutete darauf hin, dass er wusste, warum Jordon kicherte wie ein Bekloppter, aber er ging nicht auf den unausgesprochenen Witz ein. „Ja, die hab' ich von meinem Vater übernommen."

„Arbeitest du schon lange an Autos?" Justins Bemühen, keine Miene zu verziehen, brachte ihm Punkte ein.

Jetzt, bei einem unverfänglichen Gesprächsthema, kam Tony richtig in Fahrt. „Ich habe schon an Autos gearbeitet, als ich drei war. Das hat mir mein Dad beigebracht." Sein gut aussehendes Gesicht strahlte bei der Erinnerung. „Ich hab' gelernt, wie die einzelnen Werkzeuge heißen, um sie ihm geben zu können, wenn er gearbeitet hat." Tony ließ ein tiefes, verhaltenes Lachen hören, bei dem Zack ganz schwermütig wurde. Er wünschte, er hätte mehr in ihm sehen können als nur einen Freund. „Meine Ma war sauer, weil ich kein einziges Tier mit Namen kannte, aber wusste, was ein Zwölfer-Gabelringschlüssel ist und wo ich ihn finden konnte."

Als sich Tonys stocksteife Haltung allmählich entspannte, kam immer mehr von seiner charmanten Persönlichkeit zum Vorschein, wodurch sich das Tischgespräch zu einer leichteren Unterhaltung entwickelte.

Alle lachten und scherzten, außer Andrew. Die Freude, die Zack zu empfinden versuchte, war jedesmal ruiniert, wenn er einen Blick über den Tisch warf. Da saß Andrew und musterte ihn mit einer Eindringlichkeit, die Zack dahinschmelzen lassen würde, wenn er es zuließe.

Das Starren war nicht direkt ein Augen-Fick, aber ihm wurde ganz heiß davon. Lieber Gott! Warum nur starrte Drew – Andrew, sein Name war Andrew! – warum starrte er ihn so an?

Zack würde sein kindisches Glotz-Spielchen nicht mitspielen. Er sprang von seinem Stuhl auf. „Will jemand was aus der Küche? Ich geh' mir ein Wasser holen."

Nach einer Runde Verneinungen flüchtete er aus dem Esszimmer. Er öffnete den Edelstahl-Kühlschrank und ließ sich von der eisigen Luft kühlen. Er schnappte sich eine Flasche Wasser und trank einen großen Schluck, um die Wünsche mit runterzuspülen, die sich für ihn nie erfüllen würden.

Danach war ihm immer noch zu warm, also machte er den Gefrierschrank auf, griff nach einem Eiswürfel und kühlte sich damit das Genick. Jesus, er musste sich zusammenreißen. Jedes Mal, wenn Andrew auftauchte, zog es ihm glatt die Beine weg. Seine Haut war ihm zu eng, und er hätte am liebsten daran gezerrt. Zack wollte weglaufen.

Die Türen von Kühl- und Gefrierschrank schlossen sich von selbst.

Mist! Nicht von selbst. Ein tiefes Einatmen bestätigte ihm, dass Andrew hinter ihm stand.

Zack hatte einen Fieberanfall, und sein Herz pochte noch heftiger. Sollte er sich umdrehen und stellen oder abhauen und sich im Esszimmer bei seinen Brüdern verstecken? Verdammt, er hatte keine Angst vor Andrew.

Er wirbelte herum.

Andrew stand nur wenige Zentimeter hinter ihm, praktisch auf Tuchfühlung. Er trat vor und klemmte Zack zwischen sich und der kühlen Oberfläche des Kühlschranks ein.

Fuck! Ja! Nein!

Er hob die Hand und wickelte sich eine Strähne von Zacks Haar um die langen Finger. Andrew hatte den Nerv, zu flüstern: „Ich liebe dein goldenes Haar. Nicht einmal ich könnte diese Farbe kreieren. Hast du gewusst, dass die einzelnen Strähnen einen Schimmer haben, der je nach Lichteinfall changiert?"

Zacks Schwanz wurde steif, als wäre der Friseurjargon erotische Poesie. Ob es am Körperkontakt lag, an Andrews Kompliment oder an seinem Duft, das wusste Zack nicht genau, aber er durfte den Mann auf keinen Fall merken lassen, welche Macht er immer noch über ihn hatte.

„Danke."

Andrew presste sich an ihn.

Zack fixierte den anderen Mann mit den Augen, wartete ab, was er tun würde. Er zwang sich zu atmen.

Andrews sexy Grinsen machte ihn nur noch attraktiver. Der Mistkerl nahm Zack den Eiswürfel aus den Fingerspitzen und strich ihm damit über die Lippen.

Mmm, verdammt noch mal, dieser Schwanzlutscher. Das Eis glitt über seinen Mund wie ein feuchter, kühler Kuss.

„Weißt du, was man über Leute sagt, die Eis kauen?" Andrews Stimme drang bis zu Zacks Schwanz vor und schien seinen Schaft zu streicheln.

Knien. Dienen. NEIN, VERDAMMT NOCH MAL!

Zack versuchte sich davon abzuhalten, Andrews Zauber zu verfallen. Doch so aus nächster Nähe war er wie gelähmt.

„Und, weißt du's?" Andrew zog eine Augenbraue hoch.

Zack konnte weder denken noch sprechen, also schüttelte er den Kopf. Verdammt, er konnte sich nicht mal an die Frage erinnern.

„Eis zu kauen entspricht einem hohen Maß an sexueller Frustration." Andrew steckte sich den Eiswürfel in den Mund, mit dem er Zack die Lippen gestreichelt hatte. Er biss zu und zerkaute das Eis.

Knirsch. Knirsch. Knirsch.

Fuck! Fuck! Fuck!

Zack konzentrierte sich auf diese einzigartigen vollen Lippen. Die Erinnerung an das lustvolle Gefühl, sich Andrews Mund hinzugeben, brach über ihn herein. Warum konnte er das einfach nicht vergessen? Warum schmeckte er immer noch Andrews weiche Lippen? Das Erlebnis von damals hatte sich so tief in sein Gedächtnis eingegraben, dass es jeden anderen Kuss überstrahlte, den er jemals bekommen hatte.

Was Andrew ihm stillschweigend mitteilte, indem er das Eis zerkaute, ließ Zack erschauern und tat nichts, um die Funken abzukühlen, die zwischen ihnen sprühten. Sexuelle Frustration?

Knien. NEIN!

Zacks Körper hatte einen eigenen Willen. Seine Hüften stießen nach vorn, Andrew entgegen. Sein Schwanz pochte und pulsierte beim Kontakt mit Andrews Körper. Er sehnte sich nach Beachtung. Jede Art von Zuwendung, die Andrew anbot, würde er annehmen.

Der berauschende Mann rieb seine Erektion an Zack, raubte ihm den Atem. Zacks Herz sang vor Vorfreude.

Andrews Mund war nur Zentimeter von seinem entfernt. Sie sahen sich unverwandt in die Augen, und Andrews Atem streifte Zacks Lippen. Gott steh' ihm bei, aber er brauchte den Druck von Andrews Mund auf seinem dringender als die Luft zum Atmen.

Gleich würde Andrew ihn küssen –

„Habt ihr zwei euch da drin verlaufen?", brüllte Dusty, und sie fuhren auseinander.

Fuck! Zuschlagen! Treten! Erwürgen!

Andrew stöhnte auf und schloss die Augen. Er brachte seinen Kopf ein paar Zentimeter näher an Zack heran und atmete tief ein. Dann trat er zurück und ließ Zack entschlüpfen.

Mist! Er musste sich am Riemen reißen. Zack steckte den Kopf ins Esszimmer. „Will von euch wirklich keiner was?", fragte er in einem Versuch, seiner Erregung Zeit zum Abflauen zu geben.

Andrew glitt an ihm vorbei, legte ihm eine starke Hand auf den Hintern und drückte herzhaft zu.

Was zum Teufel sollte das? Die Berührung machte ihm das hier keineswegs leichter.

„Also eigentlich … weißt du was? Kannst du mir eine Limo mitbringen? Eine Mirinda, bitte", bat Jordon zuckersüß. Auf seinen kleinen Bruder war Verlass. Er wusste, dass Zack mehr Zeit brauchte.

„Justin, verwöhnst du den Kleinen etwa immer noch mit dieser Orangenlimo, für die du extra in den Asienladen am anderen Ende der Stadt musst?", neckte Dusty.

Zack hörte mit, wie Jordon sich zu Wort meldete: „Klar macht er das. Justin ist mein Bruder." Als Zack wieder ins Zimmer kam, stießen Justin und Jordon gerade die Fäuste zusammen.

„Hier, bitteschön." Zack überreichte den orangefarbenen Schatz gierig grapschenden Händen.

„Danke, Zack." Jordon zog weiter die Aufmerksamkeit auf sich und lenkte damit Dustys fragenden Blick von Zack ab. „Also, Justin und ich, wir meinen ..." Zack heftete den Blick auf seinen jüngeren Bruder. Obwohl er bei den Einzelheiten des neuen Mangas, den sie schrieben, nicht so ganz mitkam, war es beeindruckend, dass sein kleiner Bruder inzwischen ein bekannter Comiczeichner war. Aber im Moment schaffte er es lediglich, Interesse vorzutäuschen.

Was zum Teufel war in der Küche passiert?

Dummerweise ließ Zack seinen Blick ein, zwei Mal zu Andrew schweifen. Andrew tat nicht mal so, als hörte er Jordon zu. Die gesamte Aufmerksamkeit des Mannes war voll auf Zack konzentriert, und das wiederum war nicht dazu angetan, Zacks Erektion zu dämpfen.

Der Rest der Mahlzeit verlief problemlos, und Zack wiegte sich schon in falscher Sicherheit. Er fuhr zusammen, als Dusty ihm auf die Schulter klopfte. „Zack, hast du mal einen Moment Zeit?"

Dank Dustys Frage würde er nicht beim Abwasch helfen müssen. Tony half bereits beim Abräumen und plauderte dabei freundlich mit Justin; Zacks Freund brauchte nicht gerettet zu werden. Andrew telefonierte, während er Essensreste zum Einwickeln und Aufheben in die Küche trug – nicht, dass Zack darauf geachtet hätte, wo Andrew war und was er zufällig gerade machte. Der Mann bedeutete ihm schließlich nichts mehr.

Er zuckte mit den Schultern und folgte Dusty ins „gute Zimmer". Hmm, dieser Raum wurde nie benutzt, außer für unbehagliche Gespräche. Niemand wollte da reingehen, weil sie – das heißt, Justin – das Zimmer ganz in Weiß dekoriert hatten und jeder eine Heidenangst davor hatte, irgendwas schmutzig zu machen. Justin hatte alle überzeugt, dass Weiß den perfekten Hintergrund für Jordons Bilder abgeben würde, die an den Wänden hingen.

Zack sank in den großen, bauschigen Sessel und Dusty ließ sich auf das Samtsofa fallen, nachdem er das extravagante perlenbestickte Kissen beiseitegeschoben hatte. Zack war sich nicht sicher, ob er das Kissen weglegte, um es nicht zu zerknittern oder weil ihn die Perlen beim Anlehnen drückten. Sie starrten einander eine Zeit lang an, ehe sein älterer Bruder sich räusperte und damit das Schweigen brach.

Na super! Ein Räuspern bestätigte, dass es bei dieser privaten Besprechung um ein heikles Thema gehen würde. Dusty trommelte mit den Fingerspitzen auf den Knien herum. Er hörte auf und rieb sich mit den Händen über die Hose. Au weia, noch ein schlechtes Zeichen. *Renn weg!*

„Was hast du vor?" Dusty beugte sich vor.

„Womit?", fragte Zack und neigte den Kopf zur Seite. Sah er aus, als könnte er Gedanken lesen? Er musste einen kühlen Kopf bewahren. Sein großer Bruder würde seine Selbstbeherrschung bald genug ins Wanken bringen.

Dusty strich sein langes, blondes Haar zurück und musterte Zack kritisch. Und schon kam Zack sich vor, als wäre er wieder sieben Jahre alt und gerade bei einem Schwertkampf mit Dustys Trommelstöcken erwischt worden. „Ist das was Ernstes mit dir und Tony? Ich meine, er scheint ja ganz nett zu sein, aber …"

„Aber was?" Zack ging sofort zum Angriff über. Er hatte schon sehr früh gelernt, dass er in der Defensive echt scheiße war.

Dusty zuckte mit den Schultern. „Versteh' mich nicht falsch. Er scheint ein netter Kerl zu sein, aber irgendwie … passt er nicht richtig zu dir."

Zack erwiderte das Schulterzucken. Sinnlos, das Offensichtliche zu leugnen.

Dusty massierte sich mit Daumen und Zeigefinger den Nasenrücken. Wow. Diese Geste war normalerweise für Dustys besten Freund reserviert. „Sieh mal, ich weiß nicht, was im Safaripark zwischen dir und Andrew passiert ist und ich hab' auch nicht gefragt."

„Womit du beim Wettbewerb um den Titel ‚Zacks bester Bruder' Punkte geholt hast. Du führst übrigens." Zack wünschte, Humor könnte das Gespräch auf ein anderes Thema lenken.

Dusty schüttelte den Kopf und atmete geräuschvoll aus. *Armer Kerl!* Er glaubte für seine Brüder verantwortlich zu sein. „Ich will, dass du glücklich bist."

„Bin ich ja. Total." Zack setzte ein falsches Lächeln auf, um den Beweis dafür zu liefern.

Dusty seufzte und schüttelte den Kopf. „Sieh mal, Zack, du bist echt toll in deinem Job. Die Road-Crew liebt dich. Ich wünschte nur …"

Dustys Besorgnis anzuerkennen würde seinen Bruder vielleicht davon abhalten, noch mehr Salz in Zacks klaffende Wunden zu streuen. „Ja, ich weiß. Glaub' mir. Das weiß ich."

Zack stand auf und ging hin und her. Dieses Gespräch führte zu nichts.

Dusty lehnte den Kopf an die hohe Lehne des Sofas. „Ich will, dass du mit deinem Leben zufrieden bist."

Er setzte sich wieder hin und starrte seinen Bruder verärgert an. „Bin ich."

Verdammt! Dusty glaubte ihm kein Wort, genauso wenig wie damals, als er Dustys Trommelstöcke eingepflanzt hatte, um zu sehen, ob sie wachsen würden und Jordon die Schuld zugeschoben hatte. Vielleicht wäre er damit durchgekommen, wenn der Kleine ein paar Monate früher das Laufen gelernt hätte …

Dusty legte den Kopf schräg und zog die Nase kraus. „Andrew …"

Nie wieder …

„Hey, er hat nein zu *mir* gesagt. Nicht umgekehrt. Ich hätte … Dusty, das ist doch alles Schnee von gestern und spielt längst keine Rolle mehr."

Was wollten bloß alle von ihm? Er hätte einmal sein linkes Ei gegeben, um mit dem Wichser zusammen zu sein, aber damit war er gründlich auf die Nase gefallen. Zack hatte das alles hinter sich gelassen oder zumindest wollte er den Anschein erwecken. Durch Schein zum Sein und der ganze schöne Quatsch.

„Ja, aber in Safari West …"

„Nein!" Zack senkte die Stimme und schielte zur Tür, um sich zu vergewissern, dass sie alleine waren. „Es gab nur einen einzigen Grund dafür, dass er interessiert war … weil Charlie bald heiraten wollte."

Dusty verschränkte die Arme. „Das glaubst du?"

„Na ja … ja." Er glaubte es wirklich. Zack ging mit großen Schritten zum Fenster und starrte hinaus. Warum sonst hätte er endlich beschließen sollen … Ein weiterer grauer Tag, der mehr Schnee brachte. „Ha! So viel zum Thema milder Winter hier oben dieses Jahr."

Das Schweigen dehnte sich in die Länge, bis Dusty sagte: „Ich geh' mal in der Küche beim Sauber machen helfen."

„Okay." *Puh.* Er hatte überlebt.

Glaubte etwa irgendwer, es wäre so einfach für ihn? Zu sehen, was er sich immer gewünscht hatte, aber nie haben konnte? Und was, wenn Andrew einem Sub sein Halsband umlegen würde und ständig mit jemandem zusammen wäre? Daran wollte er gar nicht erst denken. Andrews kleine Abstecher in die Hinterzimmer des Entwined reichten schon, um Zack das Herz zu brechen, wenn er sich näher damit befasste.

Zack blinzelte seine verschwommene Sicht frei. Er übte sich im Vermeiden unproduktiver Gedanken, während draußen die Schneeflocken vom Himmel rieselten und sich auf die weiße Decke häuften.

War Safari West die einzige Chance gewesen, die er je bei Drew haben würde? Nun ja, er hatte nicht vor, zweite Wahl zu sein, also war das sprichwörtlich Schnee von gestern. Er würde den Teufel tun, sich davon unterkriegen zu lassen.

Zack checkte sein Aussehen, als er im Flur am Spiegel vorbeischlenderte. Hmmm, sieh mal einer an. Er sah nicht annähernd so scheiße aus, wie er sich fühlte, also machte er sich auf in die Küche.

Justin spülte Geschirr, und Jordon trocknete ab. Dabei diskutierten sie über eine neue überraschende Wendung in der Handlung ihres Dark-Angels-Manga, ganz in ihrer eigenen Welt versunken.

Andrew und Tony packten an der Kücheninsel aus schwarzem Granit Essensreste in verschieden große Behälter.

Zack, der an der Küchentür stand, hörte ihre Unterhaltung mit. Anscheinend war Tony in redseliger Stimmung. „Ja, und Zack hat mich meinem neuen Master vorgestellt. Er ist wunderbar. Ich weiß, wir sind noch nicht so lange zusammen, aber ich glaube, er ist der Richtige für mich. Oder zumindest hoffe ich das." Tonys

Wimpern flatterten, als er von dem Mann sprach, mit dem Zack ihn vor ein paar Monaten verkuppelt hatte. „Er ist Chirurg. Kannst du dir mich mit einem Arzt vorstellen?"

Andrew nickte. „Auf jeden Fall. Du bist entzückend."

Tony errötete. „Danke, Sir. Ich meine, Andrew."

„Wo ist dein Mann?"

„Er musste heute eine Notfall-OP machen, Sir, äh, ich meine, Andrew", zwitscherte er fröhlich wie ein großer, muskelbepackter Vogel.

Zack räusperte sich.

Ein breites Lächeln erhellte Tonys Gesicht, als er Zack dort im Türrahmen lehnen sah. „Ich habe *Andrew* gerade von *meinem* Doc erzählt."

Mist! Das war's dann wohl mit seiner Rettungsleine zur geistigen Gesundheit. Und Zack konnte nicht mal sauer sein, weil Tony vor reiner Freude strahlte. Er hatte völlig nichts ahnend die Illusion zerstört, die Zack entstehen lassen hatte.

Seufzend kontrollierte er mit einem kurzen Seitenblick Andrews Reaktion auf diese kleine Offenbarung und bereute es sofort, da er das Aufblitzen von Triumph in seinem Gesicht sah.

Dusty räusperte sich und stellte den Mülleimer mitten in der Küche ab. Er sah Zack stirnrunzelnd an. *Scheiße*, sein großer Bruder hatte auch mitgehört und den Trick mühelos durchschaut.

Zack zuckte mit den Schultern und schob den Mülleimer wieder an seinen Platz in der Ecke. Schließlich hatte er nicht *gesagt*, dass sie ein Paar waren. Er hatte gesagt, dass sie Freunde waren. Was konnte er denn dafür, wenn andere Leute falsche Schlüsse zogen? Jeder glaubte, was er für wahr halten wollte. Er war nicht für die Gedanken anderer Leute verantwortlich, oder?

Tony deutete mit einer Handbewegung auf die häusliche Szene. „Sollte so jemand wie ihr nicht eine Haushälterin oder so was haben?"

Zack suchte Andrews Blick und wechselte ein verständnisvolles Kopfschütteln mit ihm. Ihre Brüder versuchten damit Normalität zu schaffen, aber für Außenstehende wirkte es geradezu bizarr. Rockstars sollten nicht den Müll rausbringen.

Fuck! Er wandte sich ab. Was zur Hölle machte er da, einen wissenden Blick mit dem Teufel zu wechseln?

Zack konzentrierte sich auf Tony und antwortete: „Dusty kapiert eben nicht, dass er ein ganz großer Rockstar ist."

Darüber kicherten Justin und Jordon, bis Dusty ihnen einen bösen Blick zuwarf.

Dusty stakste durch die Küche, umarmte Justin und hob ihn in die Höhe. „Hey, hast du schon gewusst? Ich bin ein *großer* Rockstar!"

Justin schnappte sich ein unbenutztes Geschirrtuch und stopfte es ihm in den Mund. Die Ankündigung schien für sein stilles Gelächter verantwortlich zu sein.

Zacks Bruder nahm Justin schwungvoll auf den Arm.

„Oh, Dusty."

Dusty marschierte aus der Küche und trug seinen Mann die Treppe rauf.

„Na, die zwei sind dann wohl fertig für heute", bemerkte Jordon. „Ich geh' auch mal rauf, ein bisschen was arbeiten. Hat mich gefreut, dich kennenzulernen, Tony. Zum Dessert nachher komm' ich wieder runter." Der jüngste Davis ging und überließ es Zack, mit den beiden verbleibenden Männern allein fertig zu werden.

Andrew begann die Behälter mit Essen methodisch in den Kühlschrank zu stapeln, um den Stauraum optimal auszunutzen. Der Wichser grinste Zack ständig an, als hätte er eine Art Wette gewonnen. Wenn es nur einen Weg gegeben hätte, ihm diesen selbstgefälligen Ausdruck aus der hinreißend schönen Visage zu wischen! Fuck! Und Scheiß auf ihn, weil er überhaupt ein Gesicht wie ein Filmstar haben musste!

Tony, der nichts von den Spannungen zwischen Zack und Andrew mitgekriegt hatte, sagte: „Ich bin ja schon so gespannt auf die Wohltätigkeitsauktion ‚Bist du Dom genug, um sub zu sein?'."

„Klingt nach einem guten Zweck", sagte Andrew in diesem frustrierend unverbindlichen Ton, den er viel zu oft benutzte.

Tony grinste und stellte Andrew eine Frage, die Zack dummerweise auch unter den Nägeln brannte: „Kommst du mit uns ins Entwined zu der Wohltätigkeitsauktion?"

„Uns?" Andrew legte den Kopf schief und musterte Zack prüfen.

„Ja, ich habe die Veranstaltung mitorganisiert und werde sie moderieren. Sir, ich meine Zack, ist als Teilnehmer …" Er hörte auf zu schwafeln. Hatte er endlich gemerkt, dass er hier Zacks Privatangelegenheiten ausplauderte? „Also, du wirst doch auch da sein, oder?"

„Zack als Sub? Das werde ich mir doch nicht entgehen lassen." Andrews Stimme wurde tiefer, und Zacks Inneres verkrampfte sich in einer Mischung aus Übelkeit und Aufregung.

9

AH, ES tat gut, wieder mal im Entwined zu sein! Nach dem Debakel an Neujahr musste Zack seinen Halt wiederfinden. Als zwei seiner Lieblings-Subs ihn um eine gemeinsame Session baten, lehnte er nicht ab.

Selbst in ihrer völligen Erschöpfung starrten Timmy Moore und Sam Shorenday Zack an, als hätte er BDSM erfunden. Beide waren atemberaubende Männer, vermutlich so Mitte dreißig, die sich mit außerordentlicher Hingabe unterwarfen.

Timmy und Sam waren seit sechs Jahren zusammen, obwohl sie beide sehr devot veranlagt waren. Sie bewältigten ihre Beziehung mittels einer Reihe von Kompromissen und suchten sich im Entwined einen dritten Mann, wenn ihnen danach war, sich dominieren zu lassen. Die beiden reizenden Subs hatten bisher noch keinen dauerhaften Master gefunden, daher spielte Zack mit ihnen, wenn er zufällig mal wieder in seinem Heimatstaat war.

Zack hatte eben erst eine leichte Session mit ihnen beendet. Timmys milchweiße Haut ließ deutlich erkennen, wo die Reitgerte ihm ins Fleisch geschnitten hatte, während Sams dunklere Hautfarbe die meisten Spuren ihres Treibens verbarg. Zack nutzte Timmys helle Haut immer als Maßstab, um keine Grenzen zu überschreiten.

Seine rasche Beliebtheit im Entwined resultierte lediglich daraus, dass er immer völlig darauf konzentriert war, sämtliche Bedürfnisse des jeweiligen Subs zu erfüllen. An Spielpartnern mangelte es ihm nie. Manchmal baute er zwei oder drei Sessions in einen Clubabend ein.

„Bitte, Sir, lass dich von uns befriedigen." Lange, flatternde Wimpern umrahmten Timmys große, blaue Augen. Wie reizend er doch um die Belohnung bettelte, Zack oral bedienen zu dürfen.

In letzter Zeit waren Zacks Sessions ohne körperliche Erfüllung geblieben, doch diese beiden waren was Besonderes. Während er dastand und über sexuelle Befriedigung nachgrübelte, schaute er auf ein verlockendes Bild der Unterwürfigkeit hinab. Sein Schweigen ermutigte die Männer dazu, sich einander zu nähern. Ihre Körper schienen miteinander zu verschmelzen. Sie blickten zu ihm auf und leckten sich einladend über die halb geöffneten Lippen.

„Ja, bitte, Sir", schnurrte Sam und schmiegte sich kühn an Zacks Bein wie eine liebevolle Katze.

Gerade als Zack beschlossen hatte, ihnen nachzugeben, hörte er ein vertrautes Lachen aus dem Hauptraum. *Fuck!*

Niemals ihm gehören.

Der Laut brach in ihren privaten Zufluchtsort ein und verscheuchte jeden Gedanken daran, sich von diesen sexy Geschöpfen verwöhnen zu lassen. „Nicht heute Abend." Er ging hastig zum Kühlschrank, um jedem der beiden eine Flasche Wasser zu holen und ihr enttäuschtes Schmollen nicht mitansehen zu müssen.

„Kriecht zu mir." Zack setzte sich auf das frische weiße Handtuch und legte die Arme auf die Rückenlehne des roten Ledersofas.

Die nackten Männer schlängelten sich auf allen Vieren durch den Raum. Sam kuschelte sich an seine rechte Seite, Tommy an seine linke. Er nahm eine Decke aus leichtem Stoff von der Armlehne des Sofas und hüllte sie gemütlich ein.

„Ihr habt das beide sehr gut gemacht. Ich war stolz darauf, wie gut ihr mit der Reitgerte fertig geworden seid", murmelte Zack und reichte jedem von ihnen eine Flasche Wasser. „Trinkt."

Er lächelte, als sie sofort gehorchten. Er verwuschelte ihnen die Haare und streichelte sie, während sie vor Zufriedenheit schnurrten.

Als von der Benommenheit in ihren Gesichtern nur noch ein zufriedenes Glühen geblieben war, fragte Zack: „Ich habe gehört, ihr hättet euch inzwischen mit einigen möglichen Masters getroffen. Kein Glück bisher?" Das war wahrscheinlich eine dumme Frage. Wenn sie Erfolg gehabt hätten, würden sie heute Abend nicht mit ihm spielen.

Timmy schüttelte den Kopf, die Stirn in tiefe Falten gelegt, und starrte zu Boden, als wäre es irgendwie seine Schuld.

Sam nahm Timmys Hand und verschränkte über Zacks Schoß ihre Finger miteinander. „Noch nicht", antwortete er. „Ende der Woche treffen wir uns wieder mit einem."

„Hoffentlich klappt es diesmal." Zack wünschte es ihnen wirklich. Jeder sollte jemanden haben, der all seinen Bedürfnissen gerecht wurde.

Timmy schniefte. „Uns will keiner. Wir sind zu alt."

Zack drückte ihn fester an sich. „Ihr seid nicht alt. Ihr seid klug und interessant und beide was ganz Besonderes."

„Ja, klar", schmollte Timmy. „Wenn wir so toll sind, warum willst du uns dann nicht, Sir?"

Sams Luftschnappen machte deutlich, wie empört er über Timmys freche Worte war.

Zack ließ seine Hände über die glatte Haut ihrer Körper gleiten. „Das ist keine Kritik an euch."

„Es tut mir leid, Sir." Timmy wischte sich die Augen.

„Schon gut. Ich wünschte …" Zack stieß einen schweren Seufzer aus und begrub die Worte. Sams Erektion drückte gegen sein Bein. „Würdet ihr zwei mir gern zeigen, wie glücklich ihr seid und wie sehr ihr euch liebt?"

„Mmmm, ja, Sir", stöhnte Sam und zog seinen Geliebten vom Sofa auf den Boden. Er hielt Timmys Gesicht in den Händen, als wäre der Mann ein kostbarer Schatz aus gesponnenem Glas. Sam neigte den Kopf und beugte sich vor.

Timmy wimmerte und öffnete die Lippen, um die Zunge seines Geliebten einzulassen. Minuten vergingen, während die Männer sich gegenseitig mit Küssen erforschten.

Zacks Wunsch nach dieser Art von Liebe und Hingabe wuchs unaufhaltsam.

Timmy und Sam küssten sich mit feuchten, offenen Mündern, ließen die Hände gierig über ihre Körper wandern. Keiner von beiden wetteiferte um Dominanz oder Kontrolle. Sie schienen auf der Leidenschaft ihrer Liebe dahinzutreiben.

Angesichts ihrer wonnigen Seufzer und zärtlichen Berührungen sehnte Zack sich umso mehr danach, diese Art von Verbundenheit selbst zu erleben.

Warum konnte er das nicht für sich haben? Aber nein, Liebe und Unterwerfung waren für andere, nicht für ihn. Zwar genoss er es, für andere zu sorgen. Aber er gab und gab und bekam doch nie, was er sich wirklich wünschte.

Verdammt! Wo war sein Jemand, der ihm ergeben war?

Als ihre Liebkosungen hitziger wurden, wandten sie sich um weitere Anweisungen an Zack. Er räusperte sich und hoffte, noch eine Stimme zu haben, die nicht brechen würde. „Blast euch einen für mich."

Bei seinem Befehl seufzten sie auf und schlängelten sich eilig in Position. Tiefes Stöhnen erfüllte den kleinen Raum. Jeder schluckte begierig den steifen Schwanz seines Partners. Timmys Hand hielt Sams weiterhin fest umklammert, als beide zu lutschen begannen.

Sam zeichnete mit den Fingern die Striemen auf dem Hinterteil seines Geliebten nach. Timmy stöhnte und stieß tiefer in den Sog, von dem Zack annahm, dass Sam ihn erzeugt hatte.

Er beneidete sie um die körperliche Harmonie, zu der sie in zahllosen Begegnungen miteinander gefunden hatten.

Einmütig wandten sie Zack die Gesichter zu, um seine Erlaubnis zu erbitten.

„Wartet." Seine Stimme hatte etwas Ungeschliffenes an sich. Erbärmlich, aber er wollte ein bisschen an dem teilhaben, was sie hatten.

Timmy wimmerte und versuchte, seinen Schwanz wieder in Sams Mund zu schieben.

Sam wich zurück, um für beide zu antworten, und keuchte: „Ja, Sir."

„Küsst euch." War es pervers, mehr von der Liebe sehen zu wollen, die sie mit ihren Küssen austauschten? Liebe, die er selbst nie …

Gehorsam setzten die beiden Männer sich auf und pressten die Lippen aufeinander, küssten sich mit offenen Mündern und wilden Zungen. Sie stöhnten vor unerfüllter Leidenschaft.

Zacks Erektion pochte, bettelte um Erlösung. Er rieb mit der Hand über das Leder seiner Hose, umfasste und streichelte sich durch den Stoff. Ein besonders geiles Wimmern von den beiden, die für ihn eine erotische Show abzogen, zwang ihn, den Reißverschluss aufzumachen und seinen Ständer rauszuholen, der trotz seiner verdrießlichen Stimmung nicht zu zügeln war.

Fuck, er lechzte nach Küssen mit so viel Gefühlstiefe und Liebe.

Knien. Dienen. Ihm gehören.

Der Beinahe-Kuss vom Neujahrsabend verfolgte ihn immer noch. Wie Andrew sich an ihn gedrängt, ihn mit seiner Hitze versengt hatte, und diese Lippen waren nur einen Hauch von seinen entfernt gewesen. Den Mund für Andrews Zunge zu öffnen und zu erleben, wie diese feuchten, vollen Lippen über seine glitten ...

Ja!

Er griff nach einem Handtuch, um seinen Orgasmus aufzufangen, ehe er sich das Hemd mit Sperma bekleckerte. Mit den Subs zu seinen Füßen als Anschauungsmaterial fand er vollends zur Befriedigung. Langsam begann sein Glied zu erschlaffen.

Die armen Subs sahen aus, als drohten sie gleich zu überhitzen.

„Bringt es zu Ende." Die bedauernden Seufzer, als sie ihre Münder voneinander lösten, wichen einem dankbaren Aufstöhnen, sobald sich ihre Lippen um den Schaft des anderen schlossen. Innerhalb von dreißig Sekunden stieß Timmy mit Sams Schwanz im Mund einen Schrei aus und bewegte seinen niedlichen Hintern noch schneller auf und ab. Eine weitere Minute später grunzte Sam. Timmys Mund floss über und Sperma rann ihm über die Lippen und übers Kinn. Sie rutschten herum und sanken sich in die Arme.

Zack verstaute seinen verausgabten Schwanz wieder in der Lederjeans und stand auf. Die beiden Subs bekamen es kaum mit, als er eine weitere Decke über sie breitete. Normalerweise blieb er bei seinen Subs, bis sie sich wieder ganz erholt hatten. Doch er wusste aus Erfahrung, dass diese beiden gern allein waren, wenn eine Session mit einem Orgasmus geendet hatte. Sollte je einer von ihnen einen Absturz durchmachen, würde der andere entweder selbst damit fertig werden oder ihn holen kommen, aber so intensiv war die Session ja nicht gewesen.

„Geht's euch beiden gut?"

Grinsend sagte Timmy: „Sehr, Sir." Als der hinreißende Sub sich an seinen Geliebten kuschelte, ragte sein kleiner roter Hintern unter der Decke hervor.

„Gut. Ihr habt das Zimmer bis Mitternacht. Benehmt euch." Er gab sich Mühe, bestimmt zu klingen. Seine Bewunderung für die gutmütigen Subs klang laut und deutlich durch.

Sollte er selbst abstürzen, würde er sich alleine damit befassen. Er hatte sich noch nie wohl dabei gefühlt, Unterstützung zu suchen, wenn sich die BDSM-Energie gegen ihn wandte. Schlimm war es nie gewesen. Ein paar Mal war er besonders angespannt gewesen und hatte sich beim Laufen ausgepowert. Nur einmal war er depressiv geworden, aber das hatte sich wieder gegeben.

„Grrr!" Sam rollte sich auf einen lachenden Timmy, als Zack in den Hauptteil des Clubs hinaus schlenderte.

Zack hätte einen Drink vertragen können, aber alkoholische Getränke waren im Entwined grundsätzlich tabu. Alkohol und BDSM passten einfach nicht zueinander. Er schlängelte sich zur Saftbar durch; unterwegs blieb er mehrmals stehen und unterhielt sich mit einigen Paaren, befreundeten Mastern und ein paar Subs, mit denen er schon mal gespielt hatte.

„Ich hätte gern einen Cranberry-Saft", sagte er zu dem gut aussehenden, in eine Toga gehüllten Barkeeper.

Der Mann beugte sich vor und klimperte mit den Wimpern. „Kommt sofort, *Sir*."

Zack wandte sich ab, da ihm heute Abend nicht nach weiteren Offerten zumute war. Er sackte gegen den Tresen, da er sich nur mit Mühe auf den Beinen halten konnte. Verdammt, er war nicht nur körperlich, sondern auch seelisch völlig am Ende.

Er war es so leid, jemand zu sein, der er nicht war. Oder vielleicht war sein eigentliches Problem ja auch, nie zu kriegen, was er wollte. Es ließ sich nicht leugnen, dass er erschöpft war und das Alleinsein satthatte. Leider fiel sein Blick, nachdem er sich umgedreht hatte, direkt auf Andrew, der zufällig von einer Gruppe von Doms, Tops und ihren Subs umgeben war.

Fuck! Er hätte darauf gefasst sein sollen.

Andrew schien genau zu wissen, wann Zack ihn bemerkte, denn er nickte ihm bestätigend zu.

Zacks Zehen krümmten sich vor Aufregung. Mist! Warum fing sein Herz schon an zu rasen, wenn er den Mann bloß von weitem sah?

„Zack! Zack! Komm her." Ein weiterer Mann, der bei derselben Gruppe saß, winkte ihn heran.

Verdammt! Er schnappte sich seinen Drink und wünschte sich sehnlichst, es wäre Alkohol in seinem Glas, während er sich durch den Hauptraum schleppte. Er rang sich ein Lächeln ab. „Schön, dich zu sehen, Mike." Er ertrug das Händeschütteln und Schulterklopfen. „Dich auch, Ross." Er blickte auf den lächelnden Sub hinab, der zu Mikes Füßen kniete.

Ross schielte zu Mike auf. „Erlaubnis zu sprechen, Master?" Ross war mehr Sklave als Sub, weil er jedem Master ein Höchstmaß an Einsatz abverlangte. Aber Mike war letztes Jahr in den Ruhestand gegangen und genoss es, alles bis ins kleinste Detail zu kontrollieren. Sie passten perfekt zusammen.

„Ja, Liebling, du darfst." Mike streichelte dem jüngeren Mann über das Gesicht und lächelte nachsichtig auf ihn herab.

Ross schmiegte sich in seine Berührung und sonnte sich in der Beachtung. Sein Lächeln wurde strahlend, dann wandte er seine Aufmerksamkeit Zack zu und sagte: „Danke, Sir, dass du mir Master vorgestellt hast."

Zack spürte, dass er beobachtet wurde, daher konzentrierte er sich lieber auf Mike und Ross. „Du brauchst mir nicht jedes Mal zu danken, wenn du mich siehst. Ich bin froh, dass es geklappt hat." Sie waren sein erster Partnervermittlungs-Versuch gewesen.

„Diesen Sonntag sind es zwei Jahre, seitdem ich diesen wunderschönen Boy mein Eigen nennen darf." Mike strahlte. „Komm, setz dich."

Zack wünschte, er wäre nach der Session mit Timmy und Sam einfach gegangen. Er trank einen Schluck von seinem Saft und nahm auf dem italienisch inspirierten goldenen Samtsofa Platz. Wäre Andrew nicht da gewesen, hätte Zack es genossen, mit den Jungs zu plaudern. Doch Mr. Groß, Dunkel und Viel-zu-sexy lauerte. Irgendwie machte das Zack wieder zu dem linkischen Teenager, der von den Schatten verschlungen werden wollte.

Joe setzte Zack über das Gespräch ins Bild, und die Unterhaltung ging weiter. „Also, wir nerven hier gerade Andrew mit der Frage, warum er sich nicht schon längst einen festen Sub gesucht hat."

Scheiße aber auch! Einfach nicken und lächeln. Auch das hier geht vorbei.

Unwillkürlich warf Zack einen Blick zu Andrew, um seine Reaktion auf die Stichelei zu sehen.

Der Lumpenhund erfasste mit einem Wisch seiner perfekten Hand die ganze Runde. „Ihr Master habt euch die ganzen guten Subs geschnappt." Die knienden Subs richteten sich auf, und die auf dem Schoß ihres Masters murmelten bei dem Kompliment.

Zack zuckte zusammen. Auch wenn Andrews Bemerkung nicht als Beleidigung gedacht war, sie schmerzte dennoch.

„Ach, komm schon, Andrew. Gibt's denn wirklich keinen Sub mehr, der dir gefallen könnte?"

Andrews Blick huschte zu Zack und richtete sich dann wieder auf die Gruppe. „Ich kann ehrlich sagen, dass es keinen *verfügbaren* Submissiven gibt, an dem ich interessiert bin."

Die Worte gruben sich tief in Zacks Inneres. Er versuchte, an dem Kloß vorbei zu schlucken, der plötzlich in seiner Kehle steckte.

Knien. Dienen. NEIN! Niemals ihm gehören. Niemals.

Als er rasch einen Schluck Cranberry-Saft trank, um die Säure runterzuspülen, die ihm in die Kehle stieg, verschluckte er sich an dem herben Getränk und begann zu husten.

Wie der Blitz tauchte Andrew neben ihm auf und klopfte ihm auf den Rücken.

„Schsch, atme langsam." Andrews tiefe, geschmeidige Stimme triefte vor Sex und drohte Zack einen Ständer zu bescheren.

Das Husten ließ nach, aber Andrew rieb Zack trotzdem weiter den Rücken. Gott, Andrews Hände auf seinem Körper fühlten sich zu gut an, um beruhigend zu sein, daher brachte er sich außer Reichweite. „Danke."

„Gerne wieder." Die Worte klangen überaus zweideutig.

Zack schlug die Beine übereinander, ehe seine wachsende Erregung sich bemerkbar machen konnte.

Mike räusperte sich und sagte: „Also, Zack, wie man hört, machst du bei der Auktion mit?"

Jetzt kommt's. „Ja, die ist schließlich für einen guten Zweck. Wie könnte ich da nein sagen?" Problemlos, aber er würde sich diese Gelegenheit ... die entfernte Möglichkeit ... nicht entgehen lassen.

Nein. Niemals ihm gehören.

„Der gesamte Erlös geht ans Kinderkrankenhaus", ergänzte Mike für ein Paar, das erst kürzlich aus dem Ausland zurückgekommen war. „Einige Doms, die den Mumm dazu haben – wie Zack hier – werden sich für ein Wochenende als Sklaven versteigern lassen."

„Oooh", kicherte einer der älteren Subs, dessen Name Zack gerade nicht einfiel.

Ein anderer lachte und sagte: „Ich habe gehört, dass einige von den ungebundenen Subs schon ihr Geld zusammenlegen, um auf dich zu bieten, Sir."

„Was?" Von so einem Plan hörte er heute zum ersten Mal. Bei seinem Glück würden die Subs ihn ersteigern und er wäre gezwungen, das ganze Wochenende über den Dom zu spielen.

Andrew fragte: „Was? Wer?" Alle Blicke richteten sich auf ihn. Er zuckte mit den Schultern. „Ist das nicht gegen die Regeln?"

Frances, ein leitendes Mitglied des Planungskomitees, meldete sich zu Wort. „Nein, Sir, soweit ich weiß, ist das keineswegs regelwidrig." Er blickte sich wie nach Bestätigung suchend um. Die anderen nickten zustimmend oder zuckten gleichgültig mit den Schultern.

„Findet ihr nicht, dass das dem Zweck der Auktion widerspricht?", beharrte Andrew auf seiner Meinung.

„Ähm ..." Frances schüttelte den Kopf. „Ich glaube nicht ..." Er warf einen weiteren Blick in die Runde.

Mike grinste. „Verstößt gegen keine mir bekannte Regel, aber vielleicht solltest du nächstes Jahr dem Planungskomitee beitreten, Andrew."

Andrew machte ein finsteres Gesicht und stand auf. „Will jemand was von der Bar?"

Zehn Tequila!

Alle verneinten.

Andrew stapfte davon. Seine zusammengebissenen Zähne jagten den Leuten wohl Angst ein. Die Menge teilte sich wie das Rote Meer, und niemand versuchte ihn anzusprechen.

Sobald er die Gruppe verlassen hatte, wandte Joe sich an Mike. „Was ist denn mit dem los?"

Mike schmunzelte und schüttelte den Kopf. Er wandte sich an Zack und stellte die Frage, die alle Doms auf dem Herzen zu haben schienen: „Wie kriegst du das bloß fertig?"

Zacks Gesicht war ganz heiß. Er hatte nicht damit gerechnet, sich durch seine Teilnahme so bloßgestellt zu fühlen. Waren sie hinter sein Geheimnis gekommen?

„Was meinst du damit? Wir sind alle auf beiden Seiten des Halsbands ausgebildet … oder jedenfalls sollten wir das sein. Und es ist für einen guten Zweck."

Joe schüttelte den Kopf, und seine Hände glitten über seinen hübschen Sub, der ebenfalls Joseph hieß, weshalb alle ihn Joey Junior nannten. „Wie kannst du das hier aufgeben?" Er zwickte seinen Sub in die Brustwarze und entlockte Joey Junior damit einen Aufschrei. Seine wunderschönen braunen Augen schlossen sich, während er den Schmerz in sich aufnahm.

„Es ist ja nur für ein Wochenende." Gott, er brauchte die Fantasie.

„Wirst du denjenigen, der dich ersteigert, Sex mit dir haben lassen?" Mike beugte sich vor wie eine alte Klatschbase.

Natürlich nahm Andrew gerade in dem Moment wieder seinen Platz ein, als Mike seine Frage stellte, und er streifte Zack mit einem Blick und verzog das Gesicht.

„Na ja, das hängt von der Situation ab, nicht?" Klang Zack etwa ein bisschen angepisst? Er wollte nicht ausgefragt werden, weil er sich nicht mit den Antworten befassen wollte. „Es geht nicht um den Sex."

„Es geht immer um den Sex", sagte Joe grinsend, und aus irgendeinem Grund schienen die Blicke aller zwischen Zack und Andrew hin und her zu gehen, als warteten sie darauf, dass der eine oder der andere etwas sagte.

Andrew räusperte sich, und Zack wurde vor Erwartung ganz flau im Magen. Doch anstatt eine kühne Ankündigung zu machen, klopfte Andrew sich auf den Schenkel und stand wieder auf. „Na dann, in diesem Sinne, meine Herren, will ich mich mal verabschieden."

„Was, schon? Du hast deinen Drink ja nicht mal angerührt", wies Joe auf das Offensichtliche hin.

Andrew stellte sein unberührtes Getränk auf den Tisch und sagte: „Ja, es wird Zeit."

Enttäuschung durchfuhr Zack, obwohl er eigentlich nicht davon ausgegangen war, dass Andrew etwas sagen oder tun würde. Schließlich tat er das nie.

Nein. Niemals ihm gehören.

10

ZACK ZOG seinen Ledermantel aus und reichte ihn einem Sub, der zum Personal des Entwined gehörte. Gerade, als er sein Handy aus der Tasche fischte, begann das Gerät einen der aktuellen Songs der Dark Angels zu dudeln. Dem Bild auf dem Display zufolge kam der Anruf vom Keyboarder der Band, dem Mann der leisen Töne.

„Hey, Robin. Was kann ich für dich tun?"

„Hat nichts mit der Band zu tun."

Okay, Zack wurde tatsächlich ein wenig verbissen und ernst, wenn es um die Arbeit ging.

„Ich will dich nicht stören, aber ich wollte dir für die Wohltätigkeitsveranstaltung heute Abend Glück wünschen." Abgesehen von seinen Freunden im Entwined war Robin einer der wenigen Menschen, die wussten, dass Zack auf BDSM stand, aber sie hatten nie direkt über ihr gemeinsames Interesse gesprochen.

„Danke, und danke fürs Mutmachen." Zacks Hände begannen zu schwitzen. Er spielte mit dem Lederband in seiner Tasche.

„Gern geschehen. Ich wusste nicht, ob ich was sagen sollte, und ich dachte, wenn ich dir ein Halsband schicke, bringt dich das vielleicht mental in die richtige Verfassung. Bist du nervös?"

Total verängstigt traf es wohl eher. Zack wischte sich die linke Hand am Oberschenkel ab und wechselte dann das Ohr, um dasselbe mit der rechten zu machen. „Eigentlich nicht."

Robin seufzte. „Ach übrigens, äh, ich glaube, Andrew kann nicht kommen."

Zack hätte fast das Handy fallen lassen. „Was?"

Nicht, dass er wirklich geglaubt hätte, Andrew würde da sein. Aber dieses letzte kleine Fünkchen Hoffnung, dass der Mann ihn ersteigern würde, hatte er nicht ganz ersticken können. Albern.

„Justin hat gesagt, dass Andrew vorgestern beim Arzt war. Also fehlt ihm anscheinend wirklich was, sonst hätte er sich doch nie freiwillig untersuchen lassen."

Ach was, echt jetzt? Gegen Ende der letzten Tournee hatte Andrew vierzig Grad Fieber gehabt, und selbst da hatte er sich geweigert, zum Arzt zu gehen. Gleich nach Beginn der Show hatten Angel und Megan drauf bestanden, dass Zack ihn zu den Sanitätern begleitete. Ein echtes Vergnügen.

„Er wird doch wieder, oder?"

„Ja, Justin meint, er braucht nur Medikamente und Ruhe. Aber bestimmt werden eine Menge Männer auf dich bieten."

Zack wollte gar nicht daran denken, jemand anderem zu dienen. Er fuhr sich mit den Fingern durch seine frisch gestylte Frisur und gestand: „Ich hab' mir die Haare färben lassen... schwarz."

Robins geräuschvolles Atemholen erschütterte Zacks Überzeugung, das Richtige getan zu haben. „Oh, Schatz, und das bei deinen wunderschönen blonden Haaren."

Zack verzog sich in eine ruhige Ecke des Umkleidebereichs. Er musste raus aus dem Chaos aufgeregter Subs, die quengelige Doms in Richtung des Wartebereichs hinter der Bühne scheuchten. „Ich hab' sie mir auch schneiden lassen."

Robin pfiff. „Wow. Anscheinend will sich da jemand verändern."

Warum denn auch nicht? Er strich sich mit einer Hand über den Kopf, ließ sich die verschieden langen Strähnen durch die Finger gleiten. Sein Haar war immer noch überschulterlang, nur stufiger geschnitten. „Die Tönung wäscht sich raus." Er musste jemand anders sein... oder vielleicht versuchte er ja nur, er selbst zu sein.

„Mit den schwarzen Haaren siehst du bestimmt umwerfend aus. Jetzt musst du dich bereitmachen, also toi, toi, toi."

„Danke, Robin. Grüß Josh von mir."

„Äh, Zack? Viel Spaß, okay? Sei einfach du selbst. Lass es geschehen. Es kann ... befreiend sein."

Zack seufzte. „Ich geb' mir Mühe."

Und das würde er auch. Aber jetzt, wo die Wahrscheinlichkeit gleich Null war, dass Andrew auf ihn bieten würde, hätte er fast am liebsten einen Rückzieher gemacht.

Er beendete den Anruf und checkte dann seine Textnachrichten. Jordan hatte ein Bild von seinen neuesten Werken geschickt, knallbunten Turnschuhen und einem dazu passenden T-Shirt. Gute Arbeit, aber Zack hoffte doch, dass sein Bruder nicht vorhatte, die Sachen außerhalb des Hauses zu tragen. Dusty hatte eine Frage zu den neuen Schlagzeug-Fellen, die er bestellt hatte, also schickte Zack ihm die Info. Er beantwortete noch einige weitere Anfragen von seinen Freunden, dann schaltete er sein Smartphone aus.

Er legte das Handy in sein Schließfach, holte tief Luft und machte sich auf den Weg hinter die Bühne. Die blutroten Samtvorhänge vor der Bühne des Entwined verbargen den Stress und das Drama dahinter.

Die anderen Doms begrüßten ihn, als er sich zu ihnen gesellte.

Einer fragte: „Was ist mit deinen Haaren, Zack? Bist du heute inkognito hier?"

Zack zuckte mit den Schultern. „Ich wollte nur mal was anderes ausprobieren."

„Ich mach' das hier nur für die gute Sache", schien die Standardantwort zu sein, wenn er jemanden fragte, wie es ihm ging.

Zack lag schon ein „Stellt euch doch nicht so an!" auf der Zunge, aber da verteilte der süße Joey Junior Stringtangas aus Goldlamé, die kaum etwas der

115

Phantasie überließen. *Fuck*, waren die winzig! Ihn überlief es heiß und kalt. Er trug sogar zum Schwimmen mehr Stoff.

Frank Lopez, ein großer, stämmiger Kerl, der wahrscheinlich Polizist war, begutachtete das Kleidungsstück und schnaubte: „Lasst die Demütigungen beginnen." Er ließ den Stofffetzen um den Finger kreisen, dann zog er sich aus und schlüpfte in den Tanga. Der Berg von einem Mann erklärte jedem, der es hören wollte: „Ich mach' hier nur mit, weil ich eine Wette verloren habe."

Verdammt, Frank war gut bestückt. Seine Erektion stellte den Stoff vor eine echte Zerreißprobe und strafte ihn Lügen. Zack hielt ihm entgegen: „Ich glaube, so unrecht war dir das gar nicht."

Frank rückte seinen Tanga zurecht und lachte: „Das kann ich weder bestätigen noch abstreiten."

Während alle sich auszogen, hängten die Subs, die sich als Freiwillige gemeldet hatten, ihre Sachen auf Kleiderbügel und hefteten die Schließfachschlüssel daran fest. Ein weiterer Sub, der zum Personal des Clubs gehörte, sammelte ihre persönlichen Gegenstände ein und verstaute sie zusammen mit der Kleidung in Kleidersäcken mit ihren Namen drauf. Der Master, der sie jeweils ersteigerte, würde ihre Sachen nach der Auktion für sie in Verwahrung nehmen.

Der Boden war kalt unter Zacks nackten Füßen. Rasch nahm er noch sein Halsband aus der Tasche seiner Hose und zog den Reißverschluss des Kleidersacks wieder zu.

Er zupfte an dem eng anliegenden Höschen. Verdammt, viel Stoff war das ja nicht. Eine kühle Brise wehte um seinen Hintern und erinnerte ihn daran, dass der Tanga kaum etwas der Phantasie überließ. Als er sich zufällig im Spiegel sah, wurde er rot.

Wow. Ähm, wie konnte so ein winziges Stück Stoff ihn aussehen lassen wie einen nuttigen Bottom, der dringend einen Top brauchte?

Zack schlang sich das Leder um den Hals.

Fuck. Fuck. Fuck!

Sein Herz donnerte, und er war überrascht, dass niemand sonst es hörte. Er fädelte das Ende durch die Schnalle und befestigte das Halsband. Ein Schauer überlief ihn, und dann wurde er ein bisschen ruhiger.

Der stille, zerbrechlich wirkende Sub sah Zack kaum in die Augen, als er mit einem Paar schimmernder schwarzer Flügel auf ihn zu trippelte. Er half ihm beim Anlegen des Gefieders. Jeder „Sub" würde welche in einer anderen Farbe tragen.

Frank murrte: „Zum Teufel mit Andrew Christian und Victoria's Secret und ihrer Scheiß-Unterwäschewerbung."

Alle lachten, oder versuchten es jedenfalls.

Auch wenn die Flügel vielleicht dazu dienen sollten, die bekannten Werbeanzeigen für Dessous nachzustellen – Zack verglich sie mit denen, die bei den Konzerten der Dark Angels verwendet wurden. Er berührte das Leder um seinen Hals, und es war fast so, als hätte er einen Schalter umgelegt, der alles Verrückte in seinem Leben außerhalb von Entwined ausblendete.

Der hübsche junge Mann huschte um ihn herum und befestigte die Halterung der Flügel an seinem Halsband. Er sagte leise: „Mit den Flügeln siehst du echt toll aus. Hast du dir die Haare passend gefärbt?" Der Sub bauschte ihm die Haare auf, und Zack wünschte sich unwillkürlich, diese Finger gehörten ...

Knien. Dienen ....

„*Nein!*" Schluss damit. Sein Ausbruch ließ den Sub erschrocken zurückfahren. „Tut mir leid. Ich meine, nein. Ich wusste nicht, dass ich die schwarzen Flügel kriege." Er streckte die Hand aus und streichelte dem jetzt argwöhnischen Sub die Wange. „Ich bin ein bisschen angespannt. Das steigert meine Bewunderung für dich und die anderen Subs nur noch mehr."

Der zierliche Mann klimperte bei dem Kompliment mit den Wimpern und schmiegte sich an Zacks Handfläche. „Danke, Sir."

„Nur Zack für heute." Eindrucksvolle Männer gab es hier heute Abend scharenweise. Warum konnte er sich nicht auf einen von ihnen versteifen?

„Okay ... Zack. Wenn Tony dich ankündigt, trittst du vor, dann drückt er diesen Knopf hier an der Halterung der Flügel und ta-da." Zacks zusammengeklappte Flügel breiteten sich hinter ihm aus.

Eine Spur zu dramatisch, aber er lächelte den Sub flüchtig an. „Beeindruckend."

Der Sub drückte erneut auf den Knopf, und die Flügel falteten sich zusammen und schmiegten sich an seine Schultern. Der freiwillige Helfer friemelte noch ein bisschen an ihm rum, dann ging er weiter zum nächsten zeitweiligen Sub, dessen verrutschte Flügel gerade gerichtet werden mussten.

Zack schaufelte belanglose Gedanken beiseite und begrub sein Verlangen. Manchmal war ein bisschen was von dem, was er brauchte, doch besser als nichts von dem, was ihm sowieso nie gehören würde. Oder war das wirklich der Fall?

Mist! Er musste diesen Scheiß endlich aus dem Kopf kriegen. Abschätzend betrachtete er die anderen Jungs. Sie waren eine interessante Mischung.

John Delta und Si Taylor standen vor dem Spiegel und betrachteten sich kichernd. John drehte sich um und wackelte mit dem Hintern, was Si in Gelächter ausbrechen ließ. Sie waren Switches, und beide freuten sich auf ein Wochenende als Sub.

Carl Mans war ein hundertprozentiger Top mit einem festen Sub. Er hatte Zack vorhin erzählt, dass er das hier als Geburtstagsgeschenk für seinen Sub machte.

Bob Mickoletti und Greg Wood waren Rivalen, die sich praktisch gegenseitig zur Teilnahme herausgefordert hatten. Keiner von beiden hatte es geschafft, sich als der bessere Dom zu beweisen, also hatten sie stattdessen beschlossen, herauszufinden, wer als Sub der Beste war. Bizarr. Sie hätten die Entscheidung den

Subs im Club überlassen sollen. Zack hoffte, dass sie etwas aus dieser Erfahrung lernen würden.

War er der einzige hier, der geheime Phantasien hegte? Wünsche, die er jedem anderen Sub im Club erfüllte, während er selber leer ausging? Vielleicht würde dieses Wochenende reichen, um auch ein bisschen was davon zu erleben.

Bob trat lässig zu ihm und verzog das Gesicht. „Na, Davis, wie man hört, hast du einen Haufen Fans, die für dich schon ihr Geld zusammengelegt haben."

Greg stolzierte herbei. „Die mögen ihn nur, weil er sie schonender behandelt als wir."

Sieh mal einer an, sind wir etwa neidisch? Zack versuchte immer, den beiden möglichst aus dem Weg zu gehen. Sie hatten ihn noch nie gemocht. Er war noch nicht dahintergekommen, ob ihr unangebrachter Groll daher kam, weil er zufällig mit einem Rockstar verwandt war oder weil es ihm dank seiner Beliebtheit bei den Subs nie an Spielpartnern mangelte. Wie auch immer, die Typen waren Idioten.

Achselzuckend entgegnete Zack: „Ich versuche, ihnen zu geben, was sie brauchen."

„Ja klar!", mischte Bob sich ein. Er starrte Zack wütend an, die Hände zu Fäusten geballt. „Diesen ganzen kleinen Schlampen würde es gut tun, mal meine Peitsche zu spüren."

John, Si und Carl kamen angeschlendert.

Si fragte mit seinem Bostoner Akzent: „Alles koscher hier?"

Sich eine geistreiche Bemerkung einfallen zu lassen hätte Bob vermutlich überfordert, aber Greg sagte: „Schon gut. Wir haben bloß gemeint, was die Subs hier brauchen, ist ein echter Dom, nicht irgendeinen Möchtegern."

Die Unterstellung ließ Zack die Fäuste ballen. „Man sieht ja, wie sie sich um euch scharen … um euch *echte* Doms." Er war nicht in der Stimmung, sich von irgendwem ungestraft beleidigen zu lassen. Er würde den beiden mit Freuden eins auf die Schnauze geben, und zum Teufel mit den Konsequenzen.

Bob knurrte: „Wenigstens sind Greg und ich Manns genug, sie zu disziplinieren."

Was sollte der Scheiß? Zack konnte seinen Zorn über diese dilettantischen Vorstellungen kaum im Zaum halten. „Nicht alle Subs suchen dasselbe. Jeder von ihnen ist eine Einzelperson mit ganz unterschiedlichen Wünschen und Bedürfnissen. BDSM ist kein Einheitsbrei."

„Oh, sieh mal einer an, Bob. Zack denkt, er sollte einen Master-Kurs geben."

Seine Faust in dieses Maul zu hauen, das nur Dummheiten von sich gab, wäre ein tolles Gefühl. Wenn Zack ihm noch die Beine wegtrat, würde der Trottel auf dem Arsch landen. „Nein, Greg, ich halte es einfach für grundlegend wichtig, die Leute zu kennen, mit denen man Sessions hält. Woher willst du sonst wissen, was sie gerne davon haben möchten?"

Mehrere Subs in Hörweite nickten zustimmend.

„Oh, bitte! Diese Subs denken, sie wollen ein bisschen den Popo voll und einen Orgasmus. Du musst ihnen zeigen, was –"

Frank kam quer durch den Raum gestapft, als rechnete er demnächst mit Handgreiflichkeiten. Er schob seine gewaltige Muskelmasse ein Stück vor Zack. „Probleme?"

„Grenzen sollten in einer vertrauensvollen Beziehung verschoben werden, nicht einfach willkürlich." Zack wich nicht von der Stelle, starrte die blöden Wichser an, forderte sie heraus, noch *einen* Kommentar abzugeben. Ein einziges Wort hätte ihm als Vorwand völlig gereicht.

Bob und Greg hoben die Hände und wichen zurück.

„Entspann dich, Zack." Si legte ihm die Hände in den Nacken und massierte ihn.

„Ich bin okay." Zack atmete ein und aus und zählte im Kopf mit.

„Danke", sagte der Sub, der ihm die Flügel angelegt hatte, im Vorbeigehen.

John grinste. „Du bist ganz schön reizbar, Zack." Das Bild, das er nach außen hin abgab, hatte sich dramatisch verändert. Er hatte sich von einem echten Macho-Mann zu einer entspannteren, gelasseneren Version seiner selbst gewandelt. „Bist richtig süß, wenn du so aus der Haut fährst, und mit diesen Flügeln siehst du aus wie ein Racheengel."

Zack schnaubte. Alter Klugscheißer. John hatte immer einen Scherz parat; das war heute nicht anders.

„Wechselst du heute zum ersten Mal die Seiten?", fragte Si.

„Ja", antwortete Zack zurückhaltend.

„Du schaffst das schon. Entspann' dich einfach. Konzentrier' dich auf das, was von dir verlangt wird. Weiter brauchst du nicht zu denken. Um den Rest kümmert sich jemand anders."

Zack holte tief Luft. Von Verantwortung befreit zu sein klang sehr verlockend. Wenn nur derjenige, der sich um den Rest kümmerte, Drew sein könnte. Der Atem, den er ausstieß, trug den unerfüllten Wunsch davon.

Die Subs Roberto und Tony, die bei der Auktion Regie führten, machten eine Bestandsaufnahme von allem und jedem. Das immer lauter werdende Stimmengewirr draußen vor dem Vorhang war vielversprechend; bei dieser Veranstaltung würde viel Geld hereinkommen.

Fuck, fühlte sich die Band etwa vor jedem Konzert so? Dieser Scheiß war nervenaufreibend. Zack würde jetzt viel lieber hinter den Kulissen für einen reibungslosen Ablauf sorgen, statt auf die Bühne zu gehen. Was hatte er sich bloß dabei gedacht?

Tony zog Zacks Tanga hinten hoch und ließ den Stoffstreifen zwischen seinen Hinterbacken verschwinden.

„Hey! Reiß mir nicht gleich den Arsch auf", protestierte er.

119

Tony kicherte und machte beim nächsten Sub weiter. Herrje, wie das zwickte! Zack wackelte versuchsweise mit dem Hintern, um den Faden rauszukriegen, dann gab er auf.

Ein weiterer Sub tänzelte herbei und überprüfte sein Halsband. „Das ist aber keins von den provisorischen, die Entwined ausgegeben hat."

„Nein, das ist meins." Zack ignorierte den niedlichen Sub, dem bei seinem Eingeständnis fast die Augen aus dem Kopf fielen.

Zack ging rasch noch mal an seinen Kleidersack und holte eine Augenbinde heraus, die er in seine Jackentasche gestopft hatte.

Als er sich wieder unter Kontrolle hatte, schlenderte er zurück zu den anderen.

„Was willst du denn damit?", fragte Si und deutete auf die Augenbinde.

John grinste. „Hast du Angst davor, dir den Master anzugucken, der dich ersteigert?"

Mit einem leisen Lachen schüttelte Zack den Kopf. „Das wird mir helfen, in die richtige Geisteshaltung zu finden." Jaja, das klang überhaupt nicht einstudiert.

Frank nickte. „Vielleicht sollte ich mir auch so eine zulegen."

Roberto flatterte auf ihn zu. „Oh nein, Master Frank, deine Augen sind viel zu schön zum Verstecken."

Frank legte den Kopf schief und musterte Roberto so eingehend, als sähe er ihn zum ersten Mal. „Montagabend. Hier, um neunzehn Uhr." Er schnappte sich Roberto und küsste ihn nachdrücklich, dann ließ er den taumelnden Mann los.

„Oh." Roberto blinzelte sekundenlang. Er hob eine zitternde Hand und berührte seine Lippen, dann lächelte er Frank strahlend an.

„Haben wir ein Date?", fragte Frank, während er den Sub geradezu mit den Augen fickte.

„Ja, Master Frank." Roberto wurde glutrot und schwebte förmlich zu seiner nächsten Aufgabe.

Tony lachte über ihn. „Es ist ein Uhr, Leute, auf geht's! Okay, sind alle soweit?" Da die Frage vielstimmig bejaht wurde, stellte er die mit Engelsflügeln versehenen Subs in einer Reihe auf.

Zack band sich die Augenbinde um. Was versprach er sich denn nun eigentlich davon? Wie sollte das funktionieren?

Knien ... Dienen ...

Vielleicht, wenn er einfach für eine Session im Ungewissen bleiben könnte? Dann wäre diese alberne Fantasie endlich abgehakt und vergessen.

„Stellt euch vor, ihr wärt ein Vogelschwarm und würdet in Formation auf die Bühne fliegen. Oh, hm, deine Augenbinde. Stimmt, hätte ich fast vergessen. Ähm, okay." Tonys Tonfall deutete darauf hin, dass verbundene Augen nicht in seine Welt passten. Er ergänzte: „Nehmt Zack in die Mitte und hakt euch alle unter, damit er geradeaus laufen kann."

Zack sah zwar nichts, doch er konnte sich Tonys pikierten Gesichtsausdruck lebhaft vorstellen.

„Tut mir leid, Tony." Theoretisch war seine Idee ja vielleicht ganz gut, aber praktisch ... eher weniger.

„Keine Sorge, Zack. Jeder hat seine speziellen Bedürfnisse. Hast du nicht selbst gesagt, dass unsere Einschränkungen uns eine Chance geben, kreativ zu sein?"

Zack bekam einen liebevollen Klaps auf den Popo. Sollte ihn das etwa beruhigen? Hatte das je schon mal irgendjemandes Nerven beruhigt?

„Führt ihn, Leute, und lasst ihn nicht von der Bühne fallen", sagte Tony und klatschte in die Hände.

Die Musik gab das Zeichen zum Einsatz, und der Vorhang musste sich geöffnet haben. „Seid gegrüßt! Willkommen, Masters, Subs, Sklaven, Bottoms, Switches und Tops zur ersten jährlichen Entwined-Wohltätigkeitsauktion!", begann Tony die Show.

Hitze überströmte Zack, und seine Augen registrierten Helligkeit, also wurden sie offenbar von Scheinwerfern angestrahlt. Nach einem weiteren Klaps auf den Hintern marschierte er los, Arm in Arm mit den anderen. Was sollte der Scheiß? Waren sie etwa eine Sportmannschaft? Das war doch wohl zu viel Popograpscherei für eine Wohltätigkeitsveranstaltung.

Hochrufe erschollen aus der Menge. Zack wusste nicht, wieviele Mitglieder anwesend waren, aber es hörte sich an, als hätte das Entwined heute ein volles Haus.

„Vorab müssen wir aus rechtlichen Gründen eins klarstellen. Wer bei dieser Auktion mitbietet, spendet für das Vergnügen, einen Master das Wochenende über als Sub zu haben. Sessions können gehalten werden – innerhalb der Grenzen des frischgebackenen Sub – aber Sex ist nicht Teil dieser Vereinbarung. Wir betreiben hier keinen Prostitutions-Ring." Tony wartete zwei Sekunden lang, dann schob er nach: „Anscheinend war die Versicherung zu teuer."

Ein kurzer Trommelwirbel ertönte. Das Pfeifen und Johlen klang ab, und Tony konnte zu Ende reden. „Wenn Master und Sub etwas in dieser Richtung tun wollen, steht ihnen das frei. Schließlich sind hier alle volljährig. Aber Entwined tritt in keiner Weise dafür ein und erwartete das auch nicht. Also sollte das auch keiner von euch tun."

Nach einem tiefen Atemzug fuhr Tony fort. „Für die Master, die Subs geworden sind, gilt: Wenn ihr nicht mit dem Master zusammen sein wollt, der euch für ein Wochenende ersteigert, bezahlt ihr einfach seine Spende und er kriegt sein Geld zurück. Damit ist euer Vertrag null und nichtig. Ist das klar?"

„Spielverderber" und „Ja, ja", hallte es durch den Raum.

„Okay", machte Tony mit seinem Sermon weiter, „wir haben hier ein paar prachtvolle, dominante Mannsbilder, die glauben, sie wären Dom genug, sich zu unterwerfen."

Die Menge begann erneut zu toben.

121

Tony kontrollierte und lenkte die Reaktionen des Publikums wie ein Profi. Zack hätte ihm das nie zugetraut, aber Mann, Tony war ein echter Volltreffer als Frontmann.

„Also, was meinen die Sklaven und Subs von Entwined? Sind die Doms der Herausforderung gewachsen, Subs zu sein?"

Zurufe und gute Wünsche waren zu hören.

„Dann wollen wir die Doms, ähm, pardon, die *Subs* mal kennenlernen, was meint ihr?" Tonys Timing war perfekt.

Sein Tonfall machte deutlich, dass er die Rolle als Moderator genoss. Ein Luftzug fegte vorbei, und Zack nahm an, dass Tony über die Bühne gestürmt war. „Hier ist Master – ähm, ich meine Bob. Warum bist du hier?"

Bob grummelte, aber schließlich sagte er: „Weil ich ein besserer Sub sein kann als Greg, und das werde ich beweisen."

„Greg?", fragte Tony, vermutlich an selbigen gewandt.

„Bitte! Bob ist als Sub nicht besser, als er's als Master ist."

Die Menge lachte. Jemand pfiff und schrie: „Zeig uns, was du hast!"

Si, der neben Zack stand, flüsterte ihm einen Live-Bericht ins Ohr, da Zack wegen der Augenbinde nicht selbst zuschauen konnte. „Greg hat sich eben umgedreht und gebückt. Jetzt wackelt er mit dem Hintern. Also, der sollte wirklich öfter ins Fitnessstudio gehen. Und –" Er fing an zu lachen. „Shit! Bob ist auf die Knie gefallen, und er hat die Hände hinter dem Kopf und den Mund offen."

Das Publikum johlte.

Tony übernahm wieder die Kontrolle. „Okay. Okay, ihr zwei habt Potenzial. Hoffentlich bringt ihr eine Menge Spenden ein. Ich hätte zwar nie gedacht, dass ich das jemals sagen würde, aber … Hoch von den Knien, Bob, und du, Greg, hör auf, mit dem Arsch zu wackeln."

Ein lautes Klatschen schallte durch den Raum. Zack neigte sich zu Si. „Hat er eben …"

„Das ist mein Baby!" Zack erkannte die Stimme. Tonys Master, der Doc, saß offenbar ganz vorn in der ersten Reihe.

Si lachte leise und bestätigte: „Oh, ja. Hat ihm auf den Arsch gehauen. So richtig mit Schmackes. Greg reibt sich den Hintern, als ob der in Flammen stehen würde. Verdammt, Tony hat's echt drauf."

„Und weiter geht's. Kommen wir zu Carl." Der Applaus zeigte, wie beliebt er im Club war.

„Tony spielt mit Carls Haaren. Du weißt schon, wie Carl es bei Mark, seinem Sub, immer macht", flüsterte Si.

„Sag' uns doch mal, Carl, warum stehst du hier oben und lässt dich an den Meistbietenden versteigern?"

„Um meinem geliebten Sklaven, Mark, alles Gute zum Geburtstag zu wünschen", rief Carl hinaus ins Publikum.

„Na, da kriegt dann wohl jemand ein unvergessliches Geburtstagsgeschenk ... auf den Hintern. Sklave Mark ist ein echter Glückspilz."

„Danke, Master." Zack erkannte Marks Stimme.

„Oh, nicht so schnell. Du musst erst mal alle anderen überbieten", neckte Tony. Die Menge grölte Beifall. Carl und Mark waren bestimmt auf den heutigen Abend vorbereitet. Zack ging davon aus, dass Marks Anwaltsgehalt nicht so leicht zu überbieten sein würde.

„Und auf dieser Seite", Tony streifte Zack, als er an ihm vorbeieilte, „hätten wir dann Frank Lopez." Der Moderator wartete, bis der Applaus nachließ. „Vielleicht wisst ihr es ja nicht, aber Frank ist nur deshalb hier, weil die Giants es nicht bis in die Endspielrunde geschafft haben. Ich bin zwar ein Giants-Fan durch und durch, aber ich muss zugeben, dass ich nicht wusste, welcher Mannschaft ich den Sieg wünschen sollte. Frank hatte nämlich gewettet, dass er heute hier auf der Bühne stehen würde, falls die Giants in der Vorrunde ausscheiden."

Tony ging weiter und stellte John vor. „John, wie's aussieht, bist du reif für einen Seitenwechsel. Wie lange ist es jetzt her?"

John antwortete mit seiner leisen Stimme: „Ich weiß nicht. Vermutlich an die zwei Jahre."

„Mmmm, nun denn. Einer von den Männern hier darf sich auf was freuen, was?"

„Ja, Sir."

Schnurrend ging Tony weiter die Reihe entlang. „Si. Er *switcht* heute auch. Klar zur Unterwerfung?"

„Und ob", sagte Si enthusiastisch. „Bereit und fähig." Seine Stimme triefte vor aufreizender Lust, und die Menge verschlang jedes Wort.

Tony scherzte: „Ist es heiß hier drin?"

„Nicht so heiß, wie dein Arsch nachher sein wird." Ein Zuruf von Tonys Master brachte Zack zum Kichern.

Si raunte ihm zu: „Wow, jetzt wird Tony rot. Verdammt, er ist wirklich bezaubernd."

„Versprechungen, Versprechungen", gab Tony frech zurück. Er ignorierte die kindischen „Oh-oh's" und „Ah's" aus dem Publikum. „Und zu guter Letzt haben wir Sir Zack, der heute Abend nur Zack ist."

Die Menge brüllte Beifall.

„Für jemanden, der ein bisschen Kleingeld übrig hat, ist das eine ausgezeichnete Gelegenheit, Zack in einem ganz anderen Licht zu sehen." Die Menge brach in Applaus und Gejohle aus.

Zack musste das hier einfach tun. Er würde es tun, ganz egal, wer ihn ersteigerte.

Niemals. Nie ihm gehören.

„Bevor wir mit dem Bieten anfangen, habe ich noch ein paar Mitteilungen zu machen. Carl hat noch Rückenprobleme, also keine strenge Bondage und keine Spiele im Hängen. Zack möchte seine Augenbinde aufbehalten, bis er sie selbst abnimmt. Si muss seinen Master auf Zeit am Sonntag spätestens um siebzehn Uhr verlassen." Das Publikum murrte, aber Tony klatschte in die Hände und übernahm wieder die Kontrolle. „Na, na, na. Okay, beginnen wir mit dem Bieten auf Sub Frank."

„Eintausend Dollar", rief jemand zaghaft von der linken Seite der Bühne. Der Stimme nach war es Roberto.

„Sieh mal einer an", lachte Tony. „Roberto, Roberto. Hmmm, anscheinend haben wir ein festes Gebot."

Zack flüsterte Si zu: „Kann Roberto sich das leisten?" Der junge Mann hatte erst seit kurzem einen anständig bezahlten Job und eine eigene Wohnung; davor hatte er bei Freunden auf der Couch übernachtet.

„Weiß ich nicht, aber er sieht sehr entschlossen aus." Si unterdrückte ein Kichern. „Hihi. Da wollte anscheinend jemand mitbieten, und der kleine Kerl hat ihn wahrhaftig so böse angeguckt, dass er sich nicht getraut hat."

„Zum ersten."

„Er ist verkauft. Er gehört mir", rief Roberto.

Zack konnte sich das Grinsen nicht verkneifen. *Bravo, kleiner Sub.* Er hörte, wie Roberto zu Frank sagte: „Ich will nicht bis Montag auf unser Date warten."

Zack kicherte. „Das muss ja vorhin ein echt toller Kuss gewesen sein."

Si hielt Zack weiter auf dem Laufenden. „Roberto hat dem Kassierer zwei Kreditkarten hingeschmissen und Frank zur Hintertür rausgebracht." Si lachte glucksend. „Frank wird alle Hände voll zu tun haben. Aber wenn ich mir sein breites Lächeln so angucke, ist das genau das, worauf er hofft."

Die Auktion war eröffnet.

Zu Zacks großer Freude kriegte Mrs. Karma Bob und Greg prompt am Arsch. Bob wurde von einem Master ersteigert, dessen Sub er alles andere als höflich behandelt hatte. Und um Greg entbrannte ein Bieterkrieg zwischen zwei Mastern, die beide davon überzeugt waren, dass Greg lernen musste, ein besserer Master zu werden. Letztendlich beschlossen sie, sich Greg zu teilen, und der Club nahm mit Freuden von beiden eine große Spende entgegen.

Der arme Mark musste sein Geburtstagsgeschenk aus den Klauen eines anderen Masters retten, der ihm und Carl eins auswischen und sie dazu bringen wollte, mehr zu spenden.

„John wurde an jemanden verkauft, den er schon länger mag. Der Typ steht nicht auf BDSM rund um die Uhr, aber John ja auch nicht", berichtete Si.

Tony trat zu ihnen und strich Zacks Haar zurück. „Also dann, nur noch zwei Subs." Tonys Stimme umkreiste sie. „Fangen wir mit Si an. Wieviel ist euch dieser hübsche Boy wert?"

Si hielt den Arm weiter fest um Zack geschlungen, als er sich vorbeugte, um ins Mikrofon zu sprechen. „Nur damit ihr's wisst, ich habe meine Teenagerzeit im Süden verbracht, also bin ich sehr höflich und ... *folgsam.*"

Die Menge tobte vor Begeisterung.

Tony kicherte, als daraufhin der Rubel zu rollen begann. Schließlich endete das Bieten, und Si wünschte Zack viel Glück, ehe er ihn allein auf der Bühne zurückließ.

„Damit kommen wir zu Zack. Vergesst nicht, die Augenbinde ist bis auf weiteres nicht verhandelbar." Ein leises Raunen ging durch die Menge, doch Tony ging nicht darauf ein.

Ohne bewusst groß darüber nachzudenken fiel Zack auf die Knie, die Hände hinter dem Rücken verschränkt und den Mund leicht geöffnet. Er nahm die Augenbinde ab und öffnete die Augen. Das Scheinwerferlicht blendete ihn. Er konnte nach wie vor nicht sehen, wer da war.

Tony drückte auf den Knopf, und die Flügel entfalteten sich und breiteten sich rauschend hinter ihm aus.

Zacks gefiederte Schwingen kitzelten ihn an den Fußsohlen, während er wartete. Schon das allein bescherte ihm einen Ständer, der den Goldlamé auf eine harte Probe stellte.

Tony räusperte sich. „Und damit – was ist das Eröffnungsgebot?"

„Zehntausend", rief eine unbekannte Stimme. Das Gebot war doppelt so hoch wie das bisher höchste des Abends.

Das Publikum wurde still.

Zack erkannte die Stimme nicht. Vielleicht war der Bieter ein neues Mitglied. Gott, er wünschte, er könnte für einen Moment durch das grelle Licht hindurch blicken, sich den Mann anschauen, der so viel Geld für ihn aufbrachte. Er gab auf und band sich den Streifen Seide wieder um den Kopf.

Nein, nichts sehen zu können war besser. Zack war stolz darauf, der Kinderklinik so viel Geld eingebracht zu haben. Doch zugleich wünschte er, die Schlangenbrut in seinem Magen würde aufhören, sich zu winden. Er wartete und hielt an der unwirklichen Hoffnung fest, dass Andrews Stimme durch die Menge dringen und Anspruch auf ihn erheben würde.

Er blieb auf den Knien, und Tony fragte nach weiteren Geboten. Da niemand die beträchtliche Summe aufstockte, ging Tony das Ritual durch. „Zum ersten."

Zack schwankte, doch er zwang sich zum Stillhalten.

„Zum zweiten."

Er hielt den Atem an und betete darum, Andrews Stimme mitbieten zu hören.

„Verkauft an den gut aussehenden Herrn ganz hinten", rief Tony laut.

Nein. Niemals ihm gehören.

Er versuchte, die Enttäuschung zu unterdrücken. Andrew hätte ihn sowieso nicht gekauft, selbst wenn er nicht krank geworden wäre.

Zack ignorierte das unangebrachte schlechte Gewissen, weil er sich die Illusion erlaubt hatte, dass Andrew ihn kaufen könnte.

Tony stützte ihn, als er unter donnerndem Applaus aufstand, und führte ihn von der Bühne. Er brachte ihn zu dem Mann, der für das Wochenende sein Master sein würde.

125

Einer von den freiwilligen Helfern, dessen Stimme Zack nicht erkannte, sagte: „Wirklich schade, dir die Flügel abzunehmen. Aber Bondage wäre wohl ein bisschen kompliziert, wenn man die Knoten um sie rum knüpfen müsste." Der Mann kicherte, als er den Mechanismus öffnete und Zack die Flügel abnahm. „Dein Master erledigt gerade den Papierkram und kümmert sich um die Spende." Er drückte Zack einen Kuss auf die Wange. „Wir Subs waren enttäuscht, dass wir sofort überboten waren. Wir hatten einiges mit dir vor." Ein unsichtbarer Finger glitt über seine Brust abwärts und folgte dem Taillengummi des Tangas.

„Meins. Hände weg", krächzte eine trockene, heisere Stimme links von Zack.

Die Ankündigung ließ Zack leicht erschauern, bis Selbstvorwürfe den Nervenkitzel verjagten. Dabei hatte er gar nichts getan, wofür er sich schämen müsste.

Beging er nicht gerade einen Treuebruch an Drew und an sich selbst?

Nein. Niemals ihm gehören.

Es gab keinen Drew. Zack schob alle negativen Gedanken beiseite und konzentrierte sich auf die Gegenwart. Er hatte einen Master.

„Tut mir leid, Sir." Der aufdringliche Sub klang fast gekränkt.

Er beugte sich vor und flüsterte Zack ins Ohr: „Vielleicht können wir ja nächste Woche zusammen spielen? Dann könntest du mich disziplinieren, weil ich so vorlaut bin?" Der Frechdachs gab ihm einen flüchtigen Kuss auf die Wange.

Ein weiteres tiefes Knurren kam aus der Richtung des Mannes, der eine hohe Summe für Zacks Zeit gespendet hatte.

Sein Master auf Zeit blieb ein Rätsel. Er musste neu sein, oder vielleicht kam er aus einer anderen Stadt. Der Club überprüfte seine Mitglieder sehr gründlich, also hatte Zack eigentlich keinen Grund zur Sorge, oder? Obwohl er den Mann nicht sehen konnte, der ihn ersteigert hatte, durfte er sich sicher fühlen. Doch das nahm ihm nicht alle Befürchtungen.

Si streifte ihn im Vorbeigehen und flüsterte ihm zu: „Du hast echt Glück. Viel Spaß."

Zack wartete und versuchte, sich auf seine Atmung zu konzentrieren. Stärker als die Furcht, die ihn durchströmte, war seine Begeisterung darüber, seine Fantasie ausleben zu können. Gleich würde ihm jemand für eine kleine Weile die Schwerelosigkeit der Unterwerfung schenken, auch wenn es nicht …

„Das wird ein tolles Wochenende für dich, ganz bestimmt. Du kannst deinem neuen Master vertrauen." Tony berührte ihn am Arm und reichte ihm T-Shirt und Hose.

Zack nahm die Sachen entgegen und zog sie an. Er rückte seine Augenbinde gerade und fuhr sich mit den Fingern durchs Haar.

„Deine Schuhe stehen vor deinen Füßen", sagte Tony. „Willst du wirklich das ganze Wochenende über eine Augenbinde tragen?"

„Wahrscheinlich nicht." Es war nicht praktisch, aber scheiß drauf. War es ein Verbrechen, dass Zack sich dieses erste Mal, möglicherweise sein einziges Mal, so wünschte, wie er es haben wollte?

Tony lachte leise in sich hinein. „Okay. Ähm, kann ich sonst noch was für dich tun, Sir – ich meine, Zack?"

„Nein. Ich komm' schon zurecht. Danke." Zack hatte sich nicht die Mühe gemacht, Socken anzuziehen. Er schlüpfte barfuß in die Segeltuch-Slipper.

Tony wisperte: „Guck nicht so besorgt. Du bist in guten Händen."

„Danke." Die erneute Bestätigung durch Tony half und erlaubte ihm, die Augenbinde aufzulassen.

Ehe der kleine Mann antworten konnte, drang die Stimme von Tonys Master durch die Menge: „Tony, du warst sehr unartig auf der Bühne, und damit kommst du mir nicht ungeschoren davon. Ich habe uns Zimmer 12 gebucht."

Tonys zufriedenes Kichern entfernte sich von ihm und verklang.

Zack stand alleine da. Mit verbundenen Augen. Er hielt die Lider geschlossen, um in völliger Dunkelheit zu bleiben und die Fantasie ein klein wenig länger aufrecht zu erhalten.

Jemand trat neben ihn und sagte: „Hallo, mein Liebling. Du darfst mich dieses Wochenende über Master nennen. Mein Auto steht hinten auf dem Parkplatz. Komm."

„Ja … Master." Zacks Herz pochte wie wild, als seine Lippen diese Worte formten. Sie schmeckten bittersüß. Er hatte nur einen einzigen Mann mit diesem Titel ansprechen wollen, aber … was geschehen war, war geschehen.

Nein. Niemals ihm gehören.

Der Mann half Zack in eine Art tiefergelegten Sportwagen, schützte ihm beim Einsteigen den Kopf. Er beugte sich sogar über Zack und schloss den Sicherheitsgurt für ihn. Zack neigte sich ihm entgegen und gestattete sich, die Körperwärme seines Masters zu spüren.

Er atmete tief ein. Mmm, Leder und ein undefinierbares Gewürz. Der Mann roch köstlich.

Fuck! Er bekam einen Ständer vom Duft des Typen. Er versuchte, eine weitere Nase voll zu nehmen, aber der Mann richtete sich wieder auf.

„Hast du eben an mir gerochen?" Belustigung mischte sich in die Stimme des Mannes.

127

11

„ÄHM …" ZACKS Konversationsgeschick zeigte sich … nicht.

Die heisere Stimme klang leicht amüsiert, aber immer noch fordernd. „Antworte mir. Hast du an mir gerochen?"

„Ja, Master. Ich, äh, habe deinen Duft eingeatmet." Zack konnte nur hoffen, dass der dunkle Innenraum des Autos seine Beschämung verbarg.

Der Mann schloss die Tür und ging um das Auto herum zur Fahrerseite. Der Motor sprang schnurrend an, und Zack startete in sein Wochenende. Die Frage des Fahrers unterbrach seine Gedanken. „Warum?"

Zack stöhnte auf. *Verdammt!* Wie hatte er nur so hirnlos sein können? An jemandem zu riechen! Was sollte es ihm schon bringen, zu wissen, wie der Mann roch?

„Zack, bitte beantworte die Frage. Warum hast du an mir gerochen?"

Würde er das ganze Wochenende über so linkisch sein? Zack suchte mühsam nach Worten. „Ich … ich kann nicht sehen. Man benutzt automatisch die anderen Sinne, wenn einer eingeschränkt ist." Da. Das klang doch gut. Es war eine plausible Begründung.

„Magst du meinen Geruch?"

Zack machte den Mund auf, aber es kam nichts raus. Wie sollte er so was Verrücktes eingestehen?

„Wenn du eine Frage nicht beantworten möchtest, dann gib mir das bitte zu verstehen und ich werde dich nicht drängen, sofern es nicht deine Sicherheit oder dein allgemeines Wohl betrifft. Aber solange du mir nicht ausdrücklich sagst, dass du dich zu einer Frage nicht äußern möchtest, erwarte ich eine sofortige und wahrheitsgemäße Antwort von dir. Klar?"

„Ja, Master." Jahrelang hatte Zack geglaubt, er würde einen guten Sub abgeben. Aber jetzt, da er endlich die Gelegenheit dazu hatte, konnte er nicht einmal die einfachsten Anordnungen befolgen. Ehrlichkeit war einer der Kernpunkte jeder BDSM-Beziehung, ob befristet oder nicht.

Zack musste mit seiner Wahrheit herausrücken … auch wenn er es hasste, dass sie auch seine Realität war. „Du hast gerochen wie jemand, den ich kenne."

„Ich bin ein Master in demselben Netzwerk von Clubs, bei dem du auch Mitglied bist. Da sollte dir doch klar sein, dass wir uns mit großer Wahrscheinlichkeit schon mal begegnet sind."

„Darf ich eine Frage stellen?"

„Natürlich, Zack."

Wollte Zack die Antwort wirklich wissen? Ehe er sich entschieden hatte, sprudelten die Worte heraus. „*Kenne* ich dich?"

„Das halte ich für sehr wahrscheinlich."

Mist, das war keine Antwort, sondern ein Orakelspruch. Wer war der Typ, Mr. Magic 8-Ball? Sollte er noch mal fragen? Zack versuchte, die Reibeisenstimme zuzuordnen, schaffte es aber nicht, und das ließ sein Herz noch heftiger pochen. Es frustrierte ihn. Doch der Mann gab ihm wenig Zeit zum Grübeln.

„Zack, warum trägst du eine Augenbinde?"

Scheiße! Würde eine Halbwahrheit reichen? „Weil das mein erstes Mal als echter Sub ist, und ich dachte, so wäre es einfacher."

„Hast du vor, dich das ganze Wochenende über vor mir und vor dem, was wir tun werden, zu verstecken?"

Ja. Nein. „Ähm …"

„Es ist okay, wenn du es noch nicht weißt, aber du musst antworten." Sein Master sprach langsam und gleichmäßig, als müsste Zack beruhigt werden.

„Ich … äh, ich glaube nicht, dass das realistisch ist. Aber ich würde sie vorerst gerne aufbehalten." Zack sehnte sich immer noch danach, um Wahrheit und Realität herumzutanzen.

„Wie lautet dein Safeword?"

„Pilz." Zack lächelte. Er hatte sich sein Safeword mit fünfzehn ausgedacht, als ihm eine Pizzeria sein Abendessen verdorben hatte. Bis heute hatte er es noch nie jemandem genannt. Gott, er hasste Pilze. Kaum etwas war ekliger, als die Dinger unter was Gutem versteckt zu finden.

Ein heiseres Lachen war zu hören, gefolgt von einem trockenen Husten.

Zack fragte: „Bist du okay, Sir?"

„Ich habe mir eine Halsentzündung eingefangen, aber ich nehme schon lange genug Antibiotika, dass ich nicht mehr ansteckend bin. Ist nichts Ernstes, hat der Arzt gesagt, bloß Halsweh. Und es heißt Master, schon vergessen?"

„Oh, ähm, ach ja. Tut mir leid … Master." Na schön, das erklärte seine Unfähigkeit, die kratzige Stimme zuzuordnen. Zack sollte den Versuch aufgeben, herauszufinden, wer dieser Typ war und lieber die Fantasie genießen, einen Master zu haben. Einen Master, den er sich als den Mann vorstellen würde, den er sich immer als Master gewünscht hatte. Verdammt, der Typ hier roch sogar wie –

Knien. Dienen. Nein. Niemals ihm gehören.

„Was sind deine harten Limits?"

Zack musste aufhören, sich nach etwas zu sehnen, was nie wahr werden würde. Endlich würde er selbst in vollem Umfang erleben, wie es war, ein Halsband zu tragen. Er brauchte sich nur in die Zeit vor seiner ersten Begegnung mit Andrew zurückzuversetzen, in diesen Zustand gespannter Erwartung von damals, und dann konnte er endlich ausleben, worum seine Fantasien kreisten: Unterwerfung.

„Zack?"

Fuck! Fuck! Fuck! Sein Master hatte ihn was gefragt. „Die üblichen Limits für einen neuen Spielpartner: keine Exkremente, keine bleibenden Narben, Tattoos oder Piercings, keine Messerspiele, Atemkontrolle, Feuerspiele und so weiter. Und Kondome, falls wir soweit kommen."

„Verstanden. Sonst möchtest du nichts hinzufügen?"

Scheiße, was wusste Zack schon? Er hatte damals aufgehört, von sich als Sub zu denken – an jenem Abend, der jetzt eine Ewigkeit her zu sein schien und ihm doch in Gedanken immer gegenwärtig war. „Ich kenne meine Limits nicht."

„Was würdest du dieses Wochenende gern erkunden?", fragte die leise Stimme, während die Fahrt sie ihrem Ziel immer näherbrachte.

„Ist meine Tasche im Auto?" Es war schon blöd, nicht einfach kurz mal nachschauen zu können, wo was war.

„Wie bitte?"

Er platzte erneut mit der Frage heraus: „Ist meine Tasche im Auto?" Da war sein Computer drin, sein Handy und alles, was er brauchte, um es durch das Wochenende zu schaffen.

Der Mann lachte leise. „Meine Güte, als Sub bist du wirklich ein Anfänger."

Mist! Er hatte die gebührende Anrede vergessen. „Entschuldigung, Master."

„Schon verziehen. Selbstverständlich. Dein Kram ist auf dem Rücksitz. Obwohl ich bezweifle, dass du die Sachen brauchen wirst."

Zacks Schwanz wurde steif, da das auf Nacktheit hindeutete.

Das Auto kam zum Stehen, und der Mann sagte: „Bleib sitzen. Ich helfe dir."

Er legte ihm schützend eine Hand auf den Kopf, als er ihm beim Aussteigen half. Zack hörte ihn seine Tasche vom Rücksitz holen. Er ließ sich ins Haus führen.

„Es war gut, wie du mir vertraut hast, dich reinzubringen", lobte der Mann.

Zack war nicht bewusst gewesen, wie schwierig selbst die einfachsten Dinge wurden, wenn er die Verantwortung abgeben und sich auf jemand anders verlassen musste. Sein Respekt für die Subs im Club verdreifachte sich.

„Ich hole dir erst mal ein Wasser." Mr. Mysteriös lotste Zack zu einem butterweichen Ledersofa. Seine Schritte entfernten sich, als der Mann den Raum verließ. Innerhalb einer Minute war er wieder da und reichte Zack eine kühle Flasche.

Zack schraubte sie auf und trank. Verdammt, er war am Verdursten.

„Ich berühre gern. Wenn ich aufhören soll, sag' dein Safeword." Eine starke Hand strich an Zacks Arm entlang, und er zitterte als Reaktion darauf. Verdammt, er musste Zärtlichkeiten ja echt nötig haben. „Ah, wunderbar. Es scheint, als ob du gern gestreichelt wirst. Du bist sehr fügsam."

Zack neigte sich dem betörenden Streicheln entgegen. Gott, ja, er wollte brav sein. Er wollte perfekt sein. Dabei hatten ihn die letzten paar Jahre gelehrt, dass der wahre Glanz von BDSM nicht in der Perfektion lag, sondern im Bemühen darum. Er sehnte sich nach der Unterwerfung, nach dem Vertrauen und der

Verbundenheit, die zwischen Master und Sub entstand, um die leeren Stellen in seiner Seele auszufüllen.

„Setz dich auf meinen Schoß." Der Befehl war einfach zu befolgen, aber Zack hatte sich nie unbeholfener gefühlt. Ein „echter" Sub hätte eine großartige Show daraus gemacht, seinem Master in den Schoß zu kriechen.

Er streckte zögernd die Hand aus, und sie landete auf dem Knie seines Masters. Die blöde Augenbinde machte seine Unbeholfenheit noch schlimmer. Seine andere Hand rutschte zwischen das Couchpolster und ein Bein. Zack wollte sich gerade setzen, da verschätzte er sich beim Griff nach der Schulter seines Masters auf Zeit und wäre beinahe gefallen.

Sein Master packte zu und stützte ihn.

Verdammt noch mal! Zack wollte nicht vom Sofa purzeln. Beim Umdrehen landete seine Hand voll auf einer empfindlichen Stelle. „Entschuldigung ... Master."

Schließlich ließ er sich auf dem Schoß des Mannes nieder.

In seiner momentanen Haltung war es schwer einzuschätzen, aber sein Master auf Zeit schien etwas größer zu sein als Zack. Starke Arme umschlangen ihn und rückten ihn zurecht. Eine Hand drückte seinen Kopf sanft an die Schulter seines Dom. Eingehüllt vom Duft des Mannes fühlte er sich sicher und geborgen. Zacks verkrampfte Muskeln begannen sich zu entspannen.

Er zuckte zusammen, als eine Hand sein Gesicht streichelte. „Schschscht, alles okay, mein Liebling."

„Tut mir leid, Master." Seine einzige Pflicht bestand darin, einfach nur zu existieren.

„Schon okay." Eine große Hand streichelte sein Haar. Finger glitten durch die Strähnen, beruhigten ihn. „Du hast dir die Haare schneiden und färben lassen." Der Mann hob eine Strähne hoch, strich sie nach hinten. Was, untersuchte er ihn etwa? „Ah, es ist nur eine Tönung. Gut. Ich liebe deine natürliche Haarfarbe."

Viele Männer hatten Zack Komplimente zu seiner Haarfarbe gemacht, aber nur einer hatte je behauptet, sie zu lieben.

Kann es sein ...? Nein. Niemals ihm gehören.

„Ich weiß nicht, was ich sagen soll. Danke ... Master." Die Hand verschwand aus seinem Haar und wanderte seinen Rücken hinab, rieb und streichelte Verspannungen weg, von denen Zack vorher nicht mal was gemerkt hatte.

Ein Gefühl des Friedens, wie Zack es nie zuvor erlebt hatte, kam über ihn. Gott, er hatte das hier schon ewig mal auskosten wollen. Er hatte ein Leben lang darauf gewartet, diese Fantasie auszuleben, und er hatte es verdient, ein bisschen was von dem zu kriegen, was er nie haben würde. Sich jemand anderem zu unterwerfen würde ihm vielleicht erlauben, sein Leben weiterzuleben. Aber Gott, der Mann roch wie ...

Nein! Niemals ihm gehören. Nie.

Zack blieb lange auf dem Schoß seines Masters auf Zeit sitzen. Der Mann streichelte ihn, was Zack erlaubte, das So-tun-als-ob zu genießen. Begierig nahm er die Zärtlichkeiten in sich auf, mit denen er überschüttet wurde. Die sanfte Hand entspannte ihn. Finger fuhren durch sein Haar und massierten seine Kopfhaut. Ehrlich gesagt hätte Zack stundenlang so sitzen bleiben und die ganze Fürsorge in sich aufsaugen können wie ein Schwamm.

„Du brauchst das wirklich dringend, was?"

Seine Wimpern flatterten hinter der Augenbinde. Wer war dieser Mann, der ihm solche Zufriedenheit brachte? Sollte er seinen Entschluss aufgeben, die Augenbinde lüften und einen Blick riskieren? Was, wenn es – nein, er war es bestimmt nicht.

Nein, im Ungewissen zu bleiben war besser. Das erlaubte ihm, das Unmögliche am Leben zu erhalten.

„Da du mir nicht gesagt hast, was du tun möchtest – würdest du gerne mal Bondage ausprobieren?"

Zacks Abwehrmechanismen waren zu tief im Frieden, um das leise Wimmern zurückzuhalten, das irgendwo aus seinem tiefsten Innern hervorbrach. Gefesselt zu werden gehörte zu den Wünschen, die er schon vor langer Zeit aufzugeben versucht hatte. Er hatte das Verlangen unterdrückt, aber nicht sein Bedürfnis, den Umgang mit Seilen zu lernen, um anderen das Gefühl geben zu können, das er für sich selbst ersehnte.

„Ich nehme das als Interesse. Ich bin zwar kein *Kinbakushi*-Meister wie du, aber trotzdem ganz passabel."

Zack war nicht unbedingt ein Experte in japanischer Bondage-Kunst, konnte sich aber rühmen, sehr nahe dran zu sein. Er wurde aufs Sofa gesetzt, dann half ihm sein Master beim Aufstehen und führte ihn eine teppichbelegte Treppe hinunter. In einen Keller?

Für einen Moment blitzte jeder Horrorfilm, den er je gesehen hatte, vor seinem geistigen Auge auf, und heiße Furcht durchfuhr ihn. Er kannte seinen Master nicht – *Stop!* Jeder im Club wusste, wo er war. Und nach Meinung seiner Freunde würde derjenige, der in ersteigert hatte, ihn glücklich machen.

Vertraue. Existiere. Lass los.

„Zack, du kannst jederzeit dein Safeword benutzen und damit alles sofort beenden." Die heisere Stimme des Mannes erklang nahe an seinem Ohr und weckte sein Verlangen. Konnte der Typ Gedanken lesen oder beobachtete er ihn einfach aufmerksam genug, um erraten zu können, was Zack gerade dachte?

„Ich bin bereit, Sir."

„Sehr gut, Zack. Das hier ist mein Keller. Du kannst es nicht sehen, aber ich habe mir hier unten ein Heimkino eingerichtet. Dahinter liegt mein Spielzimmer, und dahin bringe ich dich jetzt. Wir werden mit einer *Tejou Shibari* anfangen."

Mit der einfachen Handgelenks-Fesselung kam Zack auch mit verbundenen Augen klar. „Ja, Master."

Der Mann führte ihn in einen anderen Raum und legte Zacks Hand auf einen Holzstuhl. „Zieh dich aus."

Zack kam dieser grundlegenden Forderung nach, ohne Fragen zu stellen. Niemand brauchte ihm zu sagen, dass jedes Kleidungsstück gefaltet und auf den Stuhl gelegt werden sollte. Dann war er nackt. Die Luft war nicht kühl, aber trotzdem erschauerte er leicht.

Als er hörte, wie ein Streichholz angerissen wurde, wandte Zack dem Geräusch das Gesicht zu und rückte seine Augenbinde zurecht. Oh Gott, hoffentlich war sein Master auf Zeit kein Raucher. Bald umwehte ihn ein leichter Pfirsichduft von Räucherstäbchen.

Der Mann streifte ihn. „Sehr gut, mein Liebling."

So viel Lob hätte albern sein sollen, doch Zack sog das Kompliment gierig ein. Sogar der Kosename gefiel ihm.

„Danke, Master", sagte er und streckte die Hände aus, um dem Gebot seines Masters Folge zu leisten, wie es sich für einen braven Sub gehörte. Gott, wie gerne hätte er das Schlingen der Knoten aus dieser Perspektive mit angesehen, doch das verwehrte ihm der Stoffstreifen über seinen Augen.

Dieser Master behauptete zwar, kein Bondage-Experte zu sein, doch was die Ausrüstung betraf, knauserte er nicht. Zack fühlte die gute Qualität des leinenen Fesselseils, wahrscheinlich aus Japan. Es war fest verzwirnt und schnitt nicht in die Haut, wenn es straffgezogen wurde.

Zacks Interesse an Bondage hatte ihn dazu veranlasst, Unterricht bei einigen der führenden Experten auf dem Gebiet zu nehmen. Jedoch schien auch dieser Mann die Zen-Erfahrung des Fesselns und Gefesselt-Werdens zu verstehen. Als das Seil an Ort und Stelle glitt, sank Zack immer tiefer in ein Gefühl der Gelassenheit und Ruhe.

Oh ja. Er war sicher und geborgen, während die Fesseln um seine Handgelenke geschlungen wurden. Zugleich konnte er die erotische Natur des Ganzen nicht leugnen. Der Master ließ das Seil mit Absicht über seine Haut schnellen und gleiten. *Fuck*, das brachte seinen Verstand zum Knistern und zwang seinen Schwanz in die volle Erektion.

„Jetzt, wo deine Hände gebunden sind, werde ich dir eine *Kikkou Shibari* anlegen."

Ein lustvolles Stöhnen entfuhr Zack. *Scheiße, ja!* Oh, wenn er die Schildkrötenpanzer-Fesselung nur sehen könnte, mit der das Seil ihn umschloss. Das Wabenmuster drückte sich in seine Haut und ließ ihn erschauern. Seine japanischen Lehrer hatten Modelle zur Demonstration benutzt, daher hatte er Bondage noch nie am eigenen Leib erfahren – abgesehen von den wenigen Fesselungen, die er sich selbst anlegen und aus denen er sich auch selbst wieder befreien konnte. Seine zaghaften Selbstversuche hatten ihn nie und nimmer auf dieses berauschende Erlebnis vorbereitet.

Sein Master ließ das Seil über seinen Brustkorb gleiten. Die Enden streiften flüchtig seine linke Brustwarze. Die Baumwolle huschte über die andere Brustwarze, und er konnte ein Aufkeuchen nicht unterdrücken. Knoten wurden geknüpft und pressten sich in seine Haut.

Gefesselt und geschützt verschwanden sämtliche Sorgen um die Außenwelt. Für ihn existierten nur noch das Gleiten des Seils und sein Master, der ihn fesselte. Nichts anderes zählte mehr. Eine spirituelle und emotionale Verbindung schien sich um ihn zu schlingen.

Jetzt endlich bekam er, wonach er sich gesehnt hatte.

Die Schritte seines Masters umkreisten ihn. „Du bist ein Kunstwerk in Seilen, Zack."

Er wurde an eine schräg geneigte Bank gelehnt und in halb liegender Haltung darauf festgebunden.

Der Master zeichnete mit den Fingern die Konturen der Fesseln nach, die kreuz und quer über Zacks Körper verliefen. Finger berührten und liebkosten die Knoten, weckten Sehnsucht nach mehr.

Finger glitten aufreizend über Zacks Oberschenkel, hinterließen Gänsehaut und Verlangen. „Schau dich nur an, mein Liebling. Dein Körper bettelt um mich."

Gott, ja! Zack wölbte seinen Körper bis zum Äußersten dessen, was die Seile zuließen. Ein Anflug von Schuldgefühl versetzte ihm einen Stich. Ging er hier gerade fremd? Wie konnte man einen Mann betrügen, der einen nie gewollt hatte? Er schob den unangebrachten Gedanken beiseite. Er sehnte sich danach, dem Verlangen seines Körpers bis zum gebührenden Abschluss zu folgen.

Der Mann zog mit der Fingerspitze die Umrisse von Zacks offenem Mund nach. Er hatte seit langem nichts mehr gefühlt, was einem Kuss so nahe kam wie diese Geste.

Stöhnend leckte er an dem Finger.

„Ah, mein süßer Zack. Es ist köstlich, wie du mit deinem Begehren ringst. So gerne ich dir auch Vergnügen bereiten würde, mein Liebling, ich muss dein Ringen sehen … ungehindert. Damit das geschehen kann, musst du die Augenbinde abnehmen. Dann verschaffe ich dir den Orgasmus, den du so dringend brauchst."

Zack stöhnte enttäuscht auf. Auf keinen Fall würde er die Vorstellung aufgeben, dass es Drew sein könnte, der hier endlich seinen Körper beherrschte und ihn zum Fliegen brachte. Zack bebte vor Verlangen, zum Höhepunkt zu kommen; seine Erregung wuchs, obwohl er nicht die Absicht hatte, sich seine Lust zu verdienen.

„Ich kann nicht. Bitte, Master." Verflixt, seine Stimme überschlug sich mitten im Betteln.

Der Mann, der Herr über ihn war, streichelte ihm tröstend das Gesicht. „So wie du einige nicht verhandelbare Bedingungen hast, mein sexy Liebling, habe ich die auch. Ich kann nicht zulassen, dass du dich vor mir versteckst." Er fuhr mit den Fingerspitzen am Rand der Seide entlang, die Zacks Augen verdeckte.

Fuck! Bitte! Fuck!

Zack näherte sich inzwischen dem Punkt, an dem er die Augenbinde weghaben wollte. Sein Körper forderte diesen Orgasmus, der schon zum Greifen nahe schien, doch sein Geist weigerte sich, die Illusion loszulassen. Egal, ob es richtig war oder nicht, er wollte die Fantasie weiterhin haben.

„Nein, Master", sagte er, obwohl ihm dabei der Schwanz schmerzte vor Bedauern. „Ich kann nicht."

„Ich verstehe. Entscheidungen haben jedoch Konsequenzen." Die erregenden Hände seines Masters verschwanden, und Zack hörte, wie ein Reißverschluss aufgemacht wurde. „Küss mich, und das hier geht weiter, oder sag dein Safeword." Bei dem Befehl setzte Zacks Herz einen Schlag aus und begann dann wie wild zu pochen.

Auf keinen Fall würde er sein Safeword aussprechen, nicht, wenn er sich das hier so brennend wünschte. *Oh Gott!* Alles, auch wenn es nicht ganz das war, was er gewollt hatte. Irgendwas. Er musste mehr davon haben.

Er neigte den Kopf.

Sein Master kniete neben ihm nieder, und seine Lippen fielen über Zacks Mund her und nahmen ihn in Besitz.

Ja! Küssen! Mehr!

Zacks Herz sang vor Freude, und er öffnete den Mund, um die Zunge dieses dominanten Mannes willkommen zu heißen. Er war schon seit einer Ewigkeit nicht mehr geküsst worden. Er brauchte so viel mehr. Jeder gekonnte Vorstoß dieser Zunge erinnerte ihn an alles, was er sich versagt hatte.

Witsch. Witsch. Witsch. Witsch. Witsch.

Was war ... oh Gott! Zack keuchte auf und kämpfte gegen seine Fesseln an. Der Mann hatte die Sache selbst in die Hand genommen.

Fuck! Es war Zacks Entscheidung, die ihn jetzt um sein Vergnügen brachte. Er zitterte am ganzen Körper, doch die Seile hielten ihn fest am Platz. Er legte seine ganze ungestillte Begierde in die leidenschaftlichen Küsse, in der Hoffnung, seinen Master damit dem Paradies noch näher zu bringen.

Der Mann nahm Zacks Küsse und schien immer noch mehr zu fordern.

Zack unterbrach den Kuss für einen Moment, um Luft zu holen, und drängte dann wieder auf mehr.

Sein Master wich zurück. Keuchende Atemzüge streichelten Zacks Gesicht, bis der Mann ein Ächzen ausstieß und seinen Mund erneut gefangen nahm. Sie küssten sich immer leidenschaftlicher, bis das lustvolle Stöhnen des Doms sich unter einem lawinenartigen Orgasmus zu einem Ächzen entwickelte. Der Kuss seines Masters quälte Zack mit der Befriedigung, die ihm selbst hier entging.

Der gesättigte Mann zog sich zurück und ließ Zack bebend und ohne jeden Körperkontakt zurück.

Nein, bitte nicht. Er wölbte seinen Unterleib von der Oberfläche hoch, auf der er lag. Seine Erektion trocknete an der Luft, und das ließ ihn erschauern.

Ein Reißverschluss ratschte, dann seufzte der Mann, vor Zufriedenheit, wie es sich anhörte. Er streichelte Zacks Gesicht mit den Fingerspitzen. „Oh, schau dich nur an, mein armer, geiler kleiner Liebling."

Es klang, als wäre der Mann bestürzt darüber, Zack in so einem Zustand zu sehen.

Fuck! Fuck! Fuck! Zack war verdammt noch mal selbst schuld daran, dass er jetzt so leiden musste.

Die kräftigen Hände seines Masters streichelten Zack am ganzen Körper, um ihn zur Ruhe zu bringen. Mit Hilfe des langsamen, zärtlichen Reibens ließ das Zittern allmählich nach, wenn auch nicht sein Verlangen.

„Binden wir dich los und bringen dich ins Bett."

Der Mann ließ sich Zeit beim Lösen der einzelnen Knoten, was fast so sexy war, wie gefesselt zu werden. Die Seile scheuerten beim Aufknoten über Zacks Haut. Während Zack ausgewickelt wurde, geriet seine Erektion den Seilen wiederholt in den Weg. Das köstliche Gleiten von Baumwolle über seinen erhitzten Schaft reichte fast, um ihn zum Abspritzen zu bringen.

Sein Master auf Zeit ging methodisch und ohne Eile vor und achtete darauf, dass Zack nie genug Reibung bekam. Bis alle Seile abgenommen waren, hatte Zack alle Mühe, auch nur das kleinste bisschen Luft in die Lungen zu kriegen.

Er sehnte sich verzweifelt nach Erlösung.

„Nimm einfach die Augenbinde ab, mein süßer Liebling, dann sorge ich dafür, dass es dir gleich besser geht", versprach sein Master und ließ dabei die Finger über Zacks Erektion tanzen. Dann verstrich er die Flüssigkeit, die aus der Spitze quoll, mit der Fingerbeere auf der ganzen Fläche von Zacks Eichel.

Zack bebte und zitterte. Er wollte ja … er wollte wirklich, aber er schaltete auf stur. Nein, das Verlangen nach der Fantasie war stärker als das nach dem Höhepunkt. Ganz egal, wie dringend er einen Orgasmus gebraucht hätte, er lehnte ab. „Nein, danke, Master."

Der aufreizende Finger hörte auf, und damit endete auch Zacks Folter. „Wie du willst." Der Mann führte ihn die Treppe rauf und in ein anderes Zimmer. „Ich bringe dich zuerst noch ins Bad."

Er wurde zu einem Waschtisch geführt. Seine Hände wurden angehoben, geküsst und dann flach auf die Oberfläche gelegt. Zack hörte Geraschel, dann sagte sein Master: „Hier ist eine neue Zahnbürste. Ich habe Zahnpasta draufgetan."

Zack putzte sich die Zähne. Er musste sich tief bücken und ein bisschen mit der Hand herumtasten, um nicht neben das Waschbecken zu spucken. Sein Schwanz drückte sich an die kühle Vorderseite des Waschtisches, was dazu beitrug, seine Erektion auf überschaubare Proportionen schrumpfen zu lassen. Als der Mann ihm ein Glas Wasser reichte, damit er sich den Mund ausspülen konnte, schmolz sein Herz ein wenig. Zack hätte sich albern vorkommen sollen, aber es gefiel ihm, dass der Mann da war und seine Bedürfnisse vorwegnahm.

Wie viele Jahre lang hatte Zack sich danach gesehnt, gesehen zu werden? Endlich sah ihn jemand.

„Die Toilette ist hinter dir. Ich gehe jetzt raus, dann bist du ungestört. Aber die Tür lasse ich offen."

Schritte entfernten sich. Als sie nicht mehr zu hören waren, schielte Zack unter der Augenbinde hervor. Er wandte sich vom Wasserhahn ab und benutzte die Toilette; zum Glück hatte ihn die kühle Oberfläche inzwischen soweit erschlaffen lassen, dass er seine Blase leeren konnte. Nachdem er die Spülung betätigt hatte, blickte er sich um. Das Badezimmer war richtig nobel, ganz in Weiß gehalten mit schimmernden Marmorfliesen und verzierten Spiegeln. Er wusch sich die Hände und schickte seine Augen wieder in die Finsternis zurück.

Der Mann umschloss ihn mit den Armen und reichte ihm ein Handtuch.

„Danke, Master."

Zack lehnte sich an ihn und entspannte sich. Er konnte einfach nicht anders. Offenbar hatte er die Größe seines Masters vorhin falsch eingeschätzt. Zacks Schultern streiften straffe Brustmuskeln, also musste sein Master mindestens einen Kopf größer sein als er. Der Mann war durchtrainiert. Das Verlockendste an ihm war, dass er immer noch so gut roch.

Mist! Das war völlig ungeeignet, um Zacks Schwanz vom Strammstehen abzuhalten.

„Bringen wir dich ins Bett, mein Liebling." Der Master führte ihn zu einem Bett, half ihm beim Hinlegen und deckte ihn zu.

Zack unterdrückte gewaltsam seine Enttäuschung über das nahe Ende ihres gemeinsamen Abends. Er hörte Geräusche, als würden Kleidungsstücke auf den Boden fallen gelassen. War der Mann nackt? War das ein Rascheln von Stoff und das Öffnen und Schließen eines Wäschekorbs?

„Brauchst du noch einen Schluck Wasser, mein Liebling?"

„Nein, Master."

Die andere Seite der Matratze senkte sich unter dem Gewicht seines Masters. Zack wandte ihm das Gesicht zu. Der Mann beantwortete seine unausgesprochene Frage: „Ich kann dich nicht mit verbundenen Augen allein lassen. Vielleicht musst du ja mitten in der Nacht mal raus, und ich will nicht, dass du dir aus lauter Sturheit noch wehtust."

Er würde nicht allein sein. Es war geradezu lächerlich, wie glücklich ihn das machte. Sein Master auf Zeit zupfte die Bettdecke zurecht; er würde über ihn wachen, ob Zack das brauchte oder nicht. Die Vorstellung haute ihn regelrecht um. Dass jemand sich so auf *ihn* konzentrierte, so für *ihn* sorgte, machte ihn sprachlos.

„Fühlst du dich wohl, mein Liebling?"

Und wie, abgesehen von seinem Ständer, der auch gut als Rammbock getaugt hätte. Zack schluckte an dem Kloß in seiner Kehle vorbei und wisperte: „Ja, Master. Danke, Sir."

Leises Atmen war das einzige Geräusch im Raum.

Zack wusste nicht, ob der andere Mann bereits schlief, daher versuchte er, sich nicht ständig rastlos hin und her zu wälzen. *Oh Gott!* So geil war er nicht mehr gewesen, seit er sein erstes BDSM-Magazin gefunden hatte. Wenn eine steife Brise über seinen Schwanz wehte, würde er abspritzen.

Die Seile hatten ihn echt heiß gemacht. Er versuchte, sich nicht auf die köstliche Reibung der Bettdecke zu konzentrieren, die seine nackte Erektion liebkoste. Die Tatsache, dass er wirklich und wahrhaftig mit einem dominanten Mann im Bett lag, der vielleicht sogar nackt war, machte ihn verrückt. Am liebsten hätte er sich jetzt einen runtergeholt. Es würde gerade mal dreißig Sekunden dauern.

Er rieb sich an der Bettdecke.

Scheiße! Sterne explodierten hinter seinen geschlossenen Augenlidern. Erneut stieß er die Hüften nach oben. *Oh Gott.* Er kniff den Hintern zusammen. Zack konnte sich nicht entscheiden, ob er aufhören sollte, sich weiter aufzugeilen, oder ob er weitermachen musste.

Während er noch überlegte, ob er einen solchen Verstoß gegen die Etikette begehen sollte, räusperte sich sein Master. „Es ist dunkel. Nimm die Augenbinde ab. Du brauchst mich nicht anzuschauen, ich werde dich nicht dazu zwingen. Du hast genug Selbstdisziplin, um die Augen geschlossen zu halten. Wenn du die Augenbinde abnimmst, erlöse ich dich von deinen Qualen."

Gott, ja! Nein! Moment mal!

Die leise Stimme fuhr fort: „Anders kommen wir ja alle beide nicht zum Schlafen. Es sei denn, du möchtest Erfahrungen mit Orgasmusverweigerung sammeln ..."

Das Angebot ließ Zacks Herz noch heftiger pochen als seinen Schwanz. Fuck, er hatte keine Willenskraft. Er brauchte unbedingt Erleichterung. „Okay, Master. Bitte, hilf mir."

Zack kniff die Augen zu, obwohl er sie eigentlich am liebsten weit aufgerissen hätte, um zu sehen, wer ihn hier eine ganz neue Welt erleben ließ. Seine Finger zitterten, als er die Augenbinde abnahm. Er hörte ein Scharren.

Was machte sein Master jetzt? Es brachte ihn schier um, daher setzte er zu einer Frage an: „Soll ich ...?"

„Ich kümmere mich schon um dich", antwortete der Mann, legte eine Hand um Zacks erhitzten Schaft und brachte ihn damit zum Wimmern. Heilige Scheiße, der Typ wusste genau, wie man jemandem einen runterholte.

Ein paar Sekunden später drückte ihm der Master mit der anderen Hand die Oberschenkel auseinander, und ein feuchter Finger berührte seinen Anus.

Fuck, ja!

In der Dunkelheit packte die Faust des Masters Zacks Erektion fester und bewegte sich auf und ab. Er wünschte sich, die Lust würde immer weiter anhalten, doch er war nur ein paar kräftige Striche von der Seligkeit entfernt. Dann lenkte ihn der andere Mann ab, indem er seine Hand wegnahm.

Was? Nein! Mehr!

Zack hörte eine Schublade aufgehen. Nach einer kurzen Pause glitt etwas konisch Geformtes, Schlüpfriges zwischen seine Arschbacken. „Ich glaube, du brauchst unbedingt diesen Plug im Hintern, meinst du nicht?"

„Gott, ja!"

Gleich darauf drang ein glitschiger, abgerundeter, harter Kegel in ihn ein. Er stöhnte auf und stemmte die Fersen in die Matratze, kippte das Becken und zog die Beine an, um leichteren Zugang zu bieten.

„Gefällt dir das?", flüsterte diese wunderbar rauchige Stimme.

Eine rhetorische Frage vielleicht, aber Zack war nicht mehr in der Lage, das zu beurteilen, daher antwortete er: „Ja, Master. Es gefällt mir sehr."

Zack ächzte, als der Plug ganz in ihm drinsteckte. Ein atemloser Kuss nahm seinen Mund gefangen. Seine Aufmerksamkeit kehrte zu dem köstlichen Streicheln zwischen seinen Beinen zurück. Der Druck wuchs, und bald würde es kein Halten mehr geben.

„Du hast die Erlaubnis zu kommen, wenn du bereit bist."

Zack war mehr als bereit.

Als die geschickte Zunge seines Masters in seinen halb geöffneten Mund eindrang, kam Zack. Wellen von Glückseligkeit rauschten über ihn hinweg. Beim Abspritzen klemmte er die Arschbacken um den kleinen Plug herum zusammen. Er ergoss sich stoßweise über die Hand, die ihn im perfekten Gleichtakt dazu bearbeitete, bis er leer war.

Oh ja! Fuck, ja.

Er sackte befriedigt in sich zusammen. Sein ganzer Körper hatte endlich seinen Frieden, und es war verdammt noch mal großartig. Sein Master war vorbereitet, und so wurde sein ganzes Ejakulat mit einem Handtuch aufgefangen und weggewischt.

„Aaaaah, danke." Er kuschelte sich in die Matratze, dankbar und unglaublich müde.

Der Mann räusperte sich und fragte: „Danke, und weiter?"

Zack lachte leise, da er einfach nicht anders konnte. „*Master*. Danke, Master." Zack musste wirklich so langsam zur inneren Einstellung als Sub finden. Er legte seine Augenbinde wieder an und wandte sich dem Mann zu.

„Ich glaube, der Plug ist klein genug, dass du ihn für ein paar Stunden drin behalten kannst. Falls dir irgendwas unbehaglich wird, weck' mich sofort." Sein Master band ihm geschickt die Augenbinde wieder um.

„Ja, Master." Starke Arme umschlangen Zack. Ein Gefühl der Geborgenheit senkte sich über ihn, und er döste ein.

12

MORGENLICHT STRÖMTE durchs Fenster herein und gewährte Andrew einen ausgiebigen Blick auf den Engel, der in seinem Bett schlummerte. Ein überschäumendes Glücksgefühl begleitete seine Betrachtung, bis die Augenbinde ihm die Sicht versperrte.

Gähnend reckte er sich. Sonst schlief er samstags morgens nie bis acht, doch da sie erst vor drei Stunden ins Bett gekommen waren, war das vielleicht verständlich. Wie dem auch sei, er wollte keine Minute seiner kostbaren Zeit mit Zack verschwenden.

Wenn sein friedlicher Sub doch nur die Augenbinde endgültig abnehmen und eingestehen würde, dass Andrew sein Master war. Er hatte extra viel Aftershave aufgetragen und reichlich viele Hinweise fallen lassen. Wie viele Master bei Entwined hatten ein Heimkino im Keller? Dusty hatte sich sehr dafür interessiert, weil er bei sich zuhause auch eins einbauen lassen wollte. Gab es noch jemanden im Entwined, der bemerken oder irgendwie Notiz davon nehmen würde, dass Zack sich die Haare gefärbt hatte? Bei Tageslicht besehen musste die Antwort wohl lauten: jeder, der Augen im Kopf hatte – aber wie viele davon würden den Unterschied zwischen Tönung und Färbung erkennen?

Zacks Weigerung, die Augenbinde wegzureißen und sich anzuschauen, was zwischen ihnen war, hatte unbehagliche Zweifel geweckt.

Irgendwo musste Zack sich doch darüber im Klaren sein, dass es Andrew war, der ihn ersteigert hatte. Warum versteckte er sich davor? Wollte Zack ihn überhaupt noch?

Vielleicht war diese kosmische Ironie des Schicksals Andrews gerechte Strafe. Er hatte endlich seine Scheuklappen abgenommen, nur um mitansehen zu müssen, wie Zack im Dunkeln tappte … buchstäblich!

Andrew fand seine Mitte und begrub seine Ängste. Sein Liebling gehörte ihm. Er brauchte es ihm nur zu beweisen.

Zack … meine Güte, den unbeholfenen Teenager, den er vor Jahren kennengelernt hatte, gab es längst nicht mehr. Er war zu einem umwerfend schönen Mann herangewachsen, und sein Job hatte seinen muskulösen Körper zur Perfektion gestählt.

Ein besitzergreifender Gedanke ging ihm durch den Kopf, als er Zacks Frisur in Augenschein nahm. Der Friseur, den Zack besucht hatte, war okay. Doch Andrew juckte es in den Fingern, Zacks prachtvollen Wuschelkopf noch mal nachzuschneiden und so zu stylen, dass seine Gesichtszüge möglichst gut zur Geltung kamen. Aber bevor Zack nicht ihm gehörte, hatte Andrew nicht vor, ihn noch unwiderstehlicher zu machen. Auch so schon strömten ihm die Subs in Scharen zu, und sämtliche Master weit und breit stimmten für ihn als den Mann, für den sie die Peitsche an den Nagel hängen würden, nur um eine Kostprobe von ihm nehmen zu dürfen.

Er liebte Zacks grüne Augen, nicht nur wegen ihrer Schönheit, sondern wegen der Aufrichtigkeit, die immer in ihnen lag. Wer ihn gut kannte, konnte mit einem einzigen Blick in ihren Tiefen erkennen, was Zack gerade dachte. Vor allem deshalb musste die Augenbinde weg.

Andrew kannte Zack womöglich ein bisschen zu gut. Er hatte viel Zeit und Mühe darauf verwandt, dafür zu sorgen, dass er nicht noch mal verletzt wurde. Wäre es nicht gegen Zacks wahre Natur gewesen, hätte Andrew es sehr beruhigend gefunden, dass er sich nie jemandem unterworfen hatte.

Es brach ihm das Herz, zu wissen, dass Zack den Subs genau das gab, was sie brauchten, ohne es jemals selbst zu bekommen. Nicht zum ersten Mal packte Andrew der Zorn auf den Möchtegern-Master, der Zack damals so ausgenutzt hatte. Bittere Genugtuung durchfuhr ihn. Der gebrochene Kiefer, den Andrew ihm verpasst hatte, hatte das Arschloch für eine Weile aus dem Verkehr gezogen.

Andrew konzentrierte sich wieder auf den reizenden Sub in seinem Bett. Es war schon ewig her, seit er jemanden nach Hause mitgenommen hatte. Normalerweise brachte er seine Spielpartner allenfalls bis an die Eingangstür des Entwined. Und jetzt war der eine Mann, den er mehr begehrte als jeden anderen, hier in seinem Bett und wartete nur darauf, alles zu tun, was Andrew wollte. Er brauchte es ihm nur zu sagen, und das hatte er auch vor – aber erst musste er seinen ebenso sturen wie entzückenden Sub überreden, die Augenbinde abzunehmen und der Realität ins Gesicht zu schauen.

Andrew presste die Lippen auf den verlockenden Mund seines Bettgenossen. Er zeichnete mit der Zungenspitze die Konturen von Zacks Lippen nach und saugte sie dann in einen Kuss.

„Mmmm." Zack erwachte mitten im Kuss und rollte sich in Andrews Arme. Köstlich! Er stöhnte auf und schmiegte sich an Andrew.

„Der Prinz ist erwacht." Andrew klang heute weniger wie ein Frosch, und sein Hals tat auch nicht mehr so weh.

Für einen Moment erstarrte Zack in seinen Armen. Er musste Andrews Stimme erkannt haben!

Würde er weiter so tun, als wäre Andrew jemand anders? Würde er weggehen, wenn er gezwungen wäre, die Wahrheit zu erkennen?

Alles Grübeln wurde beiseite gedrängt von dem aggressiv fordernden Sub in seinen Armen. Zack rieb seine Morgenlatte an Andrews Erektion. Verdammt. Sterne blitzten hinter seinen geschlossenen Augenlidern auf. Er griff um Zack herum und klopfte leicht auf den überstehenden Teil des Plugs, was Zack in seinen Armen erschauern ließ.

Er hatte mit Absicht eine ganze Menge von seinem besten, haltbarsten Gleitgel verwendet. Andrew schaute auf die Uhr; sie hatten nur ein paar Stunden geschlafen. Zack schien weder Schmerzen noch irgendwelche Beschwerden zu haben, aber das Sexspielzeug war lange genug drin gewesen.

Zack rieb sich heftig an ihm. Sein Stöhnen hörte sich an, als wäre er nur noch Sekunden vom Orgasmus entfernt. So angenehm das auch wäre, Andrew war noch nicht bereit, sie beide in Glückseligkeit versinken zu lassen. „Stopp."

Zack wimmerte, hörte aber sofort auf damit, Andrew seine Erektion ins Fleisch zu drücken.

Verflixt! Andrew wünschte, er hätte ihn nicht gebremst. Er sollte sich eigentlich besser unter Kontrolle haben, aber sein ganzes Wesen sehnte sich danach, dem Verlangen des zitternden Mannes nachzugeben. Irgendwie fand er genug Rückgrat, um der Dom zu sein, den Zack brauchte.

„Zeit für eine Dusche." Seine Worte klangen abgehackt, obwohl er sich bemühte, ruhig und gleichmäßig zu sprechen. Seine Stimme war immer noch rau, aber er war sicher, dass Zack sie jetzt erkannt hatte.

Zack sagte einfach: „Ja, Sir" und rollte sich aus dem Bett. Er blieb stehen und wartete.

Andrew ging ums Bett herum und berührte die Augenbinde. „Willst du die etwa unter der Dusche anbehalten?"

Zack schürzte die Lippen; er hatte eindeutig nicht damit gerechnet, mit dem Gewinner der Auktion gemeinsam unter die Dusche zu gehen. „Ich möchte von meinem Sub gewaschen werden." Andrew zuckte mit den Schultern, obwohl er wusste, dass Zack es nicht sehen konnte. „Du kannst ja die Augen zulassen, wenn dir das lieber ist."

Zack senkte den Kopf und sagte: „Danke, Master."

Sein Liebling nahm die Augenbinde ab und reichte ihm den schwarzen, mit Seide gefütterten Samtstreifen. Es war ein Schritt in die richtige Richtung, daher biss Andrew sich auf die Zunge und versuchte Zack mit reiner Willenskraft dazu zu bringen, den Kopf zu heben. Er erhoffte sich Bestätigung, doch Zack hielt weiter den Kopf gesenkt und die Augen fest geschlossen.

Er ließ die Dusche laufen, bis warmes Wasser kam. Inzwischen war bei beiden die Erektion soweit abgeklungen, dass sie die Toilette benutzen konnten. Sie wuschen sich die Hände und putzten sich die Zähne.

Andrew lotste Zack um die gläserne Duschwand herum. „Hier, mein Liebling." Er drückte ihm ein Stück von der Seife in die Hand, die es nur in seinem Salon zu kaufen gab. Sie roch nach Moschus und Sandelholz. Justin hatte ihm erzählt, dass Zack den Geruch liebte, und genau aus diesem Grund trug auch Andrew immer diesen Duft.

Zack ließ die Augen zu, aber er streckte die Hand mit der Seife aus. „Darf ich, Master?"

142

Nie im Leben würde Andrew es Zack abschlagen, sich von ihm berühren zu lassen. Wo immer er wollte. Er schluckte seine Aufregung runter. In äußerst beherrschtem Tonfall gewährte er ihm den Wunsch wie eine Gnade. „Du darfst."

Sein Liebling nahm die Seife und begann, mit seinen schwieligen Händen lange, schaumige Linien über Andrews Körper zu ziehen. Zacks Augen waren fest zugekniffen, aber er hielt inne. Er lehnte sich an Andrews frisch eingeseiften Arm und atmete tief ein. Alles kam zum Stillstand, als ein merkwürdiger, schwer zu deutender Ausdruck über Zacks Gesicht huschte.

Damit konnte es keine Zweifel mehr geben, mit wem Zack letzte Nacht das Bett geteilt hatte. Der Duft von Andrews Seife bestätigte seine Identität endgültig. Würde Zack weglaufen?

Zacks Augenlider flatterten, und für einen Moment rechnete Andrew fest damit, dass er die Augen aufmachen würde, doch der eigensinnige Schlingel kniff sie nur umso fester zu. Andrew unterdrückte seinen frustrierten Seufzer und aalte sich darin, von Zacks Fingern massiert zu werden.

Das schlüpfrige Gleiten war elektrisierend. Andrew saugte die Berührung, auf die er so lange gewartet hatte, gierig in sich auf. Er wusste, dass er nie genug davon kriegen würde, sich von diesen Händen berühren zu lassen.

Als der Sub seiner Träume ihn zweimal eingeseift hatte und allem Anschein nach aller guten Dinge drei machen wollte, sagte Andrew: „Ich bin sauber, mein Liebling."

Zack senkte den Kopf und trat zurück, damit Andrew sich unter die Brause stellen konnte. Selbst mit nassen, vom Wasser angeklatschten Haaren war sein Liebling wunderschön.

Andrew gönnte sich etwas, was er sich schon lange gewünscht hatte. Er pumpte sich Shampoo in die hohle Hand. Unter Einsatz seines ganzen Talents als Friseur wusch er Zack die schlecht gefärbten Strähnen. Es würden nur wenige Haarwäschen nötig sein, um das schöne Blond wieder hervorzuholen, das er zu verbergen versucht hatte. Andrew konzentrierte sich auf Zack und seine entspannende und zugleich stimulierende Kopfhautmassage, die er mit den Jahren perfektioniert hatte.

Zack biss sich auf die Lippe, als ihm ein leises Stöhnen entschlüpfte. Sein Schwanz streifte mehrmals Andrews Oberschenkel. Er shampoonierte weiter, aber Zacks Wimmern war nicht zu kaschieren. Nachdem Andrew den Schaum ausgespült hatte, shampoonierte er methodisch ein zweites Mal und trug danach eine Spülung auf.

Zack stieß ein lang gezogenes, tiefes Stöhnen aus, als Andrew sich bis zu seinen Haarwurzeln vorarbeitete und ihm mit kleinen, kreisförmigen Bewegungen die Kopfhaut massierte. Trotzdem schien der kleine Racker fest entschlossen zu sein, die Augen nicht aufzumachen. Sein Liebling brauchte eindeutig jemanden, der ihn an die Kandare nahm und ihm half, seine Sturheit zu überwinden.

Langsam wurde es ihm zu dumm. Zack musste sich mit der Realität auseinandersetzen; so tun als ob kam jetzt nicht mehr in Frage. Sie waren schließlich erwachsen. Andrew fragte: „Wie heiße ich?"

Sein Liebling sog zischend den Atem ein. Er trat vor und legte Andrew den Kopf an die Schulter. Flüsternd sagte er: „Du bist Master ... dein Name ist ... Drew."

Ja! Du gehörst mir! Sieh mich!

Andrews Herz hämmerte laut. „Mach die Augen auf oder sag dein Safeword, Zack." Es war der einzige Befehl, der ihm einfiel.

Diese schönen grünen Augen öffneten sich zögernd. Zack blinzelte; es war sehr hell im Badezimmer.

Andrew trat vor das grelle Licht, das durchs Fenster hereinströmte.

Zack starrte ihn an, als hätte er ihn seit Jahren nicht mehr gesehen. Vielleicht war es ja so.

Ohne einen weiteren Moment verstreichen zu lassen, packte Andrew Zack an den Haaren. Er hielt seinen Kopf fest, neigte ihn leicht nach rechts und presste ihre Lippen aufeinander.

Es war ein Kuss, zu dem er sich nie für fähig gehalten hätte, obwohl er schon sein ganzes Leben lang darauf wartete, ihn zu geben. Das langsame, sinnliche Gleiten ihrer Lippen wurde noch inniger, als sein Liebling den Mund leicht öffnete. Besitzgier durchfuhr Andrew wie ein Peitschenhieb. Mit seinem Mund forderte er Zacks Kapitulation.

Zack gab seine Einwilligung mit solcher Leidenschaft, dass Andrew fast nicht wusste, was er tun sollte. Der Sub in seinen Armen war kein zartes Pflänzchen, nein; Zack verschlang seine Lippen mit dem ganzen Hunger, mit all den Ängsten, die sie beide in sich verschlossen hatten.

Zack stöhnte, als sich ihre Schwänze aneinanderdrückten.

„Bitte." Zack bebte in seinen Armen.

„Was immer du willst, mein Liebling", sagte Andrew mit einer Wildheit, die ihn selbst überraschte.

„Master Drew, lass mich dich schmecken", japste Zack.

Die Worte jagten Andrew einen Schauer über den Rücken. Wie oft hatte er sich schon zu der Fantasievorstellung einen runtergeholt, wie Zack darum bettelte, ihm einen blasen zu dürfen? *Verdammt.* Das Wahrwerden seiner Fantasie weckte seine dominante Seite, und er stellte seine Füße schulterbreit auseinander und richtete sich auf.

„Das darfst du, aber ich erwarte von dir, dass du alles bis zum letzten Tropfen schluckst, mein Liebling." Jetzt war er richtig froh über die Bluttests, die Entwined von seinen Mitgliedern verlangte. Er hatte oft genug gehört, wie Subs sich beschwerten, dass Zacks Sessions normalerweise nicht mit Sex endeten. Andrew hatte noch nie ungeschützten Sex gehabt, mit niemandem, nicht mal mit Charlie –

was sich angesichts der vielen Liebhaber, die sein Exfreund sich genommen hatte, als Segen erwies.

Mit einem halb unterdrückten Seufzen fiel Zack auf dem weißen Fliesenboden von Andrews Dusche auf die Knie, die Hände auf dem Rücken verschränkt. Seine talentierte Zunge erschütterte Andrew in seinen Grundfesten.

Zacks Zungenspitze schnippte an Andrews Schwanz entlang. Seine Lippen glitten an Andrews Schaft auf und ab. Er streichelte jeden Zentimeter mit der Zunge. Teufel auch. Sein Liebling konnte das verdammt gut.

Andrew unterdrückte gewaltsam seine Eifersucht, als Zack sein eindrucksvolles Können demonstrierte. Er grub die Finger in Zacks nasses Haar und strich ihm die mit dunkler Tönung verschandelten Strähnen aus dem Gesicht. Er wollte sich keine Sekunde dieser so leidenschaftlich zur Schau gestellten Verehrung entgehen lassen.

Normalerweise kam Andrew nicht so schnell zum Orgasmus, doch diesmal musste er gegen den Wunsch ankämpfen, sich einfach seiner Lust hinzugeben und dem Höhepunkt entgegen zu rasen. Auf der Stelle zu kommen war völlig inakzeptabel, daher verbiss er sich ein Stöhnen, als sein Liebling die Lusttropfen aufzulecken begann, die aus seiner Eichel quollen.

Tropf. Leck. Tropf. Leck. Tropf.

Zack hielt inne, legte den Kopf in den Nacken und blickte zu Andrew auf. Seine Zunge schnellte vor. „Ist das", ein rasches Lecken unterbrach seine Worte, „gut?" Er ließ seine feuchte Zunge um die Spitze kreisen und fügte dann hinzu: „Master Drew?"

Schlingel! Seine funkelnden Augen verrieten Drew, dass Zack sich völlig darüber im Klaren war, wie gut er seinen Mund einzusetzen wusste und wie mutwillig er Drew hier herausforderte.

Knurrend drohte Andrew: „Freche Subs kriegen den Hintern versohlt."

Der Racker stöhnte und rieb seinen Unterleib an Andrews Bein. „Mmmm, hoffentlich", murmelte Zack, dann nahm er Andrew ganz in den Mund und rammte sich seine Eichel in den Rachen. Er würgte ein bisschen, doch anstatt sich zurückzuhalten, drang er zitternd noch weiter vor.

Andrew erstarrte, wie hypnotisiert von den Tränen, die Zack übers Gesicht strömten. Verschwommene Sicht konnte seinen Sub nicht aufhalte. Nein, Zack war ein Inbild entschlossener Hingabe und ganz versessen darauf, zu beweisen, dass er seinem Master zuliebe leiden würde. Die Botschaft erfüllte ein Bedürfnis, dem Andrews innerer Dom noch gar nicht nachgegeben hatte.

Andrew erinnerte sich an Zacks Forderung nach Kondomen und suchte Klarheit: „Möchtest du wirklich schlucken?"

Zack nickte.

Andrew packte Zack links und rechts an den Haaren, hielt seinen Kopf fest und stieß kräftig zu.

Die Lippen seines Lieblings bogen sich zufrieden nach oben, und mehr brauchte Andrew nicht, um ihn in den Mund zu ficken.

„Ja, mein nuttiger kleiner Zack, lutsch' meinen Schwanz. Hast du dir meine Wichse verdient? Vielleicht spritz' ich dir einfach alles ins Gesicht." Eine leere Drohung, denn Andrew hätte sich nie dazu zwingen können, sich aus dem Paradies zurückzuziehen, nicht mal für einen Moment …

Zack verdoppelte seine Anstrengungen, wie um Andrew zu überreden, ihn schlucken zu lassen. Andrews Blickwinkel gab ihm freie Sicht auf den Schwanz des knienden Mannes. Zacks Erektion bettelte um einen Orgasmus. So köstlich, so unterwürfig, so ganz und gar Andrews Eigentum.

Andrew war so weit, daher bewegte er Zacks Kopf im richtigen Tempo, um sich zum Höhepunkt zu bringen. „Ein bisschen mehr, mein Liebling." Er hatte jetzt wirklich lang genug durchgehalten.

Zacks Mund war wie ein Staubsauger mit Zunge. Große Augen blickten zu Andrew auf, und er ließ seine langen Wimpern flattern.

Andrew überließ sich dem Vergnügen seines schönen Sub und kam heftig.

Knien. Dienen … schlucken.

Sein Master hatte sich in seinen Mund ergossen. Zack bebte vor Lust. Es war, als wäre sein Körper ganz ohne Mitwirkung seiner Genitalien zum Höhepunkt gekommen, und das war schon sehr bedauerlich, da sein Schwanz auch mitmischen wollte.

Zack schluckte Andrews salziges Sperma und leckte seinen Penis sauber, um auch noch die letzten Tropfen zu erwischen, ehe sie im Wasserstrahl der Dusche verschwanden.

Er musste nüchtern bleiben. Das hier war eine Wochenendaffäre. Drew gehörte ihm nicht und würde ihm nie gehören. Andrew hatte das unmissverständlich klargestellt. Scheiße, er musste in der Gegenwart bleiben und durfte nicht über den Moment hinausdenken. Andrew – Drew, er würde sich dieses Wochenende mit Drew als seinem Master erlauben.

Drew streichelte ihm das Gesicht und blickte so liebevoll auf ihn hinab, dass Zacks Herz vor Hoffnung ins Stolpern kam.

„Du bist wirklich gut." Bei diesen Worten hätte Zack am liebsten einen Siegestanz aufgeführt. Er musste unbedingt seine Euphorie im Griff behalten und nüchtern bleiben.

Master Drew half ihm beim Aufstehen und nahm ihn in die Arme. Alles in Zack schrie vor Glück. Drew griff nach der weggelegten Seife und wusch Zack mit langen, langsamen Strichen den Rücken.

Mit einem raschen Ruck fand Zack sich mit dem Gesicht zur Wand wieder. „Fuck", rutschte es ihm heraus.

„Ich verbitte mir solche Ausdrücke." Drew tätschelte ihm den Hintern. Er seifte ihn ein. Drews lange Finger schoben sich aufreizend zwischen seine Arschbacken.

Zack hätte sich am liebsten gebückt und mit dem Hintern gewackelt, aber er hielt seine nuttigen Wünsche im Zaum. Gerade mal so.

Sein Master drehte ihn wieder um und ließ seine talentierten Finger über Zacks Brustkorb tanzen. Als er bei Zacks Nippeln war …

JA!

Er zwickte beide gleichzeitig. Was würde in Zacks Nachruf stehen? Wahrscheinlich „Zack Davies starb an übermäßiger sexueller Stimulation."

Ah, und schon wieder kniff Drew ihn in die Nippel.

Er keuchte auf und wölbte sich dem Schmerz entgegen. Gott, Drew musste doch sehen, wie sehr Zack ihn begehrte.

Wie lange würde er Zack noch zappeln lassen, bebend vor Lust?

Master Drew berührte und streichelte ihn überall. Er machte sich Zack zu eigen, genau so, wie Zack es sich immer von ihm erträumt hatte.

„Ich will dieses Schwarz aus deinen Haaren haben", knurrte sein Master.

Was? Zack hütete sich, zu jammern.

Seifige Hände voller Shampoo griffen ihm erneut ins Haar. Fuck, Drews Hände waren Sex, verpackt in totaler Entspannung. Zack verlor sich in der verschwenderischen Aufmerksamkeit, mit der sein Master ihn überhäufte.

Nach dem Ausspülen und Abtrocknen zog Master Drew ihn zum Bett. Er legte Zack auf den Rücken. Der Plug verschob sich, als sein Hintern auf der Matratze landete. Sein Inneres war zum Zerreißen gespannt. Das Sexspielzeug weckte jetzt einen Hunger in ihm, den nur der Körperteil stillen konnte, an dem er vorhin so genüsslich gelutscht hatte.

Drews Schwanz war wieder voll einsatzbereit. Zum Glück, denn das Spielzeug war wirklich ein schlechter Ersatz. Der Mann suchte gerade alles Notwendige zusammen.

Ihre Blicke trafen sich.

Verdammt! Zack biss sich auf die Unterlippe, um die Worte zurückzuhalten, die aus ihm herauszubrechen drohten. Das war es.

Master Drew unterbrach den Blickkontakt, als Zack sich auf ihn zu schob.

„Zeig' mir deinen Arsch", befahl Andrew. Er streifte sich das Kondom über und trug Gleitgel auf.

Gehorsam riss Zack die Knie hoch, um sich seinem Master anzubieten. Die Lust war stärker als alle Befangenheit, sich so zur Schau zu stellen. Er zog die Beine auseinander, schluckte mühsam und wartete.

Master berührte den Plug, und das Silikon stupste an empfindliche Stellen in seinem Inneren. Zacks Mund öffnete sich wie von selbst, und ein Laut wie von einem gequälten Tier drang heraus.

„Willst du mich in dir haben, Zack?"

Ja! Dir gehören! Ja!

Zack stöhnte: „Ja, Drew ... Master. Bitte!" In seinem Kopf ging alles durcheinander; hoffentlich waren die Worte in der richtigen Reihenfolge rausgekommen.

Der Butt-Plug wurde aus seinem Versteck geholt. Sein Master verharrte unbeweglich vor dem Eingang.

Bitte. Gehört dir. Komm rein.

Drew drang Zentimeter für Zentimeter in ihn ein, bis Zack ganz ausgefüllt war. Er starrte den Mann an, den er schon als hormongesteuerter Teenager geliebt hatte.

Ihm gehören! Ihm! Ihm!

Jede Emotion, die er je erlebt hatte, verblasste im Vergleich zu dieser vollkommenen Freude. Der Master über sein Herz und seinen Körper verschränkte ihre Finger miteinander. Die einfache Geste riss die letzten Überreste der bröckelnden Festungsmauern nieder, die Zack um sein Herz errichtet hatte. Er würde sie wieder aufbauen müssen, aber das war später, nicht jetzt.

Sein Verstand heulte bei der Erkenntnis, und sein Körper war nach nur wenigen tiefen Stößen bereits kurz vor dem Überkochen. Seine Seele wurde durch die Verbindung genährt, doch das Körperliche war nicht zu verachten.

Ihm gehören! Ihm! Ihm!

Zack warf den Kopf zurück und schrie: „Drew!"

Er ging in Flammen auf. Sein Sperma spritzte stoßweise auf seinen Bauch und seine Brust. Sein Körper fiel in Gleichtakt mit dem des Mannes über ihm. Jeder tiefe Stoß entlockte seinem Schwanz einen weiteren kleinen Spritzer, bis nichts mehr übrig war. Er sackte in die Matratze.

Zeit verlor jede Bedeutung. Minuten konnten vergangen sein, oder Stunden. Zack nahm nur das Schlagen seines Herzens wahr und die Wärme seines Masters neben sich. Der Digitaluhr zufolge war er ungefähr eine halbe Stunde lang weg gewesen.

Drew lächelte auf ihn herab.

Während Zack wieder zu Atem kam, stellte er überrascht fest, dass sein Schwanz immer noch steif war und mitzumachen versuchte.

Sein Master hielt ihn in der Hand.

Es hätte zu viel sein sollen, aber dem war nicht so. Er war eben erst gekommen, und doch verlangte sein Körper gierig noch mehr.

Zack verschwendete keine Geschenke. Er hatte den Rest von heute, er hatte morgen, und dann würde alles wieder so sein wie zuvor. Doch wenn ihr Vertrag auslief, würde nichts je wieder so sein wie zuvor. Er schob den Kummer beiseite und ließ seinen Körper die Führung übernehmen.

Master Drew räusperte sich. „Und?"

Zack blinzelte und wurde rot. Er hatte seinen eigenen Gedanken nachgejagt und war dabei erwischt worden. „Master Drew?"

148

Andrew grinste ihn an. „Ich kann dir gar nicht sagen, wie gern ich das aus deinem Mund höre."

Blödmann! Zack sagte nichts, aber Andrews Lachen zeigte, dass der Mann ihn sehr wohl durchschaut hatte, da sein Gesichtsausdruck leider wie immer seine Gedanken verriet. „Ich habe dich gefragt, ob du typischerweise freihändig zum Höhepunkt kommst."

Er schüttelte den Kopf. „Nein, Master. Das war das erste Mal."

Knurrend küsste Andrew ihn. „Gut. Ich will viele erste Male mit dir erleben." Er streifte sich die Reste der erkalteten Spermapfütze in die hohle Hand und gab Gleitgel dazu.

Der Mann umfasste Zacks Schwanz mit seiner nassen Faust und streichelte ihn.

Gott! Zack krümmte sich, als sein Schwanz mit dem alles andere als warmen Glibber bestrichen wurde. „Ich bin, äh, empfindlich. Ich weiß nicht, ob ich noch mal kommen kann."

„Master." Andrew hielt inne und starrte auf ihn hinab.

Hm? Oh! Zack war als Sub echt beschissen. In all seinen Träumen war er immer ein technisch perfekter Sklave gewesen, aber in der Realität ... „Tut mir leid, Drew. Ich meine, Master. Ich weiß nicht, ob ich noch mal kommen kann." Sein Gesicht wurde heiß. Andrews vollkommene Gelassenheit ließ ihn nur umso linkischer wirken. „Master", spie er aus.

Andrew drang wieder in ihn ein und glitt ein und aus. „Zack, was genau erwartest du von deinen Subs, wenn du mit ihnen spielst?"

„Hm?" Verdammt gute Frage. Er stellte normalerweise gar keine Erwartungen. „Nichts, nehme ich an. Ich möchte, dass sie mir die Kontrolle übergeben."

„Warum?"

„Damit ich sie fühlen lassen kann und ihnen geben kann, was sie brauchen." Zack war ziemlich durcheinander, dachte aber trotzdem daran, ein „Master" nachzuschieben.

Andrew grinste ihn an. „Nimm das mit den Namen mal nicht zu wichtig. Du weißt, dass es nur ein Ritual ist, das einem helfen soll, zur nötigen Denkweise zu finden. Dieser Auktions-Vertrag ist keine typische Situation. Aber er gibt uns was, woran wir arbeiten können."

Zack keuchte auf. Er hielt seinen Unterleib weiter in Bewegung, ganz langsam, während Andrews Finger sein Glied massierten.

„Ich setze die Ziele. Im Moment ist es deins, zu fühlen, Zack."

„Ja, Master." Er schloss die Augen und lieferte sich Master Drew aus. Sein Master würde sich um alles kümmern. Er brauchte es nur geschehen zu lassen.

Zunehmendes Verlangen begann in seinen Hoden zu prickeln. Sein Master umfasste sie mit seiner nassen Hand. Sie hatten sich zusammengezogen und waren bereit. Drew rollte sie zwischen den Fingern und drückte sie zusammen.

149

„Das tut … ähm, gut." Er stand an der Schwelle zur Reizüberflutung, aber Drew hielt ihn auf der richtigen Seite – da, wo es einfach herrlich war.

„Siehst du, wie schön das ist?"

„Ja, Master." Zack strahlte wie ein Idiot. Er tat, was ein Sub tun sollte. Er gab sich ganz in die Hände seines Masters.

„Du wirst noch zwei Mal kommen", verkündete Drew.

Zack verschlug es den Atem. „Was?" Das war nicht möglich. War der Mann irre?

Drew grinste auf ihn hinab. „Du hast mich schon verstanden."

„Ich glaube nicht …" Zack verstummte. Seine Furcht verlor sich im Blick seines Masters. Er würde tun, was auch immer sein Master von ihm erwartete.

„Genau. Du brauchst im Moment nicht zu denken. Du darfst einfach nur existieren und mich für dich sorgen lassen. Darauf vertrauen, dass ich dir gebe, was du brauchst." Dann verlangte Andrew das einzige, was Zack ihm geben wollte. „Gib dich mir ganz hin."

Die Worte lösten eine Anspannung in Zack, von der er vorher nicht einmal gewusst hatte. Was für eine Erleichterung. Jemand anders würde dafür sorgen, dass nicht alles auseinanderfiel, und das hieß, dass seine Seele sich ausruhen und endlich einmal Frieden finden konnte, wenn auch nur für eine kleine Weile.

„Ja, genau so", schnurrte Master Drew. „So ist's brav, Boy. Du machst das sehr gut, mein Liebling."

Manche Subs hassten es, während einer Session als „Boy" oder „Liebling" bezeichnet zu werden. Doch so albern die Kosenamen auch klangen, Zack empfand sie als Bestätigung, dass er tat, was er tun sollte. Das Lob weckte in ihm den Wunsch, noch mehr zu tun. Mehr zu geben. Sich seinem Master völlig zu unterwerfen.

Verdammt, und schon war er kurz davor. Das gewohnte Kribbeln in seinen Eiern, das die nahe Erlösung signalisierte, wurde immer stärker, bis es ihn innerlich schier zerriss. Seine Muskeln bebten, und er zappelte hilflos unter Master Drews fachmännischer Berührung.

Verletzlich, schutzlos und doch unbestreitbar sicher gab Zack dem Drang überreizter Nervenenden nach. Die Wollust breitete sich aus und ballte sich in seinem Unterleib zu einem Klumpen reiner Energie zusammen. Seine Beine zitterten, er krallte sich in die Laken und ihm brach am ganzen Körper der Schweiß aus, als er sich hilflos dem Ansturm einer weiteren Erlösung gegenübersah.

Andrew umfasste seinen Schwanz fester, und Zack sah Sterne.

Fuck! Er würde wirklich kommen. Oh mein Gott, er würde … „Master! Master, ich komme. Du bringst mich zum Kommen."

„Ja, das tue ich, *mein* Liebling." Master Drews Bestätigung und ein kleines Lächeln gaben Zack den Rest.

Lust durchfuhr ihn wie ein elektrischer Schlag, raubte ihm das Sehvermögen und hüllte ihn in Dunkelheit. Er nahm nur noch Empfindungen wahr, die glitschige

Reibung an seinem Schwanz und die kühle Brise, die über seine schweißnasse Haut strich, und er explodierte.

Sämtliche Muskeln seines Körpers verkrampften sich. Sein Sperma schoss aus ihm heraus und kleckerte auf seinen Bauch. Bei jedem Spritzer klemmte es ihm die Arschbacken zusammen, obwohl Andrews Schwanz immer noch tief in ihm steckte und ihn ausfüllte.

Als die Wellen abklangen, ließ auch seine Konzentrationsfähigkeit nach. Er driftete ab, irgendwohin, wo es dunkel und friedlich war, erschöpft und ausgelaugt.

ANDREW WAR etwas in Sorge, als Zack bewusstlos zu werden schien. Doch dann stellte er fest, dass es nur ein leichter Schlaf war. Er holte die bereits an den Ecken des Bettgestells befestigten Fesseln aus ihrem Versteck unter der Matratze und fixierte Zacks zusammengebundene Hände mit reichlich Spiel über seinem Kopf. Bis auf ein leises Schnarchen gab Zack kaum einen Laut von sich.

Na, das war mal ein Kunstwerk! Endlich hatte er Zack an sein Bett gefesselt. Andrew nahm den Anblick von Zacks umwerfend schönem Körper auf den weißen Laken begierig in sich auf. Hochgewachsen und schlank, mit klar definierten, sexy Muskeln – nicht in irgendeinem Fitnessstudio antrainiert, sondern indem er seiner Crew beim Auf- und Abbau der Bühne und beim Herumwuchten von Sound-Equipment half. Sein dunkles Haar trocknete auf dem Kissen, und das Blond begann bereits wieder durch die scheußliche Farbe durchzuschimmern.

Nach fünfundvierzig Minuten Schlaf erwachte Zack. Er öffnete blinzelnd die Augen und zog die Nase kraus. Hinreißend.

„Ah, du bist aus deiner *Ohnmacht* erwacht. Wie schön."

„Ohnmacht?" Zack kniff die Augen zusammen und musterte Andrew. Er blickte sich um und keuchte auf. „Fuck! Ich bin der schlechteste Sub aller Zeiten! Du bist nicht gekommen."

Zack wollte nach Andrew greifen, kam aber nicht weit. Eine *Tejou Shibari*, eine einfache, aber wirkungsvolle Handgelenks-Fesselung, hielt ihn an seinem Platz. Er zerrte erneut daran. War das ein Aufblitzen freudiger Erregung in seinen Augen?

„Ich habe dir die Fesseln angelegt, während du geschlafen hast."

Zack summte. „Nicht zu fassen, dass ich ohnmächtig geworden bin."

„Ich will nicht lügen – du hast mir schon ein bisschen Angst gemacht, mein Liebling. Aber du hast weiterhin ganz gleichmäßig geatmet, und du hast ganz friedlich ausgesehen."

„Warum dann die Fesseln?"

Andrew zuckte mit den Schultern. „Weil mir danach war."

„Ah."

151

„Und weil du an *mein* Bett gefesselt unglaublich toll aussiehst, aber ich binde dich los, wenn du dein Safeword aussprichst. Oder du könntest einfach ‚Danke, Master Drew' sagen."

Ein kleines Lächeln trat auf Zacks leicht geöffnete Lippen, und seine Erektion bettelte nach Jahren der Vernachlässigung erneut um Andrews Aufmerksamkeit. *Sehr hübsch!*

„Danke, Master Drew."

Ja! Jedes Mal, wenn Zack ihn „*Master*" nannte, war das, als würde er die Wahrheit eingestehen: Zack gehörte ihm.

Zack schluckte einfach alles, was Andrew ihm gab.

Andrew genoss die lustgetriebene Show, wie sein Boy an den Seilen zerrte. Er hatte sein Safeword, also rechnete er nicht damit, freizukommen. Er testete nur die Bondagekünste seines Masters. Das Erotischste daran war das zufriedene, sexy Stöhnen, mit dem er sich jedes Mal geschlagen gab, wenn die Fesseln hielten.

Andrew bückte sich und hauchte einen Strom warmer Luft über Zacks feuchtglänzende Eichel.

„Nein, Drew, ich meine, Master, ich bin zu müde. Ich kann nicht", klagte Zack.

Sein Schwanz wirkte bei weitem nicht so müde, wie sein Protest Andrew glauben machen wollte. Andrew hatte Zacks Schwanz steif werden sehen, als ihm klar wurde, dass die Seile ihn festhielten. Das Verlangen seines Lieblings war so offensichtlich wie die Nässe an der Spitze seiner Erektion.

„Master, ich kann nicht."

Davon wollte Andrew nichts hören. Er würde seinem jungen Liebsten die Freuden des Orgasmus aufzwingen, falls nötig, zumindest bis Zack sein Safeword einsetzte. Es gab ihm nun mal einen Kick, das Tempo zu kontrollieren, in dem seine Subs bis an den Rand des Orgasmus getrieben wurden, und sie dann mit wollüstigem Triumph über diese glorreiche Kante zu stoßen, die sie so kurz nach ihrem letzten Höhepunkt für unerreichbar gehalten hatten.

„Nein, Master. Ich kann nicht", jammerte Zack erneut.

Grinsend stellte Andrew den Sachverhalt dar. „Du kannst. Und du wirst. Es ist einfach eine Frage der Zeit." Er leckte über die glitzernde Spitze von Zacks Penis. „Ich." Andrew zog mit der Zunge eine lange, feuchte Spur um Zacks Eichel. „Kriege." Er blies einen Lufthauch über Zacks Erektion.

Zack versuchte, sich vom Bett hochzustemmen.

„Dich." Andrew reizte den Schlitz mit der Zungenspitze und tauchte dann kurz darin ein. „Dazu."

„Aaah!", schrie Zack auf, als sein Körper sich hochwölbte, um Andrews Aufmerksamkeit flehte.

„Existiere einfach. Vertraue darauf, dass ich dich dorthin bringe, wo du hinmusst." Er blies einen weiteren Strom feuchter Luft über das hochstehende Glied. Andrew wischte mit der Zunge darüber, um die Süße aufzufangen.

Er unterdrückte ein leidenschaftliches Stöhnen, da er sich nach außen hin gelassen und dominant geben wollte. Zack war atemberaubend. Er sammelte die Süße über der Spitze mit der Zunge ein, und sein Liebling wimmerte. *Gott,* Zack schmachtete mit höchster Vollendung.

Andrew ließ seine Zunge um die Eichel des hübschesten Penis kreisen, den er je gesehen hatte. Schwänze sollten eigentlich nicht hübsch sein, aber das war ihm herzlich egal. Zacks Schwanz war makellos geformt, hatte genau die richtige Größe und eine ansprechende rötlich-pinke Farbe.

Er leckte langsam und genüsslich rund um den Schaft.

Zack stieß einen Seufzer nach dem anderen aus, aber nie sein Safeword.

Andrew arbeitete sich an einer Seite des Schafts aufwärts und an der anderen wieder nach unten. Sein Liebling würde kommen. Es war nur eine Frage des Wann und Wie. Die Entscheidung traf, wie fast schon zu erwarten, sein eigener Schwanz, der Andrew mit bangem Pochen daran erinnerte, dass er ebenfalls Beachtung brauchte.

Andrew streifte sich ein Kondom über und griff nach einer Tube Gleitgel mit Wärmeeffekt. Er rieb sich das Gel auf den Schwanz. Oh ja, der brauchte eindeutig Beachtung. Andrew zwängte seine feuchten Finger in Zacks Anus und massierte Gleitmittel in die Öffnung.

Sein Liebling riss die Augen auf und runzelte die Stirn. „Ich kann nicht, Master", protestierte er.

Andrew verbarg den Gesichtsausdruck, der verraten hätte, dass Zack ihn bereits um den Finger gewickelt hatte, und fand seine Master-Stimme. „Du kannst und du wirst. Es sei denn, du benutzt dein Safeword."

Er vergewisserte sich mit einem prüfenden Blick auf Zack, ob er die Situation wirklich richtig eingeschätzt hatte. Obwohl er überzeugt war, dass Zack verstanden hatte, sagte er es noch mal. „Benutz dein Safeword. Sprich dein Safeword aus, oder ich schiebe ihn dir rein und bringe dich zum Höhepunkt."

Zack schürzte die Lippen bei Andrews Versprechen und schloss die Augen als Zeichen seiner Unterwerfung. „Ich werde mein Safeword nicht benutzen."

Andrew drang mühelos in seinen Liebling ein. „Du wirst kommen."

„Nein", flüsterte Zack.

„Willst du dich mir widersetzen? Du weißt, was mit Boys passiert, die sich ihrem Master widersetzen?"

Zack öffnete seine großen grünen Augen und starrte Andrew an. Seine Pupillen waren riesig. Sein Atem stockte und kam dann umso schneller.

Ah. Sein Liebling brauchte Grenzen und Konsequenzen. Falls Andrew mit seiner Deutung nicht falsch lag, bettelte Zack gerade darum, anständig diszipliniert zu werden. „Ungezogene Boys kriegen den Hintern versohlt. Bist du ungezogen, mein Liebling?"

Zack machte den Mund auf, doch nur ein Wimmern drang heraus. Er versuchte, die Arme zu bewegen, schaffte es aber nicht.

Andrew machte Zacks Fußgelenke von den Fesseln los. Sofort umschlang Zack ihn fest mit den Beinen und stieß nach oben, um Andrews Schwanz tiefer in sich hinein zu ziehen.

„Mmmm, es ist ein schönes Gefühl, wie du mich umklammerst. Aber ich glaube, du bist ein braver Junge, der ungezogen war", stellte Andrew fest. Er strich mit der Hand über eine gerundete Hinterbacke. „Oh ja, ich werde diesen süßen Hintern versohlen. Du warst wirklich unartig. Nicht nur, dass du mit anderen Subs gespielt und mich verspottet hast ..." Er drückte zu und gab Zack dann einen leichten Klaps. Aus Erfahrung wusste er, dass der Schlag, auch wenn er kaum ein Brennen hinterließ, Zack ein bisschen aus dem Subspace holen würde.

Zack wimmerte.

Er packte eine Strähne von Zacks einst blondem Haar und zog daran. „Du hast dein goldenes Haar gestohlen und seine Pracht unter ödem Emo-Schwarz versteckt ... und jetzt hast du mich zu belügen versucht. Hast gesagt, du würdest nicht kommen, wo wir doch beide wissen, dass du das mit Sicherheit tun wirst."

Andrew lehnte sich zurück und verschaffte sich ein bisschen Platz, um seine flache Hand in Kontakt mit Zacks Arschbacke zu bringen.

Zack schrie auf: „Drew!"

Ermutigt schlug Andrew ein weiteres Mal zu.

Zack stöhnte und schüttelte den Kopf.

Andrew brauchte keine schriftliche Einladung.

Klatsch, klatsch, klatsch.

„Drew!", heulte Zack auf.

Klatsch. Patsch. Whapp.

„Für dich Master Drew", verbesserte Andrew.

Zacks Blick wirkte benommen und unkoordiniert.

Ah, gut. Sein Liebling sank gerade tief in den Subspace.

Zacks innere Muskeln spannten und entspannten sich rhythmisch um Andrews Schwanz, der weiter in ihm ein- und ausglitt. „Ja, ja. Master Drew. Gott. Ja."

Teufel auch. Das hier mussten sie unbedingt weiter erkunden, aber Andrew hatte ein Problem. Er hatte sein Limit erreicht, aber er musste Zack zuerst dorthin bringen.

Er schlug fester zu, gab Zacks Hintern ein paar Mal richtig Zunder.

Whack. Klatsch. Patsch.

Andrew versuchte die Ekstase, die ihn vom Schwanz her durchströmte, in gesteigerte Konzentration auf Zacks Reaktionen umzuleiten. Seine Geduld und seine Ausdauer neigten sich allmählich dem Ende zu. Er nahm Zacks Schwanz in die Hand und streichelte ihn.

Seine wunde Kehle verlieh seiner Stimme etwas Krächzendes, das Zack sehr zu gefallen schien. „Ich verpass' dir für jeden Sub, mit dem du gespielt hast, eins auf deinen süßen kleinen Hintern."

„Genau. Das solltest du auch", murmelte Zack zustimmend und wand sich unter Andrew.

Klaps. Klaps. Klaps.

„Jedes Mal, wenn du dich nächste Woche hinsetzt, wirst du dran denken, dass ich dich bestraft habe", versprach Andrew ihm.

Zacks Stöhnen verriet ihm, dass der junge Mann ein bisschen Erniedrigung mochte. Eine weitere Information, die Andrew in seinem Gedächtnis verstaute. Er zupfte an Zacks Erektion. „Du kriegst von mir den Hintern voll. Ich lege dich übers Knie und versohle dich, bis ich ganz sicher bin, dass dir dein ungezogenes Benehmen wirklich leidtut."

„Ja, ja. Schlag mich", nuschelte Zack undeutlich, ganz in seiner eigenen Welt. „Bestraf mich. Ich hab's verdient."

„Vielleicht sollte ich dich gar nicht kommen lassen."

Zack gab ein gutturales Stöhnen von sich.

Andrew gab ihm einen weiteren kräftigen, laut klatschenden Klaps auf den Hintern.

„Ich komme", schrie Zack auf und ergoss sich.

Als Andrew das Sperma über seine Faust rinnen fühlte, schickte er ein kleines Dankgebet zum Himmel und ließ los. Ein letzter tiefer Stoß, und dann ließ er sich von Zack melken. Er kam heftig, bebend in Zacks Körper, füllte das Kondom mit seinem wohlverdienten Höhepunkt. Das lange Hinauszögern machte die Lust umso intensiver. Er sackte in sich zusammen, als sein angestauter Frust endlich vollständig abgelassen war.

Zack starrte mit verträumter, satter, entrückter Miene zu ihm auf. Andrew kümmerte sich um das Kondom und wischte sich und Zack rasch sauber. Er machte es sich neben Zack gemütlich, der leise schnarchte, während Andrew ihn losband. Ein Nickerchen wäre jetzt bestimmt nicht schlecht.

13

EIN BELLENDES Husten weckte Zack, und er wälzte sich herum. Drew hing über der Bettkante und hustete sich die Lunge aus dem Leib. „Bist du okay?"

„Ja, tut mir leid, dass ich dich geweckt habe." Drew strich ihm eine lange Haarsträhne hinters Ohr. Seine Stimme war völlig hinüber, und er wirkte ein bisschen fiebrig.

„Du siehst nicht gut aus." Zack warf einen Blick auf Drews Digitaluhr. Wow, es war bereits später Nachmittag.

„Du auch nicht, mit deinen schlecht gefärbten passiv-aggressiv schwarzen Haaren." Andrew runzelte die Stirn und stand auf. Er streckte hastig die Hand aus und suchte am Nachttisch Halt.

Zack rutschte über die Matratze und schnellte hinter ihm hoch, um ihn zu stützen. „Lass dir von mir helfen."

Drew atmete hörbar aus. „Mir geht's gut." Er richtete sich langsam auf. Zack legte ihm das Handgelenk an die Stirn. „Du fühlst dich warm an."

„Ich wollte mir gerade Fieber messen. Thermometer ist im Badezimmer."

Zack grinste und verbiss sich das Lachen.

Drew starrte ihn zornig an. „Was? Es ist kein Rektalthermometer. Aber wenn du auf Doktorspiele stehst, kann ich mir gern was überlegen."

Zack verlor die Beherrschung und brach in Gelächter aus. „Lass' nur, ich hol's schon. Setz dich hin. Wo ist es?"

„Drittes Schränkchen unterm Waschbecken, ganz links in der blauen Schachtel mit der Aufschrift ‚Sanitätsartikel'."

Zacks Gelächter erstarb, und er starrte den zwanghaft ordentlichen Mann an.

„Was? Immer gut, zu wissen, wo man seine Sachen hat …" Drew hob das Kinn und sah ihn an. „Was?"

„Nein, ähm …" *Mist!* Zack stolperte ins Bad, mehr um seine Erektion zu verbergen als um das Thermometer zu holen. Er öffnete das dritte Kirschholz-Schränkchen unter dem Doppelwaschbecken, und wahrhaftig, dort auf der linken Seite lag der besagte Gegenstand.

Fuck! War das geil. Wow. Zacks Schwanz pochte, und er versuchte, sich am Riemen zu reißen. Er hatte gewusst, dass Andrew Selbstdisziplin und Beherrschung übte, aber das in Aktion zu sehen war die reinste Offenbarung.

Drew rief: „Hast du's gefunden?"

Zack legte das Ohrthermometer auf den Waschtisch. „Ja."

Er starrte in den Spiegel. Verdammt, seine Frisur war total im Arsch, seine Lippen waren geschwollen und am Hals hatte er einen großen Knutschfleck, und doch strahlte er geradezu vor Glück.

Oh Mann! Er spritzte sich kaltes Wasser ins Gesicht und dachte an ganz schlimme Dinge, wie von LKWs plattgefahrene niedliche Tiere und mit Pilzen zwangsernährt zu werden, um seinen Ständer loszuwerden.

Als er das glücklich geschafft hatte, trottete er zurück ins Schlafzimmer, wo Drew in weißen Satin und Baumwolle gehüllt auf dem Kingsize-Bett saß.

Drew nickte ihm zu. „Du lässt mich dir gefälligst diese scheußliche Farbe aus deinen schönen Haaren waschen."

Zack steckte ihm das Fieberthermometer ins Ohr. „Ja, Sir."

Drew hob den Kopf.

Unter seinem prüfenden Blick wurde Zack ganz unbehaglich zumute. Drew musterte ihn von Kopf bis Fuß, und Zack spürte den Blick seines Masters wie eine körperliche Berührung auf seiner nackten Haut. Fuck, sein eigenwilliger Schwanz ragte stolz empor, und dazu hatte es nichts weiter gebraucht als das Funkeln in Drews Augen.

Eine rasche Bewegung, und Drew hatte ihn unter sich und hielt ihn fest. Hatte das Thermometer schon gepiepst? „Aber du hast vielleicht Fieber." Er deutete auf das Gerät, das er immer noch in der Hand hatte, aber nicht mehr in Drews Ohr.

Drew war nackt, erregt, und dieses Wissen verhalf Zack nicht unbedingt zu einer ruhigen Hand, als er mit dem Thermometer auf ein Ohr zielte.

„Heiß bin ich jedenfalls." Drew rieb sich an Zack.

„Lass mich das doch einfach reinstecken …"

Drew knurrte.

Lieber Himmel! Sollte er etwa seine sämtlichen feuchten Träume auf einmal ausleben? Er schaffte es kaum, das Messwerkzeug in Drews Ohr festzuhalten und war erleichtert, als es piepste.

Zack konzentrierte sich auf das Display und meldete das Resultat: „37 Grad. Aber du solltest dich trotzdem ausruhen."

„Mach' ich." Drew nahm ihm das Gerät aus der Hand und legte es beiseite.

„Wir müssen aufhören." Zack hakte seine Fußknöchel hinter Drews Kniekehlen und rollte sie beide herum, sodass er oben lag.

„Oho! Einen Scheiß müssen wir." Drew streichelte Zacks Ständer und schmiegte ihn dann an seinen eigenen. Er ließ seine Faust über beide Schwänze gleiten.

Gott, war das schön. Nein, Zack musste dem ein Ende machen. „Drew. Komm schon, wir müssen das sein lassen. Dir geht's nicht gut. Lass mich für dich sorgen." Er musste jetzt hier die Kontrolle übernehmen.

Drew stöhnte auf. „Tust du doch schon." Er räkelte sich genüsslich unter Zack. „Gerade jetzt sorgst du dafür, dass es mir schon viel besser geht. Jetzt küss mich."

Kuss. Liebe. Ihm gehören.

Oh Fuck. Er war zu nichts anderem imstande, als machtlos zu gehorchen. Er beugte sich über Drew und begann im Gleichtakt mit der Hand seines Masters mit den Hüften zu stoßen.

„So ist's brav. Jetzt gib mir deine Lippen", befahl Master Drew.

Zack wimmerte, unfähig, sich zu widersetzen. Seine Lippen berührten Drews Mund in einer leidenschaftlichen, feuchten Liebkosung. Er teilte sie, um die suchende Zunge seines Masters einzulassen.

Sie pressten ihre Schwänze aneinander. Glitschige, heiße Reibung brachte Zack an den Rand des Orgasmus. Drew umfasste seinen Hintern und dirigierte seine Stöße in schnellerem Tempo. Ihre Körper bewegten sich im Einklang, ihre Lippen klebten aneinander, ihre Zungen kämpften um mehr Kontakt.

Drew stöhnte auf, und seine Hüften kamen ins Ruckeln.

Zack stemmte sich hoch, um besser sehen zu können, wie sein Geliebter sich unter ihm krümmte und wand. Es war ein erregendes Gefühl, zu spüren, wie der leidenschaftliche Orgasmus durch den Schwanz seines Masters pulsierte.

Drew schnurrte, kostete seine Lust voll aus, und das gab Zack den Rest. Sein Erguss machte alles noch nasser.

Zack brach erschöpft zusammen, und erst da fiel ihm wieder ein, dass Drew krank war. Er versuchte aufzuspringen, doch ein Arm hielt ihn fest wie ein Schraubstock. Zack sagte: „Du bist krank. Wir hätten das nicht tun dürfen."

Drew öffnete die Augen und lächelte Zack verschmitzt an. „Aber mir geht's jetzt schon viel besser."

Verärgert über seinen eigenen Mangel an Beherrschung machte Zack sich von Drew los und ging einen Waschlappen holen. Als er sie beide sauber wischte, streckte Drew sich seufzend, ein breites Lächeln auf dem Gesicht. Allem Anschein nach hatten Aliens den strengen Dom gestohlen und ihn durch einen sehr kooperativen Liebhaber ersetzt.

Andrews zahlreiche Facetten verwirrten Zack zwar nicht direkt; er hatte sich die Vielschichtigkeit schon vor langer Zeit eingeprägt. Doch er wusste wirklich nicht so recht, wie er auf ihn reagieren sollte. Daher trat er lieber den Rückzug an.

„Ich mach' dir was zu essen. Möchtest du hierbleiben oder runterkommen?", fragte Zack auf dem Rückweg vom Badezimmer, wo er den feuchten Waschlappen in den Wäschekorb geworfen hatte.

„Runter. Ich muss dich im Auge behalten."

Mmmm, ja bitte. „Okay, aber das machst du gefälligst im Liegen."

Drew salutierte, als er mit einem Kopfkissen unter dem Arm an Zack vorbeimarschierte.

Nachdem Zack es ihm auf der Couch unter einer dicken Decke bequem gemacht hatte, fragte er: „Was möchtest du essen?"

„Du kannst die überbackenen Ziti in den Ofen schieben und warm machen. Salat ist im Kühlschrank, zweites Fach, rechte Seite."

Zack tappte über den kalten Parkettfußboden und war beeindruckt, aber nicht überrascht. Die Salatzutaten waren nicht nur genau dort, wo Drew gesagt hatte, sondern auch noch separat in luftdicht verschlossene, beschriftete Plastikbehälter verpackt. Bei näherem Hinsehen war der gesamte Innenraum des Kühlschranks mit Aufklebern gekennzeichnet. Alle Fächer und Schubladen waren ihrer Bestimmung entsprechend etikettiert: Milchprodukte, Käse, Gemüse, Obst, Fleisch ... sogar Reste hatten ihren festen Platz.

Zack linste in eine Schublade. Selbst in den Schubladen war alles ordentlich in kleine, durchsichtige Plastikdosen verpackt ... und etikettiert.

Heilige Scheiße! Er hatte sich schon immer danach gesehnt, seinen Alltag so durchorganisiert zu kriegen, aber seine Brüder hatten ihm mit ihrem Chaos immer einen Strich durch die Rechnung gemacht. Er strich mit den Fingerspitzen über die Etiketten, die genau bestimmten, wo was hingehörte. Er war mitten in einen zwangsneurotischen Tagtraum getappt.

Drew rief: „Die Salatsoßen sind in der rechten Tür." Die Flaschen standen in Reih und Glied in einem Halter mit der Aufschrift „Salatsoßen". Zack wählte eine Sorte, die Drew bei einem ihrer gemeinsamen Mittagessen in einem Restaurant bestellt hatte.

„Wegen der Antibiotika darf ich keinen Alkohol trinken, aber du kannst gerne eine Flasche Wein aufmachen, wenn du möchtest. Ich habe Eiswein besorgt, und es würde mich sehr interessieren, wie er dir schmeckt. Er ist im Weinkühler kalt gestellt. In der obersten Reihe findest du hoffentlich einen, den du magst. Korkenzieher sind in der Schublade über dem Kühlschrank."

„Ich möchte nicht alleine trinken."

Drew lachte. „Ich bin doch bei dir, und du kannst mir einen Cidre geben."

„Na schön, okay." Zack hatte noch nie Eiswein getrunken.

„Die Gläser sind in dem Schränkchen direkt über dem Weinkühler. Die Champagnerflöten eignen sich gut für einen so gehaltvollen, süßen Wein. Sie bewahren die Kohlensäure und fangen das Aroma ein, sodass es sich in Mund und Nase verteilen kann." Drews selbstbewusste Art und seine Erklärung beruhigten Zack.

Zack ließ das Paradies der etikettierten Salatzutaten wo es war, schnappte sich die Auflaufform mit den Ziti und schob sie in den Ofen. Ehe er fragen konnte, rief Drew: „Hundertfünfzig Grad dürfte zum Warmmachen reichen."

Knien. Dienen. Ihm gehören.

Zack fand es sehr erotisch, wie Drew immer seine Bedürfnisse vorwegnahm. Diesmal brauchte er sich nur kurz vorstellen, mit Pilzen zwangsernährt zu werden, um sich wieder konzentrieren zu können. Eine leise Melodie schwebte aus dem Wohnzimmer in die Küche, als er vor dem kleinen Weinkühlschrank trat. Drew musste

159

Wein wirklich sehr mögen, wenn er so ein Teil hatte, oder vielleicht war der Grund sein Bedürfnis nach Genauigkeit. So war der Alkohol immer richtig temperiert.

Zack fand die richtige Flasche und machte den Kühler wieder zu. Er schnappte sich einen Korkenzieher aus der Schublade über dem Weinkühlschrank und öffnete das Schränkchen. Verdammt, Drew lebte den feuchten Traum jedes Organisators. Nicht nur, dass die Gläser alle in perfekten Reihen hingen, jede Reihe war mit der Glassorte beschriftet, die sie enthielt. Zacks Schwanz wollte schon wieder steif werden.

Pilz! Pilz! Pilz!

Befristet, seine Zeit mit Drew war befristet. Na schön, der Gedanke wirkte viel besser als die ganzen anderen Horrorvorstellungen, die ihm eingefallen waren. Aber es stand zu befürchten, dass dieser Gedanke seiner Erektion ein für alle Mal den Garaus machen würde.

Während er sich erneut bückte und den Cidre aus dem Kühlschrank holte, versuchte er, seine durchgegangenen Emotionen wieder in den Griff zu kriegen. Sie spielten hier nur das glückliche Paar, und das sollte er nicht so genießen. Das hier war nur für ein Wochenende. Er musste damit aufhören, sich mental in Drews perfekt organisiertes Leben einzupassen.

Er trottete zurück zu dem hinreißenden Bild von einem Mann auf der Couch. Musste Drew ein so verdammt heißer Typ sein?

„Danke, Zack." Drew griff nach den Flaschen und dem Öffner.

„Wofür?", fragte Zack und sah zu, wie Drew geschickt den Inniskillin öffnete, ohne den Korken im Flaschenhals abzubrechen.

„Fürs Abendessen." Drew begutachtete die Flasche. „Ah, gute Wahl. Der 2007er." Drew entkorkte die Flasche und schenkte Zack ein Glas von dem schäumenden Wein ein. Bei der Geste wurde Zack ganz eng ums Herz, weil er als erster bedient wurde. Drew konzentrierte sich darauf, den Cider zu öffnen, den Zack ihm gebracht hatte.

Drew war der Master aus Zacks Träumen, der die Bedürfnisse seines Subs immer vor seinen eigenen erfüllte, was Zack in seiner Fantasiewelt erlaubte, sich ganz auf Master Drew zu konzentrieren.

Du gehörst ihm nicht.

„Du hattest alles schon vorbereitet. Ich musste nur die Schüsseln rumtragen und den Salat mischen. Sollte nicht ich die Arbeit machen?" Schließlich war er hier der Sub.

„Warum?" Drew schnupperte an Zacks Weinglas, ehe er ihm die Flöte reichte. „Der ist gut. Riech' mal."

Er schnupperte widerwillig an der Flüssigkeit und gab zu: „Riecht köstlich." Zack schniefte. „Ich müsste mich eigentlich um dich kümmern."

„Wir kümmern uns gegenseitig umeinander ... oder vielmehr ... Moment mal. Möchtest du das etwa? Du willst in einer Beziehung eher so was wie ein Sklave sein?" Drew musterte ihn etwas eingehender, als ihm lieb war.

160

„Was, 24/7? Nein, ich würde mich nicht so bis ins kleinste Detail kontrollieren lassen wollen." Oder etwa doch?

Drew nickte.

Da ihm zu dem Thema nichts weiter zu sagen einfiel, hob Zack sein Glas. „Auf die Gesundheit.

„Auf dich." Drew hob seinen Cider und stieß mit ihm an.

Zack genoss den ersten Schluck. Die kühle Flüssigkeit prickelte ihm süß auf der Zunge. „Der ist echt gut."

„Schön, dass er dir schmeckt. Ich liebe das Zeug. Ich bin froh, dass ich jetzt jemanden habe, mit dem ich ihn teilen kann." Zack versuchte, nichts in Andrews Worte hineinzulesen. „Aber du magst doch D/s außerhalb von gestellten Spielszenen?"

„Dominanz und Unterordnung? Ich glaube schon … darüber habe ich eigentlich noch nie nachgedacht …" Doch, Zack fand den organisierten Lebensstil sexy. Er würde sich mit Freuden Grenzen setzen lassen, denn dann konnte er sich entscheiden, ob er sie übertreten wollte oder nicht. Definierte Linien machten die Welt klar. Die Grauzonen los zu sein, die einem das tägliche Leben schwermachten, wäre das Paradies. Natürlich wäre es umso besser, wenn jemand mit Erfahrung seine Trigger kennen und sie dazu nutzen würde, ihn zu gegebener Zeit auf erotische Art ins Schleudern zu bringen.

„Wie würdest du dir eine BDSM-Beziehung und/oder eine Domestic-Discipline-Beziehung vorstellen?" Dabei nippte Drew an seinem Glas, aber das minderte nicht die Kraft seiner Ausstrahlung.

„Falls ich so was je mache, würde ich das lieber für mich behalten wollen. Da ich noch nie außerhalb des Clubs experimentiert habe, müsste ich erst mal erkunden, ob ich einen Teil davon auch im Alltag leben könnte." Das klang doch ungefährlich und wohlüberlegt.

Zacks Antwort ließ nicht erkennen, wie sein Herz danach schrie, Drews Frage ernst nehmen zu dürfen. Das hier war simple Neugier, oder?

„Also nicht 24/7?" Drew drängte Zack dazu, seine Gedanken zu klären.

„Ich weiß nicht. Ich würde vermutlich eine normale Beziehung haben wollen."

Drew hob die Hand und fragte: „Was meinst du mit normal? Findest du BDSM etwa abnormal?"

Mist. Dachte er das? Nein … obwohl von seiner Mutter wegen ein paar BDSM-Zeitschriften zuhause rausgeschmissen zu werden schon sehr deutlich besagte, dass die Praxis weder typisch noch weithin akzeptiert war. Er hatte gelernt, diesen Teil von sich vor anderen zu verbergen. Doch das musste er bei Drew nicht. „Ich glaube, das ist nicht das richtige Wort."

Drew berührte für einen Moment seine Wange. „Manchmal hören wir, dass wir anders sind, als wäre das was Schlechtes. Und manchmal glauben wir das sogar."

„Und dann sagen wir es selbst." Jordons Therapeutin hätte sich jetzt gefreut. Eins zu null für Zacks Selbsterkenntnis.

Drew nickte. „Ja, genau. Also sprich bitte weiter. Du wünschst dir eine Beziehung ..."

Auf Formulierungen statt auf den Fakten rumzureiten war manchmal sicherer, als die Wahrheit zu sagen. Zack holte tief Luft und atmete langsam aus. „Ich möchte eine gleichberechtigte Partnerschaft mit jemandem, der bereit ist, Aspekte von D/s auch außerhalb des Schlafzimmers zu erkunden und was zu finden, was zu uns ..."

Andrew beugte sich vor, als wäre das wirklich wichtig. „Also nicht ständig BDSM?"

„Na ja, nein, eher so was wie Freunde mit Eigentumsrecht. Es gibt Zeiten, da würde ich vielleicht auch mal gerne toppen." Zack bekundete seine Wandlungsfähigkeit, um ein wenig Abstand von diesem hypothetischen Gespräch zu gewinnen.

Drew riss die Augen auf. „Du würdest weiterhin toppen wollen?"

„Ja, schon. Manchmal jedenfalls." Er war dankbar, dass Drew sein Verlangen nach Unterwerfung nicht in Zweifel gezogen hatte. „Und ich glaube, manchmal hätte ich auch gern 08/15-Sex, weißt du?" Genauso wie das vorhin. Er tat beinahe so, als liebte Drew ihn auch und als müssten sie auch ohne das ganze Drumherum einer Session zusammen sein.

Drew lächelte. „Der gute, alte 08/15-Sex." Er setzte sich aufrecht hin, um Zack noch ein bisschen mehr von der schäumenden Flüssigkeit einzuschenken.

„Jau." Zack trank und stellte sich dabei vor, die Bläschen würden ihm die Zunge lösen, ein Prickeln nach dem andern. Er rollte sich auf der Couch zusammen und schaute den Gasflammen im Kamin beim Tanzen zu.

Drew lehnte sich entspannt zurück. Ihre Körper berührten sich von den Schultern bis zu den Knien.

„Was ist mit dir?" Zack konnte sich die zwecklose Frage nicht verkneifen, und sie drehte das Messer herum, das immer noch in seinem Herzen steckte.

„Ich könnte das Gleiche tun, gar kein Problem." Drew strich mit den Fingerspitzen leicht über Zacks Handrücken.

„War das bei dir und Charlie" – Was zum Teufel war bloß in ihn gefahren?

Drew antwortete ohne zu zögern. „Nein. Charlie ... Charlie wusste nicht genau, was er wollte und hat mir vorgeworfen, es ihm nicht zu geben."

Sein Sofanachbar wandte sich ab, doch Zack bekam trotzdem den versonnenen Blick mit, der ... was? War das Reue? Trauerte er diesem Arschloch etwa immer noch nach?

Drew schüttelte den Kopf. „Wir waren so jung, als das mit uns angefangen hat. Und anstatt zusammenzuwachsen haben wir uns auseinandergelebt. Statt mich in sein Leben mit einzubeziehen hat Charlie mich einfach daraus gestrichen, und wenn ich ehrlich bin, habe ich es geschehen lassen. Ich habe so lange ich konnte

162

an unserer Beziehung festgehalten, mit Sicherheit länger, als es ihm lieb war … tut mir leid."

„Schon gut." Zack trank den Rest des Weins aus und versuchte, Drews Sehnsucht nach einem anderen Mann zu verdrängen. Er hatte einen Wink mit dem Zaunpfahl gebraucht, um nicht zu vergessen, dass das hier nur ein Wochenend-Traum war.

Fantasie oder nicht, Zack würde keine Sekunde davon verschwenden. Als Drew einladend die Arme ausbreitete, stellte Zack ihre Gläser weg und schmiegte sich wieder an den warmen Körper seines Masters. Er war fest entschlossen, jede Zärtlichkeit in sich aufzunehmen und alles, was zwischen ihnen geschah, aufzusaugen wie ein Schwamm, da es keine Wiederholung geben würde. In Drews Armen zu liegen war ein wahrgewordener Traum. Zack hatte sich vorgenommen, es darauf ankommen zu lassen, bis ihm das Glück oder die Zeit ausging.

Mit einer Körperdrehung zog Zack die Decke von der Sofalehne und hüllte Drew darin ein, während er sich an seine Brust kuschelte. Er hob die Hand und fuhr mit den Fingern durch Drews perfekte Frisur.

Gott, wie oft hatte er sich die Freiheit gewünscht, den Mann, den er liebte, einfach nur zu berühren? Zack lauschte dem Pochen des Herzens unter seinem Ohr, schloss aber die Augen, um Drews Blick auszuweichen.

„Mmm, das ist schön." Offensichtlich hatte der Mann nichts dagegen, dass Zacks Hände auf Wanderschaft gingen.

Als er erst einmal festgestellt hatte, dass Drews Frisur sich wirklich nicht zu verrutschen traute, strich Zack ihm mit den Fingern über die Wange. Stoppeln eines sexy Bartschattens kratzten an seinen Fingerspitzen.

Drews Körper entspannte sich noch mehr.

Zack blickte verstohlen zu ihm auf. Seine Augen waren geschlossen und seine Atmung verlangsamte sich. Drew nahm Medikamente und brauchte Schlaf. Sie hatten ein paar körperlich ziemlich anstrengende Sachen gemacht, und Zack war sicher, dass Drew sich mehr ausruhen sollte.

Der Geruch nach Käse, Basilikum und Tomatensoße weckte Zack. Drew murmelte etwas vor sich hin und begann dann leise zu schnarchen. *Oh wow!* Gab es noch was Niedlicheres als das?

Zack befreite sich behutsam aus der Umschlingung des schlafenden Mannes und schlich auf Zehenspitzen in die Küche. So leise er nur konnte deckte er den Tisch mit Drews edlem, silber-gerändertem weißem Porzellangeschirr, Stielgläsern aus Kristall und dem Besteck, das Justin einmal als das Tafelsilber seiner Großmutter bezeichnet hatte.

ANDREW ERWACHTE aus einem tiefen, erholsamen Schlaf. „Zack?"

„Hier. Ich habe den Tisch fertig gedeckt."

163

Andrew schlenderte hinüber. „Wow. Das hast du perfekt gemacht." Er setzte sich, blickte über die von Kerzen erleuchtete Tischplatte und malte sich ihre glückliche Zukunft aus.

Er war sich nicht ganz sicher, wann seine lüsterne Schwärmerei für Dustys kleinen Bruder sich von einem Funken zum Großbrand entwickelt hatte, von Zuneigung zu Liebe. Aber irgendwann hatten seine Gefühle sich gewandelt. Er und Zack waren füreinander bestimmt.

Zack stöhnte: „Mein Gott! Das schmeckt fantastisch."

Andrew nickte. „Mom hat mir das Kochen beigebracht. Ihrer Meinung nach sollte jeder sieben Gerichte kochen können." So stellte er sich ihre gemeinsamen Abende vor, lachend und essend vor dem offenen Kamin. Ein Jammer, dass Zack wegen Andrews Krankheit auf Kleidung bestand. Ah, überfürsorgliche Subs gaben liebevolle Lebensgefährten ab.

Er richtete die Fernbedienung auf die Stereoanlage und schaltete sie an. Eine langsame Ballade begann zu spielen. „Sollen wir?" Er streckte die Hand aus. Charlie hatte es immer bescheuert gefunden, wenn zwei Männer miteinander tanzten. Er hoffte von ganzen Herzen, dass Zack das anders sah.

„Oh." Zack musste offenbar zweimal hingucken, aber er nahm die angebotene Hand.

Andrew nahm Zack schwungvoll in die Arme und führte ihn in einen einfachen Grundschritt, dann durch ein paar Drehungen. Zack folgte ihm mühelos und in formvollendeter Haltung.

„Wo hast du tanzen gelernt?", fragte Zack.

„Mein Bruder wollte es lernen, aber keine Tanzstunden nehmen. Also habe ich mit ihm nach Online-Videos geübt." Andrew führte ihn durch einige kompliziertere Figuren. Doch statt ihm auf die Füße zu treten, glitt Zack mit ihm dahin. „Wer hat dir das beigebracht?"

Ein Lächeln erhellte Zacks gut aussehendes Gesicht. „Dusty." Sie lachten gemeinsam. „Er wollte Justin beeindrucken und brauchte einen Partner."

„Verdammt, was wären wir bloß ohne unsere Brüder?" Für Andrew waren Dusty und Jordon echte Familienmitglieder.

„Stimmt! Als Jordon Justin und Dust tanzen gesehen hat, wollte er es unbedingt auch lernen. Justin war als Lehrer sehr geduldig mit Jordon, denn ich kann dir sagen, ich glaube nicht, dass der Junge zählen kann. Die Schritte waren zu einschränkend für ihn." Zack lachte leise.

„Ich wette, du hattest den Bogen sofort raus. Dir liegt so was – Grenzen zu haben, zu wissen, wo du hintreten sollst." Andrew genoss es, mit einem aufrichtigen Kompliment ein zartes Rosa auf Zacks Wangen zaubern zu können. „Kannst du Lindy?" Hatte Zack seinen Lieblingstanz drauf?

Auf Zacks knappes Nicken hin drückte Andrew auf die Fernbedienung, und schon dudelte „Johnny B. Good" durch den Raum. Sein Liebling blieb fehlerfrei im Takt. Andrew machte einen Swing-Out mit Ragdoll-Drag beim Eindrehen.

Ah, ja. Zack lehnte sich in den Schwung, folgte ihm mit einem blinden Vertrauen, wie es sich normalerweise erst nach Jahren aufbaute. Sie machten sogar einen *Texas Tommy Jump Turn*. Er hätte einen Durchzieher probiert, aber sie tanzten auf Teppichboden.

Er führte einen Turn-up aus und ließ Zack in einen tiefen Dip sinken. Sein Atem kam stoßweise, aber er war sich nicht sicher, ob vor Begeisterung oder wegen der Anstrengung.

„Du kannst tanzen."

Zack grinste, als Andrew ihn wieder zum Stehen hochzog. „Du auch."

„Möchtest du irgendwann mal Tanzstunden nehmen?" Kaum hatte Andrew die Frage herausgesprudelt, wurde ihm klar, dass er sich damit vergaloppiert hatte.

Zacks Gesicht wurde völlig ausdruckslos. „Darüber habe ich noch nie nachgedacht."

Andrew weigerte sich, sich über Zacks halbherzige Antwort Gedanken zu machen ... jedenfalls nicht allzu viele. „Wir sollten aufräumen."

Sie sammelten das Geschirr ein. Andrew machte leichte Konversation, bis Zack wieder entspannt war und lachte. Es gab nicht viel zu spülen, daher war das schnell erledigt.

Andrew wollte alles über Zack wissen. „Wann hast du's gewusst?"

„Was?"

„Dass du auf BDSM stehst."

Zack überlegte. „Ich war so ungefähr acht oder neun. Da habe ich mal was über erotische Bondage im Fernsehen gesehen und war völlig fasziniert. Dann habe ich *The Secretary* gesehen und ... Du?"

„Ja, ich war ein bisschen älter. Obwohl ich wusste, dass ich auf BDSM stehe, bevor mir klar war, dass ich schwul bin." Eigentlich hätte Andrew gerne wissen wollen, was Zack dazu gebracht hatte, die letzten paar Jahre so gegen seine innere Natur zu leben, doch stattdessen fragte er: „Noch ein bisschen Eiswein?"

„Ja, das wäre gut." Zack schlenderte zum Kamin.

„In der hölzernen Truhe sind noch zusätzliche Kissen und Decken."

Zack ging in die Hocke und strich mit den Fingern über die kunstvollen Schnitzereien.

„Die ist aus Thailand."

Zack öffnete die Vorratskiste und fasste sich in den Schritt; offenbar musste er dort was zurechtrücken. Nicht zum ersten Mal bemerkte Andrew, dass Ordnung und Klarheit Zack anscheinend anturnten. Andrew legte die Beobachtung zur späteren Verwendung in seinem Gedächtnis ab.

Er entkorkte den Wein, füllte Zacks Glas und schenkte sich Cider nach. Aus einer Laune heraus ging er an den Schrank über dem Weinkühlschrank. Er holte die Dose mit den kandierten Rosenblütenblättern heraus und gab zwei davon in jedes Glas, was der Flüssigkeit einen romantischen Rosaton verlieh. Er eilte zurück

165

ins Wohnzimmer, wo Zack einen Berg von Kissen und Decken auf dem Fußboden angehäuft hatte, der eines Sultans würdig war.

Andrew reichte ihm ein Glas, und Zack begutachtete neugierig den Inhalt. „Was ist das?"

„Kandierte Rosenblütenblätter aus Brüssel."

„Ah, der europäische Teil der letzten Tournee. Da habe ich meistens gearbeitet oder war mit Jordon in den Museen und Schokoladen-Läden unterwegs."

„Jordon auf Koffein? Du bist aber mutig."

Zack schnaubte. „Oder dumm."

Mehr wollte Andrew gar nicht. Er und Zack passten zusammen. Sie waren Freunde, und die Leidenschaft zwischen ihnen konnte jäh aufflammen.

Nachdem sie sich zugeprostet und jeder einen Schluck getrunken hatte, nahm Zack Andrew das Glas aus der Hand und stellte beide Gläser auf das Marmorsims über dem Kamin. Dann packte er Andrew und schubste ihn um.

Interessant. Zack landete auf Andrew, und sie sanken tief in den weichen Haufen aus bunten Kissen und Decken ein.

Zack zog ihn an sich und presste die Lippen auf Andrews Mund.

Gott, Andrew hatte Küssen vermisst. Sie tauschten feuchte Küsse und ließen ihre Hände wandern. Andrew hatte noch nie mit jemandem geknutscht, der seine Lippen so vollkommen sinnlich gleiten lassen konnte. Zack beherrschte das perfekt. Andrews Mund fühlte sich allmählich taub an, aber er würde lieber sterben als aufzuhören.

Zeit gab es nicht mehr.

Zack rollte sich auf ihn und fuhr ihm mit den Lippen an der Kehle entlang; das leichte Schaben seiner Zähne rief ein prickelndes Erschauern hervor. Verdammt, wie lange war es her, seit sich jemand so um ihn gekümmert hatte? Warum hatte er hierzu nein gesagt?

Aufstöhnend packte Andrew Zack an seinen schlecht gefärbten Haaren und lotste diese begabten Lippen zu seinem Halsansatz.

Heilige Mutter Gottes! Er würde ein Halsband aus Knutschflecken haben. Zack saugte an weiteren Hautstellen unter dem Kragen von Andrews T-Shirt. War sein Fieber wieder hochgegangen? Kümmerte ihn das überhaupt?

Zack setzte sich auf, und seine Erektion bildete eine eindrucksvolle Beule in seiner Baumwollunterhose. Er riss sich das geliehene T-Shirt vom Leib und warf es auf den Boden, dann spielte er mit dem Saum von Andrews Shirt, ehe er es ebenfalls durch die Luft segeln ließ.

Ohne jede Unterwürfigkeit ließ Zack sich nach vorn fallen und nahm Andrews Mund erneut in Besitz. Er fuhr zärtlich mit den Lippen über Andrews Kinn, an seiner Kehle entlang abwärts und leckte dann quer über seine Brust. Lieber Himmel, warum hatte er nur solange damit gewartet, Zack zu nehmen?

Zack massierte Andrews Arm und hielt ihn dann fest.

Hmmm, faszinierend. Eigentlich sollte doch Andrew hier die Kontrolle haben. Vielleicht war es okay, das Ruder an Zack zu übergeben?

Er genoss es, Zack ein bisschen direkter an die Sache herangehen zu sehen. Sein Liebling schien eindeutig ganz wild darauf zu sein, ihn zu nehmen, dem eifrigen Vorschnellen seiner Zunge nach zu schließen.

Lange, feuchte Spuren zogen sich über seine Brustmuskeln und an seinem Oberkörper entlang. Zack stöhnte leise vor Dankbarkeit, während er Andrew andächtig mit Mund und Zunge verwöhnte. Vielleicht sollte er ... Er versuchte erneut, sich zu bewegen, und Zack hob den Kopf.

„Bitte, Drew.“

Gott, er liebte es, wenn Zack ihn Drew nannte. Wie hatte er das vermisst. Außer Zack hatte ihm noch nie jemand einen Spitznamen gegeben.

Andrew blieb normalerweise mit jedem in seiner Umgebung in Einklang und las zwischen den Zeilen. Doch die Lust und Zuneigung, die ihn durchströmten, machten es ihm schwer, zu verstehen, worum Zack bat. Er sackte wieder in die Kissen und ließ seinen Liebling tun, was auch immer er wollte.

Druck auf seine Schulter brachte ihn dazu, die Augen zu öffnen, riss ihn aus seiner nachgiebig-verträumten Stimmung. „Dreh dich um.“

Ein leichter Biss in die Schulter begeisterte Andrew, als er sich nicht schnell genug bewegte, um der Forderung nachzukommen. Er versuchte, sich einen dominanten Tonfall abzuringen, versagte jedoch kläglich. „Wie bitte? Seit wann gibst du hier die Befehle?“

Zack lächelte breit. „Solange du nicht dein Safeword sagst, gehörst du jetzt mir.“

„Ich brauche kein Safeword, weil wir keine Session halten.“ Andrew schloss die Augen, um nicht mitansehen zu müssen, wie Zacks Lächeln sich in ein schadenfrohes Grinsen verwandelte. Er wälzte sich auf den Bauch und drückte das Gesicht in die Kissen. „Mach, was du willst.“

Zacks kräftige Hände massierten ihm den ganzen Rücken. Jeder einzelne Wirbel lockerte sich, Verspannungen verschwanden, die er vorher gar nicht bewusst wahrgenommen hatte. Vom vielen Husten tat ihm der Rücken weh, daher war Zacks Massage himmlisch für seine steifen Muskeln.

Er trieb auf einer Woge der Entspannung dahin, bis Zacks Hände sich unter den Taillenbund seiner Jogginghose schoben. Mit einem Ruck war Andrews Arsch entblößt. Ein weiterer Ruck, und die Hose war verschwunden.

Als nichts weiter geschah, spähte er über die Schulter und stellte fest, dass Zack praktisch sabberte. Seine Hände schwebten über Andrews Hintern, aber anscheinend traute er sich nicht, ihn zu berühren. Okay, die ehrfürchtige Miene war ja schön – Andrew hatte sich nicht umsonst im Fitnessstudio abgerackert – aber diese Hände nicht auf seinem Arsch zu fühlen machte ihn verrückt vor Verlangen. Er stemmte seinen Hintern hoch.

Ein hörbares Einatmen war die einzige Reaktion, daher wackelte er mit dem Hinterteil wie ein nuttiger Bottom auf der Suche nach einem Fick. Oh, lief das hier etwa darauf hinaus?

Nachdenklich betrachtete er den reglosen Mann. Andrew konnte es Zack am Gesicht ablesen: Er wollte rein. Und Andrew wollte das auch, brauchte es wie die Luft zum Atmen. Er wollte unbedingt die Dehnung und das Brennen spüren, wenn Zacks Schwanz in ihn hineinglitt.

Logisches Denken löste sich in Luft auf, als Zack mit beiden Händen Andrews Arschbacken packte und weit spreizte, ihn entblößte. Zacks Hände umschlossen die Hügel aus straffen Muskeln.

Wie in Trance streichelte sein Liebling andächtig Andrews Arsch. Das Gewicht seines schlanken Körpers lastete auf Andrew. Er tastete sich mit Lippen und Zunge an Andrews Rückgrat entlang.

Kuss. Lecken. Kuss. Lecken. Kuss.

Zack war unersättlich, bis er Andrews Rosette erreichte, dann kam alles ruckartig zum Halten. War er sich nicht sicher, ob Andrew das hier wollte?

Wollte er es denn? Wie lange hatte er ohne einen Partner auskommen müssen, dem er diesen Teil seines Ichs anvertrauen konnte?

Andrew bog den Rücken durch und streckte als Antwort auf die unausgesprochene Frage den Hintern hoch. Mehr schien sein Liebling nicht zu brauchen.

Zack leckte zaghaft an Andrews Arschbacken. Lange, feuchte Striche einer eifrigen Zunge badeten ihn.

Ein höchst undominantes Wimmern entschlüpfte Andrew. Fantastisch. Er war zu sehr Hedonist, um diese Hingabe nicht voll auszukosten.

Charlie war immer mehr daran interessiert gewesen, selbst ein Vorspiel zu kriegen als daran, seinem Partner Beachtung zu schenken. Andrew hatte sich an einen selbstsüchtigen Partner gewöhnt, und bei seinen Sessions im Entwined konzentrierte er sich stets auf die Subs, auf das, was sie brauchten und auf seine Rolle als Dom. Verwundbar zu sein war ein einzigartiges Erlebnis, aber mit Zack … konnte er gefahrlos eine Weile die Rollen tauschen.

Ah, ja. Zack verteilte mit flinken Zungenschlägen Feuchtigkeit über seine Hintern, was Andrew auf den Hauptgang hoffen ließ.

Andrew schob seine Erektion zurecht. Verdammt, nicht zu fassen, dass er jetzt schon einen Ständer hatte und obendrein auch noch befürchten musste, die Seide und den Satin um seinen Schwanz herum vollzuspritzen. Wollust durchfuhr ihn und signalisierte seinem Schwanz Bereitschaft. Bei Zack entglitt ihm völlig die Beherrschung.

Zum Teufel, Andrews Besorgnis wurde nicht gemindert, sondern verdoppelt, als Zack genug Selbstvertrauen gewann, um ihm die Zunge zwischen die Arschbacken zu stecken.

Oh Gott! Andrew fiel platt aufs Gesicht. Die feuchte Sondierung war ein übersinnliches Erlebnis und entriss ihm ein Stöhnen. Er spreizte die Beine, um Zack besseren Zugriff zu bieten.

Ein beharrlicher Druck reizte seine Öffnung. Zack schob seine Zunge tiefer rein.

„Ja, Zack. Ja."

Auch diesmal enttäuschte Zack ihn nicht; das Lecken und Züngeln an seinem Anus fachte Andrews Verlangen noch weiter an.

Andrew packte seine Arschbacken und zog sie auseinander, um unmissverständlich klar zu machen, was er wollte. Gott, es war Jahre her, seit er da was anderes als einen Dildo drin gehabt hatte.

Zack schob ihm die Zunge tief rein, dann wich er zurück und ließ zaghaft eine Fingerspitze um Andrews Rosette kreisen. Das langsame Streicheln trieb ihn fast zum Wahnsinn.

Andrew keuchte und schwitzte; er war rastlos, die Leere in seinem Körper wollte ... musste von Zack gefüllt werden.

Endlich drang Zack mit einem speichelbenetzten Finger in ihn ein.

„Ja." Andrew kniff die Augen zu.

Mehr. Gib mir mehr. Das Warten machte ihn ungeduldig, daher stemmte er sich dem Finger entgegen, nur um einen erstickten Laut von seinem Geliebten zu hören.

Andrew blickte sich um und fragte: „Was?"

„Eng. Du. Du bist so eng." Zacks Stimme war tiefer als sonst.

Andrew war sich nicht sicher, ob er beleidigt sein sollte. Dachte Zack etwa, er wäre völlig ausgeleiert? Nein, da steckte was anderes ... Großer Gott!

Zack tastete sich behutsam weiter vor, ein und aus. Seine Bewegungen waren zögernd und doch fasziniert.

So langsam beschlich Andrew der Verdacht, dass Zack schlicht unerfahren war. Hatte er denn noch nie ...? Er war erst einundzwanzig. Vielleicht ... Jesus! Der Gedanke reichte fast, um ihn kommen zu lassen.

Beherrschung. Einatmen. Ausatmen. Mitte finden. Einatmen. Ausatmen. Okay.

Er hatte sich jetzt besser im Griff und fragte: „Zack, hast du bisher noch nie getoppt?"

„Was? Du weißt doch, dass ich schon mit Subs gespielt habe."

Knurrend bei dem unerwünschten Gedanken sagte Andrew: „Erinnere mich nicht dran." Er hatte ernsthaft vor, ihm für jeden einzelnen Mann, mit dem er je gespielt hatte, den Hintern zu versohlen. „Antworte", befahl er in seinem besten Alpha-Tonfall.

Ein Wimmern entschlüpfte Zack. „Nein."

„Nimm noch einen Finger dazu." Andrew zwang sich zum Entspannen.

Zack befolgte den Befehl kritiklos.

169

Mit Fingern gefickt zu werden und dabei den Dom spielen zu können war eine neue Kombination, die Andrew noch mehr auf Touren brachte. Wenn er nicht aufpasste, würde er abspritzen, ehe er Zack in sich hatte.

„Noch einen." Jau, das sollte reichen. Er wollte, dass Zack die Enge und Reibung noch spürte, die ihn umschloss. Er wölbte sich den Fingern entgegen. „So ist's gut. Öffne mich für dich."

„Öffnen? Dich? Was?", stammelte Zack.

„Mmmm, mein Liebling. Willst du mich denn nicht ficken?" Andrew ließ auf dem Bett aus Kissen die Hüften kreisen, um Zack zu verlocken und ihm seine Bereitwilligkeit zu zeigen.

„J-ja", würgte Zack hervor.

Andrew rückte beiseite, sodass Zacks Finger aus ihm herausrutschten. Er griff unter sich, um seinen Schwanz tröstend zu drücken. „Leg dich hin."

In Zukunft würde er Zack vielleicht das Tempo etwas mehr kontrollieren lassen, aber nicht jetzt. Andrew musste dafür sorgen, dass sein Liebling die richtigen Erinnerungen aus dieser Erfahrung mitnahm.

Zack lag reglos zwischen den Kissen und starrte mit seinen großen, smaragdgrünen Augen zu Andrew auf. Sein Schwanz, immer noch im Spiel, ragte fast aus seiner Unterhose.

Andrew streichelte ihn durch den Stoff.

Zack wand sich auf den Kissen und stieß die Hüften vor.

Andrew schob den Stoff beiseite und befreite Zacks Schwanz, hörte ihn zufrieden an den Unterleib seines Subs klatschen. Ooh, das arme Ding sah ganz einsam aus. Andrew stülpte seinen Mund über den Schaft.

Zack zitterte und stöhnte. Wirklich erstaunlich, aber trotz allem, was sie heute schon getrieben hatten, war Zack immer noch bereit für mehr. Ach, einundzwanzig sollte man noch mal sein.

Er fummelte blindlings nach seiner Jogginghose, fand das kleine Tütchen mit Gleitgel und die Kondome, die er in der Tasche verstaut hatte. Allzeit bereit zu sein hatte ihm immer gute Dienste geleistet. Er streifte ein Kondom über Zacks pochende Erektion.

Andrew quetschte Zack Gleitgel auf die Finger. „Bereite mich vollends vor, Zack." Als er keine Anstalten machte, zu gehorchen, legte Andrew etwas mehr Stahl in seine Stimme. „Mach schon, mein Liebling. Ich will dich reiten." Er strich leicht mit den Fingern über die Hülle, die Zacks Schwanz schützte.

Zack gehorchte. Doch seine glitschigen Finger waren nicht genug.

„Bist du bereit?" Andrew wartete die Antwort nicht ab. Er brauchte mehr.

Zack öffnete den Mund zu einem stummen Schrei, als Andrew sich rittlings auf ihn setzte.

Andrews gesamte Aufmerksamkeit konzentrierte sich auf Zacks Schaft. Er sehnte sich nach der Vereinigung. Die Erektion stocherte ein paarmal zwischen seinen Arschbacken herum, bis alles richtig in Position gebracht war.

Ein Schauer der Erregung durchfuhr Andrews Körper und Geist wie ein Peitschenhieb. Oh ja, er würde Zack ein unvergessliches erstes Mal schenken, verdammt noch mal. Er rutschte nach hinten und ließ Zacks Schaft in sich hineingleiten.

Ein erstickter Schrei, halb Überraschung, halb Wimmern, drang aus Zacks Mund.

Die Dehnung und das leichte Brennen erinnerten Andrew auf köstliche Weise daran, dass er das hier schon ewig nicht mehr gemacht hatte. Er stieß auf Zacks Schwanz herab.

Zack füllte ihn.

Oh Gott! Andrew biss die Zähne zusammen. Er atmete langsam und gleichmäßig, suchte tief in seinem Innern nach Beherrschung. *Darf nicht kommen. Jetzt noch nicht!*

Andrew konzentrierte sich auf den Mann, der ihn anstarrte, als wäre er alles. Heute würde er Zacks sämtliche Erwartungen erfüllen, auch die, von denen der Mann selbst gar nichts ahnte.

„Fühlst du das? Du bist in mir." Andrew ließ langsam die Hüften kreisen, schob Zacks Schwanz in sich herum, sodass er mehr gegen eine Seite seiner Innenwände drückte als gegen die andere. „Genau da, wo du hingehörst."

Zack versuchte, Worte zu formen, brachte jedoch nur Laute heraus.

Andrew wippte nach vorn und setzte sich wieder hin. Jawohl, Zacks Härte reichte bis an viel zu lange ignorierte Stellen.

Einatmen. Konzentration. Ausatmen. Kontrolle.

Andrew schob seinen eigenen sinnlichen Genuss beiseite und konzentrierte sich auf seinen Geliebten.

Zack krallte sich in die Kissen, grub die Finger in den Schaumstoff, alle Muskeln angespannt. „Ah, ah, ah!"

Vor. Zurück.

Lust und Stolz durchfuhren Andrew.

Zack keuchte und stöhnte. Er umfasste Andrews Oberschenkel, zerrte an ihm, versuchte ihn hochzuheben. Der Mann wollte schneller?

Ha. Nur zu Andrews Bedingungen.

Vor. Zurück.

Andrew hatte hier die Kontrolle.

Zack begann zu stoßen und mit den Händen zu schieben, um die Geschwindigkeit zu erhöhen.

„Hast du vergessen, wer hier die Regie führt?" Andrew durfte nicht zulassen, dass Zack kopfüber in einen Orgasmus segelte und dabei die Vorfreude übersprang.

Zack gab ein ersticktes Gurgeln von sich und wurde still.

Andrew weigerte sich, seinen Geliebten dieses Meilenstein-Ereignis so verspielen zu lassen, wie er selbst es damals getan hatte. Sein Liebling hatte nur ein erstes Mal; abgesehen davon hatten sie gerade erst angefangen.

Er hielt Zacks Hüften unten und kommunizierte nur mit den Augen. Mitleiderregend, wie sein Liebling wimmerte, doch Andrew hatte kein Erbarmen mit ihm. Noch nicht. Er würde kriegen, was er brauchte, nicht was er zu wollen glaubte.

Andrew wiegte sich vor und zurück, in einem langsamen Rhythmus, der keinen von ihnen zur Erfüllung bringen würde.

Zacks Beben steigerte sich zu einem animalischen Crescendo. Er schnappte nach Luft, als würde er seinen letzten Atemzug tun. „Drew! So nah dran …"

Anscheinend war Zacks Durchhaltevermögen erschöpft. Hastig griff Andrew hinter sich zwischen Zacks Beine und übte mit drei Fingern Druck aus, um den Ausbruch zu blockieren.

Zack bekam große Augen, und sein Mund öffnete sich weit.

Andrew erstarrte. Er nahm das Pulsieren in Zacks Schaft wahr, aber keine Ejakulation.

Sein Geliebter entspannte sich, bis nur noch Verwirrung auf seinem verzerrten Gesicht zu lesen war. „Was hast du gemacht? Wie hast du …?"

Sexuell erfahren zu sein hatte was für sich. Andrew war dafür noch nie so dankbar gewesen wie in diesem Moment. „Einfach deine Harnröhre zugehalten, sodass du nicht abspritzen konntest."

„Davon hab' ich gelesen, aber versucht hab' ich es noch nie." Sein Geliebter atmete aus, rutschte aber weiter herum und versuchte zu stoßen. „Du fühlst dich gut an."

Andrew lächelte auf ihn hinab und begann ihn erneut zu reiten. „Ich wollte dir die Chance geben, dein erstes Mal so richtig zu genießen."

Zacks Schwanz war dick, hart und perfekt in Andrews Hintern. Bisher waren alle Sexpartner, von denen er sich toppen lassen hatte, zu groß gewesen, oder zu grob oder zu klein, aber bei Zack passte einfach alles.

Seine Aufmerksamkeit verlagerte sich nach innen.

Obwohl es Zacks erstes Mal war, stimmten seine Bewegungen wie selbstverständlich mit Andrews Rhythmus überein.

„Grandios." Andrew stöhnte in vollkommener Ekstase. Er war keiner von den Doms, die nach außen hin immer die Beherrschung wahrten und sich nicht zu ihrer Lust bekannten. Er wollte alles zeigen, was Zack ihn fühlen ließ.

Gott. Alle möglichen Nuancen von Befriedigung fegten über ihn hinweg. Er umfasste seinen Schwanz, sodass Zack sich auf seine eigene Empfindungswelt konzentrieren konnte. „Gefällt dir das?"

„Ja, Drew." Damit waren Zacks Konversationskünste offenbar erschöpft.

Andrew wiegte sich etwas schneller und streckte Zack eine Hand entgegen. Prompt küsste und leckte Zack seine Handfläche.

Ohne seinen Wonneseufzer zu unterdrücken griff Andrew mit der feuchten Faust wieder nach seinem Schwanz und begann zu reiben. So war es genau richtig. „Stoß weiter, Zack. Bring mich zum Höhepunkt."

Ein Lächeln zierte Zacks Gesicht. Seine Zähne blitzten auf, und er leckte sich die Lippen. Das Blinzeln seiner Augen, die tiefen Falten auf seiner Stirn malten ein Bild der qualvollen Seligkeit nahender Erfüllung, nur noch einen Hauch vom endgültigen Anbranden der Erlösung entfernt. Er war der personifizierte Sex.

Es brachte Andrew schier um den Verstand, ihn so zu sehen. Unvergleichlich. Er musste sich bremsen, um die Sache nicht womöglich zu früh zu Ende zu bringen.

Oh ja. Andrew hatte es geschafft, alles richtig zu machen. „Bin soweit. Ich komm' mit dir in mir. Willst du kommen?"

Zacks Mund stand offen. Ein ersticktes Stöhnen war alles, was er zustande brachte, doch das reichte Andrew als Bestätigung. Jetzt war nicht der richtige Moment für Haarspalterei.

Andrew rieb sich den Schwanz und bewegte seinen Hintern schneller. „Komm in mir."

„Ja", zischte Zack, und das Kondom begann zu pulsieren.

Andrew wichste wie besessen, trieb sich bis zum Äußersten. Mit einem letzten Rest von Willenskraft spannte er die Muskeln um Zacks zuckende Erektion herum an, um die Lust noch intensiver zu machen.

Sein Orgasmus zeichnete Zacks schlanken Körper. Verdammt, sogar die Haare seines Geliebten hatten was abgekriegt.

Andrew fühlte sich ausgepumpt, aber zugleich erfüllt. Er fiel nach vorn, um Zack hastig zu küssen.

Sie lösten sich voneinander.

Andrew hasste diesen Teil. Er wälzte sich herum, sodass er flach an Zack gepresst dalag.

Zack hatte eine Hand über den Augen, und der Ausdruck auf dem sichtbaren Teil seines Gesichts war nicht zu deuten. Hatte Andrew ihn gebrochen? „Zack?"

Eine Zeit lang kam keine Antwort, und in Andrew kam allmählich Besorgnis auf, bis Zack schließlich sagte: „Ja?"

Andrew zog seinem Liebling den Arm vom Gesicht weg. Er hatte keine Ahnung, ob er ihm vielleicht irgendwie wehgetan hatte. „Alles okay mit dir?"

„Ja, bestens." Zacks Stimme brach, und er trudelte in Andrews Arme und klammerte sich an ihm fest wie an einem Rettungsring.

Das Bibbern deutete auf das Gegenteil von „bestens" hin, aber Andrew sagte nichts. Er rieb Zack den Rücken, und aus dem Zittern wurde ein Erdbeben.

Andrew streichelte ihm den Rücken. „Schschscht, ist schon gut. Du warst fantastisch. Ist alles ein bisschen viel, nicht?"

Er drückte ihn an sich und redete beschwichtigend auf ihn ein, bis Zack in seinen Armen einschlief. Das Kondom drohte von seinem schlaffen Schwanz zu rutschen. Damit musste er sich schleunigst befassen, sonst war nachher alles voller Sperma.

Andrew machte sich los und wurde mit einem verärgerten Grummeln bedacht, doch Zack schlief weiter.

Er kümmerte sich um das Kondom, dann reckte er sich, weil ihm alles wehtat. Kam das vom Sex oder vom Liegen auf dem Boden? Wann war er so alt geworden? Sein jüngerer Geliebter würde ihn auf viele Arten müde machen, und er würde jede Minute davon genießen. Er torkelte den Flur entlang ins Bad und erledigte das, was an Sex nicht so sexy war.

Als er zurückkam, konnte er der Versuchung nicht widerstehen, Zack zu mustern. Die makellose Haut, die furchtbare Haarfarbe, die langen Wimpern, das sanfte Gesicht – das alles brachte ihn zum Lachen. Wie hatte er jemals glauben können, er könnte sich von dieser Perfektion fernhalten?

Es war nicht nur Zacks physische Schönheit. Hübsche junge Männer gab es überall, aber keiner verstand alle Seiten an Andrew. Andere erwarteten Dinge von ihm, weil er ein Dom war. Zack erwartete Dinge von ihm, weil Andrew der Mensch war, der er war … auch außerhalb einer Session. Er hatte ihre Freundschaft vermisst, die ungezwungenen Gespräche. Niemand hatte je getanzt, als wäre er dazu geboren, Andrews Partner zu sein. Nur Zack.

Er legte sich wieder auf die einladenden Kissen und zog die Decke über Zack und sich.

Im Schlaf griff Zack nach ihm und zog ihn an sich, dann seufzte er zufrieden.

Andrew hatte gefunden, was er gesucht hatte. Er würde Zack nicht wieder hergeben.

Trotzdem beunruhigte ihn Zacks Reaktion nach ihrem gemeinsamen Höhepunkt immer noch. Er hatte behauptet, in Ordnung zu sein, aber warum dann das Zittern? Der Schlaf ließ auf sich warten, während Andrew sich fragte, ob er sich Zack vielleicht zu spät geöffnet hatte.

14

ZEIT HATTE jede Bedeutung verloren.

Zacks Welt bestand nur noch aus Master Drew, den Seilen und der schlüpfrigen Hand, die viel zu locker an seinem Schaft auf und ab glitt. Am Sonntag, ihrem letzten gemeinsamen Tag, hatte sein Master ihm die Wahl gelassen, was er erkunden wollte.

„Oh Gott!" *Fuck!* Warum hatte er sich für Orgasmusverweigerung entschieden? Er hätte sich irgendwas anderes aussuchen können. Aber nein, diese irrsinnige, ausweglose Hölle hatte er sich selbst geschaffen. Er kam fast um vor Lust, und das schon seit Stunden ... seit Tagen ... seit einer Ewigkeit. Ein herrliches Gefühl.

Selbst während seiner Ruhepausen wurde er von Visionen geplagt, wenn er sich in den Schlaf flüchtete. In seinen Träumen trug er Master Drews Halsband, wurde vor aller Augen auf der Bühne des Entwined gefickt oder hatte heißen, konventionellen Sex, in Liebe getaucht.

Irgendwann mitten in der Nacht – oder war es Tag? Unmöglich zu sagen mit Drews Verdunklungsvorhängen – weckte ihn die aufreizende Berührung einer freundlichen Hand. Die ruhige Manipulation raubte ihm den Atem und verschaffte ihm brennendes Verlangen, aber keine Befriedigung.

Er erschauerte, fieberhaft um Beherrschung bemüht. Sein Master hatte ihn bis an einen Abgrund gezerrt und ließ ihn jetzt unerträglich nah am Rand herumtanzen, wo jedes Streicheln ihn zum Aufgeben und Loslassen bringen konnte.

Dass sein Master seinen Körper so gut kannte, erwies sich erneut als Nachteil für Zack, als die Faust sich fester schloss und einen Rhythmus vorgab, der ihn kommen lassen würde.

Mist! Gott, warum musste Master Drew ihn nur so perfekt streicheln?

Das Tempo wurde einen Tick schneller.

Fuck! Das brachte ihn doch tatsächlich in Versuchung, nichts von seinem gefährlich nahen Orgasmus zu sagen. Er brauchte nur den Mund zu halten, und dann konnte er einfach in die Glückseligkeit abgleiten, die ihm winkte. Doch noch viel wichtiger als das übersinnliche Gefühl des Orgasmus war sein tiefsitzendes Bedürfnis, Drews perfekter Sub zu sein. Das zu erreichen bedeutete ihm mehr als jede Erlösung.

Knien. Dienen. Ihm gehören.

Fuck! Er krallte sich fester in die feuchten Laken. Nach diesem Wochenende wollte Zack derjenige sein, dem Drew nachtrauerte, weil er ihn nie wieder haben konnte.

Er würgte die Worte stöhnend hervor. „Nah dran. Ah, ganz nah dran."

Der köstliche Druck verschwand, und sein Schwanz pulsierte in der kühlen Luft. Zum achten oder zum achtzigsten Mal? Zack hatte die Übersicht über die Anzahl der Orgasmen verloren, die ihm vorenthalten worden waren.

„So ist's brav, mein Liebling", schnurrte Master Drew und ließ seine Hände über Zacks bebenden Körper gleiten.

Er versuchte zu sprechen, brachte aber nur ein Wimmern heraus.

Sein Master beleckte sich die Handfläche und zog damit eine feuchte Spur an Zacks Schaft entlang. An der Spitze angekommen drückte er die Erektion runter und zwischen Zacks Oberschenkel. Für einen Moment verharrte das steife Glied so, auf seine Zehen gerichtet, dann ließ Master Drew los, und der Schaft schnellte hoch und klatschte an Zacks Unterleib.

„Oh", hauchte Zack, als er das Kribbeln spürte. Er war wie in Trance. Jede Empfindung, die sein Master ihm gab, wurde zu einem kostbaren Geschenk, das er voll auskosten wollte.

Sein Master ließ die Finger an Zacks Körper entlang wandern und streichelte ihm die Wange. Drew drückte ihm einen sanften Kuss auf die Lippen, der Zacks Herz zum Singen brachte. „Das gefällt dir, nicht wahr, mein Liebling?"

Ja. Nein. Zack brachte ein bestätigendes Grunzen zustande.

Master Drew umfasste Zacks Schwanz und zog am Schaft. „Kannst du mir antworten, Liebling?"

Oh verdammt! Und wie ihm dieses überwältigende Gefühl und die nie gekannte Emotion gefielen. Er war verrückt danach. Völlig auf seinen Körper konzentriert erwies es sich als schwierig, seine Antwort in Worte zu fassen. Er wollte für Drew leiden und sich seiner würdig erweisen.

Master Drew kippte eine Flasche mit Öl über seinen Schwanz.

Zack hielt den Atem an, als der dünne Strahl auf sein überempfindliches Fleisch traf. Er heulte auf vor gequälter Lust, als die Flüssigkeit an seinem Schaft entlangrann. Das Gefühl reichte fast, um ihn kommen zu lassen, und dann massierte Master Drew ihm das Öl in die Haut und trieb ihn damit noch näher an den Abgrund.

Sein Schwanz triefte vor glitzernder Flüssigkeit.

Master Drew umfasste Zacks pralle Eier und drückte sie zusammen.

Mmmm.

Sein Master zog seinen Hodensack lang und hielt ihn fest. Jeder Reiz war verstärkt. Zack schüttelte den Kopf, um gegen die unwiderstehliche Lust anzukämpfen, die ihn zu überwältigen drohte.

Nein! Oh Gott, nein!

Die Faust seines Masters glitt auf und ab, geschmeidiger durch das Gleitmittel. Widerstand gegen seine liebevolle Fürsorge war zwecklos. Der Druck wurde etwas stärker, was die Stimulation bis nah an die Schmerzgrenze trieb.

„Antworte." Der knappe Befehl forderte Zacks Aufmerksamkeit und Respekt, und der Griff seines Masters wurde noch fester.

Antworte? Was beantworten? Oh, er hatte was gefragt.
Zack verdrängte gewaltsam den quälenden Reiz, um dem Befehl seines
Masters zu gehorchen. Was hatte er noch mal gefragt? Ach ja: *Gefällt dir das?*
Die Antwort war einfach. „Ja, Master Drew. Ich liebe ...“ Ein Stöhnen
bewahrte ihn davor, den Satz zu Ende zu führen.

Gott sei Dank! So kühn mit der Wahrheit herauszuplatzen würde bestimmt
jedes Gefühl von Normalität in ihrer Zukunft unmöglich machen. Er durfte nicht
zeigen, wie tief seine Zuneigung war, sonst würde er Drew womöglich vollends
wegstoßen.

Zack geriet in Panik und änderte, was er sagen wollte, zu etwas völlig
Offensichtlichem. „Ich liebe, was du mit mir machst.“

Das unangenehme Quetschen hörte auf, und sein Schwanz wurde liebevoll
gestreichelt. Zacks Körper und Geist reagierten auf die schlichte, schwarz-weiße
Welt von Belohnung und Bestrafung. Falls er seine Aufgabe erfolgreich meisterte,
würde er belohnt werden. Daher erschien es nur logisch, dass er bestraft werden
würde, falls er versagte. Wobei Master Drew gern die Linien verschwimmen ließ,
sodass Strafe zum Vergnügen wurde und Belohnung zur Qual. Vertrauen war das
einzige, was Zack tun konnte.

Knien. Dienen ... ihm gehören.
Zack keuchte, als die Faust seines Masters langsam von der Wurzel bis zur
Spitze an seiner Erektion entlang glitt, auf und ab. „Du liebst es, aber zugleich hasst
du es auch. Soll ich aufhören?“

Aufhören? Ja! Nein! Er würde sterben, wenn sein Master nicht weitermachte.
Zack versuchte, sich der unerträglichen, berauschenden Qual entgegen zu stemmen,
um ein bisschen mehr von der ersehnten Reibung zu kriegen.

Nicht genug! Mehr! Nie genug!
Die Seile hielten ihn jedoch in seiner Position. Er war dankbar, dass Master
Drew ihm jede Möglichkeit genommen hatte, etwas Selbstsüchtiges zu tun. Sein
Master half ihm, sein Geschenk der Unterwerfung zu bewerkstelligen.

Die Bondage war täuschend einfach gestaltet, aber sehr wirkungsvoll.
Seine Oberschenkel und Oberarme waren jeweils zehn Zentimeter breit mit
Baumwollbändern umwickelt. Die Bänder waren an einem Seil befestigt, das unter
dem Bett durchlief. Das Seil war so straff, dass er sich nur winden konnte.

„Hör nicht auf, Master.“ Es war mehr ein Schluchzen als eine Antwort.
Master Drew umfasste mit einer Hand Zacks Eier und zog leicht daran,
während er die Fingerspitzen der anderen Hand aufreizend um den Rand von Zacks
Eichel kreisen ließ. Zacks Lusttropfen flossen so reichlich, dass er nicht wusste,
wovon er nasser war – von Gleitmittel oder von seinen eigenen Körpersäften.

Die Aufmerksamkeit, die sein Master seinem Körper widmete, hätte nicht
vollständiger sein können. Er verrieb jedes Tröpfchen Flüssigkeit, das aus dem
Schlitz quoll, auf Zacks Haut.

177

Als sich die Faust seines Masters erneut um seine Erektion schloss, hätte Zack sein Verlangen nach einem Orgasmus fast hinausgeschrien. Master Drew fing leicht und gemächlich zu reiben an. Allmählich wurde das Streicheln kräftiger und schneller. Zack war wie gelähmt; er konnte nur daliegen und es für seinen Master ertragen.

Vertrauen. Dienen. Ihm gehören.

Er war als Spielzeug da. Ob mit ihm gespielt oder ob er ignoriert wurde, stand im Ermessen seines Masters.

Gehorchen. Vertrauen. Ihm gehören.

„Recht so, mein kleiner Sub. Gib die Kontrolle auf. Glaube daran, dass ich dir gebe, was du brauchst. Du machst dich gut", lobte sein Master.

Sein Eigentum. Ihm ergeben. Immer.

Zack kämpfte nicht mehr gegen das Erreichen seiner eigenen Befriedigung an. Er hatte Master Drew alles gegeben, was er hatte und was er war.

Sein Master schenkte ihm ein tiefes, anerkennendes Knurren. „So ist es richtig. Liefere dich mir aus, mein Liebling. Sei einfach." Der Tonfall seines Masters war hypnotisierend.

Die Forderung war Balsam für Zacks Seele. Genau das wünschte er sich schon so lange, und er konnte nichts tun, als mit beiden Händen nach seiner devoten Seite zu greifen und zu sehen, wo das hier endete. Seine Bedürfnisse verschwanden zwar nicht, traten aber in den Hintergrund, und er flog höher, als er es je für möglich gehalten hätte.

Zacks körperliches Begehren wurde immer stärker, doch er löste sich von der Erregung, um sich auf das zu konzentrieren, was sein Master tat. Er würde tun, was sein Master wollte, ganz gleich, was es ihn kostete.

Zack verlangte von seinem Master, ihn einen Preis bezahlen zu lassen, seine Unterwerfung seines Masters würdig zu machen. Seine Hoden zogen sich zusammen, und er versuchte, den Ejakulationsdrang zu unterdrücken, schaffte es aber nicht.

Auf Rettung hoffend wimmerte er: „Master!"

„Komm nicht." Der Befehl ließ keinen Raum für Missverständnisse.

Die Worte froren den Orgasmus in Zacks bebendem Körper ein und hemmten seine drohende Eruption.

Master Drew gewährte ihm keine Erleichterung, umfasste ihn aber fester, was Zack unter der zusätzlichen Anspannung zittern ließ. Sein Schwanz zuckte wütend bei dem Verbot, da das Streicheln ihn zwang, weiter am Rand des Abgrunds entlang zu balancieren.

„Du bist so brav, Zack." Sein Master war offenbar zufrieden mit ihm, und für diesen Erfolg lohnte sich der schmerzhafte Kampf.

Schweißperlen rannen über Zacks Körper, so angestrengt kämpfte er gegen sein Verlangen an.

Master Drew streichelte ihn in perfektem Tempo, als wollte er Zack zum Kommen herausfordern.

„Jetzt ziehe ich dir den Plug raus, und dann ficke ich dich, bis ich komme." Er strich Zack ein paar schweißnasse Haarsträhnen aus dem Gesicht. „Wirst du es genießen, wenn ich mich in dir befriedige?"

Zack krächzte etwas, das hoffentlich als „Ja" durchgehen würde.

Sein Master starrte auf ihn herab. „Du kommst nicht. Verstanden?"

Unmöglich! Ein Wimmern entfuhr Zack, als er über die Aufgabe nachdachte, die vor ihm lag. Für einen Moment kniff er die Augen zu. Er wollte seinem Master ja gefällig sein, aber sein Körper schien dem Entzug nicht mehr lange standhalten zu können. Er hatte noch nie Sex ohne Orgasmus versucht. Würde er imstande sein, diese Aufgabe zu bewältigen?

Seinen Master zu enttäuschen war inakzeptabel.

Knien. Dienen. Ihm gehören.

„Hast du verstanden?"

Im Prinzip schon, aber die praktische Umsetzung war noch mal was anderes. „Ja, Master Drew."

Drew hielt inne und lächelte ihn an. Er griff nach Zacks Hand und küsste die Handfläche. „Du bist unglaublich. Das weißt du doch, oder?"

Zacks Liebe zu Drew ließ sein Herz schier aus den Nähten platzen. Er würde alles tun, was von ihm verlangt wurde.

Drew streichelte ihm zärtlich die Wange und schlüpfte dann wieder in die Rolle des Masters. Er band Zacks Beine los und fesselte sie dann mit beeindruckendem Geschick neu, sodass Zacks Knie gebeugt waren und Drew ihm ein Kissen unter den Hintern schieben konnte. Danach war seine Öffnung perfekt auf das Eindringen von Master Drews Schwanz ausgerichtet.

Der glitschige Plug wurde Zack mit einer raschen Drehung aus dem Hintern gezogen und hinterließ gähnende Leere. Master Drew streifte sich ein Kondom über, verstrich eine Handvoll Gleitgel auf seinem hochstehenden Schwanz und drang in Zack ein. Die Spitze seiner Erektion schob sich durch den straffen Muskelring und glitt langsam tiefer, bis Zack von seinem Master ausgefüllt wurde.

„Ja", zischte Zack, als die Leere sich füllte.

Verbunden. Vereint. Himmlisch.

In diesem Moment spielte sein Orgasmus keine Rolle mehr. Sein ganzes Wesen konzentrierte sich jetzt darauf, dem Mann, den er liebte, gefällig zu sein.

Master Drew erschauerte, als er ganz in ihm drin war. Ein Gefühl von Macht durchfuhr Zack wie ein elektrischer Schlag. Er wollte diesen großartigen, dominanten Mann dazu bringen, seine eiserne Beherrschung zu verlieren.

Rein. Raus. Rein. Raus.

Der Rhythmus blieb gemächlich. Der Atem seines Masters kam stoßweise, seine Augen waren fest geschlossen.

Der ausgebliebene Orgasmus zerrte an Zacks Muskeln, doch sein Geist jubelte über die Gelegenheit, seinen Master zu befriedigen. Die Matratze federte, und er grub die Fersen ein, um das zu verhindern. Er hielt nicht nur still, um seinem Master Freude zu bereiten, er warf sich ihm auch entgegen, soweit es die Seile erlaubten und half ihm, größere Höhen zu erreichen.

Master Drews Augen weiteten sich, und er seufzte anerkennend bei der unaufgeforderten Veränderung. Was Zack hier machte, war vermutlich ziemlich überheblich und gehörte sich nicht für einen guten Sub. Aber er wollte dafür sorgen, dass sein Master sich so wohl fühlte wie er selbst. Er kniff den Hintern zusammen.

Drew stöhnte auf und keuchte seinen Namen. Es klang vorwurfsvoll und begeistert zugleich.

Zack bebte vor Verlangen nach Erlösung. Er war voll darauf konzentriert, seinen Master zum Höhepunkt zu bringen. Master Drew packte Zack an den Oberschenkeln und steigerte das Tempo seiner Stöße.

Zack hieß das Eindringen seines Masters weiter willkommen, soweit es ihm die Fesseln ermöglichten. Der Winkel war perfekt; jeder Stoß traf genau an der richtigen Stelle. Wie leicht hätte er jetzt freihändig einen heftigen Orgasmus genießen können, aber Zack würde nicht versagen.

Nein. Zack schob seine eigenen Bedürfnisse beiseite und konzentrierte sich auf Master Drews bevorstehenden Höhepunkt.

Wieder und wieder stieß sein Master zu und zog sich wieder zurück. Er beugte sich vor und fiel gierig über Zacks Lippen her, raubte ihm einen wilden, leidenschaftlichen Kuss. Dabei fickte er Zack weiter, hart und schnell, mit kurzen, hämmernden Stößen.

Master Drews Ächzen verwandelte sich in ein lang gezogenes Stöhnen, und er erstarrte, tief in Zack vergraben.

Ein Schauer rann Zack über den Rücken. Er glaubte fast zu fühlen, wie die Hitze das Kondom füllte. Als sein Orgasmus allmählich abflaute, begann Master Drew ihn erneut zu ficken, wie um die Wollust bis zur letzten Sekunde voll auszukosten.

Sein Master brach über ihm zusammen, presste mit seinem Körpergewicht Zacks Erektion gegen seinen Bauch. Der Druck war köstlich. So, wie sein Schwanz zwischen ihnen eingeklemmt war, hätte er sich mit einem leichten Schaukeln zum Höhepunkt bringen können.

Komm nicht. Komm nicht. Komm nicht.

Zack zitterte am ganzen Körper vor aufgestauter Lust. Er blieb still, wartete auf Erlaubnis, konzentrierte sich auf das aufreizende Knabbern an seinem Hals.

Sein Master hob den Kopf und lächelte auf Zack hinab, was die Schmetterlinge in seinem Bauch tanzen und herumflattern ließ. „Deine Zurückhaltung war bewundernswert." Master strich Zack das nasse Haar aus dem Gesicht. „Du leidest wunderschön."

Tränen schossen ihm in die Augen. Fuck, einige passende Lobesworte, und schon schwand Zacks Kontrolle über seine Emotionen dahin. „Danke, Master."

„Soll ich dich losbinden?" Master Drew glitt aus ihm heraus und warf das Kondom in den Abfalleimer neben dem Bett.

Enttäuschung durchströmte ihn. War die Session vorbei? Wollte Master Drew ihn etwa weiterhin Orgasmusverweigerung erleben lassen? Er erschauerte bei dem Gedanken. Was vor ein paar Stunden noch sehr verlockend geklungen hatte, erwies sich in seiner momentanen Realität als echt scheiße.

Zack gefiel das mit der Orgasmusverzögerung eigentlich ganz gut, aber Orgasmusverweigerung war weniger schön.

An Master Drews Grinsen merkte Zack, dass ihm seine Gedanken mal wieder ins Gesicht geschrieben standen. „Oder soll ich weitermachen?"

„Weitermachen", stieß Zack hervor. Hastig ergänzte er: „Master." Offen gesagt war ihm egal, was Master Drew mit „Weitermachen" meinte, solange er bloß nicht aufhörte. Er hatte noch lange nicht genug.

„Zack, ich habe Durst."

Was? Jetzt? Begehren durchfuhr ihn bei dem Gedanken, sich um die einfacheren Bedürfnisse seines Masters zu kümmern. Alles, was Drew brauchte, wollte Zack ihm bieten. „Ähm, wenn du mich losbindest, kann ich dir was holen." Wobei Wasserflaschen in einem Minikühlschrank im Nachttisch waren, nur ein paar Meter vom Bett entfernt.

Ein sexy Lächeln huschte über die Lippen seines Masters. „Ich möchte meinen Durst an *dir* stillen."

Was?

Der Mann schlängelte sich lasziv an seinem Körper entlang abwärts, rieb sich aufreizend an Zacks Haut. „Ich muss deine Erfüllung schmecken, mein Liebling."

„Oh." Es klang eher nach einem Quieken, als hätte Zack sich in eine Maus verwandelt. Er konnte nur hoffen, dass sein von Lust benebeltes Hirn richtig mitgekriegt hatte, worauf sein Master hier hinauswollte.

Drews dunkler, perfekt gestylter Haarschopf neigte sich über Zacks Erektion. „Du hast heute Unglaubliches geleistet. Du hast dir das Recht verdient, mir auch diesen Wunsch zu erfüllen. Möchtest du meinen Durst stillen?"

Zacks Schwanz war mehr als bereit. „Gott, ja. Bitte!"

Sein Master grinste. „Ja, genau das will ich. Du sollst mich anflehen, während ich dir einen blase."

Oh ja! Das würde er tun, liebend gern sogar. „Master Drew, bitte blas mir einen", würgte Zack hervor, restlos bereit für den süßesten Tod aller Zeiten.

„Versuch dich zurückzuhalten, damit du es ein bisschen länger genießen kannst." Mit diesen Worten senkte er den Kopf und leckte an der feuchten Spur, die aus der Spitze von Zacks Penis sickerte. Er blickte auf und ergänzte: „Du machst mich sehr glücklich. Komm, wann immer du willst, mein süßer kleiner Sub."

181

Mein. Oh, das Wort berührte Zack zutiefst und füllte die Leere in seinem Innern. Er hatte Drew glücklich gemacht. Mehr hatte er nie vom Leben gewollt. Sein Schwanz pulsierte und erinnerte ihn daran, dass er in diesem Moment noch was ganz anderes wollte.

„Jaaaaaa", stöhnte Zack aus einer Verzweiflung heraus, in die einen nur stundenlanges Hingehalten-werden stürzen konnte.

Sein Master nahm Zacks Schwanz in den Mund. Schlürfendes Lutschen und Saugen reizte ihn. Sein Mund glitt weiter nach unten, umschloss noch mehr von Zacks Schaft.

Zack hätte ja gerne geil gebettelt, aber in seinem Hirn waren sämtliche Leitungen verschmort.

Sein Master bewegte zielstrebig den Kopf auf und ab. Ganz gleich, wie mannhaft Zack auszuhalten versuchte, er konnte nicht verhindern, dass Drews Mund alle Dämme brechen ließ.

„Bitte." Zacks Erregung war zu einem Inferno angewachsen, das Drew zahllose Male geschürt und angefacht hatte. Diesmal würde ihn nichts aufhalten. Sein Master war durstig, und Zacks Pflicht war es, den Durst seines Masters zu stillen.

Zack griff nach seinem Höhepunkt. Er bekam keine Luft mehr, als seine Eier sich noch mehr zusammenzogen. Das Kribbeln begann tief in seinem Innern und breitete sich durch seinen Bauch und seine Oberschenkel aus.

Das Gefühl war nicht mehr zu zügeln. Ekstase jagte durch seinen Körper und schoss aus seinem Schwanz. Seine Hüften zuckten; lange Wellen von Lust rüttelten ihn durch, während sein Master gierig schluckte. Wieder und wieder pulsierte sein hinausgezögerter Orgasmus durch seinen Schwanz wie ein nicht enden wollendes Sperrfeuer der Lust.

Er lag da wie benommen.

Drew löste die Knoten, einen nach dem andern. Die Fesseln lockerten sich, glitten von ihm ab und gaben Zack eine Freiheit wieder, die er sich eigentlich nie gewünscht hatte.

Er trank Wasser aus einer Flasche, die sein Master ihm an den Mund hielt. *Sein Master. Nein, niemals seiner.*

Zack schloss die Augen, als Drew ihn in die Bettdecke hüllte.

Warum konnte er nicht für immer hierbleiben? Er wollte für immer an Master Drews Seite gefesselt sein.

Ihre Ewigkeit würde schon viel zu bald vorüber sein. Das hier war nur eine Fantasie, kein Schlüssel zur Zukunft.

15

EINE HALBE Stunde vor der Morgendämmerung tigerte Zack im Nieselregen unter dem Vordach des Diners auf und ab. Er warf einen Blick auf sein Smartphone. Wieso war heute schon Dienstag?

Vorbei. Am Boden zerstört. Allein.

Nachdem er am Montagmorgen Drews Wohnung verlassen hatte, war er ziellos herumgewandert. Der Montag war vergangen, und es war Nacht geworden. Und hier war er nun, vor einem Schnellrestaurant, das nicht gerade im besten Teil der Stadt lag.

Wenigstens war das Wetter so nett, zu seiner Stimmung zu passen. Er wählte Jordons Handynummer.

„Zack? Wo zum Teufel steckst du?", knurrte Jordon ins Telefon.

„Guten Morgen, du Muffel!" Zack legte ein bisschen Fröhlichkeit in seine Stimme.

„Ich bin kein Morgenmuffel. Ich krieg' nur die Farbe nicht so hin, wie ich … Moment mal, wo bist du? Wie spät ist es?"

„Fast Zeit fürs Frühstück", sagte Zack zuckersüß. „Ich stehe vor einem Diner. Du bist sowieso auf und arbeitest. Triff dich mit mir."

„Warum können wir nicht hier zuhause frühstücken?"

Nicht mal für Bestechung war er sich zu schade. „Ich lad' dich zum Frühstück ein."

„Was geht hier vor?", verlangte Jordon zu wissen.

„Du musst mir was zum Anziehen bringen." Die Bitte würde weder Argwohn noch Besorgnis beschwichtigen, aber da war nichts zu machen. Er konnte den Gedanken nicht ertragen, dass das Wochenende vorbei sein sollte. Wenn er der Wahrheit nur ein bisschen länger ausweichen könnte, dann konnte er vielleicht mit dem bangen Gefühl des Verlusts fertig werden, das ihn zu überwältigen drohte.

„Warum brauchst du frische Klamotten? Komm einfach nach Hause und zieh dich um. Können wir uns nicht zum Mittagessen treffen? Ich stecke hier grade mitten in einem Projekt …"

„Jordy, bitte. Ich will noch nicht nach Hause, und ich brauche was zum Anziehen und auch noch ein paar andere Sachen."

„Warum? Warum kommst du nicht her und holst sie dir selbst?" Im nächsten Moment verwandelte sich Jordons Verhör in wildes Spekulieren. „Moment mal! Steckst du in Schwierigkeiten? Du steckst in Schwierigkeiten? Oh mein Gott! Was hast du gemacht, jemanden umgebracht? Ach du grüne Neune! Mein eigener Bruder auf der Flucht vor dem Gesetz!"

„Was? Nein." Jesus, sein Bruder hatte eine erschreckend lebhafte Fantasie. Er lachte leise in sich hinein. Kopfschüttelnd versuchte er, Jordons Gedankengang zu folgen, verlor aber bald den Faden. „Bist du jetzt völlig bescheuert? Du sollst mir bloß ein paar Sachen bringen."

„Zum Beispiel deinen Reisepass, stimmt's?"

„Nein! Ich brauche meinen Reisepass nicht." Zack vergewisserte sich mit einem Griff in die Hosentasche, dass er sein Portemonnaie dabeihatte. Sein Führerschein reichte als Ausweis. „Triff dich mit mir."

„Das Projekt hier ist wirklich ..." Jordon verstummte, und ein Geräusch, das wie das Klatschen von Farbe auf Leinwand klang, wurde lauter.

Nein. Nein. Nein. Ihn zu erwürgen kam nicht in Frage, denn das würde Dusty erst recht stinksauer machen. Außerdem konnte ein toter Jordon nicht mehr tun, was Zack wollte. Er durfte seinen Komplizen nicht an die Kunst verlieren.

Zack stöhnte: „Jordon, bitte. Ich brauche deine Hilfe."

Sein jüngerer Bruder murrte: „Na schön. Warum hab' ich so das Gefühl, dass es dir lieber wäre, wenn ich Dusty nichts von unseren Frühstücksplänen sagen würde?"

„Weil du die hellste Birne im ganzen Kronleuchter bist."

„Dusty wird mir dafür den Arsch aufreißen, nicht?" Die Aufregung in der Stimme seines kleinen Bruders war bestürzend. Verdammt, jedes noch so kleine Bisschen Intrige ... Jordon brauchte mehr Freunde.

Zack verdrehte die Augen. „Wird er nicht. Falls er dahinterkommt, sage ich ihm, dass ich dich zur Geheimhaltung verpflichtet habe."

„Na ja, sauer wird er auf jeden Fall sein", brummte Jordon, was zeigte, dass er bereits eingeknickt war. „Siehst du, *ich* wusste ja, dass es dir gut geht, aber *er* hat sich Sorgen gemacht."

Jordon glaubte seiner eigenen fehlerhaften Logik, was erschreckend war, aber Zack fehlte die Energie, um sich damit zu befassen. „Ja, tut mir leid, dass ich euch beunruhigt habe. Triff dich mit mir."

„Du hättest doch gestern schon nach Hause kommen sollen. Wo warst du?"

Er hatte Drews Wohnung vor dem Morgengrauen verlassen und war in die Stadt gegangen. Erst hatte er einige Zeit in einem Café verbracht, dann war er in ein Kino gegangen, das die ganze Nacht geöffnet war, und hatte sich hintereinander mehrere Filme angeschaut. Wobei er sich ums Verrecken nicht erinnern konnte, was er gesehen hatte.

„Ich war in der Nähe, Jordy. Bitte bring mir ein paar Jeans, T-Shirts und meine Ladegeräte mit." Er fügte hinzu: „Und Aspirin."

„Geht klar." Es gab eine kurze Pause. „Ähm ... das Arschloch war gestern bei uns."

„Nenn' ihn nicht so." Zack verteidigte Drew sofort. Was hatte er dort zu suchen gehabt? *Fuck,* er sollte nicht fragen. Ha, als ob er die Wahl hätte. „Was ist passiert?"

„Dieses Arschloch kam in mein Zimmer reingeplatzt und wollte unbedingt wissen, wo du bist." Jordons selten genutzte boshafte Ader färbte auf seine Stimme ab. „Ich hab' dem Wichser gesagt, dass ich ihm das nicht sagen würde, selbst *wenn* ich es wüsste. Der Blödmann war voller Knutschflecken. Wie alt ist der eigentlich, zwölf?"

Ups, Zack hatte Knutschflecken auf Drews Hals hinterlassen – und nicht nur dort – und nein, er war ganz sicher nicht zwölf.

Knien – nein! Nicht sein Eigentum.

„Bitte triff dich mit mir", flehte Zack erneut und gab Jordon die Adresse.

„Ich bin in dreißig Minuten da."

Verdammt. Jordon legte auf, bevor Zack ihm weitere Informationen herauskitzeln konnte.

Er würde sich nicht den Kopf zerbrechen, ob Master Drew – nein, Andrew. Jetzt und in alle Ewigkeit war er wieder Andrew, Justins Bruder, und nicht mehr Zacks Master seines Herzens.

Nein, Zack war es schnurzpiepegal, ob Andrew zornig war oder nicht. Es musste ihm egal sein. *Fuck.* Er riss sich den Finger, an dem er genagt hatte, aus dem Mund.

Mit hölzernen Schritten betrat er das Diner, setzte sich und starrte hinaus in den Regen, der als ständiges Nieseln runterkam. Offenbar war gerade Schichtwechsel, denn eine ganze Weile kümmerte sich niemand um ihn. Schließlich bekam er eine Tasse bitteren Kaffee.

Seine Aufmerksamkeit richtete sich auf einen Parkplatz vor dem Gebäude neben dem Diner, als dort ein Auto in eine Parklücke raste und halb auf dem Gehweg parkte. Ah, gut. Jordon war angekommen.

Jordon kam hereingeschlendert. Zack umarmte ihn und ließ sich dann wieder auf die Sitzbank plumpsen, deren zerrissener roter Kunstlederbezug seit der Eröffnung des heruntergekommenen Schnellrestaurants nicht erneuert worden war. „Also, sag mir, was passiert ist."

„Mit was?" Jordon rümpfte die Nase, als er die Sitznische in Augenschein nahm. Er reichte Zack eine gefüllte Sporttasche, dann zog er drei Servietten aus dem verbeulten Spender, der seitlich versetzt vor dem schmutzigen Fenster stand, und wischte penibel die Krümel von seiner Seite des Tisches. Mit angeekelter Miene machte er auf Zacks Seite ebenfalls klar Schiff. Wahrscheinlich das erste Mal seit Stunden, wenn nicht sogar Tagen, dass jemand den Tisch sauber zu machen versuchte.

„Das weißt du ganz genau! Warum hast du ihn wütend gemacht?" Zack senkte die Stimme, ohne das Grollen zu unterdrücken.

Jordon schnaubte. „Ha, der war ja schon sauer. Warum sucht er dich? Du siehst echt scheiße aus."

Zack zuckte mit den Schultern.

Sein Bruder war nicht dumm und ließ sich nicht ablenken. „Was zum Teufel wollte er von dir?"

Zack seufzte. „Nichts."

„Hättest du dir nicht ein anderes Lokal aussuchen können?" Jordon suchte das Diner mit den Augen ab; offenbar rätselte er herum, wer sie zuerst überfallen würde – der Mann im Trenchcoat, der am Ecktisch saß, oder die Bordsteinschwalbe, die am Tresen mit dem Koch flirtete.

Der Junge schob sich eine Kapuze mit Katzenohren vom Kopf. Zack hatte ihm das Hoodie eigentlich nur als Scherz geschenkt.

„Was denn? Das Lokal hier ist klassisch." Zack verspürte eigentlich nicht das Bedürfnis, dieses Dreckloch zu verteidigen. Aber er hoffte, Jordon abzulenken, sodass er nicht nach dem ganzen anderen Scheiß fragen würde.

Jordon blickte sich um und verzog das Gesicht. „Klassisch was?"

„Dir ist schon klar, dass ich dir das Ding da eigentlich nicht zum Tragen geschenkt habe, oder?", fragte Zack mit einem Wink zu Jordons Aufmachung.

Zack hatte das alberne braune Kapuzen-Sweatshirt mit dem kunstvollen Linienmuster, das Pelz andeutete, in einem Klamottenladen für Teenies im Einkaufszentrum gesehen. Sogar ein Schwanz und Fäustlinge, die wie Katzenpfoten aussahen, waren bei dem verdammten Ding inclusive. Der Schwanz, der hinten herunterhing, bestand aus braunem und weißem Kunstpelz. Die Kapuze mit den kleinen Katzenöhrchen war das Komischste von allem.

„Was? Ich liebe dieses Hoodie über alles." Jordon grinste und zog den Reißverschluss seiner Katzenjacke auf. Darunter trug er ein schwarzes T-Shirt mit einem großen Regenbogen und der Aufschrift: *Ist schon okay, ich bin schwul.* Zack hätte es inzwischen besser wissen müssen. Für jeden Scherzartikel, den er Jordon je geschenkt hatte, fand sein kleiner Bruder irgendeinen Verwendungszweck, und er hatte seine helle Freude dran, Zack damit zu ärgern. Das ganze Jahr über hing eine Lichterkette mit fischförmigen Lämpchen in seinem Zimmer, die das Künstlerambiente dort noch skurriler machte. Der Junge benutzte den Nudel-Kühl-Ventilator wirklich jedes Mal, wenn er Wonton-Suppe aß. Er hatte jedes einzelne von den Heftpflastern mit Schinkengeruch benutzt. Zack wollte gar nicht daran denken, was Jordon mit den Regenschirmen angestellt hatte, die man an den Schuhen befestigen konnte.

„Also dann, komm schon. Lass die Verzögerungstaktik und sag mir, was zum Teufel eigentlich los ist." Verdammt, der Kleine schnappte nicht nach dem Köder. Schon beeindruckend, wie ernst Jordon in einem Katzen-Hoodie wirken konnte. Er lehnte sich zurück und verschränkte die Arme vor der Brust.

„Nichts." Zack atmete ein und langsam wieder aus. Ein Eispickel stach ihn ins Herz.

Als Jordon keinen Ton von sich gab und sich auch nicht bewegte, warf Zack ihm fälschlicherweise einen Blick zu. Fuck. Sein Bruder hatte dieselbe bockige Miene aufgesetzt wie früher immer, wenn es für freche Siebenjährige Zeit zum

Schlafengehen war. Dusty war immer spielend mit dem Kleinen fertig geworden, aber Zack war wehrlos.

Die siebzig Jahre alte Kellnerin kam in ihrer verblichenen Uniform angeschlendert, eine Kanne mit angebranntem Kaffee in der Hand. „Was kann ich euch bringen, Jungs?"

„Kann ich eine heiße Schokolade haben, bitte?", frage Jordon mit leiser, zuckersüßer Stimme.

„Och, na klar, Schätzchen. Und weil du so höflich bist, kriegst du von mir noch extra Schlagsahne dazu."

Zack hätte beinahe gelacht, als Jordon vergnügt auf seinem Sitz auf und ab hüpfte. Der Schelm vibrierte vor Begeisterung, eine Belohnung für gutes Benehmen zu kriegen. „Danke, Ma'am."

Jordons Charme brachte Zack einen Nachschlag von dem Schlamm ein, der hier als Kaffee durchging, ehe sie wieder abzog.

„Was soll das Halsband?"

Zack hob die Hand zu dem ledernen Band um seinen Hals. Er hatte es angelassen.

Nicht sein Eigentum.

Zack wollte sich einfach ein bisschen länger als Drews Besitz fühlen. Ja, das war ungesund, aber Scheiß drauf. Er schloss für einen Moment die Augen und genoss das Gefühl von glattem Leder.

„Spuck's endlich aus, verdammt noch mal. Hat das irgendwas mit diesem Club zu tun?"

„Mit welchem Club?" *Scheiße!* Woher wusste Jordon von Entwined?

Der Junge schnaubte und senkte dann die Stimme. „Du weißt schon, der Sex-Club, in den du immer gehst." Jordon grinste hämisch. „Hast gedacht, ich weiß das nicht, was?"

„Ich, äh …" An dem Abend, als Zack bei seiner Mutter zuhause rausgeflogen war, hatte er Dusty sein Interesse an BDSM gebeichtet, aber mit Jordon hatte er nie darüber gesprochen. Zum Teufel, er hatte sich erfolgreich um jeden weiteren Versuch von Dusty gedrückt, ihn in ein Gespräch über das Thema zu verwickeln. Es gab gewisse Dinge, über die er mit seinen Brüdern einfach nicht reden wollte.

Jordon winkte ab. „Geschenkt. Ist mir egal, wobei dir einer abgeht, solang du nicht verletzt wirst." Sofort beugte er sich über den halbwegs krümelfreien Tisch. „Hat er dir wehgetan? Du weißt schon, auf die schlechte Art?"

Zack schüttelte den Kopf. „Das würde er nie tun."

„Dann hat er dir also auf die Art wehgetan, wie …" Jordon wurde rot und suchte angestrengt nach Worten. Er zwirbelte an dem Katzenschwanz herum, der an seinem Hoodie hing. „So wie du … du weißt schon … wie du es haben willst?"

Wie zum Teufel sollte er seinem kleinen Bruder das erklären? „Es ist nicht so, dass ich Schmerzen an sich …"

Jordon unterbrach ihn, indem er seinen Schweif auf den Tisch klatschte. „Ich brauch' keine Einzelheiten, Zack."

Die Kellnerin brachte einen Becher heiße Schokolade mit einem Berg Schlagsahne obendrauf.

Jordon klimperte mit den Wimpern. „Dankeschön." Sobald sie wieder zum Tresen zurück geschlurft und außer Hörweite war, zischte er: „Also ...?"

„Okay. Was zum Teufel willst du von mir hören?" Wann hatte er zum letzten Mal geschlafen? Nicht, seit er sich in den Armen seines ... in Drews – Andrews Armen zusammengerollt hatte. Er war zu erschöpft zum Schlafen.

„Ich will von dir hören, warum zum Teufel du in ihn verliebt bist."

Nun ja, das brachte die Sache direkt auf den Punkt. Es war, als hätte er keine andere Wahl gehabt. Dass Zack Andrew liebte war so grundlegend wichtig wie das Atmen.

Zack wich dem Blick seines Bruders aus und nahm versuchsweise einen Schluck von seinem bitteren Gesöff. Wie sollte er etwas erklären, was er selbst nicht verstand? „Es ist alles an ihm. Ich kann nicht ... anders." Scheiß drauf. Das war's, weiter würde er nicht gehen. Die wahre Tiefe seiner Gefühle konnte und wollte er nicht eingestehen. „Ich hab's versucht."

Jordon blieb stumm. Er starrte in die Ferne, dann nickte er und sagte: „Also, was ist passiert? Du siehst furchtbar aus."

„Danke." Zack versuchte, einen humorvollen Ton anzuschlagen, doch seine Stimme überschlug sich und erstickte den Versuch im Keim. Er zog eine Serviette aus dem Ständer und begann das billige Papier in Streifen zu reißen, während er sein Trauma so wortkarg und vage wie nur möglich zusammenfasste. „Ich hab' das Wochenende mit ihm verbracht."

Jordons grüne Augen schienen ihm gleich aus dem Kopf fallen zu wollen. „Was? OMG! Wie war's?"

Toll. Fantastisch. Unglaublich. „Ganz nett."

Jordon schnaubte, dann nickte er. „Also, das Wochenende war super, aber dann war's Montag und du so: ‚Und tschüss, Kumpel'?"

Zack schüttelte den Kopf. „Nein, natürlich nicht."

„Der Flachwichser hat dich weggeschickt?", fragte Jordon empört und tröstete sich mit einem Schluck von seiner heißen Schokolade.

„Ähm, nein."

Jordon knurrte: „Er hat gesagt, dass er dich nie wiedersehen will?"

„Na ja, nein ..."

„Nein? Wenn du dieses Arschloch liebst und er dich nicht weggeschickt hat, warum ..." Jordon verstummte. Ihm fiel der Unterkiefer runter, und dann schüttelte er den Kopf, während er das Puzzle von Zacks Liebesleben zusammenzusetzen versuchte. „Du hast es mit ihm gemacht und bist gegangen? Schuss und Schluss? Oh! War er denn so schlecht?" Irgendwie hörte sich das an, als machte es Jordon großen Spaß, sich Andrew als miesen Liebhaber vorzustellen. Er nahm seinen Katzenschwanz in die Hand und streichelte sich mit dem Ende das Gesicht.

„Nein! Herrgott noch mal! Wenn du's unbedingt wissen musst, ich bin gegangen, ehe er aufgewacht ist."

„Du bist was?" Jordon haute mit dem Schweif auf den Tisch wie mit einem Richterhammer.

Zack verschränkte die Arme vor der Brust und sagte: „Nachdem das Wochenende erst mal vorbei war, wollte ich mir von ihm nicht anhören müssen …"

„Also bist du abgehauen, bevor er dir irgendwas sagen konnte?" Aus Jordons Mund klang das, als hätte er etwas Schlimmes getan.

„Na ja …"

Sein Bruder sackte gegen das Seitenteil der Nische. „Du bist ein Idiot. Kein Wunder, dass er stinksauer ist."

„Ich, äh …" Zack brauchte Schlaf, und dann könnte er sich vielleicht was zu seiner Verteidigung ausdenken. Oder einfach nur überhaupt klar denken.

Jordon hieb erneut mit dem Katzenschwanz auf den Tisch. „Er ist nicht der Flachwichser – der bist du!"

„Hey. Wir hatten uns auf das Wochenende geeinigt. Ich habe mich an den Vertrag gehalten, den wir im Club unterschreiben mussten." Zack hatte bestimmt nicht unterschrieben, um sich seine Träume noch mal kaputtmachen zu lassen. Wenn irgendwer die Illusion zerstörte, die er sich für das Wochenende erlaubt hatte, dann war er das.

„Vertrag? Club? Ich will's gar nicht wissen. Glaubst du, er wollte mehr?" Jordon legte den Kopf schief und musterte ihn mit zusammengekniffenen Augen.

Nein. Vielleich? Nein, natürlich nicht.

Zack schüttelte den Kopf. „Wohl kaum. Ich wollte keine Zurückweisung von ihm verkraften müssen." *Noch mal* blieb ungesagt.

„Jesus. Du hast ihn gebumst und bist dann von der Bildfläche verschwunden. Hast du einen Hunderter auf den Nachttisch gelegt, bevor du gegangen bist?" Jordon wartete die Antwort gar nicht erst ab. Er zog sein Handy aus der vorderen Hosentasche und begann zu wählen.

Zacks Herz pochte. „Wen rufst du an?"

Der Junge hob den Zeigefinger, um ihn zum Schweigen zu bringen. „Könnte ich bitte ein Zimmer reservieren? Für Jordon Davis. Danke. Anreise heute und Abreise …" Er sah Zack fragend in die Augen.

„Mittwoch", formte Zack stumm mit den Lippen.

„Mittwoch. Ja, eine Nacht." Jordon kümmerte sich um die übrigen Einzelheiten und gab auch seine Kreditkartennummer an, sodass Zack von niemandem aufgespürt werden konnte.

Er war dem Kleinen was schuldig für sein kreatives Denken. „Danke."

„Gern geschehen. Weißt du, meine Therapeutin würde das Vermeidungsverhalten nennen, aber ich hoffe, dass dir das genug Zeit verschafft,

189

endlich den Hintern hochzukriegen. Du solltest nämlich wirklich mal mit dem Arschloch reden und den ganzen Schwachsinn ein für alle Mal regeln." Jordon schnappte sich eine Serviette und begann mit seinem Multicolor-Stift darauf herumzukritzeln.

Warum gab ihm dieser Gedanke das Gefühl, in einen Abgrund zu starren? Zuzugeben, dass es vorbei war … dann wäre nichts mehr übrig. Das konnte er nicht.

Zack schüttelte den Kopf. „Ich kann nicht, Jordy. Noch nicht." Er wusste nicht, wie er seinen Wunsch erklären sollte, an diesem Traum festzuhalten – dass Andrew ihn irgendwie doch begehrte. Es war kindisch, aber das Wochenende war so viel mehr gewesen, als er sich je erträumt hätte – er konnte einfach noch nicht loslassen.

„Also, bei mir ist das so, dass ich immer vom Schlimmsten ausgehe. Schließlich hat Mom mich rausgeschmissen. Meine Therapeutin sagt, ich würde lieber aufs Glücklichsein verzichten als Zurückweisung zu riskieren. Vielleicht ist das bei dir genauso?"

Zack fuhr sich mit den Fingern durch die Haare und schüttelte den Kopf. Seine Mom hatte ihn zwar auch rausgeschmissen, und Andrew hatte ihn schon einmal zurückgewiesen, und … „Nein. Das klingt nicht … Ich weiß nicht. Kann sein …" Er raufte sich die Haare und wünschte, das würde ihm beim Denken helfen.

„Okay, na schön, genug Therapie für heute. Schreib Dusty wenigstens eine SMS, dass es dir gut geht", befahl Jordon und ignorierte ihn dann, um sich auf seine Zeichnung zu konzentrieren.

Zack schrieb an Dusty und Justin: *Tut mir leid. Mir geht's gut.*

Sofort kam von beiden eine Antwort: *Alles ok?*

Ich mach nichts Verrücktes. Hab nur Zeit gebraucht, um den Kopf freizukriegen, schrieb er zurück.

Sein Bruder zuckte zusammen und steckte seinen Stift ein. Er beugte sich vor und flüsterte: „Lass uns im Hotel frühstücken, ja?"

„Warum?"

„Ich glaube, ich hab' eben eine Kakerlake gesehen." Jordon spähte mit angewiderter Miene unter den Tisch und rutschte langsam aus der Nische.

Zack hatte das Lokal hier für einen guten Unterschlupf gehalten, aber es war anscheinend noch versiffter, als er ursprünglich gedacht hatte. „Klar. Gehen wir."

Jordon ließ die Serviette, auf der er herumgekritzelt hatte, unter dem Zehner zurück, den Zack auf den Tisch legte. Als Zack sich die Serviette genauer anschaute, stockte ihm der Atem. Das Bild war einfach perfekt.

Es zeigte einen Drachen mit langem, gewundenem Schwanz, dem ein Vorhängeschloss von einer Kralle baumelte. Obwohl die Zeichnung nur als Filzstiftskizze ausgeführt war, konnte Zack sich die Blau- und Grüntöne der Schuppen problemlos mit irisierendem Schimmer und das Wort „MASTER" in erhabener Schrift auf dem goldenen Schloss vorstellen. Mit ein paar kleinen

Änderungen wäre das hier das perfekte Tattoo. Er steckte die Serviette in die Tasche.

Jordon trat an der Tür ungeduldig von einem Fuß auf den anderen. „Ich seh' dein Auto nirgends."

„Hab's beim Club stehen lassen."

„Steht es da sicher? Sollen wir dort vorbeischauen, damit du es mitnehmen kannst?"

Nein! Schon allein bei dem Gedanken versagte ihm schier das Herz. Er wollte nicht mal in die Nähe des Entwined kommen. „Nee, du kannst uns ins Hotel fahren. Ich lasse das Auto lieber dort auf dem Parkplatz. Der ist rund um die Uhr bewacht."

Jordan rümpfte die Nase und machte ein finsteres Gesicht, aber er zuckte mit den Schultern und fragte nicht weiter.

Zack quetschte sich in Jordons Spielzeugauto und nörgelte, wenn auch als Vorschlag verpackt: „Nächstes Mal solltest du dir einen Viertürer zulegen."

Jordon drehte den Schlüssel um, und aus den Lautsprechern explodierte Musik. Zack stellte die Anlage leiser. Um das Gespräch auf ein unverfängliches Thema zu lenken, fragte er: „Wer ist das?" Sein Bruder fand immer wieder unbekannte Gruppen aus aller Welt. Zack versuchte herauszuhören, ob hier ein Mann oder eine Frau sang. Jordons Raubkopie war furchtbar.

„Eine neue Band. Die sind voll der Hammer. Warte, warte … hör zu." Jordon deutete auf die Bedientafel der Anlage, und wie aufs Stichwort schraubte sich die Singstimme in dramatische Höhen und fiel dann wieder in tiefere Register ab. Jordon manövrierte seinen VW Beetle vom Randstein runter – und das sogar, ohne ihn zu schrotten.

„Sie ist gut." Zack vergewisserte sich, dass er angeschnallt war.

„Der Sänger ist ein er. Und, oh mein Gott, er ist schön, umwerfend, sexy, ein bisschen androgyn, aber total männlich." Jordon wurde wahrhaftig rot bei seiner kleinen Lobeshymne.

Das verdiente doch brüderliche Beachtung. „Jordon hat 'nen Fre-heund, Jordon hat 'nen Fre-heund", trällerte Zack spöttisch.

„Lass das." Jordon schüttelte den Kopf und starrte finster geradeaus auf die Straße.

Zack hörte auf zu singen. Er wollte es zwar nicht zugeben, aber er war beeindruckt. Die Musik war gut, wenn man erst mal über die miese Tonqualität weg war.

Er musste einfach fragen. „Wo hast du die bloß gefunden?"

„Na ja, ich hab mir ein paar Videos auf Youku angeguckt, und da …"

„Ju-was?", kicherte Zack.

„Halt' die Klappe!" Jordon schlug nach ihm und traf ihn am Arm. „Das ist so was ähnliches wie die zensierte chinesische Version von YouTube."

„Wie heißt die Band, in der dein neuer Freund singt?"

„Hör auf! Er ist nicht mein Freund", beharrte Jordon, inzwischen leicht angesäuert.

Zack lebte ein bisschen auf und verdrehte die Augen. „Wirst du jetzt zickig oder was?"

„Na ja, du weißt, dass ich keinen Freund habe." Jordons Lachen hatte einen brüchigen, bitteren Unterton, der Zack beunruhigte. Und seine kleine Tirade ging noch weiter: „Ich hatte noch nie einen! Und ich werde wahrscheinlich nie einen haben, verdammt noch mal … okay? Also, er ist nicht mein Freund, klar?"

„Hey, immer mit der Ruhe, Miezekätzchen." Zack drückte Jordon die Schulter.

„Ich bin keine Mieze." Jordon kicherte; sein Ärger war schon fast wieder verraucht. „Dass ich einen Schwanz und Katzenohren habe, gibt dir noch lange nicht das Recht, mich abzustempeln."

Zack lachte auf. Der Song endete, und der nächste war in einem anderen Stil gehalten, ging aber genauso ins Ohr. „Die sind echt gut."

„Sie sind in Suzhou, China. Sie haben bisher noch nicht mal ein Demo-Tape. Anscheinend hat irgendein Teenager als Schulprojekt ein Musikvideo von ihnen gedreht und hochgeladen, und das hat sich dann im Internet verbreitet wie ein Lauffeuer."

„Warum hab' ich noch nichts davon gehört?" Zack bemühte sich, bei Musiktrends immer auf dem neuesten Stand zu bleiben.

Jordon zuckte mit den Schultern. „Na schön, es war eher ein örtlich begrenztes Lauffeuer. Aber sie sind spitze."

Zack hörte sich einen weiteren Song an. Die Band war gut.

Jordon deutete auf das Radio. „Hör dir mal das Schlagzeugsolo an."

„Verdammt. Der könnte es glatt mit Dusty aufnehmen."

Jordon grinste. „Wir sollten wohl lieber nicht drauf hinweisen, dass der Drummer ungefähr so alt ist wie du." Eine Zeit lang sprach er wieder stumm den Text mit, dann hörte er auf und deutete wild gestikulierend auf das Radio. „Da, jetzt pass mal auf! Hörst du die Stimme? Hörst du, wie er die Töne am Ende vibrieren lässt? Einfach super!"

„Wie lange gibt's die schon?"

„Keine Ahnung. Ich hab' online nach Informationen gegraben, aber da war nichts zu machen. Gähnende Leere. Hast du gewusst, dass in China sogar Facebook verboten ist?"

Was Zack im Moment eigentlich scheißegal war. Trotzdem sagte er: „Das ist echt ätzend", hoffentlich mit genug Leidenschaft, dass Jordon sich bestätigt fühlte.

Jordon fuhr auf den Parkplatz des Hotels. Nachdem er Zack eingecheckt hatte, setzten sie sich zum Frühstück. Zack trank seinen schwarzen Kaffee, während Jordon sich über einen Berg Pfannkuchen mit gebratenen Wurstscheiben – keine Bratwürstchen, weil Jordon die Wursthaut nicht mochte – und ein großes Glas Milch hermachte. Er hatte der Kellnerin sogar ein Glas „Halb und halb"-Saft abgeschmeichelt: Orange gemischt mit Cranberry.

„Schmeckt gut. Willst du auch was?" Jordon hielt ihm eine Gabel voll hin, um ihn in Versuchung zu führen.

„Nee."

„Du musst was essen."

„Mach' ich schon. Später." Als sich die Augen seines kleinen Bruders weiteten – *oh shit*, das verhieß eindeutig eine Standpauke – schnitt Zack ihm das Wort ab. „Versprochen. Ich esse nachher was. Ich hab' bloß grade keinen Appetit."

Er war kurz vor dem Umfallen. Herrgott, er hätte eine Woche lang schlafen können.

Jordon musterte ihn prüfend und schaufelte sich einen „perfekten Bissen" in den Mund. Darunter verstand er derzeit zwei Pfannkuchen-Dreiecke mit genau der richtigen Menge Sirup und ein bisschen Wurst obendrauf.

Jordon kaute, schluckte und sprach dann das Offensichtliche aus: „Du vermisst ihn."

Der Schmerz würde irgendwann zwangsläufig nachlassen. Jordon anzustarren war die einzige Antwort, zu der Zack imstande war.

„Also, was zum Teufel willst du jetzt machen?"

„Ein Jahr lang schlafen. Mich auf die Arbeit konzentrieren", sagte Zack achselzuckend.

Jordon bastelte weiter perfekte Bissen. Zu besseren Zeiten hätte Zack es wahrscheinlich unterhaltsam gefunden, wie sorgsam Jordon seine Wurstscheiben rationierte, um für jeden Bissen genug davon zu haben.

Genug? Zack würde von Andrew nie genug bekommen. Er griff nach seinem Kaffee und trank einen großen Schluck. Autsch! Da hatte er nicht aufgepasst. Wann hatte die Kellnerin ihm Kaffee nachgeschenkt? Na ja, er brauchte seine Geschmacksknospen ja eigentlich nicht.

„Und, wie ist das so?"

Zack schüttelte den Kopf, um sich vom Nachdenken über seinen Master frei zu machen. „Wie ist was so?"

„Mit jemandem zusammen zu sein?" Jordons helle Haut gab das verräterische Rosa preis, das ihm in die Wangen stieg. „Du warst doch auch schon mit anderen zusammen, nicht nur mit ihm, oder?"

„Ja." Zack starrte seinen Bruder an, und ihm wurde klar, dass er wirklich kein Kind mehr war. Jordon war erwachsen. Zack und Dusty sollten aufhören, ihn wie einen kleinen Jungen zu behandeln.

„Wie viele waren es?"

Er verdrehte die Augen. „Ich weiß nicht. Einige."

„Wenn du mehr als eine Hand brauchst, ist das eine Menge." Jordon durchbohrte ihn mit Blicken. „Gehst du mit denen … du weißt schon … ins Verlies?"

„Meistens." *Mit allen*, außer …

Jordon schnappte nach Luft und wedelte sich mit der Hand vor dem Gesicht herum wie eine entsetzte Jungfer kurz vor dem Dahinsinken.

Zack tat die Vorstellung mit einer Handbewegung ab. „Das ist keine große Sache."

„Keine große Sache?" Jordons schockierter Gesichtsausdruck erinnerte ihn daran, dass sein Bruder nicht viel Erfahrung hatte, wenn überhaupt. Und das eben hatte ziemlich gefühllos geklungen.

„Okay, pass auf, so war das nicht gemeint. Es ist schon eine große Sache. Normalerweise geht die Session nicht so weit."

Jordon schob seinen Teller weg. „Ich meine, was macht ihr eigentlich?"

„Willst du das wirklich wissen?" Zack wartete und betete um ein „Nein" als Antwort.

„Nein. Ja." Jordon hielt inne und schüttelte den Kopf. „Nein." Er griff nach seinem Katzenschwanz und spielte damit herum. „Sag mal, war es mit ihm anders?"

Sein Eigentum. Liebe. Für immer.

Die Erinnerung schmerzte wie ein Peitschenhieb. „Ja. Es war … *ganz* anders. Mit ihm … ich weiß auch nicht. Ich konnte einfach ich sein."

Knien. Dienen. Liebe.

Jordon schürzte die Lippen. Wenn Zack die Ohren spitzte, würde er wahrscheinlich hören, wie sich in seinem Hirn die Rädchen drehten. „Und bei den anderen warst du also nicht du selbst?"

„Ich habe mich ganz auf ihre Bedürfnisse konzentriert. Bei ihm … konnte ich einfach alles geschehen lassen."

Wie sollte er Drew jetzt jemals loslassen können? Scheiße, er war ja so blöd gewesen. Es gab nichts zum Loslassen.

„Dann hat er also einfach mit dir gemacht, was er wollte?"

„Nein. Er hat gemacht, was *ich* wollte. Er hat mir gegeben, was ich mir am sehnlichsten gewünscht habe." Zack schlug sich die Hände vors Gesicht. „Ich weiß nicht, was ich machen soll, Jordy."

Es herrschte Schweigen. Jordy kam um den Tisch herum und setzte sich neben ihn auf die Bank. Er legte Zack einen Arm um die Schultern und drückte ihn fest an sich. „Weißt du, was du jetzt machen wirst?"

„Was?" Das ernsthafte, resolute Auftreten seines Bruders war ein bisschen befremdlich bei jemandem, den Zack bisher für zu jung gehalten hatte, um Ratschläge erteilen zu können.

„Den Arsch hochkriegen wirst du. Erst mal musst du schlafen – du siehst echt scheiße aus. Dann isst du was, und dann reißt du dich verdammt noch mal zusammen, gehst Andrew suchen und entschuldigst dich. Auf Knien, wenn's sein muss. Weil *du* Mist gebaut hast."

Was sein Bruder sagte, war wie ein Schlag auf den Kopf. „Und was, wenn er mich nicht will?"

„Dann weißt du's wenigstens."

Genau darum ging es ja. Er wollte es nicht wissen.

16

VERDAMMT! DER Kleine hatte recht gehabt. Nach fast sechsunddreißig Stunden ohne Schlaf war Zack regelrecht zusammengeklappt. Er war am frühen Nachmittag in sein Hotelbett gefallen und hatte durchgeschlafen bis zum nächsten Morgen.

Träume hatten ihn mit dem gequält, was er aller Wahrscheinlichkeit nie wieder haben würde.

Das Wochenende hatte ihn verändert. Er konnte nie wieder zurück. Er musste an dieser Erfahrung festhalten. Er wollte und durfte die wenigen Momente nie vergessen, in denen er den Master gehabt hatte, den er sich immer gewünscht hatte.

Zack zog die Serviette mit Jordons Zeichnung hervor und musterte das Bild. Sich ein Tattoo stechen zu lassen war sicher nicht besonders schlau. Vielleicht könnte man es sogar eine Spur psycho nennen.

Scheiß drauf! Seine ganze Welt stand Kopf. Er musste das für sich tun. Aber erst mal brauchte er eine Dusche und was zu essen.

Das Tattoo-Studio, in dem ein guter Freund von ihm arbeitete, war nur ein paar Blocks vom Hotel entfernt. Er rief Marcus an und vereinbarte einen Termin.

Auf dem Weg dorthin versuchte Zack den Sonnenschein zu genießen, aber er hatte den Kopf zu voll von „was-wäre-wenn", um die Unterbrechung des eisigen Wetters gebührend zu würdigen.

„Hey, Marcus." Zack winkte dem hochgewachsenen Mann zu, der Jeans und ein T-Shirt mit der Aufschrift *„YOU SAY SADIST LIKE IT'S A BAD THING"* trug. „Wie geht's dir, Mann?"

Ein Lächeln erhellte Marcus' Gesicht, und er schlängelte sich durch den vollgestellten Eingangsbereich des Tattoo-Studios auf ihn zu und umarmte Zack wie ein Bär. „Gut, gut. Und dir?"

Marcus' tiefer Bariton beruhigte Zacks Nerven. „Ganz okay. Danke, dass du mir zuliebe heute früher gekommen bist."

„Kein Problem. Aaaalso?" Marcus betrachtete ihn prüfend. „Und? Wie ist das Wochenende gelaufen? Ich hab' gesehen, wer dich ersteigert hat."

„Es war …" Was sollte er sagen? Es war alles gewesen, und er konnte es einfach nicht loslassen.

„Heilige Scheiße! Echt jetzt?" Der Blödmann war schon immer viel zu scharfsinnig gewesen.

„Was?" Zack ging unverhohlen in die Defensive, forderte ihn heraus, den Scheiß in Worte zu fassen, der in seinem Kopf vorging.

Marcus schüttelte den Kopf. „Warum hab' ich das nicht gewusst? Ich dachte, wir wären Freunde."

„Was meinst du damit?" Zack schlenderte zu den Mappen mit den Tattoos.

„Es ist mir ein Rätsel, wieso ich deine Veranlagung nicht gesehen habe, wenn wir zusammen gespielt haben."

Marcus war immer ein sicherer Kandidat, wenn Subs mit zwei Doms spielen wollten. Er und Zack glichen einander aus. Als Sadist handhabe Marcus eher den schmerzbezogenen Teil der Sessions, während Zack sich auf die leichteren Aspekte konzentrierte.

Nach einer solchen Session, wenn alle Subs wieder sicher auf die Erde zurückgekehrt waren, gingen Zack und Marcus normalerweise zusammen einen Happen essen. Ihr Stammlokal war ein Imbissrestaurant in der Nähe des Entwined. Es hatte die ganze Nacht geöffnet und war weit genug weg, dass andere Clubmitglieder nicht Zeuge werden würden, wenn sie mit fettigem Essen genüsslich einen Herzinfarkt riskierten.

Der Tätowierer folgte ihm zu den Mappen. „Also, was willst du dir jetzt in deine jungfräuliche Haut stechen lassen?"

„Ich hätte gern so was wie das hier." Er überreichte ihm den weißen Zellstoff-Fetzen. Kleine, komplizierte Designs waren Marcus' Spezialität.

Marcus betrachtete die grobe Skizze. „Ist die von deinem Bruder?" Seine Finger zeichneten voll Ehrfurcht die Umrisse nach. Wahrscheinlich prägte er sich gerade die Details jedes einzelnen Strichs ein.

„Ja."

„Der Junge hat seinen ganz eigenen Stil." Marcus hob den Blick von Jordons Kunstwerk. „Wo willst du's hinhaben?"

Zack streckte den rechten Arm aus und deutete auf die Innenseite seines Unterarms, direkt über dem Handgelenk. „Hier. Ungefähr so groß."

Marcus nickte und fragte: „Irgendwelche Änderungen?"

„Ja. Der Körper und der Schwanz des Drachen sollen sich um die Buchstaben D, R, E und W ringeln. Ich möchte, dass die Buchstaben ein bisschen versteckt sind." Er machte eine Pause und fügte dann hinzu: „Aber wenn man genau hinguckt, soll man sie erkennen können." Er würde das fertige Tattoo meistens bedeckt halten.

„Okay. Hier ist die Einverständniserklärung."

Zack las sich das einfach gehaltene Formular durch und unterschrieb.

„Setz dich." Marcus ergänzte die Skizze um die Buchstaben und zeigte Zack den Entwurf. „Gut so?"

„Ja, genau. Das ist super."

Marcus beschäftigte sich mit den Tattoo-Geräten und Tinten. Er machte die Stereoanlage an. Das New-Age-Gedudel sollte den Kunden vermutlich beim Entspannen helfen.

Zack setzte sich auf den lederbezogenen Stuhl und starrte die strukturierten schwarzen Wände an, dann legte er den Kopf in den Nacken und betrachtete die batikartigen Muster an der lebhaft bunt gestrichenen Decke.

„Der Drache wird ungefähr so groß und reicht von hier bis hier." Marcus skizzierte die Umrisse mit den Fingern. „Kaum Haare, also muss ich nichts rasieren." Er reinigte den Bereich mit einer grünen Seife. „Also, Andrew muss ja ziemlich toll sein ..." Marcus schnallte Zacks Arm an der Armlehne fest.

Zack unterdrückte ein Stöhnen, als Marcus den Lederriemen festzurrte und mit einer Schnalle fixierte. Dabei musste er wieder an Drews Fesseln denken. Er schloss die Augen, lehnte sich zurück und versuchte, die Emotionen in den Griff zu kriegen, die ihn zu überwältigen drohten. Zuneigung, Freude, Verlangen und Erregung wetteiferten um den Spitzenplatz in Zacks Kopf.

„Gefällt dir das?", fragte Marcus mit einem amüsierten Lächeln.

„Fick dich doch." Zack versuchte, seine Verlegenheit mit einem, wie er hoffte, verärgerten Gesichtsausdruck zu kaschieren. Doch vor den Tatsachen gab es kein Entrinnen. Er wurde festgemacht, um sich mit dem Symbol des Masters seines Herzens kennzeichnen zu lassen.

„Ha! Das haben wir nie gemacht. Wozu auch eine gute Freundschaft mit dem Austausch von Körperflüssigkeiten ruinieren? Gibt nur Chaos. Obwohl ..." Marcus fummelte an der Schnalle herum, zog den Riemen straff und schnallte ihn dann eine Spur enger wieder fest.

„Sadist", beschwerte sich Zack. Der Mistkerl machte das doch bloß, um Zack stöhnen zu hören.

„Jau, mit masochistischen Tendenzen", frotzelte Marcus. Er wandte sich wieder seinen Vorbereitungen zu. Als die Maschine bereit war, streifte er sich lila Chirurgenhandschuhe über und sah Zack an, eine Augenbraue hochgezogen. „Hätte ich gewusst, dass du nur verhaltensmäßig ein Dom bist ..." Er reinigte den Bereich und fing mit dem Umriss des Drachens an.

Zack sah ihn mit gespieltem Entsetzen an. „Was? Hättest du dann versucht, mich mit Spiel-Piercings in dein ganz persönliches Nadelkissen zu verwandeln?"

„Auf jeden Fall, und vielleicht hätten wir auch –"

„Nein." Das Wort kam als Quieken heraus, und das hatte nichts mit der Tinte zu tun, die ihm gerade in die Haut gestochen wurde. Er konnte hier keine Missverständnisse aufkommen lassen. „Nur mit ihm ... Drew ist der Einzige. Er ist ..." *Alles.* Das leise Summen der Maschine war beruhigend, und die kleinen Nadelstiche waren verführerisch. Er sah seinen Freund an und hoffte, Marcus würde die Lücken füllen.

„Nur für Andrew, hmmm. So langsam wird die Sache interessant, mein Freund. Erzähl' mir, was passiert ist. Und komm mir bloß nicht mit ‚nichts‘ ..." Marcus wischte mit einer medizinisch riechenden Lösung über die ersten eingestochenen Linien auf Zacks Arm.

Zack schloss die Augen, um sich dem Schmerz hinzugeben und alles andere auszublenden. Nadelstiche, das Wischen des Tuchs und das Surren der Maschine erlaubten ihm, seinem Freund das Wochenende in allen Einzelheiten zu schildern. Der Schmerz schien ihm die Zunge zu lösen; seine geheimsten Gedanken strömten nur so aus ihm heraus. Vielleicht hatten Nadelspiele doch was für sich.

Marcus zog die Tätowiermaschine zurück und rieb erneut mit dem weichen Tuch über Zacks Haut. „Wie lange hat er dich in der Schwebe gehalten?"

Zack schoss die Röte in die Wangen, als er im Geiste die Stunden der Folter und Ekstase erneut durchlebte. Drew hatte ihn erbarmungslos schmoren lassen.

Die Erinnerung weckte Gelüste. Warum hatte sein Schwanz heute Morgen unter der Dusche nicht so reagieren können wie sonst? Ausgerechnet jetzt brauchte er wirklich nicht geil zu werden.

„Mmmmm." Die köstliche Qual überrumpelte ihn, als Marcus weitermachte. Sein Handgelenk stand in Flammen, ehe aus dem Brennen etwas ganz anderes wurde. „Er hat mich stundenlang auf den Orgasmus warten lassen, glaube ich ..." Er dachte an die erotische Folter unter Andrews geschickten Händen zurück. „Fast den ganzen Tag und bis in den Abend hinein."

„Du hast das Zeitgefühl verloren?" Marcus war der Neid anzuhören.

„Ja."

Das Surren der Nadel ließ die einzelnen Stiche miteinander verschmelzen und die Qual zum Genuss werden. Aus dem Schmerz wurde ein sinnliches Pochen.

„Und, wie seid ihr zwei jetzt verblieben?"

Zack klingelten immer noch die Ohren von Jordons Schimpftirade. Er wollte nicht noch jemandem einen Grund geben, ihn für völlig bescheuert zu erklären. Er brauchte ein bisschen Freiraum, um zu überlegen, was er jetzt machen sollte. „Das war eine einmalige Sache. Bloß für ein Wochenende, du weißt schon, wegen der Auktion ... nichts weiter."

„Eine einmalige Sache. Schon klar. Ja, ja, nach einem heißen Wochenende würde jeder normale Mensch so was machen, nicht?"

Zack öffnete die Augen. „Was?"

„Mann, du lässt dir hier grade seinen Namen in die Haut stechen! Na ja, falls du's dir irgendwann anders überlegst, keine Sorge, bei dem Design lässt sich das problemlos kaschieren."

Zack verbiss sich die Antwort – dass es ihm nie einfallen würde, das Tattoo zu verändern – und wechselte das Thema. „Warum bist du eigentlich so heiß drauf, mich zu quälen?"

„Ich hab' eben Spaß an meinem Job." Er deutete auf sein T-Shirt. „Noch Fragen?"

Zack lachte leise und wechselte erneut das Thema. „Wie geht's Hunter?"

„*Bestens.*" Der harte, tätowierte Kerl seufzte wie ein Achtklässler, mit Augenverdrehen und allem. Marcus und Hunter hatten seit fast sechs Jahren eine offene Beziehung miteinander. Sie waren ein glückliches BDSM-Paar wie aus dem Bilderbuch.

„Aber …?" Es gab doch hoffentlich keinen Ärger im Paradies?

„Wie du weißt, steht er weder auf Schmerz noch auf Nadelspiele. Und ich bin zwar masochistisch veranlagt, aber nicht besonders devot." Marcus hörte auf zu tätowieren und wischte die Blutströpfchen weg. „Wie findest du's?"

Der Schwanz des Drachen ringelte sich perfekt um Drews Namen. Das Schloss war trotz der Größe des Tattoos erstaunlich detailliert, das Wort „Master" deutlich lesbar.

„Fantastisch."

„Ich würde den Drachen in Blau- und Lilatönen machen, mit einer Spur Grün. Für das Schloss nehme ich Gold und für die Buchstaben ein gedämpftes Rot, fast Pink. Ich möchte, dass alle Farben des Regenbogens vertreten sind. Es muss ausgewogen sein."

„Du hörst dich an wie Jordon." Zack betrachtete seinen Freund mit derselben Zuneigung, die er seinem Bruder gewährte. Marcus war Jordon in vieler Hinsicht sehr ähnlich. Huh. Warum war ihm das bisher noch nie aufgefallen? Trotz aller Sorgfalt, mit der er seine Farben vorbereitete, schien Marcus mit den Gedanken nicht ganz bei der Sache zu sein. „Dann ist Hunter also nicht bereit, mal Nadelspiele auszuprobieren?"

„Doch. Oh, der Mann ist zu allem bereit, was mich glücklich macht. Aber er ist Rettungssanitäter, und in seinem Beruf haben Nadeln eine ganz andere Bedeutung als in meinem. Und du weißt ja, dass es ein Unterschied ist, ob man Verlangen nach was hat oder seinen Geliebten glücklich machen will."

Knien. Dienen. Ihm gehören.

Ein heimlicher Schauer dieser Art von Verlangen überlief Zack. Er sehnte sich danach, Drew alles zu geben. Er würde mit Freuden für ihn leiden. „Aber unter anderem deswegen habt ihr zwei doch eine offene Beziehung."

„Sieh mal, er würde ja alles tun, aber er ist dominant. Er will die Session dirigieren. Mein Herzblatt ist eben ein herrschsüchtiger Leithammel und braucht jemanden, der süchtig nach Führung und Anweisungen ist." Marcus arbeitete langsam und stetig weiter an den bunt schillernden Schuppen des Drachen. „Er findet nicht viele Spielpartner. Ich glaube, wir sollten uns einen Dritten suchen, um die Lücke zu schließen." Er nahm die Maschine weg und fuhr lindernd mit dem Lappen über die gereizte Haut.

„Würdest du dich in einer festen Dreierbeziehung wohl fühlen?" Zack versuchte, nicht wertend zu klingen. Er würde nicht urteilen. Was ihm zu schaffen machte, war nicht die Vorstellung des Teilens an sich, aber einen weiteren *festen* Partner haben zu wollen? Das war schon ziemlich abgefahren. Ein Dritter hatte seinen Reiz, aber nicht regelmäßig.

„Keine Ahnung. Mir kommt es so vor, als hätten wir beide irgendwas in uns, was blockiert ist. Ich will, dass jemand sich nach den Schmerzen sehnt, die ich ihm zufügen will. So was ist bei beliebigen Spielpartnern schwer zu finden. Ich will jemanden, der einfach nicht anders kann, als Hunter und mir zu dienen. Auf dieselbe Art, wie du offensichtlich Andrew gehören musst."

„Ich …"

„Oh, zum Teufel noch mal! Du kannst gern behaupten, dass es eine Wochenendaffäre war. Aber ich tätowiere dir hier gerade seinen Namen auf den Arm. Machst du dir bloß was vor oder bist du wirklich so blöd?"

„Leck mich." Um das Thema zu vermeiden wandte Zack sich wieder dem Drama seines Freundes zu. „Würde Hunter denn einen Dritten wollen?" Das einschläfernde mechanische Surren, mit dem die Nadel über seine Haut tanzte, fühlte sich allmählich gut an. Anscheinend liefen seine Endorphine gerade auf Hochtouren. Er schloss die Augen, um den Rausch zu genießen.

„Hunt sagt nein, aber ich weiß, dass ich ihm nicht geben kann, was er braucht. Und bei seinem Terminplan ist es schwieriger für ihn, Spielpartner zu finden. Ich liebe ihn und will, dass er glücklich ist." Marcus' scharfer Blick sah viel zu viel. „Scheiße, an dir ist wirklich ein kleiner Masochist verloren gegangen."

Da Zack seine Lust am Schmerz nicht leugnen konnte, machte er ein Auge einen Spaltbreit auf und fragte: „Und weiter?"

Marcus holte tief Luft, schüttelte den Kopf und konzentrierte sich wieder auf seine Arbeit. Zack schloss die Augen und entspannte sich unter dem sanften Brennen. An manchen Stellen war sein Handgelenk empfindlicher, der Reiz direkter. So verrückt es auch war, aber jeder Nadelstich schien seinen Schwanz zu streicheln. Er erduldete den Schmerz, um eine Erinnerung an das auf der Haut zu tragen, was niemals sein würde.

Scheiße, war er etwa geil? Wieder und wieder piekte ihn die Nadel. Jeder einzelne Einstich erregte ihn. Er musste kommen. Sein Schwanz pochte im Takt mit dem Ticken der Wanduhr, ausgeglichen durch die Nadelstiche.

Marcus wischte das bunte Bild erneut ab und starrte den Drachen an, als könnte der ihm etwas sagen. „Bist abgestürzt, hm? Das war's, was passiert ist, oder?"

„Was?"

„Ein ganzes Wochenende im Subspace, das muss ja ganz schön heftig gewesen sein. Und nach dem Aufwachen bist du gewaltig abgestürzt. Da bist du ausgerastet und hast dich verdrückt, jede Wette."

Zack schüttelte den Kopf, da er die Erklärung nicht wahrhaben wollte. „Ich bin nicht weggerannt, ich bin einfach gegangen."

„Du warst traurig und deprimiert, aber anstatt dich an ihn zu wenden, hast du dich in eine düstere Melancholie der Fehlentscheidungen geflüchtet." Marcus arbeitete weiter an den Farben und Schattierungen seines winzigen Meisterwerks. „Wie oft warst du für einen Sub da und hast ihm geholfen, wieder auf Augenhöhe zu kommen, nachdem du mit ihm gespielt hattest? Das ist Teil deiner Rolle als

Dom. Aber indem du einfach abgehauen bist, hast du ihn daran gehindert, seiner Verantwortung gerecht zu werden."

Zack ließ den Kopf hängen. „Ich wäre in jeder Hinsicht ein mieser Sub. *Falls* Drew – Andrew – mich je gewollt hätte … meine zweitklassige Vorführung hätte ihn abgeturnt."

„Hach, wie dramatisch. Du wärst ein prima Sub", kommentierte Marcus, was Zack weit genug aus seinem Selbstmitleid herausholte, um ihm ein zweifelndes Schnauben zu entlocken. „Denk' doch mal nach. Als Master suchst du nicht nach Perfektion, sondern nach jemandem, mit dem du wachsen und dem du beim Wachsen helfen kannst …"

„Er hat mich schon einmal zurückgewiesen. Ich will diese Demütigung nicht noch mal durchmachen." Um Marcus' unausgesprochene Frage zu beantworten, fügte er noch hinzu: „Hat gesagt, ich wäre zu jung."

„Wann war das?" Marcus blickte von seiner Arbeit auf.

Im Entwined wusste niemand von Zacks peinlicher Angewohnheit, Hals über Kopf in Andrew verknallt zu sein. Er kämpfte gegen ein Lächeln an, aber vergeblich. „Als ich zu jung war."

Marcus lachte prustend auf. „Jetzt bist du nicht mehr zu jung, du Arschloch." Der Künstler verteilte weitere bunte Nadelstiche auf dem Bild. „Du kennzeichnest dich hier als sein Eigentum."

Zack inspizierte das Bild, das exakt diesen Zweck erfüllte. Eine weitere Zurückweisung von Andrew würde ihm das Herz noch schlimmer brechen, aber er musste es unbedingt wissen. Absturz hin oder her, er hatte sich sehr schlecht benommen, indem er weggelaufen war.

Master Drew sollte ihm den Hintern versohlen. Gott, hoffentlich würde er ihm den Hintern versohlen. Kräftig.

Eine besonders empfindliche Stelle geriet unter die Nadel; der Schmerz steigerte nur sein Bedürfnis nach Bestrafung.

Marcus' hochgezogene Augenbraue machte deutlich, dass er Zacks Reaktion mitbekommen hatte. Der Wichser verlangsamte den Prozess. Wieder und wieder zuckten Stiche quälender Lust durch sein Handgelenk. Herrgott, der Schmerz ging immer tiefer; es fühlte sich an, wie einen geblasen zu kriegen. Er rutschte auf dem Stuhl herum und versuchte, sich nichts anmerken zu lassen, doch Marcus' wissendes Grinsen bestätigte sein Versagen. *Dreckskerl!*

„Oh!" Er konnte weder das Aufkeuchen unterdrücken noch das darauffolgende Erschauern.

„Tut weh, was?" Marcus betrachtete ihn interessiert. „Du willst, dass es weh tut, nicht? Du willst für ihn leiden."

„Ja." Ohne die Lederriemen, die seinen Arm fixierten, hätte Zack sich dem Schmerz entgegengeworfen. Ein verrücktes Bedürfnis, aber er wollte jeden Stich dieser Quälerei so tief wie möglich wahrnehmen.

Schmerz. Verdient. Sein Eigentum.

Das Leiden verband ihn mit seinem Master, mit seiner Sehnsucht, sich zu unterwerfen und mit der Hoffnung, dass Andrew ihn wollen würde. Doch auch wenn Andrew ihn nicht wollte, würde er immer ein Andenken an ihre gemeinsame Zeit haben. Das konnte ihm keiner nehmen.

„Mehr." Zack atmete durch die Nase und versuchte, sich in den Griff zu kriegen.

„Stell dir seine Reaktion auf dein Tattoo vor. Obwohl – das ist ‚Topping from the Bottom' in höchster Vollendung, hm?" Marcus sah belustigt zu, wie Zack herumzappelte und an den Lederriemen zerrte. „Bin ich froh, dass ich dich festgeschnallt habe. Sonst hätte ich hier bestimmt schon Scheiße gebaut, und das bloß wegen dir." Der Mann ließ den Lappen über das Bild gleiten. „Du brauchst wirklich einen Master, der dir gute Manieren beibringt."

Zack schloss die Augen und unterdrückte mühsam ein Wimmern.

„Andrew sollte dich bestrafen." Seine Stimme blieb unbeschwert und neckend, aber sein Tonfall ließ darauf schließen, dass er absichtlich Zacks Verlangen nährte.

„Mach das nicht", jammerte Zack, und es war ihm egal, wie weinerlich er sich anhörte.

„Ich bin nicht derjenigen, der hier kurz vorm Abspritzen ist."

„Leck mich. Dir geht doch einer ab dabei, mir wehzutun."

Marcus hörte auf, grinste, und deutete erneut auf sein T-Shirt. Er bückte sich wieder unter die Lampe, um an einigen Schattierungen und Highlights zu arbeiten. „Die Frage ist eher, würde Master Drew seinen geilen kleinen Sub in einem Tattoo-Laden schweinische Sachen machen lassen?"

Wenn Master Drew hier wäre, würde er Zack über den Tisch legen und es ihm von hinten besorgen. Oder noch besser, ihm den Hintern versohlen und ihn dann nehmen. Er würde die Endorphine, die seinen Sub durchströmten, voll ausnutzen. Sie müssten ganz leise sein, weil Leute im Vorraum sein könnten, nur durch eine dünne Tür von ihnen getrennt.

Zack stöhnte auf. *Schwanzlutscher!* Verdammt, er brauchte Erlösung; er konnte schon kaum noch ruhig liegen. Marcus war fast fertig. Zack wollte, was ihm sein Master mit Sicherheit geben würde. Er versuchte, nicht auf dem Tattoostuhl herumzurutschen und wartete, bis die Arbeit abgeschlossen war.

Endlich desinfizierte Marcus den tätowierten Bereich und deckte ihn mit Klarsichtfolie ab. „Die muss für eine Stunde drauf bleiben."

„Kann ich ... äh." Fuck, wollte Zack ihn wirklich fragen, ob er sich hier einen runterholen durfte? Sein Schwanz pochte wütend und ließ ihm keine andere Wahl. Er deutete vage auf seine ausgebeulte Jeans.

Marcus verschränkte die Arme vor der Brust und schmunzelte. „Klar, sonst ist niemand hier ... wenn du meinst, Andrew würde dich *lassen* ..." Er rückte die Vorderseite seiner Hose zurecht. „Ich habe jetzt keine Termine mehr, also falls du nachher was essen gehen möchtest ..."

„Ja."

„Ich hol' dir ein Merkblatt zur Nachsorge und eine Creme zum Feuchthalten." Marcus' Worte waren sachlich, doch der Tonfall verspottete Zack gnadenlos. Wenn er nicht so geil gewesen wäre, hätte ihm das vielleicht sogar was ausgemacht. Vielleich war das hier das beste Heilmittel gegen einen Absturz aus dem Subspace ...

Kaum war die Tür zu und abgeschlossen, ließ Zack sich wieder in den Sessel plumpsen. Mit zitternden Fingern zog er den Reißverschluss runter und gab seinem Schwanz den ersehnten Freiraum. Er spuckte in die hohle Hand und umfasste seine Erektion. Mit zusammengebissenen Zähnen, um ein erleichtertes Stöhnen zu unterdrücken, holte er sich einen runter. Es war fantastisch, obwohl der Verband bei jeder Bewegung spannte. Fuck, lange würde das hier nicht dauern.

Er stellte sich vor, wie Master Drew ihn lobte, weil Zack so tapfer für ihn gelitten hatte. Oh, das hatte er. Drews imaginäre Finger durchkämmten Zacks Haar, und seine andere Hand streichelte Zacks Bauch.

In seiner Fantasie strich die Hand seines Masters an seinem Oberkörper auf und ab, während Zack sich ins Paradies wichste. Drew spielte mit Zacks Brustwarzen und drückte sie zusammen. Der Atem seines Masters streifte aufreizend sein Ohr.

„Komm", befahl das Echo von Andrews Stimme.

Scheiße, ja! Ekstase durchströmte ihn, und sein Schwanz zuckte in seiner Hand. Zack kam und kleckerte sich das T-Shirt voll, aber die Erlösung war eine Notwendigkeit, also war ihm das scheißegal.

Im Geiste flüsterte Andrew lobende Worte für seinen bereitwilligen Gehorsam. Als hätte er irgendwie anders gekonnt.

Er schnappte sich einen von Marcus' sauberen Lappen und wischte die klebrige Schweinerei weg. Hmm, ob Drew ihm wohl erlaubt hätte, zu kommen? Wo war sein Master? Was machte er gerade?

17

WARUM ZUM Teufel war Zack getürmt? Vielleicht war er jetzt, nachdem er Andrew erst mal gehabt hatte, fertig mit ihm. Oder vielleicht war ihm was Schlimmes zugestoßen. Andrew sollte noch mal die Krankenhäuser überprüfen. Möglicherweise erwiderte Zack seine Gefühle nicht. Oder vielleicht war sein kleiner Schlingel einfach ausgerissen. Vielleicht hatte er Angst. Lag er irgendwo verletzt im Straßengraben?

Warum hatte Andrew nicht seinen Instinkten vertraut und am Sonntagabend mit ihm geredet, verdammte Scheiße? Als Zack lächelnd und leise schnarchend neben ihm lag, hätte Andrew ihn wecken sollen. Er hatte seinen Liebling hart rangenommen, und der arme Kerl war fix und alle gewesen.

Andrew hatte das geschafft. Zacks völlige Unterwerfung und grenzenloses Vertrauen hatten Andrew einen Höhenflug beschert. Sogar krank konnte er Zacks sämtlichen Bedürfnissen gerecht werden.

Aber wenn dem so war, wo steckte dann sein Liebling? „Fuck!"

„Komm raus, komm raus, wo immer du bist, mein süßer kleiner Liebling." Andrew suchte noch einmal alle Orte ab, an denen Zack normalerweise anzutreffen war. Aber wieder – kein Zack.

Was, wenn Zack *nicht* mehr gewollt hatte? Vielleicht war er gegangen, um eine Szene zu vermeiden. Das würde erklären, warum er nicht an sein Handy ging.

„Fuck!" Andrew hämmerte mit der flachen Hand auf das Lenkrad ein, als könnte er Zack damit heraufbeschwören. Dann brüllte er: „Verdammt!" und hielt sich die schmerzende Hand. „Das hat wehgetan."

Er hatte nicht mehr geschlafen, seit er am Montagmorgen allein und verlassen in einem leeren Haus aufgewacht war. Nach dem ausgiebigen Sex und den Medikamenten hatte er im Tiefschlaf gelegen.

Jetzt war es Dienstag, und kurz vor Mitternacht, aber trotzdem fand er sich erneut vor der umzäunten Wohnanlage wieder, in der Justin wohnte. Er tippte die Nummer seines Bruders in die Gegensprechanlage.

„Hallo?", gähnte Justin.

„Hey."

„Bist du okay?"

„Nein." Manchmal war Andrew überaus ehrlich.

„Du bist nicht ans Telefon gegangen!"

„Was?" Er holte ein Handy mit völlig leerem Akku aus der Tasche. „Himmel, Arsch und Zwirn! Es ist nicht geladen."

„Wir treffen uns in der Küche. Ich mach' dir einen Tee."

„Okay." Das schwarze, schmiedeeiserne Tor ging auf, und er fuhr zu dem Haus, das Justin mit Dusty, Jordon und Zack teilte. Das moderne Design des Hauses warf unheimliche Schatten über die Auffahrt.

Er stieg aus und streckte sich. *Autsch!* Verdammt, er hatte ganz schön lang im Auto gesessen. Als er durch das nasse Gras stapft, kickte er ein paar deplatzierte Steine zurück in die Kiesumrandung. Er marschierte ums Haus herum und die Hintertreppe rauf zur Küchentür. Der Schlüssel, den Justin ihm gegeben hatte, glitzerte in bunten Batikfarben. Er schloss auf und betrat die Küche.

Sein Bruder stand am Spülbecken. Er drehte sich um, zwei Becher Tee in der Hand. „Du hast dein Handy nicht aufgeladen? Wie ist das überhaupt möglich?"

„Keine Ahnung." Er wusste es wirklich nicht. Nichts ergab einen Sinn und alles war total daneben.

„Du siehst scheiße aus."

„Besten Dank auch. Und du brauchst einen Haarschnitt." Sofort bekam er ein schlechtes Gewissen, als sein Bruder sich unsicher durch die Haare fuhr. „Tut mir leid. Ich kann sie dir morgen schneiden."

„Schon gut. Also, was ist los?", fragte Justin.

„Habt ihr schon was von ihm gehört?" Andrew folgte seinem Bruder ins Morgenzimmer. Hier standen überall die sonnenliebenden Farn- und Efeupflanzen, die Zack pflegte. Tagsüber war das hier der schönste Raum im merkwürdig verwinkelten Haus seines Bruders, kein Zweifel. Aber jetzt erhellte nur eine Lampe aus Muranoglas das Zimmer. Andrew ließ sich in den Polstersessel fallen, den Justin mit dem Fuß in seine Richtung schubste.

„Ich hab' dir auf Band gesprochen, gleich nachdem er sich heute Morgen gemeldet hat. Hast du die Nachricht nicht gekriegt? Zack ist okay."

„Was? Wirklich?" Andrew war auf den Füßen. „Wo ist er? Geht's ihm gut? Ist er hier?"

„Setz dich hin. Zack geht's gut. Nein, er ist nicht hier und wir wissen nicht, wo er ist. Dusty hat ihn sogar über seine Kreditkarten aufzuspüren versucht, aber das geht rechtlich nicht. Er hat uns eine SMS geschrieben."

„Aber er ist okay?"

„Ja."

Er verdrängte die Enttäuschung, dass Zack zwar seine Brüder kontaktiert hatte, ihn aber nicht. Oder etwa doch? Er starrte finster auf sein Handy und fragte sich, ob er das überhaupt wissen wollte. Er hatte keine Ahnung, wann sein Handy den Geist aufgegeben hatte, da der Klingelton abgestellt war und er ihn mit ziemlicher Sicherheit nicht wieder angemacht hatte.

Konzentrier dich! Das Wichtigste war, dass es Zack gut ging … oder jedenfalls zur Zeit des Anrufs gut gegangen war. „Kann ich euer Festnetztelefon benutzen?"

„Klar. Aber sein Handy ist bestimmt nicht an."

Andrew wählte und hatte sofort die Mailbox dran, aber er hinterließ keine Nachricht. Er musste –

„Trink deinen Tee." Sein Bruder schob ihm den Becher zu.

Während er den Kräutertee schlürfte, stierte Andrew durch den dichten Dschungel der Grünpflanzen vor den Fenstern hinaus in die Dunkelheit.

„Hast du geschlafen?"

Andrew hätte lügen können, aber wozu? Er schüttelte den Kopf und trank noch einen Schluck Tee.

„Willst du mir nicht endlich mal sagen, was passiert ist?"

„Wo ist Dusty?" Andrew wollte lieber Zeit schinden.

„Die Band hatte Probe, und danach mussten sie mit irgendwelchen Investoren essen gehen." Justin schaute auf die Uhr und lächelte. „Und Dusty darf wahrscheinlich für alle den Chauffeur spielen. Für Jordon und mich rückt der Abgabetermin immer näher, also bin ich hiergeblieben und habe die Story fertig geschrieben." Er nippte an seinem Tee und kehrte zur ursprünglichen Frage zurück. „Was ist passiert?"

„Ich hab' dir ja gesagt, dass ich ihn bei der Auktion ersteigern wollte. Das hab' ich auch. Wir hatten ein fantastisches Wochenende, und dann war's Montag, und er war verschwunden."

Justin stellte seinen Becher weg, auf dem einer seiner Romane abgebildet war. Andrew sah sich seinen Becher genauer an und stellte fest, dass die Abbildung einen der *Dark Angels*-Mangas zeigte. „Was hat er gesagt?"

„Nichts, er war schon weg, als ich aufgewacht bin." Andrew trank seinen Tee und wich Justins Blick aus.

Sein Bruder kratzte sich am Kopf. „Das ergibt keinen Sinn. Er ist schon seit Jahren in dich verliebt."

„Ja, klar." Andrew konnte nicht verhindern, dass ihm die Skepsis anzuhören war. Jordon wusste nicht, wieviele Bewunderer Zack hatte.

Justin winkte spöttisch ab und trank einen Schluck Tee. „Also, was hat er denn nun gesagt, als du ihm eröffnet hast, dass du nicht länger das Werkzeug deines eigenen Unglücks sein willst?"

„Lass den Yaoi-Kram in deinem Manga." Andrew machte ein finsteres Gesicht. Der Kosmos machte sich immer noch über ihn lustig.

Justin gab ihm mit einer Geste zu verstehen, dass er reden sollte. „Mal im Ernst, wie hat er reagiert, als du ihm gesagt hast, was du für ihn empfindest?"

„Dazu bin ich nicht gekommen." Wie um sich zu rechtfertigen fügte Andrew rasch hinzu: „Wie gesagt, am Montag war er nicht mehr da."

„Zack war das ganze Wochenende über bei dir, und du hast keine Gelegenheit gefunden, dich mit ihm auszusprechen?"

Nein, er war zu sehr damit beschäftigt gewesen, seine Fähigkeiten als Dom unter Beweis zu stellen. „Ich weiß."

Frust nagte an ihm. Erschöpfung überschwemmte ihn. Er stand auf und schleppte sich in die Küche, um seinen Becher auszuspülen und in die Spülmaschine zu stellen. Er zog seinen Autoschlüssel aus der Tasche.

„Oh nein." Sein Bruder schnappte ihm blitzschnell den Schlüssel aus der Hand. „Du schläfst jetzt erst mal eine Weile."

„Ich muss wieder los und ihn suchen gehen." Andrew unterdrückte ein Gähnen.

„Das machst du, nachdem du geschlafen hast. Du bist zu müde zum Fahren. Ich kann dir ein Gästezimmer richten."

Andrew atmete hörbar aus und gab sich geschlagen. „Okay, aber ich schlafe in seinem Zimmer. Vielleicht kommt er ja nach Hause." Um seinen Master in seinem Bett zu finden. Andrew hoffte, dass Zack nichts dagegen haben würde.

Er torkelte leicht, als er dir Treppe rauf stapfte. *Verdammt.* Er hielt sich am Geländer fest.

Justin knipste das Licht an. Das Bett war nicht gemacht. „Ich kann es frisch beziehen."

Nein! Er wollte auf den Laken liegen, die Zack berührt hatten. Wollte ihn riechen. „Nee, nicht nötig."

„Und nimm eine Dusche, Bruderherz. Gib mir deine Klamotten, ich wasch' sie dir."

„Das musst du nicht machen, Justin." Jetzt, wo sein Bruder es erwähnte – Andrew müffelte tatsächlich ganz schön. Schweiß, Furcht und Reue waren keine reizvollen Gerüche.

„Oh doch, das muss ich. Vertrau mir", neckte Justin. „Gib mir dein Handy. Ich lade es dir auf. Geh duschen und dann ins Bett. Ich lass' die Sachen draußen vor der Tür, wenn sie getrocknet sind."

„Danke." Er trat in Zacks großes, grünes Badezimmer und drehte die Dusche auf, bevor er seine stinkenden Klamotten hinausreichte.

„Keine Unterwäsche, hm?", hörte er seinen Bruder kichern, dann ging die Schlafzimmertür zu.

Andrew shampoonierte sich die Haare, spülte sie aus und shampoonierte sie noch mal, weil das wirklich einen Unterschied machte. Als er sich umschaute, fand er lediglich einen billigen Conditioner. Wie sollte Zacks Haar gesund bleiben, wenn er nur dieses minderwertige Zeugs benutzte? Da ihm keine andere Wahl blieb, rieb er sich eine Handvoll von der nach Erdbeeren riechenden Creme in die Haare. Dann entdeckte er auch noch einen Rasierer und wechselte den Kopf aus, ehe er sich um die dichten Stoppeln auf seinen Wangen kümmerte. *Verdammt*, das war fast schon ein Bart. Er seifte sich ein, duschte sich ab, holte ein flauschiges grünes Handtuch aus dem Schrank und trocknete sich ab.

In der untersten Schublade fand er Zacks Vorrat an Toilettenartikeln übersichtlich in Behältern geordnet und etikettiert. Er schob die Kästen mit Rasierern, Billigshampoo-, Conditioner- und Duschgelflaschen und Zahnpasta herum, bis er schließlich eine unbenutzte Zahnbürste fand. Nachdem er sich die Zähne geputzt hatte, steckte er die neue, neongrüne Zahnbürste neben Zacks in den Halter. Das gefiel ihm.

Er strich das Laken und die Tagesdecke glatt, ehe er sich ins Bett sinken ließ. Wow, endlich wieder waagerecht – er hatte schon fast vergessen, wie gut sich das anfühlte. Er zog sich das Handtuch von den Hüften und hängte es über das Kopfteil des Bettes.

Andrew drückte das Gesicht ins Kopfkissen, atmete ein, aus und oh, noch mal ein. Köstlich. Zacks Geruch war schwach, aber wahrnehmbar. Er rollte sein Gesicht in Zacks Laken, und es war ihm egal, ob er sich gerade benahm wie eine Katze mit Katzenminze.

Zack war okay, und wenn Andrew ihn wiedersah, würde er ihm schon begreiflich machen, was zwischen ihnen beiden zu geschehen hatte. Er schwor allen Göttern und Göttinnen aller bekannten Religionen und des ganzen Weltalls, dass er Zack das Tempo vorgeben lassen und sich ganz nach ihm richten würde. Andrew würde ihn zu nichts drängen.

Oh ja, das mit ihm und Zack konnte was Gutes werden. Vielleicht würde er aufwachen und Zack an sich gekuschelt finden.

Hmmmm, ob Zack wohl … Beim Herumtasten – erst unter dem Kopfkissen, dann unter der Matratze und schließlich unter dem Bett – stieß seine Hand auf eine Pappschachtel. Er zog sie hervor. Hatte Zack etwa BDSM-Pornohefte? Wie retro.

Die Schnüffelei hätte ihm ein schlechtes Gewissen machen sollen, doch das blieb aus, also öffnete er die Schachtel. Es waren Fotos drin. Das erste zeigte Andrew im Safaripark. Das nächste war ein Schnappschuss von ihm bei einem Konzert der Dark Angels, das dritte ein Bild von Andrew am Strand. Dutzende von Fotos, alle von ihm.

Was zum Teufel …? Er hatte ja keine Ahnung gehabt. Zack hatte auch seine Bilder und Artikel über ihn aus Zeitungen und Zeitschriften gesammelt. Er durchblätterte den Stapel. Es war ein „Das ist dein Leben", in Schnappschüssen festgehalten. In den Artikeln ging es um Interviews, die Andrew zu seinem Geschäft und zu seinem Leben als Stylist einer Rockband gegeben hatte. An manche erinnerte er sich nicht mal, aber alle waren sie hier in dieser Schachtel.

Verdammt. Entweder war Zack ein Stalker, oder er machte sich was aus ihm. Er würde es so langsam angehen lassen, wie Zack wollte, um ihn nicht noch mal zu verschrecken. Sie gehörten zusammen, und Andrew hatte vor, das zu verwirklichen – sobald er ein bisschen geschlafen und seinen eigenwilligen Liebling gefunden hatte. Sein Schwanz protestierte mit einem verärgerten Pochen.

Oh, was ist das denn? Volltreffer! Eine Flasche Gleitgel war in einer Ecke der Schachtel. Die kam ihm doch gerade recht. Als er seinen Schwanz in die Hand nahm, stieß er einen tiefen, dankbaren Seufzer aus. Er schloss die Augen und begann sich zu streicheln.

Sein benebelter Verstand versuchte, die Ereignisse dieses Wochenendes mit Zack wiederaufleben zu lassen, jedoch vergeblich. Stattdessen zauberte er sich Zack in das Badezimmer, das er eben verlassen hatte, in die große Badewanne und in ein Schaumbad. Das billige Pfirsich-Duschgel würde eine Menge Schaum ergeben.

Sein schöner, blonder, grünäugiger Sub winkte ihn herbei. „Komm rein zu mir, Master Drew", lockte sein kleiner Schmusekater verführerisch.

Er rieb ein bisschen fester. In seiner Vorstellung stieg er in das heiße Wasser. Als Zack sich hinkniete, rann der Schaum über seinen tropfnassen Körper. Er befeuchtete sich die halb geöffneten Lippen, eine stumme Einladung.

Andrew ging einen Schritt auf ihn zu und spürte fast den warmen Atem, der ihn auf dem Weg zu seinem Ziel streifte. Der Mund seines Lieblings umschloss ihn, heiß und saugend. Er flüsterte der Vision zu: „So ist's brav, Liebling."

Der imaginäre Zack genoss das Lob und nahm ihn noch tiefer in den Mund.

Die erotischen Bilder und die Empfindungen, die Zacks geübter Mund ihm in seiner Fantasie verschaffte, brachten Andrew zu einem heftigen Orgasmus.

Er biss die Zähne zusammen, um zu verhindern, dass sein lustvolles Stöhnen durch den ganzen Flur hallte und seinem Bruder verriet, dass er sich einen runtergeholt hatte.

Das Handtuch, das er nach dem Duschen benutzt hatte, war griffbereit. Er wischte sich Bauch und Brust damit ab. Dann packte er die Fotos wieder in die Schachtel und schob sie wieder in ihr Geheimversteck.

Sein Blick fiel auf die Wand hinter Zacks Schreibtisch. Dort hingen mehrere Bilder, alle von Jordon signiert. Vor allem eins von ihnen weckte sein Interesse.

Scheiße! Es zeigte einen Schlüsselbund mit einer Kette, die über den Rand der Leinwand hinaus verlief. Jede Wette, wenn man das Bild, das er von Jordon zu Weihnachten gekriegt hatte, neben dieses hielt, würden sie zusammen ein Ganzes ergeben.

Schlaf musste ihm das Bewusstsein geraubt haben, denn er träumte von Schlüsseln und Schlössern. Er saß hinter Gittern, weggesperrt vom Leben mit einem Vorhängeschloss. Zack schlenderte an seiner Zelle vorbei und ließ Andrews Freiheit um seinen Finger kreisen.

„Willst du was?", neckte sein Liebling.

Andrew knurrte: „Ja. Ich will eine ganze Menge."

„Sieh mal einer an. Weißt du, was ich will?"

„Was?"

„Ich will einen Kuss von meinem Master", seufzte sein sinnlicher Liebling.

„Wenn ich bloß einen hätte."

Andrew packte ihn durch die Gitterstäbe seines Gefängnisses hindurch, presste ihre Münder aufeinander und gab ihm einen feurigen Kuss.

Zack erschlaffte in seinen Armen, als sich ihre Lippen berührten, und die Schlösser von Andrews Gefängnis sprangen auf.

Die Gitterstäbe schmolzen, und Andrew küsste Zack, bis ihn das Zuschlagen einer Tür draußen im Flur weckte.

„Was?" Seine Arme waren leer. Als er sich im Zimmer umschaute, fiel ihm wieder ein, dass Zack verschollen war. Er griff nach seinem Handy auf dem Nachttisch. Moment mal, wo ist es? Ach, stimmt ja, Justin hat es zum Aufladen mitgenommen. Jesus, er hatte wahrhaftig acht Stunden lang geschlafen.

Er musste sein Leben wieder in einigermaßen geordnete Bahnen lenken, daher duschte und rasierte er sich noch mal. Nachdem seine morgendliche Routine wiederhergestellt war, fühlte er sich seiner Aufgabe gewachsen, Zack zurückzukriegen.

Ein tiefer Atemzug, um seine Mitte zu finden, dann verließ er Zacks Zimmer und ging nach unten, die andern suchen. Sie waren im Esszimmer.

Justin umarmte ihn gleich beim Hereinkommen. „Gut. Ich bin froh, dass du geschlafen hast." Dann betastete er Andrews Stirn. „Kein Fieber. Hast du etwa wahrhaftig deine Medikamente genommen?"

„Ja, Mutter. Das Antibiotikum war ein Z-Pak, da reichen fünf Tage." Dieses andere Zeugs hatte er allerdings nicht genommen; es hatte ihn so müde gemacht, dass Zack entwischt war, bevor er mit ihm reden konnte.

„Setz dich. Hier ist dein Handy, und hier ist ein Autoladegerät dafür. Ich mach' dir Rührei." Sein Bruder düste ab, ehe Andrew auch nur ein Wort sagen konnte.

Er steckte das Ladegerät in die Tasche und wendete sich Jordon zu, der ihm gegenüber am Tisch saß, die Arme vor der Brust verschränkt. Der Junge gab sich redlich Mühe, ihn höhnisch anzugrinsen.

„Hast du was dagegen, wenn ich mich setze?" Andrew stellte die Frage und war neugierig, ob er ein „Nein" zur Antwort kriegen würde.

Jordons Blick huschte in Richtung Küche, wo Justin herumfuhrwerkte wie eine stylische Version von Betty Crocker. „Ach, spielt es etwa eine Rolle, ob ich was dagegen hätte? Wahrhaftig?"

Andrew seufzte und sackte auf den Stuhl. „Ich will mit ihm zusammen sein."

„Du hast ihm wehgetan."

Unbestritten. Sie hatten sich gegenseitig wehgetan. „War nie meine Absicht."

Jordon schnaubte, gab aber keinen Zoll nach. „Was du nicht sagst."

Dusty kam die Treppe heruntergeschlendert. „Hey." Er zwirbelte seine Trommelstöcke zwischen den Fingerspitzen.

Andrew senkte den Kopf. „Ich hab' mit euch beiden was zu bereden." Jordon starrte ihn weiter zornig an, blieb aber sitzen. „Genau genommen mit euch allen dreien."

Justin küsste Dusty im Vorbeigehen und stellte dann einen Teller mit Rührei, Weizentoast mit etwas, das nach der Pfirsichmarmelade ihrer Mutter aussah, Schinken und einen dampfenden Becher Tee vor Andrew auf den Tisch. „Danke, Just."

210

Sein Bruder setzte sich neben ihn, und Dusty nahm ihm gegenüber vor einem Teller mit drei hartgekochten Eiern, einer Scheibe Toast und einem Becher Kaffee Platz.

„Geht's dabei um Zack?" Dusty beugte sich vor. Sein Haar hing auf den Tisch, und er strich es über die Schulter zurück.

„Stimmt. Ich weiß, dass die ganze Dynamik zwischen Zack und mir nicht für alle leicht zu ertragen war."

Jordon schnaubte erneut und murmelte ein paar Worte vor sich hin, unter denen sich möglicherweise auch einige Kraftausdrücke befanden.

Dusty drohte ihm mit dem Finger und brachte ihn damit zum Kichern.

Justin schubste Andrew mit der Schulter an. „Na, was ich denke, weißt du ja. Du hast das alles schlecht gehandhabt."

Dusty schüttelte den Kopf. „Da bin ich anderer Meinung. Ich finde es gut, dass du gewartet hast. Er war … zum Teufel, er ist immer noch fast ein Kind."

Andrew sah Zack jetzt nicht mehr so. Er räusperte sich. „Nett, dass du das sagst. Ich weiß ehrlich nicht, ob ich die richtigen Entscheidungen getroffen habe. Aber er war erst achtzehn, als wir uns kennengelernt haben –"

Jordon machte eine wegwerfende Handbewegung. „Ja, ja, ja. Wolltest du uns nicht was sagen? Also spuck's schon aus", verlangte er und trank einen großen Schluck von seiner Schokomilch.

„Seit dem Wochenende …" Andrew suchte nach den richtigen Worten. „Die Lage hat sich geändert."

„Wir wissen, dass er das ganze Wochenende über mit dir zusammen war. Aber als du hier nach ihm gesucht hast, hast *du* nicht gesagt, was passiert ist", betonte Jordon.

Die Selbstgefälligkeit in Jordons Auftreten gab Andrew zu denken, aber zum Teufel, er musste sich entschuldigen. „Seht mal, es tut mir echt leid, dass ich die Beherrschung verloren habe und hier durchs Haus gerannt bin wie ein –"

„Arschloch? Idiot? Bekloppter? Der letzte Depp?", soufflierte Jordon mit hämischer Freude und hörte erst auf, als Justin ihm einen Blick zuwarf.

„Ja, Jordon, das war ich alles und noch mehr." Andrew musste Zack finden. Er wollte ihn umarmen, ihm den Hintern versohlen, ihn küssen, ihn ficken, mit ihm tanzen und mit ihm duschen, seinen Haaren ihr natürliches, atemberaubend schönes Blond zurückgeben, aber vor allem wollte er erkunden, was zwischen ihnen war.

Jordon rümpfte die Nase und warf ihm über sein Glas hinweg einen finsteren Blick zu.

Andrew räusperte sich, bis alle Augen auf ihn gerichtet waren. „Ich möchte ihn sehen."

Jordon verschluckte sich. „Du wirst ihm wehtun."

„Er bedeutet mir wirklich sehr viel." Vielleicht hätte er damit anfangen sollen.

„Na endlich!", quiekte Justin und umarmte ihn, den Blick auf Zacks Brüder gerichtet.

„Also, was genau willst du eigentlich?", fragte Jordon spöttisch und lehnte sich mitsamt dem Stuhl zurück, bis er auf zwei Beinen kippelte.

Alles ... „Zack und ich müssen uns anschauen, was zwischen uns ist."

„Ooohh ..." Justin schniefte. „Ihr zwei werdet euch glücklich machen, das weiß ich." Er drückte Andrew fest.

Dusty sah seinen jüngeren Bruder an.

Jordon seufzte und zuckte mit den Schultern auf eine Art, die „ist doch scheißegal" besagte.

Dusty stand auf und streckte die Hand aus. „Ich weiß nicht, ob du unseren Segen brauchst, um mit Zack zusammen zu sein. Aber solange es das ist, was Zack will, sind wir zufrieden."

Andrew ließ seinen Bruder los und stand auf, um dem ältesten Davis die Hand zu schütteln. Dusty kam um den Tisch herum. Nach einem kräftigen, männlichen Schulterklopfen – das mehr wie eine Warnung wirkte – wandte Andrew sich an Jordon.

„Von mir wirst du nicht geknuddelt. Wir werden ja sehen, was Zack sagt." Der jüngste Davis riss abrupt seinen Teller und sein Glas an sich und stapfte hinaus in die Küche.

Dusty legte Andrew eine Hand auf die Schulter. „Lass ihm Zeit."

Er schaute seinen Bruder an, der ihm bekräftigend zunickte.

Andrew nahm den Teller mit seinem Frühstück, das er nicht angerührt hatte, und eilte in die Küche, da er Jordon allein erwischen wollte. Er hatte was wiedergutzumachen, und der Junge wusste vielleicht was.

Seine Mühen brachten ihm einen finsteren Blick ein, den er ignorierte. „Jordon, er bedeutet mir was ... sehr viel sogar. Es war sehr schwer, nicht mit ihm zusammen zu sein, aber damals war einfach nicht die richtige Zeit." Frustriert über Jordons Mangel an Verständnis schüttelte er den Kopf und atmete hörbar aus. „Er war jung. Ich wollte nicht, dass er sich mit mir auf was einlässt, was er später mal bereut. Meine Langzeitbeziehung war gerade erst in die Brüche gegangen ..."

Jordon warf einen Blick auf die Wanduhr mit den römischen Ziffern und sah dann wieder Andrew an. „Er hat wahrscheinlich schon aus dem Hotel ausgecheckt, in dem er übernachtet hat. Aber er muss noch sein Auto abholen, und das steht vor dem Entwined."

„Dann will er da bestimmt als erstes hin", überlegte Andrew laut.

„Genie."

Es war Jordons Olivenzweig, und wenn er ihn Andrew um die Ohren hauen wollte, bitteschön.

„Danke, Jordon. Ich bin dir wirklich dankbar." Er streckte die Hand aus, ließ sie in der Luft hängen. Fast hätte er aufgegeben, aber Jordon ergriff seine Hand.

„Tu ihm nicht weh … außer bei diesen abartigen Sachen, auf die er steht. Denn wenn du ihn auf die falsche Art verletzt, mach' ich dich fertig."

Andrew lachte nicht, weil der kalte Blick und die todernste Miene des Jungen ihm ein bisschen Angst machten.

18

ZACK HASTETE ins Entwined. Heute war ihm das strikte Handyverbot im Club willkommen, da es ihn davor bewahrte, sich mit der Realität befassen zu müssen. Er warf sein ausgeschaltetes Handy in eins der Schließfächer am Haupteingang.

Er hatte das Ding zwar aufgeladen, aber seit dem Frühstück mit Jordon nicht wieder angemacht. Selbst da hatte er nicht nach seinen SMS geschaut, auch nicht, als er Dusty eine geschrieben hatte. Er hätte es tun sollen, aber was, wenn keine Nachricht da gewesen wäre? Was, wenn doch? Er hätte gar nicht anders gekonnt, als Drew – nein, Andrew! Kein Drew mehr! – zu antworten. Eine Nachricht hätte ihn gezwungen, sich der Realität zu stellen. Dazu war er nicht bereit gewesen. Vielleicht hatte Marcus recht und er war nach der Session abgestürzt und hatte noch unter den Folgen gelitten.

Zack wusste nicht, wo er sonst hinsollte. Er wollte nicht nach Hause. Er wollte Andrew, aber na ja … er brauchte noch ein bisschen Zeit, um sich zu überlegen, was er sagen sollte. Schon seit jeher kam er ins Entwined, um seine Mitte zu finden, und jetzt war er ja sowieso schon hier.

Es war noch früh, daher war der Club nicht allzu voll. Ein paar Leute saßen beim Mittagessen. Zack schlenderte an die Bar, bestellte sich einen Saft und setzte sich dann an einen vergoldeten Tisch in der Ecke. Tony hatte ihn offenbar gesehen, da er schnurstracks auf seinen Tisch zukam.

„Hey, Sir."

„Einfach nur Zack, Tony." Seine Finger tasteten automatisch nach seinem Halsband. Er konnte unmöglich weiterhin so tun als ob. Auch wenn er vielleicht nie wieder an einer BDSM-Session teilnahm, wollte er nicht mehr nur eine Rolle spielen.

Tony machte große Augen. „Es ist echt schön, dich, äh, hier zu sehen. Normalerweise kommst du … na ja, du kommst sonst nie zum Mittagessen her. Und … äh, also wie war dein Wochenende?" Er zwitscherte wie ein aufgeregtes Vögelchen.

„Bitte, setz dich zu mir, Tony", bat Zack.

„Oh, Sir. Das geht doch nicht." Tony trat unbehaglich von einem Fuß auf den andern.

„Ich bin einfach nur Zack … von jetzt an." Tony wirkte völlig fassungslos, doch Zack wandte sich von ihm ab, da ihn ein tiefer Friede überkam. Welche Erleichterung, endlich von einer Bürde befreit zu sein, die immer auf ihm gelastet hatte.

Einige andere Subs, die nicht bei der Auktion gewesen waren, kamen ebenfalls an den Tisch. Tony setzte sie über seine Interpretation der Sachlage ins Bild: „Sir Andrew hat bei der Auktion auf ihn geboten und gewonnen. Es war eine Riesensumme, und jetzt sagt Zack, dass er kein Sir mehr ist. Er ist einfach nur Zack. Das ist so romantisch!"

Ross und Joey Junior ließen sich jeder auf einen freien Stuhl plumpsen. „Dann willst du also nicht ‚Sir' genannt werden? Bist du kein Dom mehr?" Ross sprach langsam, als er die Geschichte klarstellte.

Zack hatte mit den meisten von ihnen gespielt, deshalb konnte er ihre Bestürzung nachempfinden. Es musste ein Schock für sie sein, dass er den Titel zurückwies und ein Halsband trug. Zum Teufel, bei der Vorstellung, nie wieder jemandem bei der Erkundung dieser meist tief begrabenen Seite seiner Persönlichkeit zu helfen, hatte er selbst mit einem Anfall von Bedauern zu kämpfen. Er würde es vermissen. Vielleicht konnte er künftig irgendwann mal …

„Zack reicht völlig."

„Sir Andrew hat dich ersteigert, oder?", verdeutlichte Joey Junior, als könnte diese Tatsache den anderen entgangen sein.

„Jau." Zack nickte und trank einen Schluck Saft.

Knien. Dienen. Immer ihm gehören.

Ein Mann in Ross' Alter sollte eigentlich nicht so viel kichern, aber bei seinem Milchgesicht wirkte das sogar irgendwie niedlich. „Ist er als Master so gut, dass du als Dom kapituliert hast?"

Ja! Zack lachte, denn sonst hätte er geweint. „Meine Zeit mit Master Drew war wundervoll."

„Master? Oh, so lässt er sich von dir nennen? Ich durfte nie was anderes als ‚Sir' zu ihm sagen. Oder, Al?" Ross' bester Freund, der gerade zu ihnen stieß, winkte Zack zu.

„Wen meinst du?", fragte Al und blickte sich in der Runde um, zu der er sich gerade gesellt hatte.

„Sir Andrew hat sich beim Spielen von uns nie mit Master ansprechen lassen, oder?"

„Nee, nie … immer nur als ‚Sir'." Al riss die Augen auf und berührte das Leder um Zacks Hals.

Meins. Meins. Nein.

„Bist du okay, Sir – ich meine, Zack?", fragte Al.

Nein, er würde nie wieder okay sein. „Ja, es ist bloß, ich weiß auch nicht. Die Auktion ist vorbei …"

„Und du trägst immer noch ein Halsband." Ross klatschte begeistert in die Hände. „Hat er es dir angelegt?"

Zack starrte ihn an. Die Sehnsucht in seinem Herzen machte eine verbale Antwort unmöglich. Er schüttelte den Kopf.

„Nein, aber du wünschst dir, er hätte es getan. Stimmt's, Sir, ich meine, Zack?" antwortete Tony für ihn.

Zack senkte für einen Moment den Kopf. Fuck, natürlich wünschte er sich das. Wie könnte er nicht?

Knien. Dienen. Nur ihm.

Er nickte einmal und trank noch einen Schluck Saft, an dem er beinahe erstickte, weil seine Kehle wie zugeschnürt war. Als er sich umblickte, merkte er, dass er der Mittelpunkt einer viel größeren Gruppe von Subs war.

„Was geht hier vor?"

Inzwischen saßen da ungefähr fünfundzwanzig Männer, von denen Zack die meisten kannte. „Oh, das Treffen für männliche Entwined-Subs", sagte Ross mit einer Geste zu der versammelten Menge. „Wir treffen uns, um über unsere Probleme zu reden, uns Unterstützung zu holen, um Fragen zu stellen und –"

„Zum Tratschen", ergänzte Joey Junior und unterbrach damit Ross' Erklärung.

Zack gehörte hier nicht her.

Er versuchte aufzustehen, doch Joey Junior packte ihn an der Schulter und hielt ihn davon ab. „Bleib. Du gehörst jetzt zu dieser Gruppe … Zack."

„Nein. Ja, kann sein, aber …" Er drehte sich um und sah all die neugierigen Gesichter. „Ich sollte gehen."

Eine Kaskade von Geplapper ging durch die Gruppe, als alle gleichzeitig zu erklären versuchten, was Ross gemeint hatte. Zack bekam einzelne Bruchstücke mit: „Zack ist ein Sub", „Zack ist ein Switch", „Wusste ich's doch" und „Oooh, wie süß."

„Oh nein. Du solltest auf jeden Fall bleiben. Es ist, als hätte man einen Doppelagenten in der Gruppe", zirpte einer von den Neuankömmlingen, an dessen Namen Zack sich nicht erinnerte.

„Ja, unsere Geheimwaffe, um zu verstehen, wie Doms ticken", neckte Ross und zwinkerte ihm zu.

„Wer ist dafür, dass Zack bleibt?" Der Club füllte sich mit „Ja!"-Rufen. „Also musst du bleiben, Zack."

Er hatte nichts Dringendes vor und musste nirgendwo hin, also blieb er sitzen. Das hier gehörte zu seiner Bestimmung. Er hatte etlichen von den Männern hier beigebracht, sich zu unterwerfen. Fuck, vielleicht würden sie ihm beibringen, ein guter Sub zu sein.

Tony klatschte in die Hände. „Alles hinsetzen."

Sie schoben Tische und Stühle zu einem lockeren Kreis zusammen und setzten sich.

„Wer will anfangen?", fragte Ross.

Es folgte ein kurzes Schweigen, das Tony brach. „Ich würde gern weiter über den Unterschied zwischen Missbrauch und Disziplin reden." Jeder sah sich um, bis sein Blick auf Orion Gordon fiel und ihn am Ende alle anschauten.

Zack hatte kaum jemals mit dem Wissenschaftler gespielt, weil er Orions Bedürfnis nach Schmerz nicht erfüllen konnte. Allerdings hatten sie sich sehr oft über Fortschritte in der Krebsforschung unterhalten.

Scheiße, nein. Zack konnte sich nicht erinnern, Orion je mit mehr als einem blauen Auge gesehen zu haben; der Mann hatte es als Arbeitsunfall erklärt. *Scheiße!* Heute hatte er zwei blaue Augen, eine geschwollene Wange und eine aufgeplatzte Lippe. Wie hatte er übersehen können, dass Orion zusammenzuckte, wenn jemand in seiner Nähe eine schnelle Bewegung machte?

Orion zuckte mit den Schultern, sah aber niemandem in die Augen. „Wo liegt da das Problem? Meistens ist doch beides dasselbe."

Was? Das konnte nicht sein Ernst sein. Zack musste einfach was sagen. „Disziplin ist etwas, dem ein Submissiver sich unterwirft, um zu lernen, zu wachsen, um Buße zu tun oder um in den Subspace zu finden. Missbrauch ist nicht einvernehmlich und dient keinem anderen Zweck, als seinen Zorn an jemandem auszulassen oder jemanden auf nicht vorher vereinbarte Art zu quälen."

Da Orion ihn nicht ansah, fuhr Zack fort: „Selbst wenn du eingewilligt hast, dich disziplinieren zu lassen, hast du nicht der vorsätzlichen Missachtung deines persönlichen Wohlergehens zugestimmt."

Es herrschte Schweigen, bis einer aus der Runde sagte: „Sicher, vernünftig und einvernehmlich, nicht wahr?"

„Oder RACK", warf Zack in den Raum.

Einer von den Neuen fragte: „Was ist RACK?"

Joey Junior räusperte sich und gewann die Aufmerksamkeit aller. „Risk-awareness und consensual kink – persönliche Risikobereitschaft und Einvernehmlichkeit im Spiel. Nichts ist hundertprozentig sicher. Autofahren ist nicht hundertprozentig sicher, aber wir haben Airbags und Sicherheitsgurte. Es geht darum, sich der Risiken bewusst zu sein und zu versuchen, mögliche Probleme auf ein Minimum zu beschränken."

Tony fragte: „Warum eigentlich ‚Einvernehmlichkeit im Spiel' statt ‚vernünftig'? Das habe ich noch nie verstanden."

„Na ja, denk' mal drüber nach. Willst du dir von Leuten, die nicht in der Szene sind, sagen lassen, was vernünftig ist? Ich würde nämlich jede Wette eingehen, dass die darunter was ganz anderes verstehen als wir. Wenn ich meine Einwilligung zu Atemkontrollspielen gebe, will ich mir von niemandem anhören müssen, dass ich einen an der Klatsche habe. Das geht nur mich und meinen Master was an." Joey Junior sah sich in der Runde um.

Viele Blicke schweiften zurück zu dem Mann, um den sich alle Sorgen machten.

Orion hob den Kopf, ein trotziges Funkeln in den Augen. „Was, wenn das Spiel einvernehmlich war?"

„War es das denn?" Zack bezweifelte, dass Orion eingewilligt hatte.

Orion verschränkte die Arme vor der Brust und presste die Lippen zusammen, wobei die Wunde wieder aufplatzte.

Xander, Orions bester Freund, zog ein Papiertaschentuch aus der Tasche und tupfte das Blut ab.

Orion riss ihm das Taschentuch aus der Hand und fauchte: „Nicht. Das kann ich selber."

Zack schüttelte den Kopf. „Ich kann mir nur schwer vorstellen, dass ein Dom seinen Sub vertraglich oder im Gespräch um Erlaubnis ersucht, ihn ins Gesicht zu schlagen. Nicht mal bei einem Sklaven."

Orion schossen die Tränen in die Augen, und er schaute weg.

Zack musterte die anderen Subs. Scheiße. Entwined sollte ein sicherer Hafen sein, aber es passierte sogar hier. Niemand sollte sich je so verraten fühlen, solche Missachtung erleben müssen wie er damals. „Kommt so was öfter vor?"

Niemand schien antworten zu wollen. Endlich sagte Sam: „Ab und zu schon. Auch wenn alle Mitglieder vorher überprüft werden, schafft es immer mal wieder ein Dom hier rein, der das mit dem Machtaustausch nicht begriffen hat."

„Was passiert dann?" Jesus! Zack grub die Fingernägel in den Stuhl, aber seine Stimme blieb gleichmäßig.

„Normalerweise spricht sich das rum, und dann finden sie keinen Spielpartner mehr. Also verschwinden sie wieder."

„Wer hat dir das angetan, Orion?", fragte Zack drängend, doch der Mann blieb stur und sagte kein Wort. Oh nein, verdammte Scheiße. Das kommt nicht noch mal vor. „Willst du, dass das jemand anderem passiert? Willst du, dass der Typ mit Xander rummacht? Oder mit sonst irgendwem?" Zack hätte ihm am liebsten den Hals umgedreht, weil er jemanden beschützte, der in den Arsch getreten gehörte.

„Ich mag's eben hart. Das wisst ihr doch." Orions Eingeständnis war eine Herausforderung an alle um ihn herum, etwas dagegen zu sagen.

„Es gibt einen Unterschied zwischen hart und unbeherrscht. Ein Dom sollte nie unbeherrscht sein. Niemand sollte unter dem Deckmantel einer BDSM-Session misshandelt werden."

Xander sagte: „Orion, zwing mich nicht dazu. Wenn du nicht sagst, wer es war, mach' ich das." Er streichelte seinem Freund über den Kopf.

Orion presste verärgert die Lippen zusammen, doch am Ende rückte er den Namen heraus. „Dom Henry."

„Dieser fiese Scheißkerl", rief ein Sub, der drei Plätze von Zack entfernt saß. „Dem würde ich gern mal den Unterschied zwischen Disziplin und Missbrauch erklären."

Zack gab dem Barkeeper ein Zeichen und bekam die Erlaubnis, das Notfallkontakt-Telefon zu benutzen. Mit fliegenden Fingern schrieb er den Clubbesitzern eine SMS über dieses armselige Exemplar von einem Dom. „Erledigt. Erinnerst du dich noch an die Beitrittserklärung, die wir alle als Mitglieder unterschrieben haben? Ein einziges Wort beendet hier alles, aber tausend Worte können Missbrauch nicht stoppen. Haltet euch alle von dem Arschloch fern, bis die Besitzer ihn von der Mitgliederliste gestrichen haben." Zack wünschte, Orion würde vor Gericht gehen, aber das sprach er nicht aus. Die Eigentümer würden ohnehin versuchen, ihn zu einer Anzeige zu bewegen.

Orion wirkte unglücklich, ließ sich aber von Xander umarmen. Andere gingen ebenfalls zu ihm, umarmten ihn und boten ihm ihre Telefonnummern an, falls er reden wollte. Die Eigentümer würden die Sache weiterverfolgen und dafür sorgen, dass Orion einen Therapeuten innerhalb der Gemeinschaft aufsuchte. Zack würde ihnen vorschlagen, ein Seminar zu dem Thema zu halten.

Gott, er vermisste Drew. Er sehnte sich nach der Sicherheit und Geborgenheit, die ihm seine Nähe gab. Hatte er es vermasselt?

Als alle wieder auf ihren Plätzen saßen, sagte Tony: „Okay, jetzt mal was Erfreulicheres. Kommen wir zu denen von euch, die eine Auktion gewonnen haben."

Ein Sub, den Zack nicht kannte, fragte: „Roberto, wie war Sir Frank so als Sub?"

Der liebenswerte Mann stand auf und nahm einen bunten Schal ab, um sein Halsband vorzuführen. „Mein Master."

Alle klatschten Beifall. „Details!"

Roberto holte tief Luft und begann zu erzählen. „Also, ich habe ihn mit nach Hause genommen, und ähm, ich hatte keinen blassen Schimmer, was man als Master so macht. Das ist übrigens tierisch viel Arbeit."

Zack kicherte mit allen anderen. In der Tat.

Roberto deutete auf sich. „Na ja, aber dumm bin ich ja nicht. Gleich als erstes hab' ich ihm befohlen, sich nackt auszuziehen."

Nachdem die Oohs und Aahs verklungen waren und das anzügliche Gekicher sich gelegt hatte, sprach Roberto weiter. „Dann hab' ich mich von ihm baden lassen." Er fächelte sich theatralisch Luft zu. „Sagen wir einfach, nach dem Bad musste ich erst mal duschen, um wieder sauber zu werden. Und so ungern ich euch das auch sage, meine Lieben – schließlich ist er vom Markt – aber mein Mann kann blasen wie ein Weltmeister."

„Glückwunsch! Pass auf, dass du reichlich viele Blowjobs in eurem Vertrag unterbringst. Hab' ich mit dem Doc auch so gemacht", rief Tony.

Roberto kicherte. „Glaub' mir, das mach' ich ganz bestimmt, wenn wir den offiziellen Vertrag aufsetzen. Mindestens einen am Tag!"

Ross schaute sich im Saal um und senkte dann die Stimme. „Also, äh, wie ist es Master Bob und Master Greg ergangen?"

Sammy antwortete, ebenfalls mit leiser Stimme: „Nicht so gut, wie man hört." Einige aus der Gruppe johlten schadenfroh auf. „Offensichtlich kann *Bob* längst nicht so gut einstecken wie austeilen, und bei *Greg* war es noch schlimmer, nach dem was ich gehört habe. Er ist gegangen, bevor das Wochenende vorbei war."

„Wirklich? Stellt euch das vor! So ein Weichei!", giftete Timmy. Er beruhigte sich erst, als Sam ihn in den Arm nahm und fest an sich drückte.

„Was ist mit Si? Mit dem spiele ich wirklich gern", erkundigte sich einer der ruhigeren Subs – Perkins, wenn Zack sich recht erinnerte.

Si und Tony waren gute Freunde. Tony antwortete: „Er hatte eine schöne Zeit, aber ich weiß nicht, wie lange er auf dieser Seite des Halsbands bleiben wird."

„Warum sagst du das?", fragte Perkins und wurde rot, wahrscheinlich wegen der Aufmerksamkeit, die die Frage weckte.

Tony zuckte mit den Schultern. „Nur so ein Gefühl. Soll ich ihm sagen, dass du nach ihm gefragt hast?"

„Nein! Ich meine … nein." Er verstummte, den Mund noch geöffnet, runzelte die Stirn und winkte ab, dann sagte er: „Na ja, du könntest ihn vielleicht von mir grüßen. Ich meine, du kannst ihn von uns allen grüßen."

Hmmm, okay, das alles für einen Gruß? Wäre in Zacks Leben im Moment nicht alles drunter und drüber gegangen, hätte er versucht, Perkins und Si miteinander zu verkuppeln. Die beiden passten gut zusammen.

Tony lachte in sich hinein. „Okay, mach' ich." Er drehte sich zu Sam um und formte stumm mit den Lippen: „Siehst du? Hab' ich's nicht gesagt?"

Ein Sub namens Paul, der das Halsband seines Masters trug, fragte: „Was ist mit John? Wie war es bei ihm?"

„Es hat ihm Spaß gemacht", antwortete einer von den anderen Subs und seufzte dann: „Der ist auch einer von den Guten."

„Sonst noch Anmerkungen, Themen für nächste Woche, Anliegen an die Gruppe?", fragte Sam.

„Wie man ‚nein' sagt, ohne sein Safeword zu benutzen", rief Perkins.

„‚Sub' bedeutet nicht, dass man sein Selbstwertgefühl am Eingang abgibt. Im Gegenteil, wir haben mehr davon als die meisten, gerade wegen unserer Fähigkeit zur Unterwerfung. Wir sind mehr, weil wir bereitwillig unser Vertrauen in jemand anderen setzen, und", Xander berührte Orion flüchtig an der Schulter, „dieses Vertrauen sollte nie gebrochen werden."

Ein stiller Mann in einem Anzug sagte: „Die Missachtung getroffener Vereinbarungen sollte nicht auf die leichte Schulter genommen werden."

Fuck! Hoffentlich nicht, dachte Zack. Ein paar Männer senkten die Köpfe. Lieber Gott!

„Bis an sein Limit getrieben zu werden ist okay, aber Grenzen sollten immer respektiert werden", bemerkte einer von den Neuen. Zack erinnerte sich nicht an seinen Namen.

„Vernünftig heißt nicht, dass man nicht ein bisschen verrücktspielen darf", lachte Roberto.

Just in diesem Moment ging die Tür auf und wieder zu. Stiefel klackten auf dem Fußboden. Jeder Sub im Raum wandte sich der Gestalt in schwarzem Leder zu, die mit großen Schritten auf sie zukam.

Ein gedämpftes „Oh" ging durch die Menge.

Andrew stolzierte durch den Kreis der Subs, blieb wie angewurzelt vor Zack stehen und sah ihm starr in die Augen, bis Zack innerlich dahinschmolz.

Knien. Dienen. Liebe.

„Wir müssen reden." Andrew gab dem Barkeeper ein Zeichen und sagte: „Zimmer dreizehn, bitte."

19

MEINS. WILL ich. Brauch' ich.

Fuck, sein Master war ein feuchter Traum.

Der Barkeeper warf Andrew einfach einen Messingschlüssel zu, an dem ein rotes Band befestigt war. Andrew machte auf dem Absatz kehrt und stolzierte den verdammten Flur entlang, als gehörte ihm der ganze Club.

„Geh", zischte Sam. Die Hände diverser Subs, die Zack dominiert hatte, schubsten ihn in die Richtung, in die seine Füße ihn nicht tragen wollten.

Roberto nahm ihn beiseite. „Zack, hab' keine Angst, dir zu nehmen, was du haben willst."

Wollen. Knien. Dienen.

„Geh' schon!" Tony haute ihm auf den Hintern.

Was zum Teufel ...? Zack starrte Tony an.

Der andere Mann zuckte mit den Schultern. „Das wollte ich schon immer mal machen. Aber genug von mir ... lass ihn nicht warten, Zack."

Was soll's. Zack schüttelte den Kopf und drehte sich zu all den eifrigen Gesichtern um. Er konnte ihnen unmöglich vermitteln, was ihre Unterstützung ihm bedeutete, daher begnügte er sich mit einem einfachen „Danke".

Zögern trottete er den Flur entlang auf das Zimmer zu. Scheiße! Seine Welt war im Begriff, sich zu ändern. Auch wenn er nicht wusste, wie sie sich ändern würde, und Andrews Gesicht gab ihm keinen Anhaltspunkt.

Zack betrachtete sein Leben aus dreißig Metern Abstand, was das Ganze noch surrealer wirken ließ. Andrew war gekommen. Was bedeutete das? War er hier, um einen Schlussstrich zu ziehen? Um eine Erklärung abzugeben? War dies der Anfang vom Ende? Fragen über Fragen gingen ihm im Kopf herum, bis Zack durch die offene Tür von Zimmer dreizehn trat.

Andrew hatte sich auf ein in gedämpften Farben gehaltenes Sofa geflegelt. So wie er dalag – alle Viere von sich gestreckt – nahm er das ganze Möbelstück ein. Er drehte sich nicht um, als die Tür zuging und Zack das Schloss einschnappen ließ.

Schweigen.

Die Stille schnitt Zack ins Herz. Er wartete. Nichts. Sollte er sich ausziehen, wie es von einem Sub erwartet wurde?

Gerade, als Zack nach dem Saum seines T-Shirts griff, um es hochzuziehen, blaffte Andrew: „Nicht!"

Fuck! Er will mich nicht. Das hier wird noch eine Zurückweisung. Renn weg. Mach verdammt noch mal, dass du hier rauskommst! Warum wollten seine gottverdammten Füße sich bloß nicht bewegen?

„Komm zu mir", befahl Andrew.

Zögernd, mit langsamen, schlurfenden Schritten wie ein Verurteilter auf dem Weg zum elektrischen Stuhl kam Zack der Anweisung nach. Dann stand er vor dem Mann, den er liebte, den Blick gesenkt und die Lippen zusammengepresst, um nicht die Fassung zu verlieren.

Zack hatte nie erwartet, ein ganzes Wochenende mit Drew zu haben, geschweige denn mehr. Scheiß auf die Hoffnung, der er in seinem Herzen zu wachsen gestattet hatte! Scheiß auf den Mann, der ihn darin bestärkt hatte, sich etwas zu wünschen, was es nie gegeben hatte.

Er hatte den blöden Traum selbst zerschlagen, indem er aus Andrews Wohnung geflüchtet war wie ein Dieb in der Nacht, um genau dieses Szenario hier zu vermeiden. Als Andrew ins Entwined stolziert kam, war die Saat seines sehnlichsten Wunsches erneut in seinem Herzen aufgekeimt.

Dumm. Albern. Idiotisch.

Andrew räusperte sich, was Zack dazu veranlasste, seinem Blick zu begegnen. Dann sagte er endlich was. „Warum bin ich in einem leeren Bett aufgewacht?"

Wut loderte in Zack auf. Viel besser als dieses jämmerliche Verlangen, das seine Würde zu übermannen versuchte. Wie ein Abgrund, der ihn zu verschlingen drohte, wenn er sich nicht hinter seinem Zorn versteckte. „Was zum Teufel kümmert dich das?"

„Wärst du wohl so gut, meine Frage zu beantworten? Warum. Bin. Ich. Allein. Aufgewacht?" Andrew sprach jedes einzelne Wort deutlich aus, als würde das Zack dabei helfen, eine Antwort auszuspucken.

Fuck! Zack brauchte eine Fluchtmöglichkeit. Aber erst musste er die Worte finden, um dieses nicht vermeidbare Zwischenspiel so schnell wie möglich zu beenden.

„Zack?" Andrew sprach seinen Namen wie eine Frage aus.

Diesmal würde Zack an seinem Stolz festhalten. Zum Teufel, diese Mal würde er seine Würde nicht kampflos aufgeben. „Es war Montag, *Andrew*. Der Auktions-Vertrag war erfüllt."

Andrews Schweigen machte Zack noch missmutiger und trotziger.

Der Mann hatte durch nichts erkennen lassen, ob Zack über das Wochenende hinaus dableiben sollte, und er hatte nicht vorgehabt, auf den Rausschmiss zu warten. Vielleicht war es ja wirklich so, dass er Zurückweisung auf Kosten seines Glücks vermied, aber Scheiß drauf! „Hätte ich dir Frühstück machen sollen? Wahrscheinlich. Aber du weißt ja schon, dass ich ein grottenschlechter Sub bin."

Andrew neigte den Kopf und musterte ihn. Der prüfende Blick war entnervend. „Versuchen wir's mal mit einer anderen Frage. Warum bist du weggegangen?"

Warum zum Teufel musste Andrew unbedingt seine Erklärung auseinanderpflücken? Was spielte es für eine Rolle? Warum hatte Zack sich noch mal in diese Lage gebracht?

Abhauen. Wegrennen. Flüchten.

Zack ballte die Fäuste und verengte die Augen, starrte den Mann an, der wild entschlossen schien, ihm nicht nur noch mal das Herz zu brechen, sondern auch noch drauf rumzutrampeln. Er beschwor den ganzen Sarkasmus seines jüngeren Bruders herauf und sagte: „Oh, tut mir leid. Hätte ich warten sollen, bis du mich rausschmeißt?"

Er ignorierte Andrews schräggelegten Kopf und sein verkniffenes Gesicht. Zack hatte die Schnauze gestrichen voll davon, sich scheiße zu fühlen. Er stapfte zur Tür.

„Stopp." Ein einziges Wort, mit stählerner Härte ausgesprochen.

Gehorchen. Stehenbleiben. Warten.

Zu nichts anderem imstande als sich zu fügen blieb Zack wie angewurzelt stehen. Er verharrte, die Hand am Türknauf, so kurz vor dem Entkommen. Er schloss die Augen, für einen Moment im Widerstreit der Gefühle zwischen Hoffnung und Verwirrung.

„Atme." Andrews unverwechselbarer Duft hüllte ihn ein. *Einatmen.* Sein Master umarmte ihn.

Ausatmen. Zack entspannte sich in der Wärme hinter ihm.

„Setz dich zu mir." Ohne auf eine Antwort zu warten führte Andrew ihn zurück zum Sofa. Er setzte sich und nahm Zack auf den Schoß.

Oh! Zack versuchte, seinen Körper steif zu halten. Jedoch erwies es sich als unmöglich, auf Andrews Beinen zu hocken und dabei bretthart zu bleiben.

„Warum bist du gegangen?" Andrew fuhr ihm mit den Fingern durchs Haar.

Meins. Verschmelzen. Eins werden.

Nein. Stopp. Still.

Zacks treuloser Körper schmolz von innen her dahin. Nein, er musste hart bleiben. „Weil ..."

Andrew fragte mit sanfter Stimme: „Wolltest du denn nicht mehr?"

Die geschickten Finger seines Masters wanderten über Zacks Rücken, was ihm erlaubte, sich auf dem Schoß seines Masters – auf Drews – Andrews Schoß zu entspannen. „Ja, *ich* wollte mehr."

„Bist du gegangen, weil du dachtest, dass ich nicht mehr will?"

Vor seinem inneren Auge zog die Szene vorbei, wie seine Mutter ihn aus dem Haus geworfen hatte, wie sie ihn angeschrien hatte, er solle seine Abartigkeit nehmen und sich aus ihrem Haus scheren. Wegzugehen war leichter, als zurückgewiesen zu werden ... noch mal. Aber sein blödes Herz pfiff einfach auf die Regeln, nach denen Zack zu leben versuchte.

Zack runzelte die Stirn. „Wir haben nicht über ... mehr ... gesprochen."

„Dafür übernehme ich die volle Verantwortung. Du kannst schließlich nicht Gedanken lesen, und vor allem bei unserer Vorgeschichte ..."

„Unsere Vorgeschichte ...", wiederholte Zack, als könnte er sich einen Reim darauf machen, worauf Andrew mit diesem Gespräch hinauswollte. Die Dynamik zwischen ihnen beiden schien nie im Einklang zu sein. „Deiner Meinung nach war ich zu jung …"

Andrew streichelte ihm den Rücken. „Ich wollte nicht das sein, was du später mal bereust. Es hat mich umgebracht, dich nicht haben zu können."

„Du warst noch nicht über Charlie weg." Zack hasste es, das laut auszusprechen. Aber er hatte zu viel von Andrew gewollt und zu sehr gedrängt. Wenn er die Möglichkeit hätte, würde er denselben Fehler nicht noch mal machen.

„Es war eher so, dass ich nie wirklich erkunden konnte, wer ich bin, bevor das mit Charlie und mir was Ernstes wurde. Das wollte ich dir nicht antun."

„Du hast geglaubt, das mit dir und mir würde … was Ernstes werden?" Freude durchfuhr Zack, gefolgt von Bedauern.

„Ich war noch nie so gern mit jemandem zusammen wie mit dir, wenn du bei mir im Salon warst und wir einfach nur Zeit miteinander verbracht haben."

„Geht mir genauso." Er schaffte es, seine Stimme gleichmäßig zu halten.

„Aber du warst jung." Andrew durchkämmte Zacks Haar mit den Fingern.

Alter Ärger machte sich in Zack breit. „Ich war volljährig."

Irgendwie deutete Andrew die Anspannung richtig. „Sei mir nicht böse."

Zack zuckte mit den Schultern. Verdammt, Andrew kraulte ihm mit geübten Fingern den Kopf, und es war schwer, sauer zu bleiben. „Ich war nicht jung, und ich habe immer gewusst, was ich wollte."

„Du warst erst achtzehn", verwies Andrew.

Sein Achselzucken war keine allzu gute Verteidigung. Andrew machte den Mund auf, doch bevor er etwas sagen konnte, beschloss Zack, die fruchtlose Diskussion zu beenden. „Können wir uns darauf einigen, dass das jetzt kein Problem mehr ist?"

Andrew sah ihm so lange unverwandt in die Augen, dass Zack angst und bange wurde. Als er nickte, stieß Zack den Atem aus, den er angehalten hatte.

„Justin hat gesagt, ich soll aufhören, ihn als Ausrede zu benutzen", sagte Andrew zögernd.

Dass Dusty mit Andrews Bruder zusammen war, hatte der Idee, ihm nachzulaufen, lediglich einen Dämpfer aufgesetzt. Bis Zack Andrew – Drew – kennengelernt hatte. Dann hatte er einfach alle Hindernisse zwischen ihnen niedergemäht und gewartet.

Er fragte: „Hast du das denn getan?"

„Ich weiß nicht. Vielleicht wurde es ja zu einer Ausrede." Andrew lehnte sich zurück und legte Zack eine Hand auf den Oberschenkel. „Aber nach dem Überfall hatte ich Angst um ihn. Er hat sich umzubringen versucht, und ich habe viel Energie darauf konzentriert, ihn da wieder rauszuholen. Ich wollte ihn nicht verlieren. Als er dann mit deinem Bruder endlich wieder glücklich war, wollte ich um keinen Preis riskieren, ihm das zu versauen."

225

„Wenn wir also was miteinander anfangen würden und das nicht klappen würde …" Zack hatte bei weitem nicht solche Befürchtungen wie Andrew, aber auch er wollte die Beziehung seines Bruders nicht aufs Spiel setzen.

Andrew streichelte Zacks Oberschenkel, was die Anspannung löste, die seine Worte verursacht hatten. „Genau. Allerdings hat Justin mir unmissverständlich zu verstehen gegeben, dass ich nichts versauen kann, weil das mit ihm und Dusty was Festes ist."

„Ja, das stimmt. Ich habe meinen Bruder noch nie so zufrieden und so voller Lebensfreude gesehen", bestätigte Zack.

„Gut."

Zack sah ein, dass es wichtig war, sich auszusprechen. Aber er hätte am liebsten zum Ende vorgespult, um rauszufinden, ob Andrew ihn in absehbarer Zeit mal küssen würde.

Andrew hob ihm das Kinn, sodass Zack seine rosigen Lippen nicht mehr anstarren konnte, und fragte: „Wenn wir schon bei Stolpersteinen sind, was war mit Safari West?"

„Ich wollte nicht zweite Wahl sein." Zack hasste es, das zuzugeben. Er hörte sich weinerlich an, aber in diesem Aspekt seines Lebens wollte er kein Trostpreis sein.

Andrew sah ihm in die Augen. „Das warst du nicht. Warst du nie. Dass Charlie heiraten wollte hatte keine Auswirkungen auf meinen Wunsch, dich zu küssen."

Das Band, das Zack das Herz zusammengeschnürt hatte, lockerte sich. Er war nicht ganz unschuldig an dem ganzen Debakel. „Ich hätte zuhören und nicht überreagieren sollen."

„Na ja, ich hätte versuchen sollen, dir das zu erklären, statt einfach wegzufahren."

„Es hat mich überrascht, dass du wirklich abgereist warst." Es war schrecklich gewesen, erkennen zu müssen, dass er Andrew verjagt hatte. Aber das kam davon, wenn man zu sehr drängte. Er musste in Zukunft wirklich anders mit Andrew umgehen, sonst würde er ihn wieder verlieren. Moment mal! Kriegte er ihn hier etwa gerade?

„Ich bin zu Robin und Josh nach San Francisco gefahren. Sie waren mit Jack und Sean zusammen. Sean hat sich wie ein Depp benommen, statt sich zu holen, was er wollte, und da … na ja, beim Zuschauen wurde mir klar, dass ich genau dasselbe tat. Ich hatte mich von so vielen Dingen davon abhalten lassen, mir zu nehmen, was ich wollte …"

Zack musste das ausbuchstabiert haben, daher fragte er: „Und was wolltest du?"

„Dich."

Halleluja! Er hatte eine Chance bei ihm!

Zack drehte sich um und sank in Andrews Arme. Er blickte gerade rechtzeitig auf, um Andrews Mund zu sehen, ehe der auf seinen gepresst wurde.

Glück explodierte um ihn herum, aber er ließ nicht völlig los. Er durfte nicht zu sehr drängen, wenn er Andrew behalten wollte.

Andrew wich zurück. „Ich hab' dich vermisst."

„Ich dich auch." Zacks Herz hatte ein schmerzhaftes, Drew-förmiges Loch. Er drehte sich ruckartig um, setzte sich rittlings auf Drews Schoß und hauchte ihm Kuss um Kuss auf die Wangen.

„Ich hab' dich vermisst. Ich habe unsere Freundschaft vermisst", sagte Andrew. Dann hatten Zacks Lippen ihren Bestimmungsort erreicht, und er stöhnte in seinen Mund.

Zack sollte was sagen, doch Andrews Mund raubte ihm alle Worte. Er würde sich mit einer Freundschaft mit Fesseln begnügen.

Zwischen Küssen sagte Andrew: „Ich will mehr. Unser gemeinsames Wochenende hat mir eine Kostprobe von all dem gegeben, wonach ich mich immer gesehnt habe."

Alles, was Zack sich je gewünscht hatte, lag vor ihm ausgebreitet wie Regenbögen und Sonnenschein. Das würde er sich nicht vermasseln, indem er sich zu drastischen Maßnahmen hinreißen ließ. Er hielt die zuneigungsbestätigenden Worte, die aus ihm hervorzusprudeln drohten, fest unter Verschluss.

Er sagte nichts. Stattdessen neigte er den Kopf, entblößte den Hals für Andrew und seine begabte Zunge, die mit langen, feuchten Strichen daran entlang leckte.

Ja. Ja. Ja.

„Mein Bruder hat mir dringend geraten, öfter ‚meine Worte zu benutzen'. Das mache ich jetzt." Andrew küsste Zack auf die Nase und hielt ihm die Hüften ruhig.

Heilige Scheiße, war das peinlich. Zack hatte nicht mal gemerkt, dass er auf Andrews Schoß rumtanzte wie ein geiler Stripper. Geiler Stripper … Er könnte für Andrew einen geilen Stripper spielen. Er könnte … *Mist! Konzentrier dich!*

Andrew sagte: „Ich habe mit unseren Brüdern geredet. Ich habe ihnen gesagt, dass ich mich mit dir treffen und rausfinden will, wohin das hier führt."

Zack konnte sich nicht vorstellen, was sie gesagt hatten, aber er war froh, nicht dabei gewesen zu sein. „Und?"

„Sie haben uns … ihren Segen gegeben."

Merkwürdige Wortwahl, aber Zack wollte da nicht mehr hineinlesen, als Andrew meinte. Er hob die Hand, um sich am Hals zu kratzen.

Andrew hielt seine Hand fest.

„Mein Hals juckt", protestierte Zack, doch dann wurde ihm klar, warum Andrew sein Handgelenk musterte.

Abwesend scharrte Andrew mit seinen perfekt manikürten Fingernägeln über Zacks Hals, um das Jucken zu lindern.

„Wann hast du dir das machen lassen?" Andrew zeichnete die Umrisse des immer noch mit Gel überzogenen Bildes nach.

Scheiße, so viel zum Thema drastische Maßnahmen. Würde Andrew ihm böse sein? Na ja, es war schließlich nicht sein Arm. „Ähm, am Mittwoch. Von Marcus."

„Jordons Entwurf?" Immer noch ließ Andrew nicht erkennen, was er davon hielt, dass Zack etwas so Impulsives getan hatte, was vielleicht sogar als leicht stalkerhaft anzusehen war.

Das nannte man wohl übereifrig sein. „Ja. Der Blödmann hat es auf eine Serviette gekritzelt, nachdem er mich einen Idioten genannt hat, weil ich dich verlassen hatte."

„Ich würde dich nie einen Idioten nennen, aber du hättest nicht gehen sollen."

Um von diesem Thema abzulenken, fragte Zack: „Gefällt's dir?"

„Es ist fantastisch. Ich find's toll. Ich kann nicht fassen, dass du das gemacht hast …", sagte Andrew. „Tut es weh?"

„Ein bisschen. Marcus hat mir eine Creme gegeben, um es feucht zu halten."

„Wir müssen darauf achten, dass du die benutzt. Du hast dich für mich gekennzeichnet, selbst nachdem du mich verlassen hattest?"

Da er sein leidvolles Verlangen, von Andrew für sich beansprucht zu werden, nicht eingestehen wollte, sagte Zack: „Ich konnte das, was wir zusammen erlebt hatten, nicht loslassen, ohne ein Andenken zu haben." *Wem ich immer gehören würde …*

Andrew schob Zack von seinem Schoß und stützte ihn, bis Zack aufrecht stand. „Zieh dich aus, mein Liebling."

„Ja, Sir." Zack begann sich auszuziehen.

„Nein. *Master* Drew", korrigierte Andrew und gab ihm einen Klaps auf den Hintern.

„Oh, natürlich! Ähm, Master Drew." Das Leben war manchmal einfach zu perfekt.

Drew lachte in sich hinein und zwinkerte ihm zu. Sein Gesicht wurde ernst, und er verwandelte sich in den Master aus Zacks Träumen.

Master Drew schlenderte zu seiner Tasche und holte eine Reitgerte heraus. Mmmm, ja. Reitgerte, richtig angewandt, entsprach Erektion hoch X.

Die Reitgerte wischte flüchtig über seine bloße Haut, begleitet von dem Befehl: „Auf die Knie."

Zack fiel auf die Knie, nackt, die Hände auf den gespreizten Oberschenkeln, mit gesenktem Kopf und hochstehendem Schwanz. Gespannte Erwartung nagte an ihm.

„Mein Liebling muss gezähmt werden", schnurrte sein Master.

Dass er sich auf die Lippen biss, hielt das Wimmern nicht zurück.

Seins. Seins. Seins.

Master Drew warf ein lila Samtkissen vor ihm auf den Boden. „Kopf runter und Arsch hoch, Liebling."

Die Worte ließen ihn erschauern. Zack legte den Kopf auf das Kissen und präsentierte seinen Hintern. Um sich auch ganz bestimmt völlig entblößt zu zeigen, spreizte er die Knie noch weiter.

Drew kitzelte seine Hoden mit der Reitgerte, und dann verschwand der Reiz. *Patsch!* Das Leder küsste sein Hinterteil. Es gab eine kleine Pause, dann biss der scharfe Schmerz zu. Die Reitgerte glitt langsam von seinem Hintern.

Pause. *Patsch!*

Sein Master ließ die kleine Lederlasche zur anderen Backe kreisen.

Kreis. *Patsch!*

Es gab keine Möglichkeit, diese Züchtigung schneller hinter sich zu bringen und zu den guten Sachen zu kommen. Außerdem verwandelte sich der Schmerz in Euphorie. Verdammt, das hier *war* gut!

Jeder Biss der Gerte war eine Bestätigung, dass er seinem Master etwas bedeutete. Zack musste leiden, um das zu feiern. Er wollte, dass ihm die Einsamkeit genommen wurde.

Patsch!

Er drängte sich der Züchtigung entgegen, um so viel davon zu empfangen, wie sein Master für geboten hielt. Fuck, er konnte schon von der Beachtung allein kommen.

Liebe. Schmerz. Lust.

Der nächste Hieb klatschte auf seine Haut.

Zack ächzte nach jedem Schlag. Der Schmerz nahm zu und wuchs bis fast an die Grenze des Erträglichen. Wieder und wieder schlug die Gerte zu, fast ohne Pause.

Viele Male biss die Lederschlaufe in Zacks Haut, bis er sich an einem schönen, ruhigen Ort verlor, wo nichts existierte als sein Master und die Empfindungen, die er ihn erleben ließ.

Er gehört mir. Ich gehöre ihm. Ganz und gar.

Zack war frei, nicht mehr an die Erde gebunden.

Ein köstlicher Friede umfing ihn. Das Leder küsste ihn, doch jeglicher Schmerz steigerte nur das Hochgefühl. Sein Master kümmerte sich um seine sämtlichen Bedürfnisse. Seine Seele wurde genährt. Die Züchtigung wurde zu reiner … Liebe.

Er trieb auf einem Meer von Empfindungen dahin, frei von allem außer Master Drew. Er war das einzige, was Zack noch hielt, sodass er sich furchtlos in die höchsten Höhen aufschwingen konnte. Master Drew würde für seine sichere Rückkehr sorgen.

Die grellen Flammen, die ihn befreit in der Stratosphäre schweben ließen, blitzten seltener auf und erloschen schließlich ganz.

Nein. Noch nicht. Mehr.

Viel zu bald schon trugen starke Hände eine kühlende Creme auf. Das Reiben auf seinem Hinterteil verlangte von ihm, in seinen Körper zurückzukehren. Zack landete wieder auf der Erde.

Schwermut versuchte sich einzuschleichen, doch sein Master drang mit cremigen Fingern in ihn ein und schickte ihn zum Trost wieder in jenes Nirwana grandioser Empfindungen zurück.

Seins. Unterwerfung. Meins.

Geduld war schwierig, doch er wartete. Master Drew öffnete Zacks Eingang und brachte seinen Schwanz dazu, vor Ungeduld pochen. Er drängte nach hinten und stöhnte, versuchte, seinen sehnlichen Wunsch zu vermitteln, mit der Liebe seines Lebens vereint, von ihm erfüllt zu sein.

Klatsch!

Zack stöhnte laut auf. Der Schlag hätte demütigend sein können, doch er ließ eine Welle von Lust durch seine Adern rauschen. Sein Inneres krampfte sich zusammen, wollte mehr.

Eine leere Folienverpackung flatterte zu Boden. Drew streifte sich ein Kondom über. Zentimeter für Zentimeter drang er in Zack ein, gab ihm alles, worum er gebettelt hatte, bis zum Anschlag.

Er gehört mir. Ich gehöre ihm. Ganz und gar.

Master Drew packte Zacks Hüften mit seinen starken Händen und hielt ihn still, sonst hätte er sich vor und zurück geworfen, auch wenn es wehtat.

Zack stöhnte auf. Was nützte es, alles zu kriegen, was man sich gewünscht hatte, wenn man es nicht benutzen konnte? Ehe Zacks lustvernebeltem Verstand eine Antwort auf die Frage einfiel, gab ihm sein Master wie immer alles, was er brauchte.

Drew zog seinen Schwanz zentimeterweise zurück und schob ihn dann wieder vor, jedes Mal ein bisschen tiefer. Lieber Gott, jedes Raus und Rein schickte Zack in den Orbit.

Zack kniff die Augen zu. Der Gedanke, so vollkommen von seinem Master erfüllt zu sein, kombiniert mit der qualvoll köstlichen Dehnung seines Innersten ließ ihn keuchend und verzweifelt gegen den aufsteigenden Orgasmus ankämpfen.

„Master?" Kontrolle. Er hatte keine.

„Fast, mein süßer Liebling, aber warte noch." Sein Master tätschelte ihm den Hintern und erweckte die schmerzenden Muskeln zu neuem Leben. Eine Welle von Verlangen durchströmte Zack.

Stöhnend biss er die Zähne zusammen und rollte die Zehen ein. Sein Master stupste an seine Prostata, und er zitterte vor Verlangen. Er machte sich ganz steif, spannte sämtliche Muskeln an, um der feurigen Lust standzuhalten.

Drews Stöße wurden schneller; kehliges Stöhnen begleitete seinen hämmernden Angriff auf Zacks Arsch. Finger packten Zacks Hüften fester, Nägel gruben sich in seine Haut … alles Anzeichen dafür, dass Drew kurz vor

230

dem Höhepunkt stand. Drews Hüften klatschten an Zacks schmerzenden Hintern, machten ihm das Warten noch schwerer.

Sein Master legte eine Hand um Zacks Schwanz und streichelte den Schaft. „Komm."

Zack gehorchte.

Gott, die Verbindung mit Drew machte seine Erfüllung noch stärker. Seine inneren Muskeln molken seinen Master. Intensive Lust breitete sich in ihm aus, als er kam.

Befriedigt. Gesättigt. Friedlich.

Zack kippte nach vorn.

Drew fing ihn auf und umschlang ihn mit den Armen. Er klammerte sich an seinen Master, der ihn zu der horizontalen gepolsterten Fläche, die oft auch als Bett diente, halb trug und halb geleitete. Drew ließ ihn auch nicht los, als er sich auf den Decken niederließ und zu Zack legte.

Master Drew massierte seinen Arsch. War das eine Entschuldigung für die Behandlung seines Hinterteils? Hoffentlich nicht, denn Zack hatte jeden einzelnen Hieb genossen.

Zack fror ein bisschen, daher rückte er näher an die Wärme heran. Drew steckte die Decke um ihn herum fest und drückte ihn an sich, brachte ihn zum Seufzen bei der Erinnerung an den ganzen Nachmittag. Vielleicht war er ja eingeschlafen. Es gab keine Fenster, und keine Uhr zeigte das Verstreichen der Zeit.

Zack hob den Kopf und warf einen Blick auf den warmen Körper neben sich. Sein Herz hüpfte vor Freude. Drew. „Es war kein Traum?"

Drew lachte leise in sich hinein.

Zack musste seine sentimentale Seite unter Verschluss nehmen. Er kuschelte das Gesicht an die Brust seines Masters. „Wie lange habe ich geschlafen?"

„Nicht lange. Ungefähr zwei Stunden."

„Und du hast mich die ganze Zeit in den Armen gehalten?" Zu Beginn dieses Tages hätte er sich nicht im Entferntesten träumen lassen, dass so was je möglich sein könnte.

„Ich hab' mir gedacht, ich übe schon mal." Andrew strich mit den Händen leicht über Zacks Brust. „Ist dir immer noch kalt?"

Gemütlich. Glücklich. Zufrieden.

Zack antwortete schlicht: „Nee."

„Hast du Durst?"

Eine Flasche Wasser tauchte vor seinem Mund auf, also trank er einen Schluck. „Danke."

„Wie fühlst du dich?"

Ah, das war eine Bestandsaufnahme der Gefühle und Emotionen seines Subs, begriff Zack. „Mir geht's gut … Drew." Verdammt, er war noch nie zuvor so hoch geflogen. Ah. Er streckte sich auf Andrews fantastischem Körper aus wie auf einem Ruhekissen.

„Anscheinend bist du wieder bei mir."

Zack grinste vermutlich wie ein Idiot. „Ja, wenn ich wieder anfange, von dir als Drew und nicht als Master zu denken, weiß ich, dass ich gelandet bin. Hast du was dagegen, wenn ich dich jetzt wieder Drew nenne?"

Drew hob Zacks Handgelenk hoch und musterte seinen Drachen. „Das wäre mir lieber." Er fuhr mit dem Zeigefinger ober- und unterhalb des Tattoos entlang. „Wir müssen da Salbe drauf tun."

„Ich hab' welche in meiner Tasche." Zack runzelte die Stirn, als sein Ruhekissen sie holen ging.

Drew desinfizierte sich die Hände mit einem Wischtuch aus dem Spender neben der Plattform und trug mit sicheren, sanften Händen die Heilsalbe auf. „Das Tattoo gefällt mir wirklich gut. Meinst du, Jordon würde für mich auch eins entwerfen?"

„Klar … wenn er erst mal aufgehört hat, dich zu hassen."

20

ANDREW SCHWOR sich, Zack im Hinblick auf ihre Beziehung nicht unter Druck zu setzen. Er würde sich nach Zack richten und nichts überstürzen.

Zack verbrachte die meisten Nächte bei Andrew. Ungefähr einen Monat nach ihrem „Gespräch" stellte Andrew eine hellgrüne elektrische Zahnbürste mit rotierendem Kopf neben seine ins Badezimmerschränkchen. Das schrie förmlich nach Beständigkeit und beruhigte Andrews Herz.

Als er sah, wie Zack die Zahnbürste in Augenschein nahm, sagte er: „Ich war im Laden und hab' dir eine anständige Zahnbürste besorgt."

Zacks Lächeln verschwand hinter einem großäugigen Blick ohne jede Emotion. „Ähm, danke."

Sah er eine Zahnbürste etwa als Drängen an? Das war sie nicht.

„Weißt du, mir kommt es wie Verschwendung vor, jedes Mal Zahnbürsten wegzuwerfen, wenn du für ein, zwei Nächte zuhause bist." Nicht, dass Andrew das tun musste, aber es gab ihm einen Vorwand, Zack eine echte, „ich-wohne-fast-hier"-Zahnbürste zu kaufen. „Außerdem hilft die hier bei der Bekämpfung von Zahnbelag."

„Ähm, wirklich nett von dir. Danke."

Später an diesem Abend, als sie sich fürs Bett fertig machten, entging Andrew nicht das heimliche Lächeln, mit dem Zack seine Zahnbürste rausholte. Vielleicht war es ein gutes Drängen gewesen.

Hmm, vielleicht würde er nächstes Mal eine Schublade und Platz im Kleiderschrank anbieten. Das nicht zu tun war vielleicht unhöflich, aber er würde noch eine Weile damit warten.

NACH ZWEI Monaten sagte Andrew: „Ich habe meine Kommode und meine Schränke umorganisiert."

„Oh, hast du endlich deine Wintersachen einvakuumiert und nur die Sommersachen draußen gelassen?"

„Genau. Nicht zu fassen, wieviel Platz ich jetzt habe. Also, wenn du ein paar Klamotten hier lassen wolltest ... du weißt schon, um ein paar von deinen Sachen im Schrank oder in der Kommode zu haben, dann könntest du das machen."

Zack erstarrte, und die verdammte Maske der Gleichgültigkeit glitt wieder an ihren Platz.

Andrew riss seinen begehbaren Kleiderschrank auf. „Siehst du? Ich habe sogar rutschfeste Kleiderbügel."

Langsam erhellte ein Lächeln Zacks Gesicht. „Ich liebe –"

Euphorie durchfuhr Andrew.

Zack klappte den Mund zu und presste die Lippen zusammen. Schließlich sagte er: „Ähm, ja. Das wäre schön. Ähm, es wäre toll, nicht immer eine Reisetasche rumschleppen zu müssen."

Nun ja, damit war Andrews Freudentanz abgeblasen. Er begnügte sich damit, Zack an ihre Verbundenheit zu erinnern, indem er ihn ans Bett fesselte, bis sein Betteln um Erlösung von den Schlafzimmerwänden widerhallte. Er würde geduldig sein und warten, bis Zack bereit war, zu seinen Gefühlen zu stehen.

ZWEI WOCHEN vor Beginn der Sommertournee klingelte es an der Tür.

Andrew schob das mit Fett begossene Brathähnchen wieder in den Ofen.

Er eilte an die Tür und machte sie auf.

Zack warf sich in Andrews Arme.

Mmm, er liebte es, die Arme voller Zack zu haben. „Hey, das ist mal eine Begrüßung." Andrew nahm seine Lippen in Besitz, ein Willkommen-zuhause-Kuss, der sein Herz beschwichtigte.

Ein zartes Rosa überzog Zacks Wangen, als er sich von Andrew losmachte. „Hey. Entschuldige die Verspätung. Der Verkehr war furchtbar."

Andrew zog seinen Liebling in die Küche. „Keine Sorge, ich hab' deine SMS gekriegt. Das Essen ist noch nicht fertig. Wie ist die Besprechung mit der Band gelaufen?"

„Ach, nichts Wichtiges. Megan muss noch die abschließenden Details für den letzten Abschnitt der Tournee klären."

Andrew reichte Zack ein Glas Eiswasser. „Gut. Oh, und ich, äh, war in der Eisenwarenhandlung."

Zack setzte das Glas ab, und seine Augen blitzten vor Begeisterung. „Ja? Hast du die Ketten gekriegt?"

Andrew versuchte gar nicht erst, sein Grinsen über Zacks Vorfreude zu verbergen. Sein Liebling hatte ihm gestanden, dass er für eine Bondage-Session Ketten mit den Seilen mischen wollte. Andrew hatte die Anordnung der vorgeknoteten Seile unter dem Bett bereits verändert. Zack würde gut auf das Rasseln von Ketten ansprechen. „Ja. Nach dem Essen können wir sie ausprobieren."

Zack stieß einen Freudenschrei aus.

Andrews Herz jubelte mit, doch er ging behutsam vor. Er nahm Zacks Hand und küsste die Handfläche. „Außerdem habe ich das hier für dich machen lassen, als ich dort war." Er zog den Schlüssel aus der Hosentasche und drückte ihn Zack in die Hand.

In Zacks Augen blitzte eine Gefühlsregung auf, die Andrew nicht deuten konnte. War es Kummer? Glück? Besorgnis? Fühlte er sich unter Druck gesetzt?

Andrew kam sich vor, als würde er auf Zehenspitzen um ihre Beziehung rumschleichen. Aber nachdem sie schon so viel durchgemacht hatten, um zusammen zu sein, würde er geduldig bleiben. Das hier war kein kurzer Sprint, sondern ein Langstreckenlauf.

„Zack, ich dachte mir, du solltest einen Schlüssel haben. Dann brauchst du nicht mehr zu klingeln und musst auch nicht erst den Ersatzschlüssel aus dem Blumentopf fischen, wenn du vor mir nach Hause kommst." Hoffentlich klang das rational und nicht so, als wollte Andrew ihn zum nächsten Schritt drängen.

„Oh … okay." Zack drehte ruckartig den Kopf, blickte sich suchend in der Küche um. „Ich, äh … danke. Ich … ja. Ähm, kann ich dir hier noch was helfen?"

Der jähe Themenwechsel bedeutete, dass Zack das erst verarbeiten musste, also ging Andrew darauf ein. „Das Hähnchen braucht noch eine Stunde. Der Salat ist schon gemacht."

Zack pirschte sich an ihn ran. „Dann könnten wir uns doch diese Ketten mal angucken."

Und wenn sein Sub sich in ihrer kleinen, für zwei gebauten Welt verstecken wollte, würde Andrew die Zeit einfach nutzen, um sie noch fester aneinander zu binden.

DIE ZEIT verrann. Er und Zack waren mit den Dark Angels auf Tournee. Die Bühnentechniker und die Styling-Crew waren getrennt voneinander untergebracht. Andrew teilte sich sein Quartier mit dem neuen Maskenbildner, daher war es für Master und Boy nahezu unmöglich, mal *unter sich* zu sein. Die „das-wird-schon"-Methode, Zeit mit Zack zu verbringen, versagte kläglich. Drei Mal in der letzten Woche war einer ihrer Mitbewohner im unpassendsten Moment bei ihnen reingeplatzt.

Andrew legte sein Handy beiseite. „Der nächste Entwined-Club ist vierhundert Meilen weit weg."

„Das sind nur ein paar Stunden." Zack streichelte ihm flüchtig über die Hand.

Auch wenn er vielleicht genauso verzweifelt war, er würde nicht zulassen, dass Zack aufs Schlafen verzichtete. „Fünf Stunden und zwanzig Minuten, um genau zu sein. Bis wir dort sind, haben die geschlossen."

Zack vergrub den Kopf in den Händen. „Gibt's irgendwelche anderen Clubs?"

„Kommt nicht in Frage." Auf keinen Fall würde er Zack in eins von diesen Hinterzimmern gehen lassen.

„Ähm, andere Hotels?" Zack holte sein Handy raus.

„Hab' ich schon gecheckt. Alles ausgebucht wegen des Dark-Angels-Konzerts."

Zack nahm die Toilette ins Visier. Sein Gesicht verzog sich bei all den unanständigen Möglichkeiten, dann sagte er: „Weißt du, ich wette, kaum einer benutzt die Herrentoilette hier in der Lobby."

„Ich hab' nichts gegen Sex in der Öffentlichkeit, aber ich habe wirklich nicht vor, mich für unsittliche Entblößung verhaften zu lassen."

„Scheiße, Drew, ich halt' das nicht aus!", knurrte Zack und zog an seiner Hand.

„Keine solchen Ausdrücke. Dass wir keine Privatsphäre haben, heißt noch lange nicht, dass ich dich nicht bestrafen kann", mahnte Andrew. Oh, aber ein bisschen Privatsphäre zu haben wäre himmlisch.

„Versprechungen, Versprechungen", grummelte sein Liebling.

Vielleicht konnte Andrew im nächsten Hotel ein Zimmer für sie buchen. Das würde Gerüchte aufkommen lassen, aber die gab es sowieso schon, seit ihre Mitbewohner sie zusammen erwischt hatten.

„Also, mir reicht's jetzt." Zack wählte eine Nummer auf seinem Handy.

„Wen rufst du an?"

Zack bat ihn mit erhobenem Finger um Geduld. „Hi Ellen. Gut, und selbst?" Zack nickte. „Du bist doch für die Logistik zuständig, nicht?" Nach einer kurzen Pause fuhr er fort: „Gut. Hör zu, ich wollte dich um einen Gefallen bitten. Von heute Abend an würde ich mir gern ein Zimmer mit Andrew Nikeman teilen." Es gab eine Pause. „Ich weiß, so läuft das normalerweise nicht." Zack schwieg. „Okay, super. Ja, bis auf weiteres. Sagst du unseren momentanen Mitbewohnern Bescheid? Danke."

Andrew fand es ausgesprochen erregend, wie Zack das handhabte.

„Jau … gehen wir an die Rezeption und holen unsere Schlüssel."

Sein Liebling hatte eine Belohnung verdient.

Zack grinste und sagte: „Also, was jetzt diese Bestrafung angeht …"

DIE SOMMERTOURNEE der Dark Angels neigte sich dem Ende zu. Die Zeit war wie im Flug vergangen. Es war großartig gewesen, Zack jede Nacht in den Armen zu halten. Die letzten paar Monate hatten Andrews Meinung nach bewiesen, dass er und Zack ein gutes Team waren, und nicht nur im Bett. Es war kein Drängeln, wenn Andrew dafür sorgen wollte, dass das so weiterging, oder?

Zack kuschelte sich enger an ihn. „Nicht zu fassen, dass die Tournee nächste Woche schon vorbei ist."

„Ich fand's schön, mir ein Zimmer mit dir zu teilen." Andrew zog die Decke über Zacks Schultern hoch.

„Ja, du bist ein guter Mitbewohner, selbst auf engstem Raum."

Andrew fragte: „Liegt das an meinem Organisationstalent oder an den Blowjobs?"

Sein Liebling schnurrte geradezu. „Moment mal. Ich muss mich doch nicht für eins davon entscheiden, oder?"

Beide lachten.

Hmmm, Andrew musste die Gelegenheit nutzen. Es war kein Drängen; man konnte es eher als Befürwortung und Planung ansehen. Außerdem war der Großteil von Zacks Sachen sowieso schon in Andrews Wohnung. Er räusperte sich. „Vielleicht würdest du nach der Tournee gern damit weitermachen."

Der schläfrige, zufriedene Zack war verschwunden und einem wachsamen Zack gewichen, der aufrecht und stocksteif im Bett saß und Andrew anstarrte. „Womit weitermachen? Mit den Blowjobs? Ja, ich glaube schon."

Andrew schluckte die Besorgnis runter. „Ich meine das Zusammenleben."

„Oh." Hunderte von Emotionen huschten über Zacks Gesicht. Es machte Andrew schier verrückt, sein Mienenspiel nicht deuten zu können.

Denn das war es, was sie hier taten, aber vielleicht war Zack nicht bereit, die Dinge beim Namen zu nennen. „Es sei denn, du willst das nicht, und dann könnten wir einfach, na ja …"

„Äh … ähm." Zack spielte mit der Bettdecke, und sein Blick schweifte durchs Zimmer, vermied es angelegentlich, auf Andrew zu landen.

Vielleicht wäre ein kleiner Schubs gar nicht so verkehrt. Der fiel bestimmt noch unter „Anleitung". „Ich meine, wir leben doch im Grunde schon seit Monaten zusammen. Ich würde vorschlagen, was Offizielleres draus zu machen. Es sei denn, du möchtest das nicht. In dem Fall können wir …"

„Nein! Ich meine, nein. Ich finde, äh, das ist eine gute Idee. Wir sollten definitiv zusammenzuziehen." Zack nestelte am Bettzeug herum.

Andrew fiel ein Stein vom Herzen, aber er führte keinen Siegestanz auf. „Wirklich?"

Zacks peridotfarbene Augen waren riesig, als er nickte und sich wieder unter die Bettdecke wühlte, um sich an Andrews Seite zu kuscheln.

Keiner von ihnen sagte noch was dazu. Andrew ging nicht gern wie auf Eiern, aber das kontrollierte, methodische Vorgehen funktionierte, also wollte er keinen Staub aufwirbeln.

Am Tag ihrer Heimkehr von der Tournee übte Andrew sich in Zurückhaltung, während sie ihre sauberen Sachen auspackten. „Also, wann sollte ich mir frei nehmen, um dir beim Einzug zu helfen?"

Zack steckte den Kopf aus dem begehbaren Kleiderschrank, den sie sich inzwischen teilten. „Ähm, möglichst bald wäre vermutlich am besten. Ich glaube, die meisten von meinen Sachen sind sowieso schon hier."

Andrew schaute sich um und grinste. Das stimmte! Er versuchte, sich seine Aufregung nicht anmerken zu lassen, aber das war ein großer Schritt in die Richtung, in die er sie bringen wollte. „Super! Ich gehe morgen früh für eine Stunde im Salon vorbei, und dann können wir deinen Einzug bis morgen Mittag über die Bühne kriegen."

Zack nickte und biss sich auf die Lippe. „Soll ich dann hier übernachten?"

Ja! Setz' ihn nicht unter Druck. „Das wäre mir recht … es sei denn, du musst noch packen oder was auch immer."

„Nein! Ich meine, nee. Ich kann den ganzen Scheiß – ich meine, meine Sachen morgen früh holen."

EIN ZWICKEN in den Hintern entlockte Andrew ein protestierendes: „Zack!"

„Was?" Zacks unschuldiger Gesichtsausdruck strafte seine Hand Lügen, die Andrews Hintern umfasste und zudrückte.

Natürlich ging genau in diesem Moment die Tür auf. „Frohes Neues Jahr!", brüllte Dusty und zog ihn und Zack in eine herzliche Umarmung.

Andrew schlug Dusty auf die Schulter und kam jedem weiteren Wort von ihm zuvor, indem er rief: „Das wird ein tolles Jahr!"

„Ganz bestimmt!" Dusty nahm ihnen die Jacken ab und hängte sie in den Schrank.

Zack streifte sich kichernd die Stiefel ab. Er kniete sich hin, um sie ins Schuhregal zu schieben, dann sammelte er kopfschüttelnd das halbe Dutzend Paar Stiefel und Turnschuhe ein und stellte sie ordentlich in Reih und Glied.

Da er schon mal auf dem Boden kniete, drehte Zack sich zu Andrew um, schnürte ihm die Stiefel auf und zog sie ihm aus. Er blickte aus seiner unterwürfigen Haltung zu Andrew auf, als wartete er auf einen Befehl, und leckte sich die Lippen. Wenn das Andrew nicht wünschen ließ, sie wären zuhause, würde auch nichts anderes das tun.

„Essen ist gleich fertig." Dusty eilte wieder in die Küche.

„Danke, mein Liebling", raunte Andrew, nur für Zacks Ohren bestimmt, und reichte ihm die Hand, um ihm aufzuhelfen.

Zack sprang auf, rückte seine Hose zurecht und warf Andrew ein sündhaft vielversprechendes Lächeln zu. Sein Liebling folgte Dusty, doch bevor er im Chaos verschwand, drehte er sich noch mal um und grinste Andrew an.

Andrew riss sich aus seinen Träumen von einem Leben mit Zack. Er folgte Zack und Dusty in das Tohuwabohu der Küche.

Zack flüsterte: „Bin ich froh, dass unser Haus nicht so unübersichtlich ist."

Dass er „unser" sagte, hätte Andrew nicht so euphorisch machen sollen, doch das tat es. Er schwebte praktisch durch die letzten Vorbereitungen fürs Essen und war immer noch glücklich, als sie sich zu Tisch setzten.

Als der Nachschlag herumgereicht wurde, räusperte sich Jordon und sagte: „Jetzt, wo du offiziell mit Andrew zusammenlebst, wollt ihr da auch heiraten wie Dusty und Justin?"

Typisch Jordon, eine so angemessene und zugleich so schwierige Frage zu stellen.

Dusty und Justin hatten sich an Weihnachten verlobt. Andrew freute sich wie ein Schneekönig für seinen kleinen Bruder. Sie hatten noch kein Datum festgesetzt, aber ihr Bekenntnis zueinander unterstrich noch die Grauzone, in der er sich mit Zack befand.

Andrew wollte schon bejahend antworten, doch Zack kam ihm zuvor. „Wir brauchen uns nicht an eine heteronormative Tradition anzupassen." Er hielt inne und sah Justin an. „Ich meine, nicht dass da was Falsches dran wäre, aber …"

Was zum Teufel …? Glaubte Zack das wirklich? War das der Grund, warum er bisher jedem Gespräch über ihre Zukunft ausgewichen war und warum er Andrew auf reizvolle und vielfältige Weise ablenkte, wann immer sich die Unterhaltung in diese Richtung neigte? Oder wollte er womöglich nicht weitergehen?

Jordon verdrehte die Augen wie eine der Comicfiguren, die er zeichnete, und sagte: „Heiraten ist bloß deshalb heteronormativ, weil früher nicht jeder die Freiheit dazu hatte. In diesem Land gibt es über elfhundert Begünstigungen für Ehepaare, die unverheiratete Paare nicht kriegen. Außerdem hat sich früher niemand zu seiner Homosexualität bekannt, also war es schon ein Kunststück, eine Beziehung zu haben. Aber jetzt, mit der Gleichstellung der Ehe, ist es möglich geworden."

„Das Leben ist nicht wie einer von deinen Yaoi-Mangas", verwies Zack mit mehr Skepsis, als Andrew lieb war.

„Sollte es aber sein! Es will vielleicht nicht jeder heiraten, aber wir sollten die Möglichkeit dazu haben, und die sollten wir nicht wegwerfen, bloß weil es eine gesellschaftliche Norm ist. Alle Kinder sollten in dem Wissen aufwachsen, dass sie ein Happy End haben können, einschließlich einer Hochzeit, falls sie eine wollen", beharrte Jordon und wechselte einen Fauststoß mit Justin. „Und warum sollte das Leben nicht wie ein Yaoi sein? Liebe auf den ersten Blick, heißer Sex und ein glückliches Ende … in *jeder* Hinsicht … für alle."

Justin kicherte.

Jordon schaute zwischen Andrew und Zack hin und her. Er zuckte mit den Schultern. „Ich weiß nicht, aber nachdem ihr zwei während der Tournee zusammengezogen seid und Zack jetzt bei dir wohnt, dachte ich eben, das kommt jetzt als nächstes."

Zacks Gesicht wirkte völlig emotionslos. Es war dieselbe Maske, die sein Liebling vor der Auktion getragen hatte. Er sagte lediglich: „Gib mir bitte die grünen Bohnen rüber."

Jordon starrte Andrew an. „Was? Oh, hast du ihm so was wie ein Halsband angelegt? Hey, Zack, musst du jetzt eine Art Steuermarke tragen?"

Dusty knurrte: „Jordon!"

„Was? Ich rede ja nicht von einer Hundemarke, aber …" Jordon kicherte hämisch.

Andrew fand seine Mitte. Er ignorierte seine Verärgerung darüber, Zack immer noch kein Halsband anlegen zu können. Noch mal, er wollte seinen Liebling nicht unter Druck setzen. Diese Art der Befragung half da nicht weiter. „Nein, noch nicht, Jordon. Und nein, muss er nicht."

Justin fragte: „Gibt es da nicht eine Zeremonie?" Sein Bruder kannte die Antwort; schließlich hatte er Andrew von den Bildern von Robins und Joshs Rote-Rosen-Zeremonie vorgeschwärmt.

„Ja, die gibt es." Andrew hoffte, mit seiner finsteren Miene ein „Hör schon auf!" zu kommunizieren.

Zack räusperte sich und fragte Jordon: „Schafft ihr euren nächsten Abgabetermin, Justin und du?"

Von da an drehte sich das Tischgespräch um Jordons und Justins Werk.

Andrew versuchte, zuzuhören, aber seine Gedanken kehrten immer wieder zu der Tatsache zurück, dass er und Zack miteinander reden sollten. Keine Ausflüchte mehr.

Nach dem Aufräumen verschwanden die Davis-Brüder und ließen Andrew mit seinem Bruder allein. Sie setzten sich mit einem Tee vors Fenster und beobachteten einen Kardinal, der von Futterhäuschen zu Futterhäuschen hüpfte. Schließlich kam die Gefährtin des Vogels und sie flogen gemeinsam fort.

Justin räusperte sich und fragte: „Also, solltest du nicht eigentlich einen Vertrag oder so was mit Zack haben?"

Ja. Warum hatte er das so lange schleifen lassen? „Der ist ungeschrieben."

„Sollte so was nicht niedergeschrieben werden? Würde das nicht *alles* offizieller machen?"

Ja. „Nicht unbedingt, und nicht alle tun das. Er will offensichtlich nichts Traditionelles." *Heteronormativ.* Die Bemerkung nagte immer noch an ihm.

Justin schnaubte. „Bist du dir da ganz sicher?"

Andrew war sich in gar nichts mehr sicher, daher schüttelte er den Kopf. Er hätte sie besser leiten sollen, aber er hatte achtgeben müssen, Zack nicht durch zu schnelles Vorgehen zu verscheuchen. „Ich weiß nicht. Ich wollte abwarten, bis er sich in der Wohnung eingelebt hatte."

„Er ist schon vor Monaten eingezogen. Ich glaube, er fühlt sich inzwischen bei dir zuhause. Willst du denn keine feste Bindung?"

„Doch!" Andrew senkte die Stimme und sprach in gemäßigter Lautstärke weiter. „Doch. Ich will eine solide Grundlage für uns schaffen."

„Was tust du, um die Beziehung auf festeren Boden zu bringen? Außer dafür zu sorgen, dass er komisch läuft."

Gelächter brach aus Andrew hervor. „Wow." Zugegeben, jeder Meilenstein in seiner Beziehung mit Zack schien mit viel zu viel Vorbedacht stattzufinden. Sie waren nur quälend langsam vorangekommen. „Ich will ihn zu nichts drängen." Denn das könnte bedeuten, Zack zu verlieren, doch diese Befürchtung ließ er aus.

Justin schüttelte den Kopf. „Ganz im Ernst, ich raff's einfach nicht. Du definierst alles, warum nicht das?"

„Klarheit ist nie verkehrt." Die Behauptung war wahrscheinlich eine Verzögerungstaktik. Andrew hatte noch nie verstanden, wie manche Leute im Chaos geradezu aufblühten.

„Und Zack weigert sich, dir Klarheit zu geben?"

Ja! Na ja, nein ... „Das hab' ich nicht gesagt."

„Was hast du nicht gesagt?" Zack schlüpfte ins Zimmer und massierte Andrew die Schultern.

„Mmm, das tut gut."

„Kann ich dir sonst noch was helfen, Just?" Beim Sprechen knetete Zack Andrews Verspannungen weg.

„Nee, alles okay."

Zwischen ihm und Zack war alles *okay*, aber es könnte besser sein. Es war ein neues Jahr, und Andrew hatte es satt, sich mit weniger zufrieden zu geben, als sie haben sollten.

NACHDEM SIE sich verabschiedet hatten und wieder im Auto saßen, sagte Andrew: „Ich möchte noch kurz im Salon vorbei, okay?"

„Okay." Ein schwer verliebter Zack stellte seine Entschlossenheit auf die Probe, indem er die Finger aufreizend an Andrews Schenkel auf und ab wandern ließ.

Als Andrew auf den Parkplatz vor dem Salon fuhr, saugte Zacks Mund sich an der erogenen Zone an seinem Halsansatz fest.

Er stöhnte und versuchte, Zack davon abzuhalten, genau das zu tun, was er wollte. „Komm schon, gehen wir rein."

Zack schloss den Reißverschluss an seiner Jacke und folgte Andrew ins Haus, nachdem die Alarmanlage abgestellt war.

„Weißt du, wir haben's noch nie auf dem Empfangstresen getrieben." Zack ließ seine Hand über das polierte Holz gleiten und machte Anstalten, das Terminbuch zur Seite zu schieben.

Andrew lachte leise, schnappte sich Zacks Hand und zog ihn in Richtung Büro. „Zack, wir müssen reden."

Sein Liebling erstarrte wie mit kaltem Wasser übergossen. „Worüber?"

„Nichts Schlimmes." Andrew schloss sein Büro auf und knipste das Licht an.

Zack hatte sein Büro zum Besseren verändert. Er hatte die handgebastelten Friseure auf dem Bücherregal zu einem Kongress der Verrückten versammelt, was die Figürchen geradezu künstlerisch wirken ließ. Allerdings sah er sie jetzt nicht mehr, wenn er am Schreibtisch saß. Der Garten lag jetzt im Dunkeln, doch sie hatten den kleinen Bereich letztes Frühjahr in ein Paradies verwandelt, und am Abend vor der Tournee hatten sie sich unter den Sternen geliebt.

Andrew setzte sich auf die Couch und klopfte auf den Platz neben sich.

Alle Farbe schien aus Zacks Gesicht gewichen zu sein. „Was?"

„Es ist nichts Schlimmes ... glaube ich jedenfalls." Angst kroch an Andrews Rückgrat entlang, und er versuchte sich mit der Gewissheit zu beruhigen, dass sie sich liebten … Zugegeben, sie hatten es sich nicht gesagt, aber nur, weil sie die Sache langsam angehen ließen … zu langsam!

Zack rieb sich das Genick und starrte Andrew an. Endlich ließ sein Liebling sich auf die Couch fallen.

Hatte Andrew sich um seinetwillen gescheut, zu schnell voranzugehen oder weil er zu viel Angst davor hatte, seine eigene Vergangenheit zu wiederholen? Und was immer er jetzt tat, würde ihm das seine Gegenwart verpfuschen? „Wir sind jetzt seit über zehn Monaten zusammen. Davon waren wir die meiste Zeit auf Tour, deshalb habe ich nicht gedrängt.“

„Gedrängt?“, wiederholte Zack.

„Wir haben es langsam angehen lassen.“

Zack fragte: „Langsam?“

Andrew brauchte was anderes, als dass Zack wiederholte, was er sagte. Er musste die Führung übernehmen. „Weißt du, was ich für dich empfinde?“

Zack blickte sich im Büro um. „Ähm …“

Das Zögern war für Andrew wie ein Schlag ins Gesicht. „Das ist keine Fangfrage.“

Neben ihm rutschte Zack unbehaglich hin und her. Er wirkte völlig ratlos. „Na ja, ich meine … du weißt schon …“

Offensichtlich wusste sein Liebling es wirklich nicht oder war sich nicht ganz sicher und das war Andrews Schuld. Er hätte die Worte aussprechen sollen, selbst wenn Zack sie nicht erwiderte. Ehrlichkeit war unerlässlich. „Ich liebe dich.“

„Was?“, fragte Zack, als könnte er sich verhört haben.

„Du musst doch wissen, dass ich dich liebe“, sagte Andrew lauter, sprach jedes Wort ganz deutlich aus.

„Oh mein Gott! Was?“ Zack musterte ihn mit weit aufgerissenen Augen und fragte mit herzzerreißender Unsicherheit: „Du liebst mich?“

„Ja. Ich liebe dich.“

Zack neigte den Kopf, kam näher und stupste Andrew mit der Nase an. So sehr er sich einen Kuss von ihm wünschte, er brauchte die Gewissheit, dass Zack es begriffen hatte. „Ich liebe dich.“

„Küss mich“, verlangte Zack und presste ihre Lippen aufeinander.

Andrew stöhnte, als sein Liebling noch näher rückte, über ihn kroch und schließlich rittlings auf seinem Bein saß.

Lippen glitten über Lippen, und Zack begann sich langsam an ihm zu reiben. Stoff war im Weg, aber verdammt, es war zu gut.

Nein. Kontrolle. „Stopp.“

Seinem verwirrten Gesichtsausdruck nach zu schließen gehorchte Zacks Körper, ehe sein Hirn imstande war, „nein heißt nein“ oder „Stopp heißt Stopp“ zu verarbeiten.

„Warum bremst du mich jetzt mit einem 08/15-Safeword?“ Unmut schwang in Zacks Worten mit.

Einige Doms wären wahrscheinlich genervt von Zacks Mangel an kontinuierlicher Unterwürfigkeit. Doch jedes Mal, wenn Zack kapitulierte und ihm die Macht überließ, bedeutete das Andrew umso mehr, weil es ein bewusstes Geschenk war.

Zack lehnte sich auf seinem Schoß zurück und verschränkte die Arme vor der Brust.

Andrew fuhr ihm mit den Fingern durchs Haar und strich ihm ein paar widerspenstige Strähnen hinter die Ohren.

„Was empfindest du für mich?" Lag da etwa ein Anflug von Zweifel in seinem Tonfall?

Zack fragte mit halb erstickter Stimme: „Ist das dein Ernst? Ich liebe dich schon, seit wir uns zum ersten Mal getroffen haben. Das musst du doch wissen!"

Das war vielleicht ein bisschen übertrieben, aber jetzt war nicht der rechte Moment für Haarspalterei. „Warum hast du's mir nie gesagt?"

„Weißt du noch, als ich dir zum ersten Mal gesagt habe, was ich für dich empfinde und wie das gelaufen ist?"

„Ja, aber –" Um Himmels willen, sie hatten beide alten Ballast loszuwerden.

„Ich verfalle schnell in Muster. Ich hatte dich einmal mit meiner Eindringlichkeit verjagt …"

Das war es nicht, aber Andrew konnte nachvollziehen, wie jemand, der nicht in seiner Haut steckte, es so sehen konnte. „Hattest du jemals vor, es mir zu sagen?"

Zack zuckte mit den Schultern. „Und du?"

„Nun ja, ich … Okay. Hab's kapiert. Ich habe mir große Mühe gegeben, dich zu nichts zu drängen."

„Können wir, und mit *wir* meine ich *dich*, mal aufhören, so zu tun, als wüsste ich nicht, was ich will?"

„Na ja, ich wusste weder, was du empfindest, noch was du wolltest." Andrew musste aufhören, auf Zehenspitzen um Zack rumzuschleichen und so zu tun, als würde er zerbrechen, wenn Andrew auf Antworten drängte. In der Hoffnung, es besser zu machen, fragte er: „Also, *was* willst du?"

„Dich. Ich weiß nicht, auf wie viele Arten ich das noch zeigen soll." Zack hob den Arm, sodass sein Tattoo zu sehen war. „Immer nur dich."

Andrew küsste jeden einzelnen Buchstaben seines Namens, der in Zacks Haut eingestochen war.

Zack nahm Andrews Hand und führte seine Finger an dem symbolischen Halsband entlang, das er trug.

Jetzt war der richtige Moment, die Frage zu stellen. Andrew stand auf und hastete zur untersten Schublade an seinem Schreibtisch. Er holte das goldfarbene Etui heraus, das er schon vor Monaten besorgt hatte, und kniete vor Zack nieder. Dann klappte er den Deckel auf und fragte: „Willst du mein Halsband tragen?"

Zacks Finger schwebten über dem kunstvoll mit Prägearbeiten verzierten Lederhalsband, das Andrew speziell für ihn anfertigen lassen hatte. Sein Lächeln erhellte sein ganzes Gesicht, und er sagte: „Du warst schon immer mein Master und wirst es immer sein. Also ja, Drew, eine Trillion Mal ja!"

21

„MÜSSEN WIR das wirklich *jetzt* machen?" Verdammt, Zack wüsste so einiges, was sie jetzt auf ihrem Sofa machen könnten. Und es war *ihres*. Zack hatte eins gefunden, das zu Andrews Einrichtung passte und es war heizbar, hatte eine Massagefunktion und ließ sich umklappen. Bei all den wunderbaren Dingen, die er jetzt gerne getan hätte, ging es um Drew und viel nackte Haut – und keine dieser Aktivitäten beinhaltetet das Überarbeiten eines einvernehmlichen Standard-BDSM-Vertrags.

„Zack, Liebling, wir müssen dieses Dokument so abändern, dass es unser beider Bedürfnisse abbildet und ihnen gerecht wird." Drew nahm den Vertrag, den er auf den Kaffeetisch gelegt hatte, zum dritten Mal in die Hand und reichte ihn Zack.

„Du brauchst keinen Vertrag, um meinen Bedürfnissen gerecht zu werden. Ich kann dir jetzt sofort eine mündliche Liste geben, und …"

„Wir haben das schon viel zu lange aufgeschoben." Drew warf ihm diesen *Blick* zu. Dieses Starren, das besagte, dass Zack jetzt spuren musste – nicht, weil Drew es von ihm verlangte, sondern weil es zu seinem Besten war.

Und was würde es für einen Unterschied machen, damit noch einen Abend zu warten? Er seufzte. „Ich weiß."

„Hast du was dagegen, wenn der Vertrag sofort in Kraft tritt, nachdem ich dir dein neues Halsband umgelegt habe? Dieses Dokument verweist auf einen Vertragsbeginn um Mitternacht am Vorabend der Halsbandzeremonie."

„Kein Problem. Ich möchte, dass er sofort in Kraft tritt." Seine nervösen Ängste wegen der Zeremonie schienen Lichtjahre weit entfernt zu sein. „Wenn wir bis zur Zeremonie warten müssen, wäre das Umschnallen des Halsbands der beste symbolische Anfangspunkt, glaube ich." Zack liebkoste Andrews Oberschenkel.

Hmm, seine Hose wurde eindeutig enger. Ja, Master wollte auch spielen.

„Okay, so schön das auch ist, hör auf damit, mein Liebling. Also, was die Vertragsbedingungen angeht – was meinst du dazu?" Drew war anscheinend fest entschlossen, das jetzt zu erledigen.

Na schön. Erst die Arbeit. Dann das Vergnügen.

Zack deutete auf den ersten Abschnitt. „Ich finde die Formulierung hier nicht so toll. ‚Verzichte auf jegliche Rechte an meiner eigenen Lust'. Ich hab' kein Problem damit, mich ganz deinen Wünschen und Gelüsten zu verschreiben, aber es liegt ja gerade in der Natur der Sache, dass ich damit nicht auf meine eigene Lust verzichte."

Drew las den Abschnitt noch mal durch und machte sich auf dem gelben Schreibblock, den er auf der Armlehne des Sofas liegen hatte, ein paar Notizen. „In

Ordnung, ich verstehe, was du meinst. Okay. Konzentrieren wir uns mal lieber auf das Tun statt auf das Lassen."

„Gut." Na also, das war ja ganz einfach.

„Ich hätte gern meine Ergebenheit dir gegenüber, als dein Master, in diesem Vertrag. Ich will es schwarz auf weiß haben, dass ich deine Bedürfnisse über meine stellen will. Lass uns hier und hier an der Formulierung arbeiten." Drew tippte mit dem Finger auf den Vertrag. „Hier geht es mir bisher zu wenig um Hingabe und Liebe und das sollten wir ändern."

„Einverstanden." Jemand anders musste doch etwas Positiveres geschrieben haben. Zack überflog den nächsten Abschnitt. „Oh, hey. Hier steht, dass du die volle Verantwortung für mich übernimmst. Dieser Teil gefällt mir nicht."

„Wie wär's, wenn wir stattdessen so was wie ‚mit deiner Unterwerfung erlischt nicht deine Verpflichtung, dein Potenzial voll auszuschöpfen' reinschreiben würden?", schlug Drew vor und schrieb die Möglichkeit gleichzeitig nieder.

„Hmm, ja, das ist besser. Außerdem würde ich den Vertrag vorläufig gerne auf BDSM-Aktivitäten beschränken. Falls wir uns in der Zukunft mal zu einer Erweiterung entschließen, können wir da noch mal drauf zurückkommen."

Drew nickte. „Einverstanden. Wir können allmählich in was Vollzeitiges hineingleiten, falls wir für uns entscheiden, dass wir das wollen."

Zack wollte sichergehen, dass auch er sich um seinen Master gekümmert hatte. „Oh, das gehört nicht in diesen Vertrag, aber wir sollten beide eine Patientenverfügung haben. Damit ich abgesichert bin und die Verantwortung für dich übernehmen kann, falls mal ein Unfall oder sonst irgendwas passiert."

Andrew machte eine Notiz auf einem anderen Blatt mit der Überschrift Patientenverfügungen. „Danke, mein Liebling. Ähm, vertraust du mir in dieser Hinsicht ebenfalls oder möchtest du Dusty als Verantwortlichen benennen?" Drew sah Zack an und zog eine Augenbraue hoch.

„Nein, ich vertraue dir. Ich will mich nur nicht aushalten lassen." Drews stabile Finanzen bedeuteten noch lange nicht, dass Zack auf wirtschaftliche Unabhängigkeit verzichten musste. Auf keinen Fall würde er sich dabei wohlfühlen.

Drew schnurrte: „Es sei denn, ich halte dich aus reiner Verruchtheit im Bett fest?"

„Oder in der Küche, oder im Backstage-Bereich, oder auf diesem Sofa, wo auch immer mein Master beschließt, dass ich ihm zu Willen sein soll. Oder anders formuliert … *dieses Sofa* ist eine Möglichkeit …" *Nimm mich jetzt, verdammt!*

Drews Mund landete auf seinem, gab ihm einen kleinen Vorgeschmack auf das, was er brauchte. Er zog sich zurück und sagte: „Freut mich, dass du so darüber denkst. Aber lass uns das hier fertig machen."

Drew und seine Scheiß-Zielstrebigkeit. Zack seufzte, als sein Geliebter zur nächsten Seite des Schriftstückes weiterblätterte, ohne auch nur im Geringsten zu würdigen, was sie sonst noch alles tun könnten, statt einen Vertrag auszuarbeiten.

Zum Beispiel Zack, über die Couch gebeugt und bewusstlos gefickt, mit der Massagefunktion auf höchster Stufe.

Drew deutete auf den ersten Punkt ganz oben auf der Seite. „Darauf muss ich bestehen."

Zack las die Klausel und lachte. Natürlich stellte Drew ganz andere Anforderungen an die äußere Erscheinung seines Sub als der Durchschnitts-Dom. „Als Friseur, der zum Rockstar-Stylisten aufgestiegen ist, liegt dir das Thema bestimmt sehr am Herzen. Du willst bloß sichergehen, dass ich mir nicht noch mal die Haare färben lasse."

Drew deutete auf ihn. „Das versteht sich von selbst. Diese wunderschöne Farbe zu verstecken ist eine Sünde wider die Natur." Sein Master fuhr mit den Fingern durch Zacks üppige Mähne, murmelte seine Anerkennung für den Zustand der Strähnen. „Liebling, ich will dich in Dinge kleiden, in denen du glänzen wirst. Viel Grün, weniger Sprüche auf den T-Shirts, und viel weniger schlabbrige Jeans."

Jesus, Zack begann allmählich zu ahnen, wie eine Kleiderpuppe sich fühlen musste. Warum wollte Drew jetzt nicht lieber „Sub ausziehen" spielen? „Na schön, aber ich will das Vetorecht, was Arbeitskleidung betrifft."

„Ich würde nie von dir verlangen, dich unangemessen zu kleiden oder zulassen, dass du unprofessionell erscheinst."

Das würde er nicht. Da war Zack sich ganz sicher. „Ich weiß, aber ich möchte ein bisschen Kontrolle haben."

„Deshalb hast du ein Safeword." Worauf ihn sein Master vor jeder Session und vor allen Spiel-Eskapaden erneut hinwies.

Zack seufzte. „Ja klar, weil ich wegen meiner Klamotten mein Safeword benutzen würde?"

„Keine Ahnung, aber die Möglichkeit besteht."

Zack knurrte. Das schon wieder, also hatte er möglicherweise ein kleines Problem. „Ich weiß, dass es nichts Schlimmes ist, wenn ich mein Safeword benutze."

Drew schüttelte den Kopf. „Vom Verstand her hast du das Konzept wahrscheinlich schon verstanden, aber nicht vom Herzen her. Ich habe dich dagegen ankämpfen sehen und dein Unbehagen gespürt, wenn du diesen Ausweg gebraucht hast. Dein Safeword anzuwenden ist etwas, woran wir arbeiten müssen." Drew küsste ihn auf die Wange, dann ging er den Vertrag weiter durch. „Bleibst du bei *Pilz* als deinem Safeword?"

Zack war es nicht in den Sinn gekommen, sein Safeword zu ändern. „Hmmm, ich glaube schon."

Drew machte eine Notiz. „Ich würde in Zukunft auch gern das Wort *gelb* benutzen, wenn wir kurz davor sind, dass du *Pilz* sagen müsstest."

„Also ein Safeword, das dem Safeword vorausgeht?" Wunderbar, noch ein Wort, das er nicht aussprechen wollen würde. Obwohl es ihm wahrscheinlich leichter fallen würde, eine Vorwarnung zu geben, statt die Session womöglich ganz abzubrechen.

„Ich möchte immer genau wissen, ob ich gerade zu weit gehe. Das wird uns beiden helfen, deine Grenzen zu erkennen. Und es kann *uns* helfen, zu akzeptieren, dass es den Sub nicht in einem schlechten Licht erscheinen lässt, wenn er sein Safeword ausspricht."

„Mit *uns* meinst du *mich*."

Drew zuckte mit den Schultern. „Ich glaube, dass es mehr Vertrauen zwischen uns aufbauen wird und sehr positiv sein kann. Wir – das heißt *ich* – könnten uns – das heißt *dich* – vielleicht dazu zwingen wollen, dein Safeword einzusetzen."

„Nett", sagte Zack spöttisch.

„Ich muss sicher sein können, dass du es benutzt, wenn wir uns auf unerforschtem Gebiet bewegen und keine Ahnung haben, wo deine Grenzen liegen werden." Drew las weiter und fügte hinzu: „Hier steht auch, dass der Einsatz des Safewords nie bestraft wird. Den Teil sollten wir drin lassen. Und ich möchte mir auch das Recht vorbehalten, eine Session ganz abzubrechen."

„Natürlich." Die „Abbruch"-Klausel war immer das ungeschriebene Safeword des Doms.

„Dieser Abschnitt ist für mich ebenfalls nicht verhandelbar", sagte Drew, als sie zu dem Paragraphen über das emotionale und physische Wohlergehen des Sub kamen.

„Bei dir ist eine Menge nicht verhandelbar." Zack verdrehte die Augen in einem Versuch, die Stimmung aufzuheitern.

Andrew blieb ernst. „Wie du dich meiner Obhut anvertraust, muss ich darauf vertrauen, dass du mir während jeder Session rückhaltlos offen über deinen emotionalen und physischen Zustand Bescheid sagst. Und dasselbe erwarte ich auch in allen anderen Bereichen unserer Beziehung."

Er hatte recht.

„Das mache ich, wenn du es auch tust. Ich will nicht im Dunkeln tappen." Fairness galt für beide. Informationen durften nicht nur in eine Richtung fließen.

Drew nickte. „Außerhalb unserer BDSM-Beziehung werde ich alles mit dir teilen. Allerdings behalte ich mir das Recht vor, gewisse Dinge mit anderen Doms zu besprechen und nicht mit dir."

Zack mochte es nicht, wenn andere Leute über ihre Angelegenheiten Bescheid wussten. Aber Drew hatte vielleicht auch mal das Bedürfnis, Fragen zu stellen und sich anderen anzuvertrauen. „Okay. Ich vertraue auf deine Diskretion."

Sie kamen zum nächsten Abschnitt des Schriftstücks, indem es um Sexspielzeug ging. Drew erklärte: „Ich will, dass deine sämtlichen derzeitigen Spielsachen entsorgt werden."

„Ähm, einige davon sind Spezialanfertigungen oder Geschenke von Mentoren", erwiderte Zack ausweichend. Er wollte das nicht alles aufgeben; manche von den Sachen wollte er vielleicht noch –

„Wenn sie bei anderen benutzt wurden ..." Drew verstummte allmählich und starrte Zack an.

„Aber ..." *Mist!* Wie sollte er das bloß zur Sprache bringen? „Hast du vor, auch noch mit anderen zu spielen, wenn wir ..."

„Nein, wir werden keine offene Beziehung haben", fauchte Drew.

Fuck, das verlangte er ja gar nicht.

Drew sah ihn mit großen Augen an und neigte sich vor. „Moment mal ... willst du das denn?"

Gott, Zack liebte diesen Mann, der bei seinem ärgsten Reizthema einen Rückzieher machen konnte. Zack wollte keine offene Beziehung, aber eventuell zukünftigen Spielraum. „Nein, ich ... sieh mal, ich weiß, dass Charlie fremdgegangen ist. Ich will keine offene Beziehung."

„Er hat mich hintergangen. Das lasse ich mir nie wieder antun, Zack." Drews Blick blieb auf das Schriftstück geheftet.

„Natürlich nicht."

Oh je. Oh weia. Oh weiowei.

„Okay, dann würdest du also nicht fremdgehen, aber du möchtest hin und wieder mal mit anderen spielen ..." Andrew schätzte sowohl Zack als auch die Lage womöglich ein bisschen zu gut ein. Bis er fragte: „Ohne mich?"

„*Nein!* Nie alleine."

Drew sah Zack tief in die Augen. „Aber du würdest gern *mit mir zusammen* andere Leute erkunden?"

Zacks Herz pochte heftig. Er schluckte. „Ich weiß nicht. Vielleicht?"

„Jetzt ist genau der richtige Moment, um das zu besprechen." Andrews Gesicht blieb völlig ausdruckslos.

Na schön! Zack würde seine Gefühle in den Raum werfen. „Ich hatte schon immer diese Fantasie, und es ist wirklich okay, wenn das nie passiert, aber ich würde es echt geil finden, dir zusammen mit einem anderen Sub zu dienen."

„Und ..."

„Und okay, ich hab' schon mal dran gedacht, *mit dir zusammen* zu dominieren." Eine hochgezogene Augenbraue ließ ihn ergänzen: „Dabei würde ich dir aber weiterhin dienen. Sodass du die Session leiten würdest."

„Erkläre", verlangte Drew.

Zack suchte fieberhaft nach den richtigen Worten, um seine Gefühle zu diesem Thema einzufangen. So sehr er sich auch bemühte, er konnte sich einfach nicht mit der Vorstellung anfreunden, dieses Opfer zu bringen und nie wieder jemanden zu dominieren. „Ja, du weißt schon, ein Dreier mit einem süßen kleinen Sub, um ihn zu trainieren oder ihm zu helfen, ein Trauma zu überwinden ... du weißt schon, gemeinsam."

„Ah, verstehe. Du willst also deinen Fanclub nicht aufgeben?" Drew verschränkte die Arme vor der Brust und starrte Zack an, bis er wegschauen musste.

Er seufzte und schüttelte den Kopf. „Darum geht's gar nicht ... okay, vielleicht ein bisschen, aber das ist nicht der Hauptgrund. Es ist ein herrliches Gefühl, jemanden in den Subspace zu bringen, und ich würde es bedauern, das nie wieder erleben zu dürfen. Es zusammen mit dir zu tun ...“

„Deine Fantasien sind nicht ohne ...“ Andrew schien nach dem richtigen Wort zu fahnden ... „Reiz. Ich würde dich liebend gern in Aktion sehen. Du in Leder, vollkommen Herr über einen Sub, dem du hilfst, in den Subspace zu finden ... gemeinsam mit mir ... unglaublich erregend.“

Zack fühlte sich auf beiden Seiten der Knoten wohl. „Einen Sub zum Fliegen zu bringen und gleichzeitig meinen Master anzuturnen wäre der Wahnsinn schlechthin.“

„Keine Penetration, und das gilt für uns beide. Nicht verhandelbar für mich ... im Moment.“ Drew fügte weiter Notizen zu seiner langen Liste hinzu.

Zack nickte. „Einverstanden. Was mögliche Spielpartner betrifft, sollten wir beide ein Vetorecht haben.“

„Nie ohne Wissen des anderen. Im letzteren Fall, wenn wir beide eine dominante Rolle einnehmen, würden wir die Session gemeinsam ausarbeiten, aber ich möchte das letzte Wort haben. Falls wir einen weiteren Sub hinzunehmen, der mit dir dient, müssten wir uns über deine Bedürfnisse und deine Erwartungen an den Ablauf des Ganzen einig sein. Du würdest mir genau definieren müssen, was du damit erreichen willst.“

Obwohl Drew offensichtlich nicht mit einer sofortigen Antwort rechnete, schienen die Worte nur so aus Zack herauszusprudeln. „Zu wissen, dass du dich, obwohl du jeden haben könntest, ausdrücklich für mich entscheidest.“

„Immer, Zack, immer.“ Drew presste die Lippen auf Zacks Mund, raubte ihm den Atem und nahm ihm jeden Zweifel. „Würdest du das oft tun wollen?“

„Nein.“

Drew machte sich weitere Notizen. „*Oft* sollte definiert sein, also müssen wir uns das überlegen. Nach so einer Session erwarte ich, dass du ganz offen mit mir über deine Gefühle sprichst und darüber, was dir das Ganze gebracht hat.“

Zack nickte. Wow, jetzt war es heraus, und der Blitz hatte nicht eingeschlagen.

Drew warf einen Blick auf den Vertrag und schüttelte in gespielter Verzweiflung den Kopf. „Nun ja, wir wissen beide, dass du mit dem nächsten Punkt große Schwierigkeiten haben wirst.“

„Hey, jetzt komm schon. Was die korrekte Anrede betrifft, hab' ich mich inzwischen sehr gebessert.“ Zack machte absichtlich eine kleine Pause, dann fügte er hinzu: „*Master.*“

„Ich möchte, dass du mich in der Öffentlichkeit weiterhin Drew nennst, um uns beide daran zu erinnern, dass du mir gehörst. Auch wenn wir formell nicht in unseren BDSM-Rollen sind.“

„Ich gehöre definitiv, unbestreitbar dir.“ Zack überflog den Abschnitt. „Wir sollten diesen Abschnitt nach oben verschieben, dorthin, wo es um Kleidung und so was geht. Jedenfalls habe ich kein Problem mit dieser Klausel, da ich dir sowieso die Kontrolle über mein Styling überlassen habe."

Drew grinste und rieb sich die Hände. „Ich freu' mich schon drauf, diese ganzen Schlabberjeans loszuwerden."

Zack schniefte. „Die gehören aber zu meinem Look."

„Nicht mehr. Ich will deinen Arsch – Korrektur, *meinen* Arsch, weil du mir gehörst – in engen Jeans sehen."

„Nicht zu eng zum Arbeiten", erinnerte Zack ihn. Sich die Blutzufuhr zu den Eiern abschnüren zu lassen war nämlich kein Spaß.

„Du kannst bei der Arbeitskleidung ein Veto einlegen, aber nicht beim Styling."

Zack verdrehte die Augen. „Ja, Master, aber ich kann immer noch mein Safeword einsetzen."

Drew legte die Papiere beiseite und nahm Zacks Hand. „Eins muss dir unbedingt klar sein: Falls ich jemals was von dir verlangen sollte, was du wirklich nicht tun willst, erwarte ich von dir, dein Safeword einzusetzen, damit wir darüber reden können. Okay?"

„Ja, Master." Zack klimperte mit den Wimpern, in der Hoffnung, Drews Stimmung aufzuhellen.

„Wow, warum habe ich das Gefühl, ich sollte es genießen, dass du so leicht nachgibst?" Drews Augen funkelten vor Belustigung.

Zack verbiss sich eine schlagfertige Antwort.

Drew nahm die nächste Seite zur Hand und deutete auf den Abschnitt *Bestrafungen*. Nur die Überschrift zu lesen brachte Zacks Inneres zum Brodeln. Oh, wie er Züchtigungen fast jeder Art liebte. Sie machten ihn frei. Allerdings durfte er sich nicht zu leicht rumkriegen lassen. „Ich will keine Langzeit-Verweigerung. Das ist für mich nicht verhandelbar."

„Was ist mit Kurzzeit?" Andrews Grinsen und Nicken sagte ihm, dass der Mann einfach zu aufmerksam war.

Oh Scheiße! So erregend diese Art von Folter auch sein mochte, sie konnte eine Tortur sein. Eine köstliche, herrliche Tortur. Beim bloßen Gedanken an Orgasmusverweigerung krümmte und wand er sich auf dem Sofa. „Orgasmusverzögerung. Ja, aber ich will eine Obergrenze."

„Drei Tage", warf Andrew in den Raum.

„Was? Auf keinen Fall!" War er irre?

Andrew schaffte es kaum, keine Miene zu verziehen. Oh, er machte sich lustig über ihn. „Witzig, Master, echt witzig."

„Wie wär's mit einem Maximum von dreißig Stunden?", schlug Andrew vor. Das war die äußerste Grenze dessen, was für manche schon an Orgasmusverweigerung heranreichte.

Mit etwas mehr als einem Tag kam Zack klar. „Und nicht öfter als einmal im Monat."

„Bis zu zweimal im Monat. Falls ich es beschließe und du das Vergnügen dieser Art von Züchtigung brauchst."

Schnurr. Unterwerfung. Lecker.

Zack knurrte. „Na gut." Er versuchte einen bösen Blick, aber der kam vermutlich eher anzüglich rüber.

„Irgendwelche anderen Bestrafungen vom Tisch?", fragte Drew.

„Das Übliche, keine Schwanz-und-Hoden-Folter, keine Narben, Verstümmelungen oder Exkremente." Das gehörte Zacks Ansicht nach zu den Grundlagen.

„Natürlich, so was würde ich nie tun – nicht mein Ding – aber ich schreib's dazu. Wenn wir die Formulierungen angepasst haben, können wir das Ganze im Entwined notariell beglaubigen lassen. Ich glaube, der Geschäftsführer dort ist Notar."

„Gut. Außerdem würde ich den Vertrag gerne von den Eigentümern begutachten lassen, um zu schauen, ob es noch ein Problem gibt, das wir angehen müssen."

Drew nickte. „Gute Idee. Wir sollten uns beide das Recht vorbehalten, jederzeit noch mal auf den Vertrag zurückzukommen. Aber vor jedem Jahrestag unserer Halsbandzeremonie müssen wir beide das gesamte Dokument noch mal durchsehen."

„Ergibt Sinn."

„Und jetzt zu dieser Hose." Drew steckte die Zeigefinger durch die Gürtelschlaufen an Zacks Jeans.

„Was? Ich liebe diese Jeans." Zack rutschte auf seinem Sitz hin und her und zog sie hoch.

„Ich glaube, ausgezogen würden sie besser aussehen." Drew ruckte einmal, und der Stoff glitt von Zacks Hüften.

„Tja, du bist der Master."

22

ZACK TIGERTE herum, nutzte den Fußboden ab mit seinem endlosen Hin und her. Er starrte auf die Uhr an der Wand. Verdammt, erst zwei Minuten seit dem letzten Mal, als er nachgeschaut hatte. Er wollte Drew.

Ängstliches Klopfen erklang von der Tür her. „Zack? Zack! Bist du da drin? Lass mich rein!"

Was zum …? „Es ist offen."

Jordon fiel beinahe ins Zimmer. Der Junge keuchte und schnappte nach Luft. Er gestikulierte wie wild in Richtung Tür. „Zack, oh mein Gott. Da draußen sind Leute, die kaum was anhaben."

Na und? Ihr kleiner Bruder war zwanzig. Jordons Unreife war Zacks und Dustys Schuld. Das hier war ein Paradebeispiel dafür, wie sehr sie Jordon überbehütet hatten. „Entwined ist ein BDSM-Club, Jordy. Reg dich ab, es ist wirklich keine große Sache. Das ist, ähm, sieh es einfach als eine Art Dresscode an."

Jordon schüttelte den Kopf, und seinem Gesichtsausdruck nach hielt er Zack für verrückt. Er schloss die Tür und lehnte sich fest dagegen. „Und, bist du nervös?"

Das war Zack nicht. „Nein. Ist das nicht komisch?"

Sein Bruder schüttelte den Kopf. „Nee, es bedeutet, dass du das Richtige tust. Gott, ich kann's einfach nicht fassen."

Bam! Zack krachte gegen die Wand, als Jordon sich auf ihn stürzte und ihm um den Hals fiel. *Autsch, das hat sich nicht gut angefühlt.* Jordon drückte ihn fast zu Tode.

Ein flüchtiges Klopfen an der Tür erregte seine Aufmerksamkeit. Auf Rettung hoffend rief er mit dem bisschen Luft, das er noch in den Lungen hatte: „Herein!"

Dusty und Justin eilten herein, beide mit einem breiten Lächeln auf dem Gesicht.

Justin kam schnurstracks auf Zack und Jordon zu. „Ooh, schaut euch nur an. Was seht ihr zwei gut aus in euren Lederklamotten."

Dusty zupfte Jordons lange Jacke zurecht, sodass sie besser fiel. „Das T-Shirt gefällt mir." Der Junge trug eins von seinen originellen Farbspritzer-T-Shirts, und das passte perfekt zusammen.

Dusty schüttelte Zack die Hand. „Ich kann's immer noch nicht fassen." Aus dem Händedruck wurde eine Umarmung mit einem gekrächzten: „Glückwunsch, Zack, ich freu' mich so für dich."

Nein, Zack würde die wasserfeste Mascara nicht auf die Probe stellen, die er auf Drews Vorschlag hin für die Fotos trug. „Oh, Mann, Dusty. Werd' nicht gleich sentimental."

Jordon sprang Dusty auf den Rücken. Er umschlang ihn mit den Beinen, umarmte ihn stürmisch und drückte ihm die Fersen in die Oberschenkel. „Huckepack! Huckepack!", schrie Jordon.

Zack schnaubte. „Nicht ganz das, was hier normalerweise damit gemeint ist."

Dusty lachte schallend los, und Jordon stöhnte auf. Er sprang von Dustys Rücken und schien sich die Grimasse nicht vom Gesicht wischen zu können. „Keine Hirnbleiche der Welt kann die Bilder wegwaschen, die mir jetzt grade durch den Kopf schießen."

Dusty flüsterte seinem mit einem ledernen Kilt bekleideten Verlobten etwas zu, was ihn zum Lachen brachte.

„Schscht, Dust. Später." Justin fasste Dusty an den Hintern und gab ihm dann einen Klaps drauf. Das Klatschen schallte von den Wänden, die den Widerhall von Leder auf Haut täglich erlebten. „Oh, das klingt aber gut", knurrte Justin. Offenbar fand er das wirklich, denn er tat es noch mal.

Er hätte es auch noch ein drittes Mal getan, aber Dusty hielt seine Hand fest und küsste die Handfläche. „Wie du gesagt hast, Liebster. Später."

Justin grinste, packte Zack und johlte: „Ich freu' mich so für dich und meinen Bruder. Ihr habt beide Liebe und Glück verdient." Er ließ ihn los und trat zurück. „Du siehst gut aus. Ein Glück, dass du dich bei den Farben an Robins Ratschläge gehalten hast. Jetzt muss ich aber mal nach Andrew sehen."

Jordon schnappte sich ein Programm und überflog es. „Oh mein Gott! Ihr tauscht Blut aus? Das ist ekelhaft." Als nachträglichen Einfall fügte er noch hinzu: „Und gefährlich."

Seufzend entgegnete Zack: „Wir haben uns testen lassen; es ist symbolisch."

„Was zum Teufel bist du, ein BDSM-Vampir? Weißt du, wenn ich's mir recht überlege, hab' ich dich seit Jahren nicht mehr im Sonnenschein gesehen. Sprühst du Funken, wenn er dir den Hintern versohlt? Ich wette, das tust du", spottete Jordon.

Dusty räusperte sich und versteckte sich auf seine typische, peinliche Art hinter der Weitergabe von Wissen. „Jordon, es ist nur eine kleine Menge, und es wird auf eine weiße Rose geträufelt, was den Verlust der Jungfräulichkeit symbolisieren …"

Jordon schnaubte. „Das Schiff ist schon lange abgefahren, stimmt's, Zack?"

Dusty drückte sich mit zwei Fingern die Nasenwurzel und schloss die Augen.

Darf nicht lachen. Das ist nicht lustig. Dustys betrübtes Kopfschütteln und Jordons forscher Tonfall waren eine echte Strapaze für Zacks Fähigkeit, sich das Prusten zu verkneifen.

„Was? Bloß weil ich unberührt sterben werde, heißt das doch nicht, dass Zack das auch tun muss." Der Junge drehte den Kopf hin und her, blickte finster von einem zum andern.

Verdammt! Was sollte Zack darauf sagen? Er zog seinen kleinen Bruder an sich. Alles würde gut werden. Jordon hielt jetzt am besten die Klappe.

Dusty umschlang beide mit den Armen, und sie blieben für einen Moment so stehen. So war es immer gewesen: sie drei gegen den Rest der Welt. Zack wollte nicht, dass sich das änderte.

Der älteste Davis schien wie immer einen direkten Draht zu den Köpfen seiner Brüder zu haben und Zacks Gedanken lesen zu können. „Hey, keine Sorge. Justin gehört jetzt zu uns, und Andrew wird auch bald zu uns gehören. Aber das hier", er drückte Jordon und Zack an sich, „ist immer noch, was es immer war, ja?"

Jordon schniefte und klammerte sich noch fester an sie. „Ja."

Zack wischte sich behutsam unter den Augen entlang. „Verflixt, hört schon auf. Sonst fange ich noch an zu heulen und ruiniere mein Makeup."

Jordon wich zurück und starrte ihn an, als würde er das Gesetz brechen. „Nein, bloß nicht. Deine Augen sehen so gut aus. Nicht so toll wie meine, natürlich, aber besser als sonst."

Zack versuchte, Jordons sorgfältig strukturierte, der Schwerkraft trotzende Mangafrisur zu zerzausen, doch der Junge hüpfte außer Reichweite. „Hey, murks' nicht am Werk von deinem Mann rum. Ich hab' rausgekriegt, dass Andrew doch zu was zu gebrauchen ist …"

Zack verdrehte die Augen und Dusty warf seine lange Mähne über die Schulter zurück.

Als er in den Spiegel schaute, konnte Zack kaum glauben, dass er tatsächlich sich darin sah. Er trug eine enge, butterweiche weiße Lederhose und weiße Stiefel. Josh hatte die Hose „erektionsfreundlich" genannt, wobei Dusty da zum Glück nicht in Hörweite gewesen war. Robin hatte ihm geholfen, das Beste aus dem Haarschnitt herauszuholen, den Andrew ihm gemacht hatte, und er hatte auch darauf bestanden, dass Zack seine Augen mit demselben dunkelgrünen Kajal umrandete, den sein kleiner Bruder ab und zu benutzte. Er musste zugeben, dass er in diesen Klamotten, mit dem Guyliner und der Mascara ziemlich attraktiv aussah.

„Was Geliehenes." Jordon reichte ihm weiße fingerlose Handschuhe. „Die will ich nämlich zurück."

Zack runzelte die Stirn, als er sie anzog. „Das ist keine Hochzeit." Er musste allerdings zugeben, dass sie ziemlich sexy aussahen, da er kein Hemd trug, also hielt er den Mund. *Danke fürs regelmäßige Fitnesstraining.* Zack hatte keinen Waschbrettbauch, aber seine Muskeln waren viel straffer geworden.

Sein jüngerer Bruder drehte seine Hand um und deutete auf den perfekt platzierten Ausschnitt. „Siehst du? Sie verdecken dein Handgelenkstattoo nicht."

Dusty gaffte.

Zack zuckte mit den Schultern. „Ich weiß, dass du keine Tattoos magst."

„Nein, das ist es nicht. Ich hab' mir nur gerade überlegt, ob ich mir auch eins machen lassen soll … ihr wisst schon, für Justin. Was meint ihr?"

Jordon quietschte: „Oh mein Gott! Ich weiß genau, was ich für dich machen könnte." Er hielt inne und starrte ins Leere; wahrscheinlich stellte er sich gerade irgendein fantastisches Design vor. „Ich hab da so ein paar Sachen im Sinn …" Er stockte und wurde still. „Entschuldige, Zack. Also, äh, hast du deinen Papierkram unterschrieben und so?"

„ICH BIN ja so froh, dass ihr da seid." Andrew umarmte Robin und Josh. Verdammt, es war schön, die beiden wiederzusehen.

Robin seufzte und knüpfte Andrews weißseidenes Rüschenhemd auf. „Lass' es offen."

„Bist du sicher, dass ich nicht das Piratenhemd anziehen soll?" Er hielt die Alternative für Robin zur endgültigen Entscheidung hoch.

Josh hörte auf, im Schrank mit den Spielsachen rumzukramen, und verdrehte die Augen. Andrew ignorierte ihn.

Robin riss ihm die Seide aus der Hand. „Ganz sicher. Johnny Depp ist draußen." Der Keyboarder und Vollzeit-Modefreak mit den blaugrünen Haaren hängte die Seide an den Haken. „Außerdem könntest du in dem Ding deine Brust nicht vorzeigen."

„Stimmt." Andrew fuhr mit dem Finger über das Bild über seinem Herzen.

Josh schwang eine neunschwänzige Katze und erwischte Robin am Hintern. Beeindruckend. Er traf den blaugrün-ledernen Hosenboden genau in der Mitte.

Robin erstarrte, schloss die Augen und erschauerte. Er wirbelte mit einem boshaften Lächeln zu Josh herum und sagte: „Ich mag die vielen kleinen Lederriemen. So eine haben wir nicht."

„Bin dabei." Josh zog ein verstecktes Handy aus dem Bund seiner braunen Lederjeans.

Andrew wandte sich zur Tür, als Justin eintrat.

Sein Bruder trug einen schwarzen Lederkilt, Netzstrümpfe und lederne Kampfstiefel. Er sah wirklich gut aus, aber Andrew musste einfach fragen: „Spielst du jetzt Dudelsack?"

„Soll ich?"

„Wir lassen euch zwei dann mal allein." Josh zwirbelte die neunschwänzige Katze zwischen den Fingern und schaute dabei nicht mal in ihre Richtung. Der Mann war voll auf seinen Lover fixiert.

„Ähm, wann genau fangt ihr noch mal an?" Robins Gesicht verfärbte sich zu einem hübschen Rosaton.

Andrew lachte. „Ihr habt Zeit, aber trödelt nicht rum. Und Josh? Schlag' mit der Katze nicht so fest zu, wie er es gerne hätte, sonst humpelt er nachher."

Robin schniefte beleidigt. „Ich rechne fest damit, nachher zu humpeln, aber nicht wegen so einem Miezekätzchen."

Andrew sah ihn erstaunt an. Verdammt, wie hart spielten die beiden? Ursprünglich hätte er auf leichte Spielchen gesetzt, aber Robins Reaktion auf die Katze deutete darauf hin, dass sie alles andere als Anfänger waren.

„*Die da* bringen wir zurück, wenn wir fertig sind." Josh packte Robin bei der Hand und zerrte den begeisterten Mann hinaus, vermutlich in eins der leeren Zimmer, die für Andrew und Zack reserviert waren.

Andrew und Justin wechselten lediglich einen Blick und brachen in schallendes Gelächter aus. „Meine Güte. Das ist unbezahlbar." Andrew tupfte sich behutsam die Lachtränen ab.

„Die sind so süß und pervers zugleich."

„Ich wette, Josh hat alle Hände voll zu tun." Andrew betrachtete sich im Spiegel.

Justin machte sich ein bisschen an dem seidenen Rüschenhemd zu schaffen und schielte dabei nach der Haut unter dem Hemd.

„Lass das. Hier wird nicht gespickt." Er schob die Hände seines Bruders beiseite, der so tat, als versuchte er nicht Andrews Geschenk für Zack zu enthüllen. „Ich hab' die letzten anderthalb Wochen mein T-Shirt angelassen. Du kriegst das Tattoo nicht vor Zack zu sehen."

Justin verdrehte die Augen, obwohl ihm die Röte in die Wangen stieg, weil er ertappt worden war. Er hörte auf. „Na schön." Er blickte grinsend zu Andrew auf. „Und, wie geht's dir? Bist du bereit?"

„Unbedingt. Ich kann's kaum erwarten, bis er offiziell mir gehört." Andrew hatte die Wochen gezählt, dann die Tage, die Stunden und jetzt die Minuten.

„Er hat dir schon immer gehört", verwies Justin.

„Nein." Möglicherweise. „Glaubst du, er ist so weit?"

„Ich glaube, Zack war schon in dem Moment so weit, als er dich kennengelernt hat."

Andrew verdrängte jedes Bedauern über die verlorene Zeit mit dem Wissen, dass sie jetzt beide an dem Punkt waren, um eine Lebenspartnerschaft einzugehen. Das hier war für immer.

Er drehte sich um und machte sich an Justins dunklem Haar zu schaffen. Andrew hatte seinen Bruder davon überzeugen können, dass ein paar blauschwarze Strähnchen der tristen schwarzen Farbe guttun würden. „Die Farbe steht dir großartig, und diese Frisur auch. Verdammt, bin ich gut."

Justin prustete vor Lachen. „Oh ja, das bist du. Und du bist wirklich nicht nervös?"

„Wieso? Ich freu' mich jetzt schon darauf, nach der Feier mit der Band wieder auf Tour zu sein und all die neuen Orte zusammen mit Zack zu erkunden."

„Ja, die Tournee wird bestimmt toll. Angel hat Megan dazu überredet, der Band mehr Pufferzeit zu geben. Diesmal rasen wir nicht in halsbrecherischem

Tempo von Stadt zu Stadt. Das wird zwar mehr kosten, aber die Jungs wollen die Reise ein bisschen genießen."

„Ich kann's kaum erwarten, mehr Zeit in Europa, China, Thailand und Japan zu verbringen."

Es klopfte, und Robin steckte den Kopf herein. „Es wird langsam Zeit."

„Ähm, humpelst du?", fragte Justin, dann lachte er los.

Robin fuhr sich mit den Fingern durch die blaugrünen Haare, trat vor den Spiegel und wischte sich mit einem Finger unter beiden Augen entlang. Der Anflug eines Lächelns bildete sich. „Bloß ein bisschen."

„Gehen wir." Andrew wollte Zack sehen.

Robin drückte ihm eine rote Rose in die Hand. Die Blüte war keine Knospe mehr, aber noch nicht ganz geöffnet. „Vergiss deine Rose nicht."

„Danke, Robin." Andrew nahm die Blume. Sie hätte eigentlich voll erblüht sein sollen, während die für Zack bestimmte weiße Rose eine Knospe sein müsste. Aber das hatte einen Beigeschmack von Ungleichheit, der Andrew nicht gefiel und daher hatte Robin ihm versichert, dass ihre Blumen so identisch aufgeblüht sein würden wie nur möglich. Sie waren ein Symbol für ihre Liebe und ihr gemeinsames Wachsen.

Andrew öffnete die Tür und ließ Justin vorgehen.

Justin hüpfte praktisch den provisorischen, mit weißen Rosenblättern bestreuten Mittelgang zwischen den Stuhlreihen entlang auf die Bühne zu. Auf halbem Wege kreischte er auf, warf Andrew einen Arm um die Schultern und zog ihn an sich.

Er und Justin torkelten vergnügt und zufrieden den Gang entlang. Andrews kleiner Bruder ließ ihn erst los, als sie an die Treppe zur Bühne kamen, die sie hintereinander raufgehen mussten.

Neben Mitgliedern des Clubs waren auch einige ihrer engsten Freunde unter den Gästen. Fast jeder, den Andrew kannte, nahm an der Feier teil. Manche der Mitglieder kannte er seit Jahren, andere nur entfernt. Aber alle waren sie hier, um ihn und Zack zu unterstützen, wenn sie einen Bund schlossen, der nach Ansicht der meisten hier im Raum stärker und enger war als jede Ehe.

In Zacks Umkleideraum hatte Jordon sich inzwischen in einen Schwarzseher verwandelt.

„Ja, Jordon, natürlich habe ich meinen Papierkram und alles unterschrieben." Zack kicherte über die Bezeichnung seines Vertrags mit seinem Master als „Papierkram". Ah, die Unbedarften unter ihnen. Möge die Göttin sie segnen und vor der Realität von BDSM bewahren. „Bringst du das Dokument zu Andrew und dann wieder her zu mir?"

„Ja, sozusagen wie ein Hund, der das Stöckchen bringt. Darf ich Toto sein?" Der Junge flatterte mit den Armen. „Regenbögen sind nämlich total mein Ding."

Dusty und Zack lachten.

„Hier. Das ist von Jordon und mir." Dusty drückte Zack ein samtüberzogenes Etui in die Hand.

„Oh, danke." Er öffnete die Schachtel. Ein fingernagelgroßer Smaragdohrring fing das Licht ein. Er entfernte den Ohrstecker aus Chirurgenstahl aus seinem rechten Ohrläppchen, den er sich vor kurzem dort stechen lassen hatte.

„Ich hab' den Stein ausgesucht", prahlte Jordon. „Ich dachte mir, wenn die Farbe meine Augen so gut zur Geltung bringt, lässt sie deine vielleicht auch ein bisschen besser aussehen als sonst."

Lächelnd beschloss Zack, sich nicht über die dünn verschleierte Beleidigung zu ärgern. „Er ist perfekt." Er stellte sich noch mal vor den Spiegel, um sicherzugehen, dass er kein neues Loch bohrte. „Wie seh' ich aus?"

Dusty hielt Jordon den Mund zu und hinderte ihn so daran, einen weiteren abfälligen Kommentar von sich zu geben. „Andrew ist ein echter Glückspilz."

Wie aufs Stichwort klopfte Robin an die Tür und steckte dann den Kopf herein. „Er ist oben. Jordy ..."

Der jüngste Davis schnappte sich den zusammengerollten Vertrag, den Zack unterzeichnet hatte – nicht nur mit seiner Unterschrift, sondern auch mit einem Lipgloss-Kuss – und rannte hinaus.

ANDREW STAND am Fuß der Bühne. Jemand hatte die Ketten, die von der Decke hingen, mit blinkenden Lichterketten dekoriert. Einige große schwarze Vasen mit roten Rosen schmückten die Tische, die an den Wänden entlang standen. Über die Bühnenvorhänge waren Girlanden aus roten Rosen und weißem Schleierkraut drapiert. Die Stuhlreihen waren geteilt, um einen Mittelgang zu schaffen, der mit Rosenblütenblättern bestreut war.

Jordon eilte den Gang entlang wie ein königlicher Bote mit einer eiligen Nachricht. Er überreichte Andrew die aufgerollten, mit einem roten Band zusammengebundenen Seiten.

Andrew entrollte das Dokument und sah es durch. Er räusperte sich und wandte sich ans Publikum. „Heute beginnen Zack und ich offiziell unseren Vertrag. Wir werden die Bedingungen in jährlichen Abständen neu bewerten, aber es gibt kein Enddatum. Zack gehört mir und ich gehöre ihm für dieses Leben und darüber hinaus."

Andrew hielt inne und nahm sich einen Moment Zeit. Völlig unerwartet brach eine Welle von Liebe und Zuneigung zu Zack über ihn herein, die ihn fast zu überwältigen drohte. Er fand seine Mitte und fuhr fort. „Danke, dass ihr alle heute hier seid, um unser Bekenntnis zueinander zu bezeugen. Ab heute wird meine Unterschrift neben der meiner Liebe stehen und uns fester aneinander binden als jedes Seil."

Andrew hatte beschlossen, nicht den ganzen Vertrag laut vorzulesen, nur bestimmte Teile, die sie weiterzugeben bereit waren. Er zeichnete mit der Fingerspitze Zacks Unterschrift und die Umrisse des Lippenabdrucks nach.

Nachdem er das Dokument schwungvoll unterzeichnet hatte, drückte er liebevoll einen Kuss neben seine Unterschrift. Sein farbloser Lippenbalsam hinterließ den Umriss seiner Lippen neben denen von Zack. Als er sich umdrehte, um Jordon das Formular zurückzugeben, lachte er leise in sich hinein.

Der arme Kerl stand mit offenem Mund da und starrte die Gäste an.

DUSTY KICHERTE. „Na, vielleicht wird Jordon jetzt endlich seine Meinung ändern."

„Drew, ich meine Andrew, arbeitet schon eine Weile an ihm." Zack ging auf und ab, zum Spiegel und wieder zurück.

Dusty betrachtete ihn mit ernstem Blick. „Das hier ist doch, was *du* willst, oder? Du weißt alles über *diese* …"

„Es ist mehr, als ich mir je erträumt hätte, Dusty."

„Wirklich?"

„Ganz ehrlich. Ich schwöre, ich wusste vom ersten Moment an, dass er mir gehört. Er ist *der Richtige*."

Dusty seufzte und nickte.

Zacks Interesse für BDSM hatte seinem großen Bruder immer Sorge bereitet, ihn vielleicht sogar erschreckt, doch Dusty hatte Zack nie Vorwürfe gemacht. „Er gibt mir, was ich brauche, Dust. Er versteht mich."

„Ist er gut zu dir?"

„Natürlich. Wenn er …" Zack unterbrach sich, als Dusty bleich wurde. „Tut mir leid. Zu viel Info. Er kann noch mit anderen Sachen erstaunlich gut umgehen außer mit Haaren, darauf kannst du dich verlassen."

Kichernd hielt Dusty eine Hand hoch. „Gut zu wissen." Er schüttelte den Kopf. „Ich will bloß das Beste für dich. Du hast es verdient, glücklich zu sein."

Jordon stürzte herein, den unterschriebenen Vertrag in der Hand. „Dein Mann hat doch wahrhaftig dem Publikum Teile des Vertrags vorgelesen. Bist du dir bei dem allem hier wirklich sicher?"

„Ja, Jordon, sehr sicher." Sein kleiner Bruder sah sich im Zimmer um.

Er schlenderte auf den hölzernen Wandschrank zu.

„Den willst du nicht aufmachen", warnte Zack. Sein Bruder sollte schließlich nicht in Ohnmacht fallen.

Jordon nickte. „Hast du gewusst, dass einige von euren Gästen auf dem Fußboden knien und andere fast nackt sein würden? Da war so ein Typ, der hatten einen Käfig am Pimmel, und er war mit zwei anderen Typen zugange. Ich glaube, ein paar waren mitten in der Menge am Poppen. Eine Frau hatte eine Kette zwischen den Nippeln."

Zack zuckte mit den Schultern. „Willkommen in einem BDSM-Club. Entwined ist ein *sicherer* Ort, wo alle sein können, was sie sind, ohne dass *irgendwer* über sie urteilt. Sei nicht wie Mom, okay?" Sie nicht mehr in ihrem Leben zu haben tat immer noch weh. Zack schob den Schmerz beiseite.

„Natürlich nicht."

„Hatte die Frau mit der Nippelkette lange, rote Haare?"

Jordon nickte.

„Dann ist das Julie mit ihren Partnern. Ich bin ja so froh, dass sie es geschafft hat." Wunder gab es immer wieder. Sie hatte ihre Krankheit überwunden und nicht nur einen, sondern zwei Partner gefunden, die sie liebten und auf Händen trugen.

Erwartungsgemäß tat Jordon genau das, was er nicht sollte, und öffnete den Wandschrank. Er spähte eine halbe Sekunde lang hinein, dann kreischte er auf und knallte die Tür zu. „Was zum Teufel?" Er starrte Zack mit großen, vorwurfsvollen Augen an.

„Jordon." Dustys Ton forderte Schweigen.

Wie von einer magnetischen Kraft angezogen machte der Junge die Tür wieder auf und schaute noch mal in den Schrank.

Ihr älterer Bruder marschierte hinüber, offensichtlich in der Absicht, die Tür zu schließen. Doch vor dem Schrank blieb er wie angewurzelt stehen und starrte hinein.

Zack ging hin und machte den Wandschrank zu. „Hört auf mit dem Quatsch. Es ist Zeit."

„Oh, vergiss dein Jungfräulichkeitssymbol nicht." Jordon überreichte ihm behutsam eine perfekte weiße Rose mit sehr spitzen Dornen. Er beugte sich vor und sagte: „Jetzt weiß ich, was gemeint ist, wenn die alle sagen: ‚Scheiß auf die Rosen, gib mir die Dornen'."

„Wer sagt das?" Dusty verschränkte die Arme vor seiner schwarzen Lederweste. Jordon deutete auf die geschlossene Tür. „Die ganzen Leute da draußen."

Zack schüttelte den Kopf. „Los, gehen wir."

DA IST er! *Drew!* Zack schwebte den Gang entlang auf seinen Master zu. Das einzige, was seine Füße noch am Boden zu halten schien, waren die Hände seiner Brüder auf seinen Schultern. Sie zwangen ihn auch, einen Fuß vor den anderen zu setzen statt zu rennen, um bei Drew zu sein.

Als Zack endlich am Fuß der Bühne stand, ergriff sein Master seine beiden Hände und verschränkte ihre Finger miteinander. Vollkommene Ruhe senkte sich über ihn, als Drew ihn auf die Bühne führte.

Marcus leitete die Zeremonie. Der eingebildete Blödmann hörte nicht auf, ihn anzugrinsen.

Als Zack sich auf seinen Master konzentrierte, stockte ihm der Atem. Er sah in weißen Lederjeans und einem weißen Seidenhemd ganz anders aus als sonst. Die weißen Kerzen, die auf der Bühne flackerten, malten Drews Gesicht in Schatten und Licht und verwandelten ihn in einen sexy Dämon. Kaum zu glauben, dass dieser Mann jetzt ihm gehörte und ihm für den Rest seines Lebens gehören würde.

Zack zwang sich, Marcus zuzuhören.

„Ich fühle mich geehrt, dass diese Männer mir dieses große Privileg gewährt haben." Marcus wandte sich direkt an Zack und Drew. „Eure Reise zueinander war voller Umwege und Hindernisse, doch ihr habt beide euer Ziel erreicht … euch. Wir, eure Freunde und alle eure Brüder, stehen heute an eurer Seite. Mit unserer Unterstützung werdet ihr es schaffen, euch auf eine Art aneinander zu binden, die stärker ist als die Gesetze des Landes."

Verdammt, Marcus liebte Beachtung. Er nutzte die Gelegenheit, seinen Sinn fürs Dramatische einzusetzen und Zack zugleich ein klein wenig zu quälen. Der Zeremonienmeister berührte jeden ihrer drei Brüder und Robin, der als vierter Zeuge auftrat, an der Schulter. „Ihr bezeugt Zacks Bekenntnis zu Master Drew und Master Andrews Bekenntnis zu unserem Zack."

Die Hälfte der Zuschauer seufzte. Marcus hob die Hände. „Betrauert nicht den Verlust eines Doms, sondern freut euch, einen würdigen Submissiven hinzugewonnen zu haben."

Zack würde den Mann umbringen, oder vielleicht nur seinen kleinen Bruder, der über das Wort „Submissiver" kicherte. Drew räusperte sich, und sofort hörte das Gemurmel auf. Selbst Jordon schwieg.

Ah, das war besser. Zack drückte Drew dankbar die Hände.

„Master Andrew." Auf Marcus' Wink hin entzog der Dom Zack eine seiner Hände und streckte sie Robin entgegen.

Zack nahm die goldene Schachtel in Empfang, die sein Master ihm überreichte. Sie hatten sich geeinigt, ihr gemeinsames Leben mit einem neuen Halsband für Zack zu beginnen. Er klappte den Deckel auf und berührte die schwere silberne Halskette, die sie im Alltag benutzen würden.

Als er seinem Master in die Augen sah, verschwand alles andere um sie herum. Drew nahm die Kette und reichte die leere Schachtel an Dusty weiter.

Andrew zog die Kette kurz durch die Flamme einer Kerze. „Mit Feuer reinige ich. Du hast deine Einwilligung unterzeichnet, und jetzt sollst du das andere Symbol deiner Bindung an mich und deines Bekenntnisses zu uns tragen."

Zack fiel auf die Knie, um sich die silberne Halskette umlegen zu lassen, die sein Halsband symbolisieren würde. Wenn sie spielten, würde sein Master die Kette gegen sein ledernes Spielhalsband austauschen, das er ihm gegeben hatte, als er Zack gebeten hatte, sein Halsband zu tragen. Das winzige Vorhängeschloss klickte laut, als es geschlossen wurde.

Er war endgültig an seinen Master gebunden.

Master Drew half ihm beim Aufstehen und gab ihm einen sanften Kuss auf die Lippen. Romantische Seufzer hallten durch den Raum. „Du trägst mein Halsband, und du hast dich als mein Eigentum gekennzeichnet."

„So ist es", bestätigte Zack.

Drew küsste Zacks Tattoo und zog sein Hemd auseinander, um seins zu zeigen. „Wie könnte ich da nicht dasselbe für dich tun? Du bist meine Liebe und mein Schlüssel."

Sofort berührte Zack den beinahe verheilten Drachen-Schlüssel über dem Herzen seines Geliebten. Er zeichnete seinen Namen nach, der in farbigen Lettern auf dem Schaft des Schlüssels stand. Das schöne Kunstwerk verschwamm ein bisschen, als Liebe und Zuneigung Zack mit aller Macht überwältigten.

Marcus raunte, nur für Zacks Ohren bestimmt: „Ich glaube, jetzt ist er als ‚vergeben' gekennzeichnet. So wie du, mein Freund."

„Dank Jordons Hilfe trage ich nun dies, ein Symbol unserer Verbundenheit. Du bist weit mehr als mein Lebenspartner. Du bist der fehlende Teil meiner Seele." Die Stimme seines Masters wurde nur ein klein wenig brüchig.

Liebe. Knien. Meins. Seins. Glücklich. Dienen. Liebe.

„Und jetzt die Rosenzeremonie." Marcus holte sie in die Realität zurück, um ihre Verbindung zu vollenden. „Ihr beide habt diese Zeremonie gemeinsam euren individuellen Anforderungen entsprechend umgestaltet. Fahrt fort."

Master Drew hielt Zacks Zeigefinger an seine Lippen. Er küsste die Spitze und presste Zacks Finger an den einen Dorn der roten Rose. Ein wollüstiges Zischen entfuhr Zack. Drew hielt Zacks Finger über zwei weiße Rosen, bis zwei Tropfen die Blütenblätter rot färbten.

Zack hob seinen Finger an Andrews Mund. Sein Master küsste und leckte den Finger. Als er aufhörte, stieß Zack einen Seufzer der Enttäuschung aus. Doch ein paar leise Würgegeräusche von Jordon erinnerten ihn wieder daran, dass ihre Brüder immer noch neben ihnen standen.

Sein Master stand nicht auf Schmerz; er zuckte leicht zusammen, als er sich selbst in den Finger stach, um ebenfalls zwei Tropfen Blut zu opfern. Oh, armer Drew. Die Tröpfchen fielen auf die Rosen und rannen ineinander.

Master Drew drückte seinen und Zacks Finger fest aneinander und sprach seinen Schwur: „Ich will dir gehören, so wie du mir gehörst."

„Ich will dir gehören, so wie du mir gehörst", wiederholte Zack. Kaum hatte er das letzte Wort ausgesprochen, presste Drew ihre Lippen aufeinander und verlangte einen Kuss, der unvergleichlich viel schöner war als jeder andere, den sie bisher geteilt hatten.

Marcus reichte ihren Brüdern eine Kette, die in der Flamme der Kerze gereinigt worden war, und sie schlangen sie um Drew und Zack.

Zack hörte kaum, wie Marcus sie für auf ewig verbunden erklärte, denn sein Master schien nicht die Absicht zu haben, den Kuss so bald zu unterbrechen. Endlich führte Andrew Zack die Bühnentreppe hinunter und hinaus aus dem Hauptraum.

Ihre Leben waren vollständig miteinander verschmolzen. Zack hatte sich an Drew gefesselt und ihm den Schlüssel gegeben.

23

IRGENDWIE MUSSTE einer von den Jungs ihnen vorausgelaufen sein, denn ihre weißen Rosen standen zusammen in einer Vase auf dem Tisch. Die Kette, mit der sie für alle Ewigkeit aneinandergebunden worden waren, steckte in einem schwarzen Seidenbeutel mit den eingestickten Buchstaben A und Z.

Zack versuchte ruhig zu atmen, doch sein Herz raste. Es war schon viel zu lange her, seit er Zeit mit Drew verbracht hatte. Ihm war kein Orgasmusverbot auferlegt worden. Es war nur kaum Zeit gewesen, einen zu erleben, bei all den Last-Minute-Planungen für die nächste Tournee der Dark Angels und den Vorbereitungen für die Halsbandzeremonie.

„Endlich bist du mein, Liebling."

„Das war ich immer." Verlorene Zeit zu bedauern verschwendete nur noch mehr davon, daher würde Zack sich nicht mit der aussichtslosen Vergangenheit aufhalten. Stattdessen konzentrierte er sich ganz auf seine Zukunft mit Drew.

Er zog Drew zu sich herunter in einen Kuss und drängte ihn rückwärts auf das Bett zu, das jemand fürsorglicherweise auf der gepolsterten Plattform zurechtgemacht hatte. Als Drews Kniekehlen an das Polster stießen, setzte er sich und Zack kroch auf seinen Schoß.

„Meins. Alles meins", knurrte Zack und markierte Drews Hals mit einem Knutschfleck. Als Zack an einer kitzligen Stelle war, bekam er ein tiefes, herzliches Lachen.

„Ja, ja, alles deins, ohne jeden Zweifel." Drew machte einen schnellen Ninja-Flip.

Zack landete auf dem Rücken und versuchte vergebens, bei dieser Demonstration von Dominanz nicht zu schnurren.

„Meins", grummelte sein Master, hob Zacks Hand und leckte an dem Drachen-Tattoo.

„Lass mich kosten." Zack senkte den Kopf und fuhr mit der Zunge über Andrews bunten Schlüssel. „Ich will wissen, ob die Farben unterschiedlich schmecken."

„Was? Die schmecken doch nicht …" Drew keuchte auf und meinte: „Koste weiter."

Zack wollte ihn ohne Barrieren, da keiner von ihnen das je mit jemand anderem getan hatte. Er kämpfte hier nicht gegen den Geist von Andrews früherer Beziehung an, nicht direkt, aber er wollte Drew ohne Kondom in sich haben. Sie wussten, dass sie das gefahrlos tun konnten. Er wollte dieses *erste Mal* für sich haben.

„Ich will dich in mir haben."

„Wie ich sehe, ist es mit deiner Unterwürfigkeit noch nicht weit her, mein Liebling."

Mist! „Tut mir leid, Drew. Wir waren seit einer Ewigkeit nicht mehr zusammen; ich komme mir vor wie eine Jungfrau." Zack klimperte sogar mit den Wimpern. Vielleicht hatte er es mit dem Flirten übertrieben, denn sein Liebster brach in Gelächter aus.

„Hast du meine Anweisungen befolgt?"

„Buchstabengetreu, Master." Zack hatte die gesamte Liste Punkt für Punkt abgearbeitet. Er wackelte mit dem Hintern, und der Plug, den er sich reingesteckt hatte, stupste ihn erektionsfördernd an. „Soll ich meine … ähm, tut mir leid. Stimmt ja."

„Lassen wir's einfach dabei."

Zack trug ein Halsband. Sollte er nicht genommen werden wie ein Sub? „Ähm …"

Drew machte Zacks Hosenschlitz auf und manövrierte das Leder behutsam an seiner Erektion vorbei. „Umpf." Sein Geliebter nahm Zacks Schwanz in den Mund und saugte.

Sterne explodierten hinter seinen Augenlidern. Verdammt, der Sog war perfekt. Vielleicht wurden Sessions überschätzt; nullacht-fuffzehn-Sex reichte ihm völlig. Er brauchte keine Seile … na ja, nicht immer. Drew nahm ihn bis zum Anschlag in den Mund und leckte sich dann wieder nach oben, bis Zacks Erektion an der Luft trocknete.

Andrew zerrte Zack die Hosen vollends von den Beinen. Er streifte sich das Hemd ab und wand sich aus seinen Hosen. Sein Geliebter starrte ihn eine Zeit lang an und kam dann offensichtlich zu einem Entschluss.

„Zack?" Andrew klopfte auf den Butt-Plug, sodass das Ende an Zacks Prostata stieß.

Zacks Stimme überschlug sich. „Ja, Drew?"

„Gehörst du mir?"

Er schluckte und sagte mit aller Überzeugung, die er zustande brachte: „Voll und ganz."

Drew drehte den Butt-Plug.

„Fuck!"

„Ich bin froh, dass wir noch an deinem Gefluche arbeiten müssen", lachte Drew.

Es war nicht lustig, und die Art, wie Drew das Sexspielzeug immer wieder leicht antippte und drehte, brachte Zack noch um den Verstand. Er brauchte mehr und bettelte: „Komm schon."

Seine Ungeduld brachte ihm etliche Schläge mit der flachen Hand auf den Hintern ein, obwohl Drew gewusst haben musste, dass das seine Begeisterung nicht im Geringsten dämpfen würde.

Zack drängte den Arsch nach hinten, suchte mehr von der köstlichen Zuwendung.

Sein Liebster schob ihn zurecht, sodass Zack schließlich flach auf dem Rücken lag. Der Butt-Plug wurde herausgezogen und hinterließ ein Gefühl der Leere in ihm. Gott, er war sich nicht zu schade zum Betteln. „Bitte?"

„Geduld, mein Liebster." Drew gab sich Gleitgel auf die Finger und steckte zwei in Zacks geiles Loch.

Ungeduldig packte er seine Beine in den Kniekehlen und zog sie hoch, bot unterwürfig seine Öffnung dar. „Deins, Drew."

Andrews Augenlider senkten sich. „Meins."

Zack schrie auf, als seine wahre Liebe tief in ihn eindrang. Er biss sich auf die Lippen. Er brauchte diesen Schmerz, der irgendwo zwischen „unerträglich" und „mehr davon, jetzt sofort" lag. Zack schlängelte sich hin und her und bemühte sich, den Schwanz zurechtzurücken, der ihn ausstopfte.

Master Drew erstarrte und beobachtete ihn. Der Schmerz verwandelte sich in etwas Lustvolles, und sein Gesicht musste wohl vermittelt haben, dass es Zeit zum Stoßen war. Denn genau das tat sein Master.

Verdammt, der Mann hatte einen Schwanz direkt aus dem Paradies. Zacks Zehen rollten sich ein, als das Ertragen der Stöße in das Verlangen danach überging. Er stupste mit dem Arsch an die Oberschenkel seines Masters, bettelte um mehr.

„Du willst das, nicht wahr?"

„Für immer. Ich will dich für immer." Zacks Stimme überschlug sich etwas.

„Ich gehöre dir, und du gehörst mir." Drew unterstrich jedes Wort mit einem nachdrücklichen Stoß. „Nur mir steht das Recht zu, mich um dich zu kümmern. Dich zu lieben. Mit dir zusammen zu sein, für immer und ewig."

Zack neigte seine Hüften ein wenig, um seiner Prostata die optimale Stimulation zu sichern. Er schnappte nach Luft, als sein Schwanz pochte. „Ja. Ich gehöre nur dir."

„Du willst alles."

„Ja, Drew." Seine Stimme war nur ein Flüstern und trug doch das ganze Verlangen in sich, das in ihm tobte.

Drew hob seine Hüften an und zog sie weiter nach oben, sodass Zacks Hintern auf den kräftigen Schenkeln seines Masters ruhte. Obwohl er immer noch auf dem Rücken lag, konnte Drew ihn so mit Hilfe der Schwerkraft auf die erotischste Art aufspießen. Drew sprach mit ihm, daher versuchte Zack, ihm zuzuhören und den Sinn der Worte zu erfassen.

„Wen willst du jetzt, in diesem Moment? Den Mann, der dich liebt, oder deinen Master?"

„Hm?" Verwirrung umwölkte die Frage.

„Soll ich dein Master oder dein Liebhaber sein?"

Unter Aufbietung seiner sämtlichen Kräfte schaffte er es, sich zu konzentrieren und eine Antwort zu finden. „Du bist ein und derselbe", wimmerte Zack.

„Wen brauchst du jetzt gerade?"

„Heute hat Master Drew mir sein Halsband angelegt", überlegte Zack und berührte seinen neuen Halsschmuck. Drew war nicht nur sein Master, er war Zacks ein und alles.

Sein Master benutzte Zacks Lusttropfen als Gleitmittel. Seine Faust bewegte sich geschmeidig auf und ab; jedes Reiben seiner rauen Hände brachte Zack dem Höhepunkt näher ... und näher, aber nie über die Grenze.

Drew war immer noch in ihm vergraben, als Zack den Kopf zurückwarf und die Arme ausbreitete. Er hoffte, das Inbild völliger Unterwerfung darzustellen. „Nimm, was immer du willst, es gehört dir. Verbiete mir zu kommen. Bring mich zum Orgasmus. Solange ich dir nur gefällig sein darf, Master."

Ein Stöhnen von oben verriet Zack, dass er das Richtige gesagt hatte. Sein Master stieß schneller und zielbewusster zu. Er genoss es, von der Hand seines Masters gestreichelt zu werden. Er neigte die Hüften, und der Winkel machte seine Prostata zum Ziel von Drews Eindringen.

„Sag mir, was du willst."

„Bitte." Er blickte zu seinem Master auf, verloren im Ansturm der Emotionen. „Gib mir, was du mir geben möchtest. Bitte, Master, ich gehöre dir. Ganz und gar dir."

„Möchte mein Zack kommen?"

„Gott, ja, Drew ... Master, bitte lass mich kommen."

Drew nahm Zacks Lippen in Besitz und stieß schneller zu ... Zack konnte sich kaum noch beherrschen, als warme Feuchtigkeit ihn füllte.

Heilige Scheiße! Drews Essenz war in ihm. Noch nie hatte er sich jemandem so verbunden gefühlt.

Sein Master stieß mit heiserer Stimme hervor: „Komm."

Das ließ Zack sich nicht zweimal sagen. Drew war in ihm. Die Begeisterung bescherte Zack einen herrlichen Orgasmus. Ekstase packte ihn und rollte über ihn hinweg, so heftig und so lange, dass er nicht sicher war, wann der Höhepunkt endete und die Nachbeben der Wollust einsetzten.

Sein Master lächelte ihn strahlend an.

Zack zog Drew zu sich runter. Verdammt, das war fantastisch. „Ich liebe dich, Master", sagte er sinnend, und dann: „Ich liebe dich, Drew."

„Ich liebe dich auch", lachte sein Master. „Wen liebst du mehr?"

Schwierige Frage. Sie waren zwar ein und derselbe Mann, aber zugleich sehr verschieden und erfüllten unterschiedliche Bedürfnisse für Zack. „Spielt das eine Rolle?"

„Bin nur neugierig." Drew zog ein alkoholfreies Feuchttuch aus dem Spender neben der Plattform. Er säuberte Zacks Rosette mit neckischen Wischbewegungen, die aufreizender waren als Drew aus sich heraussickern zu fühlen. Master Drew nahm ein weiteres Wischtuch, säuberte sich ebenfalls und warf es dann in den Abfalleimer.

Andrew verschränkte Zacks Finger mit seinen, was eine Welle von Glück durch seine Adern tanzen ließ. Er musterte die langen, geschickten Finger seines Masters, Geliebten und Freundes. „Ich liebe alles an dir. Ich liebe meinen Drew genauso sehr wie meinen Master Drew, aber auf andere Art. Du passt in viele Kategorien."

„Aha, dann bin ich also vielseitig?"

Zack zuckte mit den Schultern, und vielleicht grinste er sogar. „Das hast du bewiesen."

Andrew schnaubte.

Er hätte seine Gefühle gerne klar zur Sprache gebracht, doch er war immer noch euphorisch, weil der Mann, den er schon seit Jahren liebte, ihm endlich sein Halsband angelegt hatte. Kein so-tun-als-ob mehr. „Ich möchte meine Grenzen ausloten und über sie hinausgetrieben werden, aber innerhalb einer gleichberechtigten Partnerschaft."

Andrew nickte. „Freunde mit Besitzanspruch?"

Lachend stimmte Zack zu. „Genau."

„Du weißt, dass ich genauso sehr dir gehöre wie du mir, oder?"

Das war eine surreale Vorstellung für Zack. „Ich komme allmählich dahinter."

Andrew schniefte. „Es wird Zeit brauchen." Er deutete auf die Vase mit den beiden Rosen. „Hey, sollen wir die Blütenblätter abzupfen und uns was wünschen?"

„Müssten wir damit nicht eigentlich bis morgen warten?"

„Meiner Auslegung nach bis unsere Verbindung vollzogen ist." Andrew wälzte sich auf ihn und begann ihn zu kitzeln. „Ich glaube, du bist vollzogen worden. Findest du nicht?"

„Meinst du nicht eher verschlungen?"

Andrew grub ihm die Finger in die Achselhöhlen.

Zack lachte hysterisch und quiekte: „Hör auf. Hör auf. Nein!"

„Oder etwa nicht? Vielleicht sollte ich dich noch mal verschlingen und vollziehen?" Drew nutzte seine Überlegenheit aus.

„Ja, vielleicht, nur um sicher zu gehen." Mühsam, von Lachanfällen geschüttelt, stellte Zack die Füße flach auf das behelfsmäßige Bett und versuchte, Drew abzuschütteln. „Stopp. Ich kann nicht aufhören zu lachen. Drew! Komm schon."

Minuten später, als seine Erektion gegen Drews Arschbacke zu stupsen begann, wurde Zack von der Kitzelfolter erlöst.

Drew stieg von ihm runter und ließ sich neben ihn fallen. „Wie es scheint, gehört Kitzeln zu den Dingen, die wir künftig erkunden sollten."

Zack machte schon den Mund auf, um sein Interesse zu leugnen, doch die Indizien sprachen eindeutig gegen ihn. Drew deutete mit dem Kopf auf Zacks hochstehende Erektion.

Zack schaute runter und zuckte die Schultern. „Ja, kann schon sein."

„Ich wette, du wärst gern gefesselt und würdest dich kitzeln lassen."

Zack keuchte unwillkürlich auf vor Verlangen.

„Du, völlig in meiner Gewalt." Drew streichelte Zack zärtlich das Gesicht, während er ihn mit Worten quälte. „Hilflos, bettelnd, während ich dir beweise, dass du mein Eigentum bist."

„Ja ... Drew ... Master ... Alles, was du willst." Zack würde es ihm geben.

„Ich werde alle deine Fantasien und jeden erotischen Gedanken, den du je gehabt hast, wahr werden lassen, und ich werde immer weiter danach suchen."

Eine Welle von Liebe überströmte ihn. Er schlang die Arme um seinen perfekten Mann und hielt ihn ganz fest. Es war überwältigend, alles zu bekommen, was er sich je gewünscht hatte und zugleich würde er immer gierig sein, wenn es um Andrew ging. Er würde immer mehr wollen.

Eine sonderbare Frage schoss ihm durch den Kopf. „Woher hast du gewusst, dass ich unter den Armen kitzlig bin?" Drew hatte seinen Schwachpunkt direkt aufs Korn genommen. Es hatte keinen Moment des Zögerns gegeben, keinen Versuch, herauszufinden, wo er kitzlig war. Obendrein war Zack nur dann kitzlig unter den Armen, wenn er festgehalten wurde; wie hatte Andrew das herausgefunden?

Andrew schnaubte. „Ein weiser Mann gibt nie seine Quellen preis."

„Dieser kleine Arsch mit Ohren! Jordon hat gepetzt, was?" Er rollte sich in Drews Umarmung.

Drew hob die rechte Hand, die linke über seinem Herzen, und sagte feierlich: „Ich wurde zur Verschwiegenheit verpflichtet."

„Willst du mir etwa weismachen, dass es nicht Jordon war?", fragte Zack. Er war sich völlig sicher, dass das lose Mundwerk seinem kleinen Bruder gehörte.

Drew nickte eifrig, die Hände immer noch in derselben Haltung. „Ich darf dir weder zustimmen noch widersprechen. Ich habe versprochen, kein Wort zu sagen."

Musik drang ins Zimmer. Er schlug nur ungern vor, ihren Zufluchtsort zu verlassen, doch er tat es trotzdem. „Wir sollten da rausgehen. Meinst du nicht?"

„Machen wir, aber eins nach dem anderen." Drews Augen funkelten. Er nahm Zacks Mund mit seinem gefangen und legte seine warme Hand um Zacks Erektion.

Das fing schon mal gut an. Zack stieß mit den Hüften nach oben, Andrews Hand entgegen.

„Wirst du brav sein, mein kleiner Liebling, und meinen Durst stillen?" Drew drehte sich um und umfasste Zacks Schwanz mit beiden Händen. Er warf einen Blick über die Schulter, bei dem Zack fast schon die Beherrschung verloren hätte, bevor es richtig schön wurde. Denn beim letzten Mal, als Drew „durstig" war, hatte Zack einen mega-tollen Blowjob gekriegt, und den wollte er sich definitiv nicht entgehen lassen.

269

„Ähm, ja. Es ist meine Pflicht als dein Sub, alle deine Bedürfnisse zu befriedigen. Gott, ja ..." Seine Worte versiegten, als Drews begabter Mund seinen Schwanz schluckte. Stöhnend bat er um das Eine, das dieses Erlebnis noch besser machen würde. „Will dich schmecken." Er wollte unbedingt den Schwanz seines Geliebten im Mund haben, während ihm einer geblasen wurde. Vielleicht dachte er ja doch wie ein Sub: Immer geben zu müssen, um wahre Befriedigung zu finden.

Drew schwang ein Bein über Zacks Kopf und kniete sich rittlings über sein Gesicht. Zack nahm den sauberen Duft des Wischtuchs wahr, gemischt mit Andrews Männlichkeit. Er atmete tief ein. Als er einen Tropfen an der Spitze von Andrews Penis sah, lief ihm das Wasser im Mund zusammen.

Er öffnete den Mund, doch dann hielt er inne. „Bitte?"

„Bitte, was?" Kühle Luft wehte um Zacks Schwanz, ehe Drews heißer Mund sich wieder um ihn schloss.

„Bitte, darf ich an dir lutschen?", wimmerte Zack. Drews Schwanz war fast völlig erigiert und seinem Mund so nahe.

„Aber ja doch!" Drew wandte seine Aufmerksamkeit wieder Zacks Schwanz zu und schluckte ihn erneut.

Oh Gott, Drew konnte erstklassig blasen.

Verdammt. Zack wollte ihm auch einen blasen. „Will dich." Er sehnte sich danach, den Tropfen abzulecken und ihn zu kosten.

Wieder ließ Drew von Zacks enthusiastischer Erektion ab und lachte leise. „Wirklich? Hätte ich nie gedacht."

„Rede nicht mit vollem Mund, das ist unhöflich." Zack half mit einem Hüftstoß nach, um Drew zum Schweigen zu bringen.

Drew hob den Kopf und lachte. „Meinst du, du wirst mich schmecken, bevor ich dich schmecke?"

Fuck! Er würde es versuchen, aber er wusste nicht, ob er das Kunststück vollbringen konnte. „Ich werde es versuchen."

„Es gibt kein *Versuchen*, nur *Tun*. Ich glaube an dich." Drew hörte auf zu reden und nutzte seinen Mund für einen besseren Zweck.

Zack stöhnte auf. Verdammt, er hörte sich an, als hätte er eine Schusswunde abgekriegt statt eines Blowjobs.

Als Drew herumrutschte und sich wieder über seinem Gesicht niederließ, schlürfte Zack die baumelnde Leckerei in den Mund. Seine einzige Hoffnung war kräftiges Saugen und Tempo.

Er packte Drews wohlgeformten Hintern und führte seine schlanken Hüften. Die Erfahrung hatte ihn gelehrt, dass sein Geliebter einen gut platzierten Finger zu schätzen wusste. Er steckte einen neben Drews Schwanz in den Mund und machte ihn nass. Sich auf seinen Master zu konzentrieren half ihm, die Kontrolle über seinen widerspenstigen Körper zu erlangen, der nur nach Erlösung schrie.

Zack ließ seinen feuchten Finger aufreizend zwischen Drews Arschbacken entlanggleiten und um die Öffnung kreisen, dann drang er ein Stückchen weit ein.

Wie gut, dass sein Master kein unbeugsamer Top war, der keine Analspiele wollte und sich nie ... oh Gott ...

Das Stöhnen seines Masters vibrierte durch Zacks Eier und trieb seinen bevorstehenden Orgasmus gefährlich dicht bis an die Oberfläche.

Geistesgegenwärtig packte Zack die runden Hinterbacken fester und zog sie runter, zwängte sich Drews Erektion bis zum Anschlag in die Kehle.

Zack würgte ein bisschen.

Drew stöhnte auf. Sein Körper zitterte unter dem Ansturm von Zacks Mund, was erkennen ließ, dass er kurz davor war.

Gott! Zack mobilisierte seine letzten Reserven und machte die Wangen hohl, bis sie schmerzten.

Schlucken, lutschen, schlucken und lutschen.

Er hätte es verkraftet, sich eine Standpauke erster Güte einzuhandeln, aber Drew saugte einfach nur kräftiger.

Fuck! Zack war besiegt.

Im gleichen Moment gab sein Master einen Seufzer von sich und seine Essenz pulsierte in Zacks Mund.

Ja! Triumph! Mein!

Zack stöhnte auf und ließ sich von der ganzen Wollust seines eigenen Orgasmus überspülen. Wellen der Glückseligkeit schüttelten ihn. Er schluckte alles, war Drew ihm gab.

Schließlich rollte Drew von ihm runter, drehte sich um und küsste ihn liebevoll auf den Mund. Er sackte auf das Podest und zog Zack eng an sich. Das Herz seines Geliebten pochte so heftig wie sein eigenes. Ihre Atmung normalisierte sich allmählich wieder.

Die Musik der Dark Angels drang von draußen herein. Verdammt, sie mussten so langsam da raus. Vor ihren Freunden gab es kein Entkommen, geschweige denn vor ihren Brüdern.

„Komm. Wir gehen noch kurz unter die Dusche und dann da raus." Drew hatte recht.

Zack seufzte nur.

„Hey." Drew wandte ihm das Gesicht zu und grinste ihn an. „Ich liebe dich, Zack."

„Und ich liebe dich, Drew, Master Drew und sogar Andrew."

Drew lachte leise, diskutierte aber nicht; er führte Zack in die winzige angebaute Nasszelle. Sie duschten schnell.

Verdammt! Zack wäre viel lieber in diesem sicheren Versteck geblieben und hätte es auf alle möglichen Arten mit Drew getrieben ...

Sie betraten den Hauptteil des Clubs. Alle tanzten zur Musik, lachten und amüsierten sich prächtig.

Angel sah sie, und die Musik wurde sanft und romantisch.

Ohne sein übliches Bedürfnis, sich zu verstecken, hatte Zack nichts dagegen, im Mittelpunkt zu stehen. Drew wirbelte ihn über die Tanzfläche. Es war ihm sogar völlig egal, ob er wie ein verdammtes männliches Aschenputtel wirkte. Denn manchmal war das Leben einfach fantastisch.

Zack verlor sich in der Musik.

Drew führte ihn durch komplizierte Schritte, Tanzfiguren und Drehungen. Zack folgte ihm fehlerlos, ahnte jede seiner Bewegungen, jede seiner Erwartungen an ihn voraus. Er war vielleicht kein perfekter Sub, aber er war perfekt für Drew.

Ihr Tanz endete mit einer schnellen Drehung in einen tiefen Dip und einem leidenschaftlichen Kuss. *Mann!* Sein Master wusste, wie er Lippen, Mund und Zunge einsetzen musste …

Ein kollektiver Seufzer drang ihm ins Bewusstsein. *Oh!* Als er die Augen aufmachte, stellte er fest, dass sie umzingelt waren, und jetzt applaudierten alle.

Drew stellte ihn schwungvoll auf die Füße und führte ihn in eine elegante Drehung, während der Applaus zu Ende ging. Angel holte sich die Aufmerksamkeit des Publikums zurück und sagte: „Okay, ihr Hübschen in Leder. Jetzt zeigt mal, was ihr so draufhabt."

Die Band begann einen schnellen Song. Zack ließ sich einfach zufrieden von Drew in den Armen halten, schmiegte sich an ihn und sah zu, wie die Menge mit ihnen tanzte.

Zack wirbelte herum, ohne in die Drehung geführt worden zu sein. Er ignorierte Drews hochgezogene Augenbraue und grinste seinen Geliebten und Master spitzbübisch an. „Hey, wenn ich auf der Tanzfläche rumwirbeln will, dann darf ich das verdammt noch mal auch."

„Manchmal bist du richtig bezaubernd", erklärte Drew und küsste ihn auf die Nase. „Aber manchmal bist du auch einfach nur ungezogen. Ich liebe dich trotzdem."

Zack setzte schon zu einer missmutigen Erwiderung an, aber dann zuckte er mit den Schultern und sagte das einzige, was wirklich wichtig war: „Ich liebe dich auch."

Nach einem weiteren Song übernahm der DJ für die Band. Und schließlich schafften sie auch den Spießrutenlauf durch ihre Fanboys und –girls, die sich um sie drängten, kaum dass sie von der Bühne kamen.

„Hey, vielen Dank, dass ihr gespielt habt, Jungs." Damit hatte Zack zwar nicht gerechnet, als sie die Band eingeladen hatten, aber es war ihm nicht eingefallen, das großzügige Angebot auszuschlagen.

„Um nichts in der Welt hätten wir uns deine Halsbandzeremonie entgehen lassen." Josh legte einen Arm um Robin, der nickte.

„Die Dark Angels in einem BDSM-Club. Was gab's da schon zu überlegen?", scherzte Angel und zupfte sein enges rotes Leder-Outfit zurecht, als wäre das wirklich nötig.

Darius umarmte Zack. „Die Zeremonie war wunderschön. Das mit den Rosen war wirklich ... ich weiß nicht ... bewegend."

„Danke. Wir haben mehrere verschiedene Zeremonien vermischt und daraus eine gemacht, die zu uns passt."

Darius lächelte ein bisschen wehmütig und sagte: „Es ist überwältigend, diese Art von Verbundenheit zwischen zwei Menschen zu sehen. Ihr habt beide großes Glück. Gratuliere."

VIEL SPÄTER lag Zack lang ausgestreckt auf Drew in ihrem eigenen Bett und sie waren endlich dabei, Blütenblätter zu zupfen und sich was zu wünschen.

„Ich wünsche mir, dass wir lange, gesund und glücklich miteinander leben." Zack zupfte ein zartes, weißes Blütenblatt ab und ließ es in das Glasgefäß fallen, das zwischen ihnen stand.

„Na, das sind ja eine ganze Menge Wünsche auf einmal", neckte Drew. „Aber ich glaube, das ist in Ordnung." Er zupfte ein Blütenblatt ab und ließ es fallen. „Ich wünsche mir, dass wir gemeinsam wachsen."

„Ich wünsche mir, dich glücklich zu machen." Zupf. Zack warf das Blättchen in das Glas.

Drew schüttelte den Kopf. „Sämtliche Psychiater würden jetzt mahnend den Zeigefinger heben, weil niemand für das Glück eines anderen Menschen verantwortlich sein kann. Obwohl ich immer der Ansicht war, dass Ko-Abhängigkeit eine sehr schöne Art zu leben sein kann, solange beide Seiten die Bedürfnisse des anderen über ihre eigenen stellen. Ich wünsche mir und hoffe aufrichtig, dich immer glücklich zu machen, in allen Dingen." Zupf, und das Blütenblatt segelte auf den Boden des Glases.

Ein weiteres Blütenblatt löste sich in Zacks Fingerspitzen „Ich wünsche mir, dass wir weiter immer neue Wege gehen können und gemeinsam wundervolle Dinge entdecken."

„Der war gut." Drew zupfte ein Blättchen ab und starrte das weiße, rotbefleckte Blütenblatt eine Zeit lang an. „Ich wünsche mir, dass wir zusammen alt werden." Er grinste Zack boshaft an. „Du bist der Mann, mit dem ich zusammen Erektionsstörungen haben möchte."

Zack schnitt eine Grimasse, konnte jedoch ein Kichern nicht unterdrücken. „Du bist echt krank. Ich muss diesem schauderhaften Wunsch entgegenwirken. Ich wünsche mir, dass keiner von uns je Erektionsstörungen oder Prostataprobleme kriegt." Er schüttelte den Kopf und warf das Blütenblatt in das Glas. Dann pflückte er noch ein zweites ab – nur zur Sicherheit – und ließ es ebenfalls ins Glas fallen. „Hoffen wir, dass das wirkt."

„Ich wünsche mir, dass wir zusammen die Welt erkunden." Drews Blütenblatt taumelte ins Glas.

273

„Nun ja, da wir mit der Band auf Auslandstournee gehen, wird das wahrscheinlich demnächst passieren."

„Oh, Zack, hast du den Papierkram für unsere Visa für China und Vietnam gemacht? Megan sagte, sie hat uns alles rübergeschickt. Das hab' ich völlig vergessen."

„Ja, ich hab' die Formulare für uns beide ausgefüllt. Du brauchst nur noch zu unterschreiben. Liegt auf deinem Schreibtisch."

„Oooh, danke. Das gefällt mir." Drew beugte sich vor und gab Zack einen sanften Kuss.

Zack fragte: „Ach ja?" Die Liebe, die er in Drews Augen – in den Augen seines Masters – sah, widerspiegelte sich in seinem Herzen. „Du bist mein ein und alles."

„Und du meins. Du bist der Schlüssel zu meinem Herzen." Drew drückte Zack einen weiteren feuchten Kuss auf die Lippen und dann noch einen, als sie begannen, alle ihre Wünsche wahr werden zu lassen.

Knien. Liebe. Für immer.

SICHER UND FREI

An alle meine Hübschen, die auf BDSM stehen: Lasst euch euren Lebensstil/ eure Vorlieben von niemandem schlechtreden (auch nicht von euch selbst). Findet Glück und Liebe! Seid ihr selbst!

DANKSAGUNG

ICH MÖCHTE der fabelhaften Belegschaft von Dreamspinner Press dafür danken, dass ihr mein „Z.-Kauderwelsch" lesbar gemacht habt! Es macht mich glücklich, zur Dreamspinner-Familie zu gehören.

Meine größte Dankbarkeit und Anerkennung gilt meinen Kritikpartnern und Betaleser(innen): Eden, Andrew, Katie und allen, die mitgeholfen haben, mein Eichhörnchen-Gebrabbel zu entwirren.

Liebe Grüße an Revi, mein sexy Yaoi-Fangirl! Danke, dass du mir Einblick in die Freuden des Piercings gewährt hast. YaoiCon 2018?

Ein besonderes Dankeschön an meine Hübschen, die sich und ihre Erfahrungen mit mir geteilt haben. Ich wünsche denen unter euch, die es brauchen, dass sie Heilung und Liebe finden. Vergesst nicht, es gibt nicht nur einen Weg, eure BDSM-Wünsche auszudrücken. Genießt das Spektrum auf eure Art!

Z-bies: Ich kann es kaum erwarten, euch weitere virtuelle Plaudereien mit den Jungs zu geben!

Viele liebe Grüße und Umarmungen für alle Leser von Liebesgeschichten unterm Regenbogen. Mit jeder Seite, die ihr umblättert, helft ihr, die Welt zu verändern.

Und wie immer an meine Liebe: Du bist alles für mich. Ohne dich hätte ich das alles nie geschafft. Du gibst mir Sicherheit und machst mich frei.

Alles Liebe, Z.

1

„Krebs!" Orion bekam keine Luft.

Stopp! Stopp! Keine Fesseln!

Alles musste aufhören. Mit fest zugekniffenen Augen schrie er: „Krebs!" Die Seile um seine Handgelenke verschwanden, als wären sie nie dagewesen. Es war zwecklos. Was für ein Sub war er, wenn er sich nicht mal ausliefern konnte?

Nein! Vertrauen. Kann nicht. Nein!

Zack sprach zu ihm, doch Orion konnte die Bedeutung der Worte nicht erfassen.

Andrews tiefe, dominante Stimme drang durch das wachsende Grauen. „Orion, ich wickle dich jetzt in eine Decke, und dann ziehen wir auf die Plattform um."

Decke. Ja. Verstecken. Nicht weiter.

Flach auf dem Rücken liegend wühlte Orion sich in die Wärme und hoffte, dass sie ihn beschützen würde.

Dumm. Idiot. Ich bin zu nichts nutze. Ich kann nicht mal –

Er wollte, dass das alles aufhörte und schmiegte sich enger an den warmen Körper neben ihm. Die Session hatte geendet wie so viele in letzter Zeit. Es hatte mal eine Zeit gegeben, da hätte Orion sich eher die Zunge abgebissen, als sein Safeword auszusprechen. Aber jetzt benutzte er das Wort, um alles enden zu lassen, bevor noch irgendwas richtig angefangen hatte.

„Wir sind bei dir. Ich liege neben dir." Zacks Worte trösteten ihn.

Orion klammerte sich fest, als Zack ihm den Arm leicht um die Taille schlang.

Andrew streichelte ihm den Kopf. „Du bist in Sicherheit, Orion. Atme einfach. Durch die Nase ein und durch den Mund aus. Ein und aus, schön langsam."

Orion japste nach Luft.

„Ganz ruhig. Durch die Nase ein und durch den Mund aus", wiederholte Andrew.

Versagt. Schon wieder. Hab's nicht verdient, gehalten und gestreichelt zu werden. Kann nicht mal richtig atmen.

Die Last der Enttäuschung drohte ihn noch tiefer in den Abgrund zu reißen. Alles, was er von sich geglaubt hatte, war … eine Lüge. Er konzentrierte seine ganze Energie aufs Atmen. Diese einfachen Anweisungen zu befolgen war das Mindeste, was er tun konnte.

Einatmen, ausatmen. Ganz gleichmäßig. Na bitte. Er hatte seine Atmung unter Kontrolle. Sein Puls würde irgendwann auch wieder langsamer werden.

Wie oft war er schon in einem der Hinterzimmer des Entwined gewesen? Wahrscheinlich unzählige Male, da er dem BDSM-Club gleich nach dem College beigetreten war. Dieses Zimmer war wie alle anderen Standardzimmer. Es war weiß, mit einem gepolsterten Podest für diverse Aktivitäten. Ein Vorratsschrank stand in der Ecke bereit, um Doms auszuhelfen, die etwas beschaffen mussten. Eingeschraubte Ösen zierten die Wände in unterschiedlichen Höhen, und außerdem gab es ein Sofa, einen Sessel, eine Bank, Handtücher, Decken und einen Kühlschrank mit Wasser und Säften. Es war eben einfach alles da, was ein Dom oder Sub brauchte, um seine oder ihre BDSM-Träume auszuleben.

Blinzelnd, um wieder klar sehen zu können, murmelte Orion: „Ich dachte, mit einfacher Bondage würde ich klarkommen."

Verdammt. Wie sich die Dinge geändert hatten. Früher hatte er mit keinem dieser beiden Männer spielen wollen, da er wusste, dass sie ihn nie so streng behandeln würden, wie er es brauchte.

Jetzt hingegen … waren sie überhaupt dazu gekommen, den ersten Knoten festzuziehen, ehe er der Session ein Ende gemacht hatte?

War er so geschädigt?

Zack flüsterte: „Hey, ist schon okay, Orion. Denk an die Grundlagen. Einschränkungen sind Aufforderungen, kreative Lösungen zu finden. Nächstes Mal …"

Aber es würde keine weiteren Versuche mehr geben. Orion war fertig mit Träumen, die er nicht mehr haben konnte.

Er öffnete die Augen und wünschte, er hätte es nicht getan. Zack und sein viel zu verständnisvoller Master teilten einen liebevollen Moment miteinander. Vor nicht allzulanger Zeit war Zack ein Dom gewesen, umschwärmt von Subs – bis Andrew ihn bei der Wohltätigkeitsauktion des Entwined gewonnen und ihm dann später sein Halsband umgelegt hatte. Jetzt diente Zack Andrew, als wäre er für das Halsband geboren.

Der Dom berührte Zacks Halsband, wie um stillen Beistand zu leisten. Die beiden verband ein unverbrüchliches Vertrauen. Orion hatte nie eine solche Verbundenheit erlebt … und jetzt würde er das auch nie.

Eifersucht war kein Gefühl, mit dem er sich oft herumschlagen musste, doch jetzt fraß der Neid an ihm. Er hatte nie eine langfristige, feste Beziehung gewollt; er glaubte nicht mal an romantische Liebe. Doch die zärtlichen Berührungen zwischen diesen beiden Männern mitanzusehen schmerzte ihn. Es war intimer, als ihnen bei einer vollständigen Session auf der Bühne zuzuschauen.

Der Wissenschaftler in ihm betrachtete Liebe als statistisches Resultat biologischer Faktoren. Vielleicht war das das fehlende Puzzleteilchen? Zu wissen –

Es spielte keine Rolle; dieser Teil seines Lebens war vorbei. Wenn er sich nicht mal einer simplen Handgelenks-Fesselung unterwerfen konnte, was sollte er da irgendjemandem nutzen?

Flucht.

„Ich würde mich gern anziehen …" *Und dann nichts wie raus hier.*

„Bist du okay?" Andrew war ganz Besorgnis und einfühlsamer Dom. Die Fürsorglichkeit machte für Orion alles noch tausendmal schlimmer.

„Ja …" Wieder wollte ihm das Wort *Sir* nicht über die Lippen. Andererseits hatte er es nicht verdient, Andrew so zu nennen, da er nicht den geringsten Hauch von Unterwerfung zu bieten hatte.

Orion musste der Wärme ihrer mittlerweile erstickenden Umarmung entkommen.

„Orion, wir würden gern noch was mit dir trinken." Oder im BDSM-Jargon: *Dom muss sicherstellen, dass Sub nicht den Moralischen kriegt.*

Zu spät. Verdammt. Sie würden ihm helfen wollen, dieses abgebrochene Debakel zu verarbeiten. Aber da gab es nichts zu analysieren. Es war vorbei.

Scheiße, vor ihrer dom-lichen Anteilnahme gab es kein Entrinnen. „Klar."

Seine arschfreie Unterhose verspottete ihn, als er die Jeans über seine bloßliegenden Hinterbacken zog. Der dehnbare blaue Stoff sollte seinen Hintern umrahmen und ihn zu einem verlockenden Ziel machen. Sein graues Seidenhemd flatterte um ihn herum und erinnerte ihn daran, dass lockere Kleidung nicht nötig war.

Andrew und Zack standen an der Tür. Mist, sie hatten sich nicht mal ausgezogen.

Was für eine Verschwendung. Ich bin ein totaler Versager.

„Was möchtest du für einen Saft?" Zack führte ihn aus dem Hinterzimmer, und Andrew machte die Tür hinter ihnen zu.

„Orange, bitte." Orion schlurfte in den Hauptteil des Entwined.

Früher hatte er den opulenten Renaissance-Stil – Kunstwerke, vergoldete Tischchen und gepolsterte Stühle – immer bezaubernd gefunden. Aber heute Abend wirkten die eleganten Kronleuchter nicht mehr luxuriös. Sie waren zu hell, die Steinwände und das Treppenhaus zu kalt, um mysteriös zu sein, die Kissen zu üppig, und das vergoldete Mobiliar schlichtweg übertrieben. Jetzt betonte das alles nur, dass er nicht mehr hierhergehörte.

Zack eilte zu der langen Bar an der Wand gegenüber, um den Saft zu holen, während Andrew Orion zu einem etwas abseits stehenden Tisch in dem schummrig erleuchteten Raum führte. Der Anblick der samtenen Bühnenvorhänge erinnerte Orion erneut daran, dass er sich nie wieder freiwillig als Sub für eine Demo melden würde.

Jemand höhnte: „Andrew, das war ja eine Blitz-Session. Hast du's nicht mehr drauf?" Der Typ war einer von den Idioten, vor denen Orions genialer Verstand ihn nicht rechtzeitig gewarnt hatte.

„Bob, zeig' Respekt, oder du wirst vor die Tür gesetzt", knurrte Andrew und zog einen vergoldeten Stuhl mit blutrotem Samtpolster für Orion heraus.

Bob grummelte etwas, was Orion nicht mitbekam, und trollte sich.

Andrew sah nicht nur umwerfend gut aus, er war auch ein Gentleman; er wartete mit dem Hinsetzen, bis Zack ebenfalls Platz genommen hatte. Zacks

283

strahlendes Lächeln zeigte, dass er die Geste zu schätzen wusste. „Bitteschön. Orange für dich, Orion, Cranberry für Drew, Ananas für mich."

Orion griff nach seinem Saft, in der Hoffnung, um das Gespräch herumzukommen.

Zack ignorierte den Wink. „Hätten wir irgendwas anders machen können?"

„Ich hab' keinem von euch beiden eine Chance gegeben, irgendwas zu machen", sagte Orion verächtlich.

„Wie fühlst du dich?", fragte Andrew.

Nicht zu antworten war keine Option. „Frustriert und wütend."

„Natürlich. Dieser Wichser hat dein Vertrauen missbraucht!" Zack haute auf den Tisch.

„Es war meine Schuld. Ich wollte es hart." Orion hatte geglaubt, einen Partner gefunden zu haben, der so hardcore werden konnte, wie er es haben wollte. Dom Henry war brutal genug vorgegangen, um die zweifelnden Stimmen in seinem Kopf zum Verstummen zu bringen, die Orion ständig verfolgten. Der Mann hatte sich nicht gescheut, hart zu spielen …

„Du hast dich nicht mit Missbrauch einverstanden erklärt", knurrte Zack.

„Immer mit der Ruhe, Zack." Andrews Hand auf Zacks Handgelenk brachte zum Schweigen, was auch immer sonst noch über seine Lippen gekommen wäre. Zacks Master streichelte sein Tattoo, einen Drachen, der sich um Andrews Kosenamen wand und Zack somit als vergeben kennzeichnete.

Orion wies auf eine simple Tatsache hin. „Ich habe mein Safeword nicht eingesetzt."

„Warum?", fragte Andrew mit seiner Dom-Stimme.

„Ich habe ohne Safeword gespielt." Orion seufzte, weil sich das für jemanden, der sich an die Regeln hielt, ganz schlimm anhören musste.

Freiwillig auf ein Safeword zu verzichten, war der einzige Weg gewesen, Dom Henry als Spielpartner zu kriegen. Sechs Monate lang hatte er sich außerhalb des Entwined mit dem Dom getroffen. Die Sessions waren von Mal zu Mal heftiger geworden. Sie hatten keine Grenzen gezogen, daher war es schwer zu sagen, wann Dom Henry zu ersten Mal welche überschritten hatte.

Zack ballte die Fäuste.

„War er der erste, der von dir verlangt hat, ohne Safeword zu spielen?" Andrews Stimme beruhigte Orion und brachte ihn dazu, sich zu öffnen.

„Nein." Sein erster Freund war der Meinung gewesen, dass sie kein Safeword bräuchten, wenn Orion ihn wirklich liebte und ihm vertraute. Hätte er zur Selbstanalyse geneigt, Orion wäre sich sicher gewesen, dass ihm damals Zuneigung, Vertrauen und Safewörter durcheinandergeraten waren. Doch einem so subjektiven Denkansatz konnte er sich nicht anschließen.

Er war Wissenschaftler, und er würde sich an die Fakten halten, nicht an vage Vermutungen. Stimmt, er hatte einen gebrochenen Arm gehabt, aber sie waren noch auf der Highschool gewesen. Obwohl, wem versuchte er hier was vorzumachen? Heimlich schwule Verbindungsbrüder im College hatten keine Lust auf lange Diskussionen, um ein Safeword einzuplanen.

„Hast du so was oft gemacht?" Andrew beugte sich vor und musterte Orion prüfend.

„Definiere oft." Die Parameter zu verlangen, verschaffte einem immer Zeit. Andrews gebieterischer Blick hielt Orion davon ab, weiter um den heißen Brei herumzutanzen.

Er zuckte mit den Schultern. „Safewörter sind einschränkend. Sie begrenzen –"

„Sie *schützen*", fauchte Zack.

Orion schüttelte den Kopf. „Ohne Safeword zu spielen ist so ungefähr der beste Sex aller Zeiten –"

„Bis er's nicht mehr ist", beendete Andrew den Satz für ihn.

Na schön, ein echter Gang Bang war nicht so toll, wie so was im Porno immer wirkte, aber… „Ich wollte kein Safeword."

Er hatte keine Fluchtmöglichkeit gewollt. Na ja, bisher. Jetzt tat er nichts anderes mehr, als sich in sein Safeword zu flüchten.

„Blaugeschlagene Augen und zerschrammte Gesichter sind Grenzen, die nie hätten überschritten werden dürfen", stellte Andrew mit ruhiger Stimme fest.

Ganz offensichtlich gingen die unglücklichen Zusammentreffen zwischen seinem Gesicht und Dom Henrys Fäusten weit über das hinaus, was er beim Sub-Treffen vor Monaten eingestanden hatte. Und natürlich hatte sich das rumgesprochen.

Erschöpft vom Streiten – er hatte einfach nur gekriegt, was er gewollt hatte … und noch einiges mehr. Viel, viel mehr als er je gewollt hatte, aber das war seine eigene Schuld – wollte er nur noch von hier verschwinden. Zu viele im Entwined waren entschlossen, ihn die Verantwortung nicht allein tragen zu lassen.

Ich bin kein Opfer. Es war meine Entscheidung.

Vielleicht war es nicht besonders schlau, ohne Safeword zu spielen. Aber, verdammt, für eine Weile war es herrlich gewesen, so viel Freiheit zu haben. Orion nahm alles hin, und jedes Mal ging der Dom ein bisschen weiter. Irgendwie verwandelten sich die Sessions in etwas, womit er sich nie einverstanden erklärt hatte. Irgendwann war jedes Zusammentreffen mit Dom Henry untermalt von Schmerz und Demütigung. Orion wusste nie, ob sie gerade eine Session hielten oder nicht.

Zack starrte ihn mit einer unerschütterlichen Eindringlichkeit an, die Orions Herz zu schmelzen drohte. „Ich glaube, beim nächsten Mal sollten wir …"

„Es wird kein nächstes Mal geben, Zack." Er versuchte nicht mal, sich ein *Sir* abzuringen.

Zack schnappte nach Luft. „Was soll das heißen? Natürlich –"

Orion schüttelte den Kopf. Zack musste ihn verstehen. Er hatte versagt, und er musste eingestehen, dass er fertig war. „Ich will das nicht mehr machen."

Sein bester Freund und Retter, Xavier Young, kam herbeigehüpft. „Hey, Sirs! Ich meine, Sir und Zack. Grüß dich, O!"

Xanders übertriebene Fröhlichkeit verriet, dass ein neonfarbenes Katastrophenalarmzeichen über Orions Kopf blinkte. Zu blöd, dass Xander ihn so gut kannte, und Darwin sei Dank dafür.

Orion täuschte ein Gähnen vor.

Xander nickte leicht. „Hey, ich mache mich jetzt auf den Heimweg. Kommst du, O?"

Schon war er auf den Füßen, schob seinen Stuhl unter den Tisch, und griff nach dem Rettungsseil. „Oh, äh, klar. Wir sind zusammen gekommen."

Andrew war nicht dumm. „Wir können dich zuhause absetzen. Das ist kein Problem, Orion."

„Oh ..." Scheiße, nein. Orion rückte näher an Xander heran.

Rette mich! Bring mich hier weg, X.

Xander winkte ab. „Ich habe meinen Schlüssel vergessen, also muss er sowieso mitkommen."

„Aber er könnte –" Andrew drückte Zacks Handgelenk. War das ein Signal, um weitere logische Argumente vom Kurs abzubringen? Vielleicht, denn Zack sagte: „Oh ... bist du wirklich okay?"

Nein! Schon seit Monaten nicht mehr. Bin am Durchdrehen.

„Ja. Also dann, bis später."

Orion stürmte die Treppe rauf und durch die Tür in die Lobby. Er riss dem Türhüter hinter dem Schreibtisch seinen Führerschein aus der Hand, schnappte sich seine Jacke aus dem Spind und flitzte hinaus auf den Parkplatz.

Als er wegen des feuchten Wetters den Reißverschluss an seiner Jacke hochzog, trafen seine Finger auf Leder. Er machte die Jacke wieder auf und holte einmal tief Luft. Dann schnallte er sein Spielhalsband ab und starrte es an, wobei er den Wind kaum bemerkte.

Vielleicht sollte er das blöde Ding wegschmeißen. Es war nutzlos und bedeutungslos. Er holte aus, um das Halsband in die Büsche zu pfeffern ... doch dann hielt er inne. Nachdem er das Leder fest zusammengerollt hatte, stopfte er es in die Tasche und zog den Reißverschluss wieder hoch.

Puh. Xander kam alleine aus dem Entwined, keine besorgten Doms auf den Fersen.

Xander sagte kein Wort, sondern schob nur seine rote Rennmaschine aus der schmalen Parklücke, in die er das Motorrad reingequetscht hatte. Er reichte Orion einen Helm und half ihm, hinten aufzusteigen.

Orion würde ewig dankbar sein, dass er sich in der neunten Klasse in Bio neben Xander gesetzt hatte. Er war dem hochgewachsenen Typen mit den langen, wilden dunklen Haaren und den atemberaubenden grünen Augen gegenüber ein bisschen misstrauisch gewesen. Xander lachte immer, schien Spaß zu haben und war mit allen befreundet, aber aus irgendeinem Grund passten sie zusammen.

Vielleicht wurde ihre Verbindung gefestigt durch ihr gemeinsames Interesse an BDSM und Science Fiction, weil sie beide ihren Mitschülern voraus waren oder durch ihre Bereitschaft, ihren tobenden Hormonen gegenseitig Erleichterung zu verschaffen, ohne weitere Verpflichtungen, falls gerade kein anderes Ventil verfügbar war. Solange er Xander in seiner Welt hatte, war alles andere okay oder zumindest erträglich.

Als Orion Xanders Taille umklammerte, zog Xander eine seiner Hände an die Lippen und drückte Orion einen Kuss auf die Handfläche. Dann klappte er sein Visier runter und brauste im ersterbenden Zwielicht davon.

ORION WERKELTE in der Küche herum und machte heiße Schokolade, weil Xander eine Naschkatze war und unbedingt was Süßes gewollt hatte. Sie teilten sich eine große Zweizimmerwohnung über einer trendigen Boutique in der Lake Street, die sich keiner von ihnen alleine hätte leisten können.

Die Lake Street war die angesagteste Location im Capital District und beheimatete ungewöhnliche Läden sowie tolle Restaurants und Bars. Sie war das SoHo von Albany. Parken war verdammt schwierig, aber keiner von beiden hatte ein Auto.

„Rede mit mir", verlangte Xander.

„Ich hatte wieder mal einen Scheißtag bei der Arbeit. Ich schaffe es einfach nicht –"

„Orion, komm schon. Ich weiß, dass es hier nicht um einen schlechten Tag bei dir auf der Arbeit geht. Willst du mir nicht endlich mal sagen, was heute Abend passiert ist?" Xander streifte sich einen gehäkelten Beutel über den Kopf und hängte Orion das Gegenstück um den Hals. Xander reichte ihm ein Stück Apfel.

Tribble, der neugierige Kurzkopfgleitbeutler, steckte den Kopf aus dem regenbogenfarbenen Beutel. Er quiekte zufrieden und schnappte Orion den Apfelschnitz aus der Hand. „Was gibt's da zu erzählen? Nichts ist passiert."

Xander schüttelte den Kopf und zog sein Handy heraus. Er wisperte hinein, und Orions Handy piepte.

Er machte ein finsteres Gesicht, aber er öffnete die Nachricht und spielte das Video ab. Ein Bild von Xanders Kurzkopfgleitbeutler Nippet – benannt nach einem Ewok-Baby aus *Die Rückkehr der Jedi-Ritter* – begann mit einer gemorphten Version von Xanders Stimme zu sprechen. „Spuck's aus. Sag Xander, was passiert ist. Ich will hier nicht zum Gleitbeutler werde und dir im Schlaf das Gesicht wegfressen, aber die Stimmen … ah, die Stimmen in meinem Kopf werden mich dazu zwingen … es sei denn, du erzählst deinem aller-allerbesten Freund alles."

Orion kicherte. „Ich hätte dir die App nie zeigen sollen!" Die App verwandelte Fotos von Haustieren in sprechende Bilder. Xander nutzte sie viel zu oft, um Orion zu drohen oder um ihn zu beschwatzen.

„Was ist passiert?" In Xanders Beutel raschelte es, bis Nippet den Kopf oben rausstreckte. Er schnüffelte, um die Identität seines persönlichen Klettergestells zu bestätigen, dann quiekte er, kuschelte sich voll Zuneigung an Xander und wühlte sich dann unter sein Hemd.

„Ich habe mein Safeword gesagt, bevor es überhaupt anfing." Sollte sein Versagen in Worte zu fassen ihm etwa dazu verhelfen, sich besser zu fühlen? Er brachte zwei Becher Kakao ins Wohnzimmer und setzte sich neben Xander auf das geblümte Zweisitzer-Sofa.

Das pastellfarbene Ungetüm war so dick gepolstert, dass Orion fast einen Schemel brauchte, um sich draufzusetzen. Aber Xander hatte sich im Billig-Möbel-Markt in die bunten Farben verliebt. Orion hatte nicht das Herz gehabt, Xanders Sofaträume von Gemütlichkeit zu zerstören.

„Gut. Siehst du? Es gibt nicht nur Arschlöcher auf der Welt. Du hast dein Safeword gesagt, und alles hat aufgehört. Genau so soll es sein." Xander zog die Decke hinter ihnen hervor und warf sie über sich und Orion. Er kuschelte sich enger an ihn.

Tribble bewegte sich in seinem Beutel. Er steckte den Kopf raus, gähnte und verzog sich wieder an sein sicheres Plätzchen.

Xander fasste Orions Schweigen anscheinend als Ermutigung auf, den Zwischenfall weiter auseinanderzupflücken. „Na ja, ich weiß, dass dir das irgendwie nicht als Fortschritt vorkommt, aber ich sehe es als Sieg an. Du hast dein Safeword eingesetzt."

Ich habe versagt.

Meinte Xander etwa, dass Orion eine Lektion in „Safewörter für Anfänger" brauchte? Er atmete hörbar aus. „Du kapierst es nicht. Von Dom Henry habe ich diese Art von Spiel verlangt. Ich konnte nur nicht ‚Stopp' sagen."

„Genaugenommen hättest du es gekonnt. Das ist ja irgendwie der Sinn des Ganzen. Ein Wort stoppt alles."

Es sei denn, man hat zu viel Angst, um es zu benutzen!

Xander griff unter sein Hemd und zog Nippet heraus. Er hielt ihn auf Armeslänge von sich ab und machte den regenbogenfarbenen Beutel auf. Nippet gähnte und stürzte sich auf die Öffnung. Sobald sein kleiner Liebling sicher versorgt war, steckte Xander die Decke wieder fest.

Orion konnte nicht eingestehen, dass er nicht gewusst hatte, was er tun sollte, als Dom Henry angefangen hatte, die Fäuste einzusetzen. Er war immer stolz darauf gewesen, alles einstecken zu können, was auch immer ein Dom ihm gab. Doch die Angst vor dem Zorn, den er auf sich gezogen hätte, wenn er eine Aktivität verweigerte, lähmte ihn. Was das Fass dann endgültig zum Überlaufen brachte, war dieses eine Mal, als Dom Henry ihn ohne Kondom vergewaltigt hatte. Orion hatte nach übereifrigem Atemkontrollspiel das Bewusstsein verloren, und als er wieder aufgewacht war, rann der Beweis aus ihm heraus. Dankbar für die Pharmaindustrie hatte er achtundzwanzig Tage lang die Postexpositionsprophylaxe genommen und sich selbst jeden Tag gehasst. Er hatte noch eine weitere Woche im Testfenster vor sich und versuchte, sich nicht verrückt zu machen. Aber er brach immer noch jedes Mal vor Panik in kalten Schweiß aus, wenn er daran dachte.

„Es war ein Erfolg." Wahrscheinlich entnahm Xander Orions finsterer Miene, dass es Zeit war, das Thema zu wechseln. „Apropos Safewörter … ich hab' endlich meins gefunden", vertraute Xander ihm an.

Das war eine Neuigkeit. Xander konnte sich nie für ein einzelnes Wort entscheiden und auch dabei bleiben. „Oh, was anderes als *Autsch?*"

Xander verdrehte die Augen. „Ha, ha. Nein … *Aye-Aye Lemur.*"

Orion schnaubte. Nur Xander würde beschließen, den Möchtegern-Gremlin aus Madagaskar als Symbol für sein Stoppwort zu wählen. „Ich weiß, dass sie zur Lemurenfamilie gehören, aber normalerweise nennt man sie nur Aye-Aye."

Empörung straffte Xanders Rückgrat. „Ja, aber *aye-aye* könnte in einer Session fehlinterpretiert werden, *Lemur* hingegen nicht. Ganz zu schweigen davon, dass Aye-Ayes die gruseligsten kleinen Mistviecher auf diesem Planeten sind! Dieser scheißlange, krumme Mittelfinger. Und ständig dieses Klopf-klopf-klopf nach Maden. Die sind wie fiese kleine Todesmaschinen. Du weißt ja, dass die hässlichen Dinger als böses Omen gelten. Ich finde, das passt perfekt."

„Klar. Warum nicht." Orion trank ein bisschen heiße Schokolade. Sein Gleitbeutler zappelte ein bisschen in seinem Beutel herum und beruhigte sich dann.

„Hattest du nicht einen Termin bei deinem Therapeuten? Warst du dort?", fragte Xander, doch Orion war sich sicher, dass er die Antwort bereits kannte.

Orion brauchte keinen Therapeuten. „Ich war ein paarmal dort, aber du weißt ja, dass mir das nichts gebracht hat."

„Vielleicht brauchst du einen anderen Therapeuten … oder –"

„Nein."

X runzelte die Stirn. „Nein? Wie, nein?"

„Ich werde mich ab jetzt von Trigger-Aktivitäten fernhalten. Ganz einfach. Problem gelöst." Orion würde eben lernen müssen, das nagende Gefühl von Verlust in seinem Innern zu ignorieren.

Xavier legte den Kopf schräg. „Vermeidungsstrategie? Das kann nicht dein Ernst sein."

„Doch. Ich bin fertig." Na bitte. Das war einfach, klar und präzise.

X blieb der Mund offen stehen. „Was soll das heißen, du bist *fertig?*"

Offenbar hatte er sich doch nicht ganz klar ausgedrückt. „Das soll heißen, kein BDSM mehr." Er schaute zum Fenster, doch die Dunkelheit draußen hinderte ihn daran, zu sehen, ob die Wettervorhersage stimmte und es wirklich schneite.

Xander atmete tief ein und legte eine Hand aufs Herz. „Nein. Das meinst du nicht ernst."

„X, ich bin müde und ich will das nicht noch mal durchmachen."

Feigling. Waschlappen. Jämmerlich.

Xander stritt nicht mit ihm. Er nahm Orion einfach nur in die Arme und drückte ihn fest an sich. Ihre Atemzüge wurden regelmäßiger und glichen sich aneinander an.

Nippet krabbelte aus seinem Beutel und hüpfte zu Xander. Der Gleitbeutler schlängelte sich unter die Decke, und bald rannten er und sein Spielgefährte auf Xander herum.

Orion fing ihre Haustiere ein und lieferte sie wieder in ihrem Gleitbeutler-Heim ab: einem kühlschrankgroßen Käfig, der eine ganze Ecke der Küche einnahm. „Sag mal, wie war dein Abend so? Hast du mit jemandem gesprochen?"

Daumen halten.

„Nein, er ist nicht aufgetaucht."

Nicht zum ersten Mal wünschte Orion, er könnte sein, was Xander brauchte … auf diese Art. Sie passten in allem zusammen, nur nicht sexuell. „Tut mir leid. Ich wünschte …"

Xander lachte. „Ich auch. Vor allem, weil du so oralfixiert bist."

Orion stieß ihn mit dem Ellbogen an. „Eh, deine Wahnvorstellungen von wegen ,Star Wars ist besser als Star Trek' machen unsere Liebe sowieso unmöglich."

„Apropos oralfixiert, möchtest du einen geblasen kriegen?"

Die Negativität von Orions Niederlage haftete immer noch an ihm wie der Tod an Starkiller und Juno Eclipse, als sie Befehl 66 befolgt hatten: Tötet alle noch lebenden Jedi. Sie zwang ihn, zu sagen: „Nein, aber falls du –"

„Eh, ist schon okay. Ich kann mir zu einem Porno einen runterholen. Ich habe kürzlich ein paar frühe Buck Angel-Filme gesehen. Gott! Der ist unglaublich scharf."

„Viel Spaß." Orion griff in seine Jackentasche und zog das Halsband raus. Er entrollte es und fuhr das Rund mit einem Finger nach.

Nie wieder.

Er unterdrückte gewaltsam das überwältigende Gefühl von Verlust, verstaute das Lederband in seiner Sockenschublade – ganz hinten – und machte sie zu.

2

VIELLEICHT SOLLTE Hunter besser darauf achten, wer alles im Entwined ein- und ausging, da er in der Lobby saß. Er zwang sich dazu, sich umzublicken, doch sein Facebook-Feed verlangte seine Aufmerksamkeit.

Dies war heute seine erste Gelegenheit, mal Pause zu machen. Während seiner Schicht hatte es drei Autounfälle gegeben. Glücklicherweise ohne Tote, aber Kraftfahrer schienen zu vergessen, dass kein Schnee nicht zugleich auch kein Glatteis bedeutete.

Er pausierte ein lustiges Video, um einen Anruf von seinem Lover anzunehmen. „Hey, Marc."

Marcus Sadir und er waren seit sechs Jahren ein Paar und lebten seit fünf Jahren zusammen. Sie hatten sich im Entwined kennengelernt und Hals über Kopf ineinander verliebt. Da sie nicht ganz dieselben Bedürfnisse hatten, führten sie eine offene Beziehung. Doch das hieß nicht, das Marc nicht Hunters ein und alles war. Es hieß lediglich, dass sie realistisch waren, und er wollte nicht, dass Marc auf irgendwas verzichten musste.

Marc schnurrte ins Telefon: „Hiya, Sexy. Bist du schon im Entwined?"

„Jau. Oh, erinnere mich nachher dran, dir das ‚Tagebuch einer traurigen Katze' zu zeigen." Er lächelte immer noch über die Ansichten der Katze über die menschliche Realität.

„Noch so ein Facebook-Fund?"

„Ja, ein YouTube-Video. Ich hab' bloß … es ist witzig. Das musst du sehen." Hunter lachte erneut.

„Mach' ich. Da du immer noch in der Lobby bist und telefonierst, nehme ich an, dass Sophia mit ihrem neuen *Master* noch nicht da ist." Hunter sah Marcs herzerweichendes Lächeln vor sich, das sich in die Stimme seines Geliebten eingeschlichen hatte.

„Stimmt, sie ist spät dran, du Quertreiber. Und der Typ ist nichts weiter als ein *möglicher Spielpartner*. Niemand hat was von dauerhaft gesagt." Außerdem war Hunter sich fast sicher, dass dieser Mann für seine Kollegin und beste Freundin nicht gut genug war.

„Hey, geh' schonend mit ihm um. Ich glaube, sie mag ihn wirklich." Marc fügte hinzu: „Und halt' auch für uns die Augen offen."

„Das schon wieder? Ich weiß nicht, warum du so überzeugt davon bist, dass wir uns einen festen Dritten suchen sollten. Ich dachte, du bist glücklich, so wie es ist. Es gibt uns und hin und wieder mal was außerhalb."

Marc schnaubte. „Aber nie zusammen, und nur sporadisch … und uneinheitlich."

„Es ist mir egal, ob du mehr Spielpartner findest als ich." Normalerweise fielen seine freien Nächte auf die „gemischten" Spielabende im Entwined, sodass die Auswahl an verfügbaren schwulen und bisexuellen Männern nicht so groß war.

„Es ist unfair, Hunt."

„Wenn mich das stören würde, hätte ich schon was gesagt." Er wollte, dass Marc sich aussuchen konnte, wie er zu einem Orgasmus kam. Und diese Aktivitäten hatten keine Auswirkung auf ihre Gefühle füreinander, also wo war das Problem?

„Ich werde allmählich zu alt für diese Scheiße, Hunt! Ich wünschte einfach, wir würden jemanden finden, der uns beiden geben kann, was wir brauchen", seufzte Marc.

„Ich werde nie jemanden so lieben, wie ich dich liebe." Marc war der Mensch, mit dem Hunter durch die Höhen und Tiefen des Lebens reisen wollte. Deshalb vermied er feste Bindungen und spielte kaum jemals zweimal mit demselben Sub. Ja, in einer perfekten Welt würden sie vielleicht jemanden finden, der für sie beide richtig war, aber das schien unwahrscheinlich.

Ein Dritter würde bedeuten, sich zu binden, sich um noch jemanden Gedanken machen zu müssen … und würde dieser Jemand sich in ihre beschauliche Welt einfügen? Er konnte sich nicht vorstellen, wie das möglich sein sollte. Sicher, es wäre fantastisch, einen eigenen Sub zu haben, aber nicht auf Kosten seiner Beziehung zu Marc.

Marc hatte mit Anfang Zwanzig in polyamourösen Beziehungen gelebt, und die waren alle spektakulär in die Binsen gegangen. Warum sollte er die Möglichkeit haben wollen, das zu wiederholen? Hunter wollte das ganz bestimmt nicht.

„Du würdest denjenigen auf andere Art lieben und andere Dinge an ihm mögen. Du hättest nicht weniger Liebe, sondern mehr. Ich möchte, dass du alles hast. Wäre es nicht schön, sich festzulegen?"

„Ich lege mich nicht fest. Ich glaube, du willst nur jemanden nach Lust und Laune mit spitzen Sachen pieken können", neckte Hunter Marc mit seiner Begeisterung für Piercing-Spiele. In Wahrheit fühlte er sich beschissen, weil er sich nicht für Nadelspiele begeistern konnte, aber nach so vielen Jahren in einem medizinischen Beruf hatten Nadeln keinen Reiz mehr für ihn. Er hatte es Marc zuliebe versucht, aber jeder Vorstoß war kläglich gescheitert und hatte keinem von ihnen was gebracht.

„Und du könntest endlich einen richtigen Vollzeit-Sub haben, nicht nur meine jämmerlichen Versuche und wen auch immer du abschleppst. Du hättest jemanden, den du ausbilden und anleiten kannst."

Ja, schon. Hunter blühte erst richtig auf, wenn er Subs, die auf einen Machtaustausch mit ihm standen, nicht einfach nur dominieren, sondern sie an ihre Grenzen treiben und ihnen helfen konnte, über sich selbst hinauszuwachsen.

Marc hatte jemanden verdient, der Schmerz lustvoll fand und das Erlebnis mit ihm teilen wollte.

Hunter verdrängte das Verlangen nach dieser Fantasiegestalt, die ihnen beiden geben konnte, was sie brauchten. „Ich geh' mal davon aus, dass du anrufst, weil du kurzfristig noch jemanden reingekriegt hast und mir sagen willst, dass du später kommst."

Marc seufzte. „Ja. Tut mir leid. Es ist ein kleines Tattoo und wird nicht lange dauern."

„Ein Narben-Cover Up?"

„Ja. Woher weißt du –"

„Ich kenne dich. Lass dir Zeit. Ich werde hier sein." Hunter lächelte. Viele von Marcs Tattoos kaschierten chirurgische Narben, machten aus Schmerz und Leid etwas Schönes. Marc war der beste Mensch, den er kannte.

„Sei vorsichtig, bis ich dich küssen kann." Marcs Liebe lag in seinem Tonfall.

Hunter lächelte über die Worte seines romantischen Sadisten. „Du auch."

„Jetzt leg' dein Handy in den Spind und geh runter. Und versprich mir, die Ohren offen zu halten." Marcs Flehen machte es schwer, ihm die Bitte abzuschlagen.

Hunter seufzte. „Na schön. Ich verspreche, für das Unmögliche offen zu bleiben."

Er stand auf und warf Handy, Schlüssel und Portemonnaie in den Spind. Dann holte er einmal tief Luft und ging nach unten.

DAS GLÜCK schien auf Hunters Seite zu sein, denn sein Lieblingstisch wurde gerade frei. Er kam an den üblichen Paaren, Dreiergruppen und Singles vorbei, die hier waren, um leichte Sessions abzuhalten, um zu reden und um zu sehen und gesehen zu werden. Er nickte denen zu, die er kannte. Und was war schon dabei, wenn er nicht auf die Subs einging, die ihn anlächelten? Er wollte sie nicht ermutigen. Er setzte sich und blickte zum Treppenabsatz auf. Perfektes Timing.

Sophia kam hereingetänzelt, blieb auf dem Treppenabsatz stehen und warf einen suchenden Blick durch den Raum. Sie trug ein ledernes Bustier, einen schwarzen Rüschenrock, der so kurz war, dass ihre Strapse darunter hervorschauten, und glänzende Stöckelschuhe mit Zwölfzentimeterabsätzen.

Hunter hätte sie am liebsten über die Schulter geworfen und die Treppe runtergetragen, doch er hielt sich zurück – der Zorn, den diese beschützerische Geste entfesseln würde, hielt ihn an seinem Platz. Er winkte. Was konnte er benutzen, um einen verstauchten oder gebrochenen Knöchel zu bandagieren?

Soph winkte ebenfalls und schwebte die Steintreppe runter.

Nach einem erleichterten Seufzer, als sie wohlbehalten unten ankam, neckte er sie: „Du hast dich aber schick gemacht." Normalerweise sah man sie nur in

Rettungssanitäter-Uniform oder in T-Shirt und Jeans, aber heute war sie sehr sorgfältig frisiert und trug Make-up.

„Ich würde ja gern dasselbe von dir sagen, aber ..." Sophia deutete mit gerunzelter Stirn auf ihn.

„Was?" Er warf einen Blick auf seine schwarze Jeans und sein schwarzes T-Shirt. Die Sachen waren sauber, und er hatte geduscht.

„Du hast dich schon seit einer ganzen Weile nicht mehr für den Club angezogen", verwies sie und überführte ihn damit ohne Verhandlung.

„Eh, wozu auch?" Sich in seine Lederkluft zu zwängen war echt mühsam.

„Und dann wunderst du dich, dass du keine Spielpartner findest? Du musst auch äußerlich nach Alpha-Dom aussehen, wenn du die Subs an Land ziehen willst."

Aber er war ja gar nicht auf der Suche nach einem Spielgefährten, was Sophia anscheinend völlig ignorierte. Marc hatte recht; die ständige Neuheit wurde allmählich langweilig, und was konnte er schon bei einer einmaligen Session erreichen? Zum millionsten Mal bezweifelte Hunter den Nutzen einer solchen Erfahrung. „Was? Hast du etwa wieder mit Marc geredet?"

Sie kicherte. „Liegt er dir immer noch damit in den Ohren, dass du euch beiden jemanden suchen sollst, den ihr mit nach Hause nehmen und euer Eigentum nennen könnt?"

„Ja." Er wollte keinen Staub aufwirbeln, aber Marc strebte immer danach, die Dinge zu verbessern.

„Mist! Hunt! Er ist da. Wir beenden dieses Gespräch gleich morgen früh." Sophia zupfte ihre Strümpfe grade und betastete ihre Frisur.

„Grrrr." Hunter gab sein bestes warnendes Knurren von sich, doch sie ignorierte ihn und beäugte stattdessen den Mann, der die Treppe herunter stolzierte. Er war attraktiv ... wenn man auf den „vor Selbstvertrauen strotzender Filmstar"-Look stand.

„Sei nett, Hunter", zischte sie, stand auf und reichte ihrem angehenden Spielpartner die Hand.

„Sophia, reizend wie immer." Der Dom Juan drückte ihr einen Kuss auf den Handrücken, drehte ihre Hand um und küsste ihre Handfläche.

Sie seufzte.

Der Mann wandte sich an Hunter. „Bist du Hunter?"

Hunter erhob sich und streckte die Hand aus. „Hunter Dixon. Und du bist Colin Myrick." Anständiger Händedruck – fest, und der Typ versuchte nicht, etwas zu beweisen, indem er Hunter die Finger brach.

„Ja. Freut mich, dich kennenzulernen." Seine tiefe Stimme klang aufrichtig, und er sah Hunter in die Augen.

„Setz dich." Sobald alle Platz genommen hatten, begann Hunter mit seinem Verhör. „Bist du schon lange Mitglied im Entwined?"

„Erst seit ein paar Monaten." Colin lächelte und streifte Sophia mit einem Blick. Er rückte ihren Ohrring gerade.

„Wo kommst du her?", fragte Hunter.

„Schenectady, aber jetzt lebe ich in Albany."

„Irgendwelche Subs?"

Autsch! Sophias Schuhspitze traf sein Schienbein auf entschieden unfreundliche Weise. Hunter hätte sich am liebsten den angehenden blauen Fleck gerieben, doch er beherrschte sich.

Colin hob abwehrend die Hände. „Nicht, seitdem ich dem Club beigetreten bin. Und bevor du fragst, ich hatte schon mehrere. Meine früheren Beziehungen reichten von ein paar Monaten bis zu zwei Jahren, aber sie haben nicht gehalten."

Hunter gab sich keine Mühe, sich sein Misstrauen nicht anmerken zu lassen. Selbst Sophias finstere Miene brachte ihn nicht dazu, sich zurückzuhalten. „Und was erhoffst du dir?"

„Ich bin nicht an einer Vollzeit-Sub interessiert. Ich glaube, Sophias und meine Bedürfnisse passen zueinander."

Hunter schwieg und ließ seinen durchdringenden Blick für sich sprechen.

Der Blödmann steckte die Skepsis mühelos weg und sprach weiter: „Ich bin Serien-Monogamist. Ich bin gesund. Ich liebe meine Mutter. Mein Vater ist tot. Ich bin vierzig. Ich bin Arzt, daher bin ich mir darüber im Klaren, unter welchem Stress ihr zwei täglich steht." Colin schürzte die Lippen.

„Hmmm." Also, das schlug ja wohl alles. Hunter trommelte mit den Fingern auf dem Tisch herum. Was sollte er sonst noch fragen?

„Ich bin Steinbock. Ich suche nach einer Lebensgefährtin. Wenn du willst, kann ich dir meine zahnärztlichen Unterlagen zuschicken lassen", bot Colin grinsend an.

Hunter lachte leise. „Tut mir leid. Ich kann einfach nicht anders."

„Kannst du wohl, aber du willst nicht." Sophia schüttelte den Kopf. Bildete sie sich ein, Hunter mit ihrer verdrossenen Miene beeindrucken zu können? Verdammt, wenn ihr verärgertes Gesicht ihn nicht davon abgehalten hatte, Justin Bieber zu ihrer Heavy-Metal-Playlist hinzuzufügen, glaubte sie da etwa, ihr böser Blick würde ihn von etwas abbringen, was wirklich wichtig war?

Sie drehte den Kopf in Richtung Treppe. Ihr Gesicht hellte sich auf, und sie rief laut: „Orion! Oh mein Gott! Orion!"

Hunter hatte den hübschen Mann schon öfter flüchtig gesehen, aber noch nie mit ihm gesprochen. Orions hellblondes Haar war zu einer stacheligen Mangafrisur toupiert. Er hatte große blaue Augen und reichte Hunter nicht mal bis zur Schulter. Orion hatte einen breiten Mund und eine kleine, wohlgeformte Nase, was ihm ein niedliches, elfenhaftes Aussehen verlieh.

Sophia umarmte ihn. „Ich habe dich vermisst. Du kommst sonst fast nie zu den gemischten Abenden."

Xander Young tauchte hinter Orion auf und antwortete: „Ich hab' seinen Hintern mit hergeschleift."

Orion seufzte tiefer, als ein Mann seines Alters seufzen sollte. „Ich habe viel gearbeitet." Er schien direkt von der Arbeit gekommen zu sein, in maßgeschneiderten schwarzen Hosen und weißem Hemd mit Brillenetui in der Tasche – nicht unbedingt passend gekleidet, um die Menge im Entwined anzulocken. Obwohl, bei seinem Aussehen würde seine Aufmachung wohl kaum abschreckend wirken.

„Kennt ihr schon Hunter Dixon und Colin Myrick?" Fast ohne Pause fuhr Sophia fort: „Das sind Orion Gordon und Xander Young."

Xander schüttelte Hunter die Hand. „Schön, dich zu sehen, Hunt. Du warst in letzter Zeit nicht oft da."

„Nee, hab viel gearbeitet." Hunter fing Orions Blick ein und flüsterte hörbar: „Ich bin auch hergeschleift worden."

Orions Lächeln reichte nicht bis zu seinen Augen, was Hunter zu schaffen machte … sehr sogar. Jemand so Junges sollte noch nicht die Schatten der Welt mit sich rumtragen. Plötzlich verspürte Hunter ein dringendes Bedürfnis, etwas von dieser Bürde wegzunehmen.

Orion und Xander schüttelten Colin die Hand.

„Setzt euch zu uns." Sophia hielt Orion und Xander fest und zerrte sie auf zwei freie Stühle, ehe einer von beiden widersprechen konnte. „Hunter hat Colin gerade ins Kreuzverhör genommen."

Hätte Colin gerade getrunken, hätten sie vermutlich einen filmreifen Spuckanfall erlebt, davon war Hunter überzeugt. Aber er trank nicht. Sobald er sich wieder unter Kontrolle hatte, grinste er: „Er ist eben ein Beschützer."

Orion musterte Hunter, schien ihn zu analysieren.

Hunter legte den Kopf schief und sah den Möchtegern-Bishie genauso eindringlich an, widmete ihm seine volle Aufmerksamkeit.

Schöne blaue Augen wurden groß, und Orion senkte den Blick. Aha, ein Sub. Wie alt war er? Vielleicht Mitte Zwanzig?

Xander beugte sich vor. „Und, Hunter, bist du immer noch Sophias Partner?"

Was? Ach, richtig, es saßen ja noch andere mit am Tisch. „Ja, wir fahren schon zusammen, seit Soph hierher gezogen ist."

Sophias finstere Miene glättete sich. „Seit fünf Jahren jetzt, und wir haben uns noch nicht gegenseitig umgebracht."

„Du hältst dich bloß zurück", frotzelte Hunter.

„Und morgen ist auch noch ein Tag", scherzte Sophia. „Vergiss das nicht … heute Abend."

Orion blinzelte, sagte aber nichts.

„Wir sind Rettungssanitäter", stellte Hunter klar.

Orion nickte und schaute wieder weg. Verdammt, Hunter hatte Schüchternheit nie besonders reizvoll gefunden; heute jedoch machte zurückhaltend ihn an.

Xander blickte zwischen Sophia und Colin hin und her. Dann fiel ihm ins Auge, was zwischen Orion und Hunter aufblitzte. Hunter konnte fast hören, wie sich in Xanders Kopf die Rädchen drehten.

Colin stand auf. „Hat mich gefreut, euch alle kennenzulernen. Sophia, ich würde dich jetzt gerne für eine Weile entführen, damit wir uns besser kennenlernen können. Möchtest du mit mir was trinken?"

Sophia sah Hunter finster an, aber dann lächelte sie zuckersüß und nahm Colins Hand. „Natürlich."

Hunter hätte fast gerufen: *Was zum Teufel war das eben?* Aber das wäre Sophia vermutlich nicht recht gewesen. Na schön, er konnte sich benehmen und bis morgen warten, um sich wegen dieser *Little Miss Sunshine*-Masche über sie lustig zu machen.

„Der Ecktisch wäre ruhiger." Colin deutete auf den freien Tisch.

Sie nickte und hastete davon, um ihre Ansprüche auf das kostbare Plätzchen anzumelden.

Hunter drehte voll auf. Er stellte sich aufrecht hin, die Hände in die Hüften gestemmt, und wartete.

Orion nach Luft schnappen zu hören überraschte ihn nicht. Die meisten Subs reagierten auf ihn, wenn er den Dom raushängen ließ. Er strahlte Macht und Kontrolle aus, und manchmal war der Nebeneffekt, dass ein Sub weiche Knie bekam.

Colin schüttelte den Kopf und klopfte ihm auf die Schulter, kein bisschen eingeschüchtert.

„Wir überspringen lieber die ‚wenn du ihr wehtust'-Ansprache, denn das habe ich nicht vor. Sophia ist eine kluge Frau, und wenn ich ein Idiot wäre, würde sie sich nicht mit mir abgeben."

Verdammt, der Doc hatte recht, Sophia konnte selbst auf sich aufpassen, aber … „Sie ist wie eine Schwester für mich."

„Ich weiß, und ich respektiere dein Bedürfnis, sie zu beschützen. Also, bis du beschließt, dass ich nicht böse bin, unterstütze ich dich gerne bei deinen Ermittlungen über mich. Ich freue mich darauf, dich besser kennenzulernen. Ich glaube, wir werden mal gute Freunde. Bis später." Colin nickte Orion und Xander zu, machte auf dem Absatz kehrt und ging zu Sophia.

Hoffentlich vergaß der Mann nicht, dass Hunter Zugang zum Leichenschauhaus hatte. Als er sich wieder auf seinen Stuhl sinken ließ, wurde ihm bewusst, dass er Zuschauer hatte. Er zuckte mit den Schultern.

Xander strich sich sein langes, dunkles Haar aus dem Gesicht. „Lieb von dir, dass du so auf sie aufpasst." Er warf Orion einen Blick zu. „Da draußen laufen zu viele Deppen rum, die verkennen, dass Sub nicht Fußabtreter heißt."

Orion presste die Lippen zusammen und durchbohrte Xander mit einem mörderischen Blick.

Hmmm, wie es schien, wollten sie bei ihm bleiben und *plaudern*. „Kann ich euch beiden was zu trinken holen?"

Xander sprang auf. „Ich geh' schon. Ihr zwei könnt euch unterhalten …" Er versuchte, Orion einen vielsagenden Blick zuzuwerfen, doch Orion zeigte Interesse an den Kronleuchtern. Xander seufzte und fragte Hunter: „Was möchtest du?"

„Ananassaft."

Xander wackelte mit den Augenbrauen und verkündete: „Ein rücksichtsvoller Master. Siehst du, Orion, es gibt sie doch."

Orion knurrte, als Xander sich an die Bar verzog.

Das niedliche, leise Vibrieren klang wie etwas, was Hunter an ein zorniges Hundebaby denken ließ. Er verdrängte das knuffige Bild und stellte eine unverfängliche Frage: „Was machst du eigentlich beruflich?"

„Ich arbeite im Krebsforschungszentrum am Albany Central Hospital."

Hmmm, nicht das, was er erwartet hatte. „Oh … äh … du bist Wissenschaftler? Das muss eine lohnende Arbeit sein."

Orion warf Hunter einen scheelen Blick zu und schüttelte den Kopf. „Es ist frustrierend. Ich bin einer der Forschungsleiter, und ich kriege einfach nicht die Fördergelder, die ich brauche. Das CRC braucht ein Protonentherapiezentrum, aber ich kriege auf Schritt und Tritt Steine in den Weg gelegt."

Hunters Wissen über Krebsbehandlungen war ziemlich vage. „Ein Protonentherapiezentrum?"

„Da werden in Zukunft die ganzen Durchbrüche herkommen, und das nächste ist an der Universität von Philadelphia."

„Drunten in Philly?"

„Ja."

Xander kam mit den Getränken zurück und setzte sich. Er schob Hunter den Ananassaft zu, stellte Orion seinen Orangensaft hin und trank einen Schluck von seinem Mix aus verschiedenen Säften. „Meckert Orion schon wieder über das Albany Central?"

Hunter gefiel die stillschweigende Folgerung nicht, dass Orion sich nicht so aufregen sollte; schließlich bekämpfte er Krebs.

Als Xander Hunters Gesicht sah, winkte er ab. „Versteh' mich nicht falsch, ich kann's verstehen. Aber Orion, die Verwaltung will in eine andere Richtung, und dein Chef ist ein Arschloch. Sie haben eben einen zwei-Millionen-Schubs gekriegt, um sich auf Krebs bei schwangeren Frauen zu konzentrieren, und dein Chef wird den Dollars folgen."

„Aber wenn wir ein Protonentherapiezentrum hätten …" Orion hatte anscheinen gemerkt, dass Hunter ein Seminar brauchte. „Der Protonenstrahl kann so eingestellt werden, dass er gezielt den Tumor zerstört und dabei das umgebende Gewebe schont."

„Wow. Im Fernsehen kam neulich eine Sendung darüber und wie dicht die Krebsbekämpfung vor einem echten Durchbruch steht." Hunter musste sich das unbedingt noch mal anschauen – falls Marc es nicht von ihrem DVR gelöscht hatte.

Orion beugte den Kopf nach rechts, bis seine Nackenwirbel knackten. „Tut mir leid. Ich bin immer noch angespannt von einer Sitzung, die nicht gut gelaufen ist."

„Du musst es einfach dabei bewenden lassen. Dr. Schwinner ist ein Trottel. Du solltest unterrichten und –" Er stieß Orion mit dem Ellbogen an. „Heilige Scheiße, Orion! Da ist er ... Gott, er ist so heiß, ich würde am liebsten auf seinem Bein rumjuckeln." Er wischte sich mit einer Hand übers Gesicht und begann, schwer zu atmen.

Orion legte ihm die Hand auf den Arm. „Entspann' dich. Atme. Er hat dich gesehen."

„Oh Gott!", japste Xander.

Orion wandte sich an Hunter. „Xander hat sich total in Quillon Roth verknallt."

„Was soll ich machen?", zischte Xander.

„Sei du selbst." Orion winkte Quillon, aber der kam bereits geradewegs auf ihren Tisch zu.

„Guten Abend, die Herren. Schön, euch zu sehen, Xander, Orion." Er streckte die Hand aus. „Ich bin Quillon. Du bist Hunter, stimmt's?"

Hunter stand auf und schüttelte Quillon die Hand. „Ja. Freut mich, dich kennenzulernen."

Der extrovertierte Xander war auf einmal wie ausgewechselt, still und ziemlich nervös.

„Möchtest du dich zu uns setzen?", fragte Hunter und deutete auf die freien Plätze. Marc würde stolz auf seine Fähigkeiten als Gastgeber sein. Er war kein Einsiedler ... jedenfalls nicht immer.

„Danke." Quillon drehte einen der hochlehnigen Stühle um und setzte sich breitbeinig drauf. Er fuhr sich mit den Fingern durch die militärisch kurz geschnittenen Haare und grinste Xander an.

Xander seufzte und schmolz auf seinem Stuhl dahin, als hätte Quillon sich gerade nackt ausgezogen und ihn mit einem Lapdance beglückt.

Da seine beiden Begleiter ihm bei der Unterhaltung keine große Hilfe waren, fragte Hunter: „Was machst du beruflich, Quillon?"

„Ich bin Direktor bei der Alliance for Trans Advocacy. Wir treten für die Rechte von Transsexuellen ein."

Orion spitzte die Ohren. „Davon habe ich noch nie gehört. Wo habt ihr euren Sitz, und steht ihr schon mit dem Albany Central Hospital in Verbindung?"

„Wir sind eine relativ neue Ressource für die Gemeinschaft. Die Alliance hat ihren Sitz in der Innenstadt, und ich warte noch auf den Rückruf vom Albany Central, also nein, noch nicht."

Xander räusperte sich. „Es gibt großen Bedarf, und nur sehr wenige Ressourcen."

„Wir hoffen das zu ändern, aber genug von der Arbeit." Quillon konzentrierte sich auf Xander. „Ich habe dich hier schon gesehen, aber du warst immer mit einer großen Gruppe von Leuten zusammen, oder du verschwindest, bevor ich bei dir bin."

„Wirklich?" Xander ließ den Kopf nach vorne fallen, wodurch sein langes Haar sein Gesicht verdeckte.

Quillon strich ihm eine Haarsträhne hinters Ohr. „Ja. Auf die Gefahr hin, unhöflich zu deinen Freunden zu sein, möchtest du vielleicht mit mir was trinken?"

Xander blickte zwischen Orion und Hunter hin und her. Er machte den Mund auf, und das einzige, was herauskam, war „Autsch!" Er funkelte Orion zornig an.

Orion antwortete: „Xander würde sich liebend gerne mit dir unterhalten."

Quillon stand langsam auf, und etwas von seinem Selbstvertrauen wich von ihm. „Du weißt, dass ich trans bin, oder?"

Xander zuckte mit den Schultern. „Ich bin pan."

Quillon verschränkte die Arme vor der Brust und machte ein finsteres Gesicht. „Warum hast du das gesagt? Um mich wissen zu lassen, dass du immer noch interessiert bist, obwohl ich kein *richtiger* Mann bin?"

„Ähm, nein. Ich dachte, es ginge darum, wer wir sind." Xander zog den Kopf ein und murmelte: „Ich weiß, dass manche Männer ein Problem damit haben, dass ich pansexuell bin, also wollte ich das gleich von vorneherein klarstellen."

Quillon musterte Xander. „Warum hast du mit den Schultern gezuckt?"

„Ich weiß nicht. Das mache ich oft." Xander zuckte erneut mit den Schultern.

Xander schob seinen Stuhl zurück und stand auf. Bei jedem anderen hätten die langsamen, gemessenen Bewegungen vielleicht aggressiv gewirkt, aber Xanders sehnsüchtige Blicke in Richtung des nächstgelegenen Ausgangs schlossen diese Deutung aus. „Hör mal, vielleicht war das keine so gute Idee."

Hunter drückte die Daumen, dass Quillon die Lage noch retten konnte, aber dann sollte er sich besser beeilen.

„Nein, Mann, mein Fehler. Bei gewissen Dingen geh' ich immer sofort in die Luft." Quillon steckte die linke Hand in seine hintere Hosentasche. „Tut mir leid wegen der Unterstellung."

„Schon okay. Ich kann das verstehen." Xanders leise Stimme überschlug sich ein bisschen.

„Ich würde dich gern kennenlernen." Quillon fuhr mit dem Finger über Xanders Unterarm.

Orion räusperte sich. Als er Xanders Aufmerksamkeit hatte, nickte er.

Quillon schürzte die Lippen und fragte: „Soso, pan. Welche Art von Flöte spielst du?"

„Ha, ha. Kann ich ‚alle' sagen?" Xander klang angespannt, aber dann entschlüpfte ihm ein Kichern. „Nein, *pfannsexuell* … ich bin Küchenfetischist."

Quillon schnaubte und ging auf den Scherz ein, als er Xander wegführte. „Bezieht sich das auf alle Küchengerätschaften oder nur auf Pfannen?"

„Puh." Orion sackte auf seinem Stuhl zusammen. Sein Lächeln ließ sein ganzes Gesicht erstrahlen. Unerwartetes Verlangen durchrann Hunter. Er wollte der Grund für dieses Lächeln sein.

„Nun, jetzt sind bloß noch wir zwei übrig." Hunters Herz war leicht, und er konnte sich das Grinsen nicht verkneifen. Zum ersten Mal seit langem wollte er mehr über den Mann wissen, den er vor sich hatte.

Orion setzte ein Lächeln auf und wandte sich an Hunter. „Hey, falls du dir einen Spielgefährten suchen oder in die Hinterzimmer gehen willst, verstehe ich das. Lass dich nicht aufhalten."

Er konnte nicht erkennen, ob Orion nur höflich sein oder ihm einen Hinweis geben wollte. „Gleichfalls. Ich will dich nicht davon abhalten … zu finden, was auch immer du dir von diesem Abend erhofft hast."

Orion seufzte. „Bitte, ich schwöre, ich suche gar nichts, aber das glaubt mir sowieso niemand."

„Was? Ein junger Mann wie du –"

„Wie alt schätzt du mich?" Orion beugte sich vor, sodass Hunter ihn näher betrachten konnte.

Er hatte ein paar Augenfältchen, aber … „Ich weiß nicht, Mitte Zwanzig?", riet Hunter.

Orion lachte leise, und bei dem magischen Laut schlug Hunters Magen einen Purzelbaum. „Ich bin seit zehn Jahren keine vierundzwanzig mehr."

„Verdammt! Du bist Mitte Dreißig?" Hunter ruderte sofort zurück, falls der Mann wegen seines Alters empfindlich war. „Nein, versteh' mich nicht falsch. Es ist bloß so, dass du nur zwei Jahre jünger bist als ich."

Ein ganz in rotes Leder gekleideter Mann kam anstolziert, stützte beide Hände auf den Tisch, starrte Orion an und räusperte sich. „N'Abend, Hunter."

„N'Abend, Greg." Hunter hatte ihn noch nie gemocht. Und er mochte ihn schon gar nicht, wenn er Orion anschmachtete.

Greg deutete mit dem Kopf in Richtung der Hinterzimmer. „Orion, willst du mit mir nach hinten gehen? Ich besorg's dir so, wie du's gerne hast."

Wow, so viel Fingerspitzengefühl … Hunter konnte sich kaum zurückhalten, nicht die Augen zu verdrehen. Er lehnte sich zurück, sah zu und fragte sich, ob sein letzter verbliebener Begleiter ihn jetzt auch verlassen würde. Zu seiner Überraschung stellte er fest, dass ein Teil von ihm auf das Gegenteil hoffte.

Orion schloss die Augen und senkte den Kopf.

Greg starrte Hunter an. Erwartete er eine Erklärung?

Schließlich fragte er: „Baby, warum machst du die Augen zu?"

„Ich bete." Orions leise Stimme ging fast im allgemeinen Gesprächslärm unter.

„Um was?" Greg sah Hunter stirnrunzelnd an, dann konzentrierte er sich auf Orion und starrte ihn mit verkniffenem Gesicht an, als könnte Orion jeden Moment ein Horn aus der Stirn sprießen.

„Ich bitte um göttliche Intervention, damit du endlich aufhörst, mich um etwas anzugehen, von dem ich dir schon zigmal gesagt habe, dass ich nicht mehr dran interessiert bin." Orions Tonfall war nicht unfreundlich, aber voll innerer Überzeugung.

Greg runzelte die Stirn. „Oh. Na ja, ich hab' halt gedacht, vielleicht hast du's dir anders überlegt oder so."

„Wohl kaum." Orion öffnete die Augen. „Greg, ich weiß dein Interesse zu schätzen und auch die Zeit, die wir miteinander verbracht haben, aber wir beide werden nie wieder zusammen ins Hinterzimmer gehen. Es gibt sicher jede Menge Subs, die bereit sind, mit dir zu spielen."

„Aber –", stotterte Greg.

„Schönen Abend noch", schnitt Orion ihm das Wort ab und schloss die Augen erneut. Greg schniefte und zog beleidigt ab.

Orion öffnete ein Auge einen Spaltbreit und schielte nach Hunter. „Ist er weg?"

Hunter nickte. „Ja. Passiert so was oft?"

Orion zuckte seufzend mit den Schultern. „Deswegen will ich ja nicht mehr in den Club kommen. Damit bin ich fertig."

„Mit dem Entwined, mit BDSM oder beidem?" Als ob ihn das etwas anginge. „Entschuldige, das brauchst du nicht zu beantworten."

Orion öffnete den Mund, und jemand anders rief: „Hunter!"

„Marc." Hunter stand auf und grinste denjenigen an, der ihm in einer einzigen Nacht das Herz gestohlen hatte. Er erwiderte die herzliche Umarmung und genoss Marcs Kuss.

Marc trat zurück. „Oh Hunter! Du hast jemanden für uns gefunden. Und er ist hübsch."

3

DER BLONDSCHOPF, der aussah wie eine Anime-Figur, schnappte nach Luft, und seine großen blauen Augen wurden riesig. „Was?"

Marcus blickte sich im Club um. Die kurze Überprüfung zeigte ihm, dass der Mann, den er da vor sich hatte, bei weitem einer der hübschesten Kerle im Entwined war.

Oh, noch mal so jung und schön zu sein ... War es das, was Hunter wollte? Was zum Teufel war das für ein unbehagliches Gefühl in Marcus' Brust? Scheiße, er hatte Hunter gebeten, jemand Ansprechendes zu finden ... Er sollte glücklich darüber sein. Verdammt, er war froh, dass Hunter endlich Interesse an jemandem zeigte ... geradezu begeistert.

Marcus begrub seine Verunsicherung, nahm auf einem freien Stuhl Platz und setzte ein hoffentlich glaubhaftes Lächeln auf. „Meine Güte, Hunt, ich weiß, du hast versprochen, dich umzuschauen. Aber Mann, bist du schnell."

Hunter schüttelte den Kopf. „Es ist nicht so, wie du denkst. Wir unterhalten uns nur –"

„Moment mal, dich kenne ich doch ..." Alle Wunschvorstellungen von einem dritten Partner mal beiseite, kam das Wiedererkennen vielleicht eher langsam bei Marcus an, aber es kam. „Du bist Orion ... Orion Gordon."

„Ja."

„Verdammt! Bist du okay?" Mist. Im Club ging das Gerücht um, dass er mehrfach auf eine Art geschlagen worden war, die nichts mit BDSM zu tun hatte.

Orion richtete sich auf, steifer als sein gestärktes weißes Hemd. „Natürlich. Mir geht's gut."

Marcus griff nach Hunters Hand, um ein wenig Kraft zu absorbieren. „Na ja, nach allem, was passiert ist –"

„Was ist passiert?", fragte Hunter, der in puncto Klatsch und Tratsch nie auf dem Laufenden war, mit seiner *„Ich bin Master, gehorche mir"*-Stimme.

Marcus starrte Orion an. „Willst du's erzählen?"

Orion nippte an seinem Saft und presste die Lippen zusammen.

„Sieh mal, ich kann auch bis später warten, aber ich habe keine Geheimnisse vor Hunter. Ehrlichkeit ist die wichtigste Regel in unserer Beziehung." Jede seiner früheren Beziehungen war letztendlich an Lügen, Halbwahrheiten und Geheimnissen zerbrochen, und er würde nicht zulassen, dass das mit Hunter auch passierte.

Orion verschränkte die Arme vor der Brust und starrte auf den Tisch. „Ich ... da war ... Ich ... du kannst es ihm sagen."

„Er ist misshandelt worden." Marcus nahm nicht an den Sub-Treffen teil, aber sein Freund Zack Davies hatte ihn ins Bild gesetzt.

„Nein, ich habe darum gebeten. Ich wollte es. Ich hatte kein Safeword." Als Hunter zischend den Atem einsog, fügte Orion hinzu: „Es war meine Entscheidung."

Hunter saß da, als hätte er einen Stock verschluckt, und presste die Lippen zusammen. Völlig auf Orion konzentriert knurrte er: „Du hattest also keine Möglichkeit, die Session zu stoppen?"

Orion zuckte mit den Schultern.

Das Bedürfnis, Orion vor sich selbst zu retten, stand Hunter deutlich ins Gesicht geschrieben. Das war einer der vielen Gründe, warum Marcus ihn liebte. Hunters Beschützerinstinkt war ausgelöst worden. „Bist du deshalb fertig mit dem Entwined und /oder BDSM?"

Orion runzelte die Stirn und nickte.

„Was?" Marcus verstand nicht, wie jemand seine diesbezüglichen Bedürfnisse einfach abstellen konnte. Wie sollte das überhaupt möglich sein? War das der Grund, warum er den Lebensstil aufgegeben hatte? Lebensstil … es war Marcus nie wie eine bewusste Entscheidung vorgekommen, mehr wie ein Teil seiner selbst. Wie konnte jemand nicht sein, was er war? „Aber jetzt bist du wieder zurück?"

Orion schüttelte den Kopf und erklärte: „Ich bin heute nur wegen Xander hier. Er macht sich Sorgen um mich."

Marcus folgte Orions Blick zu Xander – und war das Quillon? Sie schienen sich gut zu verstehen.

„Klingt, als hätte er Grund dazu", verwies Hunter und verschränkte die Arme vor der Brust.

„Entschuldigung. Ich störe euch ja nur ungern, aber ich muss dir einfach danken, Marcus."

Marcus erkannte den anderen Master als jemanden, den er ein-, zwei-Mal getroffen hatte. Er stand auf und ergriff seine dargebotene Hand.

Der Mann deutete auf eine langhaarige Frau am anderen Ende des Raums. „Schau dir meine schöne Sub an, wie stolz sie die Tattoos vorzeigt, mit denen du ihre Operationsnarben verdeckt hast."

Marcus warf einen Blick zu der Frau. Sie lächelte und posierte mit der gewundenen Ranke aus bunten Blumen, die eine dreißig Zentimeter lange Narbe mitten auf ihrem Bauch kaschierte. „Gern geschehen. Wie schön, dass es ihr wieder besser geht. Es war eine Freude, an ihr zu arbeiten."

Der Mann nickte Orion und Hunter zu, dann kehrte er zu seiner Sub zurück.

Marcus konnte Hunter nicht in die Augen sehen. Hoffentlich machte Hunter jetzt keine große Sache –

Hunt packte Marcus an der Schulter und schüttelte ihn leicht. „Du bist ein guter Mensch."

„Eh, du bist voreingenommen." Er lächelte bei der Wärme, die ihm das Herz aufgehen ließ. Dann wandte er seine Aufmerksamkeit wieder ihrem Gespräch zu – wo waren sie gewesen? „Du hast also BDSM aufgegeben, Orion. Hast du auch bei der Suche nach Liebe das Handtuch geworfen?"

Hunter seufzte, und Marcus konnte beinahe hören, wie sein Hirn ratternd einen Plan nach dem anderen ausspuckte, Orions Leben sicherer und glücklicher zu machen.

Vielleicht war das eine dämliche Frage, aber aus irgendeinem Grund wollte er die Antwort wissen.

Orion lehnte sich zurück. „Liebe? Liebe ist lediglich ein chemischer Prozess, modifiziert durch geographische Verfügbarkeit, Nähe und sexuelle Attraktivität."

Hunter knallte die Ellbogen auf den Tisch und runzelte die Stirn.

Marcus beschloss, diesem Karnickel in den Bau zu folgen, und nicht nur, weil Orion so einen niedlichen Popo hatte … obwohl er den hatte, soweit Marcus sagen konnte … einen wirklich niedlichen Popo. „Soll heißen?"

Orion trommelte mit den Fingern auf dem Tisch herum. „Okay, zunächst einmal glaube ich nicht an Liebe, obwohl ich Sternbergs Dreieckstheorie der Liebe eine gewisse Plausibilität zugestehen muss."

„Wie bitte? Wem?" Marcus konnte sich den Scherz nicht verkneifen. „Siehst du, Hunter, ich hab doch gesagt, dass wir eine Dreiecksbeziehung brauchen, um richtig glücklich zu sein."

Hunter verzog das Gesicht und forderte Orion mit einer Geste zum Erklären auf.

Orion warf Marcus ein angedeutetes Lächeln zu, bei dem ihm innerlich ganz warm wurde und sein Schwanz sich aufzurichten begann. „Alle Arten von Liebe entstehen aus Intimität, Leidenschaft und Bindung. Je nach Art der konkreten Beziehung sind die einzelnen Komponenten unterschiedlich stark ausgeprägt."

„Soll heißen, bei Freundschaften ist die Leidenschaft schwächer ausgeprägt als bei der Liebe zu einem Geschlechtspartner", fasste Marcus zusammen.

„Das gilt sowohl für die Leidenschaft als auch für die Bindung. Obwohl eine spätere Studie darauf hindeutet, dass Intimität bei allen Beziehungstypen stark ist."

„Okay?", sagte Marcus ermutigend. Wie konnte jemand Liebe auf so was reduzieren? Es war verrückt, die schönste Erfahrung, die jemand machen konnte, auf einen chemischen Prozess zu beschränken.

„Wenn ein anderer Mensch deinen Dopamin-, Noradrenalin- und Phenylethylaminspiegel ansteigen lässt, führt das bei dir zu der Annahme, in denjenigen verliebt zu sein." Orion blickte zwischen Marcus und Hunter hin und her, um sich zu vergewissern, dass sie ihm folgen konnten.

„Dann glaubst du also, dass erhöhte Chemikalienspiegel im Blut Liebesgefühle verursachen." Marcus nickte, um Orion zu bestätigen, dass sie verstanden hatte. Dabei hoffte er jedoch, durch seinen Tonfall zu übermitteln, dass sie nicht unbedingt derselben Meinung waren.

305

„Stimmt, aber um die chemische Reaktion hervorzurufen, muss der Betreffende sich in deinem sozialen Umfeld befinden." Orion klang erfreut.

Marcus bestärkte ihn: „Geographische Erwünschtheit?"

„Genau. Geographische Verfügbarkeit ist der Schlüssel. Man muss den Menschen, der einem das antun kann, überhaupt erst mal treffen." Mit glühender Begeisterung fuhr er fort: „Obwohl die Nervenbahnen, die einem erlauben, andere Menschen einzuschätzen, nur eingeschränkt funktionieren."

„Hä?" Hunter legte den Kopf schräg.

Marcus biss sich auf die Lippe. Er würde dem Gelächter nicht nachgeben, das bei Hunters Reaktion direkt unter der Oberfläche blubberte.

Orion schien die Anzeichen für Skepsis nicht zu erkennen, daher fuhr er fort und versuchte an seine Lehrstunde anzuknüpfen: „Bei Verliebten sinkt der Serotoninspiegel ... normalerweise auf dasselbe Niveau wie bei Menschen mit einer Zwangsstörung."

Verdammt, zu sehen, wie Orions rosige Lippen sich bewegten, weckte in Marcus das Bedürfnis nach einem Blowjob. Er hatte den perfekten Mund für Oralsex, und –

„Moment mal. Hast du eben Verliebte mit psychisch Kranken verglichen?" Hunter verschränkte die Arme vor der Brust.

Orion rückte ein wenig von Hunter ab, doch er nickte.

Marcus winkte Hunter ab, doch sein eigenes Stirnrunzeln vertiefte sich unwillkürlich. Obwohl er sich zwanghaft mit der Vorstellung von Orions reger Zunge an seinem Schwanz beschäftigt hatte, war ihm der saftigste Leckerbissen des Gesprächs nicht entgangen.

„Das erklärt vermutlich, warum Menschen sich zwanghaft mit denen beschäftigen, die sie lieben."

Wie konnte jemand, der aussah wie eine erwachsene Version von Amor persönlich, nicht an Liebe glauben? Vor Hunt hätte Marcus vielleicht zugestimmt, aber jetzt würde er für den Mann, den er liebte, alles tun. Einschließlich jemanden zu finden, den Hunt dominieren konnte.

Hunt schnitt eine Grimasse. „Oder mit Orions Worten, mit demjenigen –"

„Oder denjenigen", ergänzte Marcus mit einem breiten Lächeln.

Ah, es konnte nie schaden, seine Absichten im Vorfeld klarzustellen. Hoffentlich war Hunt nachher in großzügiger Stimmung, denn die Kombination von Orions und Hunters Reaktionen auf ihn brachte Marcus' normalerweise zahme Libido so richtig auf Touren.

Hunter starrte ihn lediglich ein paar Sekunden lang mit zusammengekniffenen Augen an, dann sprach er weiter: „Mit dem- oder *den*jenigen, die deine Chemikalienspiegel ansteigen lassen."

„Genau!" Orion war gescheit, doch von Hunters Sarkasmus bekam er eindeutig nichts mit.

Hunters Kopf wackelte. Vielleicht würde die Information so besser einsickern. „Ich nehme an, das soll heißen, dass du nicht an Liebe glaubst." „Oh nein. Ich glaube an Liebe. Ich glaube nur nicht an *romantische* Liebe." „Wie schrecklich." Hunter setzte eine Miene auf, die *„Da gehen unsere Ansichten aber himmelweit auseinander"* besagte. Diesen Gesichtsausdruck hatte Marcus zum letzten Mal gesehen, als er Hunter überredet hatte, äthiopisches Essen zu probieren. Als Marcus das saure, schwammige Brot als „nicht schlecht" bezeichnete, hatte Hunter ihn genauso angeschaut, aber diesmal war sein Blick noch entsetzter.

„Dann willst du wohl nichts über Hannah Frys *Mathematik der Liebe* hören. Sie nutzt Statistiken, um die optimale Strategie bei der Partnersuche zu berechnen." Orion zuckte mit den Schultern.

Der arme Hunter verzog das Gesicht. „Nee, das wäre wahrscheinlich nichts für mich."

Marcus rieb sein Knie an Hunters und setzte ein Lächeln auf, das hoffentlich charmant genug war, um die statistische Wahrscheinlichkeit für einen Blowjob zu steigern. Sich heute Abend mit seiner eigenen linken Hand begnügen zu müssen war nämlich keine verlockende Aussicht.

„Ihr zwei habt euch kennengelernt, als ihr über dreißig wart?", fragte Orion. Marcus nickte. Er und Hunter hatten sich hier im Entwined kennengelernt. Hunter war so ... alles. „Ich war gerade dreißig geworden. Er ist vier Monate älter. Beweist wieder mal, dass das Leben nicht mit der großen Drei-Null endet."

Orion runzelte die Stirn und seufzte. „Wenn ihr Frys Strategie gefolgt wärt, hättet ihr euch bereits für andere Partner entschieden gehabt."

„Glücklicherweise hatten wir das nicht." Marcus lächelte Hunter an. Er konnte sich nicht vorstellen, nicht mit Hunter zusammen zu sein.

Sein Lover knurrte: „Liebe ist mehr als Chemie und statistische Strategien."

Ah, das war ein Gesprächsfaden, und Marcus musste einfach dran ziehen. „Dann hast du also noch nie geliebt, Orion?"

„Ich liebe Xander, meine Eltern, meine Haustiere –"

Marcus drängte auf Klarstellung. „Aber du hattest noch keinen Partner, in den du verliebt warst? Noch nie?"

Orion schüttelte den Kopf. „Nein."

„Bist du ..." Marcus wühlte in seinem Gedächtnis nach dem richtigen Wort. Hunter füllte die Lücke. „Aromantisch?"

Orion sah erst Marcus und dann Hunter an. „Darüber habe ich viel nachgedacht. Ich glaube eigentlich nicht, dass mir das emotionale Bedürfnis nach einer romantischen Beziehung fehlt. Es ist eher so, dass ..."

Marcus versuchte ihm auszuhelfen. „Kann es vielleicht sein, dass du als Wissenschaftler keiner romantischen Verbundenheit jenseits des Chemischen traust?"

Orion zuckte mit den Schultern.

„Du kannst an nichts glauben, was über die reine Wissenschaft des Ganzen hinausgeht?", bohrte Marcus weiter.

Orion ließ den Orangensaft in seinem Glas rumwirbeln. „Aus dem Gleichgewicht geratene Chemikalien können sich wieder ausgleichen –"

„Und was wird dann aus dir?" Hunter räusperte sich.

„Genau." Orion nickte mit einer Eindringlichkeit, die Marcus das Herz brach.

„Also, ich bin seit sechs Jahren seinetwegen aus dem Gleichgewicht." Marcus deutete auf Hunter und dann dorthin, wo er ihn zum ersten Mal gesehen hatte. „Gleich dort stand er, und es war Liebe auf den ersten Blick."

Orion schüttelte den Kopf.

„Liebe auf den ersten Blick. Das Konzept an sich ist unmöglich." Orion hob die Hand, um Marcus' und Hunters Widersprüche abzuwehren, bevor sie sie geäußert hatten. „Selbst wenn man an Liebe glaubt. Das Gehirn muss erst mal verarbeiten, was man gesehen hat."

„Anders ausgedrückt, die Neuronen müssen erst mal ungehemmt losfeuern?" Hunter runzelte die Stirn.

„Meine feuern immer ungehemmt für dich." Marcus ließ seine Hand an Hunters Arm entlanggleiten. War Oralsex denn völlig vom Tisch?

Hunter hatte einen Schuh abgestreift, und sein Fuß stahl sich in Marcus' Hosenbein. Dort war gerade genug Platz, dass Hunter die Zehen reinstecken und Marcus' Bein oberhalb des knöchelhohen Stiefels streicheln konnte. Ah, nein, es bestand noch Hoffnung.

Das hier war mehr als eine chemische Reaktion. Für Hunter würde er barfuß über Glasscherben gehen ... okay, na schön, er mochte Schmerzen, aber er würde es trotzdem tun. Seine Chemikalienüberflutung für Hunter würde sich nicht einregulieren, da war er sich ganz sicher. Marcus wollte, dass Hunter alles bekam, was er sich wünschte, selbst wenn Marcus nicht derjenige war, der es ihm gab.

Orion blickte zwischen ihnen hin und her. „Genau. Selbst wenn man das chemische Ungleichgewicht als romantische Liebe einstufen wollte, bräuchte das Gehirn Zeit, um es als Liebe zu erkennen und abzuspeichern. Die beste Bezeichnung wäre ,Liebe bald nach der ersten Begegnung'. Bleibt zu hoffen, dass wenigstens ein paar Worte gewechselt sein müssen, ehe man das Gefühl was anderes als ,Lust' nennen kann."

Hunt zuckte mit den Schultern. „Was ist mit gemeinsamen Werten, Interessen, Hintergründen, Lebenseinstellungen, Gewohnheiten –"

Marcus machte eine Geste in Orions Richtung, wie um sich seiner Zustimmung zu versichern. „Das ist Freundschaft und lediglich das, was während dieses chemischen Ungleichgewichts passiert, wenn einem die Spiegel durcheinander geraten."

Hunter starrte Marcus wütend an und kratzte leicht mit den Zehennägeln an seinem Schienbein. Düstere Aussichten für seinen zukünftigen Blowjob.

Marcus begegnete Hunters Blick mit einem, in dem hoffentlich genug Leidenschaft lag, um zu erklären, wie der Abend enden würde.

Dem Himmel sei Dank – er bekam ein leichtes, bestätigendes Lächeln zurück.

Marcus wandte sich wieder dem Gegenstand der Debatte zu. „Aber eins musst du zugeben, Orion, Lust auf den ersten Blick ist möglich."

Orion grinste.

Juhu! Musterschüler-Punkte für Marcus.

Orion beugte sich vor und räumte ein: „Im Großen und Ganzen ja. Das ist eine instinktive Reaktion und läuft ohne kognitive Vorgänge ab. Ob man sich sexuell zu jemandem hingezogen fühlt, hängt von den jeweiligen Vorlieben im Hinblick auf körperliche Erscheinung, Stimme und Pheromonen ab."

Verdammt, er fand Orion wahnsinnig sexy, und er würde wetten, dass Hunter das Genie auch heiß fand. Marcus musste den Faden weiter entwirren. „Also, Liebe auf den ersten Blick gibt es nicht, aber Ficken-wollen auf den ersten Blick schon, und bei entsprechender Nähe zu jemandem, den man zufällig attraktiv findet, kann man sich einbilden, verliebt zu sein?"

„Genau." Orion trank von seinem Orangensaft. Wahrscheinlich war er erfreut, jemanden zu haben, der mit ihm diesen Pfad entlang tanzen wollte.

Also dann, ganz oder gar nicht. „Fühlst du dich sexuell zu uns hingezogen, Orion?"

Orion versprühte den Orangensaft, den er im Mund hatte, über den ganzen Tisch, und Marcus' Gesicht bekam auch was davon ab.

„Nicht ganz das, was hier sonst so unter Gesichtsbehandlung läuft, aber okay." Marcus berührte sein feuchtes Gesicht.

Hunters Augenbrauen gingen hoch und dann umso tiefer runter. Er presste die Lippen zusammen und half Orion, die Tröpfchen auf dem Tisch wegzuwischen.

„Also?" Marcus fuhr sich mit der Hand übers Gesicht und lutschte sich dann jeden Finger einzeln ab.

Orions Augen weiteten sich, und er blickte sich um. Hoffte er auf Rettung?

Käfer festgenagelt. Marcus würde ihm nie die Flügel ausreißen. Er wollte nur die Farben im Licht schillern sehen. „Ich frage mich nämlich gerade, ob du *Lust* auf ein Experiment hättest."

„Ein Experiment?" Orion rückte auf seinem Stuhl weiter nach vorn, und seine Augen funkelten interessiert. Gut zu wissen. „Was für eins?"

„Na ja, der Test würde *nur* funktionieren, wenn du dich zu uns hingezogen fühlst." Marcus hielt ihm den Köder weiter unter die Nase.

Ein leichtes Grinsen huschte über Orions Gesicht. „Ich würde meinen, das ginge wohl jedem so. Du mit deinem dunklen Haar und dieser lila Strähne und deinem sexy Vampir-Look … und Hunter ist auf diese charmante Art gut aussehend, wie Channing Tatum, mit einem Körper wie … na ja, du weißt schon."

Hmmmm, sexy Vampir. Cool.

Hunter zog eine Augenbraue hoch. „Das Fitnesstraining zahlt sich aus."

Marcus nickte. Okay, ihre Mitgliedschaft im Fitnessclub blieb im Budget für nächstes Jahr, und vielleicht würde er Hunters Beispiel folgen und die Mitgliedschaft hin und wieder mal für was anderes nutzen als einen Handjob in der Sauna.

Jesus. Hunter spannte unter dem Hemd seine Brustmuskeln an, immer einen nach dem andern.

„Angeber." Marcus musste diese Brust später ausgiebig lecken. Warum nur stand Hunt nicht auf Nippel-Piercing?

Orion sabberte ein bisschen, als Hunt seine Muskeln spielen ließ, dann schüttelte er den Kopf und sah Marcus mit zusammengekniffenen Augen an. „Okay, sexuelle Attraktivität ist vorhanden … wenigstens auf meiner Seite. Entspreche ich euren Kriterien für attraktiv?"

Gut. Kein koketter Sub, der Spielchen spielte. Das gefiel Marcus, und er wechselte einen raschen Blick mit Hunter. „Kann man wohl sagen. Hunter und ich finden dich beide extrem appetitlich."

Orion wurde nicht rot, aber seine Lippen zuckten und seine Augenbrauen hoben sich. „Was für ein Experiment?"

Wie ließ er jetzt diesen blöden Vorwand, Zeit mit Orion zu verbringen, wenigstens ein bisschen wissenschaftlich klingen? „Nun ja, wenn ich dich vorhin richtig verstanden habe, würden Hunter und ich, wenn du Zeit mit uns verbringst, deine Chemikalien aus dem Gleichgewicht bringen, oder?"

„Ähm …"

„Marc!", knurrte Hunter. Die Wahrscheinlichkeit für Oralsex heute Abend sank.

„So hatte ich das nicht gesagt", verbesserte Orion.

„Okay, *möglicherweise* deine Chemikalien aus dem Gleichgewicht bringen." Marcus wartete, bis Orion widerstrebend genickt hatte, dann fuhr er fort: „Da du nicht an romantische Liebe glaubst, wirst du, sofern deine Chemikalien aus dem Gleichgewicht geraten, auch nicht glauben, in uns verliebt zu sein. Wenn es lediglich eine chemische Reaktion auf die körperliche Nähe zum Gegenstand deiner sexuellen Begierden ist, dann solltest du trotzdem nichts weiter als Freundschaft empfinden."

Orion nickte, drückte die Fingerspitzen aneinander und starrte auf die Tischplatte. „Interessant."

Interessant, soso. Na warte. Marcus würde es ihm zeigen. Er und Hunter würden sich alles Mögliche einfallen lassen, um die schöne Intelligenzbestie umzukrempeln. Auch dann, wenn BDSM vom Tisch war … obwohl das zu schade war bei all der jungfräulichen Haut. Die Nadelmuster, die er da –

„Orion, du musst nicht. Marcus spinnt bloß rum." Hunter warf ihm einen finsteren Blick zu, der besagte: *„Wenn du ausnahmsweise mal mit einer Erektion denken musst, fliegen dir anscheinend die Tassen aus dem Schrank."* Blowjob-Wahrscheinlichkeit stark vermindert.

Mist. Der Mann war missbraucht worden. Was zum Teufel war bloß los mit Marcus? War er so wenig an Erektionen gewöhnt, dass er den Blutverlust im Hirn nicht mehr verkraftete?

Marcus wollte das klarstellen. „Falls du nicht möchtest, wegen dem, was dir zugestoßen ist ...“

Orion verzog das Gesicht. „Kein Problem. Auf die Art könnte ich das alles hinter mir lassen und beweisen, dass ich mit meiner Theorie richtig liege – und noch Spaß dabei haben.“

„Bist du sicher?“, fragte Hunter.

Als hätte Hunter nichts gesagt, fuhr Orion nachdenklich fort: „Und wir können die Parameter des Experiments so definieren, dass Sex als Faktor eliminiert ist.“ Unter Orions eindringlichem Blick fühlte Marcus sich, als stünde er auf der sprichwörtlichen Speisekarte. „Oder wir könnten sexuelle Begegnungen mit reinnehmen, falls das ... was das Experiment betrifft ... sinnvoll erscheint.“

Marcus hoffte zu Gott, dass das sinnvoll wäre, denn ...

Orion grinste. „Im Geiste der wissenschaftlichen Forschung – ich bin dabei. Also dann, zur Klarstellung, ihr zwei habt eine offene Beziehung?“

„Ja“, sagte Hunter.

Marcus rang sich ein Lächeln ab. „Wir brauchen beide etwas, was der andere nicht wirklich mag. Deshalb spielen wir manchmal mit anderen, statt ganz darauf zu verzichten.“

„Zusammen?“

„Normalerweise klappt das nicht, weil unsere freien Abende nicht immer zusammenfallen, und falls doch, haben wir vielleicht keine Lust, ins Entwined zu gehen. Aber gelegentlich mal.“ Alle Jubeljahre mal, zu Marcus‘ großem Bedauern, denn Hunter in Aktion war ein herrlicher Anblick.

„Na ja, wir könnten es wahrscheinlich öfter machen, wenn du mehr selbst über deinen Terminplan bestimmen könntest“, verwies Hunter.

Er konnte nicht leugnen, dass das Tattoo-Studio ihn ausnutzte und seinen Terminplan nicht zu achten schien. Marcus hielt ihm entgegen: „Aber auch, weil wir auf verschiedene Sachen stehen. Es ist schwierig, jemanden zu finden, der mit zwei Typen mit unseren Vorlieben spielen will. Außerdem kommandiert er gern Leute rum.“

Hunter nickte. „So kann man's auch ausdrücken. Ich lasse eben einen Sub gern zeigen, was er kann. Ich möchte mich drauf konzentrieren, dafür zu sorgen, dass er alles kriegt, was er braucht.“

Hatte Orion eben gezittert? So, wie er auf seinem Stuhl rumrutschte, war Marcus sich nicht ganz sicher. Er rückte besser auch gleich mit seiner Vorliebe raus. „Ich bin Sadist.“

Hunter schüttelte den Kopf und sagte: „Du hast sadistische Tendenzen.“

Marcus verdrehte die Augen. „Na schön! Sadistische Tendenzen mit einem Schuss Masochismus. Ich tu' anderen gern richtig weh und teile das Gefühl mit ihnen."

Orion schnappte nach Luft und keuchte ein bisschen. „Maso-Schlampe" stand ihm so deutlich ins Gesicht geschrieben, als wäre ein Neonschild über seinem Kopf angegangen.

Aha, Marcus war also auf der richtigen Spur. Ermutigt goss er weiter Öl ins Feuer: „Ich lebe für den Moment, wenn Schmerz sich in Lust verwandelt." Er nahm seine lila gefärbten Haarsträhnen und pinselte damit über Orions Gesicht. „Ich liebe das Gefühl so sehr, dass ich am Geschenk des Leidens teilhaben will ... an dieser Intensität."

Der hübsche Mann machte den Mund zu und schluckte.

Halleluja! Sie drei würden gut zusammenpassen, falls Marcus seinen Plan verwirklichen konnte. „Aber Hunter steht weder auf Nadeln noch auf Schmerz. Ich bin nicht das, was man allgemein als dominant bezeichnen würde, weil ich selber so total auf Schmerzen abfahre. Aber wenn ich mir auch noch so viel Mühe gebe, ich werde nie devot genug sein, um Hunters Bedürfnis nach Dominanz zu entsprechen."

Marcus ließ Orions rasches Blinzeln auf sich wirken, die Art, wie er sich seine üppigen Lippen leckte. Ja, Marcus hatte sich daran gewöhnt, sich mit sehr viel weniger zu begnügen, um nur ein bisschen was von dem zu kriegen, was er brauchte. Mit Orion brauchte er sich nicht mit weniger abzufinden ... und an Hunters vollkommener Befriedigung teilzuhaben würde himmlisch sein.

Hunter wandte sich an Marcus, voll auf ihn konzentriert, und nahm seine Hand. „Du bist genug für mich."

In Marcus' Herzgegend brach ein Feuerwerk los, doch er entgegnete: „Ich kann den Sub spielen, aber das ist wie Flöhe hüten. Und außerdem bin ich schlicht unfähig, mich völlig zu ergeben." Früher hatte ihn das gestört, doch er ließ seinen Blick zu Orion schweifen und schnurrte: „Ich wette, du gibst dich von ganzem Herzen hin."

Orion blinzelte und leckte sich die Lippen. „Ja. Ich ... ja, als ich ... ich hab's versucht."

Ja ... komm näher, aber du kannst es noch nicht haben. Marcus würde ihn schon noch zum Betteln kriegen.

„Aber egal. Wir werden unser Experiment ohne jeden Zwang zu *körperlichen* Vereinigungen durchführen." Marcus grinste; er war sich absolut sicher, dass er soeben jedem am Tisch einen Ständer beschert hatte.

Orion seufzte und nickte.

Hunter lehnte sich zurück. „Marcus denkt, wenn wir jemanden mit ähnlichen Gelüsten hätten, könnte derjenige die Lücke zwischen uns schließen, sozusagen. Deshalb hat er aktiv nach einem Dritten gesucht."

„Aber du nicht." Hunters Widerstreben war Orion nicht entgangen.

„Eh, ich wüsste nicht, wie das gehen sollte."

Gut. Ein manipulativer Gedanke kam Marcus in den Sinn. Hunter hatte zu verstehen gegeben, dass er möglicherweise gar nicht interessiert war, und das würde sich zu ihren Gunsten auswirken.

Orion runzelte die Stirn. „Okay, für die Dauer des Experiments, könntet ihr beide euch diesem Unterfangen ohne äußere Einflüsse widmen?"

Hunter nickte. „Kein Problem."

Marcus starrte ihn an. Er konnte aufhören, sich mit irgendwelchen x-beliebigen Spielpartnern zu treffen; das tat er sowieso nicht allzu oft, also konnte er es auch sein lassen. „Ja, kein Thema."

„Also, auch wenn ich eure BDSM-Bedürfnisse nicht überbrücken kann … nicht mehr … obwohl ich mal ein ziemlicher Masochist war und immer alle Befehle befolgt habe …" Orion schüttelte den Kopf. „Ich weiß nicht, warum ich das gesagt habe. Für dieses Experiment ist das nämlich nicht nötig."

Marcus hätte am liebsten gekontert, doch er verbiss sich seine Antwort.

Hunter knurrte: „Wie kommst du darauf?"

„Na ja, gegenseitiges sexuelles Verlangen ist etabliert, also geht es jetzt eigentlich nur noch darum, einander ausgesetzt zu sein, um zu sehen …"

Marcus warf ein: „Ob irgendwas aus dem Gleichgewicht gerät."

„Stimmt! BDSM und Sex sind nicht nötig." Orions Blick streifte das Paar in der Ecke. „Und mal ganz eigennützig gesprochen – wenn ich öfter mit euch zusammen bin, wird das Xander vielleicht helfen, sich nicht mehr so viele Sorgen um mich zu machen und sich stattdessen auf sein eigenes Leben zu konzentrieren."

Wie aufs Stichwort schaute Xander zu ihrem Tisch rüber und formte wortlos mit den Lippen: „Alles okay?"

Marcus erkannte Orions Freund und winkte. Jeder kannte Xander.

Orion signalisierte ihm, dass alles in Ordnung war, und unterdrückte ein Gähnen. „Tut mir leid. Ich weiß, es ist erst halb elf, aber ich habe letzte Nacht nicht gut geschlafen."

Hunters überfürsorgliche Ader kam zum Vorschein. „Wie viele Stunden hast du geschlafen?"

Marcus versuchte, ihn per Paar-Telepathie zu etwas mehr Zurückhaltung zu bewegen.

Orion streckte sich. „Weniger als meine üblichen vier Stunden."

Hunter schnappte nach Luft. „Deine üblichen … Das ist verkehrt. Dein Körper braucht mindestens sieben bis neun Stunden."

Orion stöhnte auf und erklärte: „Ich weiß. Ich … kann einfach nicht."

„Warum gehst du dann nicht nach Hause und ruhst dich wenigstens ein bisschen aus?", fragte Hunter.

„Ich fühle mich wohl hier mit euch beiden, und ich bin mit Xander gekommen. Ich will ihn nicht von Quillon wegreißen. Die zwei verstehen sich richtig gut."

„Wir können dich nach Hause bringen", bot Marcus an.

Orion winkte ab. „Ich wohne ziemlich weit weg."

„Das ist kein Problem, und du kannst direkt ins Bett gehen", versicherte Hunt.

Nachdem er sie beide eine Zeitlang angestarrt hatte, sagte Orion: „Ich sage Xander Bescheid, dass ihr mich nach Hause fahrt."

HUNTS JEEP bog in die Lark Street ein, und Marcus lächelte. Als Teenager hatte er sich hier oft rumgetrieben. Viele von den Türstehern nahmen auch einen Blowjob, wenn man keinen gültigen Ausweis hatte.

„Also, wie führen wir jetzt unser Experiment weiter?", fragte Hunter, zu Marcus' freudiger Überraschung. Noch ein Beweis dafür, dass er recht gehabt hatte, auf einen Dritten zu drängen.

„Habt ihr am Mittwochabend Zeit?", fragte Orion ohne zu zögern.

„Ja, und Marcus *wird* den Abend im Studio blocken", antwortete Hunter.

Bei Hunts gebieterischem Ton hätte Marcus am liebsten den Aufstand geprobt, aber er wollte Orion wiedersehen, daher nickte er.

„Xander gibt an dem Abend länger Unterricht. Ich kann euch beiden was kochen."

Hunter hob ruckartig den Kopf und machte große Augen. Er starrte Orion im Rückspiegel an. „Du kochst?"

Orion lachte. „Ja, natürlich. Mir gefällt die Wissenschaft, die hinter dem Ganzen steckt. Ich habe daran gearbeitet, einige Gerichte zu perfektionieren."

Aber natürlich hatte er das getan. Das Licht der Straßenlampe spielte über Orions Gesicht, hob seine Aufrichtigkeit hervor und forderte Marcus heraus, daran zu glauben, dass so viel Herzensgüte tatsächlich existierte.

„Wer kümmert sich um euch beide?" Orions Besorgnis hüllte Marcus' Herz in süße Wärme.

Marcus zuckte mit den Schultern. „Wir kümmern uns gegenseitig umeinander."

„Ja, wir wechseln uns ab. Mal bestellt der eine was, mal bringt der andere was mit", schaltete Hunter sich ein.

Orion rümpfte die Nase und schüttelte den Kopf. „Hmm, irgendwelche Nahrungsmittelallergien?"

Marcus schaute in den Rückspiegel und fing Orions Blick auf. Er hob die Hand. „Hummer und Krebse, aber Shrimps vertrage ich komischerweise."

„Das liegt an den Tropomyosinen."

„Tropo… was?" Marcus bemühte sich um einen scherzhaften Ton, aber verdammt, klug war sexy.

„Tropomyosine sind die Eiweiße, die deine Reaktion bewirken. Es ist interessant, dass du nicht gegen Shrimps allergisch bist, aber vielleicht reagierst du darauf nur nicht so heftig. Am besten lasse ich Meeresfrüchte ganz weg", sinnierte Orion. „Hunter, hast du auch Allergien oder magst du irgendwas nicht?"

„Äh, nein. Solange es lang genug still daliegt, dass ich es in den Mund stecken kann, ist mir alles recht."

„Das merke ich mir aber für nachher!" Marcus packte Hunters Schenkel und drückte. Blowjob wieder angeknipst.

Orion kicherte und stieg aus. „Also dann, bis Mittwoch um sieben."

„Abgemacht. Ein Date zum Daten sammeln." Zu Marcus' großer Freude runzelte Orion leicht die Stirn, als er daran erinnert wurde, dass ihr Rendezvous ausschließlich der Wissenschaft diente.

Orion blickte sich immer wieder um, während er die Treppe zur Haustür hinaufstapfte. Er öffnete die Tür und winkte.

Hunter fuhr los, nachdem Orion das Licht im Flur ausgemacht hatte. Er schwieg eine Zeitlang. „Du weißt aber schon, dass das der fadenscheinigste Vorwand für eine Affäre ist, der mir je untergekommen ist, oder?"

Marcus grinste. „Hat aber funktioniert."

„Oh ja." Hunters Tonfall ließ Marcus im Ungewissen, ob das eine gute Sache war oder nicht.

„Aber nur um das mal klarzustellen, wenn ich lange genug ruhig daliege, steckst du mich in den Mund?" Marcus schob seinen Schwanz zurecht. Es war toll, einen Ständer zu haben.

Hunter nahm eine Hand vom Lenkrad und massierte Marcus' bestes Stück. „Jederzeit ..."

4

ORIONS MOM nahm seinen Anruf mit den Worten entgegen: „Schatz, bist du noch bei der Arbeit?"

„Nein, ich bin schon zuhause. Ich habe um halb fünf Feierabend gemacht." Es war schön, einen Grund zu haben, um zu einer vernünftigen Uhrzeit nach Hause zu gehen. Orion war direkt nach der Uni im Krebsforschungszentrum am Albany Central Hospital eingestellt worden. Überstunden zu machen, Projekte zu leiten und die zusätzliche Arbeit zu erledigen, die erforderlich war, um Zuschüsse zu beantragen, hatten der Forschung nicht ihren Glanz genommen, aber sein Chef … Orion hatte sich die Stelle als Forschungsleiter verdient, obwohl Dr. Schwinner ihn auf Schritt und Tritt bekämpft hatte … und meistens hatte er das Gefühl, auf Granit zu beißen.

„Bist du krank?"

War er wirklich so ein Workaholic? „Nein, Mom."

„Nun ja, es überrascht mich eben. Das ist ein halber Tag für dich. Wie hat *mein* fantastischer Xander dieses Wunder zustande gebracht?"

„Nur damit du's weißt, *mein* Xander hatte nichts damit zu tun." Orion umrundete seine kleine Küche und stellte den geschnittenen Salat in den Kühlschrank. Er holte Geschirr aus dem Schrank und Servietten und Besteck aus der Schublade.

„Wie geht's Xander? Ich habe seit Sonntag nicht mehr mit ihm gesprochen."

„Und das habt ihr beide überlebt?" Orion fand es toll, dass seine Mutter Xander ohne weiteres adoptiert hatte, als er in seinem ersten Studienjahr von seiner Familie verstoßen wurde.

„Komm schon. Wie geht's ihm?"

„Na ja, ich glaube, er hat einen Freund." Orion deckte den Tisch für drei und hielt kurz inne, um über die trianguläre Symmetrie zu lächeln.

„Wen?"

Er eilte in die Küche zurück. Die Aubergine, die er in Scheiben geschnitten und auf Küchenpapier ausgebreitet hatte, schwitzte ihren bitteren Geschmack bereits aus. „Sein Name ist Quillon."

„Oh, in den war er doch so verschossen." Die Begeisterung seiner Mom brachte ihn zum Lächeln.

„Ja. Er ist sehr verschwiegen, wenn es um ihn geht." Und zugeknöpft … Xander hatte ihm seit dem Abend im Club keinen Blowjob mehr angeboten und auch keinen mehr von ihm gewollt. Typischerweise wies dieses fehlende Interesse an Oralsex darauf hin, dass Xander sich ernsthaft in jemanden verguckt hatte.

316

„Danke für die Info. Die Einzelheiten kriege ich schon aus ihm raus, wenn ich ihn zum Mittagessen sehe. Aber jetzt erst mal zurück zu dir. Warum bist du zuhause?"

„Ich kriege Besuch. Zwei … Freunde kommen zum Abendessen." Er hasste es, nicht genau zu wissen, in welche Schublade Hunter und Marcus gehörten. Sie waren weder Spielpartner noch Sexkumpels oder … gab es so was wie Freunde ohne gewisse Vorzüge? Hmm, das wären dann wohl Freunde. Er hatte sie treffend bezeichnet. „Ich leg' dich mal auf Lautsprecher."

„Okay. Jedenfalls bin ich froh, dass du Freunde zu Besuch hast. Kochst du selbst oder bestellst du was zu essen?" Hatte sie ihn nicht rumklappern gehört?

„Ich mache Auberginen-Rollatini." Er strich sich das Haar aus dem Gesicht und griff in die Schublade, neben der er gerade stand. Er holte ein Paar Essstäbchen heraus, dann drehte er seine Haare auf dem Kopf zusammen und verwob ein Stäbchen mit dem Knoten. Mit dem zweiten Stäbchen steckte er den Haarknoten gut fest.

„Hast du die Auberginen gesalzen?"

„Natürlich." Er wusch sich die Hände. „Und jetzt tupfe ich gerade die Bitterstoffe ab. Danach wende ich die Scheiben in Ei und Semmelbröseln."

„Gut. Pass auf, dass sie ganz davon überzogen sind. Ähm, das ist doch keins von deinen *dekonstruierten* Gerichten, oder?" Die Missbilligung war ihr anzuhören. Sie war in einer italienischen Familie aufgewachsen, wo alles auf eine bestimmte Art gekocht wurde. Jede Abweichung bedeutete eine Respektlosigkeit gegenüber den Traditionen und war grundsätzlich falsch.

Er lachte, beruhigte sie aber. „Nein, Mom. Ich mache sie so, wie du es mir beigebracht hast."

„Gut. Gut. Ähm, darf ich fragen, was du als Füllung nehmen willst?"

Orion kicherte und begann die Röllchen zu braten. „Echte Mozzarella und Ricotta aus dem italienischen Laden."

„Dem in der New Scotland Avenue?" Als er ein bestätigendes Geräusch von sich gab, lobte sie: „So ist's brav. Jetzt erzähl mir mal von deinen *neuen* Freunden."

„Da gibt's nicht viel zu erzählen. Wir wollen uns einfach einen netten Abend machen." Das war nicht mal wirklich gelogen. „Hunter ist Rettungssanitäter und Marcus ist Tattoo-Künstler."

„Wirklich, ein Tattoo-Künstler? Wie aufregend!" Seine Mutter fand ihr Leben in der akademischen Welt anscheinend nicht exotisch genug, nicht einmal nach Dads Beförderung zum Dekan für Internationale Beziehungen vor zwei Jahren. „Ist er gut?"

„Seine Arbeiten sind fantastisch." Orion würde nicht zugeben, dass er Marcus' Studio im Internet gestalkt hatte, in der Hoffnung, einen Blick auf ihn … äh, seine Arbeiten … zu erhaschen. Er hatte einen Volltreffer gelandet. Es waren eine Menge Tattoos von Marcus auf der Website – viele seiner Arbeiten dienten zum Kaschieren von Narben, und diese Leute hatten die schönsten Kommentare hinterlassen. Es gab auch einige Bilder von Marcus selbst. Er hatte sogar eine Biographie gefunden, in der Marcus zusammen mit Hunter abgebildet war. Und möglicherweise hatte Orion dieses Bild kopiert und als unbenannte Datei auf seinem Laptop abgespeichert ...

„Gut, es gibt nichts Schlimmeres als unkreative, schlecht gemachte Körperkunst. Okay, ich muss jetzt los und den Schülern in meinem Abendkurs soziale Gerechtigkeit beibringen."

„Wo bist du gerade im Lehrplan?" Er beneidete sie um ihre Begeisterung für ihren Job und wünschte, er hätte auch nur einen Bruchteil davon für seine Arbeit.

„Heute werde ich ihnen ihre eigenen Privilegien eintrichtern, und wie die ihre Wahrnehmung der Realität verzerren. Dann werde ich den Unterricht mit einer Diskussion darüber beenden, dass jedes Privileg seinen Preis hat, unabhängig vom sozioökonomischen Status."

Sie tat nichts lieber, als Leute zum Nachdenken und zum Überdenken ihrer Ansichten zu ermutigen. Orion stimmte bei gewissen Themen nicht immer mit ihrer Interpretation und Definition überein, aber er respektierte sie. „Wir fangen jetzt keine Debatte an, Mom. Geh unterrichten. Ich muss Auberginen rollen und braten. Hab' dich lieb."

„Ich dich auch. Viel Spaß!"

Orion beendete das Gespräch.

Er legte die Scheiben ins heiße Öl. Fett spritzte ihm auf die Hand. „Mmmm, verdammte Scheiße." Er rieb an der geröteten Stelle.

Gott, er vermisste das Gefühl. Obwohl einen heißen Fettspritzer auf die Haut zu kriegen nicht annähernd so schön –

Nein! Nie wieder.

Er würde die Tatsache ignorieren, dass die Vorstellung, wie Hunter und Marcus ihm Schmerzen zufügten und Grenzen setzten, neuerdings seine liebste Wichsphantasie war.

Um der Liebe zur Wissenschaft willen, er musste sich in den Griff kriegen ... und die Finger von seinem pochenden Schwanz lassen.

Ein rascher Blick auf sein Smartphone zeigte ihm, dass seine Gäste bald kommen würden. Keine Zeit, sich einen runterzuholen. Er konzentrierte sich auf die brutzelnden Auberginen.

Um Punkt sieben erschreckte ihn die Türglocke. Orion rannte die Treppe runter, um ihnen die Haustür aufzumachen.

Er riss die Tür auf. Hunter und Marcus füllten den Türrahmen aus. Wow! Als die beiden so nebeneinander standen, war Orion überwältigt von ihrer Größe, ihrem guten Aussehen und ...

„Ähm, hi. Kommt rein." Er flitzte wieder nach oben, und sie folgten ihm in die Wohnung.

Hunter kam als letzter herein. Er machte die Tür hinter sich zu und blieb dann neben Marcus stehen.

Sie sind da. Funktionieren!

Orion trat von einem Fuß auf den anderen. Er zwang sich, still zu stehen und mit dem Rumnagen an seiner Unterlippe aufzuhören.

„Niedliche Steckfrisur." Marcus umkreiste ihn.

„Verdammt, ich habe vergessen, die rauszunehmen." Orion griff nach dem Haarknoten, um ihn aufzumachen.

Marcus hielt seine Hand fest. „Lass sie drin. Mir gefällt die Essstäbchen-Bondage."

Hunter beugte sich vor und inspizierte die Essstäbchen. „Sind das Krieg der Sterne-Lichtschwerter?"

Der Duft nach Leder drohte Orion einen Ständer zu bescheren. Gott, Hunter roch gut.

„Ja, die sind mit Beleuchtung", krächzte Orion. Marcus hielt immer noch sein Handgelenk fest. Näher war er Bondage nicht mehr gekommen, seit –

Hunter fummelte an den Enden der Essstäbchen herum, bis er den Knopf gefunden hatte. „Hey, die leuchten ja wirklich."

„Sie sind blau." Marcus' Finger tanzten durch die rausgerutschten Haarsträhnen. Gott, entweder war Orion ausgehungert nach Körperkontakt, oder Marcus' Berührung war perfekt. Vielleicht beides.

„Ähm, ja, die hat mir Xander zum Geburtstag geschenkt. Blau ist die Farbe von Luke Skywalker." Seine Stimme überschlug sich und erinnerte ihn wieder daran, wie er sich damals als fünfzehnjähriger Streber gefühlt hatte.

Hunter knipste die Beleuchtung der Schwerter aus. „Sie stehen dir wirklich gut, aber schonen wir lieber die Batterien."

Orion wurde nicht rot. Vierunddreißigjährige Männer wurden nicht rot. Der Backofen musste die Wohnung aufgeheizt haben.

Marcus hielt eine braune Papiertüte mit Griffen hoch. „Das ist für dich."

„Oh." Orion schielte hinein.

„Marc hat das Brot aus einer kleinen Bäckerei in der Nähe des Tattoostudios", teilte Hunter ihm mit. „Das Zeug ist total lecker."

Was? Orion zog einen Blumenstrauß aus der Tüte.

Marcus streichelte Hunters Arm. „Die hat Hunt für dich ausgesucht."

Hunters Wangen färbten sich rosa. „Sie sind von uns beiden."

„Danke. Sie sind wunderschön. Mir hat noch nie jemand Blumen geschenkt."

Marcus stieß Hunter mit dem Ellbogen an. „Siehst du. Nicht alle Männer sind so romantisch wie du."

Sie standen da und starrten einander an. Ein aberwitziges Verlangen durchfuhr Orion und ließ ihn wünschen, es würde ihm regelmäßig jemand Blumen und gute

Sachen aus einer Bäckerei mitbringen. Jemand, für den er kochen konnte ... oder zwei Jemande. Er wünschte sich ... zu viel. Was für ein Irrsinn war dieser häusliche Quatsch? Verdammte Spannungsspitzen des chemischen Ungleichgewichts!

„Ähm, möchtet ihr was trinken?" Endlich funktionierte Orions Mund wieder, befreit vom Bann des Schweigens, in den ihn die atemberaubenden Männer in seiner Wohnung geschlagen hatten.

„Wasser." Marcus' tiefe Stimme ließ Orion erschauern vor Verlangen. *Was hat er gesagt? Wasser, stimmt's?*

Orion stürzte zum Kühlschrank und schaute hinein. „Mit oder ohne Kohlensäure?"

„Mit Kohlensäure wäre schön." Marcus' Antwort klang, als überlegte er noch.

Orion spähte um die Kühlschranktür herum. Hunter war ganz der nette Junge von nebenan, aber muskulös vom harten Training im Fitnessstudio. Marcus hingegen hätte einen langhaarigen Vampir-Rocker aus dem Nahen Osten spielen können. *Stell' dir die beiden beim Sex vor ... oder beim Sex mit ...*

Fuck! Beide Gäste starrten ihn an. „Ähm, Hunter, was hättest du gern –"

„Hast du Bier da?"

„Klar." Orion blickte auf die Blumen hinab, die er umklammerte wie einen Brautstrauß. „Ich stell die nur schnell ins Wasser", murmelte er und durchsuchte die Schränke nach einer Vase, fand aber keine. Er schnappte sich einen leeren Krug, füllte ihn und stellte die Blumen auf den Tisch. „Noch mal Dankeschön."

Er hastete wieder zum Kühlschrank, in der Hoffnung, den seltsamen Emotionen zu entrinnen, die hier hochkamen. *Bier ...* Er holte ein Sprudelwasser heraus und eins von Xanders ausgefallenen Bieren aus einer Mikrobrauerei. Orion benutzte Xs Wandflaschenöffner, den er seinem besten Freund zu Weihnachten geschenkt hatte, und legte den Kronkorken für Xanders Sammlung beiseite.

Er reichte Hunter die eisige Flasche und bekam ein Lächeln zum Dank.

Marcus' Körperhaltung zeugte von Anmut und Selbstsicherheit. Orion zögerte mit der Wasserflasche in der Hand. „Ähm, ich kann dir ein Glas geben, falls dir das lieber ist."

Sogar Marcus' Kopfschütteln war elegant. „Nein, ist schon okay. Danke." Er nahm die Flasche und trank einen Schluck, wie um seine Worte zu bekräftigen.

Orion stand nicht da und sah diesen Halsmuskeln beim Arbeiten zu. Nein, ganz bestimmt nicht. Er war nur ... Scheiße! Falls der Mann einen Schwanz schlucken konnte, wie würden sich diese Muskeln bei einem Kehlfick anfühlen? „Ich muss mal kurz nach dem Essen gucken."

Offenbar war ein IQ von 151 nicht gleichzusetzen mit Bestnoten in Takt und Feingefühl. Warum versteckte er sich jetzt in der Küche? Vor allem, da sie ihn immer noch sehen konnten, wie er rumstand und sich desorientiert umschaute.

„Es riecht köstlich. Können wir was helfen?", bot Marcus an.

„Nein danke, nicht nötig." Orion brauchte schon Hilfe, aber nicht beim Kochen.

320

Hunter schlenderte an ihm vorbei zum Ausstellungsregal. „Magst du Star Wars?"

Orion marschierte zurück ins Wohn-/Ess-/Allzweckzimmer. Ah, ein unverfängliches Gesprächsthema. „Ja, sehr sogar. Der Star Trek-Kram gehört Xander."

„Darf ich?" Marcus deutete auf die Stormtrooper-Handfesseln. Und schon war die Behaglichkeit dahin, die das Sci-Fi-Genre dem Gespräch verliehen hatte. Stattdessen stand wieder das im Raum, was Orions Leben inzwischen mit Versagen umschattete.

„Natürlich. Der Einstieg in Bondage für Science-Fiction-Freaks." Er konnte den Blick nicht davon losreißen, wie Marcus die Star Wars-Handschellen befummelte. Wie viele Stunden hatte Orion gefesselt und in seiner Fantasie einem Alien-König dienend verbracht?

Marcus mit seinen allsehenden kastanienbraunen Augen könnte diese Rolle mühelos besetzen. Er würde an grausam grenzen, und Orion würde ihm das sofort abkaufen.

Orions Blick richtete sich auf den muskulösen Hunter, und er stellte sich eine Krone auf seinem Kopf vor. Trugen Aliens Kronen? Hunter würde einen großartigen Herrscher abgeben, hart, aber fair ... oh, streng und manchmal unnachgiebig –

Marcus räusperte sich und holte Orions Aufmerksamkeit zurück. Ihre Blicke trafen sich. Das Klicken, mit dem die Handschellen zuschnappten, hallte durch die kleine Wohnung. „Ah ja, die ultimativen *Freundschafts*armbänder."

Oh Gott! Bitte. Ja. Wir sind Freunde. Legt mir Armbänder um.

„Ich sollte ... ich sollte ..." Was sollte Orion noch mal? Außer auf die Knie fallen und um eine *bindende* Freundschaft betteln, was sollte er tun?

Grinsend legte Marcus die Handfesseln wieder ins Regal. „Ich glaube, ich leg' die mal lieber zurück. Es sei denn, wir sollen –"

Ein Knurren von Hunter schien ihn zum Schweigen zu bringen.

Marcus zuckte mit den Schultern und sagte: „Ich leg' sie ja schon zurück. Star Wars Fesselgeräte, weggetreten. Verdammt, riecht das Essen gut!"

Orion sah Hunter an, der den Kopf schüttelte, und beide folgten Marcus in Richtung Küche.

„Oh, Hunt. Guck mal", gurrte Marcus. „Wie süß."

„Was?" Hunter kam ebenfalls in die Küche. „Sind das Kurzkopfgleitbeutler?"

„Ja." Orion machte den Backofen aus, nahm die Pyrex-Formen mit den Rollatini heraus und stellte sie oben auf den Küchenherd.

Hunter kniff die Augen zusammen. „Das sind Beuteltiere, oder?"

„Ja." Die Beutlertruppe gab die typischen bellend-krächzenden Warnlaute von sich. Tribble war ängstlicher, daher warnte er die Sippe bei weitem am lautesten.

Orion öffnete den Käfig, und beide Pelzknäuel stürzten sich auf ihn. Nippet und Tribble brachten lautstark ihr Misstrauen gegen die beiden fremden Männer zum Ausdruck. „Schsch, alles okay. Hunter und Marcus tun euch nichts."

Marcus' Grinsen deutete darauf hin, dass er Orion durchaus was antun würde – aber nur, wenn er darum gebeten wurde.

Orion rezitierte im Geiste die erste Zeile des Periodensystems der Elemente rückwärts und schielte dabei nach Marcus, sagte aber nichts. Er beschwichtigte weiter seine Haustiere und wünschte sich, etwas würde ihn beruhigen. „Sie sind nur Freunde."

Nippet legte den Kopf schief, als wollte er sagen: „Bist du sicher?" und Tribble wurde leiser und klang nicht mehr ganz so gestresst.

Orion wiederholte das Mantra: „Sie sind nur Freunde." Denn das waren sie. Er hatte sich schon fast eingeredet, dass sie niemals mehr als das sein würden, da fing er Marcus' Blick auf.

Verdammt, der Mann könnte glatt der Grund für die globale Erwärmung sein!

Hunter räusperte sich, wie um Marcus zu ermahnen, die Hitze ein paar Grad runterzudrehen.

Doch Marcus rollte zur Antwort nur die Augen. Orion ignorierte, wie froh er über das Grinsen war, das Marcus ihm zuwarf und das auf alles andere als Zustimmung zum Nachgeben hindeutete.

Nach ein paar Minuten Schmusen fingen die Gleitbeutler mit ihren neugierigen Erkundungsgängen an, kletterten auf Orion herum und kamen dabei den nicht-mehr-Fremden immer näher. Orion machte die angehenden menschlichen Klettergerüste mit seinen kleinen Lieblingen bekannt. „Das hier ist Nippet, und der heißt Tribble."

„Dann hat Xander seinen also nach etwas aus Star Trek benannt?", fragte Hunter.

„Nein, Tribble ist vor allem auf mich geprägt. Xander hat seinen nach dem Ewok-Baby benannt." Orion setzte schon zu weiteren Erklärungen an, bremste sich aber gerade noch. Xander war immer darauf gefasst, von Orion verlassen zu werden. Orion hatte die Kurzkopfgleitbeutler angeschafft, um ihm zu zeigen, dass sie eine Familie waren. „Sie sind jetzt entspannt. Wollt ihr sie mal halten?"

Hunter turtelte mit den kleinen Frechdachsen, die auf Orion herumtanzten. „Geht das denn?"

„Hier." Orion nahm den Beutel vom Haken, warf ihn Hunter über den Kopf und hängte ihn vor seine breite Brust.

Nippet hörte auf, an Orions Essstäbchen zu knabbern, und schnüffelte in Hunters Richtung.

„Alles okay, Nip. Hunter ist ein Freund." Orion pflückte sich den Gleitbeutler aus den Haaren und steckte den kleinen Kerl in den Beutel. Er gab Hunter ein Stück Trockenobst. „Warte einfach, bis er sich an dich gewöhnt hat, dann kommt er raus. Das kannst du ihm dann geben."

Alle konzentrierten sich auf den Gleitbeutler, der schließlich den Kopf rausstreckte. Nippet schnüffelte an dem Leckerbissen, den Hunter ihm hinhielt. Schnurrhaare bebten, aber schließlich nahm er die Gabe mit zwei Pfoten entgegen.

„Oooh!" Hunter schmolz dahin. Als er aufblickte, stand ihm die Freude deutlich ins Gesicht geschrieben. „Habt ihr das gesehen?"

Marcus stöhnte auf. „Gott! Fetisch-Alarm! Großer starker Mann mit hinreißendem Tierchen … Jesus, Hunt, ich glaube, davon bin ich eben schwanger geworden."

Orion musste sich fragen, ob er da nicht selbst in Gefahr war.

Hunter schwärmte: „Oh, seine Augen sind riesig. Du siehst alles, nicht wahr, mein Kleiner?"

Nippet zuckte spöttisch mit den Schnurrhaaren und untersuchte seinen neuen Spielplatz.

Marcus grinste und wackelte mit den Augenbrauen. Lieber Gott! Hatte er Orions schmutzige Gedanken gelesen?

Statt ihn anzubaggern, wie Orion gehofft hatte, fragte Marcus: „Orion, meinst du, Tribble möchte mich gern kennenlernen?"

„Wer möchte das nicht?", rutschte es Orion heraus, bevor er die schlagfertige Antwort zurückhalten konnte. *Herrje, flirte ich etwa?*

Marcus sagte nichts, sondern bückte sich, um sich Tribs Beutel um den Hals hängen zu lassen. Doch er hob den Kopf nicht. Wartete er darauf, dass Orion sein dunkles Haar beiseite strich, damit es dem Band nicht im Weg war – oder war das Wunschdenken? Ohne sich zu widersetzen, wischte Orion die Haarfülle unter dem Band hervor. Seine Finger streiften Marcus' Genick; nicht mit Absicht, aber es tat ihm auch nicht leid, sie über die warme, seidige Haut gleiten zu lassen.

„Trib, willst du –" Tribble sprang einfach von Orion ab und landete in Marcus' Haar. Er klammerte sich an der lila Strähne fest.

„Tja, ich glaube, das ist ein Ja." Marcus' breites Lächeln besagte, dass fliegende Haustiere kein Problem waren.

Der Beutler hängte sich an Marcus' Haare und benutzte die lila Strähne als Kletterseil, um sich auf eine breite Schulter raufzuziehen. Er schlängelte sich über Marcus' Brust abwärts und schlüpfte in seinen Beutel. Drinnen wuselte und zappelte er noch ein bisschen, und dann war Ruhe.

„Trib wird jetzt noch kein Leckerli wollen", teilte Orion Tribbles neuem Freund mit.

Marcus spähte in Tribbles Beutel, und Hunter fütterte Nippet mit Nüssen aus seinem Futternapf. Nippet nahm gnädig jedes einzelne Stück entgegen, das sein Untertan ihm anbot.

Abendessen! Wenig Platz in der Küche bedeutete, dass Orion im Vorbeigehen Hunters Hinterteil streifte. Verdammt, sein Hintern war so straff und muskulös wie der ganze Kerl.

Konzentration! Er wusch sich die Hände, dann tischte er die Auberginen und den Salat auf. Er schnitt das Rosmarin-Parmesanbrot in Scheiben, gab diese in einen Brotkorb und stellte die Butterdose auf den Tisch. Alles war bereit.

„Wir können essen", verkündete Orion. „Lasst mich eure neuen Freunde wieder in ihr Häuschen bringen."

Tribble steckte den Kopf aus dem Beutel, blieb aber im Warmen. Orion hängte den Beutel im Käfig an einen Haken. Nippet rannte zum Wassernapf. Als beide mit Gleitbeutler-Angelegenheiten beschäftigt waren, winkte Orion seine Gäste zum Händewaschen und dann an den Tisch. „Sucht euch einen Platz aus."

Hunter ging ans Kopfende des Tisches und setzte sich. Marcus glitt auf den Stuhl zu Hunters Rechten. Orion nahm auf dem gegenüber von Marcus und links von Hunter Platz.

Frieden. Ruhe. Stille.

Sie starrten einander an.

Es spielt keine Rolle, wie wohl ich mich gerade fühle. Das hier ist nur Freundschaft.

Orion gab die Salatschüssel an Marcus weiter und reichte Hunter die Auberginen. Besonders gut aufzupassen, dass er das Essen auf seinen Teller kriegte und nicht auf die Leute um sich rum war ein guter Trick.

Das unbehagliche Schweigen wurde unerträglich, daher schaufelte Orion sich eine Gabel voll Aubergine in den Mund. Fehler. Der Käse war in Wirklichkeit Lava und verbrannte ihm die Zunge. „Autsch!"

Marcus sauste in die Küche und kam mit einem Eiswürfel zurück. „Hier." Orion ließ sich den Eiswürfel in den Mund stecken. „Lutsch das."

Orion gehorchte. Sofort war der Schmerz gelindert. Er konnte nicht anders, als Marcus starr in die Augen zu sehen. Die Anweisung widerhallte in seinem Verstand und rief Erinnerungen an andere Befehle zum Lutschen wach.

Marcus beobachtete ihn weiter, während das Eis langsam schmolz. „Mund auf."

Gott, ja! Nein!

Der Mann wischte mit dem Daumen über Orions Unterlippe und zog sie runter. „Keine Blasen. Soll ich dir noch einen holen?"

Orion schüttelte den Kopf und flüsterte: „Nein, danke … Marcus."

Er hatte nicht *Sir* sagen wollen. Nein, bestimmt nicht. Orion würde das nie wieder sagen.

Als Marcus an seinen Platz zurückschlenderte, ließ er eine Hand über Hunters Schultern gleiten. Er nahm einen Bissen von den Auberginen und rief: „Echt lecker!"

Nach den üblichen Bemerkungen von wegen Familienrezept versuchte Orion, ein normales Gespräch anzufangen. „Und, was machst du so in deiner Freizeit, Hunter?"

„Du meinst, außer die Welt retten, Subs dominieren und mich rumkommandieren?", fragte Marcus, ohne eine Miene zu verziehen.

Hunter grinste und tätschelte Marcus die Hand. „Ich versuche, dich rumzukommandieren, aber du lässt mich ja nicht."

Marcus zuckte mit den Schultern und aß ein bisschen Salat.

Orion suchte fieberhaft nach Worten. „Nein, ich meine …"

„Ich gehe gern angeln", kam Hunter ihm zur Hilfe und rettete ihn damit vor dem Untergang.

Marcus schüttelte den Kopf. „Du fängst sie und schmeißt sie wieder rein. Ha! Und da heißt es immer, ich wäre der Sadist."

Wie um den Vorwurf von sich zu weisen, betonte Hunter: „Die Fische haben auch einen Nutzen davon. Ich füttere sie."

Lachend sagte Marcus: „Ja, ich frage mich, ob die Fische das genauso sehen, wenn sie erst mal in deinem Eimer waren. Der Preis für eine Mahlzeit a la Hunter kommt mir ziemlich happig vor."

Hunter winkte ab und wandte sich dann an Orion. „Angelst du?"

„Hab's noch nie versucht. Mein Dad war kein großer Frischluftfan. Wenn wir draußen waren, haben wir meistens Picknicks gemacht, gelesen oder sind geschwommen."

„Ich gehe unheimlich gern angeln", wiederholte Hunter.

„Warum?", fragte Orion, da er nicht ganz verstand, was daran so anziehend sein sollte.

„Man ist auf dem Wasser. Die Vögel zwitschern, und alle Probleme erscheinen unwichtig. Es ist friedlich. Der ganze Lärm in meinem Kopf legt sich, und alles wird still."

Das klang zu schön, um wahr zu sein. „Klingt wie Subspace."

Hunter zuckte mit den Schultern. „Vielleicht ist es das ja."

Marcus schüttelte den Kopf. „Es ist die reinste Folter! Meistens gibt's keinen Handyempfang, und die Mücken … oh Mann, die Viecher sind riesig, Orion. Die könnten dich hochheben und wegtragen."

Er klang so entsetzt, dass Orion in Gelächter ausbrach.

„Wenn du's gerne mal versuchen würdest, ich will übers Wochenende am Thompson's Lake angeln gehen." Hunter lächelte, und seine Augen weiteten sich.

„Oh, äh …" Hunter warf einen Blick zu Marcus, der ihn nachdenklich musterte.

Marcus schob seinen Salat auf dem Teller herum. „Du solltest mitgehen, aber nur, wenn du versprichst, hinterher mit mir Bilder auszumalen."

„Mit dir Bilder auszumalen?"

Marcus nickte und erklärte: „Wenn ich abschalten will, male ich Malbücher aus."

Eine Erinnerung an das Aufsehen um ein Malbuch für Erwachsene, das durch Orions Büro gefegt war, kam ihm in den Sinn. Alle hatten im Pausenraum bunte Filzstifte rumgereicht. Vielleicht war das wirklich der neueste Trend. „Ich habe als Kind immer gern Malbücher ausgemalt. Klingt lustig."

„Super! Du gehst mit Hunter angeln, und wenn er zur Arbeit geht, kannst du bei mir bleiben und Malbücher ausmalen, bis ich zur Arbeit muss."

Offenbar war damit alles geregelt, denn Hunter und Marcus begannen mit Begeisterung zu essen.

ALS SIE dann später noch bei Kaffee und frisch gebackenen Keksen zusammen saßen, unterhielten sie sich über alles Mögliche, von Politik über umweltfreundliche Autos bis zu Leuten, die sie aus dem Entwined kannten.

Hunter grollte: „Apropos Idioten! Henry McSara! Den konnte ich nicht ausstehen, und ich bin froh, dass er nicht mehr im Club ist. Seine Vorstellung von Safer Sex besteht darin, seine Partner ans Bett zu fesseln, damit sie nicht rausfallen."

„Facebook-Meme?", fragte Marcus.

Hunter grinste und nickte.

„Oder er fesselt sie ans Bett, damit sie nicht weglaufen und er sie ohne Kondom ficken kann, wenn sie von Atemkontrollspielen bewusstlos sind", bemerkte Orion abfällig.

Beide Männer drehten sich um und starrten ihn an.

Mist! Das hätte ihm nie über die Lippen kommen sollen.

„Er war das …" Marcus setzte die Teile zusammen. „Dieser Wichser! War es das, was er dir angetan hat?"

Orion war es egal; er hatte es so satt, weiter den Ballast seines stillschweigenden Einvernehmens mit diesem Arschloch mit sich rumzuschleppen, indem er seinen Namen geheim hielt. Er versuchte, sich von der ganzen Sache abzuschotten. „Er hat mich gefesselt und mir die Luft abgeschnürt, erst mit der Hand und dann mit einer Plastiktüte … als ich wieder aufgewacht bin, war klar, dass er kein Kondom benutzt hatte. Das hat das Fass endgültig zum Überlaufen gebracht."

„Hast du ihn angezeigt?"

„Nein. Ich habe nur … es war nun mal passiert. Ich musste mich mit den Konsequenzen befassen."

Alle Freude wich aus Hunters Gesicht. „Hast du Postexpositions-Prophylaxe genommen?"

Orion nickte und versuchte sich innerlich von dem Grauen zu distanzieren, das er dabei empfunden hatte. „Ja, innerhalb von zwei Stunden nach dem Aufwachen. Was habe ich geschwitzt, bis diese Zeitrahmen alle vorbei waren." Die letzten Testergebnisse hatte er diesen Montag bekommen, und er war negativ.

„Hunt und ich nehmen PrEP. Wir sind beide supervorsichtig, aber in unseren Berufen kann immer mal was passieren. Gott sei Dank ist das Medikament jetzt verfügbar."

„Wem sagst du das!" Orion war ewig dankbar dafür.

Alle schwiegen.

Typisch Orion, wieder mal eine Party ruiniert. „Tut mir leid, ich wollte die Stimmung nicht verderben."

„Wir danken dir für dein Vertrauen." Hunter griff über den Tisch und tätschelte Orion die Hand. Dann wechselte er das Thema, indem er fragte: „Also, warum magst du eigentlich Star Wars lieber als Star Trek?"

UM ZEHN Uhr sagte Marcus: „So leid es mir tut, aber wir müssen jetzt gehen. Hunt hat morgen Frühschicht, und du hast bestimmt auch einen vollen Tag."

„Wartet! Ich hab' noch was für euch." Orion eilte in die Küche und machte zwei Care-Pakete zurecht, jedes mit Auberginen, Brot, einem Stück Butter, frisch gebackenen Keksen, einer Flasche Sprudel, Plastikbesteck und einem kleinen Zettel. Er reichte jedem Mann eine Tüte. „Mittagessen für morgen."

„Das wär doch nicht nötig gewesen!" Marcus umarmte ihn.

Hunter schielte in seine Tüte. „Aubergine! Super! Marc hat recht. Das hättest du nicht tun müssen, aber ich find's schön, dass du's getan hast."

5

KAUM HATTE Marcus sich angeschnallt, verkündete er: „Ich warte nicht bis morgen Mittag. Ich klau' mir jetzt noch einen von Orions leckeren Keksen."

„Ungeduldig und gierig!" Hunter freute sich, dass sie eine Süßigkeit gefunden hatten, die Marcus schmeckte.

„Wenn ich geil bin, krieg' ich Hunger auf Süßes. Njam, njam, njam."

Hunter lachte; er fand es toll, dass Marc zugab, erregt zu sein.

„Hey, was ist das denn?" Marc zog einen Zettel aus der Tüte und klappte den beleuchteten Spiegel in seiner Sonnenblende auf. Der Keks war vergessen. „Oh Mann!"

„Was? Was steht da drauf?" Alles, was Marcus so stöhnen ließ, musste gut sein.

„Da steht: ,Ich wünschte, wir drei könnten mehr als nur Freunde sein. Freu' mich auf viele weitere Abende ohne gewisse Vorzüge. Also dann, bis Samstag zum Ausmalen. Immer brav innerhalb der Linien. Orion'."

„Na ja …" Albern, aber es begeisterte Hunter. „Hat er für mich auch was geschrieben?"

Marc kramte in der anderen Tüte herum. „Jau. Hier steht: ,Ich bin neugierig, ob das Angeln mir ein bisschen was von dem Frieden geben kann, den ich früher immer im Subspace gefunden habe. Ich kann's kaum erwarten, mit dir die Fische zu füttern. Orion'."

Das Hupen eines Autos hinter ihnen zwang Hunter, sich wieder auf seine Aufgabe zu konzentrieren – sie nach Hause zu bringen.

„Ich sage dir, er will uns. Das ist seine Art, um Hilfe zu bitten. Er will zurück in die BDSM-Szene", sagte Marc mit zu viel Enthusiasmus.

„Das wissen wir nicht." Freilich hörte es sich ganz danach an, aber …

Marcus wedelte mit den Zetteln herum. „Und ob. Er wünscht sich, wir könnten mehr als nur Freunde sein und hofft auf ein bisschen was von dem, was er früher mal im Subspace gefunden hat. Subspace! Muss er dir erst noch ein Bild malen? Ist das deiner Meinung nach kein Hilferuf?"

Hunter schüttelte den Kopf und gab einen Schuss Vernunft an die Debatte. „Kann schon sein. Aber wenn jemand ein Trauma durchgemacht hat, sagt und tut er viele widersprüchliche Dinge."

Marcus runzelte die Stirn, faltete die Zettel wieder zusammen und klappte dann seinen beleuchteten Spiegel zu. „Na, dann ist er aber der König im Land der widersprüchlichen Botschaften."

„Ich weiß. Wir müssen ihm Zeit geben." Geduld war anscheinend Mangelware.

„Dem Himmel sei Dank für dieses blöde Experiment. Das er nicht erwähnt hat, wohlgemerkt." Marcus zeichnete mit den Fingern ein verführerisches Muster auf Hunters Oberschenkel. Jedes Mal driftete er ein kleines Stück weiter nach oben. „Er weiß, dass es totaler Quatsch ist, aber es liefert ihm den Vorwand, den er braucht, um uns gegenüber aus der Deckung zu kommen. Ich sage, wir machen einfach weiter mit."

Hunter trat fester aufs Gaspedal, brachte sie genau bis an die erlaubte Höchstgeschwindigkeit. Verdammt, er war heute total aufgedreht. „Marc, Schatz, bitte, das lenkt ab."

„Oh, dann ist das hier wahrscheinlich auch nicht gut." Marcus legte eine Hand über die Beule in Hunters Hose und rieb.

Hunter keuchte auf und drückte sich in Marcus' Hand. „Das ist sehr gut, aber nicht jetzt. Ich will nicht, dass einer von meinen Kollegen nachher mit dem Wasserschlauch ausrücken und unser Hirn von der Straße spritzen muss."

„Du bist voll der Romantiker." Marc zeichnete weiter seinen Schwanz mit dem Finger nach. „Ich wette, Orion würde uns durch die Jeans durch lecken."

Köstliche Gelüste wurden stärker. „Vielleicht ist Vorfreude überbewertet. Ich könnte anhalten. Wir könnten –"

„Nein, du hast recht." Marc grinste und nahm seine Hand weg.

„Dreckskerl." Er liebte Marcs Art, ihn zum Wahnsinn zu treiben, aber manchmal …

„Nein, ich hab' heute schon geduscht." Marcus fuhr zärtlich mit dem Finger an seinem Hosenschlitz entlang.

Hunter stöhnte auf. „Du kannst geduscht haben und trotzdem ein Dreckskerl sein."

Marcus winkte ab. „Das sind bloß … wie hast du das genannt? Oh ja, meine sadistischen Tendenzen, die zum Spielen rauskommen."

Hunter packte das Lenkrad fester und konzentrierte sich aufs Fahren. „Ich nehme an, Orion hat sie rausgerufen."

„Scheiße, ja! Und wie. Gott. Orion … in Bondage … mit Eis … Wachs … Nadeln … deinen Befehlen gehorchend …" Marcus machte sich die Hose auf und holte seinen Schwanz raus.

Allmächtiger! Zum Glück stand Hunter gerade an einer roten Ampel und bekam dank der hellen Straßenbeleuchtung mit, wie Marcus die Spitze umkreise, mit dem Finger durch die Feuchtigkeit fuhr.

Marcus steckte seinen feuchtglitzernden Finger in den Mund und lutschte ihn ab. „Hast du diese Handfesseln gesehen? Fuck! Wie oft hat er wohl mit Selbst-Bondage gespielt und sich dann einen runtergeholt?"

Tuut! Tuut! Tuuut!

Mist! Es war grün. Hunter richtete den Blick widerwillig wieder auf die Straße und fuhr weiter.

„Wie umwerfend Orion wohl in Hängebondage aussehen würde, wenn er dir den Schwanz zu lutschen versucht, während ich seinen Ständer streichle? Wir würden ihn erst kommen lassen, wenn du abgespritzt hast. Ihn immer wieder bis kurz vor den Orgasmus bringen, bis ihm die Tränen über die Wangen laufen." Marc leckte sich einen weiteren Tropfen vom Finger.

„Ich würde mich beherrschen, so lange ich nur kann. Aber du würdest noch länger durchhalten, weil du seine Frustration absorbieren würdest." Er und Marcus spielten selten zusammen. Doch die sadistische Seite seines Lovers, gepaart mit seiner masochistischen Ader, war herrlich mitanzusehen.

Entscheidungen, Entscheidungen. Sie waren noch eine halbe Meile von zuhause weg. Hunter konnte in das neue Wohngebiet abbiegen, das gerade erschlossen wurde. Es stand noch fast leer, und sie könnten –

„Er wäre bestimmt atemberaubend, wenn er sich anstrengt, eine deiner Positionen zu halten. Meinst du nicht?", fragte Marcus.

„Ja. Oder wenn er den Schmerz von deinen Nadeln in sich aufnimmt." Hunter versuchte zu ignorieren, was gerade auf dem Beifahrersitz vor sich ging, aber Marc machte es ihm nicht leicht. „Hey, tote Männer kommen nicht."

„Nein, aber ich wette, dass Orion das jetzt grade tut." Am Stoppschild legte Marcus die Hand um seinen Schwanz und streichelte sich träge.

Hunter warf ihn einen finsteren Blick zu und sagte: „Fast zuhause."

„Mmm, ja, ich auch … bin fast da", neckte Marcus.

„Wir sind in unsere Straße eingebogen. Reißverschluss zu", verlangte Hunter mit einem leichten Grinsen.

Grummelnd zwängte Marc seinen Ständer wieder in die Hose. „Autsch. Mmm."

„Du liebst es." Hunter seufzte erleichtert auf, als er in die Einfahrt einbog und in die Garage fuhr.

Marcus sprang aus dem Auto und stürmte ins Haus, ehe das Garagentor zu war.

Hunter folgte ihm durch die Küchentür. Er hob Marcs abgestreiften Schuh vor dem Küchenherd auf und grapschte sich auf dem Weg ins Wohnzimmer den zweiten von der Arbeitsfläche. Nachdem er Marcs Hemd vom Fußboden aufgerafft hatte, folgte er der Spur aus Kleidungsstücken die Treppe rauf in ihr Schlafzimmer. Er zog Marcs modischen Slip vom Türgriff und wünschte sich für einen Moment, er hätte den Arsch seines Geliebten in dem Ding zu sehen gekriegt, garniert mit einem komplizierten Muster aus Baumwollbändern.

Marcus, ausgestreckt in der Mitte des Bettes liegend, strich dieses Verlangen aus Hunters Gedächtnis. Sein dunkles Haar fächerte sich über die Kissen aus. Er zwirbelte seine lila Haarsträhnen. Die frischen, weißen Laken hoben seinen olivfarbenen Hautton hervor. In ein paar Wochen würde seine Haut von der Sonne tief gebräunt sein.

Wenigstens benutzte er auf Hunters Drängen hin Sonnenschutzmittel, seit sie zusammen waren, und trotzdem untersuchte er ihn routinemäßig auf Hautkrebs, ob er wollte oder nicht. Verdammt; er musste den Rettungssanitäter wegpacken. Denn auch dann, wenn Hunter aus solchen Hautchecks eine sexuelle Erkundung zu machen versuchte, hatte Marc immer ein Gespür dafür, ob Hunter gerade klinische Inspektionen durchführte. Seufzend schlug Hunter sich alle medizinischen Belange aus dem Kopf und konzentrierte sich auf den Traum von einem Mann in seinem … in ihrem Bett.

Er warf Marcs abgelegte Klamotten auf den Stuhl. Verdammt, jetzt war er froh, dass er ihm dieses Reizhöschen nicht ausziehen musste. Sonst wäre ihm vielleicht dieser Anblick entgangen.

Marcs tätowierte Erektion ragte steil nach oben. Normalerweise war es schwieriger, Marc so stark zu erregen. Manchmal fiel es seinem Geliebten schwer, zum Höhepunkt zu kommen. Aber jetzt sah es nicht so aus, als wäre das zu befürchten. Vielleicht hatte Marc nichts weiter als die richtige Motivation gebraucht. Konnte Orion das fehlende Puzzleteil sein?

Hunter würde ihm mit Freuden weitere Anreize bieten. „Nichts ist erotischer als du in unserem Bett. Ich werde nie genug davon kriegen, dich auf mich warten zu sehen. Worauf hast du Lust?"

„Was Schnelles, und zwar sofort." Marcus zwirbelte seine Nippel, bis er nach Luft schnappte.

„Willst du mich in dir?"

„Ja, aber ich will nicht warten. Blasen wir uns gegenseitig einen." Marcus hatte immer fabelhafte Ideen.

Für einen Blowjob war Hunter immer zu haben. Er zog sein Hemd aus. „Orion hat dich anscheinend richtig geil gemacht."

„Scheiße, ja! Tu bloß nicht so, als ob du ihm nicht selber am liebsten diese Spielzeughandschellen umgelegt hättest."

Gott, die Fantasie, mit Orion zu spielen, schwebte zwischen ihnen.

Marc trieb die Vorstellung weiter: „Er wäre auf die Knie gefallen und hätte drum gebettelt, gefesselt zu werden."

„Hättest du ihn gefesselt, wenn ich es verlangt hätte?"

„Ja. Scheiße, ich will ihn an den Fesseln zerren sehen. Begierig und hilflos …" Marc beugte das Knie.

Hunter packte Marcs Arsch. Seine Tribal-Tattoos folgten den Konturen seines perfekten Hinterteils, betonten die Rundung auf beiden Seiten. Jedes Mal, wenn Hunter sie sah, musste er gegen den Drang ankämpfen, sich zwischen diesen untätowierten Hinterbacken zu vergraben und Marc blindwütig zu ficken, bis er in ihm abspritzte. „Ich würde dich ungefesselt lassen."

„Ja, dann könnte ich ihn bearbeiten. Ich würde ihn in die Nippel zwicken. Vielleicht mit Eis drüber streichen …"

Hunter konnte sich die Schönheit der Szene so lebhaft vorstellen, als ob sie sich vor seinen Augen abspielen würde. „Dann würde ich euch beide über den Esstisch bücken. Seite an Seite."

Marc stöhnte und folterte seinen steifen Schwanz mit Berührungen, die zu sanft waren, um genug Reibung zu bieten.

„Ich würde euch beide abwechselnd ficken."

„In wessen Arsch würdest du kommen?" Marc quetschte seine Erektion mit der Faust zusammen und drehte kräftig, presste einen Tropfen zäher Flüssigkeit aus dem Schlitz.

„Hat das wehgetan?" Hunter achtete darauf, das „sei nicht so grob; du machst ihn noch kaputt" aus seiner Stimme rauszuhalten.

„So gut." Marc war in seiner selbstgeschaffenen Traumwelt.

„Gut. Gib ihm einen Klaps."

Klatsch!

„Sehr schön." Hunter ließ die Hände über Marcs Schenkel gleiten.

Marc stöhnte auf. „Aber wo würdest du kommen?"

„Es wäre der totale Wahnsinn, das entscheiden zu müssen."

„Aber du müsstest dich entscheiden", verlangte Marc.

„Ich würde rausziehen und euch beiden auf den Arsch spritzen." Hunter streifte sich Schuhe und Socken ab.

Marc drehte sich auf den Bauch und räkelte sich. „Ja, spritz' uns mit deiner heißen Wichse voll."

Hunter malte sich aus, wie seine Befriedigung auf Marcs Arsch regnete. Marc sah ihn über die Schulter hinweg an, und in seinem Blick lag so viel Anerkennung, dass Hunter mit den Hüften wackelte, als er sich Jeans und Unterhose abstreifte.

„Dann würde ich alles bis zum letzten Tropfen ablecken."

„Mmmm, ja!", zischte Marc. „Was dann?"

„Dann würde ich euch befehlen, euch gegenseitig die Schwänze zu lutschen."

Marc keuchte. „Ja, ich würde ihn ganz tief in die Kehle nehmen, und er würde heulen und drum betteln, kommen zu dürfen."

Hunter kroch auf Knien übers Bett und streichelte Marcs Hals. „Du bist gut mit deiner Kehle." Er fuhr mit dem Daumen über üppige, dunkelrote Lippen. „Und damit bist du auch echt gut."

Wie vorherzusehen saugte Marc Hunters Daumen in den Mund und bewies damit sein unvergleichliches Talent in den oralen Künsten.

Hunter schnappte nach Luft.

Marc gab Hunters Finger frei. „Würdest du uns kommen lassen?"

Hunter knurrte und versuchte, Marcs Vorstellung von „sexy" mit ins Spiel zu bringen. „Vielleicht."

Lust zu verweigern lag nicht in seiner Natur, aber er gab sich Mühe. Hunter genoss den Machtaustausch der Verzögerung sehr, aber er fand es auch herrlich, anderen Männern beim Orgasmus zuzusehen. Marc liebte diesen schmerzhaften, spannungsvollen Moment direkt vor dem Höhepunkt. In der Schwebe zu hängen, nicht zu wissen, ob der Eintritt ins Paradies gestattet werden würde, während

Hunter die überschwängliche Erleichterung liebte, wenn rasende Lust den Körper des Mannes marterte, den er spielte wie ein Instrument.

„Fuck!" Marc wand sich und rieb sich an der Matratze.

„Ich würde euch beide dafür arbeiten lassen. Orion würde warten müssen, bis du gekommen bist." Er drückte Marcs Hinterbacken und gab beiden einen Klaps, um sie hüpfen zu sehen.

Marc wackelte mit seinem perfekten Hintern und streckte ihn hoch. „Ich würde dieses köstliche Gefühl von allem, was er haben will, außer Reichweite halten, würde ihn das Verlangen richtig spüren lassen."

„Ja, ihn mit Wollust quälen, indem du deinen eigenen Orgasmus zurückhältst."

Marc drehte sich um und legte sich mit dem Kopf zum Fußende des Bettes, dann zog er Hunter mit einem Ruck an sich. „Ich blas' dir jetzt einen." Er schlürfte Hunters halbsteifen Schwanz in den Mund und machte sich ans Werk.

Gott! Marc, halb verrückt vor Verlangen, war ein unvergesslicher Anblick und ein noch unvergesslicheres Erlebnis. Er rammte sich Hunter bis zum Anschlag in den Mund. Es gab nicht das geringste Würgen; Marc schluckte ihn einfach und saugte ihn tief in seine unglaubliche Kehle.

Hunter war entschlossen, es Marc heute Abend gründlich zu besorgen. Er konzentrierte sich. Bei jeder wiegenden Bewegung stießen Marcs Eier an Hunts Kinn, und ein Hauch von Marcs Geruch umwehte ihn. Er leckte das Stück Haut zwischen Hoden und Anus, dann tauchte er mit der Zunge ein. Mmm, dieser warme Moschusduft mit einem Hauch Patschouli … Hunter hätte ihn die ganze Nacht rimmen können.

Marc nahm seinen Mund dort weg, wo Hunter ihn haben wollte, und verlangte: „Hunt, lass das. Heute brauchst du mich nicht erst geil zu *machen*." Er saugte Hunters Schwanz wieder ein, verschob seinen schlanken Körper und richtete seinen Hintern so aus, dass dieser prachtvolle Ständer direkt auf Hunters Mund zeigte.

„Fuck." Hunter leckte das Tribal-Tattoo auf Marcs Schaft. Selbst nach sechs Jahren faszinierte ihn das Muster immer noch; die Schmerzen, die Marc ertragen haben musste, reizten ihn. Die verschlungenen Muster aus schwarzen Linien und Formen waren ein kühnes Bekenntnis zum Masochismus.

Marc hob den Kopf. „Ja. Jetzt lutsch' mich." Er schluckte Hunt wieder.

Hunt ließ sich Marcs Schwanz zwischen die Lippen schieben. Er lutschte und ließ seinen Mund am Schaft nach unten gleiten, bis seine Lippen die Basis umschlossen. Ein erstickter Seufzer um Hunters Schwanz war die Folge. Ja, genau das wollte er.

Marc grub ihm die Finger in den Hintern und trieb ihn sich bei jedem Stoß tiefer in den Rachen.

333

Verdammt! Hunter musste sich beeilen, wenn er mit Marcs Verlangen Schritt halten wollte. In Gedanken sah er wieder vor sich, wie Orion und Marc ihn Seite an Seite anbettelten.

Hunter umfasste Marcs perfekten Hintern und lutschte fester. Er drückte zu, hinterließ wahrscheinlich blaue Flecken, die Marc mit Stolz tragen würde. Hunter wünschte sich, Marcs sadomasochistischen Gelüsten ein Echo bieten zu können, das Zufügen von Schmerzen ebenso zu genießen wie das Bestreben, die Qual zu teilen, aber das konnte er nicht.

Wieder kam ihm Orion in den Sinn. Er sah ihn vor sich, wie er Marc eifrig den Schwanz lutschte. Sie wären an entgegengesetzten Enden des Spektrums. Der eine die großäugige Unschuld in Person, der andere voller teuflischer Absichten. Tattoos gegen, wie er annahm, unberührte Haut, beide nach dem Orgasmus fiebernd. Marc würde Orion aufgeilen, bis ihm die Tränen kamen, und der blonde Schopf würde hüpfen, bis Marc stöhnte und immer schneller zustieß.

Genauso wie er jetzt.

Ja, ja. Fick' ihn in den Mund, bis du ...

Hunter kniff den Hintern zusammen.

Verdammt! Er sollte jetzt rausziehen und nicht in Marcs Mund kommen. Medizinische Informationen trampelten ihm durch den Kopf. Er hatte sich zu ungeschütztem Oralsex bereit erklärt, weil die Risiken gering waren. Außerdem hatte Marc darauf verwiesen, dass diese Studien ohne Truvada durchgeführt worden waren, was sie beide jetzt nahmen. Dennoch bot jeder Austausch von Körperflüssigkeiten immer noch Risiken, und jedes Mal kamen sämtliche klinischen Studien hoch und stürzten Hunter in eine Gewissenskrise. Er sollte –

Marc grub ihm die Nägel in den Hintern. *Fuck!* Statistiken und rationales Denken flüchteten. Marc schien zum Schlucken entschlossen.

Marcs Rachenmuskeln entschieden die Auseinandersetzung für sich, und Hunter ergoss sich in Marcs heißen Mund.

Marc gab Hunters Schwanz frei und stöhnte: „So gut." Er stieß ernsthaft in Hunters Mund, jagte seinem eigenen Paradies nach.

Hunter lutschte und ließ gleichzeitig einen Finger aufreizend über Marc Rosette gleiten.

Marc keuchte: „Ja!" Er mochte die schmerzhafte Reibung eines trockenen Fingers immer.

Hunter verstärkte den Sog und rieb fester.

Marc erstarrte, stieß zu und kam. Stöhnend spannte er den Hintern an, füllte Hunters Mund mit seinem Erguss.

Es war keine devote Geste, aber Hunter genoss die Kapitulation trotzdem. Marc vertraute ihm, ihn wieder auf die Erde zurückzuholen.

Marc wälzte sich weg und machte keine Anstalten, wieder zu ihm ans Kopfende des Bettes zu kommen.

Hunter schnappte sich ein paar Kissen, drehte sich in Richtung Fußende, zog die Bettdecke über sich und Marcus und nahm ihn in die Arme.

„Hunt?"

„Ja?"

„Tut mir leid, dass ich nicht besser gehorsam sein kann. Ich wünschte, ich könnte mich für dich devot stellen."

„Du wärst nicht du, wenn du es könntest. Also braucht es dir nicht leidzutun."

„Tut es aber."

Hunter spielte mit einer Strähne von Marcs Haar. „Sieh mal, ich wünschte, ich könnte für dich auf Nadelspiele stehen."

Marcus seufzte und fuhr mit den Fingern durch Hunters Brusthaare.

„Marc, ich weiß, du denkst, ich wäre nicht glücklich –"

„Nein, ich weiß, dass du glücklich bist, aber du könntest noch glücklicher sein. Es ist mein Job, dafür zu sorgen, dass das passiert."

„Marc –"

„Doch, so ist es. Und du musst zugeben, dass Orion das sensible Gleichgewicht zwischen Schmerz und Lust genießen würde. Und dass er unter deiner Führung aufblühen würde."

Konnte Hunter wirklich diesen Weg einschlagen?

Er zuckte mit den Schultern. „Ich weiß nicht. Und selbst wenn es so wäre … er könnte sich ein für alle Mal von BDSM fernhalten wollen. Ich kann mir nicht vorstellen, wie man je über so ein Trauma wegkommen soll."

„Aber du willst ihn doch auch … oder nicht?"

Das stimmte, aber Hunter war ein bisschen beunruhigt über Marcs Zielstrebigkeit. Obwohl er noch nicht bereit war, es zuzugeben – die Herausforderung, Orion wieder in den Subspace zurück zu helfen, interessierte ihn. „Wir haben ihn eben erst kennengelernt. Wir wollen unsere Fantasievorstellung von ihm."

„Ich kann die Verbindung spüren." Marc starrte ihn an.

Aus Liebe verdrehte Hunter nicht die Augen.

Marcus drängte weiter. „Ich will, dass du alles hast … und dass ich alles habe … und Orion auch. Alles, was wir wollen und brauchen. Du sollst dich nicht mit weniger abfinden müssen."

Hunter seufzte. „Und ich will nicht, dass du dich mit weniger abfinden musst. Aber etwas zu wollen und es wahr zu machen sind zwei verschiedene Dinge."

6

ORION GÄHNTE und blickte sich nach den hohen Kiefern am Seeufer um, deren Umrisse in der Morgendämmerung gerade so auszumachen waren. Er lehnte sich auf dem noblen Gartenstuhl zurück, den Hunter bereitgestellt hatte, und sah zu, wie Hunter mit routinierten Handgriffen ihre Ausrüstung klarmachte.

„Bist du sicher, dass ich nichts helfen kann?" Es ging ihm gegen den Strich, nur rumzusitzen und sich von seinem … von Hunter bedienen zu lassen.

Hunter stellte einen geschlossenen Isolierbecher in Orions Becherhalter. „Nein danke, nicht nötig."

Orion wäre nur im Weg gewesen, also blieb er sitzen.

„Ich habe die Ruten gestern Abend vorbereitet. Pass auf mit dem Haken." Hunter reichte ihm eine bereits mit einem Köder versehene Teleskoprute.

„Ah, Vorbereitung. Trennt die Doms von den Möchtegerns."

Hunter erstarrte, dann richtete er sich langsam zu seiner vollen Größe auf und musterte ihn eingehend.

Orions Herz schlug einen Purzelbaum. „Ähm, ich weiß nicht, warum ich das gesagt habe."

„Oh doch, das weißt du."

Ja, stimmt. Weil ich mich so verzweifelt nach BDSM sehne, selbst einer vagen Andeutung davon. Orion grummelte: „Schon möglich."

„Weißt du, wie man eine Angel auswirft?"

War's das zum Thema? Na schön, Orion wollte sowieso nicht über BDSM reden. Angeln … einen Köder auswerfen … wie schwer konnte so was schon sein? „Das sind Rollen mit Kindersicherung, oder?"

„Ich dachte, wir heben uns die Freilaufrollen für ein andermal auf."

Ein andermal? Orion brachte sein Herz zum Schweigen und erklärte: „Ich drücke diesen Knopf und …" Der Köder plumpste auf den Boden. „Ähm, anscheinend nicht."

Hunter demonstrierte. „Du musst den Knopf gedrückt halten, und beim Auswerfen lässt du ihn dann los."

Orion kurbelte den Großteil seiner Angelschnur ein und versuchte, Hunter möglichst genau nachzuahmen. Er atmete erleichtert auf. Sein Köder landete nicht annähernd so weit draußen, wie Hunter seinen geworfen hatte, aber wenigstens war das blöde Ding ins Wasser geplumpst.

„Gut gemacht, Orion."

Orion saugte Hunters breites Lächeln auf wie ein Schwamm.

Aufgabe ausgeführt. Erfolg. Lob.

Gott, er vermisste Sessions. Die Einfachheit, etwas auszuführen, was jemand anders von ihm verlangte.

Begierig auf mehr fragte er: „Und was jetzt?"

Hunter setzte sich, seine Angelrute in der Hand. „Jetzt warten wir."

Eine halbe Stunde verging, und Sonnenlicht sprenkelte das Wasser. Friede senkte sich auf Orion herab. Das Gefühl der Zufriedenheit grenzte tatsächlich fast an die Ruhe, die er sonst nur nach einer harten Session fand.

Die Sonne lugte allmählich über den Horizont des Sees. In diesem Licht sah Hunter Channing Tatum wirklich sehr ähnlich – ganz der adrette Junge von nebenan, nur besser aussehend und stark genug, dass Orion am liebsten auf die Knie gefallen wäre. In Hunters Augen lag eine Güte und Aufrichtigkeit, die ihn an Vertrauen glauben ließ. Alles an Hunter war ruhig und beständig, selbst sein rhythmisches Atmen.

Hunter merkte wahrscheinlich, wie eingehend Orion ihn betrachtete, aber er sagte nur: „Nicht wie in *„Am goldenen See"*, hm?"

Orion lachte leise. „Ich hätte gedacht, du würdest wenigstens das Wasser mit deiner Angelrute peitschen."

„Ich steh' nicht auf Fliegenfischen. Zuviel Arbeit", erwiderte Hunter.

„Na ja, du hast erwähnt, dass Angeln wie Subspace ist. Da dachte ich eben, das Peitschen gehört dazu." Warum konnte Orion es nicht lassen, immer wieder auf BDSM anzuspielen? Er hätte auch gut einen anderen Vergleich wählen können.

„Nein, ich glaube, das hast du gesagt."

„Hmmm, stimmt, habe ich." Orion seufzte. Vielleicht wäre es die beste Lösung, ab jetzt die Klappe zu halten.

„Ein Seufzen heißt, dass du dir was wünschst. Was willst du, Orion?" Hunter steckte seine Angelrute in die Halterung und widmete Orion seine ungeteilte Aufmerksamkeit.

Schauder. Was für eine Frage. Er wünschte sich so viele Dinge …

Achselzuckend stieß er ein „Weiß nicht" aus und sah dabei einem Vogel nach, der über dem Wasser kreiste.

„Oh doch, du weißt es", beharrte Hunter voller Zuversicht.

Scheiß drauf. „Ich wünschte, ich hätte dich und Marcus kennengelernt, bevor …"

„Bevor du vergewaltigt wurdest."

„Es war keine … Ich wünschte, wir hätten uns schon gekannt, als ich mit euch hätte spielen können."

„Orion, das kannst du immer noch."

Schön wär's. „Nein, kann ich nicht. Bei jeder Session, die ich versucht habe, habe ich versagt."

„Versagt?"

Das Krächzen eines Vogels in den Zweigen über ihnen war viel lauter als sein gemurmeltes: „Seit … damals … habe ich jedes Mal mein Safeword benutzt."

Hunter kniff die Augen zusammen und starrte ihn an, als hätte Orion eine andere Sprache gesprochen. Schließlich legte er den Kopf schief und fragte: „Das siehst du als *Versagen* an?"

Orions Kehle war wie zugeschwollen; er konnte kaum schlucken. Wahrscheinlich eine Allergie. Er nickte.

Hunter fuhr sich mit den Fingern durch die Haare und schaute hinaus aufs Wasser. „Also, ich muss ehrlich zu dir sein."

Jetzt kommt's. Grundkurs Safeword-Benutzung für Dumme. „Ich weiß, dass Safewörter dazu da sind, verwendet zu werden."

Stirnrunzelnd schüttelte Hunter den Kopf. „Ich würde mir wie ein Versager vorkommen, wenn mein Sub sein Safeword nicht aussprechen würde, so bald er es braucht."

Orion verdrängte das Gefühl der Demütigung. Sein Ego würde einen Knacks davontragen, aber er musste beweisen, dass er recht hatte. „Ja, aber sofort?"

„Der Sub sollte sein Safeword einsetzen, wann immer es ein Problem gibt. Wenn der Sub das nicht kann, habe ich als Dom meinen Job nicht gemacht."

Orion rutschte auf seinem Gartenstuhl herum. Er nahm seinen Kaffee aus dem Halter und trank einen großen Schluck.

Hunter fuhr fort: „Sein Safeword auszusprechen bedeutet, dem dominanten Partner genug zu vertrauen, um ihm Feedback zu geben und überzeugt zu sein, dass er entsprechend reagieren wird."

Orion zuckte mit den Schultern. „Das Wesen des Safewords."

„Safewörter sind ein entscheidender Bestandteil des Vertrauens, das für alle Beteiligten nötig ist. Ohne dieses Feedback kann ich nicht dominieren. Ich würde mir schwer tun, mit einem Sub zu spielen, der sein Safeword nicht einsetzt. Safewörter geben mir die Freiheit, Limits zu erkunden und auf eine Art an Grenzen zu gehen – und darüber hinaus – wie ich es ohne Safeword nie tun würde."

Zugegeben, von diesem Standpunkt aus hatte er ein Safeword noch nie betrachtet.

„Dann ist das also der einzige Grund, warum du nicht mehr an Sessions teilnimmst?" Hunters Stimme wurde sanfter, ermutigte Orion, sich zu öffnen.

Im Prinzip schon. Oder? „Ich habe keine Lust, Enttäuschungen zu erleben … eine Enttäuschung zu sein."

Schweigen.

Hat er etwa vergessen, dass ich hier bin? Wie sollte Orion erklären, dass sein Selbstwertgefühl eng mit seiner Fähigkeit verknüpft war, sich anderen zu ergeben? Nicht imstande zu sein, sich den Wünschen eines Masters zu unterwerfen, gab ihm das Gefühl –

„Was wäre, wenn du nicht so empfinden würdest?", stellte Hunter die einfachste Frage der Welt.

„Hm?" Das wäre ein Wunder, und an die glaubte Orion nicht.

„Was wäre, wenn du beschließen würdest, das Aussprechen deines Safewords nicht als Versagen zu sehen, sondern als das, was es wirklich ist … ein Fest des Vertrauens."

„Das ist –" Orion wagte es auszusprechen. „Bescheuert." Er wartete auf das domgemäße Dementi.

Hunter grinste und fragte: „Ist es das?"

Keine Spur von dem üblichen Getue, das Orion gelegentlich bei dominanten Männern erlebt hatte. Er hatte mit einigen Männern gespielt, die „Sub" mit minderwertiger Intelligenz gleichsetzten. Sie hatten Orion mangelnde Eigenwahrnehmung unterstellt und geglaubt, ihm zeigen zu müssen, was er wirklich wollte.

„Könntest du das Aussprechen deines Safewords als Vertrauensbeweis gegenüber deinen Spielpartnern betrachten?", fragte Hunter erneut.

„Ähm … ja … Ich denke …" Das Konzept hatte was für sich. Wenn der Dom es wirklich als Triumph ansah, dass ein Sub sein Safeword aussprach, könnte er jemals –

„Du hast einen!" Hunter sprang auf und reichte Orion die Angelrute. „Nimm ihn an den Haken."

„Was? Wie?" Orions Herz pochte. Die Angelschnur begann sich surrend abzuspulen.

„Kräftig anziehen. Aber reiß nicht zu stark an der Rute."

Orion befolgte die Anweisungen, oder versuchte es jedenfalls.

„Gut. Gut", spornte Hunter ihn an.

Konzentriert zu bleiben, wenn er gelobt wurde, brachte etwas in Orion zum Singen, das brachgelegen hatte und Aufmerksamkeit verlangten.

Hunter formte einen Bogen mit den Händen. „Super! Halt' die Rute gebogen – ja, genau so. Du hast Fireline auf der Spule."

Was auch immer das heißen sollte. „Okay?"

Hunter stellte sich direkt neben ihn. „Du machst das großartig. Halte die Angelrute immer unter Spannung. Wenn die Spitze aufrecht steht, lässt du das Ende der Rute runter und kurbelst schnell."

„Oh Gott!" Orion drehte an der kleinen Kurbel, so schnell er konnte.

„Du machst das sehr gut. Die Fireline hält dreißig Pfund aus, also wenn du nicht grade einen Wal dran hast, kann nichts passieren. Du machst das super. Er wird langsam müde."

Vor und zurück bewegte sich die Angelschnur durchs Wasser. Hunter legte die Arme um Orion und half ihm, die Rute beim Einholen des Fisches unter Spannung zu halten. Er hatte nicht mal Zeit, um diese warmen, männlichen Arme um sich herum zu genießen.

Orions Arme zitterten bereits, als Hunter ihn losließ, um den Fisch mit seinem Stielkescher aus dem See zu schöpfen. „Du hast ihn."

Orions Gesicht schmerzte vor lauter Stolz auf den Erfolg.

Hunter holte eine lange Chirurgenklemme aus seiner Tasche und entfernte den Haken aus dem Maul des Fisches. „Hier, wir brauchen ein Foto."

Orion legte die Angelrute weg und nahm das zappelnde Geschöpf entgegen. „Dein erster Fisch! Streck' die Arme aus. So wirkt der Fisch größer."

Hunter schoss mit seinem Handy ein paar Fotos, fütterte den Fisch mit einem Wurm und setzte ihn wieder ins Wasser. „Stillhalten, Mr. Forelle. Ich will bloß sicher gehen, dass du…" Die Forelle plantschte mit der Schwanzflosse und schwamm davon. Hunter warf einen Blick über die Schulter und verkündete: „Dem geht's gut."

Orion sah zu, wie der Fisch durchs Wasser schnitt und schließlich verschwand. Hunters Beispiel folgend schwenkte er seine fischigen Hände im See und trocknete sie dann an seiner Jeans ab.

Nachdem er den Köder überprüft hatte, gab Hunter ihm die Angelrute zurück. „Hier. Wirf sie wieder aus."

Hunter warf seine Schnur aus und griff dann nach seinem Handy, um es Orion zu zeigen. „Das ist ein tolles Lächeln. Hast du was dagegen, wenn ich das Bild hier an Marcus schicke?"

„Nein, mach nur. Könntest du's mir auch schicken?"

Hunter drückte auf „senden" und setzte sich wieder. „Klar."

Orion schickte das Foto sofort an X weiter. Er warf die Angel aus und hatte sich gerade wieder hingesetzt, als der Signalton seines Handys eine Video-Mitteilung ankündigte.

Hunter blickte von seinem Handy auf. „Xander?"

Orion prustete. „Ja. Hier. Guck' dir das an."

Er spielte das Video ab. Ein Kurzkopfgleitbeutler knurrte: „Dann probieren wir heute mal Fisch zum Abendessen. Njam, njam, njam."

Orion textete zurück: *Kein Fisch. Wir haben ihn freigelassen.*

Eine weitere Message kam über dieselbe App, aber diesmal ertönte nur ein zwanzig Sekunden langer Lippenfurz, so laut, dass Hunter zu lachen begann, bis der Piepston kam.

„Was hat Marcus gesagt?"

Hunter reichte ihm das Handy, und Orion las: „Tolles Foto, Sexy! Orion ist so schön" – den Rest las er nicht laut – *dass ich nächstes Mal auch mit zum Angeln gehen will.*

Hunter nahm das Handy zurück und las die SMS, die er schrieb, beim Tippen laut vor: „Du hast ihn ganz verlegen gemacht."

Bevor Orion seine wahrscheinlich sehr roten Wangen dementieren konnte, hielt ihn ein weiterer Piepston davon ab.

„Was?", fragte Orion, als ob es ihn was anginge. Na ja, da es dabei um ihn ging, war das vielleicht der Fall.

„Willst du's sehen?"

„Ja", antwortete Orion zu schnell, um sich am Nachdenken zu hindern.

Kopfschüttelnd reichte Hunter ihm das Handy.

Orions Augen weiteten sich, als er las: *Dann sag ihm lieber nicht, was wir alles mit ihm anstellen wollen.*

Fuck! Die Bilder von den Sessions, die diese beiden sich ausdenken könnten, blitzten vor seinem geistigen Auge auf, und Orion wand sich auf seinem Stuhl.

Hunter drehte den Kopf zur Seite. „Wird dir dabei unbehaglich zumute?"

Orion hätte sich gern dumm gestellt, aber er glaubte ans Beantworten direkter Fragen ohne Spielchen. „Es weckt Wünsche in mir."

„Wünsche …?" Hunters tiefe Stimme schickte Orion eine Liste von Bedürfnissen und Forderungen.

„Ja." Orion wandte sich ab, um Hunters Blick zu entkommen.

Er wusste nicht genau, ob er erleichtert oder enttäuscht sein sollte, als Hunters nächste Worte waren: „Unsere Schnüre treiben ab. Wir sollten neu auswerfen, sonst verheddern sie sich."

Wem wollte Hunter hier was vormachen? Selbst Orion konnte sehen, dass sie sich bereits verheddert hatten.

ORION VERSUCHTE, das lastende Schweigen mit einem Frage-und-Antwort-Spiel zu füllen. „Warum bist du Rettungssanitäter geworden?"

Hunter warf seine Angel wieder aus und setzte sich. „Ich wollte eigentlich Medizin studieren, aber dann wurde mir klar, dass kein Arzt was für einen Patienten tun kann, der es nicht bis ins Krankenhaus schafft."

„Stimmt."

„Und nachdem ein geistesgegenwärtiges Rettungssanitäter-Team meinen Dad gerettet hatte, konnte ich mir nicht vorstellen, je was anderes zu machen. Ohne sie hätten wir ihn verloren. Ich wollte mich revanchieren."

„Steht ihr euch nahe?"

„Ja. Meine Eltern wohnen in Florida. Aber seit sie beide in Rente sind, pendeln sie ständig zwischen ihren drei Timesharing-Wohnungen hin und her und sind nur noch selten zuhause."

„Das ist cool."

„Außer, wenn ich mitten in der Nacht einen Anruf kriege, weil sie wieder mal vergessen haben, dass ich nicht in ihrer Zeitzone bin." Hunter lachte leise. „Sie sind immer ganz überrascht, dass ich um neun Uhr morgens ihrer Zeit noch tief und fest schlafe … wenn sie in Europa sind."

Orion kicherte. „Pech für dich. Aber gut für sie. Meine Eltern reisen auch viel, aber meistens zu Vortragsreihen oder um Vorlesungen an anderen Unis zu halten."

„Sind deine Eltern Professoren?", fragte Hunter.

„Mom ist Soziologie-Professorin, und Dad ist der Dekan für Internationale Beziehungen."

Hunter nickte.

Das Gespräch kam ins Stocken. Die Stille machte Orion zappelig und brachte ihn dazu, etwas zu fragen, was er schon wusste. „Ähm, dann bist du also seit sechs Jahren mit Marcus zusammen?"

„Jau." Ein strahlendes Lächeln erhellte Hunters Gesicht, und Orion war sich sicher, dass seinetwegen noch nie jemand so gelächelt hatte, abgesehen von Xander und seiner Mutter, und die zählten eigentlich nicht.

„Was meinst du, ist er dein Mann fürs Leben und umgekehrt?"

„Also, das ist ziemlich direkt." Hunter zog eine Augenbraue hoch.

„Tut mir leid. Ich wollte nicht ... das heißt – wie habt ihr euch kennengelernt?"

Ein versonnener Blick trat in Hunters Augen. „Im Entwined gab es eine ‚Schraube sucht Mutter'-Singleparty."

„Ich erinnere mich, als ich noch Student war, habe ich ständig Flyer für Verbindungspartys mit diesem Motto gesehen."

„Wirklich, im College? Hast du teilgenommen?"

„Nee." Damals hatte Orion zwar noch nicht gewusst, was genau bei solchen Partys passierte, aber bereits geahnt, dass es wahrscheinlich nichts für ihn war.

„Dabei geht es darum, zu sehen, wer die passende Schraube zu deiner Mutter hat oder umgekehrt, nicht?"

„Die Idee dahinter ist, Leute miteinander zu verkuppeln, deren Schrauben und Muttern zusammenpassen ...", verdeutlichte Hunter.

„Erst verkuppeln, dann abschleppen, was?", lachte Orion.

Hunter grinste. „Ja. Jedenfalls habe ich Marcus am Geländer lehnen sehen, die Arroganz und Erotik in Person. Ich wusste nicht, ob er gerade gehen wollte oder eben erst gekommen war."

Orion wollte sich die gesamte Szene ausmalen können. Details waren wichtig. „Weißt du noch, was er anhatte?"

„Werde ich nie vergessen. Enge lila Lederjeans, schwarze Spitzencorsage, mit lila Bändern um die Taille geschnürt, und kein Hemd."

„Mmm, sexy." Der Mann hätte wahrscheinlich dem Titelblatt eines BDSM-Pornomagazins entstiegen sein können.

Hunter warf ihm einen kritischen Blick zu. Seine Lippen zuckten, schafften aber kein ganzes Lächeln. „Er hat meinen Blick aufgefangen, an dieser lila Haarsträhne rumgezwirbelt und mich so von oben bis unten gemustert, wie er's immer macht, um zu entscheiden, ob jemand seiner würdig ist. Ich muss wohl seine Prüfung bestanden haben, weil er den Typen, der ihn gerade am Anbaggern war, einfach stehen lassen hat. Mitten im Satz. Marc hat ihn eiskalt abserviert."

Leicht vorstellbar.

Hunters verträumter Gesichtsausdruck ließ ihn noch attraktiver wirken. „Er kam auf mich zu stolziert, selbstbewusst, entschlossen und keine Spur devot. Die Menge hat sich für ihn geteilt, und es schien, als wären alle Gespräche verstummt, weil alle ihn begaffen wollten."

Orion musste es wissen. „Was hat er gesagt?"

Hunter, aus seinen Erinnerungen gerissen, lächelte ihn an. „Ob du's glaubst oder nicht – er hat gesagt, dass sein tätowierter Schwanz in meinem Mund echt geil aussehen würde."

Marcus hatte seinen Penis tätowiert? Orion hatte das bisher nur auf Bildern im Internet gesehen. Er kannte niemanden, der so was machen lassen hatte. Heilige Scheiße, das musste ja eine Tortur gewesen sein. So viele Nadelstiche an einer so empfindlichen Stelle – Gott! Orion schlug die Beine übereinander. „Er hat …?"

Hunter nickte und lachte leise, wahrscheinlich über den Sabber, den Orion sich lieber vom Kinn wischen sollte. „Und weißt du was?"

„Was?"

„Er hatte recht." Hunter grinste und verschränkte die Hände hinter dem Kopf.

Orion musste sich an seinem Becher festhalten, weil ihm die Hände zitterten. Die Vorstellung setzte ihn in Brand, und ganz gleich, wieviel kalten Kaffee er trank, nichts konnte die Flammen löschen.

Hunter räusperte sich und sagte: „Ich wollte ihm klarmachen, dass wir nicht zusammenpassen. Ich habe ihm gesagt, dass wir beide Schrauben sind."

„Was hat er gesagt?"

„Marcus hat diese lila Haarsträhne gezwirbelt und gesagt: ‚Dann machen wir's eben passend. Mein Auto steht auf dem Parkplatz. Wir müssen nämlich unbedingt vögeln'."

Gott, gab es was Erotischeres als zwei dominante Männer, die sich nicht voneinander bedroht fühlten? Da er bereits an einige Doms geraten war, die sich gegenseitig an Dominanz zu übertreffen versuchten, hielt Orion sich normalerweise von dominanten Männern fern, die was zu beweisen hatten … mit Ausnahme von Henry. Doch alles, was er bisher von Hunter und Marcus erfahren hatte, bestätigte ihre gegenseitige Wertschätzung. Pisswettbewerbe brauchten sie schlichtweg nicht.

Orion konnte sich schon denken, wie die Antwort lauten würde, aber er fragte trotzdem: „Bist du mitgegangen?"

„Er hat mir den Hals geleckt", erklärte Hunter, als wäre die Frage damit beantwortet.

Orion starrte wie gebannt auf Hunters Kehle. Sie schien eine Art erotischer Schlüssel zu sein, und Orion musste ein solches Juwel an Information einfach horten. „Deinen Hals?"

Hunter atmete ein bisschen schwerer. „Ja, meine Schwachstelle. Ich bin ihm nach draußen zu seinem Honda gefolgt, und wir haben es passend gemacht …"

Orion war zwar eigentlich kein Voyeur, aber er konnte den Wunsch nicht unterdrücken, sie zusammen zu sehen, und sei es nur im Geiste. „Moment mal. Ich dachte, die Eigentümer machen einem die Hölle heiß, wenn man auf dem Parkplatz Sex hat. Weil so was unserem Image in der Öffentlichkeit schaden könnte oder was auch immer."

Gerüchten zufolge hatten die Eigentümer des Entwined deswegen schon langjährige Mitglieder rausgeschmissen. Denen, die gegen diese Regel verstießen, drohten rechtliche Schritte; man munkelte von außergerichtlichen Einigungen mit Hilfe großzügiger Spenden an wohltätige Organisationen.

Hunter zuckte mit den Schultern, aber ein leichtes Lächeln spielte um seine Mundwinkel. „Sagen wir mal, diese Regelung gilt erst seit dem Abend, an dem Marc und ich zusammen auf den Parkplatz rausgegangen sind."

„Wow!" *Sie* waren der Grund für die Regel. Was hatten sie da draußen bloß getrieben? Moment mal, was *konnten* sie dort draußen getrieben haben? „Es geht mich ja nichts an, aber wie zum Teufel ist er auf so engem Raum aus einer Lederjeans rausgekommen?" Orions logischer Verstand rätselte, wie dieses Kunststück in einem Honda möglich sein sollte, und die Unmöglichkeit raubte dem Akt gerade jede Erotik.

Hunter sog scharf den Atem ein, dann schüttelte er rasch den Kopf und antwortete: „Er hat einfach den Reißverschluss aufgemacht."

„Reißverschluss?"

„Seine Hose hatte einen durchgängigen Reißverschluss in der Mitte, vom vorderen Bund bis ganz nach hinten. Sie war im Schritt teilbar."

„Wow." Jetzt brutzelte sein Hirn vor heißer Erotik.

„Tollste Erfindung aller Zeiten." Hunters Stimme wurde leiser. „Er hat seinen Butt-Plug rausgezogen."

Orion leckte sich die trockenen Lippen. „Dann war er also bereit für dich."

„Oh ja. Sobald ich in ihm drin war." Hunter schien ergänzen zu müssen: „Mit Kondom, natürlich."

Orion nickte. Hunters medizinische Ausbildung zwang ihn offenbar, in jeder Unterhaltung lehrreiche Momente unterzubringen. Orion störte das nicht, obwohl jetzt nicht der richtige Moment für ein Gespräch über Safer Sex war. „Und dann …?"

„Er hat seinen Mund auf meinen gepflanzt und mich geküsst. Es war … alles." Hunter lächelte Orion an.

„Was ist dann passiert?" Orion musste es wissen.

„Am nächsten Tag hat er angerufen. Er hat mich zum Essen eingeladen. Ich habe nicht gezögert."

„Und ihr zwei kriegt das immer noch hin." Orion hätte sich die Zunge abbeißen können, weil er so unglaublich schmalzig daherredete.

„Wir hatten unsere Höhen und Tiefen. Ich brauche einen Sub, dem ich dienen kann, und er braucht jemanden, mit dem er Schmerz teilen –"

„Einen Sub, dem du dienen kannst? Bringst du da nicht was durcheinander?"

Hunter verdrehte die Augen. „Ich bin als Dom eher egalitär eingestellt. Ich möchte jemandem Unterstützung bieten, der Führung und Grenzen braucht. Ich erhoffe mir einen echten Machtaustausch, keine blinde Dienstbarkeit."

344

„Oh, dann bist du also kein ,Popo voll, jetzt blas mir einen'-Dom?"
Zugegeben, nicht alle autoritären Doms waren so, aber –

Hunter zog eine Augenbraue hoch. „Das will ich doch schwer hoffen. Von denen gibt's viel zu viele, findest du nicht?"

Um nicht in eine Debatte über Dom-Typen zu geraten, wechselte Orion lieber das Thema. „Ja. Also, ich find's jedenfalls gut, dass ihr einen Weg gefunden habt, Marcus und du. Ihr passt gut zusammen."

„Das stimmt, aber er will einen dritten Partner." Hunter starrte hinaus auf den See.

Die Worte platzten aus ihm heraus, ehe Orion sie zurückhalten konnte. „Und du nicht?"

„Es ist für mich schwer vorstellbar. Obwohl jeder von uns was braucht, was der andere ihm nicht bieten kann."

Das Schweigen trieb zwischen ihnen dahin wie die Enten, die das Ufer verlassen hatten und in den See gehüpft waren.

Das Gefühl der Enttäuschung war lächerlich. Sie hatten sich nicht mal geküsst. Es war lediglich sexuelle Anziehungskraft und ein Restbedürfnis nach BDSM, was Orions Verlangen färbte.

Hunter räusperte sich. „Darf ich dich mal was fragen?"

„Klar."

„Was meinst du, ist es eher ein Mangel an Vertrauen zu Doms oder zu dir selbst, was dich vom Spielen abhält?"

Orion hätte ihm dieselbe Frage stellen können. Fehlte ihm einfach das Vertrauen, dass ein Sub in seine bestehende Beziehung mit Marcus kommen konnte, ohne sie zu zerstören? Stattdessen sagte er: „Ich glaube, Vertrauen beziehungsweise ein Mangel daran ist für uns beide der Schlüssel zu unserem Problem."

Hunter sah ihn lange nachdenklich an, dann nickte er. „Ich glaube, du hast recht."

7

MARCUS ÖFFNETE das Garagentor, packte Orion und drückte ihn in einer Wolke von Patschuliduft fest an sich. „Bist du bereit für unser Ausmal-Date oder hat Hunter dich fertig gemacht?"

Date? Das war bestimmt scherzhaft gemeint. Sie wollten schließlich nur einen netten Nachmittag zusammen verbringen. Aber Marcus konnte ihn gern weiter umarmen, so lange er wollte. Orion keuchte: „Nein, bin bereit."

Marcus drückte fester. „Mmmm, bist du *nicht*, aber du *könntest* in –"

„Marc!", knurrte Hunter.

Orion zuckte zusammen, und Marcus ließ ihn mit einem Kichern los und ging auf Hunter zu. „Ach, stimmt ja, das Experiment beinhaltet keine ... *Bereitschaft.*"

Hunter schüttelte den Kopf, aber seine Lippen bogen sich lächelnd nach oben. „Erdrück' mich nicht, Marc. Meine Rippen tun von gestern Nacht noch tierisch weh."

Neugier durchströmte Orion. Was sie wohl gestern Nacht getrieben hatten? Das wäre bestimmt eine Schau gewesen ... Er musste aufhören, sich an seinen ... Freunden ... aufzugeilen.

Marcus umarmte Hunter mit übertriebener Vorsicht, bis Hunter seufzte: „Schon verstanden. Ich geh' nur schnell duschen." Er gab Orion einen Wink. „Du kannst gleich hier durch diesen Abstellraum gehen, den wir angeblich gar nicht haben, und die Tür rechts führt dann in die Küche."

Sie folgten Orion ins Haus, und Marcus fragte: „Willst du dir unterwegs einen Salat holen, oder bringt Soph was mit?"

„Keine Ahnung. Überleg' ich mir nachher." Hunter ging hinaus.

Ein frevlerisches Bedürfnis, sich um diese beiden Männer zu kümmern, drohte Orion etwas Dummes tun zu lassen, daher begnügte er sich mit der Frage: „Hast du was dagegen, wenn ich ihm was zum Mitnehmen mache?"

Marcus schüttelte den Kopf. „Wir waren schon ziemlich lange nicht mehr einkaufen."

„Ist es okay, wenn ich's trotzdem versuche?" Hunter hatte ein gutes Mittagessen verdient. Nur darum ging es hier – um eine Mahlzeit.

Marcus gab achselzuckend seine Erlaubnis. „Mach nur. Schau, was du finden kannst."

Orion blickte sich um. Er kam sich vor wie in einem altmodischen Diner. Zwei hochlehnige, rote Polsterbänke mit einem Resopaltisch dazwischen bildeten eine Sitznische. Ein Jukebox-Radio stand an Stirnseite des Tisches zwischen den Doppelfenstern. Beim Öffnen des Fünfziger-Jahre-Kühlschranks stellte er erleichtert fest, dass die Tür nur Fassade für ein modernes Kühlgerät war. Der Herd und die Arbeitsflächen hätten aus einem Restaurant stammen können. Töpfe und Pfannen hingen über einer kleinen Edelstahl- Kücheninsel mit Unterschränken. Küchenutensilien an Haken und Messer säumten eine magnetische Zierleiste an der Wand.

„Tolle Küche", bemerkte Orion, während er nach Essbarem suchte.

Marcus zuckte mit den Schultern. „Ja, wegen dieser Küche haben wir das Haus gekauft. Wobei wir wohl beide gedacht haben, eine Themenküche würde einem von uns auf magische Weise das Kochen beibringen."

Orion inspizierte den Kühlschrank, die Schränke und Regale. Seine ausgiebige Schnitzeljagd hätte seine Kurzkopfgleitbeutler stolz gemacht, dass er zu ihrer Gemeinschaft gehörte. Cracker, Nüsse, Kapern – warum um alles in der Welt hatten sie Kapern? Marcus hatte keine Witze gemacht. Sie mussten unbedingt einkaufen gehen, aber ein paar Grundnahrungsmittel waren da.

Vielleicht gab es im Gefrierschrank verborgene Schätze? Bingo!

„Mmm, was riecht denn hier so gut?", fragte Hunter, als er in seinen Arbeitsstiefeln in die Küche gestapft kam. Sein kurzes Haar war noch feucht vom Duschen, seine Uniform zackig – es gab bestimmt keinen attraktiveren Rettungssanitäter in der ganzen Stadt ... im ganzen Staat ... Land ... auf der ganzen Welt.

Verdammt. Orion musste einen Gang runterschalten, sonst würde er den Mann noch bespringen, und Hunter käme zu spät zur Arbeit.

Marcus reichte Orion eine Tüte und sagte zu Hunter: „Mein Lieber, dieser Mann hier ist ein Zauberer!"

Orion war noch nie gut mit übertriebenem Lob zurechtgekommen. „Da ist Gemüsesuppe drin. Pass aber auf. Ich weiß nicht, wie dicht diese Thermoskanne ist."

„Orion hat die praktisch aus nichts gemacht!" Marcus hörte sich an, als hätte Orion Suppe erfunden.

Kopfschüttelnd versuchte Orion, ihn wieder in die Realität zurückzuholen. „Nicht aus nichts. Aus einer Dose Hühnerbrühe, Tiefkühlgemüse und ein paar Gewürzen."

Marcus machte ein Gesicht, als hätte er jemanden übers Wasser gehen sehen. „Ich wusste nicht mal, dass wir Gemüse da hatten."

„Ja, das habe ich vor einer Weile gekauft. Ich wollte es in der Mikrowelle warm machen, wusste aber nicht wie", erklärte Hunter.

Oh je. Sie konnten nicht mal mit einer Mikrowelle umgehen? Lebten sie nur von Essen zum Mitnehmen? Orion packte zwei Thunfisch-Sandwiches in die Tüte, dazu ein paar Selleriestangen und ein kleines Döschen Salatdressing als Dip.

„Das ist super. Vielen Dank." Hunter fasste sich kurz ans Herz.

„Ist doch bloß ein bisschen was zu essen." Orion fand wirklich nichts dabei.

„Du hast sogar so viel gemacht, dass er mit Sophie teilen kann und es für uns später auch noch reicht!", korrigierte Marcus.

Hunter blieb vor Orion stehen und hob Orions Kinn, zwang ihn, Blickkontakt aufzunehmen. Ein Hauch von Leder kitzelte Orions Sinne. „Es ist mehr als nur ein bisschen was zu essen. Ich weiß es zu schätzen, dass du dich um uns kümmerst. Dankeschön."

Marcus schubste ihn mit der Schulter an und flüsterte laut: „Jetzt musst du mit den Wimpern klimpern und sagen: ‚Gern geschehen … Sir'."

Orion schluckte und versuchte, gleichmäßig weiter zu atmen. „Gern geschehen … Hunter."

Es klang unglaublich falsch.

Warum konnte er es nicht aussprechen? *Sir?* Es war nur ein Wort … des Respekts … ein Wort, das jeder ständig benutzte. Verdammt, Xander benutzte es, wenn er sich nicht an den Namen eines Typen erinnern konnte. Aber für Orion hatte der Titel eine zu große Bedeutung, und er konnte das Wort nur dann aussprechen, wenn es von dort kam, wo er es eingeschlossen und weggesperrt hatte.

„Fast." Marcus stieß Orion noch mal mit der Schulter an und wandte sich an Hunter: „Rette Leben, aber pass für mich gut auf deins auf."

„Mach' ich doch immer. Benimm dich, falls du dazu imstande bist." Hunter küsste Marcus.

Der Kuss löste einen seltenen Hunger in Orion aus. Was würde er nicht für einen einfachen Kuss geben? Er wollte, dass Lippen so über seine glitten. Wie dumm von ihm, nach dieser Art von Liebe zu lechzen – wo Liebe doch nur ein schlichtes chemisches Ungleichgewicht war. Er wäre ein Lügner, wenn er behaupten wollte, dass sich nicht ein Teil von ihm nach dem Glück und der Sicherheit sehnte, die eine alles verzehrende Liebe bringen würde.

Hunter wandte ihm das Gesicht zu, und für einen kurzen Moment konnte Orion das Verlangen in seinen Augen lesen. Er wollte seine Lippen auf Orions Mund legen. Und alles in Orion warnte ihn, dass das der beste Kuss aller Zeiten wäre …

Hunter beugte sich vor, bis sein Mund dicht vor ihm schwebte, doch dann hielt er inne. Seine Lippen streiften flüchtig Orions Wange. „Viel Spaß mit Marcus."

Hunter schlüpfte zur Tür hinaus, ehe das Bedauern Orion traf wie ein Schlag in die Magengrube.

„Ich kann gut noch mit dem Mittagessen warten, falls dir das lieber ist", erklärte Marcus.

„Ich habe die Suppe zugedeckt und die restlichen Sandwiches in den Kühlschrank gestellt."

Wieder tat Marcus so, als wäre Orion ganz großartig. „Du bist ein Gott unter Männern!"

Orion schüttelte den Kopf. „Wohl kaum."

Marcus ging an den Kühlschrank. „Ich hol' mir einen Limo. Möchtest du auch eine?"

„Ja, bitte."

Orion starrte die Limonaden-Spezialität an, die Marcus für ihn öffnete. Er nippte an dem sprudelnden Orangen-Thymian-Mix. Mmm, die musste er unbedingt besorgen, wenn er mit Xander das nächste Mal *schick* einkaufen ging. Das machten sie alle paar Wochen, um ihren Vorrat an interessanteren Markenprodukten aufzustocken, die es bei Price Chopper nicht gab.

Marcus deutete auf die Sitznische. „Nimm Platz. Was für Musik hörst du gern?"

Orion glitt auf die gepolsterte Bank. „Panic! At the Disco, Green Day, Radiohead, Tokio Hotel, R.E.M –"

„Irgendwas aus den Top 40?"

„Eigentlich alles, wozu ich tanzen kann …"

„Endlich! Jemand, der Verständnis hat. Hunter hört nur Heavy Metal. Sophie, du weißt schon, seine Teampartnerin?"

„Oh mein Gott, die ist toll." Orion trank einen weiteren Schluck von dem süßen Sprudelgetränk.

„Also, Sophie, so sehr ich auch für diese Frau schwärme, aber sie hat Hunters Musikgeschmack total verdorben. Obwohl, wenn man was oft genug hört, fängt man vermutlich an, es zu mögen."

„Kognitive Dissonanz", steuerte Orion den Fachbegriff bei.

„Was?"

„Die Theorie der kognitiven Dissonanz besagt, wenn du was Unangenehmes nur oft genug machst, redet dein Verstand dir ein, dass es dir gefallen muss, weil du es ja schließlich tust. Oder in diesem Fall, weil du diese Art von Musik hörst, musst du sie mögen."

„Denn warum solltest du es sonst tun?", schloss Marcus.

Orion klopfte auf den Tisch. „Genau."

„Ich unterhalte mich gern mit dir. Ich lerne jedesmal was Neues." Marcus musterte ihn. „Du musstest bestimmt lange studieren, um Krebsforscher zu werden."

„Ja, aber mit Professoren als Eltern war das selbstverständlich." Orion verdrängte die Erinnerung daran, wie sein Vater getobt hatte, als er davon gesprochen hatte, vor der Uni ein Jahr lang auf Reisen gehen zu wollen. Vielleicht hätte er sich nach seinem Abschluss ein Jahr frei nehmen sollen, aber das hatte er nicht getan. Er hatte nonstop gearbeitet. Nur im Entwined hatte er hin und wieder mal eine Auszeit gekriegt.

Marcus nickte und machte die Jukebox an, in der sein iPod steckte. Er rief eine Playlist auf, und der erste Song war „Emperor's New Clothes" von Panic! At the Disco. Marcus begann den Text stumm mitzusprechen.

Orion grinste. „Ich liebe dieses Musikvideo."

„Es ist toll, wenn er sich in einen Dämon verwandelt. Die Spezialeffekte sind gut." Marcus trank einen Schluck Limo. „Jedenfalls beeindruckend, dass du auf dem College warst. Mir hat die High School schon gereicht."

„Bei meinen Eltern stand nach der Highschool aufzuhören nie zur Debatte." Orion fragte sich wieder mal, ob er nicht aus purem Trotz in die Forschung gegangen war, denn wahrscheinlich hätte ihm das Unterrichten viel eher gelegen.

„Und deine Mom unterrichtet auch?"

„Ja, sie setzt sich gerade für die nächste Erweiterung des Instituts für Geschlechterforschung ein."

Marcus rutschte auf seinem Platz hin und her und knibbelte an seinem Nagellack herum. „Die behandeln doch Themen wie soziale Gerechtigkeit, Klasse, Nationalität, Rasse ... solche Dinge? Oder liege ich da ganz falsch?"

„Nein, genau das bedeutet es." Wow. Die meisten hatten keine Ahnung, was dieser Studiengang alles beinhaltete.

„Ich war vielleicht nicht auf dem College, aber ich versuche, mich auf dem Laufenden zu halten." Marcus spielte mit seiner lila Haarsträhne.

Orion stellte eilig klar: „Nein, du bist sehr klug. Ein College-Diplom kann nichts weiter als ein Stück Papier sein, wenn man nicht in sein Studium investiert war. Und dieses Stück Papier nicht zu haben heißt noch lange nicht, dass man nichts gelernt hat und ungebildet ist."

„Ich weiß, dass du kein Akademiker-Snob oder so was bist, aber manchmal ..." Marcus eilte hinaus und kam mit Schreibunterlagen, Filzstiften und einem Buch zurück.

„Glaub' mir, ich arbeite oft genug mit Snobs zusammen, um zu wissen, dass deine Empfindlichkeit der Realität entstammt."

Marcus reichte ihm ein dickes Buch. „Da, such' dir eine Vorlage aus, dann schneide ich die Seite für dich raus."

Orion blätterte in den aufwendigen Mandalas herum. „Die sehen alle ziemlich verzwickt aus. Ich bin nicht besonders kreativ."

Lächelnd legte Marcus die gepolsterten Schreibunterlagen und die Filzstifte auf den Tisch. „Doch, bist du. Entscheide dich für eins, an dem du arbeiten möchtest."

„Hmm." Orion durchblätterte das Buch und hielt auf einer beliebigen Seite an. Er zeigte sie Marcus.

„Gefällt es dir?"

Orion betrachtete das Muster erneut. „Doch, ja."

Marcus drehte das zusammengeklappte Rasiermesser zwischen den Fingern, dann löste er die Seite aus dem Buch und legte sie auf die Schreibtischunterlage.

Er setzte eine lila umrandete Brille auf und beantwortete Orions unausgesprochene Frage: „Ich trage meistens Kontaktlinsen."

Orion zog seine eigene schwarz umrandete Brille hervor und setzte sie auf.

Marcus grinste anzüglich. „Die gefällt mir. Damit siehst du erst recht sexy aus."

Vielleich brauchte Orion seine Brille nicht zu verstecken, aber er verdrehte die Augen. „Ich könnte ein blonder Harry Potter sein. Und du wirst bald sehen, wie unkreativ ich bin."

Marcus wählte eine Vorlage für sich und schnitt die Seite mit dem Rasiermesser aus dem Buch. „Das glaube ich nicht. Such dir einfach eine Farbe aus und fang an."

Orion versuchte, Marcus nachzuahmen. Er suchte sich einen Filzstift aus, wählte einen Bereich des Musters und begann zu malen.

Bleib innerhalb der Linien. Bleib innerhalb der Linien.

„Du machst das großartig. Genieß es einfach, dich durch Farbe auszudrücken."

„Love Who Loves You Back" von Tokio Hotel entspannte Orion. Er griff nach einem petrolblauen Filzstift. „Hey, wie bist du für deine Farbsträhne auf lila gekommen?"

Marcus zuckte mit den Schultern. „Lila ist die Farbe des Adels. Purpur. Aber was Adel wirklich bedeutet, ist Unabhängigkeit und das zu verfolgen, was man will ... und zwar solange, bis man sein Ziel erreicht hat."

Orion heftete seinen Blick auf die Seite, an der er arbeitete, und konzentrierte sich darauf.

Marcus wiegte sich im Takt der Musik, während er sein Muster ausmalte. „Es hat mir echt gut gefallen, dass du uns diese Zettelchen in die Lunchpakete gesteckt hast."

Was sollte Orion sagen? Hunter hatte sie nicht erwähnt, daher hatte er angenommen, sie hätten seine Botschaften vielleicht gar nicht gesehen. „Kurzer Aussetzer ... ich habe einem Impuls nachgegeben."

„Wir mögen deine Impulse."

„So was mache ich sonst nie." Orion konnte es immer noch nicht fassen, dass er den Mumm dazu gehabt hatte.

„Wie schade." Marcus hielt zwei Filzstifte in einer Hand, wechselte zwischen ihnen hin und her und sang *„Love Who Loves You Back"*.

Orion summte mit. Die sexy Orgien-Szene aus dem Musikvideo ging ihm einfach nicht aus dem Kopf.

Marcus sang einen hohen Ton und fragte dann unvermittelt: „Vermisst du es nicht, an Sessions teilzunehmen?"

Orions Hand zog einen pfirsichfarbenen Filzstiftstrich quer durch das Design. „Verdammt!"

„Schon okay. Arbeite mit dem, was du hast. Male einfach den ganzen Bereich pfirsichfarben aus und dann mit dunkleren Farben drüber, oder lass es so."

Guter Rat, aber das reichte nicht, um den Schmerz zu lindern, den seine Antwort hervorrief. „Doch, ich vermisse es schon."

„Was vermisst du am meisten?"

„*Alles*" zu sagen würde bedeuten, nur weiter in einer anscheinend ewig schwärenden Wunde rumzustochern. Orion entschied sich dafür, Marcus eine Frage zu stellen. „Würdest du dich wirklich als Sadist bezeichnen?"

„Ich bin einer. Ich habe kein Problem mit Bezeichnungen ..."

Orion ergänzte: „Solange sie nicht dazu benutzt werden, etwas zu pathologisieren ..."

Marcus starrte ihn an. „Was?"

„Manchmal hört jemand eine Bezeichnung und stellt dann über alle Personen, die sich mit einem bestimmten Begriff identifizieren, pauschale Vermutungen an. Oder die Bezeichnung wird wie eine Diagnose verwendet, ob passend oder nicht."

Marcus atmete hörbar aus. „Ja, ungefähr so, wie wenn ich *Sadist* sage und alle immer gleich an *Das Schweigen der Lämmer* denken."

„Ich nehme an, die meisten Leute machen keinen Unterschied zwischen Soziopath, Psychopath und Sadist. Und sie gehen wahrscheinlich davon aus, dass alle Sadisten sich auf dieselbe Weise ausdrücken."

Marcus gab ein leises Geräusch von sich und wechselte zu einer anderen Farbe über.

Orion wartete mit Fakten auf. „Hast du gewusst, dass bei Sadisten die Stimulationsfähigkeit der Amygdala erhöht ist?"

Marcus hörte auf zu malen, ließ seinen Filzstift fallen und schaute auf. Seine großen Augen nahmen wahrscheinlich Orions Nervosität wahr. Seine Mundwinkel hoben sich, und eine perfekt gezupfte Augenbraue ging nach oben. „Sagst du jetzt versaute Sachen zu mir, Orion?"

„Nur, wenn du das willst." Marcus machte den Mund auf, aber Orion wollte diesen Weg nicht einschlagen, daher schüttelte er den Kopf. „Ähm, die Amygdala ist ein Teil des Gehirns, der mit starken Emotionen in Verbindung gebracht wird."

Marcus beugte sich vor, stützte die Ellbogen auf den Tisch und begann, mit seinen lila Haarsträhnen zu spielen. „Oh."

War dem Mann überhaupt klar, wie sexy diese Geste war? Das langsame, rhythmische, sinnliche Drehen und Zwirbeln bescherte Orion einen Ständer. Ah, dem wissenden Blick nach zu schließen wusste Marcus ganz genau, was er da tat.

Orion schüttelte den Kopf, um über die Lust hinaus zu denken. Wovon hatten sie noch gleich gesprochen? „Ähm, ja. Normalerweise kann ein Sadist sich supergut in das einfühlen, was andere empfinden."

Marcus lehnte sich zurück und fasste nach der Tischkante. „Ja. Ich habe nicht das Bedürfnis, jemanden mental zu kreuzigen, aber ich stehe total drauf, die intensiven Empfindungen mitzuerleben, die ich anderen verschaffe ... diese Intensität ..." Er fuhr sich mit den Fingern durch die Haare. „Das ist Perfektion."

Heilige Scheiße! Orion hätte ihn am liebsten angefleht, die Tiefen des Machtaustauschs mit ihm zu teilen. Er brachte kein Wort heraus, und der Moment verstrich.

Marcus ergriff Orions Hand. „Du zitterst ja."

Orion konnte ihm nicht in die Augen sehen, daher starrte er auf sein halbfertiges Mandala. Er sehnte sich verzweifelt danach, die Extreme zu kosten, die Marcus ihm bieten konnte. Doch es führte kein Weg vom Wunsch zum Handeln.

Marcus betrachtete ihn nachdenklich, was Orion unbehaglich auf seinem Platz hin und her rutschen ließ.

Er zog sich hastig in die Sicherheit seines Intellekts zurück, griff in die Dateien, wo er Informationen über Studien verwahrte. „Glaubst du an Decetys Theorie des Sadismus?"

„Was? Wer? Schon wieder solche schweinischen Ausdrücke, du Schlingel." Marcus' kastanienbraune Augen funkelten, und seine dunkelroten Lippen zuckten.

Orion hielt sich an den Fakten fest, um nicht völlig den Verstand zu verlieren. „Das Konzept, dass Liebe und Schmerz in der Kindheit irgendwie miteinander verknüpft werden, und dass diese Verbindung im Sadisten den Hunger erzeugt, beides zu vermischen."

Marcus schüttelte den Kopf. „Meine Mutter, die ich sehr liebe, hat mir nie wehgetan und war nie gewalttätig zu mir. Also trifft das auf mich nicht zu."

Auf die Gefahr hin, sich wie ein übereifriger Forscher anzuhören, fragte Orion: „Was meinst du, warum haben sich deine sadistischen Tendenzen entwickelt?"

Ein Pop-Song begann. Die lebhafte Melodie des Stücks schien ihre Unterhaltung noch bedeutsamer zu machen.

Marcus zuckte mit den Schultern und beugte sich vor. „Ich kann nur für mich selbst sprechen, aber ich habe eine Theorie darüber, wie ich geworden bin …"

Erregung durchfuhr Orion. Er hatte bereits vermutet, dass Marcus nicht der Typ Mensch war, der andere klein machen musste, um sich groß zu fühlen. Und es würde ihm keinen Kick geben, wenn jemand aus Angst vor ihm zitterte. Aber wenn jemand darum bettelte, kommen zu dürfen –

Konzentrier' dich. „Ja?"

„Masochisten stehen auf Schmerz." Marcus zog an seinen Haaren.

Orion nickte in völligem Einvernehmen. „Ja, wir ziehen sexuelle Befriedigung aus körperlichem und manchmal auch aus seelischem Schmerz. Es erfüllt ein Bedürfnis, das andere nicht haben."

„Subs wollen dienen. Masochisten wollen leiden."

Die sehr grobe Vereinfachung ließ Orion nicht dahinschmelzen, aber die Welle von Verlangen ertränkte ihn fast. Er wünschte sich so sehnlich, beides für jemanden zu tun, der dessen würdig war.

„Also, als Masochist sehne ich mich nach diesen Qualen, und als Sadist möchte ich anderen das *Vergnügen* des Leidens verschaffen."

„Dann ist die Empfindung, nach der du strebst das, was du gibst?", fragte Orion. „Und mit deinen hochempfindlichen Sinnen erlebst du eine Session vielleicht in mancher Hinsicht intensiver als ein Dom."

„Genau!", rief Marcus. „Ich glaube, du bist der erste, der wirklich kapiert, was ich meine."

Ja – nein! Rückzug. „Na ja, über Sadisten wird nicht viel geforscht. Dabei gäbe es ethische Probleme. Aber es gab eine Studie, die gezeigt hat, dass Sadisten gar nicht so selten sind."

Marcus riss die Augen auf. „Wirklich? Was für eine Studie?"

Orion gefiel es sehr, dass Marcus sich nicht von seinen verbalen Ergüssen abschrecken ließ. Er liebte es, Informationen zu teilen; vielleicht hätte er wirklich auf seine Eltern hören und Lehrer werden sollen. „Vor einigen Jahren hat Dr. Paulhus eine Studie in *Psychological Science* veröffentlicht. Studenten wurden gebeten, zwischen unangenehmen Arbeitsaufgaben zu wählen. Über fünfzig Prozent entschieden sich dafür, als Schädlingsbekämpfer oder Assistenten von Schädlingsbekämpfern zu arbeiten, statt Toiletten zu putzen oder Schmerzen durch Eiswasser zu ertragen."

Marcus runzelte die Stirn und neigte den Kopf. „Okay?"

„Die Möchtegern-Kammerjäger bekamen je drei Käfer in einem Behälter. Den Käfern hatte man niedliche Namen gegeben, wie Muffin. Die Versuchspersonen mussten die Käfer in eine Kaffeemühle werfen."

Marcus verzog das Gesicht. „Igitt!"

„Keine Sorge, es gab ein Geheimfach. Den Käfern ist nichts passiert. Aber die Maschine hat Mahlgeräusche gemacht."

Marcus zuckte zusammen. „Das ist krank! Ich könnte so was nicht."

„Einige Versuchspersonen habe sich geweigert, aber es gab auch welche, die mehr Käfer verlangt haben …"

„Wirklich?" Marcus war leicht grün im Gesicht und schien kurz davor zu sein, zum Mülleimer zu rennen.

Orion nickte und fuhr fort: „In späteren Studien hat Dr. Paulhus Versuchspersonen in getrennte Räume gesetzt und bei Computerspielen gegeneinander antreten lassen. Der Sieger konnte den Verlierer mit Lärm von null bis zehn beschallen, musste aber im Gegenzug dafür eine langweilige Aufgabe erledigen. Die Versuchspersonen, die hochgradige sadistische Tendenzen aufwiesen, haben keine Mühen gescheut, um den Verlierer zu bestrafen. Und dabei ging es nicht einmal um Rache, denn wenn die Versuchsperson verlor, hat der andere Teilnehmer, der in die Studie eingeweiht war, immer null gewählt."

Marcus machte „Hmmm."

„Dr. Paulus meinte damit gezeigt zu haben, dass Sadisten nicht selten sind, aber in ihrem Ausprägungsgrad variieren. Sadisten funktionieren wie jeder andere auch. Ich meine, du weißt das natürlich."

Marcus kicherte. „Aber obwohl ich Sadist bin, würde ich niemanden nur so mit Lärm beschallen wollen."

„Genau. Außerdem habe ich noch nie verstanden, warum die meisten Darstellungen von Sadisten sie zugleich auch als Psychopathen charakterisieren."

Marcus zwirbelte einen Filzstift zwischen den Fingern. „Okay? Warum?"

„Für Psychopathen sind die Schmerzen, die sie anderen zufügen, nur Mittel zum Zweck, während der Sadist anderen gezielt wehtut, weil er den Schmerz durch seine Zielperson erleben will." Orion schien einfach nicht den Mund halten zu können. „Das, und Psychopathen fehlt es an Empathie … vermutlich klingt es deshalb einfach unglaubhaft für mich, wenn Filme Sadismus mit einer psychopathischen Persönlichkeit verknüpfen. Natürlich könnte es schon Menschen geben, die beides sind, aber meiner Meinung nach wäre das eher die Ausnahme als die Regel." Orions Vorlesung kam zum Erliegen.

Marcus nickte. „Das stimmt. Mir geht's nur um die Empathie … aber ich würde nie jemandem was antun oder Schmerzen zufügen, der sich nicht freiwillig darauf eingelassen hat. Sie müssen die Empfindungen wollen."

Orion würde sich so was von auf die Schmerzen einlassen, die Marcus zu bieten hatte, und er würde jede qualvolle Sekunde lieben, ganz gleich –

Nein! „Ich glaube, wenn wir uns von den Bezeichnungen und den strikten Definitionen loslösen, stellen wir fest, dass die meisten Dinge auf einem Spektrum liegen."

„Dann bin ich also auf dem sadistischen Spektrum?", fragte Marcus.

„Ja, und deine masochistische Ader zieht dich aus dem Median." Da sein Ausmalpartner ihm offensichtlich nicht mehr folgen konnte, verdeutlichte er: „Spitze der Glockenkurve."

„Seitlich versetzt?"

„Stimmt." Orion fügte Lilatöne zu seinem Mandala dazu.

Marcus räusperte sich und tauschte seine Filzstifte gegen Silber und Gold aus. „Deshalb brauchen Hunter und ich einen Dritten. Jemanden, der sowohl den Schmerz genießen kann, den ich teilen will, als auch sich Hunt unterwerfen kann."

Orion sah dabei ein Problem. „Hunter will keinen –"

„Ich kann für Hunt den Sub spielen, aber ich habe kein Verlangen nach Führung. Befehle zu befolgen und mich an Grenzen zu halten, ist nichts für mich." Marcus strichelte mit dem Gold am Rand seines Kunstwerks entlang. „Er steht nicht auf die Empfindungen, die ich teilen muss. Obwohl er sie für mich ertragen würde. Aber ich will das mit jemandem machen, der süchtig nach Schmerz ist … der das Erlebnis genauso dringend braucht wie ich. Jemandem so intensive Gefühle verschaffen zu dürfen ist berauschend. In seinem Beruf ist Schmerz nichts Gutes."

„Aber will Hunter überhaupt einen Dritten?" Warum fragte Orion das? Es sollte ihn doch eigentlich nicht interessieren.

„Hunt will nicht zugeben, dass er mehr braucht, als ich ihm bieten kann. Aber das tut er. Wenn wir den Richtigen finden würden …"

Scheiße. Warum war Orion ihnen jetzt begegnet? Warum hatte er sie nicht kennenlernen können, bevor –

„Hast du schon mal in Nadel- oder Piercingspiele reingeschnuppert?", fragte Marcus.

Orion nickte. „Ich habe vor ein paar Jahren im Entwined an einer Demonstration teilgenommen."

„Ah, Master Randy aus Colorado. Ich erinnere mich. Wie hat's dir gefallen?"

Orion wählte den dunkelgrünen Filzstift und begann den äußeren Kreis auszumalen. „Es hat Xander an die Allergiespritzen erinnert, die er als Kind gekriegt hat. Deshalb sind wir nicht bis zum Schluss geblieben."

„Allergiespritzen. Nicht sexy."

Orion biss sich auf die Wangen, doch er konnte die Worte nicht zurückhalten. „Aber ich hätte nichts dagegen, es mal selbst auszuprobieren. Spiel-Piercen tut nicht weh, aber man könnte es schmerzhaft machen ... für die richtige Person."

Marcus sah Orion nicht an; er nickte nur.

Da er es sagen musste, betonte Orion: „Der kontinuierliche Schmerz ... klingt verlockend."

„Das ist er ... und so kann ich wieder und wieder und wieder winzige Häppchen Schmerz dazugeben. Bei manchen Leuten kumuliert die Empfindung. Und wenn ich den richtigen Rhythmus finde, gleiten sie in den Subspace ab."

Orion unterdrückte gewaltsam sein Stöhnen. Fuck! Sein Herz galoppierte bei der Vorstellung. „Sich all diesen Einstichen hinzugeben ist bestimmt ...."

„Unglaublich. Solange du mit den richtigen Leuten zusammen bist." Marcus musterte ihn eingehend.

Orion schwieg, da er überzeugt war, dass Marcus seine sämtlichen Geheimnisse ausgespäht hatte – einschließlich der Tatsache, dass Orion sein Nadelkissen sein wollte. Er wartete.

„Wenn du im Entwined gespielt hast, was hat dir da besonders gut gefallen?"

„Alles." Seine Stimme war kaum ein Flüstern. Er räusperte sich und versuchte es noch mal. „Schlagspiele, Bondage, Wachs, Grenzspiele ...." Wo er dann in Schwierigkeiten geraten war.

„Atemkontrolle, Feuer, Messer?" Marcus' Stimme streichelte die verwundeten Teile von Orions Seele, während die Frage ihn zugleich zerriss.

Orion schluckte, da ihm die Galle hochzukommen drohte. „Alles."

Die Zeit blieb stehen, als Marcus in ihn hineinstarrte. Die Frage hing zwischen ihnen.

Frag schon! Ich kann nein sagen, und wir können das hinter uns lassen.

Marcus senkte den Blick auf Orions Mandala. „Sieht super aus. Willst du noch ein bisschen mehr Lila dazutun?"

„Lila?"

Marcus reichte Orion mehrere Lilatöne. „Ich würde dir empfehlen, weiter bei den leuchtenden Farben zu bleiben, da du den Pfirsichton übermalt hast."

Orion starrte auf sein Kunstwerk hinab und widerstand dem Drang, das Blatt in Stücke zu reißen.

Marcus hatte wahrscheinlich ein Fiasko umgangen, indem er ihn nicht um eine Session gebeten hatte. Was hätte das auch für einen Sinn? Außer, wenn ... nein.

„Hast du eigentlich noch Sex, Orion?"

Orion lachte. „Was? Ähm, ich habe zwar einen Knacks weg, aber ich bin kein Mönch ... Ich mach' nur kein BDSM."

Ein Piepsen veranlasste Marcus, sein Handy hervorzuholen. „Das ist Hunter."

„Grüß' ihn von mir", sagte Orion, als wäre er in der siebten Klasse.

Marcus grinste, und dann wechselten sie offenbar ein paar SMS.

Orion malte sein Bild zuende.

„Sieht klasse aus", sagte Marcus nach sorgfältiger Inspektion. „Möchtest du unsere SMS lesen?"

Ja! „Ähm ... okay?" Hatten sie sich wieder über ihn unterhalten?

Orion las Marcus' SMS: *Er gehört uns.*

Hunter hatte geantwortet: *Er ist kein Hündchen.*

Darauf hatte Marcus geschrieben: *Ich weiß, aber er gehört uns und ich will ihn behalten.*

Orion starrte länger als nötig auf das Handy. Schließlich brachte er den Mut auf, einen Blick auf Marcus zu riskieren.

Marcus musterte ihn. „Ich fand, das solltest du wissen. Scheiß auf diese schwachsinnige Ausrede mit dem Experiment. Lerne Hunter und mich kennen. Meiner Meinung nach könnte das für uns alle richtig gut werden."

Orion musste unbedingt hinzufügen: „Oder ganz schlimm ..."

8

„WAS GUCKEN wir uns heute an?", rief Xander vom Sofa aus.

Orion nahm das Popcorn für ihren freitäglichen Filme-Abend aus der Mikrowelle und gab die heißen Körner in eine große rote Schüssel. Er holte für jeden was zu trinken aus dem Kühlschrank und ging ins Wohnzimmer. „Du bist dran mit Aussuchen."

„Okay. Scrollen wir mal durch Amazon und schauen, was es kostenlos gibt. Quillon sagt, dass gerade eine neue Staffel von *Transparent* rausgekommen ist."

Orion unterdrückte einen Freudenschrei bei der Eröffnung und stellte die Getränke hin. Er setzte sich auf die Couch und stellte das Popcorn zwischen sich und Xander. „Und, wie geht's Quillon?"

„Er ist einfach toll." Xanders Seitenblick besagte, dass er wusste, was Orion vorhatte, das Verhör aber gnädigerweise erlauben würde. Er scrollte weiter durch die Filme im Angebot und warf sich eine Handvoll buttriges Popcorn in den Mund.

„Und, habt ihr schon …?"

Xander lächelte. „Wir haben in den Hinterzimmern im Entwined gespielt, aber er hat mich auf ein Nicht-BDSM-Date eingeladen."

„Cool. Wohin?"

„Mittagessen in der Innenstadt von Troy, und danach vielleicht ins Kino … oder irgendwas."

„Klingt gut", sagte Orion und sah Xander nachdenklich an. War da irgendwas komisch an seinem Tonfall?

„Und mit ‚danach irgendwas' meine ich … wann wolltest du am Samstag nach dem zweiten Date mit deinen Männern wieder zuhause sein?"

„Sie sind nicht meine Männer, und lenk' nicht vom Thema ab. Also, habt ihr zwei schon *ge-irgendwast*?" Orion wollte das Problem lokalisieren, bevor er sich verirrte.

Xander runzelte schmollend die Stirn und atmete hörbar aus. „Noch nicht. Er sagt, er will noch ein bisschen warten."

„Und du willst nicht …?" Verdammt, normalerweise war es Xander, der in jeder seiner Beziehungen bei den körperlichen Aspekten die Bremsen anzog.

Xander seufzte. „Ich glaube einfach, er macht sich Sorgen, ich könnte ihn dann vielleicht …"

Orion füllte die Lücken. „Weil er trans ist, hat er Angst, das könnte ein Problem für dich sein?"

„Ja. Ich glaube, er hat nicht gerade viele erfolgreiche sexuelle Erfahrungen gemacht. Und als ich ihm gesagt habe, dass ich ihm einen blasen will, ist er …"

„Na ja, er hat sich wahrscheinlich nicht operieren lassen, und …"

„Männern blase ich einen und Frauen lecke ich. Ist doch nur eine Redewendung. Er ist ein Mann, und ich will ihm einen blasen. Das ist mein Recht als gottverdammter Sub! Was er da unten hat oder nicht hat, macht ihn nicht zum Mann. Er *predigt* diesen Scheiß. Man kann seinen Körper so lieben, wie er ist."

Orion verspürte das Bedürfnis, Xander zu erinnern: „Es sei denn, seine Körperdysphorie bringt ihn durcheinander."

Xander seufzte. „Ich weiß, aber nicht jeder muss sich umoperieren lassen, um ein glückliches Leben zu führen."

„Er aber vielleicht schon."

„Na ja, aber woher soll ich das wissen? Weil er nämlich nicht mit mir darüber redet. Eine physische Angleichung macht einen nicht mehr zu dem Geschlecht, mit dem man sich identifiziert, aber …"

Orion nickte. „Stimmt, aber das zu leben ist eine andere Sache."

Xanders Tirade versiegte. „Ja, ich weiß. Aber Gott, ein Mann wie er ist mir noch nie begegnet. Was ich durch ihn alles empfinde. Was ich ihm alles geben will. Ich fühle mich sicher bei ihm. Und er ist so männlich, so dominant, dass ich am liebsten auf die Knie fallen und … Wie auch immer, erzähl mir von deinen Lovern."

Orion hielt das Knurren nicht aus seiner Stimme raus. „Sie sind nicht meine Lover. Ich war mit Hunter angeln. Marcus hat mit mir Mandalas ausgemalt. Wir haben ein paarmal zusammen gegessen. Und dieses Wochenende wollen wir das Ganze wiederholen – das Angeln und das Ausmalen – und danach werde ich mir mit Marcus einen Star-Wars-Marathon reinziehen, bis Hunter von seiner Schicht nach Hause kommt."

„Und, hast du?"

Orion beschloss, am besten den Unschuldigen zu spielen. „Habe ich was?"

Er kicherte, als Xander ein genervtes, ungeduldiges Geräusch von sich gab. X griff nach seinem Handy, und innerhalb einer Minute bekam Orion ein SMS-Ping.

Mit finsterem Gesicht zog Orion sein Handy hervor. Und tatsächlich war ein Gleitbeutler-Video in seinen Nachrichten. Er spielte es ab. Das süße Pelzgesicht fragte: „Haben deine Lover dir schon mit ihren Schwänzen Fieber gemessen?"

Orion prustete. „Du bist wie ein Achtklässler."

Xander nickte. „Bin ich! Sag mal, was soll das eigentlich mit diesem bescheuerten Experiment?"

Jetzt war es Orion, der seufzte. „Ich glaube, dem hat Marcus letztes Wochenende ein Ende gemacht."

„Also keine fadenscheinigen Ausreden mehr, hinter denen du dich verstecken kannst?"

„Anscheinend nicht." Orion zuckte mit den Schultern.

„Gut." Xander fand eine erste Folge von *Transparent*. „Das hier?"

„Okay."

ORION SCHAUTE über den See und versuchte, nicht zu gähnen. Die friedliche Stille brachte ihm dem Subspace so nah, wie er nur sein konnte.

Hunter räusperte sich. „Ähm, es gäbe da zwei Sachen, die ich dich fragen wollte."

„Klar, schieß los." Orion setzte sich aufrechter hin.

„Marc hat in ein paar Wochen Geburtstag. Wir machen nichts Offizielles oder so, aber wir treffen uns normalerweise mit ein paar Freunden im Entwined. Könntest du dir vorstellen, dort zu sein, oder wäre dir dabei unbehaglich zumute?"

Orion schüttelte den Kopf. „Nein. Ich vermisse den Club schon irgendwie."

Hunter tätschelte ihm fürsorglich die Hand, oder war es Mitgefühl? Orion konnte sich nicht sicher sein, aber er wollte kein Mitgefühl von Hunter. Er wollte ihm zeigen –

„Er macht keine richtige Session, aber er sticht ein paar Spiel-Piercings ... normalerweise bei mir. Ich hab' mich gefragt ..."

Orions Herz hämmerte, und es verscheuchte wahrscheinlich die Fische. *Ja?*

„Welchen von den Subs sollte ich deiner Meinung nach ansprechen?"

Rumms! Was? Nein, mich! „Weswegen?", fragte Orion mit zusammengebissenen Zähnen.

„Ähm, ob jemand Interesse an Piercing-Spielen hätte. Marc ist sich darüber im Klaren, dass ich da keinen Spaß dran habe, also weiß ich, dass er es nicht so genießen kann, wie ich es mir für ihn wünsche ..." Orions Gesicht musste etwas verraten haben, denn Hunter fragte: „Was ist denn?"

„Ich will, dass du mich fragst." Da, Orion hatte die Worte gesagt, die er wahrscheinlich nicht sagen sollte.

Hunter entgegnete mit gedämpfter Stimme: „Aber du machst doch kein BDSM mehr. Ich will dir nichts zumuten, wobei dir nicht wohl ist."

Das war logisch, aber Orion wollte derjenige sein, der Marcus dieses Geschenk machte. Niemand sonst. Außer vielleicht Hunter. „Es wäre mir nicht unwohl dabei."

„Das verstehe ich nicht." Hunter studierte ihn, als wäre Orion ihm ein Rätsel. Orion konnte es ihm nicht verdenken.

„Ich auch nicht, um ganz ehrlich zu sein. Aber ich will das machen." Bei allem, was ihm an Wissenschaft auf der Welt lieb und teuer war, er wollte das für sich ... für Marcus und für Hunter.

Hunter bohrte nach: „Hast du dich schon mal piercen lassen?"

Details. „Nein."

„Willst du's deshalb versuchen?"

Erregung durchströmte Orion. Warum war ihm das nicht vorher eingefallen? Piercing-Spiele waren nicht mit negativen Erinnerungen behaftet. „Keine Ahnung. Aber wenn ich Dinge erkunden kann, die ich im BDSM-Bereich noch nie gemacht habe, komme ich vielleicht irgendwann auch wieder zu den Dingen zurück, die ich früher gern gemacht habe." Ergab das überhaupt einen Sinn? Seine Begeisterung über die Möglichkeit legte ihm nahe, diese Idee weiter zu verfolgen.

„Du glaubst, es würde dir helfen, Vertrauen aufzubauen." Hunter hatte das Rätsel gelöst.

Orion nickte.

Hunter warf seine Angel wieder aus. „Ich will dir nichts vormachen. Wenn die Piercings erst mal drin sind, kann er sie verdammt schmerzhaft machen, falls ihm danach ist."

Orion unterdrückte ein Stöhnen und rutschte auf seinem Stuhl hin und her, weil seine Hose immer enger wurde. Marcus würde todsicher dafür sorgen, dass Orion jede einzelne Nadel spürte, die seine Haut durchstach. Wann war Marcus' Geburtstag noch mal?

Hunter schüttelte den Kopf. „Ich bin kein Weichei, aber Herrgott, ich hasse es, wie diese Nadeln ..."

„Gott, ich weiß ... oder ich will es wissen." Orions Stimme klang ganz hauchig, als imitierte er gerade Marylins „Happy Birthday" an Kennedy. Die Vorstellung, für Marcus zu leiden und erleben zu dürfen, wie der Schmerz sich in intensive Lust verwandelte ... „Ich glaube, das könnte ich hinkriegen, wenn ... wenn du da wärst und mich anleiten würdest?"

Hunter starrte tief in Orions Seele. „Natürlich werde ich das tun."

Orion stockte der Atem.

„Und du kannst immer dein Safeword einsetzen." Hunter konnte sich offenbar nicht davon abhalten, Orion daran zu erinnern, dass er immer einen sicheren Ausweg hatte. Der Hinweis gab Orion nicht das Gefühl, schwach zu sein, sondern wärmte ihn noch mehr. Jemand, der auf die Tiger aufpasste, gewährte ihm die Freiheit, einfach nur zu sein.

Orion verwarf den Gedanken. „Stimmt, aber ich glaube nicht, dass ich es brauchen werde."

„Dann bringen dich also nur gewisse Situationen dazu, dicht zu machen?" Hunters Stimme wurde tiefer, und Orion hoffte, eines Tages zu hören, wie sie ihm echte Befehle gab.

Allein die Möglichkeit, sich wieder in einer Session versuchen zu können, brachte Orion dazu, seine Wahrheit genauer zu analysieren. „Ich glaube, wenn ich bei einer Session ausgerastet bin, war immer Bondage mit im Spiel."

„Dann ist Bondage vielleicht ein Limit."

Orion fand diese Auffassung abwegig. Doch statt sie verächtlich abzutun, betonte er: „Ich hatte vorher nie Limits."

Hunter schüttelte den Kopf. „Oh doch. Du hast sie nur nie definiert."

Orion starrte finster zu den Vögeln auf, die träge am Himmel kreisten. Er hasste die Vorstellung, Limits zu haben. In seiner perfekten Welt waren Grenzen unnötig.

„Du weißt, dass Limits sich mit der Zeit verändern und angepasst werden. Sieh eine Grenze als etwas an, was du dem Dom schenken kannst. Zusammen mit der Entscheidung … ob er sie zu verschieben versucht oder nicht."

„Dann sind Grenzen also nichts Schlechtes." Es spielte keine Rolle, dass er die Worte am liebsten sofort wieder zurückgenommen hätte. Er hatte sie ausgesprochen. Verdammt, er hatte nie in irgendeinem Fach Nachhilfe gebraucht, doch BDSM war ein Minenfeld geworden. Oder vielleicht schon immer gewesen, und er hatte es nur vermieden, die möglichen Probleme zu sehen.

„Nein. Ich kann nur für mich sprechen, aber ein Dom oder Master, der über eine Session hinaus mit einem Sub arbeiten will, braucht diese Parameter. Jemandem, der das nie für möglich gehalten hätte zu helfen, seine eigenen Grenzen zu sprengen, kann das Lohnendste an BDSM sein. Der Dom sollte die Einschränkungen als Leitfaden nehmen, um dem Sub zu helfen, zu wachsen und seine Grenzen auszuloten." Hunters Gesicht strahlte geradezu.

Es war nicht so, als hätte Orion die Ziele ganz aus den Augen verloren, nach denen aktive Mitglieder der BDSM-Szene strebten. Aber vielleicht hatte das Zusammensein mit Henry seinen Blick getrübt.

Hunter schlürfte seinen Kaffee. „Es gibt Männer, die sich jemanden wünschen, den sie anleiten und dem sie helfen können, zu wachsen und verschiedene Aspekte zu erkunden."

Orion konnte das nicht einfach so stehen lassen. „Die gibt es?" Es hätte eigentlich nicht wie eine Frage klingen sollen, aber das tat es.

Hunter sah ihn nicht an, sagte aber: „Die gibt es, und ich bin einer davon."

Konnte Orion je jemandem genug vertrauen, um wirklich zu wachsen? Er starrte Hunter länger an, als er sollte.

„Ich hab' einen am Haken!"

Orion nickte, und sein Schwanz stimmte zu. „Ja, ich glaube, das hast du."

MARCUS HEFTETE ihre Kunstwerke mit Magneten an den Kühlschrank und trat zurück, um sie zu bewundern. „Ich bin froh, dass du wieder ein Mandala gemacht hast."

Mit einem flüchtigen Blick auf Marcus' kompliziertes Gartenbild mit allen möglichen Blumen und Schmetterlingen räumte Orion ein: „Es war die sicherere Alternative, fand ich. Die Gartenbilder, die du mir gezeigt hast, waren alle viel zu detailliert."

Marcus winkte ab und deutete auf Orions Meisterwerk. „Deine Farbenwahl ist einzigartig." Er schaltete die Playlist aus, schnitt Taylor bei „shake" das Wort ab. „Also, was würdest du empfehlen – in welcher Reihenfolge sollen wir die Star Wars-Filme gucken?"

Orion stellte die Frage, vor deren Antwort ihm ganz entschieden graute. „Hast du schon mal einen gesehen?"

Marcus wusste anscheinend, dass er sich auf dünnem Eis bewegte, denn er trat einen Schritt zurück und gab Cheese Puffs in eine Schüssel. „Ähm, eigentlich nicht. Ich habe Teile von *Die Rückkehr der Jedi-Ritter* gesehen, und *Clones*, und den ersten."

„*Die dunkle Bedrohung* oder den ersten, der rauskam?"

„Ähm … den ersten, der rauskam. Du weißt schon, den mit der Prinzessin." Marcus deutete mit kreisenden Handbewegungen Prinzessin Leias Haarknoten an, dann holte er zwei Flaschen italienische Himbeer-Limetten-Limonade aus dem Kühlschrank und reichte sie an Orion weiter.

Orion hielt ein Lächeln zurück. „Du meinst *Eine neue Hoffnung?*"

Marcus zuckte mit den Schultern und griff nach der Schüssel. „Nun, stimmt es, dass die schon lange vor *Game of Thrones* mit Inzest gespielt haben?"

„Was?" Orion schnaubte. Typisch Marcus. „Ach das. Ja, Luke und Leia haben sich einmal geküsst, bevor sie gemerkt haben, dass es sich nicht richtig anfühlt."

„Wer's glaubt, wird selig." Marcus schniefte und ging ins Wohnzimmer.

Orion folgte ihm in den Raum, der ein wahrer Altar des bequemen Fernsehens war. Er hatte die Verdunklungsvorhänge noch nie offen gesehen, was dazu beitrug, eine Kinoatmosphäre zu schaffen. Sitzgelegenheiten im Heimkino-Stil dominierten den Raum. Jeder Abschnitt der Couch hatte Sitzheizung, Massagefunktion und eine verstellbare Rückenlehne. An den beiden äußeren Sitzen gab es sogar beleuchtete Getränkehalter. Das große Ecksofa, das Zweiersofa und die beiden Sessel waren alle auf einen riesigen Flachbild-Fernseher ausgerichtet. Hunter hatte neben dem Fernseher ein Regal angebracht, auf dem ein DVD-Gerät, ein Videorekorder, ein Apple TV, zwei Spielekonsolen und eine Stereoanlage mit Plattenspieler untergebracht waren, dazu diverse weitere Geräte, die Orion nicht benennen konnte.

Orion stellte die Getränke auf den niedrigen Glastisch. „Ich glaube, wir sollten mit dem Beginn der Saga anfangen, mit ‚*Die dunkle Bedrohung*'."

„Ich kapiere bloß nicht, warum sie nicht einfach gleich mit dem ersten Teil angefangen haben."

„Lucas hat eine gigantische Geschichte geschrieben. Er brauchte eine Vorgeschichte, und die hat sich zu Trilogien entwickelt – Marcus, warum guckst du mich so an?" Orion wischte sich übers Gesicht. Hatte er was …?

„Ich find's toll, wie ernst du diesen Kram nimmst. Das ist süß." Die gebündelte Intensität von Marcus' Blick reichte, um Stahl zu schmelzen. „Du bist süß."

Konnte ein Mann über dreißig überhaupt süß sein? Marcus' erotische Ausstrahlung zog ihn wie magisch an, und er bekam einen Ständer. „Ich … okay … ähm … was wollten wir uns noch mal angucken?"

„Du wolltest ‚*Im dunklen Rom*' streamen. Hört sich für mich nach Porno an."
Orion prustete. „‚*Die dunkle Bedrohung*'."
„Klar doch, wenn du das sagst." Marcus' Handy piepte. Nachdem er die SMS gelesen hatte, sagte er: „Mist!"

„Was?"

„Jetzt wird's bei Hunter noch später." Marcus fuchtelte mit dem Handy herum.

Orion wusste nicht, wo das Problem liegen sollte. „Wir sind sowieso schon spät dran mit unserem Marathon. Wenn du auf Hunter warten willst, brauchen wir ja noch nicht anzufangen."

„Ähm, nein, wir sollten wahrscheinlich anfangen wie geplant." Marcus schrieb etwas zurück und legte sein Handy beiseite.

Orion versuchte, den Grund zu bestimmen, warum Marcus plötzlich so zappelig war. Er gab auf und fragte: „Alles okay?"

„Hoffentlich. Spät heißt meistens, dass es einen schlimmen Unfall gegeben hat, und ich hasse es – lass uns einfach den Film gucken." Als er die Lichter ausknipste, fügte er grinsend hinzu. „Versprich mir, dass du meine Hand hältst, wenn es gruselig wird."

„Abgemacht." Orion scrollte zum Film und drückte „Play".

Marcus kuschelte sich enger an ihn und schmiegte sich mit dem ganzen Körper an Orion. Der sexy Patschuliduft, der Marcus anhaftete, machte Orion geil.

Zum ersten Mal konnte der Zauber von *Star Wars* Orion nicht mitreißen. Außer mit Xander hatte er sich eigentlich noch nie mit einem anderen Mann zusammen einen Film angeschaut. Orion wusste nicht, was er tun sollte.

Ungefähr eine halbe Stunde lang ging er in Gedanken alle möglichen Szenarien durch, während der Film lief, doch dann fiel ihm nichts mehr ein. Er hielt sich an einer längst vergessenen Teenager-Fantasie fest, einfach mit einem anderen Jungen Händchen zu halten. Es war albern und wenig originell, doch er konnte das Bedürfnis nicht abschütteln.

Er schluckte und streckte die Hand aus, Handfläche nach oben. „Es ist nicht wirklich gruselig, aber …"

Marcus flüsterte „Danke" und nahm Orions Hand.

Ein nervöses Hochgefühl verscheuchte Orions sämtliche Bedenken. Die schlichte Verbindung ging ihm direkt ins Herz. Es war verrückt. Nach allem, was er mit anderen Männern getrieben hatte, sollte ein Händedruck ihn nicht in einen solchen Freudentaumel versetzen und sein Herz vor Glück tanzen lassen. So etwas hatte er noch nie zuvor erlebt.

Die Hand, die er hielt, war warm und ein bisschen größer als seine. Marcus' Finger waren lang, feingliedrig und perfekt manikürt. Künstlerhände, sinnierte Orion. Sie schienen praktisch Talent auszustrahlen.

Marcus streichelte mit dem Daumen Orions Hand. Die zärtliche Geste förderte abgesplitterte Stücke zutage, die Orion in einem Versuch, sie zu ignorieren, begraben hatte. Marcus fügte den zerbrochenen Teil von Orions Seele mit der sanften, langsamen Wischbewegung wieder zusammen. Er blinzelte die Tränen weg.

Orion musste seine außer Kontrolle geratenen Emotionen in den Griff kriegen. Er zog seine Hand weg, machte die Flaschen auf und reichte eine davon an Marcus weiter. Nachdem er einen großen Schluck von seiner Limonade getrunken hatte, nahm er Marcus die Flasche ab und stellte beide wieder auf den Tisch.

Als er wieder nach hinten rutschte, streckte Marcus ihm die Hand hin und wackelte mit den Fingern. Orion verschränkte ihre Hände erneut miteinander, und die Rührung, die ihn zu überwältigen drohte, verdreifachte sich. Er fühlte sich, als würde er fliegen. Vielleicht wurde Selbstbeherrschung überbewertet.

Orion schaute verstohlen zu ihm hin. „Manchmal –"

„Ja, ich auch." Marcus drückte seine Hand und legte den Kopf an Orions Schulter. In diesem Moment konnte Orion sich einbilden, dass es wirklich okay war, oder möglicherweise sein könnte … mit Marcus und Hunter.

Der Film lief vor ihnen ab, und Orion blieb voll auf Marcus konzentriert. Dann kam ihm Hunter und die Situation, in der sie sich befanden, wieder in den Sinn. Er spielte in Gedanken beide Arten durch, wie das enden würde – schlimm und verheerend. Wie konnte er hoffen, überhaupt einen Mann zufriedenzustellen, geschweige denn zwei?

„Alles wird gut." Hatte Marcus telepathische Fähigkeiten?

Das Garagentor öffnete sich.

Marcus erstarrte und richtete sich ruckartig auf.

Orion hielt den Film an und schaltete den Flachbildfernseher aus.

Hunter stolperte durch die Küche, ging an Marcus vorbei und brach grußlos auf der Couch zusammen. Er hatte seine Uniform gegen Straßenkleidung getauscht, und sein Haar war nass.

„Scheiße, das ist nicht gut", bemerkte Marcus zu niemand Bestimmtem.

Hunter reagierte nicht, nahm Marcus und Orion nicht mal zur Kenntnis, sondern starrte nur unverwandt auf den dunklen Fernseher. Verschwunden war der selbstsichere, dominante Mann, der heute Nachmittag aus dem Haus stolziert war, bereit, es mit der ganzen Welt aufzunehmen.

Orion durchsuchte die Dateien in seinem Hirn. Hunter schien sich in einem milden Dämmerzustand zu befinden. War während seiner Schicht irgendwas passiert, was ihn so dichtmachen ließ? Er funktionierte noch, aber –

„Marcus?" Orion hoffte auf Anweisungen.

„Hilf mir mal frische Getränke holen." Marcus fasste ihn an der Hand und zog ihn hinter sich her.

Orion folgte ihm in die Küche.

Marcus packte ihn an den Schultern. „Jetzt musst du dich entscheiden. Du kannst bleiben und mir helfen, oder abhauen …"

Er wusste zwar nicht, worauf er sich hier einließ, aber für Orion gab es keinen Zweifel, was er zu tun hatte. „Wie kann ich helfen?"

Marcus zuckte mit den Schultern. „Wenn er sich so in sich verkriecht, bedeutet das, dass es wahrscheinlich einen schweren Unfall gegeben hat und dass es ganz übel war. Aller Wahrscheinlichkeit nach war er mit allem Möglichen verschmiert, von Blut über Hirnmasse bis hin zu irgendwelchen Eingeweiden. Und vielleicht hat er Patienten verloren, bevor er sie ins Krankenhaus schaffen konnte. Er nimmt das schwer und schaltet völlig ab, bis er damit klarkommen kann."

„Was machst du dann?" Orion wünschte, er hätte mehr Zeit, um die passende Herangehensweise zu verstehen.

„Ich hole ihn zurück. Meistens massiere ich ihm zuerst mal die Füße. Manchmal erzählt er mir, was passiert ist, manchmal nicht. Normalerweise sage ich kein Wort, bis er zu reden anfängt."

Orion nickte. Körperkontakt konnte jemandem im Hier und Jetzt Halt geben.

Marcus seufzte. „Er steht kurz vor dem Zusammenbruch. Ich übermittle ihm meine Liebe durch Berührung. Ich massiere ihn, und er schläft ein, oder ich blase ihm einen, oder manchmal vögeln wir auch. Ich weiß immer erst, was er braucht, wenn ich mit ihm zusammen bin. Wenn er jemanden verloren hat, schläft er meistens ein. Falls nicht, passiert wahrscheinlich was Sexuelles. Ich will dich nicht in eine blöde Situation bringen."

„Dann wäre es dir also lieber, wenn ich gehe?" Orion wusste nicht, warum er sich bei Marcus' Worten so ausgeschlossen fühlte.

Marcus schüttelte den Kopf. „Nein, mir wäre es lieber, wenn du bleibst und ich dich bei mir habe. Aber nicht, wenn dir dabei unwohl ist."

„Ich bleibe." Entscheidung getroffen. Er würde Marcus nie im Stich lassen, und wenn er irgendwas tun konnte, um den Kummer wegzunehmen, der Hunter umgab – er würde es tun.

Das Lächeln, das Marcus' Augen erstrahlen ließ, gab Orion das Gefühl, alles schaffen zu können.

Marcus verschwand kurz im Badezimmer und ließ heißes Wasser über einen Waschlappen laufen. Er kehrte ins Wohnzimmer zurück, kniete sich vor Hunter auf den Boden und zog ihm einen Stiefel aus.

Orion folgte seinem Beispiel. Er schnürte Hunters anderen Stiefel auf und streifte ihn ab.

Marcus wusch Hunter mit dem Waschlappen die Füße, während Orion Socken und Stiefel einsammelte. Er stellte sie neben das Sofa.

Orion passte sich dem Rhythmus von Marcus' langsamen, gleichmäßigen Handgriffen an. Er folgte demselben Muster und atmete im Gleichtakt mit Marc.

Ein Teil von Orion sorgte sich um Hunter, aber ein anderer Teil war überglücklich darüber, sich nützlich machen zu können. Sich nicht auf diese Weise hingeben zu können hatte ihm das Gefühl gegeben, unvollständig zu sein. Aber jetzt hatte jedes Atemholen einen Sinn. Er war zum Geben geschaffen. Alles, was er war, durchströmte ihn und mündete in Hunter wie ein heilender Fluss.

Marcus lehnte sich an ihn, wie um ihre Kraft zu kombinieren und ihre vereinte Stärke ganz in Hunter fließen zu lassen.

Gemeinsam würden sie diese lange, abenteuerliche Reise unternehmen und Hunter aus seiner Düsternis holen. Orion genoss es, nicht mehr isoliert zu sein. Der erforderliche Schlüssel drehte sich in den Schlössern, die Orions Verlangen unterteilt hielten. Diese beiden Männer öffneten ihn, Stück für Stück, gaben Orion seine Bestimmung zurück – zu dienen.

Er und Marcus arbeiteten einträchtig zusammen. Mit jedem knetenden, reibenden Handgriff band Orion sich enger an beide Männer.

Das Bedürfnis, alles Geschehen um ihn herum zu analysieren, zerfloss allmählich in der sanften Geborgenheit des Dienens.

Orion blickte verstohlen zu Hunter auf.

Der Blick des Mannes ging nicht mehr starr ins Leere, sondern schien sich auf ihn und Marcus zu konzentrieren. Etwas von seinem Leid war von ihm abgefallen.

Mit der Rückbesinnung auf seine Pflicht sprengte Orion die Schlösser. Hier neben Marcus kniend war er so glücklich wie noch nie zuvor in seinem Leben.

Er sah kurz zu Marcus hinüber, der inzwischen zu Hunters Fußknöchel vorangerückt war.

Marcus' Lächeln gab Orion alle Ermutigung, die er brauchte. Er drückte sich an Marcus, und sie arbeiteten gemeinsam weiter.

9

ALS MARCUS Hunters Ferse knetete, wusste er schon, dass das hier in Sex umschlagen würde. Hunter konzentrierte sich immer intensiver auf ihn und Orion. Das Zelt in Orions Hose verriet, dass eine solche Wende der Ereignisse nicht unwillkommen wäre.

Furcht nagte an den Rändern von Marcus' Verstand. Dies war der Einstieg ... das Tor, durch das sie zu dritt weitergehen konnten. Aber er war schon früher in Dreierbeziehungen gewesen, und die hatten für ihn nie gut geendet. Die Paare, die er zurückgelassen hatte, waren ohne ihn immer noch glücklich miteinander und irrsinnig ineinander verliebt.

Vielleicht war es seine Rolle im Leben, den opferbereiten Beziehungsstifter zu spielen und Menschen, die er gern hatte, zusammenzubringen, bis sie einander mehr liebten als ihn.

Nein. Er würde nicht zulassen, dass Hunters Bedürfnisse wegen seiner Ängste ungestillt blieben. Seine eigene Vorgeschichte mit Erektionsstörungen sagte ihm, dass er Wünsche und Bedürfnisse hatte, die Hunter nicht erfüllen konnte. Und die Ahnung, dass sie beide Orions Bedürfnissen entsprechen könnten, trieb ihn unaufhaltsam weiter voran.

Scheiß auf die Furcht. Orion konnte die Lücke schließen, und sie würden ihn genauso heiß und innig lieben, wie sie einander liebten. Es war möglich, oder?

Er war davon überzeugt, dass Orion dieser Mensch sein konnte. Hunter musste jemanden zu seinen Füßen knien haben, dessen Wunsch es war, ihm zu dienen, nicht nur Liebe und Hingabe zu zeigen. Als er kurz zu Orion hinschaute, konnte Marcus das Verlangen fast schmecken, zu erleben, was er Hunter zu bieten hatte. Dies war der Weg für sie alle, der Weg zwischen Wunsch und Handeln.

Hunter machte mit einem Räuspern auf sich aufmerksam. „Schlimmer Autounfall ... eine Mutter und ihre vierjährige Tochter. Das kleine Mädchen hat meine Hand genommen und mich angefleht, ihre Mommy aufzuwecken. Ich wusste nicht, ob wir das schaffen würden. Jede Menge Blutverlust ... praktisch alles gebrochen ... aber wir haben's geschafft. Sie wird überleben."

Jesus! Marcus kniff die Augen zu und umarmte Hunters Bein. Was dieser Mann sah. Marcus würde nicht einen Tag in Hunters Job überleben.

„Aber wir hätten sie fast verloren." Hunters Stimme war kaum lauter als ein Flüstern.

Orion setzte die Massage mit langen Strichen an Hunters Wade entlang fort. „Über was-wäre-wenn nachzugrübeln nützt nichts. Diesmal *konntest* du ein Leben retten. Freu dich."

Marcus blinzelte sich die Feuchtigkeit aus den Augen und rieb Hunters Bein, um die Anspannung zu lockern. Orions Worte waren perfekt. „Er hat recht. Bleib in diesem Moment. Sei bei Orion und mir."

„Ja, du hast recht. Ihr habt beide recht." Hunter suchte in Marcus' Augen nach der Antwort, die Marcus ihm schon seit Wochen zu geben versuchte.

Ja! Hunter, lass Orion ein.

Er berührte Orion an der Schulter und bedeutete ihm mit einem Kopfnicken, gemeinsam an Hunter hochzukriechen. Marcus schlängelte sich an Hunters muskulösem Körper empor, und Orion folgte ihm. Sie hockten sich links und rechts von Hunter hin.

Marcus umfasste Orions Gesicht und zog ihn an sich. Er grinste Hunter an und leckte sich die Lippen.

Beide Männer schnappten nach Luft. Vielleicht schaute Orion auch gerne zu?

Marcus ließ seine Zunge erneut vorschnellen, ließ sie seinen nächsten Zug vorausahnen. Er drehte sich um und streifte Orions Mund mit den Lippen. „Mmmm, süß."

Orion atmete an Marcus' Lippen aus. Er ergab sich sofort und weckte unerwartete Wünsche in Marcus.

Marcus machte den Kuss inniger, setzte die Zunge ein und erhob Anspruch.

Fügsam und bereitwillig gestattete Orion die Invasion. Verdammt, er hieß sie willkommen.

Marcus drehte den Kopf und leckte an Hunters Hals.

Hunters Atem stockte, und er umfasste Marcus' Hintern. Sie würden dafür sorgen, dass Hunter sich aufs Hier und Jetzt konzentrierte und ihn von allem Was-wäre-wenn fernhalten.

Marcus öffnete die Augen und wandte sich dann wieder Orion zu. Er drückte ihre Lippen aufeinander.

Orion wimmerte, doch seine Augen blieben geschlossen.

Hunter starrte auf ihre Münder und keuchte, als wäre Atmen ein Luxus. Er formte lautlos die Worte „*verdammt geil*".

Ja, genau! Marcus löste sich von Orions Mund, um ihn zu teilen. Er lenkte Orion zu Hunters Lippen und presste dann ihre Münder aneinander.

Leises Stöhnen von beiden Männern fachte die Erregung an, die den ganzen Tag in Marcus vor sich hin geschwelt hatte. Zusammen sahen sie atemberaubend aus. Hunter versuchte, sanft zu sein, während Orion zu beweisen versuchte, dass er keine Rücksichtnahme brauchte.

Marcus leckte Hunters Hals erneut, nur um zu hören, wie das kehlige Stöhnen lauter wurde. Verdammt, er liebte das. Er fuhr mit der Zunge an Hunters Kehle entlang, ertastete das Spiel der Muskeln beim Küssen. Marcus schabte mit den Zähnen über die Haut.

Hunter legte den Kopf in den Nacken, um Marcus besser Zugriff zu gewähren. Fuck. Sein Mann wusste ganz genau, was jetzt kam. Hunter erlaubte es, und Marcus würde sich diese Gelegenheit nicht entgehen lassen. Er biss zu und saugte.

Das Zischen, verursacht durch zugefügten Schmerz, erregte Marcus. Er wich zurück und leckte den Knutschfleck liebevoll.

Orions jungfräuliche Haut zog Marcus' Aufmerksamkeit auf sich. Er wischte das blonde Haar beiseite und hielt inne.

„Ja, mich", bettelte Orion und schlang einen Arm um Marcus, zog ihn enger an sich. Er widmete seine Lippen wieder seiner völligen Hingabe an Hunter.

Die Tatsache, dass Orion ihn auch wollte, ließ Marcus dahinschmelzen. Er strich mit den Lippen über Orions Kehle. Als Orion sich ihm zuwandte, knabberte Marcus an Orions praller Unterlippe, bis er dachte, er würde sterben, wenn sie das hier nicht bald auf die nächste Stufe hoben. Aber er ertrug die Frustration, ließ die Vorfreude wachsen.

Hunter stellte die eine Frage, die diesen Traum zerplatzen lassen konnte. „Das hier ist zwar nicht unbedingt eine Session, aber nur für den Fall, dass was Unerwartetes passiert – Orion, wie lautet dein Safeword?"

Orion lehnte sich an Marcus.

„Du schaffst das", versicherte Marcus ihm.

Orion presste für einen Moment die Lippen zusammen, dann flüsterte er: „Krebs."

Hunter hatte zu seiner Dom-Stimme gewechselt. „Verstanden. Falls irgendwas zu viel wird, sagst du das und alles hört auf."

Hunter tätschelte Marcus den Hintern. Übersetzt hieß das „gut gemacht".

„Und jetzt *mehr*", stöhnte Orion und neigte den Kopf weiter zur Seite, eine Einladung an Marcus' Zähne.

Kein Aufwärmen, nur ein Biss und ein Lecken ergaben ein sexy Stöhnen. Marcus saugte sich an Orions Hals fest, während Hunter Orions üppige Lippen verschlang.

Alles in Marcus fing Feuer. Ja, jemandem Schmerzen zu schenken, der sich nach ein bisschen Quälerei sehnte, nährte einen Teil von ihm, den er selten sättigte. Sein Herz sang, weil Hunter einen Sub bekam, der ihn brauchte.

Ja! Marcus biss und saugte erneut, schrieb Liebesbriefe auf Orions Haut.

Orion wand sich auf Hunters Schoß und stöhnte, ließ Marcus wissen, dass er bekam, was er so dringend nötig hatte.

Oh ja! Marcus dirigierte, als der Schmerz sich in eine Symphonie der Lust verwandelte. Er rieb die Vorderseite von Orions ausgebeulter Hose. Er reizte ihn bis zur Raserei, und dann hörte er auf.

Große blaue Augen klappten ruckartig auf, und Orion hörte auf, Hunter zu küssen. Er wimmerte und wandte sich Marcus zu. Das stumme Flehen war laut und deutlich.

Köstlich. Marcus' Grinsen sollte ihm klarmachen, dass er noch länger unter Entzug leiden würde.

Orions Wimpern senkten sich über seinem Verlangen, und ein leichtes Nicken der Akzeptanz und der Hinnahme der aufgeschobenen Befriedigung schürte Marcus' Feuer.

Marcus griff nach Hunters Reißverschluss und fragte neckend: „Darf ich?"

Hunter stöhnte: „Ja." Er stemmte sich hoch, um Marcus zu helfen, im alles von der Taille abwärts auszuziehen.

Dann riss Marcus Orion an sich und küsste ihn leidenschaftlich. Orion wich zurück und senkte den Kopf über Hunters Unterleib. Er blies einen feuchten Atemhauch über Hunters Penis. Sein Mann … *ihr* Mann hatte einen Steifen, triefte und war bereit. Den Luftstrom über Hunters Eichel zu lenken brachte ihn dazu, die Hüften nach oben zu stoßen.

Orion kauerte sich zusammen, um näher am Geschehen zu sein.

Hunter grub ihnen beiden die Finger ins Haar.

Einfach nur Luft über Hunters Schwanz zu pusten quälte sie alle.

Orion wollte Hunter befriedigen. Hunter brauchte einen Orgasmus. Und Marcus peinigte sich mit seiner eigenen gespannten Erwartung, während er die unerfüllten Bedürfnisse aller begierig in sich aufnahm.

Es dauerte Sekunden, Minuten oder vielleicht Stunden, Marcus war sich nicht sicher, aber schließlich hatte Hunter genug und verlangte: „Blas mir einen."

Orion ließ die Zunge um Hunters pralle Eichel kreisen und saugte ihn in den Mund.

Hunter stieß zu und knurrte: „Das ist gut, Orion. Du machst das toll."

Man sollte meinen, Orion hätte eine Million Dollar gewonnen, so wie diese Worte sein Gesicht vor Glück erstrahlen ließen. Sein Lächeln verzerrte sich um Hunters dicken Schwanz.

Marcus brauchte diese Worte nie, die es Hunter anscheinend zu geben drängte. Aber er sah mit Begeisterung, wie jemand sie mit solcher Dankbarkeit empfing.

Orion streckte die Hand aus, berührte Marcus an der Schulter und wackelte dann mit den Fingern. Was wollte er – oh.

Marcus presste ihre Hände ineinander. Er fühlte sich, als wäre sein Herz zu groß für seine Brust. Die Geste bedeutete ihm mehr, als er je laut zugeben würde. Zu oft war er in der Vergangenheit beim Sex zu dritt der Außenseiter gewesen; entweder wussten die anderen nicht, was sie mit ihm anfangen sollten, oder sie störten sich an seinen Bedürfnissen. Aber Orion reichte ihm die Hand und holte ihn zurück, als würde Marcus gebraucht, um den Kreis des Gebens und Nehmens zu schließen.

Orion riss sich von Hunters Schwanz los und streichelte Marcus' Wange. Er starrte ihm tief in die Augen.

Marcus begriff, dass Orion sich nach dem sehnte, was er zu bieten hatte, was ihn so unverzichtbar machte wie den Dom, dessen Männlichkeit sie beide verehrten. Das Ausmaß an Liebe und Akzeptanz drohte Marcus zu überwältigen.

Stattdessen konzentrierte er sich auf den Sex und ließ sich von Orion zu Hunters Schwanz lotsen.

Er packte Orions Hand fester und fickte Hunter mit dem Mund. Angestrengtes Keuchen hallte durch das Wohnzimmer.

„Ja, zeig' mir, wie du ihn bläst", bettelte Orion.

Eine Richtigkeit, wie er sie noch nie erlebt hatte, durchtoste Marcus. Er lutschte an Hunters Schaft und bewegte den Kopf auf und ab.

Hunter durchkämmte Marcus' langes Haar mit den Fingern, verleitete ihn zum Aufblicken. Die reine, grenzenlose Liebe stand Hunter ins Gesicht geschrieben.

Er peitschte Hunters Erektion mit der Zunge und ließ sie um die Spitze kreisen. Ein Ziehen an ihren verbundenen Händen bedeutete Orion, sich zu beteiligen.

Orion leckte an seiner Seite auf und ab.

Marcus teilte liebend gern, und er schabte leicht mit den Zähnen an Hunters Schaft entlang.

Ein angedeuteter, zarter Biss brachte ihm ein Ziehen an den Haaren und ein Stirnrunzeln von Hunter ein.

Marcus hätte ihm nicht wehgetan … nicht sehr. Nur ein leichtes Zwicken hier und da. Aber stattdessen wandte er seine Aufmerksamkeit Orion zu. Marcus grub seine Nägel in jemanden, der die Motivation zu schätzen wusste.

Orion stöhnte auf und lächelte Marcus hungrig an, dann widmete er sich wieder ganz Hunters Vergnügen.

Marcus teilte seine Aufmerksamkeit zwischen Hunters großem Schwanz und Orion auf, den er mit kleinen Empfindungsbröckchen ablenkte, während sie sich beim Lutschen abwechselten. Es war himmlisch.

Als er wieder mit Lutschen dran war, nahm er ihn bis zum Anschlag in den Mund und schluckte, setzte seine Rachenmuskeln ein. Auf dem Rückweg gab Orion ihm ein Küsschen auf die Wange. Der unerwartete Kuss war so süß, dass er ihm vielleicht peinlich gewesen wäre, hätte er sich näher damit befasst, aber dafür blieb keine Zeit.

Orion schlürfte Hunter in den Mund und bewegte auf dem Weg nach unten den Kopf hin und her. Er zog die Lippen wieder nach oben und riss sich mit einem „Plopp" von Hunter los.

Marcus war dran, und er schluckte ihn gleich wieder und ließ Hunters Schwanz seine Kehle reiten.

Orion gab Marcus einen raschen, feuchten Kuss, bevor er seinen Platz wieder einnahm.

Mmmm, sexy. Sie wechselten sich weiter ab und knutschten spielerisch rum, bis Hunter nach Luft schnappte. Ein rasches Grinsen von Orion verriet Marcus, dass er sich prächtig amüsierte.

„Ich komme gleich." Hunter begann auf dem Sofa hin und her zu rutschen.

Mist! Er versuchte schon wieder zu flüchten.

Hunter und Marcus hatten das schon tausendmal durchdiskutiert. Die Risiken waren minimal. Sie nahmen beide vorbeugende Medikamente. Dennoch machte Hunters medizinischer Hintergrund ihn paranoid. Und wenn Marcus raten sollte, hatte Hunt wahrscheinlich heute Abend eine Runde Postexpositionsprophylaxe angefangen, weil es eine Menge Blut gegeben hatte.

Scheiß auf die Furcht! Sie würden alles tun, was in ihrer Macht stand, damit nichts Schreckliches passierte, aber letztendlich wollte er leben und das Leben feiern. Hunter war intellektuell mit ihm auf derselben Wellenlänge, aber bei der Umsetzung verhaspelte er sich manchmal und versuchte sich ihm in letzter Minute zu entziehen.

„Ich mach' das schon", raunte Marcus Orion zu und gab ihm einen flüchtigen Kuss als Entschuldigung für die Notwendigkeit, sich gierig zu geben. Er stürzte sich auf Hunter. Per Paartelepathie forderte er Hunter zum Abspritzen auf.

Nach einem leichten Nicken von Hunter ließ Marcus seine Rachenmuskeln die Debatte entscheiden. Er sehnte sich nach dem bitteren, salzigen Geschmack von Hunters Sperma. Dadurch fühlte er sich mit seinem Geliebten verbunden.

Hunter gab sich mit einem Ächzen geschlagen und ergoss sich in Marcus' Kehle.

Marcus platzte schier vor Glück, während er durch die Nase atmete und seine Bewegungen verlangsamte, seinen Mund saugend an Hunters Schwanz entlang nach oben bewegte. Ein Blick auf Hunt sagte ihm, dass er … dass *sie* ihn aus den Tiefen der Hölle geholt hatten. Marcus presste seine Zunge um die Eichel, um den Orgasmus zu vollenden.

Nur ein winziges Aufblitzen von Frustration, die hinter der Liebe in Hunters Blick verschwand, belohnte Marcus.

Hunter streichelte Marcus und Orion mit trägen Händen.

Zufriedenheit bewegte Marcus dazu, Orion über Hunters Schoß zu ziehen, sodass er einen Kuss auf diesen üppigen Mund hauchen konnte.

Orion machte den Kuss inniger und umklammerte Marcus' Hand, die er immer noch hielt.

Hunt räusperte sich.

Orion erstarrte, als hätte er was falsch gemacht.

Marcus kicherte und fragte an Orions Lippen: „Ja, oh großer Dom?"

Hunter verpasste ihm eins auf den Hintern. Marcus verdrehte die Augen, aber Orions hörbares Luftholen erinnerte ihn an sein Verlangen nach Empfindungen.

„Kümmert euch umeinander", bestimmte Hunter von oben herab, aber verdammt, Orion schmolz bei dem Befehl geradezu dahin. Was wieder mal bewies, dass jeder auf dieselben Stimuli unterschiedlich reagierte.

Marcus warf einen Blick auf Hunter. Aha, Wollust-Alarm – der heimliche Voyeur wollte eine Show.

Er kuschelte sich mit Orion auf den Fußboden und schob den Kaffeetisch aus dem Weg. „Was möchtest du machen?"

Orion neigte den Kopf und entgegnete: „Was immer du willst."

„Orion, es ist gefährlich, so was zu einem Sadisten zu sagen." *Mist!* Marcus hätte sich am liebsten auf die Zunge gebissen, weil er Orion an frühere negative Erfahrungen erinnert hatte. Aber er hatte diesen Schmerz nicht verdient.

„Ist schon okay." Orion hatte ihn offenbar durchschaut und beruhigte ihn.

Marcus drückte es anders aus. „Ich meine, wie soll ich dich zum Orgasmus bringen?"

„Wie auch immer du mich zum Orgasmus bringen willst." Orion rutschte hin und her.

Nachdenklich wandte Marcus sich an Hunter. „Meinung?"

„Natürlich. Orion, das hier ist nicht direkt eine Session, aber dein Safeword lautet immer noch ‚Krebs'."

„Ja … Krebs."

Hunter befahl: „Zieht euch aus."

Marcus grinste. „Wenn man einen Mann im Master-Modus nach seiner Meinung fragt, bittet man ihn anscheinend darum, die Kontrolle zu übernehmen und alle rumzukommandieren."

Hunter konnte die Lippen zusammenpressen, so viel er wollte, um den strengen Master rüberzubringen, aber Marcus las das Glücklichsein im Funkeln seiner Augen. „Zieht euch aus."

„Ich hoffe, ich ruiniere dir hier nicht die BDSM-Stimmung." Er wollte Orion zuliebe alles unbeschwert halten.

„Nur keine Sorge. Deine charmante Respektlosigkeit unterstreicht noch Orions Gehorsam." Hunter verschränkte die Arme vor der Brust, lehnte sich zurück und wiederholte lediglich: „Jetzt zieht euch aus."

Marcus seufzte dramatisch und sagte: „Dein Wunsch und der ganze Zinnober." Das Augenrollen, das seine Worte begleitete, war winzig … relativ gesehen.

Orion war nackt, ehe Marcus sich auch nur aus seiner Hose gepellt hatte.

Verdammt. Einige seiner Kunden ließen sich traumhaft schöne Manga-Figuren stechen, aber keins von den Bildern kam Orion gleich. Schlank, aber nicht mager, Haare ein bisschen wilder als sonst und ein erigierter Penis, der sich rechts von Orions Bauchnabel in die Höhe wölbte … all das ließ Marcus das Wasser im Mund zusammenlaufen.

Er schaute kurz zu Hunter hinüber, als Orion sich ihre Klamotten schnappte und daranging, jedes Stück zu falten und auf einen Sessel zu legen.

Hunter grinste. „Sehr schön, Orion. Es gefällt mir, dass man dir nicht erst sagen muss, was zu tun ist."

Marcus bildete es sich nicht nur ein; Orion stand tatsächlich aufrechter, und er bog das Kreuz ein klein wenig durch, was seinen Hintern hervortreten ließ. Mmm, wenn das die Reaktion war, dann hieß Marcus die Dom-Stimme gut. „Scheiße, guck dir diesen Arsch an. Ich weiß nicht, ob ich lieber draufhauen, reinbeißen oder ein Tattoo reinstechen würde."

Das wäre ein gutes Spiel: hauen, beißen oder tätowieren.

Orion legte das letzte Kleidungsstück auf den Sessel und drehte sich um. Seine Wangen färbten sich rosa, aber er lächelte leicht. „Was auch immer du willst, Marcus ... dein Schwanz ..."

Beim Blick nach unten sah Marcus seine eigene Erektion. Wagte er zu glauben, dass seine Erektionsprobleme gelöst waren? „Stimmt, das ist meiner. Den habe ich schon seit meiner Geburt."

„Nein, ich meine das Tattoo darauf." Orion streckte die Hand aus, erstarrte aber.

Marcus zuckte mit den Schultern. Das Tribal-Muster passte zu dem auf seinen Schenkeln. „Ist auch meins."

„Darf ich anfassen?", hauchte Orion.

„Schön wär's", spornte Marcus ihn an.

Orion fuhr das Tattoo auf Marcus' Schaft mit der Fingerspitze nach. Die sanften Berührungen ließen ihn triefen. Orion wischte mit dem Finger über die Spitze und verstrich die Feuchtigkeit, und Marcus schnappte nach Luft. „Hattest du keine Angst vor einem nicht-ischämischen Priapismus?"

Marcus lachte laut auf. Typisch Orion. „Nein, obwohl das ein toller Nebeneffekt gewesen wäre."

„Ist das nicht eine Dauererektion? Und das komplette Gegenteil von einem *tollen* Nebeneffekt?", fragte Hunter.

Orion nickte und untersuchte dabei das Kunstwerk auf Marcus' Schenkeln. „Ja, resultiert aus einer Behinderung des Blutabflusses aus dem Penis. Es gab mal einen Fall ..."

Marcus stöhnte, als Orion die jungfräuliche Haut seines Hinterteils liebkoste. „Dein Tattoo betont deinen ... dein Hinterteil. Es ist atemberaubend."

Marcus musste einfach fragen: „Mein Tattoo oder mein Hinterteil?"

Hunter ignorierte die geistreiche Bemerkung. „Sein Arsch ist wunderschön. Er streitet das immer ab, aber ist er nicht perfekt?"

Was zum Teufel ...?

Orion untersuchte Marcus' Hintern genauer und strich mit einer Hand über die glatten Hügel. „Sehr. Du bist wirklich umwerfend."

Marcus wusste nicht, was er sagen sollte. „Äh ... Danke." Er fand seine Erektion und zog einmal dran. Genug jetzt mit diesem ... was immer es war. „Komm her."

Orion wirbelte herum und versuchte, um ihn herumzugehen, stolperte aber irgendwie über seine eigenen Füße.

Hunter fing Orion auf, bevor er auf dem Boden landete. Hunt stützte ihn und tippte ihm mit einem Finger auf die Nase. „Pass auf dich auf. Sicherheit geht vor."

„Ja ..." Orion blinzelte.

Marcus hielt den Atem an. Würde er *Sir* sagen? Verdammt, Marcus fühlte das Wort in der Luft hängen. *Komm schon, sag Sir.*

„… Hunter." Orion seufzte und schaute keinen von ihnen an.

„Schsch, ist schon okay. Es ist noch nicht an der Zeit. Jetzt sei Marcus gefällig." Hunter tätschelte ihm den Hintern und setzte sich wieder hin.

Orion schlüpfte in Marcus' Umarmung. Er passte perfekt in Marcus' Arme, als gehörte er dorthin. Marcus fuhr mit den Fingern Orions entzückenden Arsch nach und kratzte dann.

„Marcus, mehr", stöhnte Orion.

Marcus folgte der Aufforderung und haute ihm eins hintendrauf.

Orion erschauerte und drückte seine Erektion an Marcus' Schenkel.

Er gab ihm noch einen Klaps und zwickte einmal kräftig. Marcus duckte sich und leckte an dem Kranz aus Knutschflecken, mit dem er Orions Hals verziert hatte. Ob sie wohl über den Hemden, die Orion zur Arbeit trug, zu sehen sein würden?

Keuchend verschob Orion seinen Körper, sodass sich die Spitzen ihrer Schwänze fast berührten. Oh, nicht ganz. Selbst wenn er auf den Zehenspitzen stand und sich an ihm rieb, war Orion zu klein, um ihre Schäfte aneinander auszurichten.

Marcus sah Hunter an, der sich lässig den Schwanz streichelte. Er beneidete ihn um seine Fähigkeit, schon wieder einen Ständer zu haben.

Hunter formte lautlos mit den Lippen: „Versohl' ihn."

„Ich will dir den Hintern verhauen, Orion. Ist das okay?" Marcus rieb Orions Hinterteil mit kräftigen, kreisförmigen Bewegungen.

Orion würgte ein „Ja" hervor und umarmte Marcus fester.

Marcus holte aus und machte seine Handfläche mit Orions Arsch bekannt. Sein Hintern war perfekt zum Draufhauen. Die Backen waren straff, hatten aber genau das richtige Maß an Elastizität.

Er würde langsam anfangen und achtgeben, es mit den Schlägen nicht zu übertreiben. Doch die mentale Stimulation würde Orion hoffentlich höllisch geil machen. „Gefällt dir das, Orion?"

Orion öffnete die Augen und stöhnte: „Ja, mehr." Dann legte er die Stirn an Marcus' Brust und wölbte den Rücken wie eine Katze.

Damit streckte er zugleich den Hintern weiter raus, als wollte er Marcus ein besseres Ziel schenken und ihn anbettln, ihn mehr Empfindungen fühlen zu lassen. Marcus erfüllte die Bitte, indem er schneller und fester zuschlug.

„Du brauchst das, nicht wahr, Orion?" Marcus nahm Orions unbändige Sehnsucht nach intensiven Gefühlen begierig in sich auf.

„Gott, ja!" Orions Stimme verfing sich an seinen Worten und dem hinreißenden Wimmern atemlosen Verlangens, das ihm mit ihnen entfuhr.

Marcus saugte jeden Schlag, den er gab, in sich auf. Er bereitete Orion Schmerzen, aber jetzt würde er wetten, dass das Brennen sich für Orion in Lust zu verwandeln begann. Es war der Wahnsinn, das mit jemandem gemeinsam zu genießen.

Hunter knurrte: „Fester."

Normalerweise ließ Marcus sich nicht gerne was vorschreiben, aber nicht zu gehorchen wäre kontraproduktiv gewesen. Er klatschte seine Handfläche mit mehr Wucht auf Orions rote Arschbacken.

Orion wäre wahrscheinlich auch ohne die zusätzliche Aufmerksamkeit gekommen, aber Marcus wollte ihm einen richtig guten Orgasmus verschaffen. Er nahm Orions Penis in die Hand und verlangte: „Hol' mir einen runter, Orion."

Orion drehte den Kopf, leckte sich über die Hand und machte sich daran, Marcus' Schwanz zu reiben.

So verführerisch die Berührung war, Marcus brauchte ein klein wenig mehr. „Fester, mach' es schmerzhaft, Orion. Ich will mit dir leiden."

Orion schnappte nach Luft und gab mit einem erstickten Laut seine Zustimmung.

Zitternd an Marcus' Körper streichelte Orion ihn mit einer Drehung, die den perfekten Hauch von Schmerz hinzugab. „Autsch, ja. Genau so."

„Orion, du wartest, bis Marcus gekommen ist", verlangte Hunter.

Erregung wuchs. Marcus lockerte seinen Griff um Orions Schwanz, versohlte ihm aber weiter den Hintern.

Orions Beben brachte Marcus dazu, so lange wie möglich aushalten zu wollen. Je länger er seinen Orgasmus in Schach halten konnte, desto mehr würde Orion leiden. Aber verdammt, seine Eier hatten sich zusammengezogen, und er stand auf Messers Schneide. Gegensätzliche Begierden bekriegten sich in Marcus – *aushalten, loslassen, aushalten, kommen.*

Orion stöhnte.

Marcus' Hand begann zu brennen und wehzutun. Er versuchte die Missempfindungen zu nutzen, um den lustvollen Absturz weiter zurückzudrängen, doch der Schmerz trieb ihn nur noch schneller darauf zu. „Du willst kommen, Orion, nicht wahr?"

Orion krächzte ein kaum hörbares „Ja."

„Aber du wirst auf mich warten, oder du kannst dein Safewort sagen." Die Tatsache reichte fast, um Marcus über die Kante zu stoßen, aber er klammerte sich mit den Fingerspitzen fest.

Orion nickte, zitternd am ganzen Körper. „Ja, Marc-cus. Ich werde warten."

Marcus leckte an Orions Hals. „Köstlich."

Das Dilemma machte süchtig. Je länger er seine eigene Erlösung aufschob, desto mehr musste Orion ertragen, aber verdammt, der Mann wichste unglaublich gut. Er drehte die Faust bei jeder Aufwärtsbewegung und nahm jeden Schlag hin. Er verweilte auf der schmerzhaften Schwelle der Lust, nur weil Marcus von ihm verlangt hatte, zu warten.

Marcus wühlte die Finger in Orions Mähne und riss daran. Er küsste das gequälte Zischen von Orions Lippen und kam.

Marcus löste ihre Münder voneinander und flüsterte: „Komm."

Orion brüllte seine Erlösung hinaus und kleckerte Marcus mit seinem Sperma voll. Hätte Marcus ihn nicht aufrecht gehalten, wäre Orion mit Sicherheit in die Knie gegangen.

Weit aufgerissene Augen bettelten ihn an. „Darf ich?"

Marcus nickte, obwohl er nicht wusste, wozu er seine Zustimmung gab.

Orion machte sich daran, jeden einzelnen Tropfen von seinem Sperma aufzulecken, der auf Marcus' Bauch gelandet war.

Wie von fern nahm Marcus das Knurren wahr, mit dem Hunter zur Erfüllung kam, und hörte ein gebrummtes: „Gut gemacht."

Hunter benutzte sein Hemd, um die Schweinerei wegzuwischen, die seine Anerkennung hinterlassen hatte.

Marcus drückte Orion einen stürmischen Kuss auf die Lippen und kuschelte sich dann neben Hunter.

Orion rannte in die Küche, kam mit einer Sprayflasche und Küchentüchern zurück und wischte den Tisch sauber. Als er wieder in die Küche ging, wollte Marcus ihn zurückhalten, aber Hunter flüsterte: „Lass ihn. Er braucht das."

Orion kam zurück und blieb vor ihnen stehen. Er trat von einem Fuß auf den anderen, und sein Blick huschte zwischen ihnen hin und her.

Hunter übernahm die Führung und sagte: „Du hast das sehr gut gemacht, Orion. Du hast uns beide mit deinen Diensten zufriedengestellt. Komm, kuschle mit uns."

Mit einem strahlenden, glücklichen Lächeln setzte Orion sich mitten zwischen sie und schmiegte sich an beide.

Verdammt, das hier war einfach perfekt. Irgendwie musste Marcus eine Brücke bauen, um die Distanz zwischen Wünschen und Tun dauerhaft zu überwinden. Scheiße, jeder konnte sehen, dass sie Orion brauchten und er sie beide.

Sie alle brauchten Beständigkeit.

10

ORION RANNTE die Steintreppe zum Hauptraum des Entwined runter und schlüpfte auf den Platz, den Xander ihm freigehalten hatte. Nicht zu fassen, dass er wieder an einem Sub-Treffen teilnahm und sich sogar fast so fühlte, als hätte er ein Recht, hier zu sein.

Xander packte sein Knie und drückte. „Wo hast du bloß gesteckt?"

„Hab' mit Hunter und Marcus rumgehangen." Falls man gemeinsame Abendessen und eine Überdosis manueller Erlösung als *rumhängen* bezeichnen konnte. Vielleicht wäre das ein gutes Modell für ein Restaurant mit Rundumservice. Er unterdrückte das Kichern, das darauf brannte, herauszukommen.

„Oh, nennen die Kids das heutzutage so?" Xanders Gesicht warnte ihn vor der Diskussion, die ihnen bevorstand und bei der sein bester Freund ihm jedes schmutzige, wundervolle Detail rauskitzeln würde. „Ich habe dich seit Tagen nicht gesehen."

„Wir schreiben uns alle paar Stunden SMS und wir haben uns diese Woche jeden Tag zum Mittagessen getroffen", betonte Orion – fürs Protokoll und um genau zu sein. Er genoss es, auf dem Gelände der Uni herumzuschlendern, wo Xander unterrichtete. „Und ich habe jede Nacht zuhause geschlafen." Zugegeben, manchmal schaffte er es nicht vor vier Uhr morgens ins Bett, aber er wachte offiziell in seinem eigenen Bett auf.

Xander machte den Mund auf, klappte ihn aber wieder zu, als Zack Davis aufstand. „Da Tony und sein Master diesen Monat auf Europareise sind, hat er mich gebeten, die Treffen zu eröffnen und zu leiten, bis er wieder da ist."

Ein aufgeregtes Flüstern ging durch die Gruppe, als neue Mitglieder über Zacks Metamorphose im letzten Jahr vom beliebten Dom zum halsbandtragenden Sub ins Bild gesetzt wurden.

„Schön, dass ihr alle da seid. Ich sehe einige Gesichter, die in letzter Zeit nicht oft dabei waren." Zack warf Orion einen direkten Blick zu. Hey, Orion hatte Zack nach dieser katastrophalen Session nicht direkt gemieden, aber er war auch nicht zu ihm gekommen. „Ihr habt uns gefehlt."

Orion nickte ihm bestätigend zu.

Zack machte weiter. „Und ein herzliches Willkommen unseren neuen Mitgliedern. Dies ist das allmonatliche Treffen der gemischten Gruppe für weibliche und männliche Subs. Termine für weitere Meetings hängen ebenfalls aus. Irgendwelche Fragen, bevor wir anfangen?"

Eine Frau, die neben Sophia saß, hob die Hand.

Zack deutete auf sie. „Ja?"

„Hi. Ich bin neu. Mein Name ist Jasmine und ich freue mich, hier zu sein. Können wir ein bisschen über den Unterschied zwischen Machtaustausch und Missbrauch reden?"

Bildete Orion sich das nur ein, oder schaute Zack absichtlich nicht in seine Richtung? „Natürlich. Aber vorab, darf ich fragen, ob jemand in Schwierigkeiten steckt?"

Jasmine schüttelte den Kopf und zuckte mit den Schultern. „Siehst du, das weiß ich eben nicht. Meine Freundin sagt, dass es ihr gut geht und dass sie einfach härter spielt als ich, aber ...“

Orion hatte dieses Lied auch gesungen. Genau dasselbe hatte er immer allen erzählt, einschließlich sich selbst, aber es war ihm nicht gut gegangen.

„Ich gebe die Frage an die Gruppe weiter." Zack setzte sich.

Sophia sagte: „Wenn Limits missachtet werden – und damit meine ich nicht das Ausloten oder vielleicht sogar Verschieben von Grenzen – ist das Missbrauch."

„Wenn der Dom dein Safeword ignoriert oder im Zorn eine Session hält, ist es Missbrauch", warf Xander ein.

Orion fügte hinzu: „Wenn der Sub Angst hat, sein Safeword einzusetzen, könnte das darauf hinweisen, dass die Beziehung überprüft werden sollte."

„Alles Unkontrollierte", rief jemand.

„Das stimmt nicht", entgegnete ein Mann in einem dunkelblauen Nadelstreifenanzug.

Zack stand auf. „Gibt es einen Unterschied zwischen persönlichen und objektiven Limits?"

„Was sind objektive Limits?", fragte Jasmine.

Orion sagte: „Dinge, die für jeden tabu sein sollten, und ja, ich bin davon überzeugt, dass es objektive Limits gibt."

Xander atmete aus, als hätte er die Luft angehalten und flüsterte: „Gut, das wird aber verdammt noch mal auch Zeit."

„Was zum Beispiel?", fragte Joey Junior in eindeutig herausforderndem Tonfall.

Jetzt, wo Orion es endlich ausgesprochen hatte, würde er keinen Rückzieher machen. „Wenn einem Dinge angetan werden, die so nie vereinbart waren ... Joey Junior, du hast das große Glück, seit Jahren mit einem Master zusammen zu sein, der dich über alles liebt."

Joey Junior lächelte strahlend. „So ist es."

Sichtbarkeit war wichtig. Und vielleicht war es okay, ein Paradebeispiel für das zu sein, was man nicht tun sollte. „Das ist ein Privileg, das manche von uns noch nie hatten."

Einige Subs nickten.

Joey Junior zog für einen Moment den Kopf ein. „Du hast recht. Ich kann als selbstverständlich voraussetzen, dass manche Dinge einfach nicht in Frage kommen."

Zack hob die Hand, um die Unterhaltung zu verlangsamen. „Vielleicht sollten wir uns auf RACK konzentrieren – risikobewusstes, einvernehmliches BDSM – und inwiefern das unseren Bedürfnissen gerecht wird."

Ein neues Mitglied, ein Mann mit Militärhaarschnitt, blaffte: „Subs sollten keine Bedürfnisse haben."

„Du meinst Sklaven", widersprach Ross, ein langjähriges Mitglied.

Zack verengte die Augen. „Sklaven verzichten auf Entscheidungsfreiheit, aber ihre Bedürfnisse werden typischerweise vorher vertraglich definiert, um sie zu schützen."

Mr. Militär verkündete: „Ich habe eine BEST-Ausbildung durchlaufen."

Erwartete er etwa einen Orden?

„BEST, das ist doch ein Trainingshandbuch für Sklaven, nicht?", fragte Sophia in so selbstsicherem Ton, dass es eigentlich gar keine Frage war. Nach einem Nicken bewies sie, dass er nicht der einzige Eingeweihte war. „BEST steht für *Behavior, Emotions, Self-Image und Thoughts* – Verhalten, Emotionen, Selbstbild und Gedanken – nicht wahr?"

„Ja." Mr. Militär machte ein finsteres Gesicht und verschränkte die Arme vor der Brust. „BEST-Training verhilft Sklaven zu einer positiven Einstellung und damit zum Erfolg."

Sophia neigte den Kopf und fragte: „Aber es ist aus der Perspektive einer weiblichen Sub und eines männlichen Masters geschrieben. Und *ausschließlich* aus deren Perspektive, nicht wahr?"

„Grundlegende Konzepte lassen sich übertragen", entgegnete Mr. Militärhaarschnitt.

„Und manche Master finden ihre *eigenen* Methoden effektiver", ergänzte sie mit einem süßen Lächeln.

Neulinge kritzelten Notizen.

Xander neigte sich zu Orion und flüsterte: „Wäre es geschmacklos, mit ihr abzuklatschen?"

„Ja." Orion grinste ihn an.

Zack nickte. „Wie ihr seht, führen viele Wege in den Subspace; ihr braucht nur einen zu finden, der für euch passt. Jasmine, ich würde gerne nach dem Treffen mit dir reden. Und ich möchte euch alle daran erinnern, dass hier im Entwined nächstes Wochenende der Kurs BDSM 103 angeboten wird, bei dem es um Missbrauch geht. Aber falls ihr Hilfe oder Klarheit über irgendwas braucht, wartet nicht lange. Wir sind hier, und wir können im persönlichen Gespräch helfen."

Zack blickte sich in der Runde um, dann setzte er sich wieder auf seinen Platz. „Ich möchte Erin einladen, uns etwas mitzuteilen."

„Erin ist hier? Erin wird sprechen?" und Variationen der Frage gingen durch den Raum. Beifall brach aus, als sie das Wort ergriff.

Sie grinste. „Ja, Erin ist hier, und ich wollte euch was zeigen." Erin war eine halsbandtragende Sub, die kaum jemals lauter als im Flüsterton sprach und sich meistens hinter ihrer üppigen roten Haarpracht versteckte. Orion konnte sich nicht erinnern, sie je so voller Selbstvertrauen gesehen zu haben.

Erin rieb mit zwei Fingern über ein rotes Lederarmband, das mit drei miteinander verschlungenen schwarzen Herzen verziert war. „Die meisten von euch wissen von meiner schweren Angststörung."

Wegen ihrer Phobien konnte sie an den meisten Spielpartys, Sub-Treffen und Demonstrationen nicht teilnehmen, weil sie nicht mit Menschenmengen zurechtkam. Dass sie jetzt hier stand, vor ungefähr fünfzig anwesenden Subs, und zu ihnen sprach, grenzte geradezu an ein Wunder.

Sie warf ihr welliges Haar zurück und sagte: „Ich glaube zwar nicht, dass ich ein Allheilmittel gegen Ängste entdeckt habe, aber ich habe Unterstützung gefunden."

Die meisten Subs beugten sich vor.

Sie streckte ihnen das Handgelenk mit dem Armband entgegen. „Das hier ist meine Geheimwaffe."

Ross kniff die Augen zusammen. „Ein Armband? Ist ja hübsch und alles, aber –"

„Es ist in Wirklichkeit eine Fessel." Sie trat zu Zack. „Wärst du mal so nett?"

„Natürlich." Zack nahm ihr das Armband ab und teilte es in zwei schmalere Lederstreifen, die er dann wieder mit dem Druckkopf zu Kreisen schloss, sodass je eine Schlaufe um jedes Handgelenk lag.

Erin hielt ihre Hände hoch, die jetzt aneinander gefesselt waren, und zog. „Nun, ich weiß, dass es unterschiedliche Ansichten gibt. Manche sehen Bondage als …"

„Sexy und geil."

„Bestrafung", rief ein Neuling.

„Eine Möglichkeit, die Schönheit des Subs zur Schau zu stellen und ein lebendes Kunstwerk zu schaffen", fügte Zack hinzu, der in japanischer Erotik-Bondage einer der Besten war.

Erin nickte. „Es ist für jeden anders. Für mich ist es wie ein Tag im Wellness-Studio, wenn mein Master und meine Mistress mich fesseln."

Orion verdrängte den Neid und die Wünsche seiner von Seilen erfüllten Fantasien. Er hatte von Hunters meisterhaftem Geschick in Hänge-Bondage gehört. Oh, die Positionen – *Stopp!*

Er konzentrierte sich wieder auf Erin. „Sobald die Seile mich zu umschlingen beginnen, entspanne ich mich. Ich vertraue darauf, dass Mistress Jess und Master Ralph sich um alles kümmern, und ich kann einfach nur sein."

Sam grinste. „Und wie funktioniert das magische Armband nun?"

Erin kicherte. „Es ist keine Magie, aber mit ihm kann ich ein Stück weit auf die Ruhe zugreifen, die ich erlebe, wenn ich in Bondage bin. Jeden Morgen rufen meine Mistress und mein Master mich zu sich und legen mir das Armband um. Beide fordern mich auf, daran zu denken, dass ich geliebt werde und in Sicherheit bin." Sie zuckte mit den Schultern. „Ich konnte immer mehr von den Sachen machen, an denen mich meine Ängste vorher gehindert haben."

„Das Armband bringt dich in den Subspace?", fragte Sam.

Orion hatte beim Sex mit Marc und Hunter den Hauch einer Ahnung von Subspace erlebt.

„Ähm ... nicht direkt ... vielleicht ... es erinnert mich an diesen himmlischen Ort und lässt mich entspannter sein. Obwohl ich jetzt, wo ich hier stehe, immer noch nervös bin. Vor einer Gruppe zu sprechen, das hätte ich vorher nie und nimmer gemacht."

„Wo hast du es her?" Orion merkte erst, dass er eine Frage gestellt hatte, als Xanders Luftschnappen alle Luft aus dem Raum zu saugen drohte und sein Blick ein Loch in Orion bohrte.

„Die werden jetzt hier im Entwined verkauft. Noch mal, ich glaube nicht, dass sie magisch sind. Meins ist nur etwas, was mir hilft. Und davon wollte ich erzählen." Sie lächelte Zack an und hielt ihm ihre Handgelenke entgegen. „Bitte. Dankeschön."

Leute, die das Armband anfassen und Fragen stellen wollten, umringten sie. Xander neigte sich zu Orion. „Willst du so eins? Würde das helfen?"

„Ich bin mir nicht sicher." Aber nach diesem Wochenende war Orion vielleicht bereit, es zu versuchen. Er schob die Erinnerungen an Hänge-Bondage beiseite, die vor seinem geistigen Auge aufblitzten. Ein quälendes Verlangen, von Hunter gefesselt und von Marcus auf köstliche Weise gefoltert zu werden, hatte ihn gepackt. Es musste einen Weg für ihn geben, dahin zu kommen.

Nachdem die Sub-Horde für fünf Minuten in Chaos verfallen war, rief Zack die Versammlung wieder zur Ordnung. „Möchte noch jemand eine Frage stellen oder Informationen weitergeben?"

Xander hob die Hand.

Zack deutete auf ihn. „Ja, Xander?"

„Frage. Wäre jemand hier bereit, sich mit mir über Sex mit jemandem, der trans ist, auszutauschen?" Xander blickte sich mit hoffnungsvoller Miene um.

Orion verkniff sich ein Grinsen, als er sah, wie Xanders Wangen einen hübschen Rosaton annahmen. Aber er konnte sich nicht davon abhalten, leise zu trällern: „Xander hat 'nen Freu-heund, Xander hat 'nen Freu-heund!"

Mehrere Subs hoben die Hand.

Zack deutete auf sie und dann wieder auf Xander. „Könnt ihr euch nach dem Meeting treffen, um Telefonnummern und Infos auszutauschen?"

„Ja. Vielen Dank." Xander lächelte die Subs an, die sich bereit erklärt hatten, mit ihm zu reden.

Orion schickte Xander eine Gleitbeutler-SMS mit dem Untertitel: „Xander hat einen Freund! Xander hat einen Freund!"

Xander reagierte auf sein vibrierendes Handy. Sobald er Orions SMS gelesen hatte, drehte er sich um und fragte: „Echt jetzt?"

Orion schnaubte und zuckte mit den Schultern. Er wandte seine Aufmerksamkeit wieder dem Meeting zu.

Jemand fragte: „Wann wird eine offene Beziehung nichts weiter als eine Ausrede, um mit anderen Leuten zu vögeln?"

Ja, wann? Fuck! War es das, was Hunter und Marcus gerade mit ihm machten? Er wollte glauben, dass es nicht so war, aber wusste er es? Vielleicht waren die ganzen Sprüche von wegen einen Dritten suchen reine Augenwischerei.

Als niemand von sich aus antwortete, sagte Zack: „Meiner Meinung nach ist es eine gute Sache, wenn zwei … oder mehr Leute an einem Strang ziehen und gemeinsam dafür sorgen, dass die Bedürfnisse jedes einzelnen erfüllt werden. In meinem Fall weiß ich, dass Master Drew und ich immer ausführlich besprechen, was wir im Sinn haben. Vor allem, wenn es um eine Session mit jemand anderem geht. Wir gehen vorher und nachher alles miteinander durch. Aber das macht nicht jeder so. Ich glaube, ihr müsst für euch selbst herausfinden, was es für euch bedeutet und was es für euren Dom oder eure Doms bedeutet."

Sam meinte verächtlich: „Ha! Ich hatte vor Timmy einige Partner außerhalb der Szene, die eine offene Beziehung wollten. Was hieß, wenn sie sauer waren, sind sie jedesmal los und haben jemand anderen gebumst. Und wenn ich mal mit jemand anderem ins Bett gestiegen bin, wurden sie eifersüchtig."

Timmy legte den Kopf an Sams Schulter. „Offene Beziehungen sind nicht für jeden was."

Sam schlang einen Arm um Timmy. „Aber wenn ein Paar nach einem Dritten sucht, gibt es Wege, das hinzukriegen."

Ein Sub, den Orion nicht kannte, grummelte: „Oder der Master will den Sub bloß demütigen und ihm wehtun, indem er noch andere hat."

Zack nickte. „Es gibt Master, die ihre Subs gern ausleihen, und manche Subs glauben, dass es das Recht ihres Masters ist, noch andere zu haben. Noch mal, über solche Dinge zu reden ist entscheidend für unsere geistige Gesundheit. Schaut auf den Plan, aber ich glaube, nächsten Monat gibt es ein Seminar namens ,Cuckolding, Cuckqueaning und einvernehmliches Fremdgehen'. Meines Wissens werden darin eine Vielzahl von Themen innerhalb der BDSM-Welt abgedeckt, aber auch außerhalb davon."

Ruby, eine der elegantesten weiblichen Subs im Entwined, hob die Hand. Als Zack ihr mit einem Wink das Wort erteilte, sagte sie: „Wie einige von euch wissen, haben mein Master und ich schon mehrmals versucht, einen Dritten in unsere Beziehung mit einzubeziehen. Das hat nie funktioniert." Sie beugte sich vor und nahm Bryans Hand. Bryan trug einen schicken Anzug und ein verdammt breites Lächeln. Ruby verkündete. „Bis jetzt. Bryan, Master Russ und ich sind jetzt zu dritt."

Beifallsrufe und „Glückwunsch!" hallten durch den Hauptraum des Clubs.

„Großartig!" Zack schaute auf seinen Digital-Timer. „Okay, unsere Zeit ist fast um. Hat irgendwer noch abschließend was beizutragen? Falls ihr neu seid, wir rufen einfach kurze, knackige Bemerkungen. Wie zum Beispiel ,Topping from the Bottom ist nicht immer ein Verbrechen'."

„Das stimmt. Kommunikation ist wichtig", rief jemand, den Orion nicht kannte.

„Sub bedeutet nicht Fußabtreter." Sam verschränkte die Arme vor der Brust.

Sophia sagte: „Master sind auch Menschen."

„Safewörter sind kein Teufelswerk", erklärte Xander.

Orion gab ihm einen Schubs. „Du bist sehr hilfreich."

Und wie aufs Stichwort fügte Zack hinzu: „Vergesst nicht, in BDSM macht ein einziges Wort allem ein Ende, aber tausend Worte können Missbrauch nicht stoppen. Okay, das Treffen ist beendet. Ich freue mich darauf, euch alle schon bald wiederzusehen. Bis dahin, spielt immer sicher, vernünftig und einvernehmlich." Zack ging schnurstracks auf Jasmine zu.

Xander sprang von seinem Stuhl auf. „Ich geh' mir mal die Nummern von den Subs holen, die schon mit Transmenschen zusammen waren."

Vielleicht hätte Orion das nicht so auf die leichte Schulter nehmen sollen. „Ist in der Beziehung alles okay?"

Xander nickte. „Ja. Ich will bloß mit Quillon nichts verbocken. Er ist so … verdammt köstlich. Aber außer Buck Angel gibt's da draußen nicht viele sex-positive Botschaften für Transmenschen."

Orion konnte sich erklären, warum das so war. „Na ja, die ganze Gruppe wird schon so lange sexualisiert, dass viele Leute sich da ungern ran wagen."

Xander runzelte die Stirn, nickte aber. „Du sagst es. Sehen wir uns heute Abend zuhause?"

„Ja, ich will nur noch hier im Laden vorbei, ehe ich wieder zur Arbeit gehe. Ich muss zu ein paar Sitzungen, und wahrscheinlich mache ich danach gleich Feierabend." Erin war schon weg; Orion würde sich ein andermal mit ihr unterhalten müssen. Aber diese Armbänder hatten seine Neugier geweckt.

Er schlängelte sich zum Laden durch, vorbei an hundert Umarmungen und Versprechungen, wieder öfter in den Club zu kommen.

Ein Schritt in den Laden, und der göttliche Duft nach Leder schlug ihm entgegen. Er gönnte sich einen tiefen Atemzug. Mmm, genau wie Hunter. Orion steckte die Hände in die Taschen, um mehr Platz in seiner Hose zu schaffen.

An einer Wand waren alle möglichen Lederartikel ausgestellt, und was es dort nicht gab, konnte man auf Bestellung anfertigen lassen. Die Rückwand stellte unterschiedliche Arten von Spielsachen zur Schau, von Scherzartikeln wie aufblasbaren Schafen bis hin zu Gerätschaften für medizinische Spiele, wie Wartenberg-Rädern. Die dritte Wand war Paddles für jeden Geldbeutel vorbehalten, von Spielzeugpaddles und Linealen bis hin zu Paddles mit Intarsienmustern aus Perlmutt. Und an der Wand neben der Tür hingen Seile, Flaschenzüge und sonstiges Bondage-Equipment.

Orion begrub sein Interesse für die Seile und konzentrierte sich stattdessen auf die Schaukästen, die den Verkaufsraum säumten. Sie enthielten Piercing-

Zubehör, Vibratoren, Fleshlights und den ganzen herrlichen Krimskrams der BDSM-Welt.

„Orion!" Audrey ließ den Dildo fallen, den sie gerade mit einem Staubtuch masturbierte, und sprang hinter der Ladentheke hervor. „Oh, mein Gott, ich hab' dich vermisst."

Er umarmte die reizende, ganz in lilafarbenes Leder gekleidete Frau. Die Farbe ließ ihn an Marcus denken, und das wiederum brachte ihn auf Hunter und löste Erinnerungen an sie alle zusammen aus. Verdammt, er hatte diese Farbe lieben gelernt.

„Dann bist du also wieder zurück?" Sie legte den Dildo wieder in den Schaukasten.

„Ja …" *Bin ich das?* „Ich glaube schon."

Audrey sah ihn stirnrunzelnd an. „Ich weiß, wie schlimm es werden kann und wie verrückt es einen macht, aber wenn du erst mal den richtigen Master … oder, ähm, die richtigen Master gefunden hast, ergibt alles wieder einen Sinn."

Vermutlich hatte sie recht. „Danke."

„Was suchst du?" Sie warf ihren Lappen neben die Registrierkasse.

„Eigentlich nichts. Ich wollte nur die Armbänder sehen, von denen Erin geredet hat."

„Hier bitte." Sie nahm die drei Ausstellungsstücke aus der Vitrine und legte sie auf ein samtüberzogenes Tablett. „Die kannst du bei Master Leather bestellen, und er hat sie normalerweise innerhalb von ein bis zwei Wochen fertig."

Orion nahm ein Armband und legte es um sein Handgelenk. Würde das Tragen eines Armbands ihm erlauben, Bondage anders zu sehen? Konnten zwei Lederriemen und ein Druckknopf das Negative auslöschen, das für ihn damit verbunden war? Außer Kontrolle zu sein … und vergewaltigt zu werden?

„Wunderschöne Arbeit. Ich wäre vermutlich nie drauf gekommen, was es ist, wenn ich das heute nicht gesehen hätte." Er öffnete das Armband, drehte es hin und her und untersuchte die Schlaufen, die sich beim Trennen der beiden Bänder bildeten.

„Da jedes eine Spezialanfertigung ist, kann man sich das Muster aussuchen. Hier wird die Größe gemessen." Sie berührte seinen Arm oberhalb des Handgelenks. Dann zückte sie ein Maßband, schlang es um sein Handgelenk und schob es fünf Zentimeter weiter nach oben. „Du brauchst einen achtzehner Riemen."

„Jeder braucht einen achtzehner Riemen", rief eine weibliche Stimme vom Eingang her.

Lachend drehte Orion sich um. „Hallo, Sophia. "

„Hey, Mr. Achtzehner Riemen. " Sie zog ihn an sich, umarmte ihn und flüsterte: „Ich habe Hunter noch nie so voller Lebensfreude erlebt."

„Was? Oh nein. Das hat sicher nichts mit …"

„Wie du meinst. Ich freue mich ja so, dass du zu einem Sub-Treffen gekommen bist! Was kaufst du denn?"

Orion gab Audrey lächelnd das Armband zurück. „Nichts.“

„Ah, du hast dir das *magische* Armband angeguckt. Ich finde die Idee super. Ich bin ganz dafür, Limits kreativ zu umgehen. Weißt du? Also dann, wir sehen uns bei Marcus' Geburtstagsfeier.“ Hurrikan Sophia gab ihm ein Küsschen auf die Wange und fegte wieder hinaus.

Nicht mal ein heftiges Blinzeln half gegen die wirbelnde Energie, die sie zu hinterlassen schien.

Audrey stützte die Ellbogen auf den Schaukasten und grinste Orion an. „Dann gehst du also zu Marcus' Party. Du weißt ja, dass er auf Piercingspiele steht.“

Orion nickte. Seine Google-Suchmaschine wusste das auch, da er andauernd darüber recherchierte und sich Videos davon anschaute. Danach brauchte er meistens eine Weile Zeit für sich allein.

„Ich finde Piercingspiele geil. Mein Master hat gesagt, dass er eventuell lernen möchte, das mit mir zu machen. Ich würde ja zu gern meine Nippel gepierct sehen.“ Sie schaute auf ihre üppige Oberweite hinab.

„Ja.“ Orion auch. Seine Nippel, nicht ihre. Er zählte die Tage bis zu Marcus' Party.

11

HUNTER KONNTE nichts gegen das erwartungsvolle Flattern im Magen tun, als er die Textnachrichten-App öffnete. Marc und Orion flirteten mit ihm.

Marc schrieb: *Wie geht's meinem Rettungssanitäter und meinem Forscher?*

Ein Schauer von Richtigkeit durchrann ihn, weil Marc Orion ebenso für sich beanspruchte wie ihn. Er begann allmählich, von Orion genauso sehr als „sein" zu denken wie von Marc. Aber das war verrückt.

Orion antwortete: *Habe eben ein Stück Fleisch für heute Abend in den Schmortopf getan und backe jetzt Kekse.*

Marc gab zurück: *Zu deinem Stück Fleisch sag ich jetzt mal nichts, aber Kekse?*

Hunter lachte leise, aber sein Magen knurrte, und er schrieb: *Hunger!*

Marc schrieb: *Orion und ich können dich füttern.*

Etwas anderes erwachte. Verdammt, ja! Er tippte: *Ich freu mich drauf.*

Orion schickte ein Emoji mit großen Augen. *Ich auch.*

„Grrrr." Sophias frustriertes Knurren riss Hunter unsanft aus seinem Vergnügen. „Jesus, jetzt leg schon dein Handy weg."

Hunter unterdrückte ein Grinsen. „Tut mir leid." Er tippte: *Wir sehen uns dann heute Abend. Sophia will auch was von unserer Pause haben.*

„Ich erwarte ein Update." Sie trank einen Schluck Kaffee und stellte dann den Becher wieder in den Halter.

„Wir haben alle unsere Erwartungen ..." Hunter hob ihre weggeworfenen Zuckerpäckchen auf. Sonst würde die nächste Schicht meckern, dass sie eine Schweinerei im Auto hinterlassen hätten. Na schön, er würde ihre Neugier gegen sie verwenden. „Du gibst mir deins, ich geb' dir meins."

Sophia verzog das Gesicht, als hätte er von ihr verlangt, Republikanerin zu werden. „Na schön. Colin will mir sein Halsband umlegen."

„Ihr habt wohl den Arsch offen." Nie und nimmer! Was dachte der Kerl sich bloß dabei? Was zum Teufel dachte sie sich bloß dabei?

„Verpiss dich mitsamt dem Gaul, den du fickst", knurrte Sophia.

Hunter ignorierte ihren merkwürdigen Kraftausdruck und betonte: „Es ist zu früh für dich, jetzt schon an ein Halsband zu denken." Obwohl die Worte mehr als hohl klangen, wenn er sie auf seine und Marcus' Gefühle für Orion anwandte.

„Erstens ist es das nicht. Zweitens bin ich erwachsen." Sie seufzte. „Drittens, jetzt habe ich zum ersten Mal jemanden, der mich versteht und mich nicht unter Druck zu setzen versucht."

Hunter schnalzte missbilligend mit der Zunge. „Du hast mich. Ich versteh' dich."

„Ja, aber du weißt schon, was ich meine. Es ist fast unmöglich, jemanden zu finden, der versteht, was ich als Sub brauche."

Okay, vielleicht verstand er sie ja nicht völlig. „Und er ist so jemand?"

„Ja. Er ist kein herablassender Wichser, der meine Einwilligung zu erzwingen versucht, sondern versteht, dass ich meinen Gehorsam anbieten muss. Und er braucht nicht den blöden Macho zu spielen, um Respekt zu kriegen. Außerdem will und muss er nicht rund um die Uhr und sieben Tage die Woche spielen."

„Dir sein Halsband umzulegen ist kein Unter-Druck-setzen?"

„Nein, mehr so was wie eine Bestätigung dafür, dass ich so akzeptiert werde, wie ich bin." Sophia war fest entschlossen, es ihm begreiflich zu machen. Sie wollte seinen Segen, auch wenn sie das nie zugeben würde.

Hunter wusste nicht, was er sagen sollte. Er musste seiner besten Freundin eine Stütze sein, aber … „Soph, ich will, dass du glücklich bist."

„Oh mein Gott, Hunter! Er macht mich schwindlig vor Glück. Ich liebe es, mit ihm zu reden, und er weiß, wann er die Klappe halten muss. Wir mögen dieselben Bücher, dieselben Filme, dieselbe Musik, und was den Sex angeht … Eins sag ich dir, ob Fetisch- oder Blümchensex, mit Colin ist alles toll."

Hunter fuhr sich mit einer Hand übers Gesicht. „Okay … gut. Aber trotzdem, ihr kennt euch noch nicht so lang."

„Wir passen zusammen wie fehlende Puzzleteilchen. Und komm mir jetzt bloß nicht mit irgendwelchen Befürchtungen nach dem Motto ‚das klingt aber sehr nach Co-Abhängigkeit' … es ist mir egal. Ich kann ich sein … alles, was ich bin, und ich bin hin und weg."

„Mehr will ich gar nicht für dich." So war es auch, und er würde da sein, falls es in die Brüche ging – nachdem er Colin umgebracht hatte.

Sophia machte eine Handbewegung, als würde sie etwas aufwickeln. „Okay, bitteschön. Ich hab dir meine kitschige Liebesschnulze in den Schoß gesabbert. Was ist mit dir? Du strahlst selber auch über alle vier Backen."

Hunter zuckte mit den Schultern, konnte aber das Lächeln nicht zurückhalten. „Du kennst ja Marc. Er macht keine halben Sachen. Er ist voll dabei und meint, dass Orion uns gehört."

„Und du?"

„Es ist noch zu früh." Es war viel zu früh, einen Dritten fest in seine Welt mit einzuplanen. Oder? In dem Fall sollte er vielleicht lieber aufhören, von Orion als „sein" zu denken.

Sophia atmete hörbar aus. „Ist es nicht. Manchmal weiß man es einfach." Dachte sie, wenn sie langsamer sprach, würde er ihr eher zustimmen?

„Verdammt, du hörst dich an wie Marc. Er scheint sich keine Sorgen zu machen, dass was schief gehen könnte … und es gibt so vieles, was schief gehen könnte!"

„Na ja, dein Freund ist nicht nur ein hübsches Gesicht. Marcus hat kapiert, dass das Leben kurz ist. No risk, no fun." Sie schürzte die Lippen, als wüsste sie was und überlegte gerade, ob sie es ihm sagen sollte.

„Sophia, zwing mich nicht, dir in den Kaffee zu spucken. Was? Sag, was du auf dem Herzen hast." Eine leere Drohung, aber er räusperte sich dramatisch.

„Igitt! Das würdest du nie machen." Sophia schnappte sich ihren Kaffeebecher und funkelte ihn wütend an. „Scheiße, und ob du das machen würdest. Du bist so ein Arschloch. Na schön. Vielleicht brauchst du erst einen Schubs, um aktiv zu werden. Orion war gestern beim Sub-Treffen."

„Wirklich?" *Heilige Scheiße!* Hoffte er etwa, wieder in BDSM rein zu finden?

„Jau. Er hat glücklich ausgesehen."

„Was hat er gesagt?", verlangte Hunter zu wissen, als hätte er ein Anrecht darauf. Hoffentlich würden seine Worte trotzdem als normale Frage durchgehen.

„Ganz schön neugierig, hm? Ich geb' nichts weiter, was beim Treffen gesagt wurde. Aber ich habe ihn hinterher noch gesehen."

„Und?" Hunter hasste es, wenn sie ihn dazu zwang, ihr jedes Häppchen Wissen einzeln zu entreißen.

Sophia lächelte mit einer Unschuld, die sie schon lange nicht mehr besaß. „Ich habe gesehen, wie er eine teilbare Fesselmanschette befummelt hat. Kennst du Erin?"

„Ähm, Erin?" Hunter hatte kein besonders gutes Namensgedächtnis. Was zum Teufel hatte sie mit Orion und einer Fesselmanschette zu tun?

„Sie gehört Mistress Jess und Master Ralph."

„Ach ja, natürlich." Hunter erinnerte sich vage daran, sie vor ein paar Jahren mal getroffen zu haben. Sie war eine stille kleine Rothaarige, schien aber nett und gefügig zu sein.

„Jedenfalls war sie auch da und hat darüber geredet, dass man die Fessel auch als normales Armband tragen kann, und das hat ihr geholfen, mit ihren Ängsten außerhalb einer Session besser fertig zu werden."

„Wie?", fragte Hunter erstaunt.

„Das Leder erinnert sie an die Ruhe, die sie im Subspace empfindet. Wenn sie nervös wird, hilft es ihr, sich auf das Armband zu konzentrieren. Und man kann es auch aufmachen und als Handfessel verwenden. Ich habe vor dem Treffen mit ihr gesprochen, und sie sagt, dass sie das Armband manchmal als Handfessel trägt, wenn sie allein ist." Aus Sophias Augen leuchtete etwas, das Hunter als Ermutigung bezeichnen würde.

Hunter reimte sich den Rest zusammen. „Und Orion hat sich für das Armband interessiert?"

„Ja, aber er hat keins bestellt. Soweit ich weiß ..." Sophia warf ihm einen bedeutungsvollen Blick zu, den Hunter offenbar entschlüsseln sollte. „Sein Maß für das Armband ist dasselbe wie meine Lieblings-Penisgröße."

Hunter hasste es, dass er viel zu viel über sie wusste. „Genug von Penissen geredet."

„Da wir gerade von Penissen reden … was macht ihr drei eigentlich?"

Das war die Frage. Was machten sie eigentlich? „Ich rede hier keineswegs von Penissen, das warst du … und Orion, Marc und ich … wir verbringen Zeit miteinander … lernen uns besser kennen."

„Umschreibung für Penisspiele …" Sophia kicherte ihm ins Gesicht, als fehlten nur noch die Glitzerjeans, und sie wäre das coolste Mädchen in der achten Klasse.

Hunter lachte leise. „Du wirst zu geil, wenn wir eine ruhige Schicht haben. Der Truck ist gewaschen und unsere Pause ist vorbei."

„Halt' die Klappe. Ich hab' erst ein paar Mal einen Dreier gemacht. Wie ist das so mit euch allen dreien?" Soph beugte sich vor.

Hunter ließ den Truck an und machte sich auf die Rückfahrt zur Rettungswache. „Es ist, als hätten Marcus und ich neue Energie gekriegt. Orion passt zu uns und macht Marc und mich besser."

Soph legte den Kopf schief. „Keine Eifersucht?"

„Nein. Ist schwer zu erklären."

„Versuch's trotzdem." Sie verschränkte die Arme vor der Brust, um klarzumachen, dass das Thema noch lange nicht erledigt war.

Eine rote Ampel erlaubte Hunter, ihr einen verärgerten Blick zuzuwerfen. „Er braucht, was Marc und ich einander nicht geben können, aber … er trägt auch zu dem bei, was wir einander geben. Es ist nicht das eine oder das andere. Es ist, als hätten wir ein weiteres Familienmitglied, aber …"

„Das ist wunderbar. Ich freue mich für dich. Warum das Aber?"

Er bog einige Male ab, ehe er antwortete. „Sieh mal, wir haben noch keine formelle Session gehalten, und ich weiß nicht, ob Orion das will … oder je wollen wird." Da. Er hatte es gesagt. Wahrscheinlich, weil seine Wachsamkeit nachgelassen hatte und seine Zunge locker war.

„Hmmmm … wie könnte man das bloß rausfinden? Okay, überlegen wir mal. Du könntest einen Privatdetektiv anheuern, der ihn verfolgt. Sein Handy anzapfen. Xander fragen. Oder – hey, ich hab's! Es ist ein neuer Ansatz, und vielleicht ein bisschen zu New Age für dich, aber warum zum Teufel fragst du Orion nicht einfach? Du Volltrottel."

Rote Ampel. Hunter schloss die Augen und zählte langsam bis zehn. Er machte die Augen auf, und Sophias Grinsen brachte ihn dazu, sie wieder zuzumachen und von vorn anzufangen.

„Es ist grün", bemerkte Sophia.

Er fuhr ein paar Blocks und sagte schließlich: „Ich warte auf die passende Gelegenheit. Aus irgendeinem Grund scheint Marc im Moment die Führung zu übernehmen."

„Marcus ist kein Dom." Sophia schüttelte so heftig den Kopf, dass ein paar Locken aus ihrer Haarspange rutschten.

Das stimmte. Vielleicht war es einfacher, sich weiterhin auf größtenteils konventionellen Sex zu beschränken. „Nein, aber er kann Orion das bieten, was er sich wünscht, ohne den Stressfaktor BDSM."

„Etwas von dem, was Orion sich wünscht. Du hast den Rest. Warum willst du ihm das vorenthalten?" Soph ließ nicht locker in ihrem Verhör.

„Ich weiß, für Miss Elefant im Porzellanladen ist das vielleicht schwer zu begreifen, aber Geduld ist eine gute Sache." So war es auch. Hunter würde behutsam vorgehen. Besser langsam vorankommen als nachher den Rückzug antreten zu müssen.

„Klingt, als ob Marcus nicht warten will …"

Das stimmte. „Orion sehnt sich nach dem, was Marc zu geben hat. Er greift mit beiden Händen danach. Marc gibt ihm Schmerz ohne die Einschränkungen der Dominanz."

„Orion müsste also erst auf dich zukommen?" Soph ließ die Frage klingen, als wäre er völlig bescheuert.

„Im Grunde schon." Vielleicht hatte sie ja recht.

Sophia schnalzte missbilligend mit der Zunge. „Dann wartest du also darauf, dass er dich von unten her toppt. Du Held."

Verständlich, warum sie es nicht kapierte. „Nein, so ist es nicht. Ich warte einfach nur auf ein Signal von ihm."

„Rauchzeichen? Türglocke? Ein Windspiel, das rätselhafterweise in einer windlosen Nacht klimpert? Oder brauchst du einen Decoder-Ring? Von denen hat Machdirnichinshemd.com bestimmt noch welche auf Lager." Sophias abfällige Bemerkung triefte noch mehr vor Sarkasmus als üblich.

Hunter ließ sein Augenrollen für sich sprechen.

„Ist er schon mal über Nacht geblieben?"

„Noch nicht." Er bog in die Einfahrt der Rettungswache ein. Fast, aber Orion steckte ihn und Marc immer ins Bett und schlüpfte dann hinaus.

„Eine Pyjamaparty würde helfen, glaube ich. Du weißt schon, Kissenschlachten. Rumknutschen im Schlafanzug und –"

„Pass auf, dass deine Fantasien nicht auslaufen und mich vollkleckern."

„Igitt! Als ob!" Sophias angewiderte Grimasse war fast beleidigend. Sie sprang aus dem Truck und führte den Routine-Check durch. „Reifen sehen gut aus. Ich glaube, wenn Orion bei euch übernachten würde, hättet ihr die nächste Stufe erreicht."

Es sei denn, er sagt nein …

Ehe er lange genug grübeln konnte, um es sich auszureden, schrieb Hunter eine SMS: *Wollen wir aus diesem Besuch eine Übernachtung machen?*

Marc hatte offenbar gerade keine Kundschaft. Er schrieb: *Na KLAR doch! Vermeide den Spießrutenlauf nach Hause und bring eine Reisetasche mit.*

Hunter wartete. Vielleicht hatte Orion die SMS nicht gesehen.

Schließlich, zehn Minuten später, kam Orions Antwort. *Okay. Ich bringe trotzdem das Abendessen mit.* Zwei Minuten später schickte Orion noch eine SMS: Übrigens, von wegen Spießrutenlauf, eher so was wie ein Siegeszug.

HUNTER STIEß sich vom Tisch ab und rülpste verstohlen. „Verdammt, Orion. Du kochst einfach großartig."

Orion zog den Kopf ein, aber nicht schnell genug. Hunter sah das erfreute Lächeln, das sein Gesicht erhellte.

„Bitte, bleibt sitzen. Ich mach das schon."

Marc und Hunter ignorierten Orions Bitte und halfen ihm den Tisch abzuräumen. Hunter spülte die Teller ab, und Marc steckte sie in die Spülmaschine.

Sobald Orion die letzten Reste im Kühlschrank verstaut hatte, nahm Marc ihn in die Arme. Hunters Herz setzte einen Schlag aus. Die beiden Männer waren vom Aussehen her polare Gegensätze. Orion hatte eine blonde Ninjakrieger-Frisur, helle Haut, blaue Augen und eine beinahe überwältigende Unschuld. Marc hatte langes dunkles Haar, olivfarbene Haut und ein Sündenrepertoire, um das Satan ihn beneidet hätte. Gott, sie waren wunderschön zusammen.

Marc flüsterte ihm etwas zu, was Orion erst zögern und dann mit Begeisterung und einem Grinsen nicken ließ. „Also dann. Hunt, na los, kommandier' uns rum …"

Orion prustete und schaute Marc über seine Schulter hinweg an.

„Was? Ihr wisst doch, dass ihr zwei das mögt", hielt Marc ihm entgegen.

Achselzuckend sagte Orion: „Ich jedenfalls schon …"

Rede, Hunt, rede! „Ich auch …"

„Seht ihr? Na bitte." Marcus zwickte Orion in die Brustwarzen.

Orion stöhnte auf. „Du spielst nicht fair –"

„Sollte ich?", fragte Marc, dann grinste er ihn an. „Das ist was für Hunt. Er spielt nach den Regeln."

Na ja, das fasste alles kurz und knapp zusammen. Marc verstrickte sich nicht in Regeln für ordnungsgemäße Dominanzspiele. Er konnte sich ganz auf die Lust am Sex konzentrieren … und am Schmerz, was für Orion ein und dasselbe zu sein schien.

Hunter kam zu dem Schluss, dass ein kleines Spielchen vielleicht nicht schlecht wäre, schon gar nicht, wenn Orion zu einem Sub-Treffen gegangen war. Zeit, das Terrain zu sondieren. „Orion, wie lautet dein Safeword?"

„Krebs … Hunter."

Hunter schob die Enttäuschung beiseite und fragte: „Kann ich mich darauf verlassen, dass du es benutzen wirst, falls nötig?"

„Ja … Hunter." Orions Mundwinkel bogen sich für einen Moment nach unten und kehrten dann in ihre neutrale Position zurück.

„Sag dein Safeword noch mal." Zumindest konnte Hunter ihn vielleicht davon überzeugen, dass das Wort ein notwendiger Teil der Grundlagen war, die sie hier schufen.

„Krebs ... Hunter."

„Sehr gut. Es macht mich zufrieden, dass du es aussprechen kannst. Also dann, auf die Knie und Beine breit."

Wie vorherzusehen fiel Orion auf die Knie und spreizte sie weit auseinander. Seine Hände waren hinter dem Kopf verschränkt, sein Blick zu Boden gerichtet und seine Lippen leicht geöffnet.

Marcus starrte Orion an, dann Hunter, und seine Augen weiteten sich.

Hunter ignorierte Marcs überraschtes Gesicht. „Ist er nicht entzückend, Marcus?"

Nach einer kaum merklichen Pause antwortete Marc rückhaltlos: „Und wie!"

„Wie fühlt es sich an, auf den Knien zu sein, Orion?", fragte Hunter.

„Fantastisch", erklärte Orion ohne zu zögern.

„Orion, sieh mich an." Sofort hing Orions Blick an Hunter, also benutzte Hunter ein Handzeichen, eine abwärts gerichtete Wischbewegung mit zwei gespreizten Fingern.

Orion wechselte in die Lehrposition, nahm die Knie enger zusammen und legte die Hände mit den Handflächen nach oben auf die Oberschenkel.

„Sehr gut. Ich war mir nicht sicher, ob du dich an die Handzeichen erinnerst." Hunter lächelte. Obwohl er sich nicht vorstellen konnte, dass ein Dom oder Sub, der dieses Wissen einmal erworben hatte, es je wieder ganz verlieren würde.

Er ließ Orion Zeit, in die Position hineinzufinden und sich wieder an grundlegende BDSM-Aktivitäten zu gewöhnen. „Magst du es, wenn Marc dir Schmerzen zufügt?"

„Ja ... Hunter. Ich mag es sehr." Orion nickte.

Marcus lächelte. „Ich genieße es, die Empfindungen mit dir zu teilen."

Hunter räusperte sich. „Möchtest du, dass ich dir Anleitung biete und Grenzen setze?"

„Ja, bitte ... Hunter. Ich ... ich brauche das von dir." Wenn Orions bittender Tonfall Hunter nicht überzeugt hätte, dann hätte die Aufrichtigkeit in seinem Blick das getan.

„Wir werden heute Abend nur an Positionen arbeiten, und vielleicht kann Marc sich noch was anderes zu deiner Unterhaltung einfallen lassen." Hunter entging der Hunger nicht, der in den Augen beider Männer aufblitzte und ihm bestätigte, dass dies der richtige Weg war. Er genehmigte sich einen Moment, um ihr Verlangen in sich aufzunehmen, dann drehte er sich um und befahl: „Fuß."

Orion ging auf alle Viere und kroch hinter ihm her, als Hunter ins Wohnzimmer schlenderte. Es war etwas ganz Einfaches, aber dass ein schöner Mann seine Anweisungen befolgte, einschließlich hinter ihm her zu kriechen, machte etwas Grundlegendes mit ihm. Er würde seinen devoten Partner beschützen, indem er das Tempo gemäßigt hielt, aber die bereitwillige Unterwerfung befriedigte etwas ganz tief in seinem Innern.

Marc stieß einen koketten Pfiff aus. „Verdammt, Orion, du weißt, wie man Sex in ein Kriechen bringt!"

Hunter verzog keine Miene, als er umschwenkte und sich aufs Sofa setzte. „Hoch."

Orion stand auf und verschränkte die Hände hinter dem Rücken, den Kopf hoch erhoben und den Blick zu Boden gerichtet.

„Orion, gut gemacht." Hunter reagierte nicht auf Orions leichtes Lächeln, er sagte nur: „Ausziehen."

Marc setzte sich neben Hunter und fragte mit verhaltener Stimme: „Und was soll ich machen?"

Hunter legte den Arm um ihn, zog ihn an sich und gab ihm einen Kuss. „Was immer du möchtest. Ich werde Orion in Positionen bringen, und wenn du willst, kannst du sie schwieriger machen." Er hob die Stimme, um sicher zu gehen, dass Orion ihn hörte. „Orion ist die Gefügigkeit in Perfektion. Wenn du seine Positionen zu einer größeren Herausforderung für ihn machen wolltest, kann ich mir vorstellen, dass er dankbar dafür wäre."

Orions Erektion zeigte, wie sehr ihm der Vorschlag zusagte.

Stöhnend zog Marcus sein Hemd aus und stolzierte auf Orion zu. Mit einem Blick über die Schulter fragte er: „Was dagegen, wenn er meine Fragen beantwortet, Dommy-Schatz?"

„Sofern dir nichts anderes befohlen wird, Orion, darfst du frei sprechen und deine Blicke richten, wohin du willst." Hunter war sich darüber im Klaren, dass manchmal die Wegnahme der Einschränkung, zu Boden starren zu müssen, den Sub dazu zwang, seine Mitte tiefer in sich zu suchen. Außerdem wollte er Orions Gesichtsausdruck genießen.

„Danke, Hunter."

„Gesicht nach unten."

Orion fiel auf die Knie und berührte mit der Stirn den Boden, die Arme ausgestreckt und die Hände über dem Kopf.

Marcus berührte Orions Haar und lächelte Hunter an.

„Schön gemacht, Orion." Hunter hatte seine Mitte gefunden und war völlig Herr der Lage. Er fühlte sich mit Orion verbunden, aber auch mit Marc, und das auf eine ganz neue, bisher nie gekannte Art. Verschwunden war der Witzbold; sie hatten ein gemeinsames Ziel.

Marc fuhr mit den Händen an Orions Rückgrat entlang. Als seine Hände auf Orions Hintern lagen, sah er Hunter an und bat mit einem Blick um eine Erlaubnis, die er noch nie zuvor gesucht hatte.

Scheiße, das war ein Wunder! Hunter nickte knapp.

Klatsch! Klatsch! Klatsch!

Marcus verzierte Orions Hinterteil mit drei Handabdrücken.

Orion stöhnte und streckte den Hintern weiter hoch, was Marc dazu veranlasste, ihm weitere Schläge zu verweigern. Seine Hände glitten an Orions Oberschenkeln nach unten und kratzend wieder nach oben, wobei er rote Striemen hinterließ.

Aus Hunters Blickwinkel war Orions Schwanz gut zu sehen. „Hoch."

Orion kam auf die Füße und flehte Hunter mit den Augen an. Ja, sein Schwanz triefte und stand in einem Winkel hoch, der um Aufmerksamkeit bettelte, aber eins nach dem andern.

„Orion, wann hast du zum letzten Mal einen Bluttest machen lassen?" Nicht sexy, aber lebenswichtig, wenn sie diesen Pfad wirklich einschlagen wollten.

„Äh ... oh." Orion machte große Augen. „Vor zwei Wochen, und da war alles negativ."

Hunter hasste es, so klinisch zu sein, aber das Risiko war es einfach nicht wert. Wenn er noch paranoider wäre, würde er die Ergebnisse schriftlich verlangen, aber Orion hatte keinen Grund zu lügen. „Marc und ich nehmen Truvada. Du musst das nicht tun, aber ich würde mich offen gesagt wohler fühlen, wenn du es tätest."

„Nach dem, was passiert ist, habe ich damit angefangen", teilte Orion ihnen mit.

„Irgendwelche Nebenwirkungen?", fragte Hunter.

Orion schüttelte den Kopf. „Nein."

„Gut." Hunter nickte und verdrängte gewaltsam seine Befürchtungen.

Marc seufzte. „Wo wir alle negativ getestet sind und eine Prophylaxe nehmen, könntest du da nicht mal die Fluchtversuche sein lassen, wenn ich dich im Mund habe? Wenn einer alles vollspritzt, kommt das im Porno zwar gut, aber nicht in der Realität. Und, mal ehrlich – auf Wichse auszurutschen ist doch wahrscheinlich viel riskanter, als wenn wir drei es miteinander treiben?"

Und da war sein rumflachsender Geliebten wieder. Es war ein Wunder, aber Marcs spöttische Bemerkungen schienen nie eine Session zu stören. In gewisser Weise dienten sie dazu, sie alle an die Freude am Spiel zu erinnern, und sie schienen Orion davor zu bewahren, sich unter Druck gesetzt zu fühlen.

Hunter durfte nicht lachen, aber möglicherweise grinste er seine beiden Lover an. „Ja, Marc, du hast recht, Sicherheit geht vor. Also entweder schlucken, oder wir tragen rutschfeste Schuhe."

Marc verdrehte die Augen. „Ich hab's nicht so mit hässlichen Gummisohlen. Also, nur um das klarzustellen, kein Rumgezicke, wenn ich sein Sperma schlucken will oder deins? Oder wenn ich ihm meins in den Mund spritzen will, oder dir? Oder wenn ich dich aussaugen will?"

Fuck! Typisch Marc, den Sex wieder in seine beleidigte Tirade mit reinzubringen.

Hunter griff auf die Stimme zurück, die Orion immer erschauern ließ, und sagte: „Korrekt. Marc, mach ihn geil."

„Dein Wunsch, oh Master, mein Master." Marc grinste, fiel auf die Knie und leckte an der Spitze von Orions Schwanz.

„Oh Gott!" Orion schnappte nach Luft und sah seinen Peiniger an.

Grinsend schnippte Marc mit der Zunge wieder und wieder an die äußerste Spitze von Orions Erektion.

Nach fünf Minuten lobte Hunter: „Orion, andere Männer wären zusammengebrochen, doch du hast die Position gehalten. Gut gemacht."

Orion lächelte leicht, obwohl er unter der Anstrengung zitterte. „Danke, Hunter."

Nach zehn Minuten machte Marc den Mund weit auf und stülpte ihn über Orions Schwanz, jedoch ohne ihn zu berühren. Das hatte er mit Hunter nur ein einziges Mal gemacht, und Hunter hatte keine dreißig Sekunden umweht von der quälend feuchten Wärme durchgehalten, ehe er Marc befohlen hatte, ihm einen zu blasen.

Orion wimmerte und biss sich auf die Lippe. Stählte er sich so gegen die Folter? Noch mal drei Minuten, und Orion war wackelig auf den Beinen.

Hunter hörte auf, sich die Vorderseite seiner Hose zu reiben. „Auf die Knie."

Mit einem leisen Stöhnen zog Orion sich aus Marcs Mund zurück. Er ging ein bisschen holperig auf die Knie.

Ein wenig Machtgefühl durchflutete Hunter, als Orions Erektion beim Positionswechsel schwankte.

Marc küsste und biss Orion in den Hals, bis er zitterte.

Hunter fragte sich laut: „Was möchtest du tun, Orion?"

Orion stöhnte: „Dir und Marcus einen blasen … *Hunter.*"

Heilige Scheiße! Ja. Perfekte Antwort. „Du darfst."

Marc krabbelte auf die Couch und sank gegen Hunter. Er atmete schwer, als er den Reißverschluss runterzog und seine Jeans abstreifte. Sein Schwanz war erigiert und feucht.

Hunter umfasste Marcs Schaft und streichelte ihn. Er fand es toll, dass Marcus offenbar kein Problem mehr hatte, seine Erektion zu behalten. Sie drei zusammen war besser als Viagra. „Orion, lutsch."

Orion nahm den oberen Teil von Marcs Schwanz in den Mund. Seine Wangen wurden hohl, als er zu saugen begann.

Stöhnend fiel Marc über Hunters Hals her und saugte sich fest. Gott, er ließ sich liebend gern den Hals küssen und lecken, und Marc machte das genau richtig. Aber seine Beherrschung war stärker als sein Genuss. Machtgefühl durchfuhr ihn. Hunter wichste Marc zum schnellsten Orgasmus alle Zeiten. „Komm."

Marc schnappte nach Luft, und dann entfuhr ihm ein langgezogenes Stöhnen.

Orion schluckte wieder und wieder, doch am Ende hatte er immer noch ein bisschen was am Mundwinkel.

Hunter wischte das Sperma mit dem Finger weg und hielt Orion das Tröpfchen hin.

Orion leckte den Tropfen ab und fragte dann: „Darf ich dir einen blasen … Hunter?"

„Ja, Orion."

Ohne seinen eigenen, gepeinigten Schwanz zu beachten, kroch Orion auf den Knien zu Hunter, machte seinen Reißverschluss auf und schluckte ihn. Es gab keine Einleitung, nur ein Schlürfen und kräftigen Sog.

Orions Triumph war zum Teil Hunters Verdienst. Seine Führung erlaubte Orion zu dienen, und Orion schien darunter aufzublühen. Die Richtigkeit hallte durch Hunters Verstand, so sehr er sich auch davor zu verschließen versuchte.

Marc fiel über Hunters Mund her und küsste ihn.

Verdammt! Zwei Männer, die ihm das Gefühl gaben – er wickelte sich Orions Haar um die Finger und führte seinen Mund in schnellerem Tempo.

In geradezu beschämend kurzer Zeit zogen Hunters Hoden sich zusammen, und Lust flammte in seinem Innersten auf und breitete sich aus. Er gab Orion alles, was er hatte, bis er rücklings in die Polster sank, neben Marc, der immer noch versuchte, wieder zu Atem zu kommen.

Der oralfixierte Mann leckte weiter an seinem Schaft und umkreiste die Eichel mit der Zunge, bis Hunter sagte: „Danke, Orion, es ist gut." Hunter sah Marc an, dem bereits wieder der Schalk aus den Augen blitzte. Er sah erholt genug aus, um zu verwirklichen, was auch immer er an verruchten Dingen geplant hatte. „Befolge Marcs Anweisungen."

Orion kniete sich aufrecht hin und wartete.

Marc riss Orion von den Knien hoch und zog ihn neben sich auf die Couch. Er grinste: „Na, hallo", und begann Orion zu küssen.

„Komm, wann du willst." Hunter gab den abschließenden Befehl, da sein Mund von jetzt an anderweitig beschäftigt sein würde.

Er nahm Orions Schwanz in den Mund. Der Bursche war lange genug aufgegeilt worden, daher ging Hunter direkt zu den guten Sachen über.

Nach Meinung vieler Doms zeugte es von Schwäche, seinen Sub oral zu befriedigen, es sei denn als Belohnung. Hunter hatte noch nie was davon gehalten, sich diesen Genuss zu versagen, denn wem schadete das schon?

Orion ballte die Hände zu Fäusten und stieß die Hüften vor. Er keuchte.

Hunter ging tiefer und saugte ein bisschen stärker.

„Ja!", zischte Orion, und Hunter ertappte sich dabei, eine großzügige Ladung Sperma zu schlucken.

Als er alles gekriegt hatte, was Orion ihm geben konnte, leckte Hunter ihn sauber und machte es sich mit Marc und Orion auf dem Sofa gemütlich.

Orions Blick war versonnen und abwesend.

„Bist du okay?", fragte Hunter.

Orion nickte mit einem entzückenden, wenn auch leicht verwirrten Lächeln. „Ja, aber ich glaube, ihr zwei lasst meinen Dopamin-, Noradrenalin- und Phenylethylaminspiegel ansteigen."

Was? Oh … ähm, wow. Hunter sollte eigentlich was sagen. Es war zu früh –

„Mein Serotoninspiegel ist für dich so niedrig wie in Bezug auf Hunter", flüsterte Marcus sein Liebesbekenntnis.

Orion schloss die Augen und lächelte.

Hunter sollte auch ein, zwei Worte zu diesem Festival der Liebe beitragen, doch das konnte er nicht … noch nicht.

12

HUNTER STAPFTE in seine Stammkneipe. Die kleine Bar war ein paar Blocks von seinem Haus entfernt. Musik und Beleuchtung waren gedämpft, während wichtige Sportereignisse ohne Ton über die überall im Raum verteilten Bildschirme flimmerten. Es gab zehn Stehtische, acht Sitznischen und ungefähr zwölf Barhocker vor dem Eichentresen. Das Essen war gut, und die Drinks waren nicht verwässert.

Er kam selten mit anderen Doms aus dem Entwined zusammen, aber er hatte einige von ihnen gebeten, sich nach Feierabend auf ein paar Drinks mit ihm zu treffen. Vielleicht würden sie ihm helfen, Klarheit zu finden. Er hatte seine guten Freunde Andrew und Russ – die er schon ewig kannte – und Colin Myrick eingeladen, und sie waren bereits da. Sein zusammengewürfelter Haufen hatte eine ruhige Sitznische mit Beschlag belegt.

Sie winkten ihn zu sich.

Hunter glitt neben Russ auf die Sitzbank aus poliertem Holz.

„Danke." Hunter trank einen großen Schluck von seinem Cantillon Lambik. Das zitronige Prickeln des belgischen Biers erfrischte ihn.

Andrew nippte an seinem Weißwein und taxierte Colin über den Tisch hinweg. Gut. Hunter vertraute seinem Urteil. Er musste wissen, woran er mit Colin war, ehe irgendwas mit einem Halsband passierte. Dem Onkel Doktor war es viel zu gut gelungen, Sophias Herz im Sturm zu erobern.

Hunter blickte sich in der Runde um. „Was gibt's Neues?"

„Zack und ich werden demnächst wieder mit der Band auf Tournee gehen." Andrew rutschte auf seiner Seite des Tisches rastlos hin und her.

„Promi-Hairstylist der Rockstars. Überrascht mich ja, dass du überhaupt Zeit für uns hast." Russ tat nichts lieber, als Andrew damit aufzuziehen, dass er den Dark Angels folgte wie ein Groupie.

Andrew spielte mit dem Stiel seines Weinglases. „Für dich nicht, aber für Hunter tu' ich alles."

„Ich wette, dieses Jahr wirst du unterwegs mehr Spaß haben." Hunter erinnerte sich noch gut an die angsterfüllten SMS von Andrew, als er befürchten musste, seine Chancen bei Zack verspielt zu haben.

Andrew nickte grinsend.

„Was ist mit dir, Colin?", fragte Hunter.

„Ich fahre mit Sophia für ein verlängertes Wochenende in die Poconos."

Russ legte den Kopf schief. „In das Resort mit den Champagnerglas-Jacuzzis in den Zimmern?"

Colin lachte leise. „Stimmt genau."

„Pass auf mit dem offenen Kamin. Die Fotografen raten einem immer, den Kamin für kitschige Fotos mit diesen Pseudo-Holzscheiten vollzupacken. Aber wenn du das machst und so ein Holzklotz das Glas trifft …" Hunter wollte nicht zu hören kriegen, dass Sophia wegen Verbrennungen behandelt werden musste.

„Alles klar. Keine zusätzlichen Holzscheite in den Kamin." Colins Augen funkelten. „Und ich werde versuchen, dafür zu sorgen, dass sie nicht aus dem Jacuzzi fällt … vielleicht könnte ich sie mit Seilen sichern."

„Sehr witzig." Hunter verschränkte die Arme vor der Brust. „Es kann immer was passieren."

Colin lächelte. „Ich werde gut auf unser Mädel aufpassen. Versprochen."

Da Hunter auf keinen Fall auf dieses *„unser"* reagieren wollte, wandte er sich stattdessen an Russ: „Bericht. Du bist mir heute viel zu glücklich."

„Na ja, ich glaube, ich habe endlich einen passenden zweiten Sub zu meiner Ruby gefunden." Russ prostete ihnen mit seiner Flasche Ruby Ale zu.

Nachdem alle mit ihm angestoßen hatten, konnte Hunter sich die Frage nicht verkneifen: „Wirklich? Das sind ja tolle Neuigkeiten! Warum ist gerade dieser Sub genau richtig für dich und deine reizende Ruby?" Denn Hunter hatte keine Ahnung, wie man sich über so was klar werden wollte.

Russ war Mitte vierzig, im mittleren Management tätig und seiner Sub, Ruby, treu ergeben. „Colin, zur Erklärung für dich, meine entzückende Ruby ist seit zwanzig Jahren meine beste Freundin, meine Frau und meine Sub. Wir haben schon mehrmals zuvor versucht, jemand Drittes fest in unsere kleine Familie aufzunehmen."

Andrew nippte an seinem Wein. „Ein schwieriges Unterfangen."

Hunter knibbelte ein Stück von seinem Etikett ab und ergänzte: „Und manchmal eine ziemliche Katastrophe."

Nickend stimmte Russ zu. „Das könnt ihr laut sagen. Es war schlimm. Wir haben es ein paarmal mit weiblichen Subs versucht, aber ob es nun an Rubys Wettbewerbsgeist lag oder daran, dass sie nie viele Freundinnen hatte, jedenfalls herrschte dann bei mir zuhause immer Krieg. Dann habe ich mich einmal mit Zack unterhalten –"

„Mit meinem Zack?" Andrew setzte sich aufrecht hin und warf ihm einen scharfen Blick zu.

„Es gibt nur einen", stellte Russ klar. „Jedenfalls hat er gefragt, ob für mich eventuell auch ein männlicher Sub in Frage käme. Ruby hatte ihr Herz daran gehängt, in einer Dreierbeziehung zu leben. Sie war davon überzeugt, dass es uns beide glücklicher machen würde. Da dachte ich mir, ein Mann kann auch nicht schlimmer sein."

Colin beugte sich vor. „Dann würdest du dich also als bisexuell bezeichnen?"

Russ zuckte mit den Schultern. „Ich sehe mich nicht als bisexuell. Auf dem College damals hatte ich ein paar Erfahrungen, aber normalerweise fühle ich mich nicht zu Männern hingezogen. Deshalb glaube ich nicht, dass der Begriff auf mich passt … wie auch immer, Bezeichnungen sind eben nur Bezeichnungen. Es ändert nichts daran, wie ich mich selbst sehe."

Hunter konnte sich einen kleinen Seitenhieb nicht verkneifen. „Als Blödmann?"

Russ sah ihn schräg an. „Leck mich. Nein, ich bin ein Dom." Er warf einen zornigen Blick in die Runde. „Und ich will keinen Schwachsinn hören von wegen, dass das keine *offizielle* Orientierung ist."

Andrew hob die Hände und sinnierte: „Hey, von mir aus kann sich jeder bezeichnen, als was er will. Steht mir nicht zu, Leute in Schubladen zu stecken. Mein Job ist es, dir zu sagen, wo du's dir hinstecken kannst."

Hunter machte: „Tä-*tää*, tä-*tää*, tä-*tää* …"

„Wie nett", spottete Russ.

Kopfschüttelnd sagte Andrew: „Nein, ich finde das sehr aufgeschlossen von dir."

Russ zeigte seine strahlend weißen Zähne und winkte ab. „Wie auch immer. Bryan und die Art, wie er dienen muss – das hat schon was. Auf die Gefahr hin, lächerlich zu klingen –"

„Lass dich davon nicht aufhalten. Das hat dich schließlich noch nie gestört", spottete Hunter.

Russ hob eine Faust, mimte mit der anderen Hand eine Kurbelbewegung in der Luft daneben und streckte langsam den Mittelfinger aus.

„Ja, ja. Zur Kenntnis genommen. Du hast mir in Zeitlupe den Stinkefinger gezeigt", sagte Hunter. „Zurück zu Bryan und Ruby."

„Er ist sehr emotional und voller Hingabe, ganz wie Ruby. Es ist wunderschön, wie er sich unterwirft."

Orion war leidenschaftlich und hingebungsvoll, na und? Hunter hakte nach. „Das war es? Seine Leidenschaft und Hingabe?"

„Na ja, nein. Er ist ein toller Typ. Die Art, wie er und Ruby miteinander umgehen, ist … ich weiß nicht, harmonisch. Als ich neulich mal auf einer Konferenz war, habe ich ihnen für die ganze Woche Keuschheit verordnet."

Andrew lachte leise. „Eine Woche? Das hätte Zack dazu gebracht, sein Safeword zu benutzen."

„Eigentlich hatte ich damit gerechnet, dass genau das passiert. Normalerweise hält Ruby nicht mal einen Tag lang durch, ohne zu betteln." Russ warf ein selbstzufriedenes Lächeln in die Runde, das deutlich besagte: „meine Sub braucht meine besonderen Vorzüge und kommt keinen Tag ohne sie aus."

Hunter erteilte nie über eine Session hinaus Orgasmusverbot, doch er konnte den Reiz nachempfinden.

„Jedenfalls, als ich nach Hause kam, knieten sie an der Tür. Ich habe sie gefragt, wer von ihnen einen Orgasmus verdient hätte." Russ zuckte mit den Schultern, als Hunter kicherte. „Hey, ich dachte, ein bisschen sexy Gebettel wäre eine nette Einstimmung für die Heimkehr. Aber stattdessen haben sie mich beide angefleht, den andern kommen zu lassen."

„Hmmm." Colin nippte an seinem Mineralwasser.

„Ich war schockiert, dass meiner Ruby Bryans Vergnügen wichtiger war als ihr eigenes. Und Bryan hat für sie plädiert, daher wusste ich ..." Russ trank einen großen Schluck von seinem Bier. „Bryan ist jetzt seit drei Wochen bei uns, und ich habe Ruby noch nie glücklicher gesehen."

Colin fragte: „Dann wohnt Bryan also bei euch?"

„Ja, er ist kürzlich eingezogen." Russ' Lächeln sagte alles.

„Aber hast du denn keine Angst, dass sie sich zusammentun und dich verlassen könnten?" Andrew stellte die Frage, die Hunter nicht über die Lippen brachte.

Schon gar nicht nach gestern Abend, als Orion und Marcus sich gegenseitig praktisch ihre Liebe gestanden hatten. Er versuchte, sein bescheuertes Herz zur Ruhe zu bringen.

Russ setzte sich aufrecht hin. „Nur weil sie jetzt schon enge Freunde sind und irgendwann ein Liebespaar sein werden, heißt das noch lange nicht, dass sie mich weniger lieben oder brauchen."

„Aber es gibt immer ein Risiko", warf Hunter ein, obwohl er seinem guten Freund diese Dreierbeziehung nicht miesmachen wollte.

Verdammt, Marcus war schon mehrere Male von Trios, die zu Duos wurden, verletzt worden. Warum war er bereit, das Risiko noch mal einzugehen? Wieso glaubte Marcus, dass es diesmal anders sein würde?

Russ schwenkte das restliche Bier in seiner fast leeren Flasche herum und entgegnete: „Sieh mal, Ruby könnte jederzeit mit einem ihrer Kollegen oder einem anderen Master aus dem Entwined durchbrennen, aber ich vertraue ihr. Unsere Gefühle füreinander sind stark, und unsere neuen Gefühle für Bryan haben uns einander näher gebracht. Er ist ein fantastischer Sub und ein prima Kerl."

„Alle Achtung. Ich weiß nicht, ob ich mit einem festen Dritten klarkommen würde", sinnierte Andrew. „Manchmal ist es mir schon zu viel, Zack mit einem weiteren Sub zu teilen."

Colin nickte.

„Es ist nicht jedermanns Sache, aber ich liebe die neue Dynamik, die es in jedem Aspekt unseres Lebens geschaffen hat. Ich finde es schön, dass Ruby einen Gefährten hat, mit dem sie verspielt sein kann, und dass ich jemanden habe, der mit mir zum Football geht. Wir drei sind einfach besser zusammen." Russ grinste in sein Bier.

„Marcus will einen festen Dritten dazunehmen", warf Hunter ein.

„Ihr habt doch seit Jahren eine offene Beziehung. Wieso die Bedenken?", fragte Andrew.

„Jemanden mit reinzunehmen ..." Hunter schüttelte den Kopf, doch die Vorstellung, dass Orion sich ihm und Marc auf Dauer anschloss, war tatsächlich verlockend.

„Würdet ihr trotzdem noch eine offene Beziehung haben?" Colin machte sich mit seiner Serviette zu schaffen.

„Wir hatten nur deshalb eine offene Beziehung, weil Marcus überzeugt war, dass wir unseren Bedürfnissen gegenseitig nicht vollständig gerecht werden könnten." Zugegeben, damit hatte er nicht Unrecht gehabt. Wenn Hunter ehrlich war, wusste er nicht, ob sie überhaupt noch zusammen wären, wenn sie keine offene Beziehung hätten. „Aber damit wäre Schluss, weil wir alles, was wir brauchen, theoretisch von unserem Dritten kriegen würden."

Russ stützte die Ellbogen auf den Tisch und musterte Hunter wie eine Kuriosität. „Habt ihr etwa schon jemanden gefunden?"

„Orion?", fragte Andrew, obwohl das keine Vermutung war.

„Wir treffen uns seit ein paar Wochen ausschließlich mit ihm. Er ist ein toller Typ, geht gern mit mir angeln. Er ist unheimlich klug, großzügig ohne Ende und wunderbar empfänglich."

„Und hübsch auch noch", ergänzte Colin.

Hunter machte ein finsteres Gesicht. Glaubte Colin etwa, Hunter müsste daran erinnert werden? „Ganz richtig."

„Aber es gibt Probleme?" Colins Frage ließ darauf schließen, dass er es wirklich nicht wusste.

Russ knurrte: „Falls ich diesen Scheiß-Henry je in die Finger kriege ..."

Colin blickte sich fragend in der Runde um. Ah, offenbar war er jemand, der sich auch nicht mit Klatsch und Tratsch abgab. Hunter musste ihm das – wenn auch widerwillig – zugutehalten.

„Er hat in einer Weise gehandelt, die gegen den Anstand verstößt, und Orion hat jetzt mit den Auswirkungen zu tun", erläuterte Andrew.

Ein Muskel unter Colins Auge zuckte, und er starrte Hunter an. „Falls du je beschließen solltest, dem Karma zur Hand zu gehen, bin ich dabei."

Russ nickte und ließ seine Fingerknöchel knacken. „Ich auch."

Hunter hob abwehrend die Hände. „Das wird nicht nötig sein. Aber wie soll ich ...?"

Colin fragte: „Orion helfen?", während Andrew sich erkundigte: „Entscheiden, ob du überhaupt einen Dritten willst?"

„Ja zu beidem", fauchte Hunter frustriert. Er war es nicht gewöhnt, nicht zu wissen, was er tun sollte. In seinem Alltag als Rettungssanitäter war Unentschlossenheit tödlich.

„Ist Orion bereit, das zu sein, was er sein soll?", fragte Andrew.

„Wir haben noch keine formelle Session gehalten, aber ..." Was sollte Hunter sagen?

Andrew legte den Kopf schräg. „Dann habt ihr also nicht nur Vanilla-Sex?"

„Nein, aber wir halten auch keine echten Sessions. Mit Marc sind die Grenzen da immer fließend", sinnierte Hunter. „Mehr so was wie einzelne Bruchstücke, die zusammengenommen vielleicht wie was aussehen könnten, wenn man nicht so genau hinguckt, aber …"

Andrew schürzte die Lippen. „Wie also stehen die Dinge genau?"

„Weiß ich nicht." Hunter gab der Kellnerin einen Wink, noch eine Runde zu bringen.

Andrew beugte sich vor. „Nach allem, was ich über Orion weiß, passen Grenzspiele und Bondage zu seinem Stil."

Hunter seufzte. „Zumindest zu dem, was er früher getan hat. Aber wenn wir eine echte Session halten würden oder falls Bondage ins Spiel käme, würde er vermutlich ganz schnell einen Rückzieher machen."

„Dann machst du dir also Sorgen, dass es ihn vertreiben könnte, wenn du den Master voll aufdrehst?" Typisch Russ, die Sache genau auf den Punkt zu bringen.

„Zack sagt, dass Orion beim Sub-Treffen war." Andrews Tonfall ließ durchblicken, dass das etwas Gutes war.

Colin stützte einen Ellbogen auf den Tisch. „Klingt doch vielversprechend."

Hunter seufzte. „Sophia sagt, dass Orion im Laden war und sich ein Armband angeguckt hat, das auch als Bondage-Fessel dient."

„Ja, von dem hat sie mir erzählt. Eine Sub, die an einer schweren Angststörung leidet, setzt es anscheinend ein, um sich ruhig zu halten. Hut ab vor ihrer Mistress und ihrem Master für diesen Vorschlag. Das ist fast wie eine Art kognitive Verhaltenstherapie." Colin drehte die Serviette unter seinem Mineralwasser. „Oh, Entschuldigung. Das ist eine Behandlung, bei der der Therapeut dem Patienten zu der Einsicht verhilft, dass er von falschen oder irrigen Voraussetzungen ausgeht. Und dann, nachdem sich das Denken verändert hat, kann der Patient besser mit seinen Ängsten oder seiner Phobie umgehen."

Hunter konnte den Ausführungen des Arztes folgen, aber … „Also, wie funktioniert denn nun das Armband genau?"

Colin setzte eine Miene auf, die er wahrscheinlich auch seinen Patienten gegenüber verwendete. „Das Armband erlaubt ihr, sich zu entspannen und für sich selbst zu erkennen, dass ihre Ängste nicht auf Tatsachen beruhen."

„Dann ist das Armband also so was wie eine Sicherheitsdecke", sagte Hunter nachdenklich.

„Ja. Es erinnert sie an all das Gute, was Bondage ihr gibt." Colin nippte an seinem Wasser. „Bondage kann einen wirklich in einen meditativen, entspannten Zustand versetzen."

„Ich war immer der Meinung, dass es unsere wichtigste Aufgabe ist, kreative Wege um die Limits unserer Subs herum zu finden, und dann dürfen sie frei erkunden." Andrew spielte mit dem Stiel seines Weinglases.

Eine Idee tanzte in Hunters Hinterkopf herum.

Russ stieß Hunter mit der Schulter an. „Komm schon, Hunt. Hast du nicht immer gejammert, dass du keinen Sub hast, den du anleiten kannst? Hört sich an, als wäre dir da einer in den Schoß gefallen."

Jahrelang hatte Hunter sich gewünscht, Marc würde eines Tages als Sub aufwachen. Vielleicht würde es was bringen, seine Idee mit den Jungs zu besprechen. „Orion hat gesagt, dass er vielleicht einzelne Elemente von BDSM wieder erkunden möchte. Um die Dinge nun meinerseits in die Wege zu leiten dachte ich, ich könnte ihm doch eins von diesen Armbändern schenken. Vielleicht wirkt es sich genauso aus und bringt ihn dazu, sich an die guten Erfahrungen zu erinnern, die er gemacht hat ... Gute Idee oder Scheiße?"

Andrew schürzte für einen Moment die Lippen und sagte dann: „Gute Art, zu schubsen, ohne zu drängen."

Russ' Optimismus schimmerte durch. „Ja, da könnte was dran sein. Das Armband könnte ihm helfen, sich wieder mit Bondage anzufreunden."

Colin nickte. „Stimmt. Wenn Orion die Fessel als Armband trägt, desensibilisiert ihn das vielleicht gegen den Auslöser seiner Probleme im Zusammenhang mit Bondage."

„Das wäre meine Hoffnung." Hunter war fast sicher, dass er begriff, was der Doc gesagt hatte.

„Stimmt. Es ist bloß ein Armband, aber er weiß, dass es so viel mehr ist. Ich glaube, ich muss mir die verdammten Dinger auch mal angucken. Vielleicht kaufe ich Ruby und Bryan auch welche." Russ holte sein Handy aus der Tasche; wahrscheinlich setzte er es auf seine To-Do-Liste. Die Kellnerin brachte ihnen noch eine Runde Drinks. „Danke."

Hunter trank einen großen Schluck von seinem Bier. Wenn Orion mit Bondage warm werden könnte ... großes wenn ... Die Abläufe einer komplizierten Session zu planen hatte für Hunter etwas Elektrisierendes an sich. Marc beteiligte sich ihm zuliebe an Hängebondage-Sessions, aber wie so vieles war auch das nicht so befriedigend, wie mit jemandem zu arbeiten, der unbedingt gefesselt werden wollte. Er war sich ziemlich sicher, dass Orion den Anforderungen entsprach.

Andrew nippte an seinem zweiten Glas Wein. „Orion hat früher immer mehr gebraucht, als die meisten von uns ihm je vorbehaltlos gegeben hätten. Aber du und Marcus kombiniert ... ich glaube, ihr beide zusammen könntet Orion durchaus gerecht werden."

Hunter verfolgte die Wassertröpfchen, die an seiner kalten Bierflasche entlang rannen.

Russ betrachtete ihn nachdenklich und deutete dann auf Colin. „Du weißt das vielleicht nicht, aber Hunt hier tüftelt diese aufwendigen Hängebondage-Sessions aus."

Colin beugte sich vor. „Oh, hast du schon mal Analhaken benutzt?"

„Marc würde da wahrscheinlich drauf stehen, aber nein, bisher noch nicht."
Und das würde er auch nie. Der Anus war zum Lecken, Befingern und Ficken da,
nicht um Haken reinzurammen. Zu viel konnte dabei schief gehen.

„Ich muss sagen, so viel Kopfzerbrechen es mir auch bereitet hat, Sessions
mit Zack und noch einem Sub zu halten, es kann auch sehr lohnend sein", wechselte
Andrew das Thema.

„Soph sagt, dass Zack früher mal ein Dom war. Stimmt das?", fragte Colin.

Russ grinste. „Er war ausgesprochen beliebt im Club, bevor Andrew hier
ihn vom Markt genommen hat." Er unterstrich die Feststellung mit einem Nicken
in Richtung des Mannes.

Andrew trank einen Schluck Wein. „Mein Rat, den ich selten gebe, lautet:
sei, wer du sein sollst. Hör auf, dich dagegen zu wehren. Marcus liebt dich bereits
über alles, und er hat sich immer jemanden gewünscht, um den ihr euch beide
kümmern könnt und der sich um euch kümmern kann. Orion scheint dieser Mensch
zu sein. Warum nicht mal sehen, wohin das führt?"

Kichernd schraubte Russ das geistige Niveau noch weiter runter, als ob
Hunter das bräuchte. „Mit anderen Worten, Zeit, deinen Dom zu stehen, Kumpel,
und ihnen zu geben, was sie brauchen."

DAS TELEFON läutete nur einmal, dann meldete sich eine muntere Stimme:
„Master Leather hier. Falls du Geld eintreiben willst, leg auf und ruf nicht noch
mal an. Aber wenn du den Hintern voll haben willst, zieh die Hose runter und bück
dich. Gib mir deine Adresse, ich bin gleich bei dir."

Hunter lachte. Master Leather mochte zwar jenseits der Siebzig sein, aber
der charmante Mann hatte Stil und ein Charisma, dem im Lauf der Jahre viele Subs
erlegen waren. Es fehlte ihm nie an Spielpartnern. „Master Leather, hier ist Hunter
Dixon."

„Natürlich, Hunter. An meinem Telefon ist die Anruferkennung ausgeschaltet.
Ich mag Überraschungen, und zu wissen, wer dran ist, verdirbt die Spontaneität."
Master Leather lachte glucksend. „Okay, du wolltest mich ja bestimmt nicht bitten,
dich mit einem Paddle zu verhauen. Also, mein lieber Junge, warum rufst du an?"

Hunter konnte das Lächeln nicht zurückhalten. Der Mann flirtete mit jedem.
„Nun ja, ich habe von deinen Achter-Fessel … Armbändern gehört."

„Ja, ja. Ich wünschte, diese süße kleine Sub hätte mir gesagt, dass sie beim
Sub-Treffen meine Zuhälterin spielen will. Seither läutet ständig das Telefon."

„Oh. Das ist gut, nehme ich an." Aber bedeutete das einen Lieferengpass für
die Armbänder? „Was meinst du, wie lange würde es dauern, eins zu machen?"

„Für dich nur ein paar Tage."

„Danke. Das wäre toll."

„Welche Größe?"

Sophia hatte es ihm gesagt, indem sie von ihrer Lieblings-Penisgröße gesprochen hatte. Warum er die kannte … Manchmal begünstigten lange Schichten ein Durchbrechen von Grenzen, was wiederum dazu führte, dass viel zu viele Informationen ausgetauscht wurden. „Achtzehn Zentimeter."

„Was für ein Design willst du haben?"

„Es ist für einen Mann."

„Dachte ich mir, es sei denn, du hättest beschlossen, die Seiten zu wechseln." Master Leather lachte gackernd. „Spricht schließlich nichts dagegen, ein Design in ein Männerarmband zu schneiden."

Allerdings. „Meinst du, du könntest ein dezentes BDSM-Emblem machen?"

„Das Symbol , das so ähnlich aussieht wie Yin und Yang, aber mit noch einem Dritten dazu?" Master Leather hatte schon immer eine einzigartige, sehr persönliche Art gehabt, die Dinge zu sehen.

„So hab' ich das Rad mit den drei Speichen noch nie aufgefasst, aber ja."

„Ein goldenes Rad mit drei Speichen, die spiralförmig gebogen waren."

Hunter erkannte das Zitat aus *Die Geschichte der O*. Heißes Verlangen flammte in ihn auf. Er hoffte, Orions Geschichte mit einem Happy End schreiben zu können.

Master Leather räusperte sich. „Ich kann das Emblem auf den Verschluss machen, dann ist es nicht zu auffällig. Ich zeichne gleich einen Entwurf und schicke ein Bild davon an dein Handy. Sobald du dein Okay gibst, fange ich mit dem Armband an."

„Okay. Danke. Ich hätte es gern am Freitag. Ist das möglich?"

„Hast es eilig, was? Gut. Ich mag diese Art von Entschlossenheit. Freitag geht klar." Er machte eine Pause, und Hunter fragte sich, ob er gleich auflegen würde. „Und Hunter?"

„Ja?" Gott, er musste verrückt sein, aber Hunter konnte nicht aufhören zu lächeln.

„Glückwunsch. Du wirst sie beide glücklich machen."

Woher zum Teufel wusste er das? Und wie hatte er es rausgefunden? Hunter brauchte sich eigentlich nicht zu wundern. Der Klatsch und Tratsch des Entwined verbreitete sich schneller als ein trendiger Tweet im Internet. „Danke. Das hoffe ich."

Scheiße, er würde das wirklich tun. Und es klang gut, Yin und Yang mit einem Dritten dazu. Nicht nur irgendeinem Dritten … Orion. Verdammt, seine sämtlichen chemischen Prozesse waren völlig hinüber von seinen beiden Männern.

13

„DAS WAR köstlich, Orion. Wo hast du die frischen Ravioli her?" Marcus faltete seine Leinenserviette zu einem kleinen Dreieck zusammen und legte sie auf Orions Esstisch.

Marcus war gerührt, dass Orion sein Verlangen nach mehr Förmlichkeit bei Tisch irgendwie erkannt und ihm zuliebe neue Stoffservietten besorgt hatte. Orion neigte dazu, seine Zuneigung zu zeigen, indem er sich um andere kümmerte.

„Aus dem italienischen Laden", antwortete Orion, während er die letzten leeren Teller einsammelte und in die Küche brachte. „Kaffee?"

Hunter rieb sich mit einer Hand übers Gesicht und rief: „Ja."

„Ja, bitte", antwortete Marcus. Es war immer noch ein komisches Gefühl für ihn, sitzen zu bleiben, während Orion den Tisch abräumte. Hunter hatte darauf hingewiesen, dass Dienstbarkeit für Orion eine Möglichkeit war, sich wieder mit BDSM vertraut zu machen. Daher behielt Marcus seinen Hintern auf dem Stuhl und ließ Orion ihnen auf diese Weise dienen.

Der arme Hunter hatte während des ganzen Essens rumgezappelt. Jetzt spielte er mit seinem unbenutzten Messer herum. Konnte er noch hinreißender sein, wenn er nervös war? Er zog die Schachtel aus seiner Hosentasche und stellte sie auf den Tisch.

Marcus griff über den Tisch und drückte seine Hand. „Wird schon gut gehen. Du gibst ihm nur ein Dankeschön für letztes Wochenende."

Hunter seufzte und warf Marcus einen vielsagenden Blick zu. Sie wussten beide ganz genau, dass dies nicht einfach nur ein Geschenk war. Es besagte, dass Hunter sein Herz ebenfalls aufs Spiel setzen würde, zusammen mit Marcus und Orion.

Marcus spöttelte: „Mir wäre ja ein Blowjob lieber gewesen, aber ein Armband ist auch nett."

Hunter verzog das Gesicht, doch schließlich kicherte er: „Du bist ein Arsch." *Na also.*

Orion brachte ein Tablett mit Kaffee, Tassen, Zucker, Sahnekännchen und Süßstoff herein. Er beäugte die schwarze Schachtel, sagte aber nichts, als er Zucker in Hunters Kaffee rührte.

Hunter murmelte: „Danke."

Orion füllte eine Tasse zur Hälfte mit Sahne und gab dann Kaffee und Süßstoff dazu. Er stellte Marcus die Tasse hin.

„Danke, Sexy. Genau so mag ich ihn." Marcus nutzte die Gelegenheit, um Orions Hintern zu streicheln. Er drückte die knackigen Backen und rubbelte mit der Hand drüber. Gott, er wollte ihn ficken.

Orions Augen weiteten sich. Als Marcus aufhörte zu reiben, schenkte er sich selbst auch einen Kaffee ein – schwarz – und setzte sich.

Gespannte Erwartung hing über ihnen. Die Spannung stieg.

Herrje. War etwa ein Stichwort nötig? „Hunter ..."

„Ähm... also, ähm, ja. Ich hab' dir ... also, das ist für dich." Hunter schob Orion die Schachtel hin.

Orions Lippen teilten sich, und er befeuchtete sie. Er starrte das schwarzglänzende Rechteck an, lehnte sich jedoch zurück, als könnte eine Bombe drin sein.

„Ich hab's nicht eingepackt. Vielleicht hätte ich es verpacken sollen?" Hunt errötete.

Marcus schmolz dahin, als Hunt ihm einen hilfesuchenden Blick zuwarf. Während Marcus' linkische Unbeholfenheit genauso amüsant fand wie jeder andere auch, schritt er ein. „Hunt wollte dir was ganz Besonderes schenken. Zum Dank für deine Hilfe letztes Wochenende."

Er war so dankbar gewesen, dass Orion geblieben war und ihm geholfen hatte, Hunter aus diesem Loch voller Elend und Was-wäre-Wenn herauszuholen, in dem er sich verkrochen hatte. Es hatte Marcus in seiner Überzeugung bestärkt, dass sie füreinander bestimmt waren. Aber Hunt, der doch so viel klüger war als er, hatte das irgendwie nicht mitgekriegt.

Orion starrte sie einen nach dem anderen an, dann die Schachtel. „Ich weiß nicht, was ich sagen soll."

Marcus beschloss, ihm klugen Rat zu bieten. „Ist nur ein Vorschlag, aber vielleicht möchtest du die Schachtel aufmachen und sagen, was dir in den Sinn kommt." Das schien ihm die beste Lösung zu sein, aber was wusste er schon?

Orion schluckte, betrachtete sie beide prüfend und musterte dann wieder die Schachtel.

Hunter rutschte auf seinem Stuhl hin und her.

Himmel! Das hier wurde langsam peinlich, als hätten sie ihn gefragt, ob er mit ihnen gehen wollte. Ha! Ein wohlplatzierter Tritt gegen Hunters Schienbein, und das rastlose Gezappel hörte auf.

Hunter streifte Marcus mit einem finsteren Blick, sprach aber zu Orion. „Mach' die Schachtel auf, Orion. Du brauchst das Geschenk nicht zu behalten, wenn du es nicht haben möchtest."

Ah, gut. Hunter, der Dom war wieder da. Er versteckte sich nicht länger unter zu vielen Schichten von Diplomatie und Therapie.

Orion öffnete die Schachtel und starrte das doppelsträngige Lederarmband an. Marcus hatte nicht die geringste Ahnung, was in seinem Kopf vorging.

Ohne einen von ihnen anzusehen, klappte Orion die Schachtel wieder zu und stellte sie vor Hunter hin.

Hunter sog zischend den Atem ein und stand auf. „Ich verstehe." Er schob seinen Stuhl unter den Tisch und ging zur Tür.

„Nein", wisperte Orion.

Hunter trug die vermeintliche Zurückweisung wie einen verdammten Gehörschutz für Presslufthammer-Benutzer. Er bückte sich und begann sich die Stiefel anzuziehen.

Orion fuhr herum und starrte Marcus mit seinen riesigen, indigoblauen Augen an, die um Vermittlung flehten.

Friss oder stirb. Orion musste derjenige sein, der Hunts Missverständnis in Ordnung brachte. Marcus war vielleicht nicht immer zur Stelle, um für ihn und Hunter den Dolmetscher zu spielen. Er neigte den Kopf und gab zu verstehen, dass Orion selbst für sich eintreten sollte.

Orion schloss die Augen und bewegte die Lippen in einem Singsang, der von Minute zu Minute lauter wurde. „Krebs. Krebs. Krebs. Krebs. Krebs."

Ja! Hunter erstarrte. *Sieg für Orion!*

Eine von Hunters größten Unsicherheiten war es, dass Orion sein Safeword nicht einsetzen würde, falls er es brauchte. Doch hier war Orions Safeword auf einem blitzblank polierten Silbertablett. Marcus hatte fester daran geglaubt, doch es war nicht zu leugnen, dass es eine Erleichterung war, das Wort geschrien zu hören. Seine letzten leisen Zweifel waren beseitigt.

Hunter kam steifbeinig zurück zum Tisch und kniete neben Orion nieder. Im sanftesten Tonfall, den Marcus je von ihm gehört hatte, sagte er: „Schscht, alles okay. Ich bin hier. Danke, dass du mir vertraut hast."

Orion schniefte und schluckte. „Krebs." Er klammerte sich an Hunters Hemd fest.

Hunter streichelte ihm den Rücken und fragte: „Warum hast du dein Safeword benutzt?"

„Ich wollte, dass es aufhört."

Hunter beugte sich vor, und seine Stimme blieb leise. „Was sollte aufhören?"

„Du. Ich wollte … dass du nicht gehst." Orion deutete auf die Schachtel. „Ich bin nicht … ich kann nicht … ich weiß nicht, wie ich das … aber –" Orions trauriges Kopfschütteln zerriss Marcus das Herz.

„Orion, meine einzige Frage ist: *Willst* du?", brachte Hunter es auf den Punkt.

Orion nickte ruckartig. „Mehr als alles andere." Orion ließ das von seinen Fingern zerknitterte Hemd los, packte Hunter an der Schulter und griff über den Tisch nach Marcus' Hand. „Ich weiß nur nicht, wie …"

Bei der schlichten Geste, die ihn mit einbezog, wurde Marcus so eng ums Herz, dass er beinahe die Fassung verloren hätte. Das ging nicht an. Zeit, um die

Stimmung aufzuhellen. Er holte die Schachtel zurück und machte sie auf. „Das Armband ist voll krass."

„Ich finde es ganz toll", sagte Orion mit einem Lächeln, dass sein Gesicht erhellte, und strich mit dem Finger über das Emblem auf dem Verschluss.

Hunter machte den Mund auf, aber es kam nichts raus.

Marcus berührte ihn an der Schulter. Der Blick, den sie wechselten, bestätigte, was Jahre an gemeinsam gelebten Erfahrungen einem Paar gaben. Marcus verstand, was Hunter Orion sagen wollte, aber nicht wusste, wie er es in Worte fassen sollte.

Es war ihm eine Ehre, Orion diese Worte zu geben. „Das hier ist ein Armband, bis du den Wunsch oder das Bedürfnis hast, mehr daraus zu machen."

Orion musterte Marcus mit zusammengekniffenen Augen, in denen viel zu viel Unsicherheit und Schatten lagen. „Aber –"

„Nur ein Armband", bekräftigte Hunter.

Orion fuhr mit einem Finger über die BDSM-Symbole und sah Hunter an.

Hunt nickte. „Lass mich." Er griff nach Marcus' Hand und drückte sie. „Lass uns dir zeigen, wie du erkunden kannst, was du erleben willst. Vertraue dir selbst und uns."

Ein Moment verwirrter Unschlüssigkeit huschte über Orions Gesicht. Mist, Marcus kannte diesen Gesichtsausdruck nur zu gut. Etwas so unbedingt haben zu wollen und sich doch davor zu scheuen, wirklich danach zu greifen.

Dann schien etwas „klick" zu mache, und Orion streckte die rechte Hand aus. „Ja."

„Ja, was, Orion?", fragte Hunter.

„Ich möchte, dass ihr beide es mit mir erkundet ... Hunter."

Hunter verschlang Orions Mund, während Marcus sich zurückhielt und die Vorfreude auskostete.

Als Hunter seine Gier gestillt hatte und sich zurücklehnte, beugte Marcus sich im Schneckentempo vor, um Orions Lippen in Besitz zu nehmen, ganz langsam, um Orions ganzes Verlangen nach seinem Mund, nach diesem Kuss, in sich aufzunehmen.

Endlich berührten sich ihre Lippen.

Zuneigung brach hervor. Marcus legte Fürsorge, Zärtlichkeit und ein kleines Bisschen Sex in den Kuss. Als er zurückwich, hatten sie beide noch nicht genug.

„Oh." Orion leckte sich die Lippen. „Würde es mir jemand anlegen?"

Marcus schlang das Leder um Orions Handgelenk. Er starrte Hunter an und bedeutete ihm mit einer Kopfbewegung, den Verschluss zuzumachen.

Klack. Klack. Hunter fügte die beiden Druckknöpfe zusammen.

Alle drei starrten das Armband an.

Orion leckte sich die Lippen. Verdammt, Marcus hatte keine Probleme damit, sich diese Zunge an seinem Schwanz vorzustellen. „Was heißt das jetzt?" Seine Stimme überschlug sich bei der Frage.

Hunters Vorschlag riss Marcus auf der Stelle wieder aus seinen Träumen vom Ausleben seiner oralen Fantasien. „Warum setzen wir uns nicht aufs Sofa und reden."

„Reden. Was für ein schmutziges Wort. Es gibt eine Menge Wörter, die ich lieber mag. Ihr wisst schon, *Schmerz, Wichse, wehtun, anal, oral, Peitsche, gefesselt* …", grummelte Marcus, aber er folgte ihnen zu dem geblümten Ungetüm, das sich als Sofa ausgab.

Marcus pflanzte sich neben der einen Armlehne hin, und Hunter setzte sich neben die andere. Orion hopste aufs Sofa und setzte sich in die Mitte. Oooh, ja! Marcus hätte nur zu gern schadenfroh gegrinst, weil Orion so perfekt zwischen Hunt und ihn passte … in mehr als einer Hinsicht. Er konnte sich ein „Na bitte!"-Lächeln in Hunters Richtung nicht verkneifen.

Hunters bestätigendes Nicken weckte in Marcus den Wunsch, einen Siegestanz aufzuführen.

Orion wischte sich die Hände an der Hose ab. Sicheres Zeichen, dass er nervös war.

Hunter schürzte die Lippen, machte den Mund auf und dann wieder zu. Er fing Marcus' Blick auf.

Marcus hatte das im Griff. Mit einfach anfangen, und sie konnten sich zu schwieriger vorarbeiten. „Wie hast du gemerkt, dass du auf BDSM stehst, Orion? Wirklich durch Star Wars?"

Hunter strich Orion eine widerspenstige Haarsträhne hinters Ohr.

„Ja. Ich meine, es gab auch noch andere Anzeichen." Orions Stimme zitterte leicht.

Marcus wollte es wissen. „Was zum Beispiel?"

Orion zuckte mit den Schultern. „Ich habe ,*Scheiß auf die Rosen, schick mir die Dornen*' gelesen und gedacht, ich hätte meine Bibel gefunden."

Hunter lachte leise.

„Das ganze Ding?" Marcus schüttelte den Kopf. „Ich weiß immer noch nicht, wie du über die unbeholfenen Versuche, humorvoll zu sein und diese sexistische Art, wie sie den dominanten Mann und die devote Frau darstellen, weggekommen bist."

Hunter fuhr sich mit den Fingern durch sein kurzes Haar. „Ich habe es auch gelesen. Ich war elf Jahre alt, und durch dieses Buch habe ich zum ersten Mal geahnt, dass ich kein Schulhof-Tyrann bin. Ich war lediglich dominant, und das Buch hat mir geholfen, mir über den Unterschied klar zu werden."

Marcus schob einen Arm hinter Orions Kopf durch, um Hunter an der Schulter zu berühren. „Bist du. Total."

Orions Zustimmung klang mehr wie ein Wimmern.

Hunter räusperte sich und sprach weiter: „Obwohl, rückblickend sollte man wirklich nicht zulassen, dass Kinder solche Bücher in die Finger kriegen. Aber für mich ergab auf einmal alles einen Sinn. Ich habe begriffen, warum es mir wichtig war, dass ich das Sagen habe."

Orion begann sich hin und her zu wiegen. Er atmete zittrig ein und fragte: „Was ist mit dir, Marcus?"

Lief das hier alles etwa gerade in die falsche Richtung? Nicht, wenn er es verhindern konnte. Orion musste auf andere Gedanken gebracht werden, und das erforderte ein bisschen Quälerei. Er spielte an Orions Hose herum, bis er seine Aufmerksamkeit hatte, und ließ dann den Hosenknopf aufspringen. „Das ganze Reden …"

Hunter setzte sich anders hin und beobachtete Marcus' Ablenkungsmanöver mit einem amüsierten Lächeln.

„Was machst du –", keuchte Orion.

Marcus legte ihm seinen langen Zeigefinger auf die Lippen. „Dich entspannen."

Das Ratschen des Reißverschlusses hallte durch den Raum. Marcus zog Orions interessierten Schwanz aus dem offenen Hosenschlitz und strich mit dem Finger daran entlang. „Ich habe entdeckt, dass ich es genieße, andere bis zum Wahnsinn zu reizen … zu quälen … zu erregen … Es ist eine Herausforderung. Es gibt mir einen Kick, wenn jemand sich abquält und ich das Werkzeug seiner Strapazen bin. Magst du es, wenn ich dich um Beherrschung ringen lasse?"

„Ja", würgte Orion hervor.

„Warum?"

„Es ist gut …" Orions Stimme war leise, fast wie ein Hauch.

„Warum ist es gut, Orion?" Lust und Zuneigung durchfuhren Marcus, als er ihn aufreizend streichelte.

„Die Stim… ulation hält meine Synapsen davon ab, oh … Marcus … mein Verstand kann nicht in Panik verfallen, wenn du das machst", erklärte Orion.

Marcus grinste. Genau deshalb machte er es ja. „Siehst du, ich bin auch für was gut."

Orion stöhnte auf. „Zu gut! Du bringst mich um."

„Vergiss nicht, dass dein Safeword – *Krebs* – bei mir auch funktioniert." Marcus wartete einen Moment, doch Orion sprach sein Safeword nicht aus und protestierte auch nicht. Er spreizte die Beine weiter, wie um ihm besseren Zugriff zu bieten. Marcus konnte diese Einladung nicht ausschlagen, daher ließ er seine Finger an Orions Schaft entlang tanzen.

Hunter richtete sich auf. „Was sind deine Limits, Orion?"

„Ich … Gott … ich hab' keine." Orion klang unsicher.

Hunters finsterer Blick verriet, dass das nicht die richtige Antwort war.

Zeit für einen kleinen Test. „Abmurksen?"

„Was?" Das riss Orion aus seinem Nebel der Lust.

Marcus schüttelte den Kopf und zuckte mit den Schultern. „Du sagst, du hast keine Limits. Wenn das wirklich der Fall ist –"

413

Hunter warf ein: „Okay, Marquis de Sade! Ich würde sagen, abmurksen fällt für uns alle flach."

„Ja, als ob du nie dran gedacht hättest, mich kaltzumachen … ganz langsam." Marcus hielt sein triumphierendes Grinsen zurück und zeichnete mit einem Finger die vortretende Ader auf Orions Erektion nach. „Sag über den Marquis de Sade was du willst, aber er war seiner Zeit voraus. Es versteht bloß keiner die Bedeutung des Marquis."

Orion wand sich. „Ja, äh … Gott … äh, er wird manchmal als Vorläufer von Freud beschrieben … ahhh… mit seiner Betonung auf Sex als Motivation."

„Glaubst du, dass Sex motivierend ist?", fragte Marcus.

„Ja!"

Gott, klug war sexy. Marcus umfasste Orions spärlich behaarten Hodensack und kitzelte die Unterseite. „Und er hat dazu beigetragen, die Französische Revolution auszulösen, nicht?"

Orion schlängelte sich näher zu Marcus und sagte: „Ist nicht bewiesen, aber … oh Marc –"

„Ja, Orion?" Er legte eine Gelassenheit in seine Stimme, die er nicht empfand.

Orion stöhnte. „Ah … ich kann nicht …"

Köstlich. Marcus war andere Ansicht. „Du kannst …"

Hunter leckte sich die Lippen und forderte: „Zeig uns, dass du kannst, Orion."

„Oh …." Orions Gesicht wurde zu einer Maske der Konzentration, als er sich bemühte, seine Reserven zu mobilisieren. Weil Hunter den Dom aufgedreht hatte.

Marcus zog mit den Fingern die Konturen von Orions Penis nach. „Sagst du uns, wie De Sade an der Revolution beteiligt gewesen sein könnte?"

„Du schaffst das, Orion. Sag's uns", spornte Hunter ihn an.

Orion keuchte und krümmte sich zwischen ihnen. „Ähm … Ich … oh … es heißt, er hätte der vor der Bastille versammelten Menschenmenge immer wieder zugeschrien, dass sie drinnen … oh …"

Verdammt beeindruckend! Dass Orion jetzt noch auf den Teil seines Gehirns zugreifen konnte, in dem die Fakten verstaut waren, sprach von innerer Stärke. Oder hatte Marcus es nicht mehr drauf? Er schloss die Faust um Orions Schwanz und rieb einmal auf und ab. „Dass sie was?"

Orion wimmerte: „Gefangene umbringen."

„War das so?" Er nahm Orions verzweifeltes Bemühen, ihm gefällig zu sein, gierig in sich auf.

Hunter durchkämmte Orions Haar mit den Fingern. „Du machst das gut. Antworte Marc. Haben sie Gefangene umgebracht?"

Ein kleines Lächeln verriet, dass Orion das Lob registriert hatte, aber er schüttelte den Kopf. „Oh … keine Ahnung, aber ein paar Tage später wurde die Bastille gestürmt."

„Was war die Bastille?" Marcus massierte das Bändchen auf der Unterseite von Orions Eichel.

„Marcus …" Orion bebte und stöhnte, als wäre er nur wenige Liebkosungen vom Höhepunkt entfernt. Ah, gut, da war er empfindlich.

„Ja?" Marcus merkte sich für die Zukunft, dass ein Vibrator an dieser Stelle eine interessante Folter ergeben würde, aber er verringerte die Stimulation. Orion brauchte mehr aufreizende Beachtung, und Marcus wollte dieses höchst angenehme Gespräch nicht zu früh enden lassen. „Was war die Bastille?"

Orion schnappte nach Luft und schrie fast: „Eine Festung! Ein Gefängnis und … ähm, ein … die Königsmacht."

Hunter küsste Orion auf die Wange, dann zog er eine Augenbraue hoch und sah Marcus an. „Und ihr Untergang trieb die Revolution voran. Gute Geschichtsstunde, aber ich würde lieber Orions Limits besprechen."

Marcus rieb einmal kräftig an Orions Schwanz, und Orion stieß in seine Faust. Köstlich! Seine Panik war lustvollem Verlangen gewichen. Marcus verkündete: „Jetzt ist er entspannt und bereit, oder?"

Orions Blick war abwesend, aber er nickte langsam.

Hunter kämpfte gegen das Lächeln an, das ihm die Dom-Einstellung zu rauben versuchte. „Orion, was sind deine Limits?"

Orion legte für einen Moment die Stirn an Hunts Schulter, dann richtete er sich auf und setzte sich gerade hin. Als er wieder zu Atem gekommen war, bekannte er: „Ich weiß nicht. Vielleicht … ähm, meine Limits, die habe ich vorher nie gefunden."

Richtige Antwort. Pluspunkte für Orions Erektion, weil sie ihm erlaubt hatte, seine innerste Wahrheit auszusprechen.

„Das ist verständlich. Du hast gern hart gespielt, und dabei scheinst du dich ganz aufs Durchhalten konzentriert zu haben, nicht auf Wachstum." Hunter beurteilte die Situation aus seiner Dom-Perspektive.

Hmmm, interessant. Aus der Sicht eines Sadisten stand Orion schlicht und einfach auf Schmerz.

Orion nickte. „Mhm … ich meine, ja … *Hunter*."

Ah, näher am *Sir*, aber noch nicht ganz so weit. Marcus wollte ihn mit einem Thema ablenken, das wirklich zählte, daher fragte er: „Warum redet ihr nicht über die Grundlagen?"

Hunter warf ihm dieses kleine Lächeln zu – das, mit dem er ihn dazu kriegen konnte, alles zu tun, was Hunter wollte. „Wie die Spielpartner-Liste? Gute Idee. Schlagspiele?"

„Die mochte ich früher … sehr sogar … aber …" Orions bekümmerte Miene brach Marcus schier das Herz.

Bei ihren „nicht ganz eine Session"-Sessions hatte Orion um diese Art der Behandlung gebettelt, aber er hatte immer noch Bedenken, wenn es um formellere Sessions ging. Es war wie eine Blockade.

Zeit, mit seinem Sado-Entspannungsplan weiterzumachen. Marcus kratzte mit dem Fingernagel leicht an Orions Erektion entlang.

Orions Lippen teilten sich wie von selbst, und ihm entfuhr ein leises „Oh".

„Möchtest du deine Limits bei Schlagspielen ausfindig machen?" Hunters ganze Aufmerksamkeit galt Orions Gesicht; wahrscheinlich schätzte er gerade seine Subby-Reaktion ein und filterte sie durch sein Dom-Fu. Marcus spielte weiter den Plagegeist und konzentrierte sich darauf, Orion verrückt zu machen und ihn so vom Dichtmachen und Flüchten abzuhalten.

„Ja, Hunter." Orion warf Marcus einen glühenden Blick zu.

Marcus' Antwort bestand in einem Grinsen, das *Ich liebe es, dich zu quälen* besagte.

Hunter erklärte: „Wir können eine einfache Session mit verschiedenen Arten von Schlaginstrumenten halten: Paddles, Reitgerten, Rohrstöcke, Lineale, Haarbürsten …"

Orion schwenkte wieder zu Hunter um und stöhnte: „Ja, Hunter. Bitte, das klingt –"

Hunter küsste ihn flüchtig auf die Wange. „Wir werden die alle erkunden. Ich könnte sie oberflächlich durchgehen oder dein Limit für ein bestimmtes Instrument suchen, weil ich mich darauf verlassen kann, dass du dein Safeword benutzen wirst, oder?"

„Ja, Hunter."

Hunter war ganz sachlich. „Okay. Was ist mit Asphyxiation? Atemkontrollspielen?"

„Ich … das war es, was … das will ich nie wieder machen!" Orion hob die Stimme.

Hunter nickte. Er griff nach seinem Handy und erstellte eine Liste. „Notiert. Ich werde das Thema nicht wieder erwähnen, bis wir diese Liste erneut durchgehen."

Orion runzelte die Stirn und duckte sich leicht. „Tut mir leid. Ich hätte nicht sagen sollen …"

„Dass du Limits hast? Bedürfnisse? Bedenken?" Hunters Stimme wurde tief.

Scheiße, selbst Marcus wollte vor Hunters Altar niederknien und ihm seine Verehrung erweisen. Ihr Mann … ja, *ihr* Mann war dominant, sexy und stark. Hunt war Marcus' Fels. Immer schon gewesen, und würde es immer sein … und jetzt würde er diesen unerschütterlichen Halt mit Orion teilen.

Hunter fuhr fort: „Ja, du solltest Marcus und mir sagen, was du willst. Ich bin wirklich froh, dass du mir jetzt laut und deutlich sagst, was du denkst. Im BDSM geht es nicht um Gedankenlesen."

Orion starrte an die gegenüberliegende Wand. Hunter ließ ihn das verarbeiten. Schließlich sagte Orion mit leiser, ruhiger Stimme: „Danke, *Hunter*."

Marcus streichelte Orions Schwanz zärtlich mit der flachen Hand. Er würde die Unsicherheit auf die eine oder andere Art ausräumen.

Hunter machte weiter. „Augenbinden?"

Orion zuckte mit den Schultern. „Okay."

„Sensorische Deprivation?"

Orion hielt inne, schaute kurz an die Decke und antwortet dann: „Habe ich noch nie gemacht, also bin ich mir nicht sicher."

„Über Bondage haben wir schon geredet." Hunter berührte das Armband. „Wir werden Bondage abhängig von deiner Bereitschaft erkunden. Du sagst mir Bescheid, wenn du so weit bist."

Orion schüttelte den Kopf. „Oh … nein, das könnte ich nicht. Das wäre Topping from the Bottom. "

„Ich sehe es eher als Kommunikation an." Hunter war bestimmt, aber Orion schüttelte den Kopf, als hätte er nicht verstanden, worum es ging.

„Mein sexy Mann, Hunter ist alles Mögliche, aber nicht unfehlbar. Kein Dom ist das." Warum kam Marcus sich vor, als würde er einem Kind erklären, dass es den Osterhasen nicht wirklich gab? Marcus ließ zum Ausgleich für den Verlust einen Finger um Orions Eichel kreisen.

„Oh Gott! Marcus!" Orions Kopf fiel nach hinten an die Sofalehne.

Marcus verteilte die Feuchtigkeit aus der Spitze über Orions ganzen Schwanz. „Gott, Marcus … mhm, das hat was."

Er entwickelte hier womöglich gerade die erste Schwanztherapie überhaupt. Man stelle sich die ganzen Probleme vor, mit denen die Leute fertig werden könnten, wenn er ihre Schwänze piesackte. Nein, er mochte die beiden Schwänze, die er aufgeilen konnte. Verdammt! Orions Lusttropfen trockneten nur langsam und machten seinen Penis schlüpfrig. Er verlockte zum Küssen. Marcus widerstand dem Drang und genoss es, wie die Vorfreude Orion noch geiler machte.

Orion keuchte und drückte Hunters Hand.

Marcus bremste sich und konzentrierte sich wieder auf die Unterhaltung.

„Ich würde sagen, für medizinische Spiele hatte ich noch nie viel übrig", gestand Hunter.

„Verständlich." Orion nickte und versuchte, noch mehr zu sagen, doch es kam nur ein erstickter Laut heraus.

„Aber falls du das erkunden möchtest, können wir uns was überlegen." Hunter war so ein fürsorglicher Dom. Marcus wünschte, er könnte für ihn ein richtiger Sub sein. Ah, aber jetzt hatten sie ja Orion. Sie konnten sich alle auf die Aspekte konzentrieren, die ihnen am meisten gaben.

„Steh' eigentlich nicht auf medizinisch. Hab' ein paar Kurse besucht, aber … ähm, aber das bezieht sich nicht auf Piercing- und Nadelspiele, oder?"

Marcus spitzte die Ohren. „Nicht unbedingt. Rede mit mir." Verdammt, Orion hatte ein Thema angesprochen, das Marcus sehr am Herzen lag, selbst in seiner erotischen Fast-Euphorie; das war ein gutes Zeichen.

Orion starrte auf seinen Schwanz. Marcus quälte den Schaft weiter mit sanften Zärtlichkeiten. „Na ja, ich hätte vielleicht Interesse, das … das zu erkunden."

Hunter lächelte. „Gut. Und Marcus hat sicher nichts dagegen, bei diesen Aktivitäten die Führung zu übernehmen."

„Mit deiner Erlaubnis, natürlich." Marcus sollte Pluspunkte kriegen, weil er das gesagt hatte, ohne eine Miene zu verziehen.

Hunter verdrehte die Augen. „Ja, mit meiner Erlaubnis."

Orions Prusten verwandelte sich in ein Stöhnen, als Marcus ihm mit seiner eigenen Erektion auf den Bauch klopfte.

Marcus konzentrierte sich darauf, Orions Schwanz an seinem Unterleib zu reiben. Orions T-Shirt gab ihm wahrscheinlich interessante Empfindungen, aber nicht genug Reibung. „Alle diese Einstiche ..."

Wimmernd rutschte Orion zwischen ihnen herum.

Marcus wischte etwas von der frischen Feuchtigkeit von Orions Eichel und steckte ihm die Hand in die Hose. „Du genießt es, dir was reinstecken zu lassen, nicht wahr?" Er drang mit der Fingerspitze in ihn ein.

Orion wand sich, stieß und drängte sich dem Finger entgegen.

Hunter fragte mit seiner Dom-Stimme: „Nicht wahr?"

Orion nickte voll gespannter Erwartung und stöhnte: „Ja, Sir."

Orion öffnete die Augen und starrte sie beide an, wie um nach einer Erklärung zu suchen.

Marcus jubelte nicht. Aber er war überzeugt, dass seine Schwanztherapie es Orion erlaubt hatte, diese Barriere zu durchbrechen, wenn auch nur ein einziges Mal. Wenigstens würde er sehen, dass die Verwendung des Titels kein Weltuntergang war.

Hunter, der spielend mit dem Durchbruch fertig wurde, sagte: „Diese Anrede erwarte ich nicht von dir. Aber wenn du möchtest, können wir in Zukunft darüber reden und die Ergebnisse in eine etwaige Vereinbarung mit aufnehmen, falls wir eine treffen."

Ah, schön! Hunter ging auf Nummer Sicher und drängte nicht auf einen Vertrag. Gut. Orion sollte sich so sehr nach diesem nächsten Schritt sehnen, dass er selbst danach griff, wenn er bereit war. Hunt und Marcus würden in Orions Tempo vorgehen.

In der Gesellschaft ging es nur um sofortige Erfüllung aller Wünsche. Aber es war gut, etwas zu wollen. Der immer stärker werdende Hunger machte es umso kostbarer, wenn das Verlangen gestillt wurde.

Marcus bewegte den Finger rhythmisch ein und aus und nahm mit der anderen Hand wieder Orions pochenden Schwanz in Besitz. Verdammt!

Hunter räusperte sich und fragte dann: „Was ist mit Penetration? Sowohl innerhalb als auch außerhalb einer Session."

Oh, war das, was sein Finger gerade machte, etwa unbefugtes Betreten? Uups! Orion stöhnte: „Sehr gern."

„Gut. Wenn wir weiter vorangehen ... ich würde deine Testergebnisse gern mit unseren zusammen in unserem Ordner in der Küche aufbewahren, und ich möchte, dass du dich genauso regelmäßig testen lässt wie Marcus und ich." Hunt vertrieb die ganze Erotik mit seinem medizinischen Gelaber. Na ja, zugegeben, es war wichtig.

„Wer sich zusammen testen lässt, bleibt zusammen ...", versuchte Marcus die Stimmung aufzuhellen. Aber verdammt, Hunter und seine Paranoia wegen

Geschlechtskrankheiten und HIV und Autounfällen konnten einem ganz schnell jede Stimmung verderben. Marcus verstand Hunt, aber manchmal –

„Marcus findet, dass ich zu vorsichtig bin, aber ich kann nicht anders. Für viele Geschlechtskrankheiten gibt es immer noch keine Heilung. Ich glaube fest an das Prinzip ‚keine Penetration ohne Kondom'."

Marcus schob seinen Finger tiefer rein.

„Einverstanden", japste Orion. Er krümmte sich und stieß seinen vernachlässigten Schwanz leicht an Marcus' Hand.

„Kommen wir wieder zum erotischen Teil zurück, ja?" Marcus setzte sich anders hin, um seinen eigenen Steifen in eine weniger eingeengte Position rutschen zu lassen.

Das schien Hunter in die Realität zurückzuholen. „Orion, ich möchte mit dir die komplette submissive Spiel-Liste durchgehen, und ich will, dass wir jeden einzelnen Punkt miteinander besprechen."

Klang sagenhaft langweilig und unsexy, aber Marcus gab keinen Kommentar dazu ab. Vielleicht hatte Hunter ja nicht ganz unrecht. Orion die gesamte alphabetisch geordnete Liste aller BDSM-Aktivitäten durchgehen und jede einzelne Aktivität einstufen zu lassen, je nachdem, was er davon hielt, war eine gute Idee. Und ein einfacher Weg für ihn, Munition gegen ihren neuen Lover zu sammeln und herauszufinden, was ihn an- oder abturnen würde.

„Also, wie soll das hier jetzt laufen?" Orions Frage endete in einem Stöhnen.

Zeit zum Klarstellen.

„Orion …" Hunter sah Marcus an, um sich seine endgültige Bestätigung zu holen, räusperte sich und sprach für sie beide. „Wir möchten, dass du uns gehörst, und wir werden mit der Zeit gemeinsam herausfinden, was das genau bedeutet."

Orion erschauerte bei Hunters Feststellung. Wobei sein breites Lächeln die Reaktion als Begeisterung kennzeichnete, nicht Furcht.

„Du gehörst uns, und wir gehören dir", formulierte Marcus um. So einfach war das.

„Ja", war das einzige, was Orion sagte. Dann lehnte er sich zurück und breitete in bedingungsloser Kapitulation die Arme aus.

Marcus beschloss, dass ein Orgasmus Orion am besten helfen würde, all diese Informationen wirklich zu begreifen.

Hunter legte ebenfalls eine Hand um Orions Schwanz, und sie holten ihm gemeinsam in schnellem Tempo einen runter. Nach einer Minute befahl Hunter: „Komm."

Orion krümmte sich zusammen und kam.

Vielleicht hatte ihm seine Erektion alles Blut aus dem Hirn geraubt, aber als Orion sie mit seinem Sperma vollspritzte, hatte Marcus das Gefühl, als würden sie jetzt das nächste Kapitel ihres Lebens beginnen … gemeinsam.

14

BIS HEUTE Abend hatte Marcus das Entwined nie anders als voller Selbstvertrauen betreten. Er stand im Eingangsbereich und warf einen Blick auf Orion, der ihn übertrieben fröhlich anlächelte. Scheiße! Er wusste nicht, ob Orion es verkraften würde, heute in einem der Hinterzimmer des Entwined zu sein. Vielleicht sollte er ihm sagen –

„Dein Handy, Marc." Hunter streckte die Hand aus, ohne sich umzudrehen, und Marcus drückte ihm sein Smartphone in die Hand. „Orion?"

Orions lange Wimpern flatterten vor seinen funkelnden indigoblauen Augen, als er blinzelte. „Oh, teilen wir uns ein Schließfach?"

Herrje, Orion hatte keine Ahnung, wie Beziehungen jenseits von Sessions funktionierten. Hunt und Marcus würden es ihm beibringen.

„Natürlich. Du bist mit uns zusammen. Dein Handy?" Hunter war voll auf Dom getrimmt. Es war schon eine Weile her, seit er sich zum letzten Mal in Leder geworfen hatte, und er sah verdammt heiß aus. Marcus liebte den Duft, den Hunter trug, aber Mann! – gemischt mit echtem Leder hätte Marcus sich am liebsten drin rumgewälzt.

Orion streifte sein Hemd ab. Er reichte die Seide zusammen mit seinem Handy an Hunter weiter.

Marcus schluckte mühsam. Verdammt. Orion hätte ein BDSM-Pinup sein können in seiner engen Bluejeans und mit dem Lederarmband. Die Eingangstür öffnete sich, und Orions Nippel zogen sich in der kühlen Brise zusammen. *Fuck,* mit Ringen drin würden sie großartig aussehen.

„Danke für das Schließfach in der untersten Reihe, Audrey." Als Hunter sich nach dem Schließfach bückte, zeichnete sich jeder einzelne Muskel in seinem Hintern und seinen Beinen unter der Lederjeans ab. Er trat von einem Fuß auf den andern.

„Nichts zu danken, Master Hunter. Ich kriege nicht oft einen Master dazu, sich für mich zu bücken. Aber wenn ich es kann, dann tue ich es auch." Audrey spähte über ihre lila Brille und grinste. Ja, wenn er das Meisterwerk, das Hunters Hinteransicht war, so auf sich wirken ließ … Marcus konnte es ihr nicht verdenken.

Heilige, gequirlte Scheiße. Marcus schaute weg, weil in seiner Hose auch so schon nicht besonders viel Platz war. Vielleicht konnte er Hunter und Orion überreden, wieder nach Hause zu gehen. Wer musste schon einen Geburtstag feiern? Es war ein Tag wie jeder andere.

Nein. Der Masochist in ihm sehnte sich danach, seine Befriedigung hinauszuzögern, bis er fast vor Verlangen starb. Er würde leiden. Herzlichen Glückwunsch zum Geburtstag!

Zwei Hände strichen über seinen Hintern, von denen jede einem seiner Männer gehörte. Orion drückte und Hunter tätschelte. Scheiße, das mit dem Sterben könnte schneller gehen als erwartet.

„Geburtstagskind." Hunter stieß die Zwischentür auf und erlaubte Marcus, in den Club zu rauschen.

Auf dem steinernen Treppenabsatz blieb Marcus wie angewurzelt stehen und nahm den schummrig erleuchteten Hauptraum des Entwined genauer unter die Lupe. Tische und Stühle waren voll besetzt mit Mitgliedern und Freunden, neuen und alten. Leichte Sessions spielten sich im Hauptraum ab, während andere Paare und Gruppen sich ihren Weg zu den Hinterzimmern bahnten.

Er sog den Geruch nach Sex und Leder ein. Ah, der Duft der Freiheit. Die Atmosphäre des Entwined drohte es zu einer schwierigen Aufgabe zu machen, die Treppe runterzugehen.

„Alles okay, Orion?" Vielleicht war Marcus ein bisschen beschützerisch, nach Hunters „Lass den Mann ein Sub sein"- Miene zu schließen, die schwer zu übersehen war, selbst wenn man sie zu ignorieren versuchte.

„Ja, Marcus." Eine Stahlstange schien Orions Innerstes zu stützen.

Hunter trat rechts neben Marcus, umweht von seinem Duft nach Leder und Mann. Die maßgeschneiderte Lederweste hatte Marcus ihm letztes Jahr zu Weihnachten geschenkt. Sie war jedes einzelne der zusätzlichen Tattoos wert, das er hatte stechen müssen, um sich die sexy Kreation leisten zu können. Sie umspannte Hunters Muskeln auf eine Weise, dass er am liebsten sein Gesicht an Hunters Brust gerieben hätte.

Die Leute unten begannen sie zu bemerken. Auftritt gemacht. Er fasste Orion und Hunter an den Händen. So schwebten sie die Treppe hinab und verkündeten damit, dass sie ein Trio waren.

Sophia stürzte sich auf ihn und bewies ein Knuddeltalent, das Koalas neidisch gemacht hätte.

„Umpfh!" Marcus stolperte rückwärts gegen Hunter, der ihn stützte, als er Sophie seinerseits drückte.

„Alles Gute zum Geburtstag, Marcus!"

„Dankeschön." Er machte sich von ihr los und raunte ihr zu: „Ist das deiner?"

Wurde sie etwa rot? Schwer zu sagen in diesem Licht, aber es sah ganz so aus. Wie süß! Sie starrten beide den gut aussehenden Mann an, der sie beobachtete.

Sie zischelte: „Ja! Alles meins."

Schön für sie. Marcus flüsterte: „Gut gemacht, Sophia." Er drehte sich um und reichte dem Mann die Hand, der dafür zu sorgen schien, dass Sophia in ihren hohen Absätzen nicht umkippte. „Du musst Colin sein."

„Ganz richtig. Herzlichen Glückwunsch zum Geburtstag." Colin hatte einen festen Händedruck, hielt freundlichen Blickkontakt und brachte Sophie zum Strahlen, also war er Marcus' Meinung nach okay. Hunter akzeptierte offenbar Colins Platz in Sophias Leben, denn er umarmte ihn brüderlich.

Zack trat vor und veranstaltete etwas mit Marcus, was halb Umarmung, halb Ringkampf war. „Herzlichen Glückwunsch! Ich hab' dich ja ewig nicht mehr gesehen."

Fuck. Marcus hatte früher oft und gern mit Zack im Entwined gespielt. Er hatte in einer Reihe von Sessions als zweiter Dom fungiert, wenn ein Submissiver zwei Männern dienen wollte. Sie waren ein gutes Team gewesen.

„Ich weiß, aber ich glaube, *du* warst beschäftigt." Marcus warf einen vielsagenden Blick auf Zacks Liebsten und Master.

„*Du* aber auch." Aus Zacks grünen Augen blitzte der Schalk, als er mit einem Kopfnicken auf Orion deutete, der gerade mit Xander ins Gespräch vertieft war. Zack konnte die Wahrheit nicht leugnen und schlug vor: „Wir müssen nächste Woche unbedingt mal zusammen essen gehen."

„Danke, gern." Marcus versuchte, seine Korsage wieder in Ordnung zu bringen. Keine Chance.

„Lass mich", flüsterte Orion. Er zog die Verschnürung gerade und knotete dann die lila Satinbänder neu.

„Danke, Orion." Marcus strich mit den Fingerspitzen über Orions Wange.

Zack verwickelte Orion in ein Gespräch, wodurch Marcus der uneingeschränkten Beachtung von Zacks Master ausgesetzt war.

Andrew beäugte ihn wie ein Puzzleteil und machte ihm damit wieder mal deutlich, dass er nirgends richtig reinpasste. Marcus verwirrte die meisten Mitglieder des Entwined. Er war kein Switch, er war ganz bestimmt kein Sub und wohl nicht allzu dominant, obwohl er diese Rolle hin und wieder gerne spielte. Marcus genoss es, Empfindungen zu erkunden.

Warum musste bloß immer alles so kompliziert sein? Es erstaunte ihn immer wieder, dass Menschen, die sich als außerhalb der Gesellschaft stehend betrachteten, trotzdem versuchten, andere in Schubladen zu stecken. Als wäre das notwendig, um die Ordnung aufrechtzuerhalten.

Andrew schien seine Ratlosigkeit überwunden zu haben und hörte auf, ihn zu begutachten. „Hey, Marcus. Alles Gute zum Geburtstag."

„Danke. Freut mich, dass ihr kommen konntet."

Andrew trat näher. „Danke, dass du Zack und mich eingeladen hast. Ich muss sagen, ich bin sehr daran interessiert, mehr über Spiel-Piercing zu lernen."

Marcus griff mit beiden Händen nach dem Gesprächsthema, bei dem er sich auskannte. „Es kann sehr intensiv sein."

„Soweit ich weiß, ist dabei sehr wenig Schmerz mit im Spiel, oder?", fragte Andrew.

„Es sei denn, die Spieler wünschen sich diese Art von Empfindung. Ich pierce keine Muskeln, nur Haut." Marcus atmete bewusst gleichmäßig. „Für mich geht es bei Piercingspielen mehr darum, jemandes Vertrauen zu haben. Da ist diese mentale Auslieferung … es ist erregend."

Ein Körnchen Wahrheit schien bei Andrew Widerhall zu finden. „Ja, das kann ich mir vorstellen."

Quillon kam mit Xander herbeigeschlendert. Marcus schüttelte beiden die Hand und nahm ihre Glückwünsche entgegen.

Hunter fragte in diesem gewissen Tonfall, der klarmachte, dass es eigentlich keine Frage war: „Sollen wir nach hinten gehen?"

Marcus' Herz schaltete einen Gang höher. Die Vorfreude plagte ihn schon seit Tagen. Er hatte schon ziemlich lange keine formelle Session mehr mitgemacht, und es war noch länger her, seit er zum letzten Mal eine Spielpiercing-Session gehalten hatte.

Orion fasste Marcus an der Hand und führte ihn zu Hunter, der grinste. Hunt trat zwischen sie und schlang jedem von ihnen einen Arm um die Schulter.

Marcus schmiegte sich an Hunts Muskeln und warf einen Blick zu Orion, der dasselbe tat.

Andrew, Zack, Colin, Sophia, Xander und Quillon folgten ihnen. Die kleine Gruppe versammelte sich in einem der Hinterzimmer, und Sophia machte die Tür zu.

Hunter reichte Marcus die Zubehörtasche, die er für ihn getragen hatte.

Marcus zog einen Stuhl, der aussah wie ein Blutspendesessel beim Roten Kreuz, in die Mitte des Raums. Der Stuhl hatte breite Armlehnen und einige trickreich angebrachte Fesselriemen. Ein rollbarer Instrumententisch kam neben den Stuhl.

Orion holte den bereitstehenden Kanülen-Abwurfbehälter von einem Regal neben der Tür und stellte die rote Box auf den Tisch.

Marcus packte Alkoholtupfer, Verbandmull, Plastiktüten mit steril verpackten Kanülen und Latexhandschuhe aus. Was war denn da ganz unten in seiner Tasche? Er förderte dünne Kerzen und ein Feuerzeug zutage.

Verwundert fragte er: „Hunt?"

Sein Komplize grinste. „Das hier ist eine Geburtstagsparty. Ich hab' diese Paraffinkerzen anspitzen lassen, sodass sie genau in die Enden der Kanülen passen."

Zack murmelte: „Wow, das ist geil."

Andrew warf seinem Sub einen erstaunten Blick zu. Zack schien nichts davon mitzukriegen, aber Marcus war sich ziemlich sicher, dass Zack in nächster Zukunft eine Session mit Kerzen und Wachs bevorstand. Andrews Lächeln nach zu urteilen hätte Marcus gewettet, dass Zack schon sehr bald wachsüberströmt sein würde.

„Danke, Hunt." Er ordnete die Kerzen eine neben der anderen an.

Hunter holte Eiswürfel aus dem kleinen Kühlschrank und gab sie in einen Eiskübel, den er ebenfalls auf den Tisch stellte.

Dann packte Marcus sechsunddreißig Nadeln aus und reihte sie nebeneinander auf. Dabei ließ er sich viel Zeit und achtete darauf, dass die farbigen Enden auf einer Höhe waren und die Nadeln in ihren Schutzkappen gerade lagen. Das Ritual senkte ein andächtiges Schweigen über die kleine Versammlung.

Hunter sprach mit gedämpfter Stimme zu Orion; so sehr Marcus sich auch anstrengte, er konnte die Worte nicht verstehen.

Schließlich war Marcus bereit. Seine Vorfreude konnte nicht mehr viel stärker werden.

„Hunter …" Er wusste es zu schätzen, dass sein Partner dies jedes Jahr für ihn tat. Aus Respekt sorgte er dafür, dass es nicht wehtat … nicht sehr.

Hunter küsste Orion so leidenschaftlich, dass Marcus sich die Lippen leckte. Dann trat Hunt zu Marcus, fuhr ihm mit den Fingern in die Haare und packte zu. Er zog.

Verdammt, Marcus liebte ein schönes, erotisches Ziehen an den Haaren. Sobald Hunter seinen Kopf fest im Griff hatte, fiel er gierig über Marcus' Mund her. Die kleine Versammlung gab beifällige Geräusche von sich. Schließlich wich Hunter zurück und führte Marcus zärtlich zu Orions Lippen.

Orion ergab sich mit einem leisen Stöhnen und öffnete den Mund. Einladungen zu ignorieren war nicht Marcus' Art, daher strich er mit der Zunge über Orions pralle Unterlippe. Dann zeichnete er die Konturen der Oberlippe nach. Orion klammerte sich an seinen Armen fest und drängte sich an ihn. Marcus schnippte mit der Zunge zwischen seinen Lippen ein und aus.

Orion streckte die Zunge vor! Als sie sich berührten, explodierte Marcus' Verlangen und fuhr ihm direkt in den Schwanz.

Mehr! Marcus zog Orion fest an sich und kostete seinen üppigen Mund. Er würde nie genug von ihm bekommen, genausowenig wie von Hunt. Er konnte nur hoffen, dass sie ihn weiterhin wollen würden.

Nur Hunters Räuspern hielt Marcus davon ab, Orion weiter zu küssen. Brauchte Hunt ein Hustenbonbon? Nein, nur die allgemeine Aufmerksamkeit.

„Wie ihr alle wisst, hat Marcus heute Geburtstag, und wie üblich werden wir ein kleines Piercing-Spiel machen."

Als der Beifall endete, führte Hunter Orion vor den Stuhl und verkündete: „Aber dieses Jahr ist was Besonderes. *Unser* Orion wird daran teilnehmen."

Unser Orion. Das gefiel Marcus. „Nein. Moment mal … was?"

Marcus' Verstand setzte aus. Einerseits wollte er das hier mit Orion teilen, der Schmerz wirklich mochte. Doch zugleich wollte er Orion einfach nur beschützen, vor … na ja, vor allem, einschließlich vor sich selbst.

„Es sei denn, du möchtest nicht, dass ich …" Unsicherheit und Kummer machten Orions zuvor so glückliches Lächeln zunichte.

„Nein. Ich meine, doch ..." Fuck! Was konnte Marcus sagen, das Orions Geschenk nicht entwerten würde? „Ähm, bist du sicher, dass du das tun willst?"

Orion fasste nach Hunters Hand. Leidenschaft brannte in seinem zuversichtlichen Blick. „Ganz sicher."

Marcus starrte Hunter an und klappte den Mund zu. Na, das war unerwartet.

Hunter hob Orions Hand an die Lippen und küsste sie. „Ich hab' dich, aber sag' uns dein Safeword."

„Krebs ... *Sir*." Orion sprach das Wort mit voller Absicht aus. Der Titel war ihm nicht einfach bloß rausgerutscht.

Die stolze Freude in Hunters Gesicht und Orions offensichtliche Zufriedenheit, der Grund dafür zu sein, waren die besten Geburtstagsgeschenke aller Zeiten. Marcus musste ganz sicher gehen. „Du versprichst doch, es zu benutzen, wenn nötig, oder?"

„Natürlich, Sir." Orion strahlte, und seine Augen funkelten. „Aber, Sir, ich glaube nicht, dass ich es brauchen werde." Jeder einzelne Muskel in Orions Körper entspannte sich, und er lehnte sich ein bisschen an Marcus. „Ich will das hier unbedingt, Sir."

Der Titel war eine große Sache für Hunter, aber Marcus hatte er noch nie besonders viel bedeutet. Schon gar nicht, wenn irgendein Zufallspartner während einer Session oder beim Sex damit um sich warf. Aber Mannomann. Dieses Wort aus Orions Mund war wie der schönste Kosename und das beste Aphrodisiakum der Welt. Scheiße. Marcus machte sich mit seinen Nadeln zu schaffen, versuchte sich zu beruhigen und starrte dann Hunter an, um seine Mitte zu finden.

In diesem Moment wurde ihm plötzlich etwas Undefinierbares ganz klar bewusst. Sie waren wirklich und wahrhaftig nicht mehr *zu zweit*, sondern *zu dritt*. Er hatte sein Zuhause gefunden. Hunter und Orion waren sein Zuhause, und er war ihres. In der beruhigenden Gewissheit, auf dem richtigen Kurs zu sein, bedeutete er Orion, sich auf den Stuhl zu setzen.

Orion sprang auf den Sitz und legte seine blassen Arme auf die Armlehnen. Sein Schwanz beulte seine Hose aus. Kein Zweifel, er sehnte sich nach dem, was Marcus so dringend geben wollte. Aber würde er es auch aushalten können?

Hunter trat hinter den Stuhl und legte Orion die Hände auf die Schultern. Orion lehnte den Kopf an Hunter und lächelte zu ihm auf. Beide sahen Marcus erwartungsvoll an.

Richtig ... Marcus leitete das Geschehen. Er schluckte, weil er plötzlich einen komischen Kloß in der Kehle hatte. „Orion, dein Geschenk an mich ist nicht, dass du das hier tust, sondern dein Vertrauen in mich – in uns – dir zu geben, was du brauchst."

Er hätte nicht gedacht, dass Orions Lächeln noch breiter werden könnte, aber er hatte sich geirrt. „Ja, Sir."

„Da dies Orions erstes Mal ist, werde ich nebenher mehr reden als sonst." Marcus untersuchte die Streckseiten von Orions Unterarmen durch Betasten und

Zusammenkneifen der Haut. „Ich sehe nach, ob es Auffälligkeiten oder Verletzungen gibt, aber das ist nicht der Fall. Jetzt werde ich den Bereich desinfizieren."

Hunter begleitete ihn, als er ans Waschbecken ging. „Hast du was dagegen, wenn ich dir helfe?"

„Nein, ganz im Gegenteil", sagte Marcus. Er und Hunter schrubbten sich die Hände, trockneten sie ab und zogen Handschuhe an.

Hunters berufliche Qualitäten zeigten sich. Er öffnete einen Alkoholtupfer halb und reichte ihn Marcus.

Marcus erklärte: „Piercingspiele können nahezu spirituell sein, weil es mehr um die psychologische Unterwerfung geht. Piercing ist eine symbolische Form der Penetration. Ich gehe ihm buchstäblich unter die Haut, breche sie auf und bahne mir einen Weg hinein."

Marcus wischte Orions Arm gründlich ab und unterdrückte ein Lächeln, als Hunter zwei weitere Alkoholtupfer aufriss und ihm anreichte. Orions Arm würde supersteril sein, aber das war okay. Er nahm den Hautmarker und tupfte zwei Reihen von achtzehn gleichmäßig verteilten Punkten. „Wir machen achtzehn an diesem Arm und achtzehn am anderen."

Orion drehte und wand sich auf dem Stuhl. Seine Pupillen waren erweitert, und er keuchte ein bisschen.

„Ich verwende 25-G-Kanülen mit Standardschliff. Sie sind drei Zentimeter lang."

Orion zischte: „Ja, bitte."

„Ich hebe mit Daumen und Zeigefinger eine Hautfalte ab. Ich fasse nur den Plastikteil der Nadel an. Der längste Teil des Schliffs sollte der Haut zugewandt sein." Marcus brauchte dabei nicht mehr den Atem anzuhalten, aber kontrolliertes Atmen würde den Zen-Rhythmus erzeugen, den er Orion geben wollte.

Er fuhr mit seinen behandschuhten Fingern an den Punkten entlang. „Bist du bereit, dich von mir piercen zu lassen?"

„J-ja, bitte pierce mich, Marcus."

Gott. Köstliches Verlangen durchfuhr Marcus wie ein Blitz, als er Orion keuchen und betteln hörte. Er strich mit einem Finger sanft über die Stelle, an der die erste Nadel sitzen würde, und sagte: „Wie du möchtest, Orion."

Er nahm die Schutzkappe der Kanüle ab, kniff die Haut mit Daumen und Zeigefinger zusammen und nahm die Anspannung in Orions Körper begierig in sich auf. „Jetzt stecht ihr die Nadel in einem Zug durch die Hautfalte. Haltet euch dabei an die Markierungen."

Es gab kein Zucken und kein Jammern. Nein, Orion stöhnte seine Hinnahme von Marcus' Einstich hinaus. Heißes Begehren schoss durch Marcus' Adern. Orion ersehnte die Verbindung ebenso sehr wie Marcus selbst. Er fing Hunters Blick auf, und sein Geliebter war darin eins mit ihm.

Um sich nicht völlig zu verlieren, machte Marcus einen Scherz: „Passt auf, dass ihr euch nicht selber piekt."

„Bleiben noch fünfunddreißig. Ich bin bereit, Sir." Orions Stimme zitterte.

Marcus wiederholte das Ganze noch siebzehn Mal an Orions rechtem Arm. Bis auf ein gelegentliches Keuchen oder Stöhnen von Orion herrschte Stille im Raum.

Hunter schob sich näher heran und sagte: „Du machst das gut, Orion." Er fing Orions Blick auf und sah dann Marcus so voller Leidenschaft an, dass ihm ganz heiß wurde. Wagte er zu hoffen, dass Hunter endlich für Piercing entbrannt war?

„Orion, bist du bereit, dir den linken Arm von mir piercen zu lassen?" Marcus fuhr mit seinem behandschuhten Finger in der Mitte der Nadeln an den Piercings entlang.

„Oh Gott, ja, Sir." Orion wölbte sich vom Stuhl hoch.

Marcus schnippte gegen die Endkappen. „Nur ein bisschen Empfindung."

„Marcus, oh Sir. Mach, dass es wehtut." Orions Augen öffneten sich und schlossen sich wieder.

Einer solchen Bitte konnte Marcus nicht widerstehen. Er schnippte fester gegen die Endkappen und strich mit dem Finger über die Haut, unter der die Nadeln hervortraten. Drückte drauf, sodass sowohl er als auch Orion das Metall fühlen konnten, das in ihn eingedrungen war.

„Autsch. Ja." Orion stöhnte, und seine Lider öffneten sich flatternd. In seinem Blick lag der verträumte Ausdruck des Subspace.

Marcus sog die Gewissheit in sich auf, dass er ihn dorthin gebracht hatte. Schön.

Hunter hatte Orions Arm mehrmals desinfiziert und reichte dann Marcus einen bereits geöffneten Alkoholtupfer zum abschließenden Drüberwischen. Marcus nahm den Hautmarker entgegen und tupfte ein gleichmäßiges Muster auf Orions Arm.

Orion drückte den Hintern in den Stuhl und rutschte hin und her. Oh ja, nach all der Reinsteckerei wollte er wahrscheinlich einen Schwanz im Arsch stecken haben.

„Bleiben noch achtzehn." Marcus arbeitete routiniert und schnell. Nadel, Kappe ab, Hautfalte, Schliff ansetzen, einatmen, Luft anhalten, Nadel durchschieben, loslassen, und das Ganze von vorn.

„Noch eine. Bist du bereit?", sagte Hunter.

In dem vagen Bewusstsein, dass Hunter mit ihm gesprochen hatte, antwortete Marcus: „Ja, Hunt."

Orion erwiderte vertrauensvoll: „Ja, Sir."

Vielleicht war es Topspace, oder vielleicht nur ein wohlgenährter Sado-Masochist, aber verdammt, das war der beste Geburtstag aller Zeiten.

Orions ganzes Vertrauen, seine ganze Hingabe gipfelten in dieser letzten Nadel. Einstechen, Durchschieben bis die Spitze auf der anderen Seite herausschaute. „Sechsunddreißig Nadeln. Danke, Orion."

Orions Blick wirkte benebelt. „Alles Gute zum Geburtstag, Marcus, Sir."

Marcus strich mit dem Finger an der Reihe der Plastik-Endkappen entlang.

Orion schnappte nach Luft. „Ja, Marcus, lass mich fühlen", bettelte er.

Marcus wiederholte die Bewegung mit mehr Nachdruck, um ihn jeden einzelnen Einstich spüren zu lassen. Er nahm die Anspannung in Orions Körper gierig in sich auf. Ja, da war es. Orions schmerzerfülltes Zischen verwandelte sich in ein Stöhnen wollüstiger Unterwerfung. Marcus spielte mit Orion, bis sie beide kurz vor dem Abspritzen standen. Zeit zum Weitermachen.

Orion fragte mit hoffnungsvollem Blick: „ Jetzt die Kerzen, Sir?"

„Ja. Unser Hunter war so nett, diese extralangen Paraffin-Geburtstagskerzen anfertigen zu lassen, und die sollten ..." Marcus drehte sich um und steckte eine in das orangefarbene Ansatzstück einer Kanüle, drückte das Wachs ein, bis sie fest und sicher saß. „Passt perfekt."

Ehe er die letzte der sechsunddreißig Kerzen in die Endkappe der Kanüle steckte, zündete er sie an und träufelte sich das Wachs aufs Handgelenk. Er unterdrückte ein Zischen, als er das schmerzhafte Brennen spürte, und schälte den Wachstropfen ab.

Hunter war sofort da, um nach ihm zu sehen. Er rieb mit Eis über die gerötete Stelle. „Mmmmmm, später, Hunt."

Die Zuschauer kicherten leise. Mist, er hatte fast vergessen, dass sie da waren.

Marcus steckte die letzte Kerze fest und drehte Orions Arme so, dass die Kerzen aufrecht standen. Er flüsterte ihm zu: „Ich möchte, dass du dich nicht bewegst. Verschütte das Wachs nicht." Sich selbst und Orion das vorzuenthalten machte ihn schwindelig.

Orion nickte.

Hunter zündete die Kerzen am einen Arm an, und Marcus übernahm die andere Reihe.

Alle sangen „Happy Birthday". An den Dochten der Kerzen bildeten sich kleine Wachspfützen.

„Vorsicht, beweg die Arme nicht." Marcus leckte sich die Lippen und sah zu, wie Orion um Beherrschung rang. Er sehnte sich nach dem Brennen des Wachses, aber er wollte den Befehl befolgen, als wären Marcus' Worte Gesetz.

Orion keuchte, doch er grinste Marcus an. Ganz eindeutig gefiel ihm die einfache Folter ausnehmend gut.

„Kannst du dir vorstellen, wie sich das Wachs anfühlen würde?"

Wimmernd bettelte Orion: „Ja, bitte."

„Orion, möchtest du für mich Schmerzen empfinden?"

„So gern, bitte, Marcus." Er wand sich so heftig, dass einige von den Kerzen zu tropfen begannen.

„Alles Gute zum Geburtstag für mich." Marcus nahm Orions Hände und drehte seine Arme.

Orion zischte, als jede einzelne der sechsunddreißig Kerzen ihn mit Wachs bekleckerte.

Marcus drückte ihm die Hände und drehte seine Arme andersrum. Wachs küsste Orions Haut erneut.

Orions Stöhnen hüllte Marcus ein und bestätigte ihm, dass Orion die Empfindungen, die Marcus mit ihm teilen wollte, nicht nur hinnahm, sondern willkommen hieß. Schmerz, der sich in Lust verwandelte, war etwas Unglaubliches, und durch ihre Verbindung konnte Marcus jeden einzelnen brennend heißen Tropfen miterleben, der über Orions Haut rann.

Hunter sagte: „Wünsch dir was."

Richtig. Die Kerzen waren fast heruntergebrannt, und sehr viel näher sollten die Flammen der Haut nicht kommen. Marcus wünschte sich, was er sich schon immer gewünscht hatte, und blies alle Kerzen aus.

Er hörte weder den Beifall noch die Glückwünsche. Er konzentrierte sich darauf, die Nadeln zu entfernen. „Beim Rausziehen drücke ich die Haut wieder zusammen."

Eine nach der anderen zog er die Nadeln heraus und ließ sie in den Abwurfbehälter fallen. Bei jeder dritten Nadel machte er das Rausziehen schmerzhaft, nur um dafür zu sorgen, dass Orion auf Wolke sieben blieb.

Jedes Mal sagte Orion „Au", seufzte und stöhnte leise.

Marcus sprühte Orions Arme mit Alkohol ein, um dem Ganzen noch ein bisschen mehr Biss zu geben, dann wischte er sie mit Papiertüchern ab. „Wie fühlst du dich, Orion?"

Wie vorherzusehen stöhnte Orion und verkündete traumverloren: „Ich muss gefickt werden."

„Ich auch", flüsterte Marcus hörbar.

Ihre Gäste verstanden den Wink. Rasche Glückwünsche und Abschiedsgrüße wurden gerufen, und schon bald waren sie nur noch zu dritt.

Hunter untersuchte Orions Arme. „Du brauchst keinen Verband. Es blutet schon nicht mehr." Er wandte sich an Marcus und fragte: „Also, es ist dein Geburtstag. Was möchtest du?"

15

HUNTER DRÄNGTE sanft: „Wir haben diesen Raum, solange wir wollen, Geburtstagskind. Aber die Frage bleibt: Was möchtest du machen?"

Marc hielt sich an der Stuhllehne fest und starrte Orions Arme an. Von den Einstichen waren nur noch dekorative rote Punkte übrig. Als er Hunter ansah, war sein Blick so verdattert, als hätte er Schwierigkeiten, die Frage geistig zu verarbeiten.

„Verdammt, Marc, du siehst genauso high aus wie Orion." Hunter bekam Marcs Topspace – oder Sado-Space oder wie auch immer er es nannte – nicht oft zu sehen, und er hoffte sehr, dass sich das in Zukunft ändern würde. „Also, was willst du von uns?"

Marc fiel der Unterkiefer runter. Er streckte die Hände aus und verzog das Gesicht. „Du kannst vielleicht Fragen stellen, Hunt!"

Hunter kicherte. Würde er lange auf die Antwort des Geburtstagskindes warten müssen?

Orion fiel auf die Knie und verschränkte die Hände hinter dem Rücken, so fest, als wäre er gefesselt.

Verdammt. Orion auf den Knien. Der Anblick drohte den Dom in Hunter anzukurbeln, aber er hielt sich zurück, da er wusste, dass sich seine Geduld für sie alle auszahlen würde. Er kraulte Orion den Kopf, während sie beide auf Marcs Entscheidung warteten.

Marc ging rastlos auf und ab. Er erinnerte Hunter an ein Perpetuum Mobile. Doch die gesamte aufgestaute Energie des Abends trieb ihn immer schneller voran. Plötzlich blieb er wie angewurzelt stehen und verkündete: „Ich will ficken und gefickt werden."

Hunter schlang einen Arm um ihn. „Es ist mir eine Ehre und ein Vergnügen, deinen strammen Arsch zu ficken."

Marcus schnüffelte und biss seine Antwort in Hunters Hals.

Mmm, schön. Hunter liebte es, dass Marc auf der richtigen Seite des Schmerzes blieb. Er umfasste Marcs in Leder verpackten Hintern und fragte, nur um ihn wimmern zu hören: „Orion, was sagst du zu dem Plan?"

Marcus wandte seine Aufmerksamkeit Orion zu, fiel auf die Knie und leckte an seiner Kehle. „Ich werde in dir sein. Okay?"

Den Kopf in den Nacken zu legen reichte nicht, um Marcus zum Zubeißen zu bewegen, daher flehte Orion mit unwiderstehlich süßer Stimme: „Bitte, Marcus."

Marc knurrte und knabberte an der dargebotenen Kehle, bis Orion zitterte.

Zeit, um die Sache ins Rollen zu bringen, ehe noch einer von ihnen implodierte – und nicht auf gute Weise. Hunter räusperte sich. „Zieh dich aus, Orion."

„Ja, Sir." Orion griff nach Marcs ausgestreckter Hand und ließ sich auf die Beine helfen. Er machte seine Jeans auf und streifte sie bis zu den Fußknöcheln runter, wobei er ein ausgebeultes schwarzes Suspensorium enthüllte, das sein bestes Stück wirkungsvoll verdeckte. Er drehte sich um, bückte sich und wackelte mit seinem prachtvollen Hintern in der gesäßfreien Unterhose, während er vollends aus der Jeans stieg.

„Oh Mann! Tolle Unterhose." Marcus konnte unmöglich das mit funkelnden lila Svarowski-Kristallen besetzte Ende des Butt-Plugs übersehen, das zwischen Orions Hinterbacken herausragte. Hunter hatte Orion geholfen, das Teil auszusuchen.

Orion schnappte sich seine Jeans und drehte sich um. „Ich hatte gehofft, dass du schicke Unterwäsche magst."

Marc nickte wie ein Wackeldackel. „Allerdings, aber ich kriege Hunt nie dazu –"

Hunter behielt seinen ernsten Gesichtsausdruck bei, während er sich aus seiner Lederjeans pellte. Jesus, Erektionen in ledernen Hosen waren kontraproduktiv.

Orion leistete ihm Beistand beim Entkommen aus den verdammten Dingern. Er faltete das Leder und legte es zusammen mit seiner Jeans säuberlich auf einen Stapel.

„Marc, wozu kriegst du mich nie?" Hunter drehte sich langsam um und präsentierte seinen brandneuen, sexy Männerslip.

„Heilige Scheiße aber auch! Du im Spitzenhöschen?" Marc wischte sich mit dem Unterarm über die Stirn.

Hunter ließ sein Dom-Gesicht wieder einrasten, um das Lachen einzusperren, das aus ihm herauszusprudeln drohte. Er schwang die Hüften nach links, dann nach rechts und posierte, zeigte stolz seine Muskeln und den maßgefertigten Spitzenslip, der Mühe hatte, seinen Schwanz zu fassen. „Problem?"

„Oh Scheiße, nein." Marc schien nicht zu wissen, wo er zuerst hingucken sollte. Er fasste Hunter in den Schritt und drückte.

Die Spitze war rauer auf Hunters Haut als die Baumwolle, die er sonst trug. Sie reizte ihn und machte ihn noch geiler auf einen Fick.

Marc murmelte: „Ihr zwei solltet für Andrew Christian modeln. Scheiß drauf ... alles Gute zum Geburtstag für mich."

Hunt wechselte einen Blick mit Orion. „Ich glaube, das Geburtstagskind ist reif zum Ficken. Orion, nimm deine Position ein."

Orion stolzierte hinüber zu dem gepolsterten Podest und schnappte sich unterwegs ein sauberes weißes Handtuch vom Handtuchhalter. Nachdem er das Frotteetuch akribisch ausgebreitet hatte, kniete er sich mitten drauf und ging auf alle Viere. Er machte ein Hohlkreuz, streckte den Hintern auf höchst appetitliche

Weise raus und schaute über die Schulter. „Wenn es so recht wäre, ich bin bereit, gefickt zu werden ... Sirs."

Verdammt. Es war Hunter *mehr* als recht. Gott, er hatte die Kontrolle vermisst, wenn jemand eine Aufgabe ausführte, die er ihm zugewiesen hatte. Jemanden durch eine Aktivität leiten zu dürfen war ein einzigartiges Erlebnis, aber diese Erfahrung mit den beiden Männern zu teilen, die ihm am meisten bedeuteten ... nun ja, das übertraf alles.

Die Position zusammen mit dem *„Sirs"* ließ seinen Ständer oben aus der Spitze ragen. Er griff in den Stoff, der mit seiner Erektion hoffnungslos überfordert war, und rieb sich den Schwanz. Ja. Zeit, das hier voranzubringen. „Marc?"

„Ähm ... ich will gefickt werden und dabei ficken, bis ich komme." Marc formulierte seinen Wunsch neu, aber augenscheinlich wusste er nicht, wie das zu bewerkstelligen war.

Hunter zog Marc an sich und pflanzte ihm einen harten Kuss auf den Mund. „Ich mag diese lila Hose" – ein flinker Ruck, und der Reißverschluss der knallengen Hose war offen – „aber sie würde mir noch besser gefallen, wenn du sie aushättest."

„Oh ... äh, stimmt." Marcus zog sich unverzüglich aus und warf seine Sachen auf den Stuhl.

Hunter hielt sich mühsam davon ab, jedes einzelne der sexy Tattoos nachzuzeichnen, die sich um Marcus' Schenkel und seinen Schwanz schlangen. Jedes Mal, wenn er Marcus toppte, staunte er wieder ein bisschen, dass ein so traumhaft schöner Mann sich für ihn bücken wollte. Und jetzt hatten sie Orion ...

Marcus kniete sich hinter Orion und rief: „Scheiße! Ich bin zu groß."

Typisch Marcus, Hunters wachsende Anspannung zu durchbrechen, ohne auch nur von ihr gewusst zu haben. Ha! Normalerweise würde er jetzt die richtige Kombination von Kissen und Keilen ausknobeln, aber zur Hölle damit. Das würde er sich für ein andermal aufheben. Im Moment waren einfache Lösungen die besten. Er griff um Marcus herum und gab Orion einen kräftigen Klaps auf den Hintern. „Dreh dich um, Orion, und leg dich auf den Rücken."

Orion befolgte den Befehl, zog grinsend die Beine an und sagte mit einem Funkeln in den Augen: „Ja, Sir. Die Geometrie ist auch beim Sex nicht zu vermeiden."

„Ja, mein Mathelehrer wäre stolz, dass ich sie im wahren Leben anwende." Marc drückte Orions Knie runter auf die gepolsterte Matte unter ihm. Er zog den glitzernden Plug raus und legte ihn beiseite. „Sehr festlich", kommentierte er, als er sich ein Kondom über seinen tätowierten Schwanz streifte. Er brachte sich zwischen Orions Beinen in Position, das Gleitgel in der Hand.

Orion passte seine Haltung an, um seinen Arsch frei zugänglich zu machen.

Marcus gab zusätzlich Gleitgel auf Orions startklare Rosette.

Hunter wusste nicht, wer lauter stöhnte, aber bald steckte Marc bis zu den Eiern in Orion. Er hatte die Arme unter Orions Knien durchgeschoben, die

Hände links und rechts von ihm auf die Unterlage gestemmt, um ihn in seiner brezelähnlichen Position zu stützen.

Marc blickte sich um und fragte: „Hunt?"

Er riss sich aus seiner Bewunderung, eilte hinter Marc und spreizte diese untätowierten Hinterbacken auseinander. Hunter tauchte Gesicht voraus dazwischen. Marcs Rosette mit der Zunge zu piesacken war eine seiner Lieblingsbeschäftigungen. Bald würde er Orion und Marc Seite an Seite haben und – doch erst mal konzentrierte er sich und drang mit jedem Lecken tiefer ein.

Marc stöhnte, als Hunter seine Zunge behutsam herauszog.

Marcs Hintern zuckte, als Hunter aufhörte und zurückwich, und er flehte um mehr. Er würde ihm alles geben, was er brauchte.

Hunter quetschte sich etwas Gleitgel auf die Finger und zwängte erst einen, dann zwei Finger in Marcs Wärme.

„Hunt, komm schon", verlangte Marc.

Er massierte Marcs Eier. Sie begannen sich bereits zusammenzuziehen. Keine Erektionsprobleme heute Abend … genausowenig wie in letzter Zeit.

Hunter schnappte sich das Kondom und machte die Folie vorsichtig auf. Wie viele Leute durchlöcherten ihre Gummis, indem sie die Verpackung mit den Zähnen aufrissen? *Stopp!* Er hasste es, wie ihm immer im falschen Moment irgendwelche Aufklärungs-Werbespots durchs Hirn trampelten.

„Hunt!" Marc schob den Hintern hin und her.

Der Anblick, kombiniert mit Orions Stöhnen, holte Hunter ins Hier und Jetzt zurück. Er streifte sich das Kondom über und achtete darauf, das Reservoir an der Spitze frei zu lassen.

Gott, die Aktivitäten des Abends rissen ihn mit. Er gab mehr Gleitgel auf das Kondom und brachte sich in Stellung.

„Mach schon", knurrte Marc.

Hunter glitt rein und stockte, als Marcs Enge seinen Schwanz ausbremste. Er wartete, bis Marc zuckte. Dann gab er dem ungeduldigen Geburtstagskind einen Klaps auf den Hintern. Unter leichten, wiegenden Bewegungen entspannte Marc die Muskeln und öffnete sich, und endlich war es soweit: ein herrlicher, tiefer Stoß, und Hunter war zuhause.

Alle drei stöhnten einstimmig auf.

Zuhause. Ja. Marcus ließ sich jetzt seit fast sieben Jahren von ihm toppen, aber heute … war es anders. Dies hier war noch vollkommener, weil sie mit Orion verbunden waren.

Hunter legte die Hände auf Marcs Rücken und begann in einem Rhythmus zu stoßen, den sie in zahllosen gemeinsamen Nächten perfektioniert hatte.

Orion wimmerte. „Sir, oh Gott! Ich kann dich fühlen. Du fickst mich durch Marcus!"

Marcus stieß vor und zurück. „Darum geht es ja grade. Wir ficken dich beide."

433

Das taten sie. Hunter fickte zwar Marc, doch jede seiner Bewegungen wirkte sich direkt auf Orion aus.

Wie hatte er vergessen können, wieviel Spaß Sex zu dritt machte? Das Vergnügen, den einen Partner etwas spüren zu lassen und zuzusehen, wie die Bewegung für den anderen zu einer anderen Art von Verlockung wurde?

Hunter lernte schnell. Er brachte Orion durch kreativen Einsatz von Marcs schönem Körper zum Seufzen, Stöhnen und Betteln und raubte dabei zugleich seinem langjährigen Geliebten den Atem.

„Ja, ja, ja", heulte Orion und grub Marc die Fingernägel in den Rücken, hinterließ halbmondförmige Abdrücke, unterlegt mit langen, roten Striemen an seinen Flanken entlang.

Hunter packte Marc an den Hüften und stieß zu, trieb ihn vorwärts, tiefer in Orion hinein.

Marc rückte Orion unter sich zurecht, legte die Hände flach auf die Matte und pumpte weiter. In dieser Position konnte Hunter Orions Gesicht besser sehen.

Bekam Orions Schwanz genug Reibung ab? Hunter übte Druck auf Marcs unteren Rücken aus.

Orion kniff die Augen zu und stöhnte. Na also! Jetzt ja.

Marc gab ein Ächzen von sich und bettelte: „Fester, Hunt. Ich will dich bis nächste Woche spüren."

Knurrend rammte Hunter sich in ihn rein. Verdammt, sie würden beide leiden, aber er wollte jeden Teil von Marcs hungriger Seele nähren. Er wollte jeden einzelnen der verborgenen Winkel und Abgründe mit Liebe füllen.

Marc drückte das Kreuz durch und spannte die Muskeln um Hunter herum an, verstärkte die Reibung und Enge.

Das Paradies war nahe. Der Drang, möglichst schnell zur Befriedigung zu kommen, setzte ihm schwer zu. *Nein!* Hunter konzentrierte sich wieder auf seine Partner.

Orion öffnete die Augen. Er strich Marcs langes Haar auf einer Seite aus seinem Gesicht und packte ihn an der Schulter. Dann streckte er die andere Hand nach Hunter aus.

Hunters Herz schlug einen Purzelbaum, als er Orions kleinere Hand ergriff. Er drückte einen Kuss auf den Handrücken.

Orion umklammerte Hunters Hand und Marcs Schulter und sagte mit einem verträumten Lächeln: „Ich liebe ... *das hier.*"

„Ich auch." Marcs leise Worte gingen beinahe unter im Klatschen von Haut auf Haut.

Hunter nickte, fuhr mit einer Hand über Marcs Rücken und drückte Orions Hand. „Ich auch." Und so war es.

„Ich komme", stieß Marc atemlos hervor.

Hunter zielte bei jedem Stoß direkt auf Marcs Prostata, in dem Wissen, dass ihn das immer um die Beherrschung brachte. Er grub seine Finger in die Seite von Marcs Hintern.

Orion kratzte mit den Fingernägeln über Marcs Rücken, den Blick auf Hunter geheftet.

„Ja." Marcs Rhythmus stockte, doch Hunters Hüften trieben ihn weiter voran, Stoß für Stoß, bis es kein Zurück mehr gab. Er kippte nach vorn und fiel über Orions Mund her, während er sich Hunters Schwanz entgegen drängte.

Marcs innere Muskeln quetschten und massierten Hunters Schwanz. Der Druck wuchs zu einem Crescendo an.

Orion starrte Hunter durch Marcs Fülle von wirren Haaren an und flehte: „Bitte."

Das war's. Die Lust entlud sich.

„Ja!", schrie Hunter und kam.

Orions Aufschrei war wie ein Echo, das ihn anspornte, durch seinen Orgasmus hindurch weiter zu ficken. So gut.

Marcus sackte über Orion zusammen, und Hunter wich zurück, wobei er sein Kondom festhielt. Er streifte es mit einem Stöhnen ab und warf es weg.

Verdammt. Marc schien sein Kondom vergessen zu haben. Hunter hielt den Gummi fest, als er Marc behutsam hoch half. Er legte ihn neben Orion, zog das Kondom ab, nahm ein Handtuch und wischte damit über Orions Oberkörper.

Orion gähnte und kuschelte sich an Marc. Hunter schnappte sich eine Decke. Er schmiegte sich von hinten an Orion und nahm beide in die Arme.

MARC WECKTE Hunter, indem er schnurrte: „Das war die beste Pyjama-Party aller Zeiten."

Hunter strich Orion das Haar aus dem Gesicht, und indigoblaue Augen klappten auf. Orion rutschte herum und rieb seinen Arsch an Hunter. Es war erst ein paar Stunden her, daher war er noch nicht wieder bereit für die nächste Runde. „Wie fühlst du dich?"

„Warum sagst du mir das nicht, Sir?" Orion klimperte mit den Wimpern, aber sein Schwanz war auch noch nicht wach.

Er tätschelte die Seite von Orions Hintern. „Tut dir was weh?"

„Nur auf die bestmögliche Art." Der kleine Schelm zwinkerte ihm zu.

Vielleicht machte er sich zu viele Sorgen, doch bevor Hunter nach Marc sehen konnte, stimmte der zu: „Mmm, mir auch. Tolles Gefühl." Er zog Hunter in einen innigen Kuss, dann presste er mit einem zufriedenen Seufzer die Lippen auf Orions Mund.

Orion wandte Hunter das Gesicht zu.

Hunter konnte einem Geliebten nie gut was abschlagen, und er sah keinen Grund, das zu ändern, also küsste er Orion.

Marc fasste ihn an der Schulter und kuschelte sich enger an Orion. „Ich sag's jetzt einfach ... ich schlafe besser mit Orion in unserem Bett."

Das stimmte.

Orions Augen weiteten sich, aber er gab keinen Laut von sich.

Sie würden die Wohnverhältnisse in ihrer Vereinbarung thematisieren, aber Hunter tippte Orion auf die Nase. „Ich mag die Gewissheit, dass du da schläfst, wo du hingehörst."

Orion kuschelte sich tiefer ein. „Ich liebe ..." Seine geflüsterten Worte hingen im Raum, umgaben sie mit einem Kokon von Unsicherheit.

Marc strich mit einem Finger über Orions vom Küssen geschwollene Lippen und sah Hunter an.

Botschaft angekommen. „Wegen dir und Marc ist mein Serotoninspiegel niedriger als bei jemandem mit einer Zwangsneurose."

„Oh." Orion atmete aus und starrte Hunter mit Augen an, die ein bisschen verschleierter waren als vorher.

Marc ließ seine Finger über die Knutschflecken tanzen, die seine Brust direkt unter der Kragenlinie schmückten. „Und meine Chemikalien sind durch euch beide im Ungleichgewicht und können nicht wieder ins Gleichgewicht gebracht werden."

Orion schniefte und schaute von Hunter zu Marc und dann wieder zu Hunter. Er fasste nach ihren Händen und drückte sie. „Euch beide zu kennen hat mich davon überzeugt, dass romantische Liebe mehr ist als nur ein chemisches Ungleichgewicht."

Hunter musste ihn die Worte sagen hören. „Dann glaubst du also nicht, dass das hier nur das Ergebnis einer chemischen Reaktion aufgrund von Nähe, Verfügbarkeit und sexueller Anziehungskraft ist?"

Kopfschüttelnd sagte Orion: „Ich glaube, unser Experiment –"

„Hat seinen Zweck erfüllt", bemerkte Marcus in abfälligem Ton. „Du hast dir gleich zwei Männer elegant unter den Nagel gerissen."

Orion täuschte gespieltes Entsetzen vor. „Was meinst du denn bloß damit?"

Es war Zeit, voranzugehen und das hier für sie alle zu sichern. Hunter erklärte: „Ich liebe euch beide sehr."

Marc blinzelte. War er überrascht, dass Hunter es zugegeben hatte? Oder dass er der erste war, der das Geständnis mit L ablegte? „Ich auch."

Orion nickte. „Ich war noch nie glücklicher. Ich liebe euch beide, und das macht mir eine Todesangst."

„Wem sagst du das", grummelte Marc.

„Warum hast du Angst?", fragte Orion.

„Ah, ich dachte, mein unseliges Talent zum Umwandeln von Trios in Duos hätte sich inzwischen unter sämtlichen Subs im Entwined rumgesprochen."

„Nein, aber mit mir tratscht auch kaum jemand ... außer Xander."

Marc schüttelte den Kopf und stieß ein bitteres Lachen aus. „Na ja, du kannst vermutlich deine Ersparnisse drauf verwetten, dass ihr zwei spätestens in drei Monaten sehr glücklich miteinander sein werdet, und ich werde von der Insel der Liebe runtergevotet sein."

Endlich. Er hatte seine Furcht laut eingestanden. Vielleicht zeigte sich darin Marcs Masochismus, aber Hunter konnte nicht verstehen, warum Marc so sehr gedrängt hatte, wenn das eine seiner größten Ängste war.

Orion atmete aus und schüttelte den Kopf. „Niemals."

Hunter ließ sich die Chance nicht entgehen. „Diese anderen Männer waren Arschlöcher und emotionale Erpresser, die nicht zu schätzen wussten, was sie hatten."

„Was hatten sie denn? Und ja, ich bin auf Komplimente aus." Marc war schamlos und schien kein Problem damit zu haben.

Orion umfasste Marcus' Wange und zog seine Lippen zu sich. Sie küssten sich so liebevoll, dass Hunter sich die Lippen leckte, während er wartete, bis er an der Reihe war. Gott, er liebte es, sie zusammen zu sehen.

Als Orion Marcs Mund freigab, eroberte Hunter diese vollen Lippen und verschlang Marc. Schlicht, rein und echt.

„Du bist ein talentierter Künstler", sagte Orion.

Hunter beendete den Kuss und zog an Marcus' lila Haarsträhne. „Du bist verdammt sexy."

„Du bist unglaublich gut im Bett." Orion wurde allmählich kühn.

„Du bist unglaublich gut im Bett." Das stimmte. Hunter würde es nicht leugnen, aber er fügte hinzu: „Dein Mitgefühl schmilzt mir das Herz."

Orion sagte: „Deine Stärke erlaubt mir, Schmerz anzunehmen und ihn in was Gutes zu verwandeln, und du bist klug."

Marc winkte lächelnd ab, doch die Furcht leuchtete ihm immer noch aus den Augen. „Okay, okay … übertreiben wir's mal nicht, aber gibt's denn hier keinen, der meine Blastechnik gut findet?"

Ah, Marc versteckte sich wieder hinter Sex. Okay, er würde mitspielen. Hunter hob die Hand, ebenso wie Orion.

„Sehr schön. Dann gehen wir jetzt was frühstücken, und danach erinnere ich euch an mein Talent. Hoffentlich kommt das dann beim nächsten Mal auch auf die ‚Warum Marcus so toll ist'-Liste."

Orion sah Hunter an, dann Marcus und dann wieder Hunter. „Er redet davon, uns einen zu blasen, oder?"

„So ist es. Aber bevor wir gehen, müssen wir meiner Meinung nach unbedingt darüber reden –"

„Argh! Das ist das beschissenste Wort, das du aussprechen kannst!" Marc sah ihn wütend an. „Ich habe Geburtstag!"

Hunter beharrte: „Marc, ich weiß, dass du früher mit Arschlöchern zu tun hattest. Aber wir müssen uns alle versprechen, miteinander zu kommunizieren. Nur so kann das hier funktionieren. Das hier ist Neuland für mich."

„Beziehungen sind was völlig Neues für mich", gab Orion zu bedenken.

Marc verschränkte die Arme vor der Brust.

„Und du hast schon ein paar gescheiterte Dreierbeziehungen hinter dir. Also müssen wir reden, weil wir nämlich hierbei nicht scheitern dürfen … nicht wahr?" Da war Hunter sich sicher. „Wir müssen alle auf der Insel der Liebe überleben."

Orion nickte, aber Marcus schaute weg.

„Es ist mein Ernst. Wenn wir das hier machen, dann machen wir es zusammen. Zu dritt." Scheitern kam nicht in Frage … na ja, es war eine Möglichkeit. Eine, mit der Hunter sich nicht aufhalten würde.

16

DIE SANFTE Brise von Hunters und Marcus' Küchenfenster her tat nichts dazu, Orion abzukühlen. Er saß Hunter gegenüber, der seine Seite der Fünfzigerjahre-Sitznische dominierte. Orion rutschte herum, um seiner Erektion mehr Platz zu verschaffen, und versuchte sich nicht auszumalen, wie Hunter und Marcus sämtliche Aktivitäten auf der BDSM-Spielliste mit ihm durchexerzierten.

Hunter drehte die Liste so, dass sie sie beide lesen konnten. „Ich glaube, du solltest alles, was dir Probleme bereiten könnte, mit einem Sternchen kennzeichnen."

Orion unterdrückte einen Seufzer über die Tatsache, dass er Probleme hatte, und nickte. „Das wäre wohl sinnvoll, ja." Er nahm einen Stift und befasste sich erneut mit der Seite, die er ausgedruckt hatte.

Gott. Schau dir bloß diese Liste an. Ich habe viel zu viele Probleme, um ein guter Sub zu sein.

Als er fertig war, sagte Hunter: „Wir sollten auch über die Punkte reden, die du als harte Limits markiert hast, die Nullen und Einsen."

„Ersticken, Würgen und Mumifikation *halte* ich für harte Limits." Orion sollte sich nicht schuldig fühlen, aber das tat er.

Versager. Milchbubi. Schmalspur-Fetischist.

„Verständlich", sagte Hunter mit viel zu viel Mitgefühl in der Stimme.

Orion fühlte sich gedrängt, hinzuzufügen: „Aber Atemkontrolle … vielleicht."

Als ob das was dran ändern würde, dass ich eine Null bin!

„Glaubst du wirklich, dass das kein Problem wäre?" Hunters Unglaube klang laut und deutlich in seinem Tonfall mit. Er musterte ihn und sagte schließlich: „Falls ich beschließe, in diese Richtung zu gehen, werde ich die gesamte Session vorher mit dir durchsprechen. Aber um ehrlich zu sein war das noch nie so mein Ding."

Ja klar. Natürlich nicht; wie dumm von ihm, dass er daran nicht gedacht hatte. „Weil es zu medizinisch ist."

„Wahrscheinlich. Was sollte sonst noch ein Sternchen kriegen?"

Zu vieles, wenn es nach Orion ging. „Na ja … ich weiß nicht, wie ich Bondage handhaben soll."

„Nehmen wir uns jede Unterkategorie einzeln vor. Was ist mit Bondage light?"

Orion strich mit einem Finger über sein Armband. „Das ist okay … oder fast … bald." Er hasste sich nur ein wenig dafür, aber –

Er war unbrauchbar als Sub.

Hunter fragte: „Was ist mit Körperharnischen?"

„Ich glaube, in so was würde ich mich wohlfühlen", sinnierte Orion und fragte sich dabei, ob das wirklich der Fall war. Vielleicht, wenn er sich einreden könnte, dass die Lederriemen nur ein Kleidungsstück waren.

„Bondage im Hängen – aufrecht, umgekehrt, horizontal – sollte später besprochen werden", sagte Hunter in einem Ton, der klar machte, dass er Orion gegen jeden verteidigen würde. Einschließlich gegen sich selbst.

Die Liebe, die er für Hunter empfand, wuchs in diesem Moment. Er wusste vom Hörensagen, wie sehr Hunter auf Hängebondage stand. Doch Hunter setzte ihn nicht unter Druck, um zu kriegen, was er wollte. „Ich würde das wirklich gern …"

Himmelherrgott noch mal! Ich will kein Psycho sein. Warum kann ich kein Sub sein, auf den meine Master stolz sein … mit dem sie angeben können?

Hunter schwieg, hielt aber weiter Orions Hand.

Orion stieß frustriert den Atem aus. „Ich will das machen. Ich will gefesselt und hilflos sein. Ich habe schon immer … ich weiß nicht. Seit ich dich und Marcus kenne, träume ich davon, von deinen Seilen gesichert und durch seine spielerische Folter frei zu sein."

Befreit durch das unbändige Verlangen nach dem Orgasmus, das all die Stimmen auslöschte, und dabei zwangsweise für die Folter still halten zu müssen war … perfekt.

Orions einziger Hinweis darauf, dass das von ihm gezeichnete Bild Anklang fand, war ein kurzes Stocken in Hunters Atem. „Daran können wir arbeiten."

„Das würde mir gefallen." Orion wünschte sich den sicheren Halt von Hunters Seilen mit einer Dringlichkeit, die ihm eigentlich Angst einjagen sollte. Wenn dafür in seinem Hirn genug Blut übrig gewesen wäre.

„Mir auch." Hunter drückte Orions Hand. „Das wird schon. Wir werden zusammenarbeiten und dich dorthin bringen, wo du sein musst."

Ein rasches Schlucken beseitigte den Kloß in seiner Kehle nicht, daher nickte er.

Hunter schüttelte den Kopf. „Mehrtages-Bondage? Ich stehe nicht auf mehrtägige Bondage, aber ich werde dich irgendwann auf öffentliche Bondage und Bondage unter der Kleidung ansprechen."

Orion zuckte mit den Schultern. „Beides wäre okay … *wenn* ich so weit wäre." Das große *WENN*.

„Japanische Bondage?"

Es war wirklich unfair. Orion runzelte die Stirn und stieß verärgert den Atem aus. „Dasselbe. Würde ich liebend gern machen, aber …"

Wie konnte er Hunter dazu kriegen, nicht mehr so mitfühlend dreinzuschauen? Verdammt. Subs sollten keine Forderungen stellen.

Hunter drückte seine Hand und ließ los. Er tippte auf das Blatt Papier. „Rede mit mir."

Orion sagte zaghaft: „Ich glaube, japanische Hänge-Bondage wäre …" Das war Hunters Spezialität. Könnte er –

„Hey. Was machst du für ein Gesicht?"

Orions Magen schlug einen Purzelbaum. „Was? Oh … ich …"

Hunters Augen wurden schmal, und er runzelte die Stirn. „Du wirst dich doch wohl hüten, mir eine Lüge zu erzählen, oder?"

Typisch Dom, weiß immer alles besser. Orion schaffte es, seinen finsteren Blick für sich zu behalten. „Es ist frustrierend. Ich hatte immer dieses Bild von mir als *Muster*-Sub, aber jetzt ist die Wahrheit –"

„Du bist ein fantastischer Sub. Nicht jeder Sub geht diese Liste durch und macht sich über jede einzelne Aktivität so viele Gedanken wie du. Du hast mir ein kostbares Geschenk gemacht."

Was? Orion starrte ihn an.

Hunter lächelte breit. „Du bist offen dafür, Dinge zu erkunden, die du noch nie gemacht hast, und du willst versuchen, dein … Trauma – denn das war es – zu überwinden. Wir werden zusammenarbeiten und kreativ nach Wegen suchen, um Hindernisse zu umgehen. Es macht mich wütend, dass dir so was Schreckliches passiert ist, aber ich empfinde es als spannende Herausforderung, dir beim Bewältigen von Problemen zu helfen."

Orion nickte und versuchte, sich das Stirnrunzeln vom Gesicht zu wischen; wenigstens gefiel Hunter seine Inkompetenz.

Hunter fuhr mit dem Finger die Liste entlang. „Also, was sollten wir als nächstes durchgehen?"

Orion schaute auf die Liste und erklärte: „Ich glaube, Wasserfolter sollte auch mit einem Stern versehen werden, weil das auch was mit Atmen zu tun hat."

„Was ist mit Knebeln?", fragte Hunter.

„Na ja, ich glaube, Stoff und Gummi sind okay, aber Klebeband, phallische oder aufblasbare Knebel könnten ein Problem sein." Sie schränkten zu sehr ein. Orion konnte sich dabei ausflippen sehen.

Hunter kratzte sich am Kinn und sagte: „Richtig. Das Atmen … ergibt Sinn."

Hunter schien nicht der Typ dafür zu sein, aber Orion wollte es trotzdem ansprechen. „Ich habe keine Probleme mit Exkrementen, aber Kaviar und Natursekt –"

Beide Hände flogen abwehrend hoch. Hunter schüttelte den Kopf. „Ernsthaft, so was ist tabu für mich. Körperflüssigkeiten reißen mich aus der Session, und ich werde wieder zum Rettungssanitäter."

Erleichterung durchströmte Orion, denn er konnte das schon machen, aber eh, diese Aktivität brachte ihm nichts. Aber besser alle Grenzen identifizieren. „Dann gehe ich wohl recht in der Annahme, dass du mit Windeln, erzwungenem Bettnässen, Katheterisierung und Nachttopfbenutzung auch nichts am Hut hast." Er würde so was mitmachen, aber …

„Ich glaube, Ausscheidungskontrolle generell ist gut für Regressionsspiele und alternative Stimulation, aber ich stehe da nicht drauf." Hunters Gesicht verriet seine Abneigung noch deutlicher als seine Worte. Dennoch fragte er: „Enttäuscht?"

„Nein. Ähm, Zahnarztspiele sind kein Trigger, aber ich habe zu viele Jahre eine Zahnspange getragen, also kein Rummachen an meinen Zähnen." Orion zeigte seine geraden, strahlend weißen Beißerchen. Hunter seine Limits zu nennen wurde immer einfacher, und er erfuhr dabei einiges über den Mann, der ihn dominieren würde.

„Verstanden." Hunter grinste. „Oh, ich weiß, du stehst total auf Orgasmusverzögerung, aber was ist mit Sexentzug über längere Zeit?"

Orion schüttelte den Kopf. Wer nickte schon zu dieser Frage? Ach verdammt, wem machte er hier was vor? Falls Marcus ihn für länger als einen Tag quälen wollte, würde er das sofort erlauben.

„Du hast Branding als Eins markiert?" Hunter neigte den Kopf und sah Orion erstaunt an. „Du bist offen dafür?"

Achselzuckend sagte Orion: „Ja, ich meine, vielleicht ergibt sich mal was ..."

Hunter lächelte. „Du denkst dabei an Marcus."

Orion nickte. Er sah Hunter nicht in die Augen, sondern konzentrierte sich wieder auf die Liste.

„Das würde er nie von dir verlangen."

Aber Orion würde ihnen das vielleicht geben wollen ... zukünftiges Hirngespinst. Ihr Brandzeichen auf ihm.

Hunter deutete auf die Liste. „Angst?"

„Ich hasse es, Angst zu haben." Orion war ein Angsthase, schon seit diesem Spukhaus damals in der zweiten Klasse. Er konnte nicht mal Horrorfilme genießen. Außer mit Xander, der sich immer während des gesamten Films über die vorhersehbare Handlung lustig machte, sodass Orion nie in die Charaktere investiert war. Angst war eine schlimme Emotion, die das Potential hatte, einem alles zu rauben.

Hunter analysierte ihn. „Gibt dir auf negative Weise das Gefühl, machtlos zu sein."

Orion war froh, dass Hunter sein Problem verstand. Er nickte. „Ja ..."

„Notiert." Hunter tippte etwas in sein Handy. „Blickkontakt-Einschränkungen?"

„Eh, wie du sehen kannst, eine Eins." Orion würde es tun, doch wenn er seinen Dom nicht sehen konnte, würde er sich isoliert fühlen. Die Verbindung fehlte ihm immer, wenn diese Einschränkung galt.

Hunter seufzte. „Ich persönlich mag es, wenn du mich ansiehst und ich einschätzen kann, was du gerade fühlst."

Gott, er mochte es, gesehen zu werden.

Hunter nickte. „Ich höre mich bestimmt an wie Marcus mit seinem Bedürfnis, zu teilen." Er ging die Liste weiter durch. „Das hier sehe ich genauso wie du. Ich stehe nicht auf Schläge ins Gesicht, Spiele mit Schusswaffen ... und ich habe kein Interesse daran, dich in einen Aschenbecher oder in ein Möbelstück zu verwandeln. Vergewaltigungs- oder Aussetzungsphantasien mache ich nicht.

Aber wenn du möchtest, bin ich gern bereit, über Rollenspiele außerhalb dieser Szenarien zu reden."

„Verstanden." Orion konnte sich vorstellen, dass Hunter in seinem Beruf schon auf einige schreckliche Dinge gestoßen war.

Das Garagentor gab dieses Knirschen von sich, das ankündigte, dass es sich öffnete.

Hunter lächelte die geschlossene Tür an. „Und wir werden wie besprochen Schlagspiele erkunden, um deine Limits zu finden?"

Jetzt, vielleicht? Hunter rührte sich nicht. Orion sagte ermutigend: „Ich freu' mich drauf."

Marcus kam durch die Küchentür und zog seine Stiefel aus. Sein Gesicht erhellte sich, als er Orion und Hunter am Tisch sitzen sah. „Worauf freust du dich?"

„Auf alles." Orion glitt aus der Bank und in Marcus' Arme.

Hunter stahl sich einen Kuss von Marcus über Orions Kopf, und dann bückte er sich, um seine Lippen über Orions Mund gleiten zu lassen.

Als Hunter seinen Mund freigab, öffnete Orion die Augen, und Marcus' Lippen waren in Kussweite. Orion konnte nicht wiederstehen, daher überwand er die Distanz und presste seinen Mund auf den von Marcus.

Orion hatte nicht stöhnen wollen, es passierte einfach. Er fuhr zurück, und Marcus lächelte ihn wissend an und tätschelte ihm den Po. „Und, was macht ihr zwei so?"

Hunter teilte Flaschen mit ausgefallener italienischer Limonade aus und zog Orion neben sich auf die Bank. „Wir gehen gerade die BDSM-Liste durch."

Orion saß eng an Hunters muskulöse Schenkel gedrückt. So hart – ups, Marcus hatte was gesagt.

„Und, wie laufen die *Spasstivitäten* so?" Marcus hielt mitten im Öffnen seiner Limo inne. „Oh, Moment mal. Ich will wissen, was Orion alles als Fünfen markiert hat."

Orion schnaubte. „War ja klar."

„Du willst bloß wissen, was Orion wahnsinnig geil findet, und es dann gegen ihn benutzen. Moment, du hast doch immer gesagt, die Liste zu benutzen wäre geschummelt?" Hunter schubste Orion mit dem Ellbogen an.

„Zweifellos. Na und? Darf ich sehen?" Marcus rieb sich die Hände.

„Natürlich." Was sollte er sonst sagen? Es würde später Zeit sparen. Orion schob das Blatt näher zu Marcus.

Marcus machte mit seinem Handy ein Foto von der Liste und begann durchzuscrollen. „Ah. Doppelte Penetration, Eiswürfel, Sex im Freien und Schlagspiele, eine hübsche Liste von Fünfen. Und oh, so viele Vieren. Könntest du noch perfekter sein?"

Orion warf einen Blick auf die Liste. Es gab eindeutig eine ganze Menge Dinge, die er liebend gern regelmäßig tun würde. „Ich habe mir die Fünfen für die besonders heißen Sachen aufgehoben, aber die meisten Vieren sind auch echt geil."

„Hmmm, weggegeben zu werden? Warum ist das als dreieinhalb markiert?"
„Ich wollte genau sein." Das war logisch.

Hunter rutschte unbehaglich auf seinem Sitz herum und räusperte sich. „Wir müssen offene und geschlossene Beziehungen definieren."

„Wir haben die Beziehung für das ‚Experiment' geschlossen." Marcus malte mit den Fingern Anführungszeichen in die Luft.

Orion war kein Experte, aber Hunter sah nicht unbedingt erfreut aus, als er fragte: „Soll das heißen, dass du unsere Beziehung wieder öffnen willst?"

Marcus verschränkte die Arme vor der Brust. „Nein, will ich nicht. Du etwa? Oder du?" Er sah sie über den Tisch hinweg wütend an.

Kopfschüttelnd öffnete Orion den Mund und setzte zu einer Erklärung an, aber Hunter sagte: „Nein. Ich will das nicht."

Beide starrten Orion an. Das Bedürfnis, auf Nummer Sicher zu gehen, plagte ihn sehr. „Na ja … Ich wäre bereit, euch mit anderen Subs zusammen zu dienen … falls einer von euch das möchte." Er wollte das nicht, aber … „Ich will nicht an andere Doms ausgeliehen werden."

„Möchtest du denn mit anderen Subs zusammen dienen?" Hunters Stimme drang durch den Lärm in seinem Kopf.

„Nein, Sir, aber ich möchte dir diese Möglichkeit geben." Es war das mindeste, was er tun konnte.

„Ich will die Möglichkeit nicht." Hunter sprach jedes einzelne Wort deutlich aus.

Marcus musterte Orion, dann lächelte er. „Gut – dann bleiben wir also exklusiv?"

Puh! Er wollte nicht teilen.

„Hunt wird dein Sir oder Master sein …", erklärte Marcus und fragte dann: „Wie möchtest du mich nennen?" Marcus zuckte mit den Schultern. „Ich bin wirklich kein Sir. Obwohl ich sagen muss, ich liebe es, wenn du es sagst …" Er streichelte mit dem Fuß Orions Oberschenkel.

Orion übernahm das „Sir" während Sessions. Die Stimulation wurde allmählich verwirrend. „Marc –"

Marcus' sockenbekleidete Zehen kitzelten Orions Hodensack durch die Jeans. Die Zehen wanderten weiter nach hinten und drückten gegen Orions Hintereingang.

„Iiiiii!" Orion wusste nicht, ob er wollte, dass es aufhörte oder dass es weiterging.

Stimulation verschwunden.

Orion stöhnte über den Verlust. Anscheinend konnte er gar nicht anders, wenn er in Marcus' Nähe war. Die Art, wie der Mann ihn folterte, war nichts weniger als ein Wunder.

Marcus schlug mit der flachen Hand auf den Tisch und grinste. „Das gefällt mir."

„Was?" Was hatte Orion verpasst? Er rutschte herum, versuchte, mehr Platz in seiner Hose zu schaffen.

Hunter lachte glucksend. „Das glaube ich."

Marcus grinste. „Du hast aus meinem Namen ‚Marquis' gemacht."

„Marquis?" Oh, stimmt, das hatte er. Orion legte den Kopf schief. „Das ist perfekt. Darf ich dich so nennen?"

Marcus zuckte mit den Schultern. „Dabei fühle ich mich viel wohler als bei ‚Sir' und dem ganzen Scheiß." Marcus stockte und sah Hunter an. „Ähm, hast du ihn gefragt?"

„Nein, ich hab' dir doch gesagt, dass ich damit warten will, bis du da bist." Hunter wandte sich an Orion.

Schlangen drehten und wanden sich in Orion. „Ja, Sir?"

Er liebte es, Hunter auf angemessene Art und Weise anzusprechen. Es war richtig und gut und befreiend.

Hunter räusperte sich, dann sagte er: „Marcus und ich möchten, dass du hier einziehst."

Orion atmete ein und dann wieder aus. „Was?"

Ich kann nicht! Ich will ja, aber ... Xander.

„Ich glaube, wir ..." Hunter korrigierte seine Formulierung. „Ich könnte dich besser im Auge behalten."

Marcus schob seine Zehen in Orions Kniekehlen. „Ich will eben ständig mit dir spielen."

„Marcus", knurrte Hunter. Er strich Orion ein paar Haarsträhnen hinters Ohr. „Du gehörst hierher zu uns."

Orions Welt kippte. „Ich ..."

„Möchtest du denn nicht hier wohnen?" Marcus gab sich keine Mühe, die Kränkung aus seiner Stimme rauszuhalten.

„Ich ..." Doch, er wollte.

„Du musst nicht", ruderte Hunter zurück. „In unserer Vereinbarung können wir bestimmte Tage festlegen, an denen du bei uns bist."

Marcus' missbilligender Gesichtsausdruck vertiefte sich zu einem Schmollen.

Spuck's aus. Sag's ihnen.

Orion schüttelte den Kopf. „Doch, ich möchte hier wohnen, wirklich. Aber ... Xander."

Hunter zuckte mit den Schultern. „Kann zu Besuch kommen, wann immer er will."

„Ah." Marcus nickte. „Nein, das reicht nicht. Du willst ihn nicht im Stich lassen."

„Er ist ein erwachsener Mann", erwiderte Hunter.

„Ja, aber ... wir sind eine Familie." Orion wusste nicht, wie er es sonst formulieren sollte.

„Schon verstanden. Komm mit." Marcus sprang aus der Nische. Er ging auf Strümpfen zur Küchentür und trat in den kleinen Raum vor der Garage. „Eure Gleitbeutler können hier rein. Der Raum ist beheizt. Und ..."

Hunter klatschte in die Hände. „Tolle Idee, Marc."

Marcus öffnete die Tür und marschierte die Treppe rauf. „Siehst du, es gibt Gründe, warum ihr mich ertragt."

„Warum wir dich lieben", korrigierte Hunter, während er Orion zur Treppe lotste. „Wir lieben dich, und deshalb bist du mit uns zusammen."

„Ich wusste nicht mal, dass es das hier gibt." Orion liebte große alte Häuser und ihre geheimen Ecken.

Ganz oben an der Treppe war eine Tür, die Marcus aufschloss und öffnete. Sie traten in ein geräumiges Zimmer mit Kochnische. „Wir können die Kartons hier rausschaffen." Marcus deutete auf ein halbes Dutzend Kartons mit der Aufschrift *Weihnachten* und *Halloween.*

„Ich bringe sie gleich runter in die Garage", verkündete Hunter.

Marcus blickte sich im Zimmer um. „Ein bisschen staubig, aber das Bad war grade frisch renoviert worden, als wir das Haus gekauft haben. Es gibt eine Feuertreppe, und ich bin ziemlich sicher, dass die den Bauvorschriften entspricht, weil man uns das Haus nämlich mit dieser Einliegerwohnung als Bonus verkauft hat." Er stieß die Tür auf und präsentierte ein Badezimmer, das dreimal so groß war wie das in Orions und Xanders derzeitiger Wohnung.

„Also ..." Orion wollte keine voreiligen Schlüsse ziehen.

„Also kann Xander hier einziehen", verkündete Hunter, als wäre bereits alles entschieden. Er warf einen prüfenden Blick in das leere Schlafzimmer.

Marcus grinste. „Ich glaube, er wird mit Quillon zusammenziehen."

„Sie sind beide willkommen." Hunter machte sich ein paar Notizen in sein Handy. „Wir können hier rasch durchputzen, bevor wir es ihm oder ihnen zeigen."

Orion sagte nichts, denn sonst hätte er bestimmt angefangen zu flennen. Er schaute aus den Erkerfenstern und sagte schließlich. „Danke. Ich frage ihn."

Er rief die Talking Pet-App auf seinem Handy auf und sprach ins Mikrofon: „Tribble und Nippet ziehen um. Können dich nicht zurücklassen. Bist du dabei?" Orion schickte die Botschaft ab.

Xander antwortete mit einer SMS: *Wohin?*

Orion ließ einen weiteren Gleitbeutler für sich sprechen: „Orion lebt ab jetzt mit seinem Sir und Marquis zusammen. Du wohnst eine Treppe höher."

Quill und ich wollten uns vielleicht zusammen was suchen, kam die nächste SMS.

Er ist willkommen, schrieb Orion.

Marcus hängte sich an sein Smartphone. „Xander. Komm doch heute zum Abendessen. Bring Quillon mit, dann könnt ihr zwei euch die Wohnung anschauen. Hunter und ich sind froh, wenn sie genutzt wird." Er drehte sich um und flüsterte laut: „Viel besser, als wenn die Verwandtschaft dort einzieht. Gott bewahre." Marcus lachte über Xanders Antwort. „Bis heute Abend."

17

Es GING alles so schnell. Alles schien so perfekt zusammenzupassen. Innerhalb eines Monats stand Orion neben Xander mitten in ihrer ehemaligen Wohnung.

Xander schniefte. „Es ist wie das Ende einer Ära."

„Der Anfang eines neuen Kapitels." Orion blinzelte angestrengt. Er zog Xander mit ans Fenster, um zu ihren Männern runterzuschauen.

Quillon hob Xanders antiken Nachttisch hoch, als ob er nichts wiegen würde, und stellte ihn ganz behutsam in den Truck. Er leitete Marcus und Hunter an, die die von Blumen vollgekotzte Couch schleppten und das Ungetüm auf die Plane hievten.

„Ich hätte nie gedacht, dass ich mal einen Mann finde, dem mein Sofa gefällt." Xander wischte eine Träne weg.

„Er ist ein toller Kerl. Ihr seid direkt über uns!", rief Orion ihm und zugleich auch sich in Erinnerung. „Und falls ich in die Fakultät reinkomme, habe ich auch mehr Zeit für dich."

„Du wirst einen tollen Professor abgeben."

SUNY Albany, die Zweigstelle der staatlichen Universität von New York in Albany, hatte ihm eine befristete Lehrstelle für den Sommer angeboten und ihm mitgeteilt, dass man den Fachbereich erweitern und eine feste Stelle daraus machen wolle. Vielleicht lag es am Einfluss seiner Eltern, oder die Uni hoffte auf eine engere Verbindung zum Albany Central Hospital, aber die Möglichkeit war zu ideal, um sie sich entgehen zu lassen.

„So viele Veränderungen ..." Sollte Orion das nicht beunruhigender finden?

„Aber alle sind gut." Xander lachte, dann gestand er: „Es war ziemlich lustig, dass Hunter die Gleitbeutler schon vor drei Tagen rüber geholt hat."

„Hab ich das schon erzählt? Marcus hat ein paar Stühle in Tribs und Nips Zimmer gestellt, um Zeit mit ihnen verbringen zu können", schwärmte Orion. Sein Marquis de Sadist war ein Schatz.

„Na komm. Ich bin so weit." Xander zog Orion am Arm. „Gehen wir."

XANDER GRINSTE und stellte den von Blaubeeren und Melonenbällchen überquellenden Wassermelonenkorb für ihren wöchentlichen Kinoabend ab. „Ich fand das hier festlich für den vierten Juli."

Orion stocherte mit einem Zahnstocher herum und spießte ein paar Stücke auf. Die Süße der Melone passte gut zu den Blaubeeren. „Funktioniert die Klimaanlage hier oben jetzt?"

Quillon nickte. „Jau. Kein Problem." Er musterte das Obst mit finsterem Blick und schüttelte den Kopf. „Hunter! Ich hab' vorgesorgt", verkündete er und kippte eine Tüte Chips in eine Schüssel. „X hat sogar einen Dip gemacht."

Hunter schnappte sich einen Chip und tauchte ihn in die Sour Cream mit Dill. „Prima. Du bist der Größte."

„Kannst auf mich zählen, Mann." Quillon wechselte einen Fauststoß mit Hunter, dann steckte er sich einen eingetauchten Chip in den Mund.

Marcus brachte Flaschen mit diversen Limonaden und Bier für Quillon und Hunter.

Orion verteilte die Getränke.

Quillon setzte sich in den Sessel, der im Laufe der letzten paar Monate während der Kinoabende sein und Xanders Stammplatz geworden war, und packte sich Xander schwungvoll auf den Schoß.

Marcus fischte einen frischen Zahnstocher aus der Schachtel, linste zu Orion und formte lautlos mit den Lippen: „Ich tu' dir gleich weh."

Orions unwillkürliches leichtes Grinsen gab seinem Marquis die nötige Erlaubnis, ihn bis zur Glückseligkeit zu foltern. Orion zuckte mit den Schultern und flüsterte: „Ich hab' den Film sowieso schon gesehen."

Hunter zerrte ihn auf die Couch und Marcus machte es sich auf der anderen Seite neben ihm gemütlich. Himmlisch!

Orion bekam eine Gleitbeutler-Message, die lautete: *Ich mag Kinoabende.*

Als Hunter eine Decke über sie zog und Marcus Orions Hose aufmachte, schickte er seinen letzten klaren Gedanken des Abends als Antwort: *Ich auch.*

„ORION GORDON, du kommst mit deinen Freunden zum Abendessen, basta", fauchte seine Mutter.

Verdammt! Na ja, er hatte sich so lange er konnte davor gedrückt, seine Eltern mit seinen „Mitbewohnern" bekannt zu machen. Seine Mom ahnte bestimmt nicht, dass zwischen ihnen mehr lief, als dass sie sich die Ausgaben teilten. Wie sollte sie auch, nicht wahr?

„Und Xander hat versprochen, seinen jungen Mann mitzubringen. Ich kann's kaum erwarten, den Jungen kennenzulernen, der endlich Xanders Herz erobert hat", schwärmte seine Mutter, und Orion wünschte sich unwillkürlich, sie wüsste auch, wie toll Hunter und Marcus waren.

Nein. Das war keine gute Idee.

Wenn Xander und Quillon auch kamen, würde sie vielleicht abgelenkt sein und nicht so sehr auf ihn und *seine* Männer achten. Ha! Wahrscheinlich würde sie eher einen Republikaner wählen.

„Wir sind um sieben da."

„Wunderbar. Ich mache einen internationalen Abend."

Als er ein Kind war, hatten seine Eltern alle zwei Wochen einen internationalen Abend veranstaltet. Sie suchten sich irgendein Land aus, und dann aßen sie landestypische Gerichte, hörten Musik von dort und seine Eltern diskutierten über Themen, die das jeweilige Land betrafen. Manchmal konnte seine Mutter Kleidung oder Spielzeug aus dem ausgewählten Land besorgen, was noch zusätzlich zum Reiz des Ganzen und zu einem besseren Verständnis der Kultur beitrug. Und sie beschlossen den Abend gewöhnlich mit einem Film aus dem Land oder über das Land. Es machte Spaß, war aber eindeutig der Grund, warum er nicht Baseball spielen, dafür aber seinen Mitschülern von den Regenfällen in den verschiedenen Amazonasgebieten erzählen konnte.

„Ähm, super. Welches Land?"

„Myanmar."

Orion lächelte. Vielleicht würde das Abendessen kein Reinfall werden. „Klingt gut. Als wir das zum letzten Mal gemacht haben, hieß das Land noch Burma."

„Ich weiß. Das ist einer der Gründe, warum ich diesen spannungsreichen, konfliktträchtigen Teil der Welt ausgesucht habe."

„Sollen wir was mitbringen?"

„Nein, Liebes. Bring mir einfach diese faszinierenden Männer, die du versteckt hast", neckte sie, aber er hatte so ein Gefühl, dass sie ihnen andernfalls nachspüren würde.

„Tschüss, Mom."

„Hab' dich lieb, Schatz!"

MARCUS DREHTE sich auf dem Beifahrersitz um und fragte: „Warum bist du so nervös?"

Orion hörte auf, die Hände zu ringen. Er rückte das Blech mit den Cookies gerade, das neben ihm auf dem Rücksitz von Hunters Jeep stand. Marcus hatte sie glasiert. „Meine Eltern waren toll, als ich ihnen gesagt habe, dass ich schwul bin … Na ja, ich glaube nicht, dass das je ein Geheimnis war, aber …"

„Oh, stimmt. Stolz auf die eigene sexuelle Identität ist die eine Sache, aber die Freude an einer BDSM-Dreierbeziehung ist noch mal ganz was anderes. Da liegen Welten dazwischen." Marcus klang nicht direkt gekränkt.

Orion atmete heftig aus und versuchte, seinen Frust loszulassen.

Marcus zuckte mit den Schultern. „Sag ihnen einfach, dass wir Mitbewohner mit gewissen Vorzügen sind, ausschließlich untereinander Sex haben und uns die Ausgaben teilen."

Hunter knurrte: „Wir lieben uns. Wir gehören zusammen, aber ich habe kein Problem damit, wenn wir gewisse Dinge für uns behalten. Sie sind deine Eltern, und sie brauchen nicht zu wissen, was in unserem Schlafzimmer vor sich geht."

Aber Hunter und Marcus waren so viel mehr als das.

Marcus ergänzte, hilfreich wie immer: „Oder in der Küche … oder im Wohnzimmer … oder –"

Am Stoppschild drehte Hunter den Kopf und durchbohrte Marc mit einem wütenden Blick. Orion wäre unter diesem Blick zerschmolzen, aber Marcus winkte nur ab und streckte sich nach dem Rücksitz. Er ergriff Orions Hand. „Ich werde mich benehmen. Ich freu' mich drauf, die Menschen kennenzulernen, die Hunter und mir einen so wunderbaren Mann geschenkt haben."

Orion küsste die Hand, die seine drückte. „Danke für dein Verständnis."

Obwohl dadurch Dark Vaders imperialer Marsch, der auf einer Endlosschleife in seinem Hirn lief, nicht leiser wurde.

ORIONS VATER öffnete ihnen die Tür in einem traditionellen weißen Hemd mit Chinakragen, Longyi und einem Kopftuch, wie es für Myanmar typisch war. Orions Mutter trug eine lange, perlenbesetzte Tunika und dieselbe rockähnliche Beinbekleidung wie sein Vater. Ein aufwendig mit Perlen besticktes Band hielt ihr blondes Haar zurück.

„Kommt rein, alle zusammen!" Orions Mutter war ganz in ihrem Element. „Du musst Marcus sein. Ich habe Bilder von deiner Kunst im Internet gesehen. Ich bin beeindruckt."

Falls Moms Aufklärungsmission Marcus überraschte, zeigte er das nicht. „Vielen Dank. Es ist schön, Sie kennenzulernen, Mrs. Gordon."

„Bitte, nenn mich Clovey."

Xander umarmte sie und ergänzte: „Oder Professor Pretty."

Seine Mom kicherte. „Ja, aber nur du kommst ungestraft damit davon, von meinen körperlichen Eigenschaften zu reden." Sie wandte sich an Quillon. „Und du musst Xanders Mann sein. Wie gut du aussiehst."

Quillons Blick huschte von Xander zu Orion und dann wieder zu Xander. „Ähm, danke sehr … Professor … Clovey?"

„Beides ist okay, mein Lieber." Sie wandte sich an Hunter. „Du musst Hunter sein."

„Freut mich. Das ist ein sehr schönes Haus", sagte Hunter neutral.

Alle schüttelten Orions Vater die Hand, außer Xander, der ihn fest umarmte.

Nach der Vorstellung erklärte seine Mom: „Da wir ein traditionelles myanmarisches Abendessen haben, dachte ich, ich versuche ein bisschen Atmosphäre zu schaffen."

Xander schnappte dramatisch nach Luft. „Professor Pretty, ich glaube, jemand hat deinen Tisch geschrumpft. Wer war das?"

„Oh, du." Seine Mom gab Xander einen Klaps auf den Arm.

Orion ging durch die Diele am Wohnzimmer vorbei und betrat das Esszimmer seiner Eltern. Leise Instrumentalmusik spielte im Hintergrund, und der klassische Kronleuchter war mit Tüchern verhängt. Die üblichen Wandteppiche blieben, da sie ohnehin aus Myanmar stammten. Doch der schwarze asiatische Lacktisch war verschwunden. Ein niedriger runder Tisch mit sieben Kissen nahm den größten Teil des Fußbodens ein.

Seine Eltern scheuchten alle in Richtung Esszimmer.

Marcus deutete auf das Outfit von Orions Mom. „Das ist sehr hübsch."

„Danke. Wir haben mal einen Sommer lang in Yangon gelebt, und da habe ich einige Textilkünstler kennengelernt. Das hier habe ich mir für formelle Anlässe an der Universität von Yangon machen lassen. Ich dachte, da wir heute *endlich* Xanders Freund und die *Freunde* meines Sohnes kennenlernen, sollte ich es zur Feier des Tages tragen." Ihr Blick landete auf Orion, als hätte sie sein Unbehagen gespürt.

Hunter trat von einem Fuß auf den anderen und sah ihn fragend an.

Marcus rückte näher zu Orion und Hunter.

Orion hielt einen Erklärungsversuch für angebracht. „Meine Mutter und ich haben unterschiedliche Ansichten, was kulturelle Aneignung und kulturellen Austausch betrifft."

„Meine sind enger definiert. Ich glaube an Wertschätzung von und Investition in Kunst und Künstler aus aller Welt. Und wie ihr sehen könnt, sind die Kleidungsstücke, die wir tragen, keine heiligen Artefakte. Auf meinen Reisen habe ich immer nach tragbarer Kunst gesucht. Ich reduziere die Kultur von Myanmar nicht auf exotische Mode. Was Menschen tragen, ist nur ein kleiner Bruchteil dessen, was sie sind und was sie wertschätzen, aber es verrät uns einiges über sie." Sie seufzte. „Ich glaube, einige Verfechter der sozialen Gerechtigkeit sind am anderen Ende des Spektrums und würden mich nur Sachen aus meinem Heimatstaat Vermont tragen lassen."

Xander trat ins Esszimmer und warf Orion einen „Pst, das kannst du nicht gewinnen"-Blick zu. „Deiner Mom geht es nur darum, uns ständig zum Nachdenken und zum Überdenken von Konzepten anzuregen. Das ist ihr Beruf. Ihr Artikel über Wertschätzung und Aneignung wird nächsten Monat veröffentlicht."

„Und mit Sicherheit sofort in der Luft zerfetzt." Sie winkte Xander ab und lächelte Quillon, Hunter und Marcus an, als sie ins Esszimmer kamen. „Mein liebster Ehemann und ich haben mit diesen internationalen Abenden angefangen, als Orion ein kleiner Junge war. Sie waren als erzieherische Maßnahme gedacht. Zugegeben, ich neige dazu, sehr tief in die Materie einzutauchen, aber meiner Meinung nach ist das der beste Weg, eine Kultur wirklich zu verstehen. Hier geht es um kulturellen Austausch und Wertschätzung. Das heißt aber nicht, dass wir die Konflikte und Probleme in den Ländern, die wir kennenlernen, ignorieren. Wir können Kulturen würdigen und zugleich auch die politischen Gegebenheiten diskutieren."

Orion lächelte seine Mutter an. „Ich erinnere mich, dass etwas Greifbares aus einem bestimmten Land in der Hand zu halten, mir als Kind geholfen hat, eine Verbindung zu den Menschen herzustellen. Es brachte mich dazu, mehr über die Kultur wissen zu wollen."

„Jetzt höre ich aber auf zu dozieren." Sie griff nach den Kopftüchern. „Die hier sind von denselben Künstlern, von denen auch meine Sachen stammen. In Myanmar tragen Männer den *Gaung Baung* als Kopfbedeckung zu feierlichen Anlässen, und damit ist keine religiöse Bedeutung verbunden. Aber fühlt euch nicht verpflichtet, einen zu tragen, wenn ihr nicht wollt."

Alle griffen nach den Stoffstreifen, und Xander sagte: „Doch, gern."

Sie lächelte. „Hier, lass mich dir zeigen wie es geht, Xander. Damit du keinen Unfug machst."

„Stets zu Diensten, Mylady." Xander salutierte.

Quillon lachte und sah zu, wie Orions Mutter den roten, mit Goldfäden durchschossenen Stoff um Xanders Kopf wickelte. „Die Quasten locker an der rechten Seite des Kopfes hängen lassen. Ah, ganz reizend. Darf ich deinem gut aussehenden Freund helfen?"

Quillon musterte das Material, als hätte es ihm Unrecht getan, und sagte: „Das wäre sehr nett. Ich weiß nicht, wie rum …"

„Typisch Mann." Sie machte sich mit dem Stoff zu schaffen, bis er richtig lag. „So, bitteschön."

Ob das wohl ihre Art war, Quillon in seiner Männlichkeit zu bestärken? Denn normalerweise hielt sie sich von allem, was auch nur andeutungsweise nach Geschlechtertrennung roch, so weit als möglich fern.

Orion nahm Hunter das rote Tuch aus der Hand und band es ihm um. Er wandte sich Marcus zu und brachte seinen schiefen Turban in Ordnung.

Hunter streckte die Hand nach Orions Kopftuch aus. „Lass uns."

Orion lächelte und übergab ihm den Stoffstreifen.

Zusammen mit Marcus wickelte Hunter ihn Orion um den Kopf.

Marcus flüsterte: „Nicht die übliche Bondage, aber auch lecker!"

Ohne Witz. Hunter machte sich am Knoten zu schaffen und überprüfte ihn zweimal. So gründlich, dass Orion weiche Knie bekam.

Orions Vater gab ihm im Vorbeigehen so was wie einen anerkennenden Klaps auf die Schulter. *Was zum …?*

Seine Mutter deutete in Richtung Tisch. „Sucht euch einen Platz. In Myanmar serviert man typischerweise keine Vorspeisen und trinkt keinen Wein zum Essen. Ich dachte mir, auf die Vorspeisen können wir verzichten, aber da das Weingut Aythaya seit 2004 ausgezeichnete Weine produziert, habe ich uns einen schönen Rosé ausgesucht." Sie schenkte den Wein ein, während alle sich an den Tisch setzten. Dann hob sie ihr Glas und starrte ihren Mann ostentativ an, bis er einen Toast ausbrachte.

Orions Dad rappelte sich von seinem Kissen hoch und hob sein Weinglas. „Auf gute Freunde und Liebende. Mögen die Trennlinien immer unscharf genug sein, dass sie beides zugleich sein können."

Was zum Henker …? Autsch!

Xanders Beine waren lang genug, um Orion unter dem niedrigen Tisch einen Tritt zu geben, obwohl sie sich gegenüber saßen. Aber das erlaubte Orion, den Mund zu halten und einen Schluck Wein zu trinken.

Es schien, als wären aller Augen auf Orion gerichtet. Er war der gemeinsame Nenner, und er wusste nicht, was er sagen sollte.

Hunter räusperte sich, aber es kam nichts nach.

Marcus fragte: „Die Regierung von Myanmar ist also ein Militärregime?"

Orions Vater nickte. „Ja, und leider haben sie die Rohingya ins Visier genommen. Obwohl die Regierung leugnet, dass es sich um ethnische Säuberungen handelt."

„Vergewaltigungen, Misshandlungen und das Hinmorden einer spezifischen ethnischen Minderheit, wie sollte man diese entsetzlichen Taten sonst nennen?", fragte Orions Mutter. „Wobei fast fünfzigtausend Menschen nach Bangladesch entkommen sind. Wir haben eine Spende an den Hilfsfonds geleistet, der die Verteilung von Nahrungsmitteln und Kleidung an Bedürftige in Myanmar unterstützt." Sie schloss für einen Moment die Augen und schüttelte dann den Kopf. „Obwohl die Welt den Bach runtergeht, brauchen wir eine Pause von dem ganzen Irrsinn. Liebling, erzähl ihnen doch mal, wie wir Thura und Thanda kennengelernt haben."

„Nun ja, Clovey und ich waren in einem Dorf am Stadtrand von Yangon unterwegs. Wir hatten ein Tuk-tuk gemietet, aber das hatte eine Panne oder kein Benzin mehr ... vielleicht auch beides, also mussten wir uns zu Fuß durchschlagen. Da fingen plötzlich diese zwei riesigen Hunde an, Jagd auf uns zu machen ..." Und schon war Orions Vater in Fahrt, und seine Geschichte schlug fast alle in ihren Bann.

Der Wortschwall gestattete Orion, sich auf seine Mutter zu konzentrieren, deren Aufmerksamkeit auf Hunter und Marcus gerichtet war.

Als seinem Vater die Puste ausging und er die Geschichte zum Abschluss brachte, begann seine Mutter die Schüsseln mit Fleisch und Currysaucen herumzureichen. „Messer gibt es keine, wenn auch Gabeln und Löffel inzwischen weit verbreitet sind. Aber ich dachte mir, wir könnten doch trotzdem auf traditionelle Weise essen. Man isst mit der rechten Hand und hält die linke sauber für das Servierbesteck."

„Wenn ich mich recht erinnere, kann man die Suppe während der ganzen Mahlzeit essen." Orion gab gebratenes Rindfleisch und Currysauce auf Hunters Reis, dann auf Marcus'. Aus Gewohnheit legte er beiden eine Portion Gemüse auf und löffelte die verhassten grünen Bohnen von Marcus' Teller auf seinen eigenen. Nichts war Marcus mehr zuwider.

Hunter schöpfte Suppe in Marcus' und Orions Schalen, dann in seine. „Ich liebe Suppe, Mrs ... Prof."

Marcus gab Hühnchen und grünes Curry auf Orions Teller, dann auf Hunters.

„Wunderbar. Nimm, so viel du willst", sagte sie und schob ihm die Schüssel zu, obwohl seine Essschale noch voll war.

Marcus legte den Kopf schief. „Myanmar ist ein bisschen kleiner als Texas, nicht?"

Orions Vater nickte. „Es liegt auf der indochinesischen Halbinsel und ist umgeben von Indien, Bangladesch, Laos, Thailand und China im Nordosten."

Marcus trieb das Gespräch weiter voran. „Ich weiß, dass sie Hölzer, Reis, Bohnen und Kautschuk exportieren, aber was sonst noch?"

Sein Marquis war klug, und Orion genoss es, dass seine Eltern das jetzt mitbekamen.

Sein Vater erklärte: „Sie haben angefangen, sich mehr auf Textilien, Fischerei und Tourismus zu konzentrieren."

Hunter trank einen Schluck Wein. „Dann habt ihr also dort gelebt?"

Seine Mom nickte. „Das war vor Orions Geburt … aber wir waren seither nicht mehr dort."

Nach einem ausführlichen Vortrag über die Expansion von Myanmars Exportstrategie platzte sein Vater heraus: „In Myanmar ist die polygame Ehe als eingetragene Lebenspartnerschaft erlaubt."

Was zum … Hatte sie deshalb Myanmar gewählt? Nein! Sie konnte unmöglich wissen …

Ohne mit der Wimper zu zucken fragte Marcus: „Vielleicht deshalb, weil das Land überwiegend buddhistisch ist?"

Seine Mutter freute sich immer über gute Schüler, und ihr Gesichtsausdruck verriet, dass sie in Marcus einen gefunden hatte. „Ja, ich glaube schon."

Hunter warf ein: „Aber keine gleichgeschlechtlichen Partnerschaften, denn das ist illegal."

Seine Mutter nickte ernst. „Leider ist das der Fall. Aber die LGBT-Gemeinschaft macht bereits positive Fortschritte."

Irgendwie hatte Orion nie eins und eins zusammengezählt. Seine Eltern liebten das Land, hatten diesen Raum mit Erinnerungsschätzen gefüllt, und doch waren sie nie wieder dorthin zurückgekehrt. Er verstand jetzt, warum sein Vater zahlreiche Einladung zu Vorträgen dort ausgeschlagen hatte. „Danke." Er hatte nicht so überrascht klingen wollen.

Die meisten in der Runde folgten seinem Gedankengang nicht. Seine Mom wusste wie üblich sofort, was er meinte. „Wir akzeptieren und lieben dich bedingungslos, Orion. Und wir würden nie und nimmer an einen Ort gehen, wo das, was unser Sohn ist, keine Unterstützung findet."

„Deine Mutter und ich wollen, dass du glücklich bist. Und was auch immer dich glücklich macht, wer auch immer dich glücklich macht, ist uns recht. Ich muss sagen, ich bin froh, dass du endlich unterrichtest."

Orion liebte seine neue Stelle. Die Lehrtätigkeit ließ ihm mehr Zeit, sich um Hunter und Marcus zu kümmern, und das machte ihn überaus glücklich.

Seiner Mutter entgingen die zärtlichen Blicke nicht, die er seinen Männern zuwarf. Verdammt. „Ich gehe mal davon aus, dass es am Einfluss deiner *Freunde* lag, die dich ermutigt haben."

„Sie haben mir geholfen, mir darüber klar zu werden, was mich glücklich machen würde, und mir den Mut gegeben, das Risiko einzugehen." Und das, was er tun wollte, aus dem herauszukitzeln, wozu er sich verpflichtet fühlte. Orion wusste nicht, ob er ihnen je wirklich für ihre Unterstützung gedankt hatte.

Hunters und Marcus' Knie rieben seine zur gleichen Zeit.

„Nun ja, ich finde es wunderbar." Seine Mutter lächelte und neigte sich zu ihm hin. „Also dann, darf ich fragen, ob ihr so was wie eine Kommune seid?"

Orion würgte hervor: „Mutter?" Von geliebt und glücklich zu *was soll der Scheiß* in Rekordzeit!

„Orion, guck nicht so entrüstet. Dein Vater und ich haben vielleicht die Flower-Power-Generation um ein paar Jährchen verpasst, aber wir wissen *alles* über Polyamorie."

Marcus fuhr herum. „Wirklich? Jetzt bin ich aber gespannt."

Hunter knurrte, aber Marcus nickte, als bräuchte Orions Mom auch noch Verstärkung.

Seine Mutter senkte die Stimme. „Nun ja, da war dieser Junge im College."

„Ah, Roy. Was für ein Mann", seufzte Orions Vater und schwärmte: „Er war, was man gut bestückt nennen würde, aber klug, und hatte einen Mund, der –"

„Dad!" Wer waren diese Leute, und wo waren seine Eltern? War sein Vater bisexuell? Hatten sie in einer Kommune gelebt?

Seine Mom tätschelte Xander die Hand. „Wie konnte er bei unserer Erziehung nur so prüde werden?"

Xander kicherte. Kicherte! „Keine Ahnung, Professor Pretty."

„Ich bin nicht …" Warum machte Orion sich überhaupt die Mühe?

Seine Mutter schaute so verträumt drein, dass ihm ganz unbehaglich zumute wurde. Dann sagte sie zu seinem Dad: „Schatz, wir sollten Roy ausfindig machen."

Orion kannte jetzt die volle Definition des Wortes *Unbehagen*.

Xander mischte sich ins Gespräch: „Oh, aber unbedingt! So wie sich das anhört, ist dieser Roy echt sehenswert … aus jedem Blickwinkel."

Orions entsetztes Gesicht stachelte sie offenbar noch mehr an.

„Oh, Orion, bitte. Du kannst zwei Männer haben, aber ich nicht? Als Kind warst du nie selbstsüchtig." Sie berührte Hunters Hand. „Er ist mit dir und Marcus nicht selbstsüchtig, oder?"

Und anscheinend gab es keinen Schrank, zu dem seine Mutter keinen Schlüssel hatte.

Hunter erbleichte, schüttelte aber den Kopf. „Nein, Ma'am. Er ist einer der besten Menschen, den Marcus und ich kennen."

„Ah, das hört man doch gern." Sie lächelte und schaute ans andere Ende des Tisches zu seinem Dad. „Ich glaube, wir sollten wirklich nach Roy suchen."

„Ein Wiedersehen wäre schön." Orions Vater nickte und reichte Quillon das Hühnchencurry. „Probier mal das hier, Quillon."

Seine Mutter drängte: „Und, seid ihr eine Kommune?"

Was sollte Orion sagen? „Ähm ..."

Sie riss die Augen auf und stieß theatralisch genervt den Atem aus. „Marcus, du hast deine sprachlichen Fähigkeiten doch zweifellos im Griff. Lebt mein Sohn in einer Kommune?"

Marcus sah Orion an. Er griff nach Orions Hand und drückte sie. „Wir sind keine Kommune, Professor. Hunter und ich haben uns bloß in deinen Sohn verliebt. Er ist alles, was wir beide brauchen."

Hunter lehnte sich an ihn, sodass Orion genug von seiner Stärke in sich aufsaugen konnte, um dieses Essen zu überstehen.

„Oooh! Das macht mich glücklich. Dann seid ihr also zu dritt und ihr zu zweit." Sie deutete auf Xander und Quill.

„Ja. Ich war glücklich und dankbar, dass sie beschlossen haben, uns ihre Einliegerwohnung zu vermieten", sagte Xander. „Denn wir wissen ja beide, dass es ein Dorf braucht, um deinen Sohn auf Kurs und glücklich zu halten."

Hunter räusperte sich. „Wir konnten dich und Orion nicht trennen."

Xander grinste. „Dankeschön. Wobei ich glaube, dass du bloß ein zweiter Daddy für meinen Gleitbeutler sein willst."

Hunter lachte leise und stritt es nicht ab. „Na schön, es war Nippet. Er hat mit mir angebändelt. Sagen wir mal, es ist besser für alle. Wir sind eine Familie ... und Tribble braucht nichts davon zu erfahren."

Marcus neigte sich zu Orion und flüsterte: „Wir brauchen stärkere Kondome."

Orion brach in Gelächter aus.

Seine Eltern warteten gespannt, aber er weihte sie nicht ein. Er würde es Hunter später sagen.

Als keine Erklärung kam, sagte seine Mutter: „Zahlreiche Studien deuten darauf hin, dass man Beziehungszufriedenheit anhand der Berührungsfrequenz ermitteln kann. Je öfter sich Menschen streicheln, aneinander lehnen, umarmen, etc., desto zufriedener sind sie miteinander."

Sein Vater lachte in sich hinein. „Und wenn ich euch so anschaue, seid ihr alle sehr zufrieden."

Der Rest des Abends verlief ohne größere Zwischenfälle. Die größte Bestürzung entstand, als Orion endlich klar wurde, was der dicke, fest eingeschraubte Ösenhaken im Türrahmen des Schlafzimmers seiner Eltern bedeutete. Seine Eltern besaßen womöglich eine Liebesschaukel oder vielleicht banden sie sich gegenseitig dort fest ... oder ... nein!

Marcus lachte. „Hey, vielleicht steckt BDSM in deinen Genen."

Hunter umarmte Orion und Marcus und verkündete: „Wir sind alle nur Opfer unseres eigenen Ichs."

18

ORION ÖFFNETE die Tür zu seinem Privatbereich. Hunter und Marcus hatten darauf bestanden, dass er eins der ungenutzten Zimmer in der Nähe des renovierten Herrenzimmers nahm, in dem sie alle schliefen. Hunter hatte seine Männerhöhle. Marcus hatte ein Zimmer voll mit Bücherregalen, Künstlerbedarf und halbfertigen Gemälden.

Als er die Dozentenstelle annahm, beschloss Orion, den Raum als Büro zu nutzen. Hier bewahrte er seine Star-Wars-Sammlung, seine Bücher und seine Kleidung auf. Hunter hatte ihm vorgeschlagen, zusätzlich eine Liege reinzustellen, falls er mal in Ruhe lesen oder Arbeiten benoten wollte – sprich, ohne von Marcus drangsaliert zu werden. Dieses Zimmer war ein Rückzugsort, weshalb er sich selten lange hier aufhielt.

Sie waren jetzt seit sechs Monaten zusammen, und das wollten sie heute Abend mit einem gemeinsamen Besuch im Entwined feiern. Hunter hatte die monatliche Tradition eingeführt, um Marcus zu beweisen, dass niemand irgendwen von ihrer privaten Insel der Liebe runter voten würde.

Seit Marcus' Geburtstag waren sie mindestens ein Dutzend Mal als Trio im Entwined gewesen, aber bisher noch nicht wieder in einem der Hinterzimmer. Vielleicht heute Abend? Vorfreude durchströmte ihn, als er sich eine schwarze Jeans heraussuchte, dazu ein weites, blau und lila bemaltes Seidenhemd, das laut Marcus verborgene Nuancen in Orions Augen hervorhob, und einen lila Spitzen-Jockstrap, den Hunter von jemandem im Club maßschneidern lassen hatte.

Orion wühlte in seiner Sockenschublade herum …

Was war … oh.

Er zog sein Spielhalsband heraus. Beim Auspacken seiner Sachen musste das Leder zwischen seine Socken geraten sein.

Er warf es auf seine Kommode und zog sich an. Sein Blick kehrte immer wieder zu dem Lederstreifen zurück. Es war eine Ewigkeit her, seit er dieses Halsband zum letzten Mal getragen hatte, doch das Verlangen, es wieder zu tun, brannte heißer als eine Wachskerze.

Er griff sich das Halsband von der Kommode, entrollte es und stolperte zu seiner Sofaliege. Konnte er das tun? Er musterte das abgenutzte Leder. War das nicht *Topping from the Bottom* in Reinkultur?

Seine Vereinbarung mit Hunter beinhaltete nichts über die Verwendung von Halsbändern. Hunter hatte nicht gefragt, und Orion hatte das Thema nicht zur Sprache gebracht, aber…

Hastig schnappte er sich seine Socken und stürmte nach unten, ehe er noch den Mut verlieren konnte.

Heute Morgen vor seiner Schicht hatte Marcus zusammen mit Orion seine erste Fuhre Cupcakes gebacken und dekoriert. Ewiger Künstler, der er war, zeigten die bunten Sahnetuffs eine beeindruckende Liebe zum Detail.

„Die sind köstlich, Marc." Hunter stopfte sich den letzten Bissen von dem, was er auf dem Teller gehabt hatte, in den Mund.

Marcus und Hunter lächelten, als Orion eintrat. Und dann schien alles zum Stillstand zu kommen, als sie bemerkten, was er in der Hand hielt.

Hunter räusperte sich. „Orion?"

Orion fiel vor ihm und Marcus auf die Knie. „Ich glaube, ich möchte das hier tragen, Sir."

„Warum?" Auf Hunters Frage gab es nur eine Antwort, die aber auf viele Arten geäußert werden konnte.

„Weil ich es brauche." Das war Tatsache.

„Wir brauchen kein Halsband zum Spielen, und du brauchst dieses Stück Leder nicht, um uns zu gehören", stellte Hunter klar.

„Ich weiß … aber ich möchte es tragen." Orion konnte sich nicht davon abhalten, auf sein Anliegen zu drängen. Eines Tages wollte er es tragen, wenn es etwas bedeuten würde, was es früher nie bedeutet hatte. Aber im Moment war die Sehnsucht, es wieder um den Hals zu haben, überwältigend. Er streckte ihnen das Halsband entgegen und flehte: „Bitte."

Hunter nahm das Leder und schlang es um den Hals. „Ich bin begeistert, dass du um das bittest, was du brauchst." Er schnallte das Halsband zu.

Orion stand auf, den Rücken kerzengerade und hocherhobenen Hauptes. Er war ein Sub. Das Leder war nur ein Symbol … eine Bestätigung dafür, dass er, Orion Gordon, Hunter Dixon und Marcus Sadir gehörte … aber eins, das er mit Stolz trug.

Marcus zeichnete den Lederstreifen mit der Fingerspitze nach. „Gut gemacht, Orion. Hunt, wir sollten ihm von Master Leather eins machen lassen, das zu seinem Armband passt."

Es war, als würden fehlende Teile wieder zusammengefügt … oder vielleicht waren sie bereits zu etwas Stärkerem umgestaltet worden, und das wurde ihm erst jetzt bewusst.

„Orion?", fragte Hunter.

„Ja, das würde mir gefallen. Danke, Sir und Marquis." Orions Herz war voll, und er war zufrieden.

Hunter sagte: „Wir können nach Neujahr darüber reden, etwas Formelles zu machen."

Orion unterdrückte ein xandermäßiges Quietschen und küsste Hunter die Hand. „Ja, Sir." Er drückte seine Lippen auf Marcus' Hand und schrammte mit den Zähnen über die Handfläche. „Ja, mein Marquis."

Ein Luftschnappen von Marcus besagte, dass sie vielleicht gar nicht ins Entwined zu gehen brauchten.

Hunter räusperte sich. „Iss einen Cupcake, Orion. Du hast Marcus das Backen gut beigebracht."

Oh? Es war doch nur eine Backmischung. Seufz. Na schön.

„Okay." Orion naschte einen Cupcake, dann zog er sich die Socken an, schlüpfte in seine Schuhe, und ab ging's ins Entwined.

MARCUS PEILTE einen Tisch genau in der Mitte des Entwined an und half Orion beim Hinsetzen, dann ließ er sich auf einen dick gepolsterten Stuhl fallen. Gemütlich. „Ah, es tut gut, sich mal setzen zu können, ohne ein Tattoo stechen zu müssen."

„Ich bin froh, dass das Studio deinen Terminplan respektiert. Es ist toll, dass du jetzt rechtzeitig rauskommst." Orion klang ganz wie Hunter.

„Ja. Ich habe mit der Besitzerin geredet und ihr gesagt, dass ich keine Termine mehr außerhalb meiner Schicht annehmen will. Und da hat sie sich dann wohl den Geschäftsführer vorgeknöpft." Es war schwer, weniger verfügbar zu sein. Doch seine speziellen Kunden hatten seine Handynummer, falls sie was brauchten.

„Du kriegst nicht mehr als das, womit du dich zufrieden gibst, Marc", erinnerte Hunter ihn zum x-ten Mal.

Er seufzte. „Du hast recht. Obwohl wir um diese Jahreszeit immer am meisten zu tun haben."

„Halloween?", fragte Orion.

Marcus blickte sich im Club um. Nicht allzu voll für ein Wochenende, aber wenigstens brauchte er heute Abend keinen Jugendlichen ein Gesichtstattoo auszureden, das sie innerhalb von zwei Wochen hassen würden. „Ja, um Samhain rum meint plötzlich jeder, dass er unbedingt ein Tattoo braucht. Das wäre ja okay, aber dabei verlieren die auch alle ein bisschen den Verstand. Gestern Abend hatte ich zwei Mädels, die Ohrtattoos wollten. Ich hab' ihnen erklärt, dass das Design, das sie haben wollten, an dieser Stelle keine gute Idee ist, weil die Tinte zerlaufen kann, und dann verschwimmen die Linien."

Hunter verzog das Gesicht. „Tattoos im Ohr?"

Um Hunter die Stelle zu zeigen, fuhr er Orions Ohrmuschel nach. Orion erschauerte, doch Marcus bremste sich und ging dem nicht weiter nach – aber gute Information für später. „Sie haben mich ignoriert und sind zu einem anderen Tätowierer gegangen. Später am Abend habe ich sie dann darüber jammern gehört, wie sehr sie das Tattoo hassen."

Hunt schüttelte den Kopf. „Manchmal ist Erfahrung der beste Lehrmeister. Nächstes Mal –" Er wollte sich gerade hinsetzen, doch dann hielt er inne. „Ich habe vergessen, Sophia wegen Sonntagabend eine SMS zu schicken. Ich muss kurz zum Spind und an mein Handy. Bin gleich wieder da." Hunt sprintete zur Treppe.

Marcus starrte Hunters Hintern nach, als er immer zwei Stufen auf einmal die Treppe rauf trabte. Er bemerkte, dass Orion ebenfalls sabberte. „Mist, ich muss unbedingt öfter ins Fitnessstudio."

Orion lachte. „Ich muss da überhaupt mal hin."

„Wenigstens ist dein Job keine Ausrede mehr", versetzte Marcus. „Bist du immer noch gern Professor?"

Grinsend stimmte Orion zu: „Ja, ganz anders als Forschung, und Politik gibt's immer noch, aber ich liebe meinen Job."

Orion strahlte, wenn er über seine Lehrtätigkeit an der Universität sprach, und das machte Marcus glücklich. „Nun ja, dein Chef hat es dir unmöglich gemacht. Das Unterrichten scheint dir zu geben, was dir die Forschung nicht gegeben hat."

„Ich bin jetzt viel zufriedener. Vor allem, weil ich weniger Stunden arbeite. Und weil ich für die Art, wie Studenten an Forschung rangehen, was bewirken kann." Orion lächelte und blickte sich um.

Marcus brachte ihm in Erinnerung: „Wir unterstützen dich in allem, was du tun willst."

Orion neigte sich zu ihm und sagte: „Und ich liebe es, mich auf dich und Hunter zu konzentrieren. Dafür zu sorgen, dass es euch beiden gut geht, gibt mir sehr viel."

Marcus hätte nie vermutet, wie sehr es ihre Lebensqualität steigern würde, dass Orion Seelenfrieden und Erfüllung gefunden hatte. Und er persönlich hatte sich noch nicht an den Luxus gewöhnt, einen Spielgefährten zu haben, der zusammen mit ihm bereitwillig Schmerz in Lust verwandelte; es war immer noch mitreißend.

Sie spielten oft zu dritt. Aber anders als in Marcus' früheren Beziehung waren Orion und Hunt seine besten Freunde. Er fühlte sich nicht ausgegrenzt. Seine Beziehung mit Hunter festigte sich, und seine neuere Beziehung mit Orion wurde tiefer. Er war nicht eifersüchtig auf die Beziehung zwischen Hunt und Orion. Er hatte endlich eine echte Dreierbeziehung bekommen; jeder einzelne von ihnen war notwendig, um das Ganze komplett zu machen. So hatte er sich sein Leben immer erträumt.

In einem Ausbruch von Zuneigung sah er Orion tief in die indigoblauen Augen und sagte: „Du wirst geliebt."

„Du auch." Orions Gesicht wurde ernst. „Glaubst du an Religion?"

Marcus war sofort auf der Hut. Orions scheinbar zufällige Fragen lockten sie meist auf unerwartete Pfade. „Ich glaube an Gott, aber man kann auf viele Arten ein guter, spiritueller Mensch sein, ohne sich einmal die Woche für ein, zwei Stunden irgendwo reinzusetzen. Ich nehme mal an, dass ich die positiven Aspekte zu schätzen weiß. Und bestimmt verdanke ich der buddhistischen Überlieferung die Erkenntnis, dass wir uns dem Leiden unterwerfen müssen, wenn wir Erleuchtung erlangen wollen. Du?"

„BDSM kommt für mich einer Religion so nahe wie die Wissenschaft." Orion knöpfte sein Armband auf, hielt Marcus das Leder hin und fragte: „Würdest du mir helfen, mein Marquis?"

Heilige Scheiße. Wo war Hunter? Erst das Halsband, und jetzt das hier. *Hunter, verdammt noch mal, wo steckst du?*

Marcus warf einen Blick in Richtung Treppe, und Hunter stand auf dem Treppenabsatz und unterhielt sich mit jemandem. Sie würden das gemeinsam machen. Das hier war zu groß für einen allein und viel zu leicht zu vermasseln. „Du meinst, dich zu fesseln?"

Orion nickte.

„Warum?" Marcus nahm das Lederarmband entgegen.

„Es ist Zeit." Marcus' Schweigen ermutigte Orion, weiterzusprechen. „Ich will das schon seit Monaten tun. Ich vertraue euch beiden, und ... es ist einfach Zeit."

Da war ein Selbstvertrauen, das Marcus im Verlauf der letzten paar Monate wachsen gesehen hatte, wann immer sie spielten. „Hast du deshalb so viel Wert drauf gelegt, dass ich heute Abend meine Reitgerte mitnehme?"

Orion zuckte mit den Schultern. „Ich weiß, dass ihr zwei mir helfen könnt, über jedes Problem wegzukommen."

„Das werden wir."

„Und ich möchte, dass wir in ein Hinterzimmer gehen", fügte Orion hinzu.

Bei so viel Vertrauen zerriss Liebe Marcus das Herz wie ein schartiges, in Honig getauchtes Messer. „Mit gefesselten Händen?" Und fraglos wollte er, dass Marcus ihn ablenkte.

„Ja, mein Marquis."

Ja, verdammt noch mal. Das hier war richtig ... perfekt, sogar. „Steh auf." Marcus brauchte keinen Stahl in seine Stimme zu legen; sie war da, um Orion inneren Halt zu bieten, falls er welchen brauchte.

Orion war bereits aufgesprungen, ehe er die Worte „Ja, Marquis" ganz ausgesprochen hatte.

Marcus würde ein Fels für ihn sein, wie Orion es von ihm erwartete. Er trennte das Armband in zwei Lederschlaufen und streifte sie über Orions Handgelenke. „Hunter wird sie schließen. Aber inzwischen ..." Marcus stand auf und fuhr mit der Reitgerte die Rundung von Orions Hintern nach. Er holte aus und ließ die Lederschlaufe schwungvoll niedersausen.

Orions Stöhnen klang nicht nach Schmerz, sondern nach Lust auf mehr.

Einige Clubmitglieder drehten sich um und schauten der Vorführung zu, die sie inszenierten.

Marcus klatschte die Lederschlaufe erneut auf Orions Hinterteil. „Mmm, ich liebe das Geräusch von Leder auf Jeans." *Patsch!* „Du nicht auch?"

„Ja, Marquis." Orion drückte das Kreuz durch und streckte den Po weiter raus.

„Was macht ihr zwei denn – oh." Hunter berührte Marcus an der Schulter.

„Orion hat mir eröffnet, dass er gern gefesselt und mit nach hinten genommen werden möchte", sagte Marcus mit ruhiger Stimme, doch dabei funkte er „Hilf mir!" mit den Augen – hoffentlich laut genug, um sich Hunter verständlich zu machen.

Als Hunter leicht den Kopf neigte, durchströmte Marcus Erleichterung. Okay, sie konnten das hinkriegen, ohne bei Orion was auszulösen oder seine Heilung zu verzögern, richtig?

„Orion, du trägst heute Abend zu ersten Mal wieder dein Halsband. Bist du sicher, dass du schon soweit bist?" Hunters Stimme hüllte Marcus in Gelassenheit wie eine Decke.

Orion streckte Hunter seine fast gefesselten Hände entgegen. „Bitte, Sir. Ich möchte dir und meinem Marquis dienen. Lass mich."

Shit! Shit! Shit!

Hunt hatte Orion in den letzten paar Monaten schon oft in Positionen gebracht, die Stillhalten und Selbstbeherrschung verlangten, doch immer ohne irgendwelche Fesseln. Bondage war ein Trigger.

Hunter berührte Orions Gesicht. „Du dienst mir und deinem *Marquis* wirklich gut."

Würde Hunter je seinen Spitznamen aussprechen können, ohne ihn wie eine Frage klingen zu lassen? Marcus streckte ihm die Zunge raus.

Orion bebte am ganzen Körper vor unterdrücktem Gelächter, also hatte er wohl Marcus' überaus erwachsene Reaktion mitgekriegt. Er hatte nichts dagegen, den Pausenclown zu spielen, falls Orion das brauchte, damit sie hier alle heil durchkamen.

Hunter räusperte sich. „Wie lautet dein Safeword, Orion?"

„Krebs, Sir."

„Gut. Wie lautet dein neues Warnwort?"

„Dysplasie, Sir." Orion sah Hunter unverwandt in die Augen.

„Du sagst *Dysplasie,* wenn du merkst, dass du kurz davor stehst, dein Safeword einzusetzen."

„Ja, Sir." Orions Stimme veränderte sich. Er glitt allmählich in die Entspannung ab.

Hunter machte mit dem Ritual weiter. „Du setzt dein Safeword ein, so bald du es brauchst. Und du sollst wissen, dass ich stolz auf dich sein werde, wenn du dein Safeword aussprichst. Hast du das verstanden?"

„Ja, Sir." Orion streckte Hunter erneut die Handgelenke entgegen. „Ich bin bereit."

Glücklicherweise war Hunter kein Dom, der sich zum Herrn über einen Sub aufspielen musste, indem er Orion sein „*Topping from the Bottom*" vorhielt. Was Orion hier machte, das Vertrauen, das er in sie hatte, war erstaunlich.

Hunter fing seinen Blick auf, um sich zu vergewissern, dass Marcus vorbereitet war. Er nickte und hielt den Atem an.

Lieber Himmel. Die Druckknöpfe der Handfesseln schnappten zu.

Orion stieß einen tiefen Seufzer aus und lehnte sich ein bisschen schlaffer an Marcus. Er drehte den Kopf und lächelte ihn an. „Ich hab's geschafft."

„Du hast das großartig gemacht", versicherte Marcus. *Wie konnte irgendjemand – besser nicht über die Vergangenheit nachdenken.*

Hunter fragte: „Willst du immer noch ins Hinterzimmer gehen, Orion? Wir könnten auch hier eine Session halten."

Orion grinste Marcus und Hunter an. „Ihr zwei könntet das mit Sicherheit, aber …" Er starrte auf seine gefesselten Hände, anscheinend tief in Gedanken versunken. „Ich möchte in ein Hinterzimmer gebracht werden."

„Ich besorge einen Schlüssel", sagte Marcus, ohne auf eine Antwort zu warten. Freunde versuchten ihn anzusprechen, doch er nahm sie kaum zur Kenntnis. Er fragte den Barkeeper: „Kann ich ein komplett zum Spielen ausgestattetes Zimmer haben?"

„Natürlich, Marcus. Es ist schon eine Weile her, seit du ein Zimmer genommen hast."

„Jau." Er schnappte sich die Schlüssel. „Danke."

Er kehrte zu ihnen zurück. Hunter hatte Orion die gefesselten Hände über den Kopf strecken lassen. Orion sah keineswegs gepeinigt aus; sein Schwanz schien gleich aus der Jeans platzen zu wollen.

Der glühende Blick, den Hunt Marcus zuwarf, ließ erkennen, dass seine Dom-Seite endlich genährt wurde.

„Zimmer sechs." Marcus folgte ihnen. Er hielt sich hinter Orion, der etwas Mühe hatte, mit so hoch erhobenen Armen das Tempo mitzuhalten, das Hunters Gangart vorgab.

Marcus lief um sie herum und öffnete die Tür, knipste das Licht an und machte dann die Tür hinter ihnen zu.

Hunter sagte: „Orion … Inspektion."

Orion eilte in die Mitte des Zimmers. Seine Füße waren schulterbreit auseinander, seine gefesselten Hände hinter dem Kopf verschränkt und sein Blick fest auf Hunter gerichtet.

Ein Kopfnicken von Hunter forderte Marcus auf, ihm zur anderen Seite des Raums zu folgen. „Du hast ein voll ausgestattetes Spielzimmer verlangt?", fragte er leise.

Marcus zuckte mit den Schultern und antwortete mit ebenso verhaltener Stimme: „Ja, ich dachte mir, dieser erste Schritt auf dem Rückweg zu Bondage sollte Spaß machen und positiv sein."

„Guter Plan. Diese Handfesseln sind nämlich so ziemlich alles, was ich heute an Bondage machen will", teilte Hunter ihm mit.

„Ich frage mich, ob ein bisschen Vergnügen mit einem Hitachi-Vibrator angebracht sein könnte." Marcus hoffte, dass hier im Schrank einer war.

Hunter grinste auf eine Weise, die alle Hosen im Umkreis von fünf Meilen enger werden ließ. „Du meinst *Folter*.“

Marcus zuckte mit den Schultern. „Vergnügen … Folter, ist alles dasselbe. Außerdem wird die Ablenkung gut sein, und ich weiß ja, wie gern du andere in die Zwickmühle bringst.“

„Bondage ohne Bondage. Willst du auch dabei mitmachen?“, fragte Hunter mit leichter Herausforderung in der Stimme und einem spitzbübischen Funkeln in den Augen.

Ein kluger Mann wäre weggerannt, aber Marcus war bereit für alles, was Hunter tun wollte. „Natürlich.“

„Wär's ein Problem, wenn ich eure Schwänze mit Klebeband am Vibrator festmachen würde?“, fragte Hunt, als erkundigte er sich nach dem Wetter.

Marcus schnappte nach Luft. „Oh Mann!“

Hunter zog eine Augenbraue hoch.

„Nein … kein Problem.“ Im Gegenteil, wo konnte Marcus unterschreiben?

„Gut. Ich glaube, die gemeinsame Erfahrung wird … euch beiden was bringen.“ Hunter machte auf dem Absatz kehrt und ging an den Schrank. Er nahm eine Rolle schwarzes Klebeband und den brandneuen Massagestab heraus.

Marcus unterdrückte das Zittern in seinen Händen und füllte das Formular aus, das dem Entwined erlauben würde, ihnen das Spielzeug und das Klebeband aufs Mitgliedskonto zu setzen.

Dass sich Orions Augen weiteten war das einzige Indiz dafür, dass er verstand, was hier passierte.

Hunter nahm den langen Stab-Vibrator aus der Schachtel und sprühte den eiförmigen Kopf mit antibakteriellem Spray ein, reinigte das Gerät gründlicher als ein Chirurg. Dann überzog er das Gummi-Ende mit einem Kondom. Normalerweise hätte ein Sub diese Dinge erledigt, doch Hunter ging lieber auf Nummer sicher, um sich nachher keine Gedanken machen zu müssen.

Orion atmete schwerer als normal und stand ganz still.

Hunt eröffnete ihm: „Dein Marquis hat sich bereit erklärt, diese Übung mit dir zu teilen.“

Orion streifte Marcus mit einem neugierigen Blick, konzentrierte sich jedoch sofort wieder auf Hunt.

Hunter umkreiste Orion. Er strich mit der Hand an Orions Rücken und Brust entlang bis zu den rosigen Spitzen, die er kurz drückte.

Ein entzückendes Aufkeuchen kam aus Orions leicht geöffnetem Mund.

„Ich werde euch beide mit Klebeband an diesem Hitachi festmachen … an den Schwänzen.“

Marcus genoss es, Orions Zögern zu sehen, die Art, wie er sich mit der Zunge über die Lippen fuhr. Oh ja, er war eindeutig heiß auf diese Art von Stimulation. Aber eins nach dem andern. Marcus sagte: „Lass mich dir mit deiner Hose helfen.“

Orion presste die Lippen zusammen und sagte dann mit rauer Stimme: „Ja, danke, Marquis."

Verdammt, diese Fügsamkeit fuhr Marcus direkt in den Schwanz. Er massierte die Beule in Orions Jeans. Als Orions hinter dem Kopf verschränkte Arme zu zittern begannen, knöpfte Marcus die Jeans auf und zog den Reißverschluss runter. Lila Spitze kam zum Vorschein. „Mmm, du trägst eine von meinen Lieblings-Unterhosen."

Die dehnbare weinrote Spitze umhüllte Orion. Um seine Eichel herum war die Farbe dunkler geworden. Marcus streichelte den feuchten Fleck aufreizend.

Orion kniff die Augen zu, und ein leises Wimmern drang zwischen seinen halb offenen Lippen hervor.

Das Machtgefühl und die Erregung verblassten im Vergleich zu der Zuneigung, die Marcus packte.

Ein Klaps auf den Po weckte Marcus aus seiner Erstarrung. „Zieh dich aus, Marc. Ich mache inzwischen bei Orion weiter." Hunt beschäftigte sich mit der Jeans. „Du hast deine Position sehr gut gehalten, Orion. Ich bin stolz auf dich. Du kannst jetzt die Arme runternehmen. Hände vor den Bauch."

Marcus riss sich das T-Shirt vom Leib, streifte seine Lederjeans ab und warf beides über die Stuhllehne. Er nahm Orions Sachen von Hunter entgegen und legte sie über seine. Keiner der beiden schenkte ihm genug Aufmerksamkeit, um seinen Batik-Slip zu würdigen … na ja, vielleicht später. Der Slip landete ebenfalls auf dem Kleiderhaufen.

Hunter hatte Orion bereits aus der Spitze befreit und ihm das Material unter die Eier geklemmt. Er dehnte die Spitze und schlang sie um das Gerät, um den Vibrator besser zu stabilisieren. Dann riss er ein zweites, längeres Stück Klebeband ab und befestigte Orions Schwanz an dem Hitachi-Massagestab, den Orion zwischen den Knien hielt.

„Hilf ihm, den Stab ruhig zu halten, Marc", befahl Hunter.

Heilige Scheiße! Er hatte so was bisher nur auf Bildern gesehen. Verdammt! Ihr Größenunterschied drohte alles zu vermasseln. Marcus versuchte sich kleiner zu machen und die Knie gegen den Stab zu drücken, um Orion beim Festhalten des Geräts zu helfen, schaffte es aber nicht.

„Ah, wir brauchen ein Podest." Hunter holte einen stabilen Tritthocker aus der Ecke. Er hielt den Stab fest und sagte zu Orion: „Steig drauf."

„Hunter eilt zur Rettung", kommentierte Marcus zu niemand Bestimmtem die Tatsache, dass er jetzt auf der perfekten Höhe war, um Orion beim Festhalten des Geräts zu unterstützen.

Nach einigen kleineren Korrekturen tätschelte Hunter beiden den Hintern. „Ihr macht das beide großartig."

Hunter streichelte Marcus' strammen Ständer.

„Verdammt, das ist gut." Marcus' Stimme war rau geworden. Sex, er brauchte Sex!

Eine Träne quoll aus Marcus' Schwanz, und Hunter verschmierte das Tröpfchen über die Spitze. Er zog mit der Feuchtigkeit die Linien des Tattoos auf Marcus' Schaft nach. Es war so verlockend, dass Marcus sich vorbeugte und Hunter in den Hals biss.

„Benimm dich", stöhnte Hunter und schubste Marcus wieder in Position. Er befestigte Marcus' Schwanz mit Klebeband an der anderen Seite des kondomüberzogenen Vibrators.

„Ach du lieber Buddha!", schnaufte Marcus. Er drückte und quetschte den Vibrator mit den Knien gegen Orions Knie.

Orion bewegte rastlos die Hände. Wahrscheinlich war es unbequem für ihn, dass sie zwischen ihnen eingezwängt waren.

Hunter musste das wohl bemerkt haben und wies ihn an: „Nimm Marcus in die Arme."

Orion seufzte. „Danke, Sir." Er schlang die Arme um Marcus.

Marcus gefiel es in Orions Armen ... sehr sogar. „Es ist, als würden wir eng umschlungen tanzen ... obwohl das mit einem Vibrator zwischen uns eher versaut als romantisch ist."

„Oh, ich finde es sehr romantisch. Wenn du tanzen willst, lass mich mal die Musik anmachen." Hunter knipste das Gerät an.

Ein kräftiges Surren ging durch Marcus' Schwanz. „Jesus! Hunt! Du bist echt fies!"

Hunter schnalzte missbilligend mit der Zunge und umkreiste sie. „Ihr zwei seht köstlich aus."

„Danke, Sir", sagte Orion. Er war einfach zu perfekt.

Marcus starrte Hunter wütend an, aber wahrscheinlich ohne besonderen Eindruck zu machen, da er bereits hin und weg war. Es fühlte sich an, als würde sein Sperma einfach raus vibrieren. *Konzentrier dich!*

Orions Wimmern rief den Sadisten in Marcus wach.

Er konzentrierte sich wieder und strich mit der Zunge über Orions Lippen, aber ohne seinem Verlangen nachzugeben und ihn zu küssen. „Vielleicht sollte Hunter dich erst kommen lassen, wenn ich abgespritzt habe. Was sagst du dazu?"

„Oh Gott", japste Orion.

„Ja, ich wette, jetzt tut's dir leid, dass du mir gestern zweimal so fantastisch einen geblasen hast." Scheiße, er sollte besser nicht daran denken, wie Orions talentierter Mund an seinem Schwanz lutschte, sonst war dieses Spielchen gleich vorbei.

Orion wand sich, und die Spitzen seiner Nippel streiften Marcus' Brustwarzen. Verdammt! Er klemmte sich den Stab fester zwischen die Knie und zog Orion enger an sich.

„Herrlich." Hunter machte sich bemerkbar, indem er mit einem kalten, feuchten Finger in Marcus eindrang.

„Ich hab' dich." Marcus stützte Orion, als Hunter wahrscheinlich auch ihm einen Finger in den Hintern steckte.

Hunter knurrte: „Ihr gehört beide mir. Genießt du die Folter, Marcus?"

Marcus hätte ihn nur zu gern ein sadistisches Arschloch genannt, aber als er den Mund aufmachte, kam nur ein Stöhnen raus.

Hunter antwortete für ihn. „Oh ja. Schau dir an, was das Surren mit Orion macht." Hunt achtete sehr darauf, nicht an Marcus' Prostata zu stupsen, und das machte ihn verrückt. „Denk dran, je länger du durchhältst, desto mehr muss Orion ertragen."

Orion sah ihn mit seinen riesigen, indigoblauen Augen inständig an. Er zitterte in Marcus' Armen und flehte: „Bitte."

„Ja, alles was du brauchst, Orion. Alles." Es war wie eine Offenbarung. Diese Worte kamen aus seinem tiefsten Herzen. Er würde für jeden dieser beiden Männer alles tun, und verdammt, aber Marcus war überzeugt davon, dass sie alles für ihn tun würden.

Er nahm Orions üppige Unterlippe zwischen die Zähne, biss sanft hinein, leckte zärtlich den Schmerz weg und biss noch mal zu.

Ob Hunter die Veränderung in Marcus' Herzen gespürt hatte oder nicht, aber er unterbrach die Folter und gab sowohl Marcus als auch Orion einen Kuss auf die Wange. Er flüsterte: „Ich liebe euch beide sehr."

Die Qual begann erneut, und die Beinahe-Treffer von Hunters Fingern drohten Marcus um den Verstand zu bringen. Hunters lange Finger streiften jedes Mal *so* knapp vorbei. Verdammt noch mal! Sie waren seit sieben Jahren zusammen, also sollte Hunter keine Landkarte brauchen, um seine Scheiß-Prostata zu finden.

Marcus änderte seine Körperhaltung, und Hunter steuerte nach, um weiter die Stelle zu umgehen, wo Marcus ihn so dringend brauchte. „Du Mistkerl, das machst du mit Absicht!"

Hunter lachte schallend auf. „Du liebst es."

„Ja, verdammte Scheiße." Gott, Hunter nutzte seine geheimen Fantasien aus, nährte sowohl den Sadisten als auch den Masochisten, während er ihren Submissiven in Marcus' Armen zum Keuchen und Zittern brachte.

Orion schniefte, und eine Träne rann ihm übers Gesicht.

Marcus konnte nicht widerstehen und leckte ihren salzigen Geschmack auf. „Orion, du bist hinreißend, wenn du leidest."

„Du auch, Marcus." Jetzt endlich begann Hunt, bei jedem Stoß mitten ins Schwarze zu treffen.

„Gottseidank! Ja, genau … da!" Köstliche Empfindungen verschworen sich mit Liebe und brachen über Marcus herein.

Der Himmel riss auf. Hunter, Orion und der Vibrator trieben ihn gemeinsam zum Orgasmus.

Marcus versuchte die Hüften stillzuhalten; er wollte die fantastischen Empfindungen nicht verlieren, die ihm der Vibrator gab, indem er das blöde Ding fallen ließ. Er erstarrte, presste die Knie fester zusammen und genoss die Erlösung bis zum letzten Tropfen.

Hunter knurrte: „Orion, komm."

Orion ächzte und gehorchte, spritzte Marcus über und über mit Sperma voll und machte alles noch nasser und heißer.

Das Vibrieren überreizte Marcus bis zur Schmerzgrenze, doch Hunt drückte erst auf den Aus-Knopf, als Orion fertig war. Marcus bäumte sich auf und versuchte auf Teufel komm raus, seinen Schwanz zu befreien.

Endlich! Das Gerät hörte auf zu vibrieren. Er sackte zusammen und lehnte sich an Orion.

Hunter löste Orions Handfessel und ließ ihn die Arme senken, massierte sie, um die Durchblutung anzuregen.

Marcus pellte das durchweichte Klebeband ab, schnappte sich das Spielzeug und streifte ein frisches Kondom drüber. „Jetzt solltest du dich aber bei deinem Master bedanken, Orion."

Das Aufblitzen von Besorgnis in Hunters Augen gab Marcus genug neue Energie, um ihn zu der erhöhten Plattform zu lotsen, die auch als Bett dienen konnte.

Orion breitete für Hunter ein Handtuch zum Draufliegen aus, dann schob er Kissen unter dem Kopf des Sultans zurecht.

Marcus schlug vor: „Nimm Hunt in den Mund, Orion."

Orion schob sich Hunters Erektion halb in den Mund, und seine Wangen wurden hohl, als er rhythmisch zu saugen begann.

Marcus schaltete den Massagestab ein und hielt ihn an Hunters Schaft, ließ das Gerät die Arbeit machen.

Hunter wand sich. Orion lutschte. Und Marcus durfte es genießen, den Mann zu foltern, der ihnen allen gerade so viel Lust verschafft hatte.

Machtgefühl, Erregung und abermals reine Liebe drohten Marcus zu überwältigen. Das wollte er nicht zulassen, daher verdoppelte er seine Anstrengungen und stellte den Vibrator auf die höchste Stufe ein.

Hunters Schreie erfüllten den Raum, und es dauerte keine zwei Minuten, da schluckte Orion.

Marcus schaltete das Gerät aus und legte es beiseite.

Er und Orion kuschelten sich links und rechts an Hunter.

Hunter berührte Orions Halsband. „Du hast das sehr gut gemacht, Orion."

Marcus beugte sich über Hunter und biss Orion in den Hals. „Unglaublich gut."

Unmengen von Emotionen huschten über Orions Gesicht, von Stolz über Glück bis hin zu Erfüllung. „Ich danke euch beiden, dass ihr mir erlaubt habt, euch zu dienen. Es war mir ein Vergnügen."

Marcus fügte hinzu: „Mir auch."

Sie lagen in Gedanken versunken da. Dieses Erlebnis hatte jedem von ihnen etwas anderes geboten und ihnen zugleich erlaubt, einander etwas zu geben.

Marcus musste zugeben, dass es unglaublich schön gewesen war, Orion zu helfen, wieder einen Schritt in Richtung Bondage zu machen.

Das war ... zu viel Grübelei und verdarb Marcus den ganzen Spaß. Er fragte: „Also, war das jetzt gut oder was?"

Hunter machte die Augen einen Spalt breit auf und entgegnete: „Ihr zwei hättet mich fast umgebracht."

Lächelnd teilte Orion ihm mit: „Ich melde mich demnächst zum Yoga-Kurs für Sklaven an."

Hunter stöhnte.

„Vielleicht sollte ich mitkommen", setzte Marcus noch eins drauf.

„Meine Güte. Habt ihr eine Lebensversicherung auf mich abgeschlossen?"

„Jammernde Doms sind fast so süß wie Gleitbeutler, findest du nicht, Orion?" Marcus konnte das nicht für sich behalten.

Orion und Hunt bebten vor unterdrücktem Gelächter.

19

„KREBS! KREBS! Krebs!"
Nein! Nicht schon wieder! Mir geht es doch besser!
Die Seile verschwanden. Hunter war auf einer Seite neben Orion, Marcus auf der anderen. Sie lagen in ihrem Bett. Er sollte sich eigentlich sicher fühlen.
Orion grollte: „Warum schaffe ich das nicht?" Er hasste das so sehr.
„Der Weg zur Heilung ist keine Gerade. Es gibt Höhen und Tiefen." Marcus fuhr ihm beschwichtigend mit den Fingern durch die Haare.
„Ich will das hinkriegen. Hunter! Marcus! Helft mir."
Versager! Niete! Kann nicht mal –
„Fantastisch", rief Hunter.
Was?
„Gut gemacht", schnurrte Marcus und drückte ihm das Gesicht an den Hals.
Aus Gewohnheit legte Orion den Kopf zur Seite und ließ sich von Marcus' Zähnen zwicken.
„Ich ... ich verstehe nicht." Verwirrt und nicht in seinem Element wandte er sich an Hunter und Marcus.
Hunter streichelte ihn beruhigend. „Du hast nicht zugemacht, und du hast uns um Hilfe gebeten. Das ist ein erstaunlicher Fortschritt!"
Marcus war inzwischen nach unten zu Orions Nippeln vorgerückt und - *oh Mann!*
„Wie wär's, wenn dir deine beiden Lieblingsmänner einen blasen würden?"
„Marc, du hast die besten Ideen", sagte Hunter und schlängelte sich abwärts auf Orions Schwanz zu.
„Aber, äh, ich konnte nicht – wir haben aufgehört."
Hunter knurrte: „Zweifelst du etwa an meinem Recht, die Richtung einer Session zu ändern oder dir eine Belohnung zu geben, wenn ich finde, dass du eine verdient hast?"
„Ähm ... nein, Sir!" Orion schmolz dahin, als Marcus an ihm lutschte.
Von Safeword zu Blowjob in zwei Minuten. Jetzt endlich holte Orion auf. Sie waren zufrieden mit ihm, und obwohl er anderer Meinung war, würde er ihnen vertrauen, ihm zu geben, was er brauchte.
Hunters Mund löste Marcus' Mund ab. Er setzte mehr Zunge ein als Marcus und –
Marcus schluckte Orions Schwanz, und Hunter glitt nach unten und leckte an seiner Rosette.
Orion grub die Fersen in die Matratze und spreizte die Beine weiter. Hunter sollte so viel Zugang haben, wie er brauchte. „Mmmm, oh ja."
Hunter leckte und fickte ihn mit der Zunge. Es war einfach unglaublich.

Marcus lutschte Orion, bis er es nicht mehr aushielt.

Orion flehte Hunter, Marcus und alle wissenschaftlichen Leitprinzipien des Universums an: „Bitte … Sirs."

Ein dumpfes „Komm" von Hunter reichte, um Orion über die Stratosphäre hinaus zu schicken.

ICH SCHAFFE das. Orion lag ausgestreckt auf dem Bett, in dem er jede Nacht schlief. Drei Gliedmaßen waren bereits daran festgemacht. *Ich schaffe das.*

Hunter begann seinen anderen Fuß ans Bett zu fesseln.

„Ähm, Dysplasie? Dys–"

Alles erstarrte.

„Ich bin noch nicht so weit, Sir." Orion war sich nicht sicher, ob er das je sein würde. „Noch nicht." *Nein, nur noch nicht.*

Orion versuchte, sich zusammenzunehmen, doch er kämpfte mit Schuldgefühlen und Unsicherheit.

Hunter ließ die Hände über sein gefesseltes Fußgelenk gleiten und half ihm beim Verarbeiten. „Du machst das gut. Du hast mich drei Gliedmaßen festmachen lassen. Soweit waren wir bisher noch nie. Und du hast dein Warnwort eingesetzt, das war großartig."

Orion holte tief Luft und konzentrierte sich auf seine Bondage-Leistungen. Er war mit Seilen an ihr gemeinsames Bett gefesselt. An den segensreichen Banden zu zerren ließ seinen Schwanz steif werden.

„Sollen wir aufhören? Falls ja, sag' dein Safeword", meinte Hunter.

„Nein, ich brauche bloß … Ich brauche einfach …" Orion war sich nicht sicher, was erforderlich war.

Marcus kratzte mit den Nägeln an Orions Flanken entlang. „Ich glaube, du hattest dir noch einen Blowjob erhofft."

Orion starrte Marcus an. „Was?"

„Du weißt schon, wie diese Hundis am Flughafen, die deinen Koffer anstupsen, wenn du geschmuggeltes Obst oder sonstwas drin hast, was du nicht ins Land bringen darfst. Na ja, die kriegen ein Leckerli, ob nun wirklich was drin ist in der Tasche oder nicht." Marcus zog an Orions Erektion. Dann fuhr er mit der Zunge die prall gefüllte Vene nach, die an Orions Schaft entlang verlief.

„Marquis!"

Marcus lachte und blies einen Luftstrom über Orions Schwanz. „Ich sag' dir jetzt und hier, wenn du einen geblasen haben willst, dann frag einfach …"

Der Mann war völlig irre, und Orion liebte ihn dafür. Er prustete und begann zu lachen.

Hunter stemmte die Hände in die Hüften und presste die Lippen zusammen. Orion erkannte die Geste; das machte Hunter immer, um zu verhindern, dass seine verführerisch Dom-mäßige Fassade einen Riss bekam.

„Äh, danke, aber noch nicht, Marquis." Er wandte sich an Hunter und bettelte: „Jetzt bin ich bereit." Und er streckte seinem Master den Fuß entgegen.

20

„SCHÖN, DASS du zuhause bist, Hunt", rief Marcus, als sich die Küchentür öffnete. „Wir sind oben."

Galileo sei Dank! Orion stieß einen kleinen Seufzer der Erleichterung aus.

Er trug eine Augenbinde, daher konnte er nicht sehen, was Hunter für ein Gesicht machte, als er den umgestalteten Raum betrat. Marcus und Orion hatten mit Quillons fachmännischer Unterstützung eins der ungenutzten Zimmer im Haus in einen BDSM-Traum verwandelt – in ihre private Folterkammer.

Er und Xander hatten das ganze Zimmer silbrig-grau gestrichen, bis auf eine Wand, die komplett verspiegelt war. Ein Elektriker hatte Dimmer zur Kontrolle der Lichtmenge installiert. Der hintere Teil des großen Zimmers war von einem Bondage-Gerüst gesäumt, das den ganzen Bereich umfasste. Es war so gestaltet, dass es sowohl als Fesselrahmen als auch für Hängebondage genutzt werden konnte. Sie hatten sogar eine Sling aufgehängt, bereit zur Aufnahme eines willigen Beteiligten. Auf einer gepolsterten Plattform an der Seitenwand stapelten sich goldene und silberne Kissen und Decken. Ein wuchtiger IKEA-Schrank, dank Quillons Hilfe mit Schubladen und Stangen aufgemotzt, enthielt sämtliche Spielsachen, die Hunter, Marcus und Orion besaßen.

Hunter schnappte nach Luft. „Was ist das denn?"

Marcus antwortete: „Unser neues Spielzimmer. Quillon und Xander haben Orion und mir geholfen, es für dich zu bauen. Und eins muss ich sagen, Xander hat keine Witze gemacht, als er gesagt hat, dass Quill verdammt gut hämmern und bohren kann."

Hunter verschluckte sich an seinem Gelächter. „Ich glaube, das hatte er nicht ganz so gemeint."

„Wie auch immer." Orion konnte sich Marcus' wegwerfende Handbewegung vorstellen.

„Deshalb war also diese Tür plötzlich immer zu?" Glücklicherweise war Hunter zu beschäftigt gewesen mit den Extraschichten, zu denen Sophia ihn überredet hatte, und hatte daher weder Zeit noch Energie genug gehabt, um über das verschlossene Zimmer nachzugrübeln.

„Oh ja, und auch abgeschlossen. Wir haben unseren Zeitplan nicht eingehalten." Marcus fuhr mit einem Eiszapfen über Orions Nippel.

Orion keuchte auf, als die Kälte zu brennen begann. Er erschauerte, als das Eis an seiner Flanke abwärts glitt und eisig kalt an seinem Schwanz entlang strich. „Marquis!"

Marcus lachte leise. „Was? Ich wärm' dich bloß wieder auf, jetzt, wo der Herr des Hauses wieder zuhause ist."

Hunter stimmte in das Lachen mit ein. „Mit Eis ... Moment mal, ist das ein Lichtschwert-Stieleis?"

Der Marquis schwang das Eisschwert besser als jeder Jedi-Meister. Verdammt. Marcus reizte Orions Eier mit der feuchten Kälte, brachte ihn dazu, sich zu winden und mit den Hüften zu stoßen. Kaltes Wasser rann über seine Eier und kitzelte aufreizend seine Rosette.

Orion war froh, dass seine Hände über dem Kopf an den Rahmen gefesselt waren, denn er bezweifelte, dass er sie sonst von seinem Schwanz hätte lassen können.

Hunter räusperte sich. „Orion, wie lange hat Marc – ich meine dein Marquis dich schon dort hängen?"

„Schon ewig, Sir." Es war eine ehrliche Antwort. Seine Welt war auf Marcus geschrumpft, und jetzt hatte Hunter die Sphäre betreten. Doch er fühlte sich nicht gefangen; stattdessen senkte sich ein Gefühl der Erfüllung auf ihn herab.

Marcus lachte leise. „Ich fühle mich geehrt, dass du das denkst, aber es sind erst zehn Minuten."

Hunter sagte: „Ich nehme dir jetzt die Augenbinde ab, Orion. Lass die Augen zu, bis sie sich angepasst haben."

Helles Licht wurde schwächer, als Orion die Augen zukniff. „Danke, Sir."

Marcus band Orions Hände los, massierte die Stellen, wo die Seile sie berührt hatten.

„Danke, mein Marquis." Orion sonnte sich in ihrer Liebe und Fürsorge und in der Geborgenheit, die sie ihm gaben. „Ich möchte mit deinen Seilen gebunden werden, Sir. Ich bin so weit."

„Hunt, er ist bereit für Hängebondage." Die Feststellung seines Marquis bestärkte Orion noch weiter.

„Ich weiß, wir haben Orions Bondage-Toleranz dank deiner geschickten Ablenkungen gesteigert, aber ..." Die Stille wurde laut, während Orion Hunters Blick auf sich gerichtet fühlte. „Dass wir es tun können, heißt nicht, dass wir es tun sollten oder müssen."

Hunter achtete immer darauf, dass Orion sich nie unter Druck gesetzt fühlte. Vielleicht weckte gerade die fehlende Erwartungshaltung in Orion die Sehnsucht, alles zu erkunden, was Hunter mit ihm machen konnte. Oder die Tatsache, dass Marcus da war, um ihn zum Wahnsinn zu treiben und ihn im Hier und Jetzt zu halten. Es war keine Wunderheilung, aber er war bereit, den nächsten Schritt zu tun.

Marcus schloss seine Hand um Orions Schwanz zur Faust.

Orion konnte sich einen winzigen Stoß nicht verkneifen. Er fixierte sich auf Hunter und versuchte, sein Verlangen deutlich werden zu lassen. „Ich will es wirklich versuchen."

Er hatte das Bedürfnis, seinen Sir das zu geben, aber auch, es für sich selbst zu haben. Orion wollte die Hilflosigkeit des Hängens. Er sehnte sich danach, sein Vertrauen zu Hunter und Marcus auf diese Art zu beweisen, und er sehnte sich danach, in diesem Maß frei zu sein.

Sie hatten sich sein Vertrauen verdient. Hunter und Marcus machten es ihm einfacher, Vertrauen in seine eigenen Entscheidungen zu haben. Sie unterstützten ihn, sagten ihm aber auch, wenn er einen Fehler machte. Wie zum Beispiel, sich auf den Zeitfresser *Clash of Clans* einzulassen, oder mit Sophia Klamotten einkaufen zu gehen, und sie unterstützten ihn, wenn er ihrem Rat nicht folgte … Nur dass nicht mal sie ihn erfolgreich aus dem Schuhgroßhandel-Laden retten konnten und alle drei als Gefangene in Sophias Schuhsuche geendet hatten.

„Wie lauten deine Safewörter, Orion?"

„Dysplasie und Krebs. Ich verspreche, dass ich sie sagen werde, wenn ich muss, Sir."

„Gut."

Statt einfach auf den Fußboden legte Orion sich auf Hunters Befehl und mit seiner Hilfe bäuchlings auf die Memoryfoam-Matte, die Marcus dort platziert hatte, weil Hunter das aus Sicherheitsgründen ganz bestimmt sowieso verlangt hätte.

Orion drehte den Kopf und beobachtete Hunter in der raumhoch verspiegelten Wand.

Hunter inspizierte das Gerüst und die Verstrebungen, die den halben Raum säumten. Marcus und Quillon hatten Stunden mit der Installation verbracht, um sicherzustellen, dass die Balken für den Einsatz bei Hängebondage sicher waren. Nachdem er die Flaschenzüge und die Sling überprüft hatte, verkündete Hunter: „Es ist stabil. Gute Arbeit."

„Wir haben es den Strukturrichtlinien für Stützbalken entsprechend gebaut", sagte Marcus.

Hunter packte einen Balken und hängte sich dran. „Sieht aus, als wärt ihr drüber hinausgegangen. Das Ding hier ist solide."

Marcus grinste. „Wir wissen, dass der *Herr* des Hauses ein bisschen paranoid ist."

Orion grinste ebenfalls und nickte in seiner Bauchlage.

Hunter schnappte sich das Seil, das Marcus für ihn herausgelegt hatte. Er überprüfte es, dann testete er die Schere, die in der Nähe bereitlag.

„Bereit, Orion?"

Gott, ja! Jetzt. Bitte.

„Ja, Sir."

Als Hunter sich neben ihn kniete, nahm Orion seinen erregenden Geruch nach Leder wahr. Hunter strich mit den Händen über Orions Körper und legte ihn zurecht. „Irgendwelche neuen Verletzungen?"

„Nein, Sir." Orion kniff erwartungsvoll die Arschbacken zusammen. Seine Muskeln umklammerten den Butt-Plug, den Marcus ihm vor einer Stunde so aufreizend reingesteckt hatte.

Seile kitzelten Orions Haut, als sie seine Oberschenkel und Fußknöchel umschlossen. Er rieb sich an der Matte. Das war verführerisch, aber er wollte Sex.

Hunter schob Orion herum, wie er ihn brauchte. Dabei fragte er: „Geht's dir gut?"

Sagenhaft! Fantastisch! Wunderbar!

„Ja, Sir." Orion atmete tief ein und hielt die Luft an, um nicht um einen schnellen Orgasmus betteln zu können.

„Ich binde dir jetzt die Hände auf den Rücken." Hunter schlang rasche Schlaufen, dann verband er sie mit dem Seil zu einer Schulterfessel.

Ein Gefühl der Ruhe überspülte Orion. Er nahm die Fürsorge und Sorgfalt in sich auf, mit der Hunter jeden einzelnen Knoten knüpfte und immer wieder nachprüfte.

Marcus kniete sich hin und strich Orion zärtlich das Haar aus dem Gesicht. „Du machst das wirklich toll."

„Danke, Marquis." Ein Ausbruch von Zuneigung quetschte ihm das Herz zusammen und machte ihn schwindlig vor Glück. Wie hatte er je glauben können, Liebe wäre nur eine chemische Reaktion? Das war eine Ewigkeit her, bevor diese beiden Männer in sein Leben getreten waren und seine Welt zum Besseren umgestaltet hatten.

Hunter überprüfte noch mal jedes einzelne Seil, dann sagte er: „Es ist Zeit. Bist du bereit, Orion?"

„Ja, Sir", antwortete Orion und schwebte empor. Es war ein sanfter Übergang zu neunzig Zentimeter über dem Boden. Er schaukelte leicht, weil die Seile ein bisschen federten.

Hunter drückte ihm einen Kuss auf die Lippen und fragte dann: „Wie fühlst du dich jetzt?"

In diesem Moment fühlte Orion sich sicherer und freier als je zuvor. Er zerrte an den Fesseln, aber sie gaben kaum nach. Gefangen und Hunter und Marcus hilflos ausgeliefert überwältigte ihn ein Gefühl der Gelassenheit und des Glücks. Er gähnte. „Gut."

Marcus lachte. „Hat Hunter dich gelangweilt?"

Orion schüttelte den Kopf, was das Schaukeln verstärkte. „Nein, Marquis. Ich fühle mich wunderbar … entspannt – oh Gott!"

Offensichtlich fand Marcus es nicht gut, dass Orion entspannt war. Er war zwischen Orion und die Matte gerutscht und hatte angefangen, ihn zu wichsen. Das quälend langsame Streicheln machte Orion verrückt vor Verlangen, gefickt zu werden.

„Mir ist da was aufgefallen …" Hunter klopfte auf das Ende des Plugs. „Du hast dich für mich vorbereitet."

„Ja, Sir." Orion schloss die Augen und versuchte, den Hintern hochzudrücken, doch mit den Seilen und Marcus, der in die entgegengesetzte Richtung zog, kam er nicht weit.

Hunter marschierte zu einem Korb voller Kondome und nahm sich eins. Er griff nach dem Gleitgel, das sie ihm bereitgestellt hatten.

Marcus' Fäuste glitten über Orions Schwanz wie beim Seilklettern, jedes Mal mit einer leichten Drehung.

Orion öffnete die Augen und fand Marcus direkt vor sich.

Marcus leckte an Orions Mund. „Oh." Wieder und wieder kam diese aufreizende Zunge, bis Orion sich streckte, um Marcus' Mund in Besitz zu nehmen. Sein Schwanz wurde losgelassen.

Marcus wühlte die Finger in Orions Haar und zerrte ihn mit einem Ruck zu sich runter. Der Kuss war perfekt und versprach alles Mögliche, doch wie üblich unterbrach Marcus ihn zu bald.

Und Orion sehnte sich immer noch nach mehr.

Erregung durchfuhr ihn, als Hunter seine Höhe anpasste.

Ein Reißverschluss ratschte runter. Das Aufreißen einer Folienverpackung hallte durch den Raum. Hunter trat hinter Orion, zog den Plug raus und gab Gleitgel zu.

Orions Herz pochte, als er sich ausmalte, wie Hunter sich ein Kondom überstreifte. „Ja", zischte er niemandem im Besonderen zu.

Das Wort ging wahrscheinlich in Marcus' Mund unter. Orion konnte nicht mal den Hintern rausstrecken ... er ergab sich der Überzeugung, dass Hunter und Marcus nehmen würden, was sie wollten, und Orion durfte sich sicher sein, dass es alles war, was er zu geben hatte.

„Genau so." Hunter nutzte Orions Schenkel, um sich in die perfekte Position zu bringen, und stieß seinen Schwanz da rein, wo er hingehörte.

„Ja!" Orions Öffnung weitete sich. Die Dehnung schmerzte ein bisschen, doch das Gefühl des Erfülltseins war stärker als jedes Unbehagen beim Eindringen.

Marcus stöhnte: „Scheiße, Hunt. Ein bekleideter Master und ein nackter Sub – das hat einfach was. Irgendwie macht mich das immer total geil."

Hunter nutzte die Bewegung der Seile, um Orion zu ficken. Das mühelose, gleitende Ein und Aus in Orions Körper wurde nur durch die Enge der Einfallspforte gebremst.

Ätherisches Patschuli-Öl gemischt mit Marcus' einzigartigem Duft machte Orion verrückt. Ihre Küsse wurden immer inniger, bis Marcus aufstand und sich mit Lichtgeschwindigkeit das Hemd auszog.

Orion teilte die Lippen und reckte den Kopf, um die Show nicht zu verpassen.

„Sag deinem Sub, was er tun soll." Marcus' Stimme war eine Oktave tiefer geworden, was magische Sachen mit Orions Innerem anstellte.

Hunter sagte: „Du weißt, was du zu tun hast, nicht wahr, Orion?"

Marcus zog den Reißverschluss seiner Jeans runter und trat näher zu Orion. Sein steifer Penis war auf Mundhöhe.

„Ja, Sir." Orion reizte die Spitze von Marcus' Schwanz mit der Zunge. Anstatt Marcus' Erektion einfach einzuschlürfen, triezte er den Schaft. Seine eigene Macht stieg ihm zu Kopf. Das Wissen um die Lust, die er Marcus und Hunter bringen konnte, erfüllte ihn mit Befriedigung.

Er leckte eine feuchte Spur um die Eichel, dann folgte er dem Tattoo mit der Zunge nach unten, so weit er konnte, und ließ sie dann spielerisch wieder bis nach oben zur Spitze wandern. Er bohrte die Zungenspitze in den Schlitz und schabte mit den Zähnen daran – behutsam, aber mit genügend Druck – bis Marcus nach Luft schnappte.

Marcus ächzte: „Verdammt! Willst du etwa Sadist lernen?"

Befriedigt blies Orion Luft über die Eichel und grinste: „Ich habe den besten Lehrer."

Stöhnend bettelte Marcus: „Wie wär's, wenn du mir den hungrigen Schwanzlutscher zeigen würdest?"

Orion konnte nicht widerstehen. Er leckte absichtlich nur aufreizend weiter, bis Marcus jammerte: „Hunt! Bring ihn dazu, mehr zu tun als nur an meinem Tattoo zu lecken, um zu sehen, ob es anders schmeckt als meine untätowierte Haut."

Klatsch! Klatsch! Klatsch!

Orion spannte unwillkürlich den Hintern um Hunters Schwanz herum an.

Verdammt, diese Klapse fuhren Orion direkt in den Unterleib. Er sehnte sich nach mehr Schlagspielen, doch der Drang, Hunter zu gehorchen, war stärker. „Ja, Sir."

Er schlürfte Marcus vollständig ein. Als Marcus' Eichel in seiner Kehle ankam, wischte Orion mit der Zunge über seine Eier und schluckte.

Marcus japste: „Gott!"

Ein Schauer der Erregung überlief Orion, als er erkannte, dass er ihnen völlig ausgeliefert war. Er ließ seinen Mund von Hunters Stößen auf Marcus' Schwanz ficken. Sein Sir zog ihn zurück, bis nur noch Marcus' Eichel in Orions Mund war. Wenn Hunter aus ihm herausglitt, schaukelte er wieder nach vorn und schluckte Marcus bis zum Anschlag. Das hier war seine Bestimmung. Nichts bereitete ihm mehr Freude, als diesen beiden Männern zu dienen.

Sie verfielen in einen Rhythmus, der Orion sowohl physisch als auch spirituell zutiefst erschütterte. Er war gefesselt, aber vollkommen frei. Er gab sich ganz und gar hin, und diese Männer taten nichts weiter, als sein Geschenk der Unterwerfung zu würdigen.

Ja! Das war es, was sie ihm gaben. Sie ließen ihn sein, wozu er geboren war.

Hunter stöhnte: „Ich komme."

Der Rhythmus wurde schneller.

Orion war die Brücke zwischen diesen beiden Männern und sie sein Weg zur Erfüllung. Er gab, sie nahmen, und zugleich gaben sie ihm all das zurück, was er nie für sich für erforderlich gehalten hätte und worauf er jetzt nicht mehr verzichten konnte.

Hunter ächzte. Er geriet aus dem Takt, und dann kam er und stimulierte Orions Prostata auf eine Art, die ihn völlig verrückt machte. Orion hätte sich seinem schönen, großzügigen Master problemlos anschließen können, aber er hielt durch und konzentrierte sich auf Marcus. Seinen Marquis, der die Liebe, die sie teilten, vielleicht am meisten von allen brauchte.

Er brauchte ihn nur noch ein paarmal tief einzusaugen, und Marcus heulte seinen Orgasmus ebenfalls hinaus.

Orion schluckte Marcus' salzige Süße.

Die Genugtuung, diese beiden Männer zu befriedigen, machte Orion ganz.

Sein Sir kümmerte sich um das Kondom und gab Marcus einen geräuschvollen Schmatzer auf die Lippen, während Orion immer noch an ihm lutschte.

Orion blickte auf, weil er auch einen Kuss wollte. Er hatte keine Angst mehr davor, um das zu bitten, was er brauchte.

Hunter lachte leise. Vielleicht hatte er Orions Seufzer voller Ungeduld und Verlangen richtig gedeutet. Sobald Orion alles geschluckt hatte, was Marcus ihm gab, nahm Hunter seine Lippen in Besitz und küsste ihn leidenschaftlich. Marcus fiel auf die Knie und machte sich ebenfalls über Orions Mund her.

Gott, seine Männer konnten küssen!

Er bumste die Luft, und seine Erektion suchte nach einem dieser talentierten Münder, um das Verlangen zu stillen, das ihn so sehr quälte.

Hunt erklärte: „Ich gebe dir zehn Schläge auf den Hintern, und Marc wird dich wichsen. Du darfst kommen, wenn du willst."

Wenn er wollte? Natürlich wollte er!

Orions Hirn schmolz, aber war da eine versteckte Drohung dabei? Kein Orgasmus, es sei denn, er kam innerhalb der vorgegebenen Zeit? Er hoffte, dass er das schaffen würde, aber was, wenn er es nicht konnte? Würde er es schaffen?

Mit einem Blick zu Marcus stellte er fest, dass sein persönlicher Marquis de Quälmich da war. Mist! Orion wusste es nicht.

Patsch!

„Eins", zählte Marcus.

Bitte, mach mehr als nur zählen!

Marcus ließ die Finger über Orions Erektion tanzen.

Besser.

Streicheln. Reiben. Streicheln.

Was? Reicht nicht! Mehr! Orion stöhnte und zuckte.

Patsch! Hunter hielt sich nicht zurück. Das war Orions Belohnung für die Session.

„Zwei. Oooh, dein Arsch ist aber niedlich mit Handabdrücken drauf", neckte Marcus, und Orion war sich nicht sicher, ob ihm das gefiel.

Streicheln. Reiben. Streicheln.

Seinem Schwanz gefiel es eindeutig. *Ja, mehr. Hol' mir einen runter!*

Patsch! Hunter ließ ihn den Schlag wirklich fühlen. Die kräftigen Klapse sprachen von Lust und Verlangen.

Marcus legte einen Schuss Überraschung in seine Stimme. „Orion, er macht deinen Popo ganz rot. Das waren drei."

Reiben. Zug. Reiben.

Patsch!

„Mmm, vier. Ich spiele gern mit deinem Eis-Laserschwert, aber dein Schwert mag ich viel lieber."

Licht, nicht Laser! Orions Lächeln öffnete sich zu einem Stöhnen. Gedanken verloren sich in Empfindungen.

Reiben. Reiben. Reiben.

Patsch!

„Fünf." Marcus' Gesicht schob sich immer dichter an Orions Schwanz. Sein Atem wehte über Orions Erektion, verhöhnte ihn.

Zug. Reiben. Zug.

Patsch!

„Sechs." Marcus leckte sich die Lippen.

Zug. Zug. Zug.

Orions Körper spannte sich an vor Verlangen und Begierde. Er brauchte Erlösung. Die drohende Strafe, so verlockend sie auch war, würde verdammt schwer zu verkraften sein, aber …

Patsch!

„Sieben. Du gibst tolle Spucke-Massagen." Dass Marcus von Blowjobs sprach, wenn sein begabter Mund so quälend nahe war, machte Orion wahnsinnig.

Er versuchte zu stoßen. Er wollte Marcus daran erinnern, dass sein Mund sich jetzt auch mit Orions Schwanz befassen könnte und wie sehr er das zu schätzen wüsste. Doch die Seile wirkten einem derartigen Luxus entgegen und dienten nur dazu, Orion noch heißer brennen zu lassen.

Freiheit durchströmte ihn und setzte seine Seele in Flammen. Das Wissen, dass seine Welt auf das Wesentliche zusammengeschrumpft war, befreite ihn. Er durfte jede Empfindung, jede Berührung und jede Geste der Dominanz und Liebe, die sein Master und sein Marquis ihm gaben, bedingungslos in sich aufnehmen.

Zug. Lecken. Zug.

Ja! Zunge! Ja!

Patsch! Hunter legte anständig Wucht hinter den Schlag.

„Acht. Willst du eine?" Marcus' neckende Frage brachte Orion noch um.

Zug. Zug. Zug.

„Ja! Bitte, Marquis. Ja! Blas mir einen. Ich flehe dich an."

Patsch!

„Neun. Mmm, Orion, du weißt, ich kann dir nichts abschlagen, wenn du so lieb bittest."

Schlürf. Lutschen. *Schlürf.* Lutschen. Lutschen. *Schlürf.*

„Oh Gott." Er war nur noch ein Ångström davon entfernt, die Beherrschung zu verlieren. Aber er würde nur noch einen anspornenden Klaps von Hunter kriegen. Würde das reichen? Was, wenn er nicht kam?

Patsch!

So verdammt gut! Der Schlag trieb ihn tiefer in Marcus' Kehle. Herrliches Lutschen begleitet von kräftigem Reiben. Alles in Orion war straff gespannt und bereit, doch er konnte nur annehmen, was ihm gegeben wurde.

Patsch! „Elf, nur weil ich's kann." Hunters Erklärung bekundete eine der wahrsten Tatsachen in Orions Welt.

„Ja!" Himmlisch! Orion brach aus wie ein Vulkan, gab Hunter und Marcus alles.

Als Orion das Bewusstsein für die Welt wiedererlangte, waren die Seile weg. Hunter war an seiner einen Seite, Marcus an der anderen.

Zeit verfloss, bis Orion etwas klar wurde: Sein Erfolg war weniger wichtig, als er geglaubt hatte. „Danke, Sir, Marquis. Ihr habt mich so weit gebracht."

Hunter drückte erst Orion einen Kuss auf die Stirn, dann Marcus. Dann sagte er: „Ja. *Wir* haben das geschafft."

Orion versuchte, seine Gefühle wenigstens einigermaßen auf die Reihe zu kriegen. „So sehr ich das Hängen auch genossen habe – und ich fand es *echt* toll – letztendlich hat es gar nicht so viel bedeutet, wie ich dachte."

Hunter schnappte sich eine Decke und hüllte sie alle drei warm darin ein. „Das ist so, weil es viel wichtiger war, dass wir zusammen sind."

Marcus biss Orion in den Hals. „Was wirklich zählt, ist nicht was wir tun, sondern mit wem wir es tun ... außer, wenn es ums Blasen geht, und dann glaube ich –"

Hunter rang Marcus auf den Rücken.

Orion brachte seinen Marquis mit einem Kuss zum Schweigen.

Sehr viel später sagte Marcus: „Wie ich sagen wollte, meiner Meinung nach ist es egal, wer mir einen bläst, solange es einer von euch ist. Wobei diese Theorie noch getestet werden muss."

Orion grinste. „Ja, ich glaube, ein weiteres Experiment wäre angebracht ..."

ORION SASS neben Xander im Entwined.

Tony klatschte in die Hände. „Ich möchte unser Sub-Treffen zur Ordnung rufen." Als endlich Ruhe eintrat, sagte er: „Dies ist das allmonatliche Treffen der gemischten Gruppe für weibliche und männliche Subs. Wir treffen uns hier jeden zweiten Mittwoch um 12 Uhr mittags. Das reine Frauentreffen für alle Subs, die sich als weiblich identifizieren, findet jeden Dienstagmittag statt. Und die Gruppe für alle Subs, die sich als männlich identifizieren, trifft sich donnerstags ebenfalls um 12 Uhr mittags. Irgendwelche Fragen oder Mitteilungen, bevor wir anfangen?"

Xander stieß Orion mit dem Ellbogen an.

Orion verdrehte die Augen, hob aber die Hand.

Tony deutete auf ihn. „Ja, Orion."

„Ich wollte mich bei euch allen für eure Unterstützung bedanken, und ich möchte euch hiermit zu meiner Halsbandzeremonie einladen. Sie findet am letzten Freitag im nächsten Monat um 8 Uhr abends hier im Club statt."

Jubelnder Applaus und viele Gratulationsumarmungen umgaben Orion.

Er musste hinzufügen: „Es gibt eine Freiheit in der Unterwerfung, aber die habe ich erst gefunden, als ich mich sicher genug gefühlt habe, um mich zu ergeben. Begnügt euch nicht mit weniger, als ihr verdient habt."

Als er sich wieder hinsetzte, flüsterte Xander: „Sicher und frei, so wie es sein soll."

Z. hat ihre eigene wahre Liebe über eine Kontaktanzeige kennengelernt und zusammen mit ihm über dreißig Länder bereist. Sie hat in Singapur, Israel und China gelebt. Jetzt, zuhause in den USA, ist sie aktives PFLAG-Mitglied und entschiedene Befürworterin all derer, die in ihrer Gemeinde zum Regenbogen gehören. Sie möchte mit ihren Worten und Taten für mehr Verständnis und Akzeptanz werben. Regenbogen-Romane zu schreiben erlaubt ihren Worten, Herzen zu öffnen und Meinungen zu ändern.

E-Mail: Z.AlloraHappyEndings@gmail.com
Facebook: www.facebook.com/Z.Allora
Blog: zallora.blogspot.com
Website: www.zallorabooks.com

Von Z. Allora

VERSCHLUNGENE TRÄUME
Schloss und Schlüssel
Sicher und frei
Verschlungene Träume: Die komplette Serie

Veröffentlicht von DREAMSPINNER PRESS
www.dreamspinner-de.com